黑龙江大学明清文学与文化研究中心

明清文学与文献

第七辑

杜桂萍　陈才训　主编

社会科学文献出版社
SOCIAL SCIENCES ACADEMIC PRESS (CHINA)

·诗文研究

《清人诗文集总目提要》订补
　　——以范士楫等八位作家为中心 ············· 朱则杰 / 3
蒲松龄的骈文刍议 ····························· 赵伯陶 / 18
编撰与建构：明代女性碑传文的书写特质 ········· 王雪萍 / 34
万柳堂雅集与博学鸿儒科前后的政治和
　　诗歌 ··· 杜广学　魏　磊 / 56
易堂九子之曾灿生平事迹考述 ··················· 王乐为 / 75
清初诗人王又旦潜江治绩及文学
　　活动 ··· 冉耀斌　李　潇 / 96
法式善与铁保交游考论 ························· 李淑岩 / 113
方象瑛年谱初稿 ································· 胡春丽 / 132
国家图书馆藏黄易致李璜六札浅释 ············· 许隽超 / 250

·戏曲小说研究

明代元曲学的兴起
　　——以元曲本的流变为中心 ················· 李舜华　陈妙丹 / 261

论高濂《节孝记》传奇文体的特殊追求 …………………… 任　刚 / 290
论金圣叹《水浒传》评点的古文视野 …………………… 陈才训 / 302
世代累积型小说基本特征识要 …………………………… 李亦辉 / 316
沈璟传笺 ………………………………………………… 魏洪洲 / 331
许善长传笺 ……………………………………………… 马丽敏 / 343

·学术综述

明代前期文人笔记研究述评 ……………………………… 周慧敏 / 361
清初诗人孙枝蔚研究述评 ………………………………… 马铭明 / 382
顺康时期文人吴之振研究综述 …………………………… 蒋金芳 / 398

编后记 ………………………………………………………………… / 414

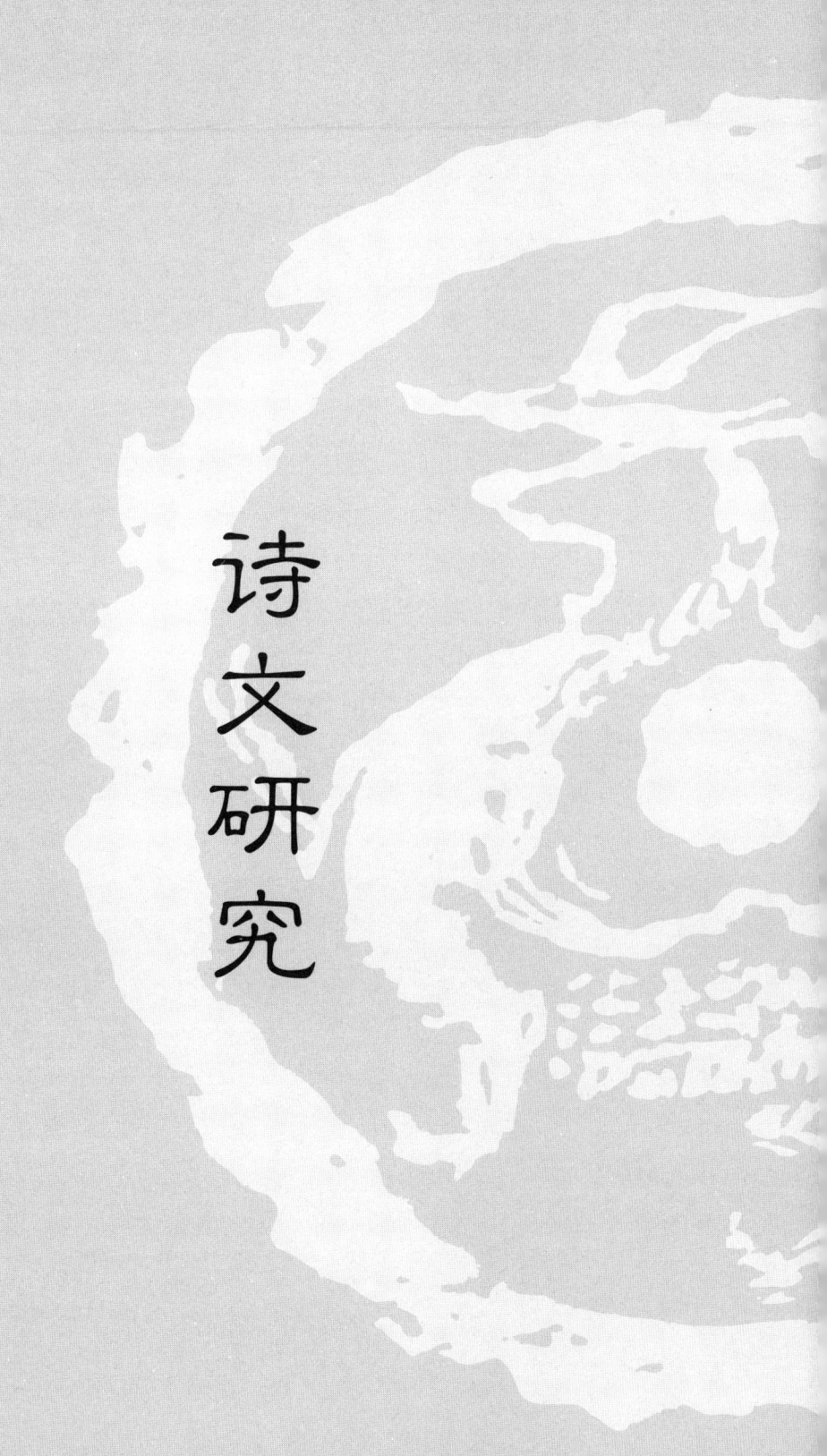

诗文研究

《清人诗文集总目提要》订补*

——以范士楫等八位作家为中心

朱则杰

摘　要： 今人柯愈春先生所著《清人诗文集总目提要》，从清代诗歌（包括散文）文献学的角度来说，代表了迄今为止该领域学术研究的最高成就。因此，以该书作为基础，对其中若干舛误与疏漏进行订正与补充，使之尽可能地趋于完善，也就成了一项很有意义的工作。同时，这些遗留下来的问题，其难度相对来说也是最大的。现在即根据平日读书所得，对其中范士楫、武全文、杜芳、张恂、雷子[于]霖、赵渔、王建常、王令八位作家的有关问题予以订补，供作者及其他相关读者参考。

关键词： 清诗　《清人诗文集总目提要》　《清人别集总目》

在清代诗歌（包括散文）的文献学研究领域，世纪之交相继出版了李灵年、杨忠两位先生共同主编的《清人别集总目》和柯愈春先生所撰《清人诗文集总目提要》两种巨著。① 两书均为16开三大册，各著录清代作家近两万人，别集约四万种。特别是《清人诗文集总目提要》（以下简

---

* 本文系国家社会科学基金重大招标项目"清代诗人别集丛刊"（编号：14ZDB076）的阶段性成果。

① 李灵年、杨忠：《清人别集总目》，安徽教育出版社，2000；柯愈春：《清人诗文集总目提要》，北京古籍出版社，2002。

称《提要》），更可以说是后出转精，代表了目前该领域研究的最高水平。

不难想见，涉及这么多的对象，即以《提要》而论，这里面的各种疏忽、缺漏乃至错误，自然也是难以尽免的。并且遗留下来的这些问题，一般说来，其处理难度恰恰也是最大的。对这些问题进行订正和补充，正可以使两书更趋完善。特别是关系到《提要》本身以及日后《全清诗》《全清文》等内部排序的作家生卒年问题[①]，更是解决一处是一处，完成一家多一家。因此，笔者主要就从生卒年入手，将所发现的有关问题陆续写成文字，相继分组发表，提供给编撰者以及其他相关读者参考。本篇取范士楫等八位作家，仍旧按照《提要》著录的先后立目排序，依次考述；有些涉及《清人别集总目》的问题，也一并予以指出。

一　范士楫（卷四，上册，第60页）

范士楫，《提要》及《清人别集总目》均缺生卒年。[②]

按范士楫的卒年容易考知。杜越《紫峰集》卷十《祭范箕生》一文，开头说：

> 乙巳清明，方拟先孺人遗行，求传吾邑范二兄箕生，适作维扬游。入夏，旋闻异耗。六月，邑中信至，则已殡矣。伤哉！[③]

这里"乙巳"为清康熙四年（1665），范士楫（箕生其字）当即于这一年的春夏之交客死江苏扬州。《孙奇逢集·日谱》卷二十四"康熙四年乙巳""六月""十五日"条有《闻范箕生讣音，不禁凄断，抚念今昔，为

[①]《清人别集总目》虽然按作家姓氏笔画排序，但各家小传也力求注明生卒年。
[②]《清人别集总目》第2册，安徽教育出版社，2000，第1347页。
[③]（清）杜越：《紫峰集》，《清代诗文集汇编》第10册，上海古籍出版社，2010，第623页。

四绝》一题①，又《紫峰集》卷三还有一首诗歌《乙巳赴吊箕生墓。入邑献，自存之。仲启过视》②，均可佐证。

范士楫的生年未能确考，但至少可以知道一个范围。

首先与孙奇逢比较。《孙奇逢集·日谱》卷十三"顺治十七年庚子"（1660）"正月""二十三日"条有《寄范箕生》一札，开头叙及："仆八十在望，亲翁亦近七十矣。"③ 意思是说，两人相差大约十岁左右。而本年孙奇逢"七十七岁"，范士楫姑且按六十七岁看待，逆推其生年大约在明万历二十二年甲午（1594）前后。

其次与杜越比较。《孙奇逢集·日谱》卷二十二"康熙三年甲辰"（1664）"十月""初十日"条有《不寐，看孙夜读，兼怀二岳》绝句二首，题注说："人号君异为'紫峰处士'，箕生自号为'橘山人'，予因目为'二岳'。"④ 上及杜越《祭范箕生》一文，称范士楫都是"兄"或者"吾兄"；又《紫峰集》卷十一《跋橘洲见诒［贻］诗卷》一文，也说范士楫（橘洲其号）以"弟畜余"。⑤ 同时，范士楫《橘洲诗集》卷五《君异书来，伫成一诗》云："与君总角之宴，眷我绨袍一寒。"⑥ 总起来看，一方面范士楫年长于杜越，另一方面两人又不会相差太大。而杜越生年可见《提要》卷二⑦，为万历二十四年丙申（1596），范士楫自然应该出生在这一年稍前。

现在再来说《橘洲诗集》卷一《忆往篇》，小序开头叙及："万历己

---

① 《孙奇逢集》下册，中州古籍出版社，2003，第1044页。
② （清）杜越：《紫峰集》，《清代诗文集汇编》第10册，上海古籍出版社，2010，第554页。
③ 《孙奇逢集》下册，中州古籍出版社，2003，第492页。
④ 《孙奇逢集》下册，中州古籍出版社，2003，第970页。杜越字君异。
⑤ （清）杜越：《紫峰集》，《清代诗文集汇编》第10册，上海古籍出版社，2010，第632页。
⑥ （清）范士楫：《橘洲诗集》，《四库全书存目丛书》集部第198册，齐鲁书社，1997，第490页。
⑦ 《提要》上册，第21页。惟该处称杜越"卒于康熙二十一年（1682）"，而实际上其忌日为康熙二十年辛酉的十一月二十六日（公元已入1682年）（可见江庆柏先生《清代人物生卒年表》有关说明，人民文学出版社，2005，第238页）。另外杜越享年八十六岁，而《碑传集》卷一百二十五所录李兴祖《杜先生越墓志铭》称其"得年八十有七"（可见《清代碑传全集》上册，上海古籍出版社，1987，第625页）。这种算法不知是否与当地的某种特殊习俗有关。

酉岁,楫始成童。"① 这里"己酉"为万历三十七年(1609),"成童"指十五岁以上数年。假设这一年范士楫刚刚十五岁,那么逆推其生年就是万历二十三年乙未(1595)。联系上文与孙奇逢、杜越的比较来看,这个推测在很大程度上应该是符合实际的。不过,考虑到"成童"本身毕竟是指一个年龄段,"楫始成童"的提法也可能含有自夸成分而并不一定就是十五岁,所以这个推测目前也还不宜直接作为定论。

另外,范士楫表字"箕生",是否有意借星宿来指生年月日及时辰中某一个时间的干支,这一点不便推测。

附带关于范士楫的诗集,先后刻有《匪棘堂集》十二卷、《橘洲诗集》六卷,现今都有影印本,底本收藏单位即见《提要》著录。两集卷首所冠《自叙》,正文完全相同(底本页面残缺者不论),一上来都说"(嘻)此乙酉〔顺治二年,1645〕以后稿也"②,而署款却分别作:"顺治壬辰〔九年,1652〕七夕,放樵笔。"③ "顺治戊戌〔十五年,1658〕上元,士楫识。"④ 又两集所收作品,大体上也是《橘洲诗集》涵盖《匪棘堂集》。《提要》称"《橘洲诗集》……各卷卷首有自序",这里"各卷"二字应当删去;又称其"后补辑顺治二年以前所作,编为《匪棘堂集》……约康熙间刻"云云,也与实际情况不符,需要修改。

二 武全文（卷五,上册,第84页）

武全文,《提要》及《清人别集总目》均缺生卒年。⑤

---

① （清）范士楫：《橘洲诗集》,《四库全书存目丛书》集部第198册,齐鲁书社,1997,第405页。
② （清）范士楫：《橘洲诗集》,《四库全书存目丛书》集部第198册,齐鲁书社,1997,第388页；《匪棘堂集》,《北京图书馆古籍珍本丛刊》第112册,书目文献出版社,1987-1998,第833页。
③ （清）范士楫：《匪棘堂集》,《北京图书馆古籍珍本丛刊》第112册,书目文献出版社,1987~1998,第833页。放樵其号。
④ （清）范士楫：《橘洲诗集》,《四库全书存目丛书》集部第198册,齐鲁书社,1997,第389页。
⑤ 《清人别集总目》第2册,安徽教育出版社,2000,第1341页。

按武全文的生卒年问题，今人可以说已经解决。李晶明先生主编《三晋石刻大全·阳泉市盂县卷》，上编《现存石刻》"中华人民共和国"时期"武全文墓表"条有"公元2006年3月刊"杨有贵先生撰写的所谓《考武公讳全文墓表》，开头就说：

> 武公讳全文，字藏夫，号石庵。生于明万历庚申二月初三日[四十八年，公元1620年3月6日]，卒于清康熙壬申十二月二十七日[三十一年，公元1693年2月1日]，春秋七十有三。①

此前很早，杨有贵先生曾经撰有《武全文的政绩及其现实主义诗章》一文，头尾叙及：

> 公元1620年（明光宗泰昌元年），武全文出生在山西省盂县西小坪村的一个仕宦之家。……康熙壬申（公元1692年）因病逝世，终年73岁。②

并且在考察武全文祖籍的时候，还提到过一种《武氏族谱》。③ 因此，《墓表》记载生卒时间如此具体，很可能就是依据族谱，值得采信。《提要》曾说"年七十三卒"，与此正合。

不过，这里有些情况需要注意。一是关于武全文的生年："公元1620年"这个"庚申"，同时涉及神宗万历、光宗泰昌两个年号，而七月以前属万历，八月以后属泰昌；武全文生日在二月，自然应当以《墓表》所说的"万历"为是。二是关于武全文的卒年："康熙壬申"正常固然对应"公元1692年"，但从十一月二十五日开始，公元已经进入1693年；因此

---

① 李晶明：《三晋石刻大全·阳泉市盂县卷》，三晋出版社，2010，第644页。
② 《山西文史资料》1994年第六辑（盂县文史集览），山西省统计局印刷厂，1994，第112~116页。
③ 《山西文史资料》1994年第六辑（盂县文史集览），山西省统计局印刷厂，1994，第112页。

在用公历标示年份以及相应介绍旧历的时候，应当尽可能准确处理。三是关于该《墓表》以及前后连续多篇杨有贵先生所撰武氏人物墓表①：其他方面毋论，标题前面都冠有一个"考"字；而这个"考"字，正常用于儿子称亡故的父亲，因此应当予以凿去或者抹平才是。

三 杜芳（卷五，上册，第90页）

杜芳，《提要》及《清人别集总目》均缺生卒年。②

按《提要》曾叙及杜芳入清后，"顺治三年充会试同考官"。戴璐《藤阴杂记》卷一记载：

> 顺治丙戌会试，杜月湖芳以庶吉士同考。得魏柏乡裔介卷，已拟第一，后［发榜］改十二名；李奭棠本十二名，改第一。月湖评魏文，拟之以苏长公，果居揆席。而月湖分校次年即卒，柏乡作志铭述之。③

这里"丙戌"正是顺治三年（1646），而杜芳即卒于"次年"亦即顺治四年丁亥（1647）。惟所说魏裔介"作志铭"，通行本《兼济堂文集》内未载④，不知见于何处、现今是否还保存于世，不然杜芳的出生时间正常也应该能够查得。至如前及江庆柏先生《清代人物生卒年表》依据《崇祯十六年癸未科进士三代履历》，定杜芳生年为明万历三十年壬寅（1602）⑤，那自然只能作为一个大致的参考。

---

① 李晶明：《三晋石刻大全·阳泉市盂县卷》，三晋出版社，2010，第642~648页。
② 《清人别集总目》第1册，安徽教育出版社，2000，第682页。
③ （清）戴璐：《藤阴杂记》，北京古籍出版社，1982，第11页。
④ （清）魏裔介：《兼济堂文集》，《清代诗文集汇编》第56~57册，上海古籍出版社，2010。
⑤ 江庆柏：《清代人物生卒年表》，人民文学出版社，2005，第237页。

四 张恂（卷五，上册，第92页）

张恂，《提要》缺少生卒年。

按前及江庆柏先生《清代人物生卒年表》曾经依据《崇祯十六年癸未科进士三代履历》，定张恂生年为明天启二年壬戌（1622）。① 但是，冒襄《冒辟疆全集·巢民诗集》卷三有《寿张稚恭五十，即用庚寅余四十见赠原韵》二首。其前后两题，分别为《红桥宴集，分得"林"字、"庵"字》二首、《戊申季夏，寿姊六十，四首。姊长余二岁，长斋绣佛已十年矣》。② 该次"红桥宴集"非常著名，学术界相关介绍很多。其时间在清康熙五年（1666）"丙午小春"亦即十月份，唱和作品为调寄《念奴娇》词限入声"一屋"韵、五言律诗二首分韵每人各二字；其中词毋论，诗如王士禄《十笏草堂上浮集》卷四《丙集·二》"丙午诗九十首"之《小春宴集红桥园亭，即席分赋，得"陈"字、"公"字》二首③，即为同作。因此，冒襄这组为张恂（稚恭其字）五十岁而作的寿诗，假如集内编排次序不误，那么应该作于康熙五年（1666）"丙午小春"十月至七年（1668）"戊申季夏"六月这个时间段之内。据此逆推，则张恂的生年应该在明万历四十五年丁巳（1617）至四十七年己未（1619）之间。虽然具体哪一年未能确断，但肯定早于天启二年壬戌（1622），而晚于《提要》本卷的时间下限万历四十三年乙卯（1615）。

附带关于张恂，历史上同姓名者不少。《清人别集总目》著录这个张恂④，就误作另外一个人，应当更正。

---

① 江庆柏：《清代人物生卒年表》，人民文学出版社，2005，第378页。
② （清）冒襄：《冒辟疆全集》上册，凤凰出版社，2014，第183~185页。
③ （清）王士禄：《十笏草堂上浮集》，《清代诗文集汇编》第98册，上海古籍出版社，2010，第732~733页。
④ 《清人别集总目》第2册，安徽教育出版社，2000，第1088页。

五　雷子霖（卷五，上册，第92页）

雷子霖，《提要》著录民国陕西省印刷局排印本《柏林文集》四卷，而作者缺少生卒年。

按这里首先需要说明的是，《提要》本条关于作者的介绍，大抵依据成书于清代道光年间的钱林《文献征存录》卷四"汤斌"条末尾所附小传①，因此以"雷子霖"立目。但是，除此之外，其他各种文献记载特别是原始资料（包括部分辗转引用者）普遍作"雷于霖"，则"雷子霖"的"子"字应该是"于"字形近之误。

这样，关于此集作者的情况，就有不少今人的研究成果可以作为现成的补充或参考。最值得关注的，是署名"秦波"（周伟洲先生）撰写的《混进李自成起义军的一个内奸的自供状——剖析明末雷于霖的一份手书"自传"》一文。②该文介绍雷于霖的仕履，提到他曾在李自成大顺政权做过辽州防御使。特别是所附"自传"原稿的照片，详细记载了雷于霖的出生时间——明"万历己丑［十七年，1589］十月十九日"（公历11月26日）。其谢世时间则为1667年，即清康熙六年丁未，享年七十九岁。而据文末有关注释，"'自传'原件现藏陕西省博物馆"，文章作者同时还参考过"《柏林文集》卷二《癸酉科举人柏林雷氏暨配杨氏刘氏两室人自志铭》"以及所附"雷于霖的儿子雷衍恩写的《显考癸酉科举人柏林府君行实编年》"（柏林为其号）等，因此具体内容应该值得相信。并且如果有条件读到此集原书，那么很可能还可以进一步知道雷于霖的忌日。

另外，曾见今人李明先生点校整理的《王建常集·复斋余稿》卷一

---

① （清）钱林：《文献征存录》，《续修四库全书》第540册，上海古籍出版社，2002，第147页。

② 《文物》1974年第12期，第49~52、81页。

有一篇《祭雷午天》①，可惜没有关于雷于霖（午天其字）生卒时间的记载，不然可以增加一些参考。

《清人别集总目》著录雷于霖②，于作者全无介绍，则应当酌情予以补充。

六　赵渔（卷五，上册，第92页）

赵渔，《提要》缺少生卒年。

按赵渔生卒年，学术界很早就已经考知。例如王平先生《小学派韵书之后殿——〈五方元音〉》一文，第一部分《〈五方元音〉的作者及成书年代》在考察赵渔友人樊腾凤《五方元音》成书时间的时候，就交代过赵渔的生卒年。③ 有关论证过程，苏州大学汉语言文字学专业张晓同学的硕士学位论文《〈五方元音〉音系》第一章《绪论》第一节《〈五方元音〉的作者及成书年代》表述比较清晰：

> 赵渔……康熙十二年《唐山县志》卷三《人物志》有传……
> 根据康熙十二年《唐山县志·人物志》所引的赵渔墓志铭记载，赵氏生于明万历三十二年［甲辰］（1604年），卒于清康熙庚戌年［九年］（1670年）……④

由此看来，这个结论应该是值得相信的。

另外，前及江庆柏先生《清代人物生卒年表》也曾依据《崇祯十六年癸未科进士三代履历》，定赵渔生年为万历三十二年甲辰（1604）。⑤ 这

---

① 《王建常集》，西北大学出版社，2014，第374页。
② 《清人别集总目》第3册，安徽教育出版社，2000，第2315页。
③ 《辞书研究》1996年第5期，第140页。
④ 张晓：《〈五方元音〉音系》，苏州大学硕士学位论文，2007，第2页。
⑤ 江庆柏：《清代人物生卒年表》，人民文学出版社，2005，第538页。

种履历记载的人物生年与墓志铭恰相一致,倒确实相当难得。

又今人编纂的《邢台历史文化辞典》,有"赵渔墓志"条,大略说:

> 志现存于隆尧县东良乡大干言村赵德春家。……志盖阴刻楷书"明进士赵文介公年谱及志铭"……其子燧沐手撰,燧忼书丹。刻于清康熙九年(1670年)。……墓志保存完好,1982年,隆尧人民政府公布为县级文物保护单位。①

从这里可以知道该墓志铭原物至今保存于世,同时其刻立时间也与前述赵渔("文介"当系其私谥)卒年完全吻合。日后如果有机会看到墓志铭原物或拓片,那么不但可以进一步知道赵渔的生日和忌日,而且其可靠性自然也是最强的。

附带关于赵渔的仕履,《提要》说:

> (明)崇祯十六年进士,由兵部侍郎历官陕西、湖北粮、学诸道。入清优游林下。

这里有两个明显的疑点:一是赵渔的历官,不可能从侍郎开始;二是该科进士至次年明朝灭亡实际不足一年时间,因此在明朝也不可能历官如此之多。按照《提要》所示"《续修四库提要》著录"的线索,检得中国科学院图书馆整理的《续修四库全书总目提要(稿本)》集部别集类"秋牡丹诗一卷春海棠诗一卷(清刻本)"条对应的原文为:

> 清赵渔撰。渔……明崇祯十六年成进士,所为文章有古大家风。

---

① 政协邢台市委员会:《邢台历史文化辞典》,中国文史出版社,2012,第436页。另国家文物局主编《中国文物地图集·河北分册》"文物单位简介""邢台市·隆尧县"有所谓"赵涣家族墓地"条(文物出版社,2013,下册,第720页,编号"59-B"),所有"涣"字均系"渔"字形近之误。至于赵渔家乡从"唐山县"变为"隆尧县",则由古今行政区划变更所致。

由兵部郎历任陕西、湖北粮、学各道,皆有政声。致仕后,优游林下。①

《提要》将"郎"(指郎中)改为"侍郎",又将在清代为官然后"致仕"改为"入清",这就完全错了。

此外,《提要》还提到赵渔一种"未见传本"的所谓《剿林文集》,"剿"字乃是"鼐"字形近之误。

七 王建常(卷五,上册,第98页)

王建常,《提要》已定其生年为明万历四十三年乙卯(1615),而卒年尚缺。

按王建常卒年,学术界多已考知。例如前及点校本《王建常集》,《前言》第一部分《生平要略》就明确说王建常"卒于清康熙四十年(一七〇一)",并且添有相应注释:

> 清康乃心所撰《王贞文先生遗事》言"仲复先一年捐馆",由此,据王弘撰卒年可知其卒年。②

王弘撰("贞文"为其私谥)卒于康熙四十一年壬午(1702)③,上推王建常(仲复其字)卒年确实如此,其享年则为八十七岁。

需要指出的是,该《前言》同时称王建常"生于明万历四十二年(一六一四)",注释说:

---

① 中国科学院图书馆整理《续修四库全书总目提要(稿本)》第17册,齐鲁书社,1996,第98页。
② 《王建常集》,西北大学出版社,2014,第2页。
③ 江庆柏:《清代人物生卒年表》,人民文学出版社,2005,第42页。

《复斋录》卷五王建常言："癸酉季冬望日，书与［于］复斋寒窗下（时年七十有九）。"癸酉年即康熙三十二年（一六九三），可知其生年。

然而据此逆推，王建常的生年应该就是《提要》所定的万历四十三年乙卯（1615）；《前言》作者由于不了解古人按虚龄计年岁的传统习惯，而采用净减的方法，所以得出了错误的结论。此外，《前言》在生年计算错误的基础上却同样称王建常"享年八十七岁"，其原因也在这里。

附带关于《提要》著录的王建常著作，只有《复斋录》这一种；而《王建常集》另外所收的一种诗文集《复斋余稿》，《提要》按照体例更应当予以补充。

八 王令（卷六，上册，第124页）

王令，《提要》及《清人别集总目》均缺生卒年。[①]

按释今无《阿字无禅师光宣台集》卷二十三"七言律"《赋得孔雀开屏》小序说：

> 丁巳腊之十一日，为仲锡王观察览揆。先二日游海幢。予院中久笼一孔雀……数月来渐丽其尾。是雀也，昂首见公，为之三前三却，忽开屏相向，意若忻舞。观察德惠于海幢不可枚举，岂诚动昆虫，而此雀窃知之耶？故为赋"孔雀开屏"诗。[②]

这里"丁巳"为清康熙十六年（1677）。又卷二十五"七言绝"有《寿

[①] 《清人别集总目》第1册，安徽教育出版社，2000，第48页。
[②] （清）释今无：《阿字无禅师光宣台集》，《四库禁毁书丛刊》集部第186册，北京出版社，2000，第420页。

王仲锡臬宪》十五首，小序也提到王令（仲锡其字）"腊之十一日览揆"①，但不知是否同年所作。

由释今无的《赋得孔雀开屏》小序，联想到王令《念西堂诗集》卷六"土集""七言律"康熙六年（1667）《丁未季冬，叔父没于燕邸，停柩古寺。时予有南海之行，不及扶榇西归，为之泫然》，其后恰巧有《游海幢寺，访阿字》《五十初度前二日漫作》连续两题②，表面情节颇为相似。这样看起来，王令似乎很有可能就是"丁未"年五十岁、"丁巳"年六十岁。假如据此逆推，那么其生年即为明万历三十六年戊申（1608）。

但是，上及释今无两题寿诗，毕竟都没有提到王令当时的年龄。王令《念西堂诗集》同卷同体裁作品内部，《五十初度前二日漫作》前面与《丁未季冬……》之间还有《除夕》二首等六题，至少已经隔年；后面第四题就是康熙十年（1671）《辛亥九月，剿抚事竣，次士民原韵》八首③，跳跃性也相当大。因此，假设其排序不误，那么"五十初度"应该在康熙七年戊申（1668）至九年庚戌（1670）这三年之间，而很难断定其究竟具体在哪一年。这也就是说，按照目前的情况，王令生年至多只能推测出一个大致的范围。

至于《提要》本卷，一方面将王令附在万历四十六年戊午（1618）出生的作家之后，另一方面又说"康熙二十年［辛酉，1681］……时近六十"，则明显自相抵牾。

附带关于《提要》本条介绍《念西堂诗集》卷首他人撰序，杜泽逊先生《微湖山堂丛稿》卷九《〈清人诗文集总目提要〉札记》第十则曾经依据原书指出，作者姓名"'张仁函'当作'张为仁'，'曹贞白'当

---

① （清）释今无：《阿字无禅师光宣台集》，《四库禁毁书丛刊》集部第186册，北京出版社，2000，第450页。
② （清）王令：《念西堂诗集》，《四库全书存目丛书》集部第283册，齐鲁书社，1997，第132~134页。
③ （清）王令：《念西堂诗集》，《四库全书存目丛书》集部第283册，齐鲁书社，1997，第133~136页。

作'陶贞白'"。① 另外，上及释今无《阿字无禅师光宣台集》卷七有一篇《王廉宪仲锡念西堂诗集序》②，为《念西堂诗集》卷首所未载，则可以作为补充。

又，《提要》本条在《念西堂诗集》之外，还依据已故孙殿起先生《贩书偶记续编》卷十四集部别集类"清顺治至康熙"之属③，提到一种《古雪堂诗敲集》，"无卷数"，亦"无刻书年月"。王令《古雪堂文集》卷一内，有《念西堂诗集自序》《古雪堂诗集自序》各一篇④，可知其另一种诗集即为《古雪堂诗集》。至于所谓"敲集"，则很可能像《念西堂诗集》，全书按体裁分为八卷，各卷用"八音"名称"金、石、丝、竹、匏、土、革、木"依次标为"念西堂诗金集""念西堂诗石集"等一样，用某个带有"敲"字的古书名句依次标卷而来；假如确实如此，那么这个"敲集"应该仅仅是《古雪堂诗集》中残存的一卷。另外，释今释《遍行堂集·续集》卷三有一篇《王宪长仲锡诗集序》⑤，标题看不出是为王令哪一种诗集而作，而正文又没有提到王令前后有两种诗集，因此正常还是应该归属《念西堂诗集》。

又，《古雪堂文集》卷十三所收都是所谓"诗话"，共九则（其中一则为"笔话"）。该卷的卷次、版心以及卷前"目录"都标注不误，而唯独卷端误刻作"卷之八"。⑥ 曾见有学者据此书辑录诗话（出处从略），卷次称作"卷八"，正是受了卷端的误导。

---

① 杜泽逊：《微湖山堂丛稿》下册，上海古籍出版社，2014，第1223页。
② （清）释今无：《阿字无禅师光宣台集》，《四库禁毁书丛刊》集部第186册，北京出版社，2000，第161~162页。
③ 孙殿起：《贩书偶记续编》，上海古籍出版社，1980，第234页。
④ （清）王令：《古雪堂文集》，《四库全书存目丛书》集部第283册，齐鲁书社，1997，第168~169页。
⑤ （清）释今释：《遍行堂集》第4册，广东旅游出版社，2008，第47页。
⑥ （清）王令：《古雪堂文集》，《四库全书存目丛书》集部第283册，齐鲁书社，1997，第286页。

作者简介

朱则杰，男，文学博士，浙江大学传媒与国际文化学院国际文化学系教授、中国古代文学专业博士生导师，从事清代诗歌研究，已出版《清诗史》《清诗考证》等专著。

蒲松龄的骈文刍议

赵伯陶

摘 要：清初的蒲松龄以文言小说《聊斋志异》千古不朽，并不以骈文写作名世，当下研究清代骈文史的著作也很少提及蒲松龄的相关骈文作品。但在蒲松龄传世文集中，骈文所占比重却不低，举凡碑记、序跋、题词、代拟公文、书启、婚书、杂文乃至拟表、拟判等文类中，皆可以寻觅到骈文的踪影，有一些得意之作，还被收录于《聊斋志异》的篇章中。拟表、拟判等姑且不论，包括代人之作在内，蒲松龄骈文中的应酬文章居大多数。如何看待其骈文写作，因涉及《聊斋志异》的创作以及清代骈文的兴盛诸多问题，并非无关紧要。

关键词：蒲松龄 骈文 散文 《聊斋志异》

骈文，又称骈俪文，若不讨论其与先秦两汉骚赋的渊源问题，汉魏以后的南北朝时期是骈文的兴盛期。骈文以偶句为主，唯骈俪是求，以藻绘相饰，讲究对仗和声律，音调铿锵，因而易于讽诵。清李兆洛《骈体文钞序》有云："六经之文，班班具存，自秦迄隋，其体递变，而文无异名；自唐以来，始有'古文'之目，而目六朝之文为'骈俪'。而为其学者，亦自以为与古文殊路。"[①] 在20世纪以后的文学史研究中，骈文的声誉与地位远没有实用性较强的古代散文高，这一方面缘于其形式大于内容

---

① 郭绍虞主编《中国历代文论选》第3册，上海古籍出版社，1980，第465页。

的华丽修饰，另一方面则是与读者的心理沟通容易产生隔膜，若无一番细致耐心的查考功夫，实难体会作者煞费苦心的修辞之妙。骈文讲究使事用典、无独有偶的意象纷呈，如同天花乱坠，却又迂回宛转、含蓄模糊，一望之下，难明所以。然而也许正是这种类似文字游戏的文学表达，令作者高自位置的虚荣心可以淋漓尽致地得到满足，至于其功效究竟如何，则非作者虑所能周了。

一

清代一般被视为骈文的兴盛期，有远承唐宋、超迈元明的气局。有论者将清代骈文的兴盛与八股制艺取士相联系，实则两者的关联性并不明显。清吴敬梓《儒林外史》第十三回《蘧驲夫求贤问业，马纯上仗义疏财》中专事选评八股文的马二先生曾说："文章总以理法为主。任他风气变，理法总是不变。所以本朝洪、永是一变，成、弘又是一变。细看来，理法总是一般。大约文章，既不可带注疏气，尤不可带词赋气。带注疏气，不过失之于少文采；带词赋气，便有碍于圣贤口气，所以词赋气尤在所忌。"马二先生针对八股文的批评又说："也全是不可带词赋气。小弟每常见前辈批语，有些风花雪月的字样，被那些后生们看见，便要想到诗词歌赋那条路上去，便要坏了心术。古人说得好，'作文之心如人目'，凡人目中，尘土屑固不可有，即金玉屑又是着得的么？"①尽管八股文风在明清历朝皆有所变化，或尚简明，或尚繁缛，并非整齐划一，但马二先生的一番话基本与诸多考官对八股试卷的评判标准相一致，则可以肯定。类似的体认在《儒林外史》第三回《周学道校士拔真才，胡屠户行凶闹捷报》中也有明确的表达。升任广东学道的周进与参加院试的童生魏好古的一番对话就颇耐人寻味：

---

① （清）吴敬梓：《儒林外史》，人民文学出版社，1977，第166~167页。

那童生道："童生诗词歌赋都会，求大老爷出题面试。"学道变了脸道："'当今天子重文章，足下何须讲汉唐！'像你做童生的人，只该用心做文章，那些杂览，学他做甚么！况且本道奉旨到此衡文，难道是来此同你谈杂学的么？看你这样务名而不务实，那正务自然荒废，都是些粗心浮气的说话，看不得了。左右的，赶了出去！"一声吩咐过了，两傍走过几个如狼似虎的公人，把那童生叉着脖子，一路跟头，叉到大门外。①

小说中所谓的"杂览"，也就是童生魏好古所说的"诗词歌赋"，骈文等文体自在其内，其写作与八股制艺的冲突不言而喻。骈文的写作通常以四六句为主，形同对联，又讲求粘对，追求声律的和谐。至于用典使事，事典与语典不必像八股文须"代圣贤立言"，仅局限于战国以前的时代。八股制艺中的"破题""承题""起讲""入手"之后，须有"起股""中股""后股"和"束股"四个大的段落，而每个段落中都有两股排比对偶的文字合成八股，故称八股文。以段落为基础两相对偶，显然与类似于对联写法的骈文不同，同时钻研两者，不但难以相辅相成，而且还可能有所妨害。小说中周学道目"诗词歌赋"为"杂览"一类，就说明了骈文与八股这两种文体的本质有所不同。

姜书阁先生《骈文史论》探讨了律赋与八股文的关系："我们还不能说律赋是八股文的直接来源，但八股文确是从律赋吸取了很多重要的工艺。而律赋是骈文，是骈文的律化，那么，也可以说八股文是从骈文辗转演化出来得一个怪胎。我称之为'骈余'，毋宁还是给予它一个美名吧？"② 这一说法现在看来似较牵强。启功先生《说八股》有云："其实八股文对偶的一比一比中，散语较多，有也较随便，写完了一股，还须比照前股的尺寸，给它去配出下一股，岂不是自找麻烦。有时两边凑和长短，真要费许多力气。当然也有一些一股中的骈句，和下股的骈句字数不

---

① （清）吴敬梓：《儒林外史》，人民文学出版社，1977，第36~37页。
② 姜书阁：《骈文史论》，人民文学出版社，1986，第534页。

太相同的。"① 这一论述简明扼要,令读者对于对偶修辞在骈文与八股文中所呈现的不同样貌一目了然。

有论者在讨论清代骈文的"复兴"态势时,往往与清代严苛的文字狱相联系,仿佛骈文在清代的兴盛与当时考据学的发展有着共同的因子。如莫道才先生认为:"而作为少数民族统治全中国的统治者,清王朝采取了严厉的文化专制政策,大兴文字狱,动辄革职,甚或弃市,株连九族,这使得文人在写作时噤若寒蝉,谨慎异常,恰如龚自珍在《咏史》诗中所说的'避席畏闻文字狱'。这样,骈文这一重辞采、典故的文体成为了文人逃避社会现实的工具。"② 杨旭辉先生《清代骈文史》则用形象的语言审视骈文兴盛与清代文字狱的关系问题:

> 文化检察官,或是阴暗角落里的小人,一手操握满纸典故、晦涩难读而不知所云的诗文集,特别是其中有不少骈文,一手直指被枷带锁者,厉声呵斥:"呔!从实招来!问汝辞赋何所携?!"而骈文作者的回应之词却异乎镇定:"却道从前尽陈迹!不过是一些陈谷子烂芝麻之类的断烂朝报而已,别无他意,请大人明察定夺!"③

以上所引观点,笔者认为有低估文字狱制造者的智商以及皇权专制政体的极端残酷性之嫌。骈文文体的典故串联运用,适以造成文章意象的模糊性,极有可能倒执干戈,授人以柄。而欲加之罪,何患无辞?康熙间戴名世《南山集》案、雍正朝查嗣庭科场试题案、乾隆时期胡中藻《坚磨生诗钞》案,无一不书写着封建专制皇权的荒谬绝伦。就此而论,清代骈文的兴盛可谓与文字狱毫无关联性,这与在文字狱阴影下清代众多文人士大夫每喜逃避于考据学中的现象似乎不可同日而语。

蒲松龄生于明末,主要活动则在清康熙时代,其骈文写作当具有历史

---

① 启功等:《说八股》,中华书局,1994,第 27 页。
② 莫道才:《论清代骈文研究的几个问题》,《广西师范大学学报》2003 年第 3 期。
③ 杨旭辉:《清代骈文史》,人民出版社,2013,第 183 页。

传承性的重要因素，而非八股文研习的需求，更非文字狱阴影下的产物。

二

康熙九年（1670），三十一岁的蒲松龄曾应同邑进士、扬州府宝应县知县孙蕙之邀，出走江淮为幕不到一年，历练人生之余，也大长了见识。宝应县在清代属于"冲、繁"之区，县衙事务杂乱，官场应酬文字与公文往来大多须为人做幕者经手处理，这一类为人作嫁的文字有时需要写得冠冕堂皇，又要尽量避免陈词滥调，不落旧套窠臼，骈文写作就成为县衙幕僚或称师爷的必备本领。这一类文字在《聊斋文集》中不乏其例，如蒲松龄代孙蕙所拟《十一月二十三日贺济南太守》一文就属于标准的官场应酬文字。① 这篇骈文开头即云："伏以北阙捧双龙，日下焕红轮之晓；东州嘶五马，雨来随朱毂之春。"结尾："微忱恪具，短楮遥飞。敢祈台鉴之渊涵，何任下情之荣藉。临启不禁鹄恭雀跃之至！"这无疑类似于一般套话，置于新官上任的贺启中皆可适用，不必另起炉灶。骈文中另有云："济水冰寒，已有阳和之早到；淮流月映，预知光采之无私。"切合太守上任时的节候与地域，连带点出孙蕙在淮河一带的宝应县为邑令的地位，当是蒲松龄行文构思中的巧妙处，属于创造性思维。又如《正月二十六日迎淮扬道张》一文②，也是蒲松龄为孙蕙代拟的迎候上司的骈体呈文，其中有"伏愿电霜交映，清万里之芳尘；荣毂遥临，散两城之化雨"一类的应酬话语，也有切合本地风光的颂扬之偶句："太微二十五星，映二十四桥之明月；长淮千百余里，流千百万世之歌思。"虽对句重复"千"字，对仗不甚工稳，但属于蒲松龄戛戛独造之语而非捃扯前人成句则可以肯定。

贺启一类无关具体事务的文字可用骈文写作，装饰门面而外，还可以令原本空洞无物的内容熠熠闪光，完全倚赖华丽的形式得以传扬四方。这

---

① 盛伟编校《蒲松龄全集》，学林出版社，1998，第1171页。
② 盛伟编校《蒲松龄全集》，学林出版社，1998，第1181页。

可能是骈文这一文体突破时代鼎革因素，得以绵绵不断流行于官场文牍的优势所在。然而在一些需要具体请示或指示的官场文件中，骈文就不切于用了。在上述《贺济南太守》贺启的前两日，蒲松龄有为孙蕙代拟《上管粮厅》一文，就不用骈体而用散文了。如其中有云："总之，所估板工，卑职日夜督催，可以无劳清虑；惟石工三段，共需石一万七千余丈，途远石少，采运维艰。前已将个中情状并占山便宜，两具详情，万恳钧力详转，俾得石有定局，则诸料悉易事耳。"① 有关河工繁杂事宜，若用骈文书写，显然不能敷用，也难以表达清楚；只有运用散体，方能一五一十且丁是丁、卯是卯地娓娓道来，具有付诸实践的可能。

　　有学者曾经用一巧妙的比喻形容骈文与散文两种文体的区别：骈体如同一只装饰华美的硬壳箱子，即使其中空洞无物，至少可以保持具有体面的外表；散体则如一只绣花软口袋，倘若其中无有货真价实的物品，就会塌瘪叠折不成模样。这一比喻生动传神，将骈、散两种文体的特征和盘托出，穷形尽相。蒲松龄在一些世俗应酬文中，也喜以骈体为文。如《募建西关桥序》《募葬郝飞侯序》《鸳鸯谷募修桥序》《贺周素心生子序》《题时明府余山旧意书屋》《〈我曰园倡和诗〉跋》《唐太史豹岩先生命作生志》等文章，就全用骈体行文，堪称心思费尽。蒲松龄《王如水〈问心集〉跋》一文，虽有散句，但大体以对偶为主，如："恶之大者在淫，北雁晨钟，切宜猛省；善之尤者为孝，西风夜雨，更要深思。"② 这种非散体文字的表达，颇类似于明中叶以来社会上流行的诸如明洪应明《菜根谭》、吴从先《小窗自纪》一类清言小品的句式，与传统骈文的文字有一定区别。蒲松龄另有一篇《王如水〈问心集〉序》，与上揭者堪称姊妹篇，虽也用偶句，但以散句为主。如云："舌剑笔锋，逞文人之才技；迎风待月，夸名士之风流。习而安焉，率以为常者，不几辱朝廷而羞当世士耶？《书》曰：'作善降之百祥，作不善降之百殃。'咿唔儿曹，盛触天

---

① 盛伟编校《蒲松龄全集》，学林出版社，1998，第1169页。
② 盛伟编校《蒲松龄全集》，学林出版社，1998，第1115页。

怒，因假手于秦皇帝，举天下而坑之，遂使不道之名，归之一人，识者冤之矣！"① 可见在骈文写作中，蒲松龄并非执一而求，而是运用之妙存乎一心，常常以内容优先为写作准则。

半散半骈的写作，或曰骈文中不避散行文字，是蒲松龄重视文章实用性的体现。《王村募修地藏王殿序》属于募捐一类的文告②，以劝捐钱财修庙为目的，需要简明扼要说明事情原委，方有效用。此序先用骈句先声夺人："盖以斋熏讽呗，是谓善根；建刹修桥，厥名福业。三生种福，沾逮儿孙；一佛升天，拔及父母。所谓无有际岸功德，具慧性者所不疑也。"此后又以若干骈句论述崇佛的必要性，接下即以散句切入主题："王村大寺，其来已旧，宫殿巍峨，规模宏敞，相传古丛林也。历年既久，几莽为墟。"后虽经修缮，却因资金不足，导致"地藏一殿，未遑修葺"，于是"某上人志大难酬，壮行不惧，意将洪宣诸号，独抱旗铃，广募十方，不惜发体，愿固太奢，意亦良苦"。最后又以骈句收尾："惟愿恒河八宝，并献鸡园；金像十围，再辉雁塔。由此馨流花界，解八难于慈云；梵落梅梁，脱十缠于甘露。则挑脚之成功，即为善之快事也。"如此行文，重修地藏殿的意义与劝募的效果并著，堪称皆大欢喜。

在蒲松龄的骈文写作中，并非全由独创，有一些属于因袭前人或将有关套语略加变化而成，这就需要平时注意积累，甚至自筹《兔园册》一类的笔记，以备撰写骈文一类文章的不时之需。值得瞩目的是，《聊斋文集》中有所谓"拟表"九十三篇、"拟判"六十六则，后者姑不论。"拟表"每篇皆不同于"拟判"之篇幅短小，而动辄五六百字的骈文写作，需要耗费作者的大量精力，绝非一蹴而就，轻易可以藏事。况且从题目到内容，"拟表"全为朝廷大计，涉及面极广，比"四书文"一类的八股文章要难写得多，费时费力，并不适于应试诸生；退一万步说，即使考生能够在考试规定时间内完成那样词采华丽的骈文，评卷的考官一时也难以判

---

① 盛伟编校《蒲松龄全集》，学林出版社，1998，第1045页。
② 盛伟编校《蒲松龄全集》，学林出版社，1998，第1056~1057页。

断优劣，绝不如评判八股文那样有章可循。若考生"拟表"使事用典一旦出现"违碍"文字，考官又没有及时发现，则极易引来杀身之祸。今天的研究者绝不能低估封建专制统治下文字狱的残酷性。《蒲松龄全集·聊斋文集》卷十一中所收"拟表"如《拟上因亢旱恭祷南郊仍命大臣清理刑狱群臣谢表》《拟上以天下荡平赐群臣宴赏赉缎匹有差群臣谢表》《拟上命将御制"孔子赞词"并"四子赞词"著翰林院书写交国子监勒石摹拓颁发各省群臣谢表》等，诸如此类的朝廷重大题目，一位乡村塾师何所得而闻？退一步讲，即使有所耳闻，草拟如此政治性极强的骈体文字，意欲何为？蒲松龄乡试场屋屡败屡战，难以中式成为举人，则与考中进士且选入翰林院作词臣之距离还相当遥远，可以说希望完全渺茫。预先做翰林词臣的工作准备，非但是不急之务，且自旁观者的视角而论，岂不荒唐可笑？蒲松龄当不会如此不通世故，为此无益且有一定风险之举。笔者认为这些骈体文字当非蒲松龄所自拟，或者系抄录于他处，因其中载录有关典故或掌故众多，冠冕堂皇，可以备自家随时参阅揣摩，以备不时之需。蒲松龄常年坐馆毕际有家，毕家属于官宦之家，当有条件抄录到以上"谢表"一类的副本。蒲松龄另加抄录存底，无非是扩充自家眼界的好学之举，亦无可厚非。后人整理蒲松龄集，细大不捐，将"拟表"类的著作权完全划归蒲松龄，唯恐有所遗漏，也可以理解。然而若从文字风格论，这些所谓"拟表"与蒲松龄流传至今的骈文风格乃至文章气局迥然不同，非蒲氏之作当属事实。我们今天研究蒲松龄及其《聊斋志异》的写作，廓清其文集中所收"拟表"的著作权问题，虽仍有进一步详加考论的空间，但既然探讨蒲松龄的骈文写作，就不可不辨。

在《聊斋文集》中，有一篇涉及婚启的骈文，其题目即大有意味："野人曹芳者，其侄女议婚于李氏，覆启已倩人写成矣，但其上只'允亲'二字，意甚其无文，托余再写数行，以壮观瞻。余因就两字凑成数句，笑而付之。"① 其文云："贰好协鸠鸣，冰媒合而百年托爱；允臧叶凤

---

① 盛伟编校《蒲松龄全集》，学林出版社，1998，第 1285 页。

卜，鸳牒下而千里成欢。庆洽宗祏，喜溢门阑。恭维台下：淄水高人，青莲旧裔。畎亩足乐，已闻歌者如金；弓冶相传，况复田中尽玉。弟材只堪食粟，宁举乌获之钧；兄子未谙作羹，敢作南容之配。乃弗嫌于葑菲，遂永结于丝萝。惟愿琴瑟鸣欢，兼祝熊罴吉兆。"这篇骈文文体的允婚文启虽不无套语陈词，但以"青莲旧裔"切合对方姓氏为"李"，又以"弓冶相传，况复田中尽玉"两句美化对方的普通农家身份，也确实动了脑筋，并非信手拈来的"文抄公"之作。《聊斋文集》在此骈文婚启之下，又有所谓《通启》一篇，则是一篇普适性强的婚启骈文，大约属于仓促中无暇细思的应急底稿一类文本，反映了清初农村这一类文字需求量的巨大。

明末战乱频仍，人口剧减，但社会中读书人的比例不断增加也是事实。顾炎武《生员论上》有云："一得为此，则免于编氓之役，不受侵于里胥；齿于衣冠，得于礼见官长，而无笞、捶之辱。故今之愿为生员者，非必其慕功名也，保身家而已。以十分之七计，而保身家之生员，殆有三十五万人。"[1] 以"十分之七"这一比例计算，则明末的进学诸生可能已达 50 万人之多。另据顾炎武《日知录》卷一七《生员额数》："至宣德七年，奏天下生员三万有奇。"[2] 宣德七年为公元 1432 年，下距 17 世纪中的明末不过一百六七十年，其间诸生数量已经扩增至 16 倍之多，不能进学的童生数量当更数倍于生员，则明末的读书人已达数百万之众，这在全国人口已达 2 亿左右的 17 世纪初[3]，也不是一个小数目。

骈文写作有一定的门槛，并非从事八股举业者全都擅长此道，但相互借鉴陈词滥调，敷衍成文并不困难。普通百姓为装潢门面，婚丧嫁娶皆需要用声调铿锵的骈文张皇其事，上揭蒲松龄为"野人曹芳"所撰婚启即可见一斑。清康熙以后，全国人口的增长速度加快，骈文的需求量也将大增，加之有关类书的问世与刻书业的发展，在如此社会基础上，一些文人

---

[1] （清）顾炎武：《顾炎武诗文集》，中华书局，1983，第 21 页。
[2] （清）黄汝成：《日知录集释》卷一七，岳麓书社，1994，第 600 页。
[3] 《中国历代人口统计一览表》，http://3y.uu456.com/bp-2d5efd0825c52cc58bd6be80-1.html。据《明熹宗实录》卷四统计，明光宗泰昌元年（1620），全国有户 983.5426 万，总人口 5165.5 万。这与 2 亿左右的估计相差过多，这里不作辨析。

士大夫专意于骈文的创作并力图创新,就顺理成章了。

清初尤侗、吴绮、毛奇龄、陈维崧、吴兆骞等,乾嘉间胡天游、袁枚、邵齐焘、汪中、吴锡麒、洪亮吉、孙星衍、孔广森、曾燠、阮元等,皆以骈文称家。博览群书,熟记故典,是这些骈文家的基本功。即以陈维崧为例,其词创作豪放,效法南宋辛弃疾,用典较密,这与其同时专意于骈文创作有一定关联。蒲松龄的《聊斋志异》也擅长用典使事,这与他的骈文写作当亦有所关联。应酬之作而外,蒲松龄的《聊斋自志》《陈淑卿小像题辞》《张视旋〈悼亡草〉题词》《题时明府余山旧意书屋》《赌博辞》《为花神讨封姨檄》《〈妙音经〉续言》等皆可视为其精心之作,后三者且融入于其《聊斋志异》的小说创作中,可见作者对之爱不释手之情怀。

三

《陈淑卿小像题辞》是一篇情浓意切的骈文之作,几达八百字,融入了作者无限情怀,描写男欢女爱甚至稍嫌刻画:"引臂替枕,屈指黄檗之程;纵体入怀,腮断明珠之串。红豆之根不死,为郎宵奔;乌臼之鸟无情,催侬夜去。幸老采苹之能解意,感女昆仑之不惮烦。"[1] 于是有论者认为这篇文章是蒲松龄为自家纪念刘氏以外的另一位在患难中结褵的夫人陈淑卿而作。[2] 蒲松龄究竟有没有第二位夫人,曾一度引来学界的争论。马振方先生经过翔实的考证,认为这篇声情并茂的骈文系蒲松龄代友人王敏入而作[3],终于结束了这场争论。蒲松龄对于男女情怀理解尤深,正如其《聊斋志异》中的相关刻画一样出神入化。《张视旋〈悼亡草〉题词》也是为友人一系列悼亡诗作所题写,如:"因出钟情之论,续为悼亡之

---

[1] 盛伟编校《蒲松龄全集》,学林出版社,1998,第1110页。
[2] 田泽长:《蒲松龄与陈淑卿》,山东大学蒲松龄研究室编《蒲松龄研究集刊》第一辑,齐鲁书社,1980。
[3] 马振方:《〈陈淑卿小像题辞〉考辨》,《文学遗产》1985年第1期。

诗。锦绣铺成，泪随声至；心肝呕出，文趁情生。燕燕飞来，昔年之华屋非故；真真唤去，重泉之粉黛如生。读其文如鹦鹉枝头，呜咽而询妃子；吟其词似杜鹃月下，悲鸣而怨王孙。"[1] 书写恩爱夫妇阴阳两隔的怀念之情，哀怨万般，缠绵悱恻，堪称淋漓尽致，具有感人至深的魅力。

蒲松龄将这种驾驭骈偶文字的能力运用于小说创作中，也往往有惊人之笔，如官府断案的骈文判词就极大丰富了小说的内容，也是蒲松龄小说积极修辞的有效手段之一。《聊斋志异》卷七《胭脂》篇后的判词，作者确实下了一番功夫，为使典用事与小说人物名字浑然天成，"胭脂"与"鄂秋隼"的取名的确大有讲究，可见其精雕细琢的用心。如云："胭脂身犹未字，岁已及笄。以月殿之仙人，自应有郎似玉；原霓裳之旧队，何愁贮屋无金？而乃感《关雎》而念好逑，竟绕春婆之梦；怨《摽梅》而思吉士，遂离倩女之魂。为因一线缠萦，致使群魔交至。争妇女之颜色，恐失'胭脂'；惹鸳鸟之纷飞，并托'秋隼'。莲钩摘去，难保一瓣之香；铁限敲来，几破连城之玉。嵌红豆于骰子，相思骨竟作厉阶；丧乔木于斧斤，可憎才真成祸水！葳蕤自守，幸白璧之无瑕；缧绁苦争，喜锦衾之可覆。嘉其入门之拒，犹洁白之情人；遂其掷果之心，亦风流之雅事。"[2] 连续用典，反复陈说，有意为儿女情长铺道开脱，以遮掩其背后凶杀案的残暴血腥，并凸显了断案者的怜才与仁慈之心，可谓一举数得。

卷四《马介甫》属于《聊斋志异》中有关悍妇、妒妇的题材，是文言小说中的名篇。"异史氏曰"后特意以平居所作骈文《〈妙音经〉续言》为殿，深化了小说讽世劝世的菩萨心肠。所谓"妙音经"，即谓佛经中《妙音菩萨品》。《妙法莲华经》简称《法华经》，七卷二十八品，姚秦弘始八年（406）鸠摩罗什译，是说明三乘方便、一乘真实的经典，为天台宗立说的主要依据。其中第二十四品为《妙音菩萨品》，讲佛告华德菩萨关于妙音菩萨过去供养云雷音王佛的因果和处处现身说此经典的本事。据《大日经疏》卷一载，妙吉祥菩萨又称妙德、妙音，以其大慈悲

---

[1] 盛伟编校《蒲松龄全集》，学林出版社，1998，第 1111 页。
[2] 任笃行：《全校会注集评聊斋志异》，齐鲁书社，2000，第 1994 页。

力之故，开演妙法音，令一切众生得闻。清何垠注云："此借梵语为房帏之戏谑耳。"① 所见中肯。《续言》中不乏隽语、冷语，作者幽默诙谐又以慈悲为怀，行文不拘一格，令读者解颐。如云："秋砧之杵可掬，不捣月夜之衣；麻姑之爪能搔，轻拭莲花之面。小受大走，直将代孟母投梭；妇唱夫随，翻欲起周婆制礼。"又如："买笑缠头，而成自作之孽，太甲必曰难违；俯首帖耳，而受无妄之刑，李阳亦谓不可。酸风凛冽，吹残绮阁之春；醋海汪洋，淹断蓝桥之月。"② 串联语典、事典，清新自然，一气呵成，流畅的骈偶表达中竟然涵盖有严肃的经典《尚书·商书·太甲中》叙事，自能令读者忍俊不禁。

卷二《黄九郎》是一篇反映封建社会男性同性恋现象的小说，作品描写何子萧对黄九郎情感之执着，反映了封建社会士大夫阶层的部分现实，对于揭露当时社会风气有一定的认识价值。蒲松龄本人对于同性恋常常抱有一种调侃戏谑的超然态度，并且于篇末不惜费时费力运用骈文形式以炫才，所谓"笑判"也者，并非是一种决绝的表示，而是具有一定的宽容度，这从卷二《侠女》一篇"异史氏曰"中的三言两语亦可得到证明："人必室有侠女，而后可以畜变童也。不然，尔爱其艾豭，则彼爱尔娄猪矣。"③ "笑判"篇幅不长，却也是蒲松龄搜索枯肠之作，其中典故除取材于《尚书》《孟子》《韩非子》《左传》《公羊传》《三国志》《北齐书》《五代史》等典籍外，晋陶渊明《桃花源记》、南朝宋刘义庆《世说新语》、唐李白《蜀道难》，甚至唐元稹《莺莺传》，也皆在提取事典的范围，可见其用心之细。对于此类近乎游戏的文字，蒲松龄不无悚惕之情。卷八《周生》写周生用骈文代替时县令的夫人参礼碧霞元君，曾以狎谑之词嘲讽时县令的同性恋性取向，篇末"异史氏曰"有云："恣情纵笔，辄洒洒自快，此文客之常也。然婢嫚之词，何敢以告神明哉！狂生无知，

---

① 任笃行：《全校会注集评聊斋志异》，齐鲁书社，2000，第1093页。
② 任笃行：《全校会注集评聊斋志异》，齐鲁书社，2000，第1090~1091页。
③ 任笃行：《全校会注集评聊斋志异》，齐鲁书社，2000，第313页。

冥谴其所应尔。"① 以自己文章的穷形尽相而快意无限，却又畏惧神明的惩罚，非常准确地道出了作者自家的心态。

卷三《赌符》篇末"异史氏曰"，即其所作骈文《赌博辞》的照录，对于当时农村弥漫的赌博之风深恶痛绝，而悲天悯人的劝善之心也灼然可见。如云："既而鬻子质田，冀珠还于合浦；不意火灼毛尽，终捞月于沧江。及遭败后我方思，已作下流之物；试问赌中谁最善，群指无裤之公。"② 调侃赌徒之衰相，暴露其狂赌入迷之心态，可谓颊上三毫，传神写照尽在阿堵中。借骈文写作劝善戒赌，凸显了这一文体实用性的一面；作者通过骈文写作借题发挥，彰显自家才学，则反映了这一文体文学表现力极强的一面。

卷三《谕鬼》一篇中尚为诸生的"石尚书"之"谕鬼文"，就有作者自炫其才的目的。通过妙手著文章，宣谕于恶兽或厉鬼，令其遵命远遁或就此销声匿迹，唐代韩愈早开先河。唐宪宗元和十四年（819）的春天，官居刑部侍郎的韩愈因谏迎佛骨，被"夕贬潮阳路八千"，远徙至岭南做潮州刺史。《新唐书》卷一七六《韩愈传》有云："初，愈至潮州，问民疾苦，皆曰：'恶溪有鳄鱼，食民畜产且尽，民以是穷。'数日，愈自往视之，令其属秦济以一羊一豚投溪水而祝之……"这就是其《鳄鱼文》名篇的由来。据《韩愈传》记述，"祝之夕，暴风震电起溪中，数日水尽涸，西徙六十里。自是潮无鳄鱼患"。③ 正史即如是说，令人有真假莫辨的疑惑，但以文章驱物，如送穷神一类的佳作却不绝于史，可见这一做法在古代文人思维中的根深蒂固。《谕鬼》所录之"谕鬼文"文字无多，谨录于下，以见其全豹：

> 石某为禁约事：照得厥念无良，致婴雷霆之怒；所谋不轨，遂遭铁钺之诛。只宜返囚两之心，争相忏悔；庶几洗髑髅之血，脱此沉

---

① 任笃行：《全校会注集评聊斋志异》，齐鲁书社，2000，第 2371 页。
② 任笃行：《全校会注集评聊斋志异》，齐鲁书社，2000，第 622 页。
③ （宋）欧阳修、宋祁：《新唐书》卷一七六，中华书局，1975，第 5262~5263 页。

沦。尔乃生已极刑，死犹聚恶。跳踉而至，披发成群；踟蹰以前，搏膺作厉。黄泥塞耳，辄逞鬼子之凶；白昼为妖，几断行人之路！彼丘陵三尺外，管辖由人；岂乾坤两大中，凶顽任尔？谕后各宜潜踪，勿犹怙恶。无定河边之骨，静待轮回；金闺梦里之魂，还践乡土。如蹈前愆，必贻后悔。①

作者用四六骈文精心结撰，对仗工稳，文采焕然，用典工巧，虽篇幅无多，却声色俱厉，读来的确非同凡响！

在《聊斋志异》中，作者炫才意识最为浓厚者还要数卷四《绛妃》一篇。小说以第一人称书写，托以梦中与花神相会并为之写作讨伐风神的檄文，其实就是为其《为花神讨封姨檄》一文特意设置的小说情境。《聊斋志异》的最早刻本为青柯亭本，刊于乾隆三十一年（1766），距离蒲松龄去世已经五十余年。青柯亭本将《绛妃》改名《花神》，作为全书之殿，排于第十六卷之末，而清人评注《聊斋》者悉据青本，故但明伦有评云："一部大文将毕矣。先生训世之心，撼怀之笔，嬉笑怒骂，彰瘅激扬。"冯镇峦有评云："殿以此篇，抬文人之身份，成得意之文章。"何守奇有评云："此书之旨，在于赏善罚淫；而托之空言，无亦惟是幻里花神，空中风檄耳。'约尽百余级，始至颠头'全书归宿，如是如是。"② 其实，《绛妃》在手稿本中在第三卷，绝非作者杀青之作。然而但、冯、何三氏之评虽皆属于郢书燕说，现在看来，仍有一定认识价值。康熙二十二年（1683），蒲松龄四十四岁，补廪膳生，长孙立德出生。这一年他在毕际有家设馆已经四年，《聊斋志异》的框架也在此前四年大体告成，有其《聊斋自志》以及高珩所作序可证。因当时作者生活尚较顺心，心境较为平和，故能从容不迫地徜徉于前人类书与有关诗文之中，寻章摘句，连缀成篇。讽世之心，容或有之，但炫才之意，当为主因。古人骈文之作，就是以诸多历史或文学典故为资粮，巧办佳肴，串联古人的有关情事传达出

---

① 任笃行：《全校会注集评聊斋志异》，齐鲁书社，2000，第594页。
② 任笃行：《全校会注集评聊斋志异》，齐鲁书社，2000，第1113~1114页。

自己内心中之所想。作者融通古今、借鉴化用的巧思固不可或缺,如何纵横捭阖、花样翻新也是必不可少的功课。作为一篇骈文力作,蒲松龄苦心孤诣、精心结撰,的确非率尔操觚者比。

这篇讨伐"封姨"的檄文佳句纷呈,如:"昔虞帝受其狐媚,英皇不足解忧,反借渠以解愠;楚王蒙其蛊惑,贤才未能称意,惟得彼以称雄。沛上英雄,云飞而思猛士;茂陵天子,秋高而念佳人。"① 运用虞舜、楚襄王、汉高祖、汉武帝的相关故事,巧喻风威,思绪曼妙。其中"楚王"三句,意谓楚襄王受到风的蛊惑,对于楚贤者的一次召问未得要领,于是仅满足于对"大王雄风"的自我陶醉。楚王,即楚顷襄王(前298~前263年在位),楚怀王子,名横,曾与秦和亲,后又欲与齐、韩联合伐秦,终为秦所败,质太子于秦,在位三十六年卒。贤才,当谓楚国的一位猎者。据《史记》卷四〇《楚世家》,顷襄王十八年,"楚人有好以弱弓微缴加归雁之上者,顷襄王闻,召而问之",此人巧妙设喻,劝谏顷襄王果断确定外交策略,但此人最终未获重用,仅"遣使于诸侯,复为从,欲以伐秦"②,终于导致失败。所谓"贤才未能称意"即指楚顷襄王虽有贤者在旁却仍于外交与军事上遭受挫辱。所谓"称雄",这里谓以"雄风"(强劲的风)之说自我陶醉,相对于当时楚国困顿的处境仅仅聊以自慰而已。所谓"雄风",语本战国楚宋玉《风赋》:"楚襄王游于兰台之宫,宋玉、景差侍。有风飒然而至,王乃披襟而当之曰:'快哉此风!寡人所与庶人共者邪?'"于是宋玉以"大王之雄风"与"庶人之雌风"不同为答,并形容雄风:"清清泠泠,愈病析酲,发明耳目,宁体便人,此所谓大王之雄风也。"③ 蒲松龄所谓"贤才"何指?只有查考《史记》等相关文献方能找到正确诠释的路径。目下《聊斋志异》诸多注本皆谓"贤才"就是指《风赋》的作者宋玉,未能找出《史记》有关猎者的书写内容,就可能错会了蒲松龄这三句话的原意。

---

① 任笃行:《全校会注集评聊斋志异》,齐鲁书社,2000,第1111页。
② (汉)司马迁:《史记》卷四〇《楚世家》,中华书局,1959,第1730~1731页。
③ (南朝梁)萧统编《文选》,中华书局,1977,第191页。

《聊斋》个别篇章与作者骈文创作有水乳交融的联系，不能忽视；小说文字的用典修辞技巧，也有借鉴骈文写作方式的地方，由此更可见探讨蒲松龄骈文写作对于《聊斋志异》研究的重要性。

作者简介

赵伯陶，男，中国艺术研究院《文艺研究》编辑部编审，从事中国古典文学以及传统文化研究，近年出版专著《〈聊斋志异〉新证》等。

编撰与建构：明代女性碑传文的书写特质[*]

王雪萍

摘　要：明代女性碑传文文体种类丰富，对其文献价值的重新估量是深入拓展中国古代女性研究的必然要求。根据每种文体撰写意图的差异，可将明代女性碑传文划分为庆寿之文、祭奠之文、传状之文三大类。这三类文体内容不仅各有侧重地反映了女性生活情态，而且各类文体对所记之事又可相互印证，自成一体。明代女性碑传文的书写在体现着撰述者对于写作内容及表述方式的斟酌与选择的同时，亦透露出当时士大夫对两性秩序的观察与思考，故而在编撰文体与行文风格上都具有明显的编撰与建构特质。

关键词：女性碑传文　明代　两性秩序

明代女性碑传文种类繁多，体裁各异，内容亦很丰富。从文本编撰角度看，决定明代女性碑传文书写内容的不仅是传主本人的处世态度与行为，更重要的是碑传文撰述者心目中认为应当认可肯定的人物品行，故明代女性碑传文存在文本建构的特征。关于女性碑传文的建构特征，明代时人就有清醒的认识。明人王世贞在《弇山堂别集》中谈到家史时就称："人讳而善溢真，其赞宗阀、表官绩，不可废也。"[①] 近代梁启超在《中国

---

[*] 本文系国家社会科学基金项目"明代女性著述整理研究"（编号：14BZS026）的阶段性成果。

[①]（明）王世贞：《弇山堂别集》卷二十"史乘考误一"，清文渊阁四库全书本。

历史研究法》里谈及私家之行状、家传、墓文，认为"盖一个人之所谓丰功伟烈，嘉言懿行"，属于"虚荣溢美之文"。① 冯尔康在《清代人物传记史料研究》中也提到碑传文，评论其"叙事上书善不书恶，常常美化传主，不乏溢美的话"。② 以上学者都指出了碑传文体裁存在的谀美倾向，这为后来的研究者提供了借鉴。陈超在研究四库明人文集中的女性碑传文时就特别注意其"虚荣溢美"和"刻意浮夸"的问题。③ 而黄曼在《晚明女性墓碑文与晚明女性生活》中不仅注意到碑传文中的墓碑文普遍存在的"谀墓"现象，而且从墓碑文的文体特色，特别是晚明市民阶层兴起后去贵族化的集体虚荣角度探讨了这一现象的成因。④ 不过，碑传文的虚荣溢美仅仅是其叙事策略，其背后还体现着撰述者对于写作内容及表述方式的斟酌与选择，也透露出当时士大夫的观察与思考，特别是教化的导向。对上述有关碑传文的深层文本建构问题，明史学界尚无专门性的研究成果。鉴于此，本文拟从文本角度对明代女性碑传文进行解析，尝试通过对明代女性碑传文的编撰分类，呈现女性碑传文内容之宏大，并对各类碑传文的撰写目的、彼此之间的关联做一考察，以凸显女性碑传文的建构纹理和撰写者的书写特质。

一 明代女性碑传文的编撰类别

明代女性碑传文的文体较多，有传、状、行述、事略、寿序（寿叙）、寿诗、像赞、祭文、颂、赋、墓志铭、墓表、吊、哀辞等。同时，各类文体对女性文主的描写，或深或浅，或多或少，或整体或局部，不一而足。根据各文体撰写意图及反映女性生活的层面，可以将女性碑传文分为以下几类。

---

① 梁启超：《中国历史研究法》第四章"说史料"，上海人民出版社，2014，第49页。
② 冯尔康：《清代人物传记史料研究》，天津教育出版社，2005，第26页。
③ 陈超：《论"四库"明人文集中女性碑传文的特征及其史料价值》，《史学集刊》2007年第1期。
④ 黄曼：《晚明女性墓碑文与晚明女性生活》，华中师范大学硕士论文，2010。

（一）寿庆之文

寿庆，顾名思义，是关于生辰的一种庆祝活动，是我国一种历史悠久的传统文化，产生于人类社会群体生活之需要。寿庆之际，除耳熟能详的歌舞、宴饮等形式，邀人尤其是名人写庆寿之文更是一件借此炫耀门楣之事。寿庆之文不仅仅是祝寿贺词，还有对寿主品行的肯定评价。明人李东阳就曾云："今人以寿祝人，人虽知其未必得，必喜而受之；以德勉人，人虽知其可得寿鲜，而悦而受者。君子之爱人也以德，故祝之寿者必愿之德，愿之德乃所以为爱之至也。"[1] 当然，寿庆之文还可以再细分为寿序、寿叙、寿诗、寿言等。

1. 寿序、寿叙

此种序（叙）文大多为他人代写之作，究其原因有二。一是与庆寿有关。庆祝寿诞本应得到他人祝福才有意义，故为庆寿所写的寿序之文出自他人才能更突显此意义。二是庆寿活动本是一种公开的舆论传播活动，由他人对寿主进行褒扬，更具有公众效力。这在文献中都有标注，如《寿黄侯母王太安人七十代家君》[2] 和《周氏贞寿诗苕斯宗侯代求》。[3]"代家君""苕斯宗侯代求"中的"代"字已清晰表明了这一点。寿序、寿叙的写作往往因人而异，但亦有一定的模式可循。有的寿序、寿叙以女性单独为序主，便会于开篇指明女性寿主值得称赞之处，进而介绍女性寿主的事迹，最后再次高度赞扬女性寿主的高贵品质。以《奉寿王孺人八十序》为例，文章开篇用秦朝旌表八寡妇清来说明女性的不凡行为，以此彰显此篇寿主王孺人的品行："尝遮往牒，见秦皇之旌巴寡妇清也，谓一女子足风秦矣。及见程婴氏，不与下宫而抱赵孤，为赵立后。后世论者，不谓程丈夫行，顾不秦女子逮也。夫谓有重焉者在耳。"[4] 接着指出

---

[1] （明）李东阳：《怀麓堂集》卷三十八《原寿》，清文渊阁四库全书本。
[2] （明）敖文祯：《薛荔山房藏稿》卷四《寿黄侯母王太安人七十代家君》，明万历牛应元刻本。
[3] （明）敖文祯：《薛荔山房藏稿》卷一《周氏贞寿诗苕斯宗侯代求》，明万历牛应元刻本。
[4] （明）艾穆：《艾熙亭先生文集》卷二《奉寿王孺人八十序》，明万历刻本。

寿主王孺人生平，篇尾又通过与先人的对比再次讴歌了女性寿主的不凡行径。

有的寿序、寿叙以夫妇共为序主，与前面女性寿主单独为主的文章相类似，篇首也会赞扬寿主的品行，为全篇定下基调，进而着墨于描写夫妇二人在多年生活中的相互扶持之情，篇尾则对夫妇品行做一简短评介，或者简单交代作此贺文的一些相关事宜。如《寿钟竹溪暨配高孺人同登六十序》就是典型的寿序：

> 余为慰藉久之，因具悉竹溪翁与高孺人之骈德齐美，而知天之所以崇报者为无疆矣。夫竹溪翁者，漂之爽雅，敦义人也。生平喜耽书史，寒暑不辍。性尤乐施喜修，即家橐不丰而好振人之急，至其风况绝俗酷嗜此。君每诛溪讨谷，友月盟烟，闻水声潺潺在丛筥间，辄翛然欲销尽世虑，遂号竹溪主人以见志。母高孺人，名家产，婉顺而庄为，能相竹溪翁以树长者声，而孜孜以经术行，能课令子，实与翁同心焉！信乎！①

与以女性单独为寿主相区别的是，这种夫妇共为寿主的文章更倾向于刻画夫妇之间相敬如宾的场面。

2. 寿诗、寿言

寿诗一般善用华丽辞藻以歌颂，而乏于叙述寿主的事迹。以边贡的两首诗为例，其一为《岳母王太夫人寿六十》，云："太君年纪六更旬，母德芬芳孟氏邻。封级早看登二品，寿筵长喜对三春。云移北海青鸾近，雨入东台碧草新。我亦半生称半子，献觞无地远伤神。"② 另一首是《寿友人母》，写道："成周方岳汉郎官，过里亲承母氏欢。南国路谣闻召伯，西都还议见阿丹。山花照席秋仍吐，海月浮觞夜不寒。药笼尚留熊胆在，

---

① （明）艾穆：《艾熙亭先生文集》卷二《寿钟竹溪暨配高孺人同登六十序》，明万历刻本。
② （明）边贡：《华泉集》卷六诗集《岳母王太夫人寿六十》，清文渊阁四库全书本。

未忘勤苦旧时丸。"① 尽管两首诗内容略有不同，但都指向一个归旨：两位母亲含辛茹苦多年，子嗣成才，荣耀门楣。有的寿诗在题目中便会点明寿主的突出品行。如《寿贞节潘母七十》诗："茹荼独颂柏舟篇，悬帨兹辰敞寿筵。凤诏表闾光宝婺，乌纱戏彩迓金仙。嘉平正值春风近，敖岭遥看紫气连。更喜潘舆堪自御，他年彤管续青编。"② 再如《周氏贞寿诗苐斯宗侯代求》诗："柏舟久不作，髧髦空为仪。烈哉贞妇心，匪石宁转移。十八称未亡，蓬首掩香闺。天只矢靡他，断发自残亏。绝脰岂不快，呱呱竟托谁？含辛八十载，白头犹自悲。一线仅不绝，曾玄俨孙枝。今日含饴者，谁识茹荼时。周宗绵瓜瓞，千钧一发垂。旌扬有令典，外史更传奇。南海吏部笔，闺阃生光辉。世岂无丈夫？睹此愧须眉。"③

相对于寿诗，寿言是一种介于寿诗与寿序之间的祝寿文，它既有寿诗的短小，又有寿序的内容叙述。如鲍应鳌所作《佘母吴太孺人七十寿言》就是如此。④ 字数不多，但对写寿言的动因、寿主品行都做了简单勾画，在某种程度上，寿言是微缩的寿序（寿叙）。

（二）祭奠之文

祭奠之文是古人对逝去亲人、朋友寄托哀思而作的悼念文章。此类祭奠之文种类较多，有墓志铭、墓表、墓碣、墓铭、神道碑、圹志、权厝志、祭文等。其中，神道碑、圹志、权厝志在关于女性生活的记载方面并不多见，故不列入考察范围内。其他祭奠之文各自不乏固定的书写模式与特点，且十分鲜明，更具有一定的辨识度。尽管如此，这些祭奠之文也大体有固定的模式，即一般由文和铭两部分组成。文为散文，往往会记述逝者的世袭、名字、生卒年、子孙后代等情况，除此便是有关逝者的事迹、品行。在文尾会附有铭，铭文基本为韵体，大多是表达众

---

① （明）边贡：《华泉集》卷六诗集《寿友人母》，清文渊阁四库全书本。
② （明）敖文祯：《薛荔山房藏稿》卷三《寿贞节潘母七十》，明万历牛应元刻本。
③ （明）敖文祯：《薛荔山房藏稿》卷一《周氏贞寿诗苐斯宗侯代求》，明万历牛应元刻本。
④ （明）鲍应鳌：《瑞芝山房集》卷九《畲母吴太孺人七十寿言》，明崇祯刻本。

人对逝者的哀悼、惋惜之语。根据祭奠之文反映女性生活内容的程度，此处仅以数量留存较多、记录女性生活较详细的祭文、墓志铭（墓表）为例进行分析。

1. 祭文

明代祭文主要是人们为纪念亡亲故友而作的文章。对此，明代学者徐师曾总结称："古之祭祀，止于告飨而已。中世以还，兼赞言行，以寓哀伤之意，盖祝文之变也。其词有散文，有韵语，有俪语；而韵语之中，又有散文、四言、六言、杂言、骚体、俪体之不同。"① 祭文用语考究，以映衬逝者的高洁。如敖文祯写有一篇祭文，通篇写熊姓女子出身高贵，嫁入夫家后，能够做到夫唱妇随，贤能不妒，家庭和睦，终高寿仙逝，获播美名。仅举熊淑人出身之语以观之："粤季连之苗裔兮，肇著姓于有熊，介江楚而扶疏兮，纷秾郁以朗融。世既载此修美兮，诞降之以女，士友琴流荇兮，作合君子肆德音之来适兮，又申之以集佩。"② 若从史料价值角度来考虑的话，可以说祭文除了辞藻华丽以外，对了解寿主的相关事宜并无太大帮助。当然，对此亦不能过于苛责，毕竟祭文表达的主要是后人的哀思之情，能于抑扬顿挫的吟诵中表达深深的丧亲之痛便足矣。

还有一些祭文更像是"家书"，这类祭文往往都是祭主后人成书。在祭文中，后人会告诉已亡亲人许多事情。譬如后人会告诉亡母其被追赠之事："孤某为冏卿，七阅月，荷新命持节抚蜀，便归扫吾母之墓。痛惟！吾母之寿望九，而其化也，今已八年矣。某之以言蒙谴也，母悲之又喜之，及其起也，母入及见之，喜之。又巴渝万里之行盖同之。母子六年共悲欢，更相为命矣。顷幸，官南京鸿曹，得沾天子之特恩，诰赠吾母，人皆以为荣。兹入蜀，其何能虔其职，以光锦江；玉垒之遭，而无负于吾母

---

① （明）贺复征：《文章辨体汇选》卷七百四十九《祭文一》，清文渊阁四库全书补配清文津阁四库全书本。
② （明）敖文祯：《薛荔山房藏稿》卷八《祭杨母熊淑人文（代）》，明万历牛应元刻本。

乎！吾母之灵洋洋在也。其潜谕之。"① 这样的祭文被视为沟通阴阳的媒介。

2. 墓志铭

后人通常用墓志铭来表达不忘先人的悼念之意。墓志铭的书写范式大致分三个层次：第一层次交代书写墓志铭的缘由；第二层次为墓主的生平事迹；第三层次为概述评价之语或后世子孙状况。墓志铭可分为夫主妇附共为墓主型、主妇单独为墓主型两种。这两种墓志铭很容易分辨，单从墓志铭的题目中便可了解。

关于夫主妇附的墓志铭，我们以蔡献臣所写的《南京户部郎中李质所暨配杨宜人墓志铭》为例进行分析。首先从标题内容上可以清晰地看到这是夫妇共为墓主的，此类墓志铭通常以"暨"字来区分夫与妇之间的主副地位，书写内容也是先夫后妇：

> 吾同质所李先生，故以笃行硕学为诸生祭酒。嘉靖戊午，举于乡。隆庆戊辰，与先观察同登进士第。……公讳文简，字志可，赠公课诸儿严，而公幼即警敏耽书，举动若成人，赠公尤奇之。……又十年而成进士……杨宜人婉娩有贤德，淡素操家。公未第时，拮据佐读，无闲内顾。既贵从宦，布缟疏粝，无绮罗鲜美之态，可谓德配矣。②

夫主妇附类的墓志铭内容大多在介绍男主生平事迹后，会对女主的情况做相关说明。从行文中可以看出，这类墓志铭的内容概括性语句要多于对具体事件的描述，也就是说，对墓主夫妇品行的评判非常全面。

关于主妇单独为墓主的墓志铭还可再细分为两种情形，一种是夫妇合

---

① （明）艾穆：《艾熙亭先生文集》卷六《祭诰赠显妣李太恭人文》，明万历刻本。
② （明）蔡献臣：《清白堂稿》卷十四《南京户部郎中李质所暨配杨宜人墓志铭》，明崇祯刻本。

葬时的墓志铭,如《诰封淑人蔡母许氏合葬墓志铭》[①],还有一种主妇逝世时为其单独所写的墓志铭,如《明故谌母胡孺人墓志铭》[②]。比较两篇墓志铭可以看出,主要是题目不同,一篇点出为合葬一事而作的墓志铭,一篇则是为主妇单独而作。此外,两篇墓志铭的写作模式颇为相似,都是描写女性嫁入夫家之后,孝顺公婆、绵延子嗣、勤俭持家,以至光大门楣之事。

与墓志铭相类似的还有碣铭、墓碣,它们往往都是写给品阶不高或是普通身份之人的。如《故处州路儒学教授郑以道先生妻蒋氏碣铭》《戴克敬妻吴氏墓碣》[③]。对这些品阶不高或身份普通女性身后事的书写,从篇幅上来看就很短小,字数也很简略,评价亦相对平淡。对此,我们一方面可以理解为这些女性事迹乏善可陈,另一方面更与文中记述的后人致仕凋敝情况紧密相关。可以说,无论是墓志铭还是碣铭、墓碣的写作都与墓主后人的实力、人际关系有关。

(三)传状之文

此处传状之文意指记载文主生平事迹的文章,用来概指明人常在标题中名为"传""行状""述""书事""行实""杂记"等之属。碑传文分类中比重最大、价值最高、记述最详尽的当为传状这一体例。与寿庆、祭奠之文带有明显的功利性、人际交往、攀比炫耀的成分相比,传状之文则相对平实一些,主要目的就是记录那些值得保存下来的人与事,这一撰写初衷决定了传状的文主身份更为宽泛,事迹种类更为繁多,内容也更为详尽。

传状之文写作相对随意一些。有的文主为两人,甚至多人,如张治道《四烈妇传》、吴国伦《四烈传》、陈有年《二贞传》[④],等等。由于这类

---

① (明)蔡献臣:《清白堂稿》卷十五《诰封淑人蔡母许氏合葬墓志铭》,明崇祯刻本。
② (明)敖文祯:《薜荔山房藏稿》卷八《明故谌母胡孺人墓志铭》,明万历牛应元刻本。
③ (明)贝琼:《清江文集》卷三十,四部丛刊景清赵氏亦有生斋本。
④ (清)黄宗羲:《明文海》卷四百十三、四百十四,清涵芬楼钞本。

传主事迹往往类似、品行同样高洁,或有姻亲关系而被归为一处。如《双节传》讲述的便是祖母与孙媳两代女性守节之事:

> 按,新安程浩生妻汪氏,休宁汪帅女,其孙倬妻亦汪氏,歙信行里汪春盛女。汪母年二十归浩生,明年生子廷富,又明年浩生逝。廷富痴痴在襁褓,人劝母改嫁,母指遗孤吁天大恸曰:"我今为程氏母矣,宗祧我承矣。可令程氏如残之绪遽绝于我乎?夫九原有灵其谓何?"言者色悔。当是时,程氏家业中落,母卸却铅华,躬辫纬自给,茹纳艰苦,足迹未尝一出闺阃。廷富长为娶妇黄氏,生子二,长佶,次即倬。廷富贾于徐,计息视他贾绌也。母与其妇黄篝灯相对,治麻枲,至食不茹荤,以勤俭佐其家。迨廷富舍贾而农赀渐桀矣。母亦无复侈心,犹勤俭如贾绌时。年九十鹤发翩翩垂也,步健不筇,一蹶中风而卒。其节行闻弘治间,纪在郡志。倬妻汪氏,未笄归于倬。十八始婚,后生道南,复生弟道东。会倬游徐归,汪氏哀毁骨立,泣尽而继之,以血两目,遂丧,年二十五,斩然在疚,惟拮据奉两老姑……越数年,两老姑相继化去。汪氏又斩然在疚,营理殡葬大事辛苦万状,至其履操冰霜皭然,齐于汪母。①

关于女性传文,还有相当大比例是为女性单独成传的,如《先妣李太恭人传》便对李太恭人的一生事迹做了详尽的记述:

> 李太恭人名龙,赠鸿胪寺卿丹崖公配也,为长庆李菊逸公配方孺人长女,方孺人子孙多,日夜祷神祈女。已而有身,异居族子李大美者,夜梦数人舁一舆入孺人室,舆中一女子,翟冠绣服,纡绅扬帔,俨然不数常女也。又二龙绕舆旁,觉而曰兆也。其为吾姆母产乎?厥明来方孺人家言梦,孺人以夜半免身,生太恭人矣。以梦龙名龙,又

---

① (明)艾穆:《艾熙亭先生文集》卷五《双节传》,明万历刻本。

龙男兆也，应余兄弟二人云太恭人事，其公国子友筠，公姑胡孺人最谨，以孝闻。相赠公为名儒生，一切家内外事独身之。年四十三，赠公世。太恭人天性淡泊朴素，孀居拮据，佐其家易，长公与余，颖学长公，以先大父督之严，学而名有成。余受训长公，长公亦督之严，而太恭人时时举儒生，远大事责索谯戒于内，以故余亦继长公名有成。长公官万安也，迎养，太恭人不就养。后余官京师也，知太恭人亦必不就余养。日望云为苏，苏陨涕，每家书至，太恭人必属曰："儿幸虔其职，无我念。"余稍稍慰，余奉使决囚上谷归觐，是时诏治决少者严甚。余别，太恭人曰："儿兹行，宁听参，毋宁滥杀。"太恭人漫应之，卒之，余果决少，被参几夺其官，居无何。余考刑部主事满，得徼天子之灵封。母太安人函制辞章服介使上太恭人寿，太恭人喜，于是人争诧曰："乡者，太恭人产时，梦舆中翟冠绣服，女其谓今日乎？兆母兆子矣。"余是时在京师，日夜念太恭人，不置欲告则不可得，懊不即挂冠归，然而志念决矣。先尽束其行装，儗置粮船上载之归。倾之，有江陵夺情事，事与余志念大相背，因愤发言之，挞之朝堂，几百人争传不讳矣。余内创闻而信之，喟曰："吾固知吾夫之有是也。"闭门三日，不食，形容瘦损，举家皆惊。太恭人慰解之曰："吾儿果有此，是为国大义死，且天必佑善，知吾儿不死。况吾日来无不祥梦乎！尔何过听，而沉痛若是。"久之，余家书至，知吾内信。余与太恭人料余事皆不爽，太恭人闻余书中斩斩语，益大喜。余过家时，裹疮卧脓血淋漓，又两解官横甚，日怒骂，索余金，促之行。太恭人为时时具美食饮，柔两押官，庶几故疮少延息之，且促余扶病行也。行时，举家皆哭，独余与太恭人欣然揖别，无儿女子态。余后以间归觐，太恭人曰："儿第行，无我念。"又欣然如前揖别时。盖余自蒙谴以来，太恭人不独无半语怨悔，即咨叹声不闻也。顾不以余矫诏少决人为是。太恭人何独不仁如妇人哉？盖有见矣。顷余报起家西蜀，太恭人喜，自是行不杖，余以春秋高，遵延不忍行。乃日，促余之官，必欲与行俱西也。念筹蹰久之，一日闻，尽散其室中藏与人,知其有决志,遂奉太恭人舆至夔州,始挽舟上巴渝。在巴渝署中,余每有公出,太恭人则又时时念余、念家。一日报余转光禄,大喜呼酒,共诸孙诸妇饮,朗诵少时所记口号诗大笑,声彻署内外。且欲与余俱北,如前西行时归而舟,至归州古黄陵庙前广儿水,太恭人大恸,遂决意归,余亦以此灰心世途,且谓顷者:"母西,吾与西;母今不北,吾安能舍母而北也。"为具告养疏拟上之,会太恭人从岳州抱病归……逾月,奄忽大还矣。痛哉!太恭人性耿直,无机事,人有过,面折之。素无厚藏,有则推以与人。平生布衣蔬食以为常。余兄弟官中,每寄锦绮文绣服,置不服,即章服岁时仅一披之。诸妇有华服来室中坐者,坐竟日不语。布衣来坐者,则呼婢煮茗啜,相与言笑竟日夕。以此诸妇无敢华服者见人,有过失动举厥习闾里语警之。……又居常每对子孙曰:"床无病人,狱无罪人,便是此生受用清福。"其为慈训忠厚如此。……享年八十七。①

这不仅是女性身份和社会地位重要的标志,也表明了女性性别角色在社会生活中的特殊价值。

二 明代女性碑传文的编撰特征

根据撰写目的、内容、意图,明代女性碑传文大致分为庆寿之文、祭奠之文、传状之文三类。明代女性碑传文在历史资料中颇为常见,只是许多研究者对它们认知不足,故有些低估了这类文献的价值。实际上,这三类资料对女性的撰写各有侧重,其勾画出的女性形象自然也不尽相同。

(一) 颂德扬善:庆寿、祭奠之文的平实基调

庆寿之文与祭奠之文都有人情赠送的意味,故在此将二者合并探讨。

---

① 《艾熙亭先生文集》卷五《先妣李太恭人传》,明万历刻本。

庆寿之文在诸文体中地位不高，赵时春曾分析称："今冠礼有三加祝辞，龙门子曾更衍祝辞，寿礼既无其辞，故近世好礼之士多援龙门子之意而加祝之，虽见讪于曲儒不辞也。"① 归有光则说得更为直白："予友季子升与陆君思轩同学相善，君于是年六十，子升属予为寿之文。东吴之俗号为淫侈，然于养生之礼未能具也，独隆于为寿。人自五十以上，每旬而加，必于其诞之辰，召其乡里亲戚为盛会。又有寿之文，多至数十首，张之壁间，而来会者饮酒而已，亦少睇其壁间之文，故文不必其佳，凡横目二足之徒，皆可为也。"② 正由于这些缘由，庆寿之文往往都是歌颂之辞而显空洞无物。

祭奠之文秉承着"逝者为大""讳恶扬善"的原则，且还承载着后人对先逝者的哀悼、惋惜之情，在行文中撰写者亦会结合逝者的生平事迹而对其道德品行加以褒扬。史载："墓志则直述世系、岁月、名氏、爵里。用防陵谷迁改埋名。墓记与墓志同，而墓记则无铭辞耳。古今作者惟昌黎最高，行文叙事面目首尾不再蹈袭。凡碑碣表于外者，文则稍详；志铭埋于圹者，文则严谨。其书法则惟书其学行大节，小善寸长，则皆弗录。观其所作，可见近世，至有将墓志亦刻墓前，斯失之矣。大抵碑铭所以论列德善功烈，虽铭之义称美弗称恶，以尽其孝子慈孙之心；然无其美而称者谓之诬，有其美而弗称者谓之蔽。诬与蔽，君子弗由也！"③

为了更有助于清楚地看出庆寿之文与祭奠之文间的相同与差异，这里以敖文祯为傅母刘太恭人写的寿叙、墓志铭、祭文为例做一简单说明。

敖文祯在《傅母刘太恭人七袠寿叙》文首中简单交代了自己与寿主的姻亲关系，总体肯定了寿主的高尚品行，其间还透露了寿主出嫁年龄，自然是为后面守节 50 年而做的必要铺垫。之后，便集中笔墨于寿主悉心"教子"之事。这里敖文祯并没有用洋洋洒洒数千字来描写寿主是如何督

---

① （明）赵时春：《浚谷集》文集卷二《寿王封君序》，明万历八年（1580）周鉴刻本。
② （明）归有光：《震川集》卷十三《陆思轩寿序》，四部丛刊景清康熙本。
③ （明）程敏政：《明文衡》卷五十六《墓碑 墓碣 墓表 墓志 墓记 埋铭》，四部丛刊景明本。

促儿子读书、深夜不眠不休，或是如先贤"子不学，断机杼"一般，而是单单指出儿子在事业有成之后，寿主仍不忘关心其政业，日日都要询问其工作事宜。当然，这类询问的象征意义远远大于实际指导，这样日日反复的问询只不过是表达了寿主对儿子"省身"的激励。接着，直接引用寿主感谢敖文祯的原话："余奚而乐从诸君寿哉？自余称未亡人，恒悒悒不快，顾自念茹荼闱阃者，世岂鲜哉？而独受国厚恩，日夜庶几，若有以报主上耳。今闻诸君子言，知若有以慰我也，固所乐从诸君寿哉。"① 借此来表现寿主低调、谦逊的态度。正是寿主这种虽做出五十多年守节、光大夫家门楣之事，但仍不肯居功，还满怀感激朝廷厚爱之心的品行，令敖文祯再次发出"不独世所称贞女通其志，忠臣不能过也"② 的感慨。通篇读下来，全文基调为赞美寿主守节和教子成才之伟大，可以说，全篇意在赞美，而不在说文。

不久，傅母刘太恭人去世，敖文祯再次受托作了一篇墓志铭。文主仍是傅母刘太恭人，作者依然是敖文祯。单从篇幅上讲，墓志铭的字数是寿叙文字的两倍，增加了许多细节性的描写。与寿叙仅仅交代了刘太恭人出嫁年龄和守寡时间不同，在这篇墓志铭中，敖文祯进一步补充了墓主刘太恭人一生中重要的时间节点：17 岁出嫁。需要注意的是，在《傅母刘太恭人七袠寿叙》中刘太恭人嫁做人妇的时间是 18 岁。这里当以墓志铭为准，因为在文首敖文祯指出此篇墓志铭是根据刘太恭人的儿子提供的状文而作，自然是许多时间节点更为真实可信一些。21 岁丧夫，守节 51 年，守节期间因儿子而受旌表，三次加封到太恭人。72 岁去世。同时，在保留寿叙中提到的刘太恭人关心儿子日常工作等相关内容之外，还填充了刘太恭人呕心沥血教子成才的过程："司寇公少长，遣就学，早夜督诲，公愈愤发，学问为诸生有声。"③ 同时，在文中还列举了刘太恭人在本族中

---

① （明）敖文祯：《薛荔山房藏稿》卷七《傅母刘太恭人七袠寿叙》，明万历牛应元刻本。
② （明）敖文祯：《薛荔山房藏稿》卷七《傅母刘太恭人七袠寿叙》，明万历牛应元刻本。
③ （明）敖文祯：《薛荔山房藏稿》卷八《明故贞节傅母刘太恭人墓志铭》，明万历牛应元刻本。

的一些善举，如救活差点被溺死的女婴，资助女孩家人，帮助女孩出嫁："太恭人性慈仁，幼通女训诸书……自孀居茹荼攻苦，既贵且老而犹不易其素。族人有溺女而瘗之野者，一宿啼声未绝，太恭人闻，即命收之还其母，给衣食使自育，及嫁助之装，女归而有家，至今母子感念，辄欷歔泣下。"① 她还和睦族人，与人为善。尤值一提的还有，刘太恭人的侄女于30岁时丧夫，因受到刘太恭人榜样力量的影响也拒不再嫁："一女侄适母家刘孟仲，三十而寡，矢节不渝，人皆言公与兄女克肖，太恭人其所成就固远也。"② 除此以外，刘太恭人的子嗣、子嗣的婚配等情况也被详细地列出。

墓主同是一人，墓志铭内容比寿叙所载明显要丰富许多。其缘由大致有二。其一，在文首即有说明，本篇墓志铭是根据文主的状文内容所作。而状文一般是由文主的儿子或近亲所作，所述内容自然琐碎而具体，有些内容更称得上是神秘而奇异。比如墓志铭中提到，在刘太恭人出生及其儿子出生时都是天有异象，昭示这两人都非一般凡人。按照文字说明可知，这段文字撰写者必然是从状文中获得的。这些略带封建迷信的文字记载为墓主刘太恭人的"高洁"品行增添了一层宗教性的神秘色彩。其二，内容上的差异是由庆寿之文与祭奠之文不同文体的目的旨向决定的。庆寿之文是对文主的祝寿之辞，不用观照文主的一生。而墓志铭则是对文主一生行为所做的总结与评价。自然，二者所包含的信息就有差别。通常来说，墓志铭都会对文主的子嗣情况做个详细交代，这部分内容在女性墓志铭中显得尤其重要。这是因为，能为夫家绵延子嗣是女性的一大贡献，也是女性品性高洁的突出表现。

前面比较了庆寿之文与祭奠之文所含内容的不同，同为祭奠之文的墓志铭与祭文的着重点也有差别，仍以敖文祯为刘太恭人写的祭文《祭傅

---

① （明）敖文祯：《薛荔山房藏稿》卷八《明故贞节傅母刘太恭人墓志铭》，明万历牛应元刻本。
② （明）敖文祯：《薛荔山房藏稿》卷八《明故贞节傅母刘太恭人墓志铭》，明万历牛应元刻本。

母刘太恭人文》（节选）简略说明之：

> 吁戏！古称生寄死归，或诧为诞，乃太恭人视之，则今而后即安矣。当太恭人之背蕙砧也，年甫及笄，俯仰间关，茹苦含凄，此岂遑恤于异日之富贵声华哉！而太恭人甘之如饴，迨夫老者，以终孤者，以植显荣，光大表闾，饰翟恩崇四命，寿逾稀耋，人皆谓天之报施不爽，而太恭人足以荣适矣。①

若非笔者已经阅读过关于刘太恭人的寿叙、墓志铭，只单看这篇关于刘太恭人的祭文会如坠云端，不明所以。同为祭奠之文，与墓志铭相比，祭文对文主的描述颇具概括性，几乎就是用一堆华丽的辞藻来抒发个人的哀悼之情。了解了祭文与庆寿之文、祭奠之文的差异，自然便可明晰这些不同文种在描写女性贡献时的差异。

　　从上面分析的内容可以看出，庆寿之文与祭奠之文都与古时"长者仁慈，后者孝顺"的伦常纲度紧密相关。在祝寿、丧礼的两种场合中，无论于情还是于礼，都需赞扬其"美"，而非声讨其"恶"。有了这样一条遵循的原则，庆寿之文与祭奠之文便难免大同小异，甚至无可避免地形成一定的写作模式，进而受人指摘。对此，笔者无意辩驳，只是想就有关女性的庆寿之文、祭奠之文说明一下状况。庆寿之文、祭奠之文的文主有的是男性，有的是女性。关于男性文主的庆寿之文和祭奠之文，或许真的可以说没有什么切实的含义，那是因为明代了解一个男性的信息渠道是公开的，他的自然的、社会的各项信息可以通过友人圈、社交圈传播开去，甚至书面传播的文种都是多样的，比如传、行状等文体都会对男性的状况做全面或部分的记述。与此相比，扁平艰涩的道德考评之作——庆寿之文、祭奠之文就很难入时人的眼了。但此种情况放在女性身上则又是另外一种情形。按照明时预设的两性生活轨迹，女性是生活在隐秘的"闺阁"

---

① （明）敖文祯：《薛荔山房藏稿》卷八《祭傅母刘太恭人文》，明万历牛应元刻本。

内的，其生活状态是神秘的，与开放、公共全然不搭界。面对这样"缄默的"女性群体，如果可以通过那少之又少的、略显刻板的庆寿之文、祭奠之文对其表象生活有个笼统的认知，也是弥足珍贵的。况且，女性碑传文对女性生活的反映还并不仅限于此，故而对于以女性为文主的庆寿之文、祭奠之文的评判还需结合历史实际状况，这些对于男性而言如同"鸡肋"的资料，对于女性而言，则是撩开其神秘面纱的重要资料。

（二）谱绝追奇：传状之文的浪漫文风

如果将明代女性的生活情态看作被层层轻纱覆盖着的话，庆寿之文、祭奠之文则可以帮助我们拨开覆盖在女性生活外层的轻纱。那些可以帮助我们掀开覆盖在女性生活外层轻纱一角的则是女性碑传文中的另一种——传状之文。

传状之文是对传记、行状等记述某位或多位文主生平事迹之文的简称。王进绩曾对传记、行状的历史沿革做了梳理：

> 传以《史记》为祖，或谓左氏书，其传之滥觞也。然皆随人随事散叙，故有其端而无其名。若合一人始终，本末而次之，则自司马子长始。予近欲将内传分国类编，略如《国语》，有可并者并之。……自汉司马迁作《史记》，创为列传，而后世史家卒莫能易，或有隐德而弗彰，或有细人而可法，则皆为之作传，寓其意而驰骋文墨者，间以滑稽之术杂焉，皆传体也。其品有四：一曰史传，二曰家传，三曰托传，四曰假传，使作者有考焉。①

> 自唐以来未有墓志铭，必先有行状，盖南朝以来已有之。按梁江淹为宋建太妃周氏行状，任昉、裴野皆有行状，此亦不知实自汉始；又行状亦有人子自作者，非独门生故旧也，而其为史谥志铭张本，则不异。然亦有后志铭，而作者茅归安评王半山《谢公行状》云，今

---

① （清）王之绩：《铁立文起·前编》卷一"传"，清康熙刻本。

人每先状而后志谢，希深之志，欧公为之久矣，而王公以补其状如此，此亦学者所当知。①

可知，传记、行状之文出现的时间要略早于祭奠之文。

与庆寿之文、祭奠之文有着一定的写作套路相比，传状之文的写作文风、文主情态更能反映出撰写者的特点与创作风格。兹举陈继儒、宋懋澄为例以说明之。

陈继儒性情洒脱，恣意人生，不受名声所累。《明史》载："陈继儒，字仲醇，松江华亭人。幼颖异，能文章，同郡徐阶特器重之。长为诸生，与董其昌齐名。太仓王锡爵招与子衡读书支硎山。王世贞亦雅重继儒，三吴名下士争欲得为师友。继儒通明高迈，年甫二十九，取儒衣冠焚弃之。隐居昆山之阳，构庙祀二陆，草堂数椽，焚香晏坐，意豁如也。时锡山顾宪成讲学东林，招之，谢弗往。亲亡，葬神山麓，遂筑室东佘山，杜门著述，有终焉之志。工诗善文，短翰小词，皆极风致，兼能绘事。又博文强识，经史诸子、术伎稗官与二氏家言，靡不较核。或刺取琐言僻事，诠次成书，远近竞相购写。征请诗文者无虚日。性喜奖掖士类，屡常满户外，片言酬应，莫不当意去。暇则与黄冠老衲穷峰泖之胜，吟啸忘返，足迹罕入城市。"② 陈继儒非常注重生活的品味与情调，追求精神世界的自由，他在有关范牧之与妓女杜生旷世绝恋的传状文字中也倾注了这份纯粹。③范牧之与妓女杜生之间的爱恋实不为世人所理解，亦不容，而陈继儒则对这种突破身份束缚的生死相随之"情"给予了肯定与赞美，他说："余闻牧之事，光禄公、秦淑人及遇弟允临，斤斤孝友，名教人也。因缘为祟，卒耗俊杰，何哉？汉高、项羽，英雄绝世，剑锋淬人，眼不为贬，乃心销神枯，终不敢断虞、戚之爱。夫二公赖有此举，稍足破俗，不然，项乃倔强牛革，龙准公一村亭长，故态耳。语云：天下有心人，尽向相思死。世

---

① （清）王之绩：《铁立文起·前编》卷五"行状"，清康熙刻本。
② （清）张廷玉：《明史》卷二百九十九列传第一百八十七，清乾隆武英殿刻本。
③ （明）陈继儒：《陈眉公集》卷十三《范牧之小传》，明万历四十三年（1615）刻本。

无真英雄，则不特不及情，亦不能忘情也。牧之者，得无老氏所谓，勇于敢则杀者欤？定盟且誓，永焉不谖，沉恨幽疑，泮然涣泽，两人可谓诚得死所矣。使杜迟回独生，或不欲生，而无年以不汗病死，寥寥千古，含怨何期？今而后，知杜生之有以谢牧之也。或曰：'君家蠹首唱风流，而唐杜牧之奇宕挑达，半卧粉黛中以老。君于牧之则讳姓，于蠹则讳名，垂三千年而合为范牧之。呜呼！然欤，否欤！'"① 正是基于对"情"的珍视，陈继儒也讴歌了妓女杨幽妍与张圣清之间的恋情。② 可以说，正是由于陈继儒倜傥的性情、脱俗的文采，才能将范牧之与杜生、张圣清与杨幽妍间的绝恋谱写得荡气回肠，读罢，令人深深地为文主们矢志不渝的爱情所震撼、感动。

再如明人宋懋澄是一位堪称"奇气之士"的儒侠，陈子龙曾赞其曰："士之建立功名，岂不以时耶？郑公业交结豪杰，有田四百顷，食尝不足，将以成一匡之业也，竟用早卒，不得与袁、曹角立，为汉鼎臣。今观先生气概俶傥，智略辐辏，公业之流欤！使用于时，功化必盛。遭世承平，贵有尝格，无由自奋，年复不永，惜已！然军兴以来，海内奇气之士，莫不搤掔谈先生遗事，想见其为人，亦壮矣哉！"③

正是由于宋懋澄自身具备的"奇气"气质，令其传状中的文主也带有类似的性格特征。如其所撰写的《负情侬传》即是典型代表。④ 这是大家耳熟能详的杜十娘怒沉百宝箱的传奇故事。宋懋澄在文字叙述中刻画了杜十娘刚毅的性格以及决绝果断的行动力，更将杜十娘那宁死也不折辱的豪气表现得淋漓尽致。

三 明代女性碑传文的建构特质

通过上文对明代女性碑传文三大种类代表——墓志铭、寿叙（寿

---

① （明）陈继儒：《陈眉公集》卷十三《范牧之小传》，明万历四十三年（1615）刻本。
② （明）郑元勋：《媚幽阁文娱》卷六《杨幽妍别传》，明崇祯刻本。
③ （明）陈子龙：《安雅堂稿》卷十三《宋幼清先生传》，明末刻本。
④ （明）宋懋澄：《九籥集》文集卷五《负情侬传》，明万历刻本。

序)、人物传状——之间的差异做了一番考察后，我们可以对这三大文体中的女性资料价值以及内在特征做一尝试性的探究。

（一）"史"之不足

一般而言，考虑某一事物的价值都需要对考量事物预先做个前提条件的设定。对明代女性碑传文三大文体的考量亦如此。其一，若从相对的可信度而言，由强到弱的排序是：祭奠之文—传状之文—庆寿之文。可以说，墓志铭、寿序、人物传状三者之间在文章内容上是可以相互印证的。从内容上看，有些墓志铭是以人物行状为基础的："余同年友谌明府之先葬其父丹山翁也，既属余铭诸墓矣。及是而其母胡孺人卒，将以某年某月某日葬于某山。先期而以状来请铭。"① 从文中可以看出，敖文祯对这份墓志铭的来历做了如此清晰的交代，是想证明墓志铭所载内容的真实可信。尽管墓志铭、寿序、人物传状之间有着如此若隐若现的联系，但就三者的可信度来看，墓志铭更接近于史。曾巩云："夫铭志之著于世，义近于史。"② 而此史又非彼史，曾巩又指出："而（墓志铭）亦有与史异者。盖史之于善恶无所不书，而铭者，盖古之人有功德材行志义之美者，惧后世之不知，则必铭而见之，或纳于庙，或存于墓，一也。苟其人之恶，则于铭乎何有？此其所以与史异也。其辞之作，所以使死者无有所憾，生者得致其严，而善人喜于见传则勇于自立，恶人无有所纪则以愧而惧。至于通材达识、义烈节士、嘉言善状皆见于篇，则足为后法。警劝之道，非近乎史，其将安近？"③ 也就是说，祭奠之文因为是对文主一生的肯定与评价，对其生命历程中所包含的基本信息和值得传扬的事迹的相关记载是接近"史"的，但由于不书恶的讳笔原则，又令这份"真实"有了先天的欠缺。尽管如此，祭奠之文的"史"的成分要高于庆寿之文、传状之文。毕竟，庆寿之文自身具有浓厚的捧场交际色彩，传状之文则难以避免文学

---

① （明）敖文祯：《薛荔山房藏稿》卷八《明故谌母胡孺人墓志铭》，明万历牛应元刻本。
② （宋）曾巩：《元丰类稿》卷十六《寄欧阳舍人书》，四部丛刊景元本。
③ （宋）曾巩：《元丰类稿》卷十六《寄欧阳舍人书》，四部丛刊景元本。

浪漫气息，都令它们在"史"的层面上稍逊一筹。故整体观之，明代女性碑传文都存在"史"之不足的问题。

（二）从记录到刻画的建构

若从不同文体所呈现的女性生活信息量而言，由强到弱的排序是：传状之文—祭奠之文—庆寿之文。这个排序涉及文体间的差异，仍以三大文体的代表性文章种类——墓志铭、寿序、人物传状为例说明之。从交代人物信息量上看，三种文体有对人物整体与局部关注度的区分。墓志铭是对人物一生即整体所做的概述性的评价，又近"史"，故对人物的具体生活情态吝于着墨。墓志铭给我们呈现出的人物状态是扁平的、骨感的。与墓志铭对文主一生加以评价相比，寿序和人物传状则都是对人物生平某一点的关注。寿序受文体两个先天不足所限：一是为人做寿，必定是文主仍在世而不能做整体评判，只能对文主某一突出品德着墨；二是文种本身的庆贺应景之属性令其流于空乏无物。传状之文虽常常也对文主某一特质做撰述，却能较多地呈现文主的生活情态。这是因为，传状之文的撰写都有"文眼"，即撰写者大多关注文主的某一特质，而对这一特质不断加深挖掘，由点及面地不断呈现出文主的生活情态。传状之文给我们呈现出的人物状态是立体的、生动的，体现了由记录女性到刻画女性的转变历程。在这一转变过程中，决定明代女性碑传文书写内容的并不仅仅是传主本人的处世态度与行为，还是碑传文撰述者心目中认为应当认可肯定的人物品行。因此，碑传文的背后体现着撰述者对写作内容及表述方式的斟酌与选择，也透露着当时士大夫的观察、思考，特别是教化的导向。因此，明代女性碑传文中存在文本建构的时代特征。

（三）程式化建构之合理因素

记载明代女性的各类碑传文文体种类较为丰富，各类文体内容都不同程度地反映了女性或悲或喜的人生历程或片段。对此，有的学者认为，女性生活在那些突出贞烈特点的传状文中"如同被脸谱化一般，往往呈现出单一的特质"。① 毋庸讳言,"千人一面"确实使此类文体极易招来非议之处,但这也是此类文体值得人们关注之处。女性碑传文在描写女性生活时会有重复,但不能就此得出这类文献对了解古代女性生活所能提供的史料价值较低的错误认识。可喜的是,随着妇女史研究的不断深化与自省,明代女性碑传文的文献价值得到了重视和挖掘,相关成果亦时有出现。不过,这些成果对女性碑传文材料的使用很低调,都很谨慎地在其中挑选一些相对客观的记载展开研究,如女性的生卒年、子女情况、婚姻状况、原生家庭情况等。这种小心翼翼、挑挑拣拣的研究态度表明,他们仍然被局限在固有的"女性碑传文史料价值低"这一框架中,没能从根本上对女性碑传文所载内容的"重复性"做深入探讨,而这种似是而非的认知态度极大地降低了我们对女性碑传文文献价值的估量与重视。关于女性形象"千人一面"的问题,李渔对作家塑造人物的手法的言论颇有参考价值:"欲劝人为孝,则举一孝子出名,但有一行可纪,则不必尽有其事,凡属孝亲所应有者,悉取而加之,亦犹纣之不善不如是之甚也,一居下流,天下之恶皆归焉,其余表忠、表节,与种种劝人为善之剧,率同于此。"②李渔认为,作家创作过程中为了突出某类人群的性格特征,会集中描写这类人的某一行为模式,令读者在文本接受过程中可以直接地、不假思索地理解这类人。这种反复强化某一类型的书写方式造成了"典型化"人物形象的出现。碑传文中的女性形象形成过程大致如此。针对此现象所具有的正面价值,有的学者已经清晰指出:"在某一时代或某一时期里,人们选择并复制哪种或哪些类型的雷同人物形象,归根结底,无疑是由这一时代或这一时期的社会状况、社会心理和审美需要所制约的。因此,这种或这些类型的雷同人物形象便为这一时代或这一时期的历史留下了足可珍贵的形象本。……雷同人物形象所具有的这种历史认识功能,恰恰是文学作品中那种独一无二的个性化人物形象未曾具备的。一般来说,个性化人物

---

① 衣若兰:《史学与性别:〈明史·列女传〉与明代女性史之建构》,山西教育出版社,2011,第79、164页。
② (清)李渔:《闲情偶寄》卷一《词曲部》,清康熙刻本。

形象更多地代表着特殊的历史现象，而雷同人物形象则更多地透示出普遍的历史现象；前者具有历史的超前性，后者则具有历史的当时性。……通过雷同人物形象，我们则更多地获取了某种文化的普遍特性，窥视到一种稳定性的民族文化心理结构。"[1] 鉴于此，对女性碑传文价值的重估，要求我们再次将视线回到其所载内容上来，重新探究这些内容背后起主导作用的女性社会文化因素。

总之，明代女性碑传文在编撰文体与行文风格上都具有明显的建构特质。根据文体撰写意图与女性生活反映的层面，可将明代女性碑传文分成庆寿之文、祭奠之文、传状之文；其中寿庆之文又分为寿序、寿叙、寿诗、寿言等。寿庆之文不仅仅是祝寿贺词，还是对寿主品行的一种肯定评价。祭奠之文是古人对逝去亲人、朋友寄托哀思而作的悼念文章。记录女性生活较详细的是祭文、墓志铭（墓表）。传状之文意指记载文主生平事迹的文章，在女性碑传文中比重最大、价值最高、记述最详尽。庆寿之文与祭奠之文与古时"长者仁慈，后者孝顺"的伦常纲度紧密相关。尽管文体和文风略有差异，但颂德扬善的谀美追求始终是其基调。相比而言，传状之文大多关注文主的某一特质，而对这一特质不断加深挖掘，由点及面地呈现出文主的生活情态。从信"史"角度观之，庆寿之文具有浓厚捧场交际色彩，传状之文难免文学浪漫气息，只有祭奠之文对文主生命历程中所包含的信息和值得传扬的事迹的记载接近于"史"，但囿于不书恶的讳笔原则，又令这份"真实"有了先天的欠缺。故整体观之，明代女性碑传文都存在"史"之不足的问题，相应的，编撰建构也即在所难免。

作者简介

王雪萍，女，历史学博士，黑龙江大学《求是学刊》编审，黑龙江大学明清文学与文化研究中心研究人员，从事明清社会史研究。

---

[1] 郭英德：《论元明清小说戏曲中的雷同人物形象》，《明清小说研究》1997年第4期。

万柳堂雅集与博学鸿儒科前后的政治和诗歌[*]

杜广学　魏　磊

摘　要：冯溥主持的万柳堂雅集是清初著名的文人集会。伴随着政治权力的渗入，其突破了一般雅集的游艺功能和娱情性质，附带有特殊的政治功用与诗学意义，是考量清初京师政治变迁、诗风嬗变的重要维度和独特视角。梳理万柳堂雅集在不同时期所凸显的不同特征，揭示出政治的变化、冯溥身份的变化所带来的万柳堂雅集及相应时期内围绕在冯溥周围的文人圈的变化，挖掘其相应的功用与意义，有助于对当下有关万柳堂雅集相关研究的细化与辨析。

关键词：冯溥　万柳堂雅集　文人集会

雅集，即文人雅士吟咏诗文、探讨学问的集会。中国古代文人雅集的历史源远流长。三国时，以曹氏父子为中心的"邺下集会"，乃文人雅集之滥觞；东晋的"兰亭雅集"、北宋的"西园雅集"、元明之际的"玉山雅集"皆是青史有名的重要文事活动。及至明末清初，文人雅集更是数不胜数，或纵情山水，或流觞赋诗，或品鉴书画，多带有很强的游艺功能和娱情性质。不过，伴随着时代风尚的影响和政治格局的变迁，雅集的功

---

[*] 本文系国家社科基金重大项目"清代诗人别集丛刊"（编号：14ZDB076）、中国博士后科学基金第61批面上资助项目"姜宸英文学思想研究"（编号：2017M610940）、北京市博士后工作经费资助项目"姜宸英与清初文学生态"的阶段性成果。

能也在发生改变,政治权力的渗入则导致其对政治、社会文化的间接参与和直接影响。康熙重臣冯溥①主持的万柳堂雅集即是这一类雅集的典型,其突破了一般雅集的游艺功能和娱情性质,具有重要的政治功用和诗学使命,值得深入探究。

一 从亦园到万柳堂:早期雅集的娱情性质

亦园,是冯溥任职京师、公事余暇的休憩之地,占地三十亩,在京城东南隅②,"去崇文东二里余"。③ 初建于康熙六年(1667),冯溥时任吏部左侍郎管右侍郎。毛奇龄《文华殿大学士太子太傅兼刑部尚书易斋冯公年谱》云:"五十九岁,丁未,会试主考,得黄礽绪等一百五十人。时建育婴会于夕照寺,收无主婴孩,贳妇之乳者育之。就其旁买隙地种柳万株,名万柳堂,暇则与宾客赋诗饮酒其中。"④ 毛氏此处所述错误有二:一是"买隙地"后,冯溥并未马上种柳;二是开始并未名之为"万柳堂"。由冯溥《亦园新筑二首》其一"买地栽花何用卜,凿池通水更近诗。蛙鸣已听依塘曲,莺语悬知待柳丝"⑤等句可知,冯溥买下此地后,栽花凿池,引水为塘,塘中种植荷花。"待柳丝",指彼时亦园尚未栽种柳树。后来,冯溥又在亦园中建造土山,其《亦园土山成四首》其一云:"为山匪云高,幽壑虚窈窕。……兴起陟层巅,因之发长啸。"其三云:

---

① 冯溥(1609~1692),字孔博,号易斋,谥文毅,山东益都人。顺治三年(1646)进士,次年授庶吉士,顺治十一年(1654)七月任国子监祭酒,顺治十四年(1657)九月充经筵讲官,康熙元年(1662)转吏部左侍郎,康熙十年(1671)二月授文华殿大学士。康熙二十一年(1682)六月,冯溥乞休获允,八月东归。
② (清)朱彝尊《万柳堂记》:"度隙地广三十亩,为园京城东南隅。"《曝书亭集》卷六十六,《清代诗文集汇编》第116册,上海古籍出版社,2010,第503页。
③ (清)汪懋麟:《万柳堂记》,《百尺梧桐阁集》卷三,《清代诗文集汇编》第151册,上海古籍出版社,2010,第271页。
④ (清)毛奇龄:《西河文集·年谱》,《清代诗文集汇编》第88册,上海古籍出版社,2010,第176页。
⑤ (清)冯溥:《佳山堂诗集》卷五,《清代诗文集汇编》第29册,上海古籍出版社,2010,第595页。

"新筑土尚童,夏木不可栽。……明年多移植,务令绝纤埃。"① 可见当时修筑之情形。而其兴修的目的,据江闿《万柳堂记》所载,此堂初建并非纯以娱情为旨:

> 先是闿憩于堂阶。值士人亦坐阶石,告闿曰:"子亦知园所自始乎?园之阴有寺曰'夕照'。道人柴某尝焚埋胔骼于寺之西,继则募金收养路遗婴儿,已而费不赀。相国闻而勉之,更曲为区画……独是月有资助给发稽考之事,与事之人月一集。相国则又虑人日益众,地湫隘无所容,其何以劝?乃辟东南隅弃地,构斯堂宇……"②

通过"士人"之口,知亦园本因育婴抚遗之事而建,其兴建的本意,即源于对公共事业的关心,附带有政治功用。但亦园建成后,冯溥闲暇时邀约友人赴亦园雅集。《佳山堂诗集》卷四有《秋日亦园小集次韵》《集亦园复次前韵》《亦园雅集答默庵见赠之作三首》,卷七有《夏日亦园偕友人小酌二十韵》等。在这些雅集中,冯溥赏良辰美景:"千章云树暗,一径野花深。"③ 品美酒佳肴,听动人音乐:"鲁酒堪投辖,吴歌得赏音。"④ 集中表现了宴饮雅集的快乐,彰显了雅集的娱情性质。

冯溥此时身居高位,深受康熙器重,仕途一帆风顺。闲暇之时,徜徉于自己所修筑的园林,正常应有一种春风得意、踌躇满志的精神满足,但是在雅集中却不时流露出了强烈的思乡之情。其中,比较有代表性的是《集亦园复次前韵》三首:

---

① (清)冯溥:《佳山堂诗集》卷二,《清代诗文集汇编》第29册,上海古籍出版社,2010,第548页。
② (清)江闿:《万柳堂记》,《江辰六文集》卷六,《清代诗文集汇编》第162册,上海古籍出版社,2010,第262~263页。
③ (清)冯溥:《秋日亦园小集次韵》,《佳山堂诗集》卷四,《清代诗文集汇编》第29册,上海古籍出版社,2010,第574页。
④ (清)冯溥:《秋日亦园小集次韵》,《佳山堂诗集》卷四,《清代诗文集汇编》第29册,上海古籍出版社,2010,第574页。

其一

夏日舒长啸，高歌动蓟门。归鸿林外影，残月水中痕。
旧雨消彭泽，新诗寄陆浑。故园薰冶上，几处白云屯。

其二

长城天上落，五字斗豪奢。彳亍穿云槛，低徊散彩霞。
红牙珠串巧，白雪玉山斜。觞咏消良夏，垂鞭莫问家。

其三

城南韦曲地，五尺宴凉天。凭眺山河壮，登临杖屦贤。
曲夸郎顾后，花绽雨声前。坐见银河泻，真堪乐岁华。①

薰冶，即冯溥故籍冶源的薰冶湖。第一首，由眼前的雅集之乐、亦园之景想到了"故园"，充满了对家乡的思念。第二首，写雅集之乐，以消解思乡之情。第三首，由眼前雅集之乐，抒发"真堪乐岁华"的愉悦之情。字里行间流露出了浓郁的思乡之情，其心中块垒在雅集中得到暂时消解。

检冯溥之诗，内心之悲与归乡之愿似乎成为这一时期诗歌创作的主旋律："人生乐故乡，宁爱远作客。惭愧旷官人，念之百忧集。"②"徘徊吟病骨，转觉宦情孤。"③"乡思浑欲忘，出眺得潇湘。"④ 等等。冯溥何以有如此沉重的情绪？原因可能有三。一是官场险恶。冯溥性情严毅刚直，在朝屡忤权贵。康熙二年（1663）四月，冯溥被御史李秀所参"溺职徇私"（《清圣祖实录》卷九）。康熙七年（1668）九月十五日，冯溥因反对改批科钞忤逆鳌拜。此二事皆因康熙信任而得以平稳度过。二是身患疾

---

① （清）冯溥：《佳山堂诗集》卷四，《清代诗文集汇编》第 29 册，上海古籍出版社，2010，第 574 页。
② （清）冯溥：《膝痛行五首用东坡先生韵辛亥除日作》，《佳山堂诗集》卷二，《清代诗文集汇编》第 29 册，上海古籍出版社，2010，第 542 页。
③ （清）冯溥：《八月早凉入署偶咏》，《佳山堂诗集》卷四，《清代诗文集汇编》第 29 册，上海古籍出版社，2010，第 569 页。
④ （清）冯溥：《秋日徐望仁总宪招饮水亭四首》（其二），《佳山堂诗集》卷四，《清代诗文集汇编》第 29 册，上海古籍出版社，2010，第 572 页。

病。其病为"风湿"①，给冯溥带来极大痛苦，从诗题《膝痛行五首用东坡先生韵辛亥除日作》(《佳山堂诗集》卷二)、《病起》(《佳山堂诗集》卷二)、《念东先生东还，卧病不能出饯。夜半呻吟不寐，索烛题"归去来兮"七章，情见乎辞，因寄唐济武》(《佳山堂诗集》卷三)等即可看出。三是性情淡泊。即使被封为文华殿大学士，他也私下表示："机心幸勿用，百年一过客。不如归去来，神旷期道集。"② 明确表达归乡愿望。此三方面错综交织，致使冯溥萌生退意。康熙九年（1670），冯溥第一次乞休，不允；十一年（1672），冯溥再次乞休，康熙帝又加以挽留，许以七十岁方可告退。

康熙十二年（1673）八月，万柳堂建成，广五间。冯溥心情愉悦，写有《癸丑八月万柳堂成志喜》一诗。该诗首句为"畚锸经年结构初"③，可知建堂历时一年之久。堂成后，冯溥又陆续增添一些景观。据冯溥两首诗题《万柳堂前新筑一土山，下开池数亩，曲径逶迤，小桥横带，致足乐也，因题二律纪之》《山巅安放小石数块，历落可观，并纪以诗》④ 可知，其在堂前新筑土山，开凿池塘，修建曲径，横上小桥，山巅安放数块小石，参差错落。毛奇龄曾描述过优美的万柳堂景色："岩陁块曲，被以杂卉；构堂五楹，文阶碧砌；芄兰薜苔，薮蔓于地。其外则长林弥望，皆种杨柳，重行叠列，不止万树。"⑤ 堂名"万柳"，除了园中柳树甚多外，还与野云廉公万柳堂有关。野云廉公，时人均认为是元代名臣廉

---

① （清）冯溥诗云："入冬两膝痛，医云属风湿。"见《膝痛行五首用东坡先生韵辛亥除日作》，《佳山堂诗集》卷二，《清代诗文集汇编》第29册，上海古籍出版社，2010，第542页。
② （清）冯溥：《膝痛行五首用东坡先生韵辛亥除日作》，《佳山堂诗集》卷二，《清代诗文集汇编》第29册，上海古籍出版社，2010，第542页。
③ （清）冯溥：《佳山堂诗集》卷五，《清代诗文集汇编》第29册，上海古籍出版社，2010，第598页。
④ （清）冯溥：《佳山堂诗集》卷六，《清代诗文集汇编》第29册，上海古籍出版社，2010，第615页。
⑤ （清）毛奇龄：《万柳堂赋》，《西河文集·赋》卷三，《清代诗文集汇编》第89册，上海古籍出版社，2010，第22页。

希宪。① 廉公曾在今位于玉渊潭西北侧的西钓鱼台一带修建万柳堂②，是当时著名的私家园林，经常邀人宴饮其中。博学多识的冯溥对此应该知晓，故将自己的堂名命作"万柳"以示歆羡之意，亦属合情合理。

万柳堂建成后，冯溥不但独游万柳堂，作《暮春独游万柳堂感兴十首》，还时常举办万柳堂雅集。如康熙十五年（1676）九月，冯溥作《重阳前一日万柳堂雅集二首》：

其一

风雨重阳近已收，同人高宴问芳洲。喜逢休沐骖先住，快领珠玑客独留。水色桥分千树碧，日光堂映万山秋。京尘此会称难得，何事茱萸动旅愁。

其二

帝里风光入望赊，城隅小圃近清华。山来远照青如抹，水不浑同碧复斜。莫放酒杯酬晚景，凭将衫袖落残霞。为思往哲风流处，应有群贤醉菊花。③

重阳雅集，自然会引起思乡之情，此诗亦有"何事茱萸动旅愁"的悲伤之句，但从全诗看，感情基调却是欣赏美景、畅饮美酒的愉悦与欣欢。结句是劝酒之词，"往哲"应指廉希宪，意为我们要像彼时廉希宪雅集一样对菊畅饮，不醉不休。可见，此时的万柳堂雅集亦表现出了明显的娱情性质。

要之，无论是亦园雅集，还是此阶段的万柳堂雅集，皆规模较小、时间不定、参与人员不定，纯然追求一种艺术化的生活情趣，与一般雅集无

---

① 此说法实误，野云廉公应是廉希宪第五子廉恒，此人情趣高雅，喜与文人诗酒交游。详见张建伟《元代大都廉园主人廉野云考论》，《民族文学研究》2015年第6期。
② 孙冬虎：《万柳堂的变迁及其流风遗韵》，《中国古都研究》第21辑，三秦出版社，2007。
③ （清）冯溥：《佳山堂诗集》卷五，《清代诗文集汇编》第29册，上海古籍出版社，2010，第611页。

甚区别，主要以诗酒唱和为主，旨在愉悦性情。不过，随着时代发展，万柳堂雅集的功能也在发生变化。博学鸿儒科于康熙十七年（1678）诏举、次年御试，对清初政治、文化产生了深远影响。万柳堂雅集亦借博学鸿儒之试更进一步繁盛，同时伴随政治权力的介入，其越出了普通雅集的娱情范畴，转而生发出特殊的政治功用与诗学意义，并成为此时京师诗坛风尚转换的策源地与典型代表。

二　博学鸿儒科与万柳堂雅集的政治功用

康熙十七年正月二十三日，康熙拟开博学鸿儒科，征召天下博学之士。此举作为清廷的重要文治政策，意在"选拔一批有学识之官僚人才"。① 诏令既下，各级、各地官吏纷纷荐举所知。面对此科，士人群体表现出不同的意愿与态度，其中"有自前者，有强之而前者，亦有强之而不前者"。② 其"自前者"，如陆陇其次年闰三月十九日"始接荐举命下之报"③，二十五日即赴京应试；其"强之而前者"，如李因笃累上谢荐之牍而不允，有司敦迫，无奈赴京；其"强之而不前者"，如顾炎武"刀

---

① 关于康熙博学鸿儒科举行之目的，目前学界主要有三说：一是孟森认为此举是"拉拢遗民"（《明清史论著集刊》，中华书局，2006，第498、499页）；二是〔美〕魏斐德认为"试图通过它来阻止旧明遗臣投奔吴三桂"（魏斐德著，陈苏镇、薄小莹等译《洪业——清朝开国史》，江苏人民出版社，1995，第983页注③）；三是赵刚认为意在"选拔一批有学识之官僚人才"（《康熙博学鸿词科与清初政治变迁》，《故宫博物院院刊》1993年第1期）。本文从赵刚说。另，此科初开，冯溥即赋《戊午春正月捧诵上谕恭纪》云"一代词源宗睿藻，千秋岳降应真儒"（《佳山堂诗集》卷六）加以推许。同题奉和者，尚有李霨、杜立德等人。此三人，另加时任翰林院掌院学士的叶方蔼，共同构成了康熙博学鸿儒科的上层文人核心。而冯、李、杜三人，皆列相国，对于征士的举荐，亦联名上牍，共荐法若真、施闰章、曹禾、陈玉璂、米汉雯、沈珩、曹溶、叶舒崇等八人。八人中，除曹溶丁忧、叶舒崇病故外，均应举此科，而在"赴部验到一百三十一员"名单中居首的六人正是由"三相国"共同荐举的这六位征士，足见"三相国"地位之重。而此三人以其特殊的政治地位，对康熙帝诏举此科的用意理当理解最深，故而其所荐之人的身份背景也最可体现博学鸿儒科的目的。据《己未词科录》卷一所引戴璐《吏牍钞存》，荐举八人中，除曹溶外，均在清代有科举功名，且大半为赋闲候补的官员。这样的身份构成与明遗民无关，故而证明赵刚说更为合理。

② （清）王弘撰《孙豹人》，《山史》初集卷六，何本方点校，中华书局，1999，第155页。

③ （清）陆陇其撰《三鱼堂日记》，杨春俏点校，中华书局，2016，第92页。

绳俱在，毋速我死"①，严拒荐为征士。面对征士群体举棋不定的游移态度，七月二十二日，康熙将所有请辞一律驳回，命令地方官员速遣征士入京。一方面朝廷强迫士人进京，一方面一部分士人不愿应征。虽然表面上风平浪静，实则暗流涌动，稍有不慎，即会对政局稳定产生不良影响。康熙将负责接待各地征士的重任交与冯溥。冯溥是博学鸿儒科的主要参与者，对康熙此举心领神会，对自己身肩使命牢记在心。② 同时，冯溥一直以爱惜人才、引荐人才著称，在士人群体中享有崇高声望。故而，冯溥身膺此任最为合适。

康熙十七年夏秋之际，"魁奇俊伟之士，鸿才博学之儒，云集京师，飞词振采，皆极一时之盛"③，百余位饱负才学与声名的征士从全国各地汇集京师。而冯溥作为此时京师内康熙文化政策的主要执行者，对他们的到来，尤其是其中声誉海内的名士，给予了特殊的关照。如傅山刚刚抵达京师之时，"益都冯公首过之"。④ 对傅山这样不愿仕清的遗民，冯溥《赠傅青主征君二首》其二"上庠虞氏典，稽古汉庭贤"⑤，试图劝解、延揽傅氏应试。除了过访，冯溥对其中征士还有经济上的援助。康熙十七年十一月初一日之前，清廷还未对征士给予经济上的资助，而征士大多贫寒，"或就食畿辅，或寄宿僧庐，北地苦寒，狼狈万状"⑥，甚如施闰章者，更是"且称贷以营寒具"。⑦ 冯溥以座主身份，对这些远道而来的征士"贫

---

① （清）全祖望撰《鲒埼亭集》卷第十二《亭林先生神道表》，朱铸禹汇校集注《全祖望集汇校集注》，上海古籍出版社，2010，第231页。
② （清）冯溥：《戊午春正月捧诵求贤上谕恭纪》（其一）："圣武方扬文命敷，典谟干羽惄皇图。……伫看春泽销兵甲，彩笔从容赋两都。"（其二）："大观在上宾王利，渐陆何忧隔遁鸿。"（冯溥《佳山堂诗集》卷六，《清代诗文集汇编》第29册，上海古籍出版社，2010，第622页）
③ （清）邓汉仪：《诗观三集序》，陆林、王卓华辑《慎墨堂诗话》，中华书局，2017，第1908页。
④ （清）全祖望撰《鲒埼亭集》卷二十六《阳曲傅先生事略》，朱铸禹汇校集注《全祖望集汇校集注》，上海古籍出版社，2010，第481页。
⑤ （清）冯溥：《赠傅青主征君二首》，《佳山堂诗集》卷四，《清代诗文集汇编》第29册，上海古籍出版社，2010，第579页。
⑥ 徐珂编纂《清稗类钞》"考试类"《圣祖优礼宏博举子》，中华书局，1984，第707页。
⑦ 徐珂编纂《清稗类钞》"考试类"《圣祖优礼宏博举子》，中华书局，1984，第707页。

者为致馆,病者馈以药,丧者赙以金"。① 除了上述两点主观因素外,另据征士毛奇龄记述,博学鸿儒科得仿旧例,征士"先具词业缴丞相府"②,冯溥自身特殊的政治地位使得万柳堂对征士有着更进一步的聚合性。这也为冯溥在此科中发挥政治作用,提供了制度保障。正因冯溥礼贤好士与特殊政治地位,万柳堂成为此时京师文坛中重要的文人聚合场所之一,也即《郎潜纪闻》所云"大科初开,四方名士待诏金马门者,恒燕集于此"。③一"恒"字,可见此时万柳堂雅集次数之频繁,同时雅集形式亦颇为丰富,除了常见的诗歌唱和外,还有同题作赋、研讨学问等。

首先,同题作赋。康熙十八年(1679)三月会试后,冯溥举办万柳堂雅集。参与人员是四方前来京城的征士,内容是同作《万柳堂赋》。毛奇龄《制科杂录》记道:"时益都师开宴万柳堂,延四方至者,命即席作《万柳堂赋》,蒙奖予第一。"④"扬州乔石林以内阁中书被荐,同集万柳堂,录予赋归。次日,其同舍江阴曹峨嵋亦在荐中,石林出予赋请教。峨嵋反覆曰:'此非君作也。''然则谁作?'曰:'此非江东毛生恐不能也。'一时传诵为佳话。"⑤ 冯溥命各位征士即席作《万柳堂赋》,这在古代被称为"同题共作",具有明显的竞赛性质,能激发性情,彰显风雅。这次雅集上,毛奇龄之赋被评为第一,这使其大为振奋,以至津津乐道。

其次,研讨学问。康熙十八年四月四日,冯溥再次举办万柳堂雅集。参与人员有汪琬、毛奇龄、施闰章、徐嘉炎等十六位博学鸿儒,内容是切磋学问,辨疑问难。毛奇龄《制科杂录》记载:"自发榜后二日,尚未授职,益都师复修禊于万柳堂,蒙召者一十六人。酒再巡,司斟者呼'解

---

① (清)朱彝尊:《万柳堂记》,《曝书亭集》卷六十六,《清代诗文集汇编》第116册,上海古籍出版社,2010,第503页。
② (清)毛奇龄:《益都相公佳山堂诗集序》,《西河文集》序卷二十一,《清代诗文集汇编》第87册,上海古籍出版社,2010,第346页。
③ (清)陈康祺撰,晋石点校《郎潜纪闻初笔》卷八,中华书局,1997,第181页。
④ (清)毛奇龄:《西河文集·制科杂录》,《清代诗文集汇编》第88册,上海古籍出版社,2010,第207页。
⑤ (清)毛奇龄:《西河文集·制科杂录》,《清代诗文集汇编》第88册,上海古籍出版社,2010,第207页。

托'。师曰：'解托有出乎？'长洲汪苕文曰：'有出。'师左右顾曰：'然则解托有名分，可轻解乎？'予曰：'似可以解，可以不解。'师曰：'何？'曰：'……'师曰：'善！'遂命去托。"① 接下来又共同探讨《论语》"浴沂"是"祓濯"非"入水浴"的问题。冯溥此时像一位颇有经验的老师，不失时机地提出问题，并引导与会人员分析辩驳，最终得出大家都能接受的结论。在这样的集会上，每个人都可彰显自己的学问，自由平等，气氛融洽。

此外，通过万柳堂雅集，征士得以迅速地获知此时的政治消息，如陈维崧《春夜宴集，敬和益都夫子原韵》自注"是夜适闻岳州奏捷"②，其得知三藩战事中岳州大捷是在万柳堂的席间，而此日在康熙十八年二月初二正式宣谕岳州大捷之前。

此一阶段的万柳堂，由原本的休憩之所敞开为公共空间，雅集次数更为频繁，雅集形式更为多样，参与人员亦海内知名。作为博学鸿儒科的主要执行者，作为心态复杂的征士的接待者，冯溥频繁举办万柳堂雅集，就不仅仅是一般的游艺与普通的娱情。其实，在这一阶段的万柳堂雅集上，冯溥通过诗歌唱和、同题作赋、研讨学问等多种雅集形式，营造了一种自由、风雅、融洽的氛围，在当时独特境域下，有助于平抚一部分征士的对抗情绪，缓解甚至消除了一部分征士与朝廷的紧张关系，使他们在心理上更容易接受朝廷，由上文所述毛奇龄在《制科杂录》中所记载的两次雅集及其所流露出的振奋、欣喜与感动，即可看出。这，或许就是万柳堂雅集在博学鸿儒科这一时期特殊的政治功用。

康熙十七年十二月五日，冯溥迎来自己的七十之寿，原本"士大夫七十而致仕"的心愿与康熙帝许诺的"七十乃休"③，早已为博学鸿儒科

---

① （清）毛奇龄：《西河文集·制科杂录》，《清代诗文集汇编》第 88 册，上海古籍出版社，2010，第 211~212 页。
② （清）陈维崧：《湖海楼诗集》卷六《春夜宴集，敬和益都夫子原韵》，陈振鹏标点、李学颖校补《陈维崧集》，上海古籍出版社，2010，第 826 页。
③ （清）毛奇龄：《文华殿大学士太子太傅兼刑部尚书易斋冯公年谱》，《西河文集·年谱》，《清代诗文集汇编》第 88 册，上海古籍出版社，2010，第 179 页。

的诏举而引发的京师文坛繁盛所掩盖。所献诗赋者遍及京师,"在朝名公卿贤士大夫及布衣方闻有道之士征诣阙下者,莫不为诗歌文辞以祝公"①,终由征士陈玉璂汇编为《崧高大雅集》,借尹吉甫《崧高》八章之名,以"周邦咸喜,戎有良翰"②喻冯氏黼黻庙堂之功。据劳人《崧高大雅集墨迹》③所载,赠诗文者共七十二人,计诗八十五章、词一阕。遍及京师内各层文人,除了《崧高大雅集》中的诗词,还有其他寄赠之作散见于时人别集。原本隐遁荒寺、不问俗务的傅山特地书贺寿手卷,并请王弘撰"书四大字于卷首"④作为贺寿之礼。但对冯溥而言,借此机会,也通过聚集在万柳堂中的征士向很多裹挟而来的征士求文,王弘撰《贺相国易斋冯公七秩寿序》记赵进美受冯溥所托求文之事。⑤由此,冯氏七十之寿也从普通的寿宴,变成了一场以冯溥与万柳堂雅集为核心的京师文坛内颇具政治意味的事件。

博学鸿儒科在冯溥的政治生涯中具有重要意义,而鸿博征士在其生命中也有特殊价值。清初理学名臣李光地评价康熙朝诸任宰相,以冯溥为第一,赞其"大节在进贤"⑥,李元度《国朝先正事略》亦云:"国初诸大臣宏奖人才,以益都冯文毅公称首。"⑦冯溥得此佳名,很大程度上得益于其在康熙博学鸿儒科期间在士人中积攒的声名。时任文华殿大学士的冯溥,凭依此科,其政治生命焕发出了新的活力,接下来的万柳堂亦成为彼时京师内最具影响的"文学场"之一。

---

① (清)王嗣槐:《桂山堂文选》卷一《崧高大雅集序》,《清代诗文集汇编》第73册,上海古籍出版社,2010,第23页。
② 《毛诗正义》卷十八《大雅·崧高》,《十三经注疏》,中华书局,2009,第1223页。
③ 劳人:《崧高大雅集墨迹》,张伯驹主编《春游社琐谈》,北京出版社,1998,第218~219页。
④ (清)王弘撰:《北行日札·答傅青主先生》,中国国家图书馆藏清康熙刻本。
⑤ (清)王弘撰:《北行日札·贺相国易斋冯公七秩寿序》,中国国家图书馆藏清康熙刻本。
⑥ (清)李光地:《榕村语录续集》卷九,中华书局,1995,第680页。
⑦ (清)李元度:《国朝先正事略》卷三,《续修四库全书》第538册,上海古籍出版社,2002,第76页。

三 宗唐诗风与万柳堂雅集的诗学意义

康熙十八年（1679）四月二十日，五十名博学鸿儒正式入职翰林院，次日赴史馆纂修《明史》，康熙博学鸿儒科自此结束。① 而万柳堂雅集并没有终止，且有了新的意义指向。检视《佳山堂诗集》《佳山堂诗二集》，将此阶段冯溥于万柳堂雅集所作之诗歌择其可编年者列之如下。②

雅集时间	冯溥诗题	诗体
康熙十九年庚申闰八月	《秋日，其年邀同大可、舟次、行九、子启暨儿慈彻、协一集万柳堂分赋》《又得二首》③	七律
康熙二十年辛酉三月三日	三月三日万柳堂修禊倡和诗	七律
康熙二十年辛酉三月八日	三月八日万柳堂	七律
康熙二十年辛酉四月八日	四月八日集万柳堂	七律
康熙二十年辛酉九月九日	九月九日集万柳堂	七律
康熙二十年辛酉十月八日	十月八日集万柳堂	七律
康熙二十一年壬戌二月八日	二月八日万柳堂	七律
康熙二十一年壬戌三月三日	三月三日万柳堂雅集	五、七律各二首
康熙二十一年壬戌三月八日	三月八日万柳堂	七律
康熙二十一年壬戌四月八日	四月八日万柳堂	七律
康熙二十一年壬戌八月五日	致仕将归，诸同人置酒万柳堂话别漫题	七律

---

① 康熙十八年四月四日的"万柳堂雅集"，因距博学鸿儒科开科期间较近，兹归入第二阶段。
② 本表编制参考张秉国《临朐冯氏年谱》，人民文学出版社，2016，第187～214页。此外，尚有不少难以编年的诗作，如《三月八日集万柳堂》（《佳山堂诗集》卷之六）、《四月八日集万柳堂》（《佳山堂诗集》卷之六）、《八日过万柳堂》（《佳山堂诗二集》卷之四）等。
③ 此诗系年，参看周绚隆《陈维崧年谱》（下），人民出版社，2012，第649页。

由上表可见，康熙二十年、康熙二十一年的万柳堂雅集与此前两个阶段的雅集相比，明显变化有二。一是此前雅集时间多不固定，而此阶段雅集多选在每年三月三日、九月九日和每月八日，尤其是每月八日，确如汪懋麟所言："每月之八日，公必携宾客游于斯。"① 二是以前雅集尤其是第二阶段雅集内容多样，而此阶段雅集则皆为诗歌唱和。冯溥每次雅集必有诗歌问世，且多为七言律诗，令参加者次韵赓和。冯溥自述道："予每游万柳堂，皆有诗。"② 即使因冗事未作，暇日补之③；或因自己生病，未赴集会，会后亦会补之。④ 这样一种以每月固定日期为约的雅集，可以说彻底取代了"与事之人月一集"的管理抚育遗婴之会，也最终成为万柳堂正式发挥诗学意义的标志。

如是，这一阶段的万柳堂雅集也在京师诗坛产生了重要影响。康熙二十一年（1682）上巳修禊，参与者三十二人⑤，绝大部分是博学鸿儒科出身的翰林官。冯溥作有《三月三日万柳堂雅集》五、七律各二首。与会人员各赋七律二首，均步冯溥七律之韵，会后结集为《万柳堂修禊诗》，王嗣槐作《万柳堂修禊诗序》。此序收入《桂山堂文选》卷一，后附王嗣槐友人评点："上巳之会，斯游为盛，以方逸少、兴公之作，真可后先鼎足而立，而风流文彩殆似过之，不得以古今为定评。"⑥ 可见此次雅集的影响之大和地位之高。正是以这种方式，万柳堂雅集介入了清初诗风的嬗

---

① （清）汪懋麟：《万柳堂记》，《百尺梧桐阁集》卷三，《清代诗文集汇编》第 151 册，上海古籍出版社，2010，第 271 页。
② （清）冯溥：《补腊月八日、正月八日游万柳堂诗》（有序），《佳山堂诗集》卷六，《清代诗文集汇编》第 29 册，上海古籍出版社，2010，第 620 页。
③ （清）冯溥《补腊月八日、正月八日游万柳堂诗序》："腊月八日，正月八日，同人复起育婴会，两至其地，以岁事匆冗，不及作，暇日补之，以记一时之事云尔。"《佳山堂诗集》卷六，《清代诗文集汇编》第 29 册，上海古籍出版社，2010，第 620 页。
④ 冯溥有诗题为《八日，以病不赴万柳堂之会，补之以诗，兼简沈绎堂詹事。沈久官不调，故末句戏及之》，《佳山堂诗二集》卷五，《清代诗文集汇编》第 29 册，上海古籍出版社，2010，第 713 页。
⑤ （清）王嗣槐：《桂山堂文选》卷一，《清代诗文集汇编》第 73 册，上海古籍出版社，2010，第 17 页。笔者按：文后列与会者官职名号，实记三十一人。
⑥ （清）王嗣槐：《桂山堂文选》卷一，《清代诗文集汇编》第 73 册，上海古籍出版社，2010，第 17 页。

变过程并发生了重要影响。

众所周知，清朝统治者非常重视文治，其中尤以康熙为最。康熙十六年（1677）三月，康熙谕大学士喇沙里与侍讲学士张英："治道在崇儒雅。……今四方渐定，正宜修举文教之时，翰林官有愿将所作诗赋词章及真行草书进呈者，着不时陆续送翰林院进呈。"① 康熙从"治道在崇儒雅"的观念出发，要求翰林院进呈诗赋词章，与此同时，他还三番五次询问诗文兼优之人。经过数次问询与进献诗集，王士禛即于博学鸿儒科开科同日得入翰林。康熙十八年四月二十一日，五十名博学鸿儒赴史馆纂修《明史》，康熙博学鸿儒科结束。至此，康熙和台阁重臣开始关注诗风问题。当时弥漫诗坛的是宋诗风，论者认为"至迟到康熙十八年（1679），京师崇宋诗的风气已经相当之盛"，"宋诗热已经成为全国性的潮流"。② 于此期间，对宋诗风的批评亦露端倪，比较典型的是冯溥从诗的气象角度对宋诗提出批评："宋诗自有其工，采之可以综正变焉。近乃欲祖宋元而祧前，古风渐以不竞，非盛世清明广大之音也。愿与子共振之。"③ 认为宋元诗缺乏博大气象，非盛世之音。如何消弭宋诗风的影响，提倡盛世之音，引导诗歌走向新的雅正之途，化成一统大势，以诗歌的振兴反映国家的堂皇气象，这是摆在康熙和台阁重臣面前的重要课题。

康熙的诗歌趣味是宗唐的，对宋诗亦曾明确拒斥。④ 作为宰辅大臣，冯溥自然知晓康熙的文治目的与诗歌宗尚，从而有责任去推行皇帝的主张。关于这一点，李天馥说：

> 今圣天子方勤于学，正雅颂于上，而公也拜稽赓歌，以之敷扬休美，浸盛于学士、大夫，下迄闾巷，翕然而正十五国之风，则诗之神

---

① 中国第一历史档案馆整理：《康熙起居注》，中华书局，1984，第297页。
② 张健：《清代诗学研究》，北京大学出版社，1999，第371~372页。
③ （清）施闰章：《佳山堂诗序》，《愚山先生文集》文集卷七，《清代诗文集汇编》第67册，上海古籍出版社，2010，第60页。
④ 详见蒋寅《王渔洋与清初宋诗风之消长》，《王渔洋与康熙诗坛》，凤凰出版社，2013，第32页。

于政教也，庸讵非宰相之职守乎哉？①

李天馥认为康熙的诗歌创作影响了冯溥，冯溥影响了"学士、大夫"，"学士、大夫"影响了下层诗人。在这个由上到下的诗学影响谱系中，冯溥是执行康熙命令、直接向"学士、大夫"产生影响的一个关键环节，诚如严迪昌所说："领袖式人物无论在学术抑或是在文学的领域内影响和作用，最突出的是团聚号召力，其对养成或开创一种风气的推促能量，往往不是轻易估量得出。"② 那么冯溥是如何把宗唐诗风有效地向"学士、大夫"施加影响的呢？作为当时士林的领袖人物，冯溥主要采取的是频繁举办雅集的方式，由自己影响与会人员，再由与会人员影响整个诗坛风气。从此，万柳堂雅集也就由第一阶段、第二阶段的时间不定、形式不定，转变为第三阶段的时间固定、形式固定，此阶段的万柳堂雅集已经成为冯溥一项有目的、有组织地引导诗坛的活动。

一是创作上率先垂范。冯溥在万柳堂雅集上所作之诗，或摹景状物，或抒发情感，均含蓄蕴藉，萦绕着一种盛世之音。如作于康熙二十一年的《三月三日万柳堂雅集》：

其一

修禊重来曲水幽，嘤嘤鸟语正相求。京华车马怜倾盖，洛下文章愧旧游。弱柳烟含仍猗旎，新萍风约故迟留。群贤醉后拈毫处，兰味还疑杜若洲。

其二

良辰熏被坐传觞，一代风流映草堂。冒雨花间人落屐，翕云槛外鹭浮塘。诗存大雅追苹野，时际隆平忆柏梁。安得龙眠高手笔，为图

---

① （清）李天馥：《佳山堂诗集序》，《佳山堂诗集》卷首，《清代诗文集汇编》第29册，上海古籍出版社，2010，第518页。

② 严迪昌：《清诗史》（上），人民文学出版社，2011，第193~194页。

逸韵近潇湘。①

第一首，"嘤嘤鸟语"四字一语双关，既指鸟儿嘤嘤作响以求友伴的美好景象，又用《诗经·小雅·伐木》"嘤其鸣矣，求其友声"之典，表达冯溥重视感情、广结良朋的意愿。"弱柳"一联，用语清新，饱含着诗人对新春景物的喜爱。第二首写雅集活动："坐传觞""冒雨花间人落屐"，呼唤着对"诗存大雅"的追求，充满着"时际隆平"的赞叹。这两首诗，中正平和，沉雄高浑，确属唐音。

此一阶段的万柳堂雅集，一直以诗歌唱和的方式进行。冯溥常常是赋诗两首或一首，命与会人员依原韵和作，并经常评出最佳诗作，如陈维崧，其在康熙二十一年三月三日雅集所作的修禊诗，被评为最优。② 这种诗歌唱和、兼评优劣的方式，为士人施展才智、争奇斗胜提供了平台，也容易使诗歌的风格趋向同一，促进宗唐诗风的盛行。

二是理论上直接引导。如果说诗歌唱和是以一种间接的方式宗唐黜宋的话，那么下面一则材料则属于直接地引导诗坛走向"宗唐"，毛奇龄记述道：

> 益都师相尝率同馆官集万柳堂，大言宋诗之弊，谓开国全盛，自有气象，顿惊此佻凉鄙夯之习，无论诗格有升降，即国运盛杀，于此系之，不可不饬也。因庄颂皇上《元旦》并《远望西山积雪》二诗以示法。《元旦》诗曰："广庭扬九奏，玉帛丽朝光。恭己临四表，垂衣御八荒。"《望雪》诗曰："积雪西山秀，仙峰玉树林。冻云添曙色，寒日澹遥岑。"时侍讲施闰章、春坊徐乾学、检讨陈维崧辈皆俯

---

① （清）冯溥：《佳山堂诗集二集》卷五，《清代诗文集汇编》第29册，上海古籍出版社，2010，第715页。
② （清）王嗣槐：《桂山堂诗选》卷十二《挽陈其年太史》四首其二"那知上巳春澜句"后有注："其年壬戌上巳修禊诗，为诸子称首。"《清代诗文集汇编》第73册，上海古籍出版社，第584页。

首听命,且曰:"近来风气日正,渐鲜时弊。"①

此次万柳堂雅集的举办时间应该在康熙十九年冬至二十一年四月初之间②,这一阶段正是万柳堂雅集举办最频繁的阶段。在此次雅集上,冯溥"大言宋诗之弊",把诗歌宗唐、宗宋问题提升到"国运盛杀"的层面,认为不能不加以整饬,同时,用康熙"二诗以示法"。《元日》气象高迈,后二句袭用唐太宗同题诗中"恭己临四极,垂衣驭八荒"③成句,而《远望西山积雪》则气脉悠远,"冻云添曙色,寒日澹遥岑"④与唐人"冻云愁暮色,寒日淡斜晖"(方干《冬日》)意境相类。二诗语言含蓄,写景壮丽,步武唐人,实属典型的唐诗风格。

冯溥在万柳堂雅集上通过创作上的垂范、理论上的引导,对当时诗坛影响甚巨,使当时一些学宋诗的文人开始转向学习唐诗,如王嗣槐、徐嘉炎、毛奇龄等,均是在这期间从宋调转入唐音,并对唐诗大加倡导。⑤尤其值得关注的是王士禛。此时的王士禛正处于其自言"中岁越三唐而事两宋"⑥的阶段,大力提倡宋诗,是宋诗风的主将,但后来又一变而返回唐音。对于王士禛返回唐音的具体时间,目前学界尚无定论。有论者认为

---

① (清)毛奇龄:《西河文集·诗话》卷五,《清代诗文集汇编》第 89 册,上海古籍出版社,2010,第 75 页。
② 潘务正对此有所考证,他说:"《远望西山积雪》作于十九年冬,据此则此次冯氏号召翰林官批判宋诗之举是在十九年至二十一年致仕前。"(潘务正:《王士禛进入翰林院的诗史意义》,《文学遗产》2008 年第 2 期)其实,此时间段还可以缩短。冒襄编《同人集》卷九"哭陈其年太史倡和诗"有戴刘淙《巢民先生于壬戌中元日,荐其年检讨于定惠寺,追和其己亥中元韵以哭之,走笔命和,亦得二首,哀心所感,不计工拙也》其二,首句"别君方注籍"后有原注云:"予四月初旬出都,别君邸舍,君方以病假注籍。"(转引自周绚隆《陈维崧年谱》,人民出版社,2012,第 700 页)可知陈维崧于康熙二十一年四月初已发病注籍,不可能出席万柳堂雅集。所以笔者认为,冯溥万柳堂雅集举办的时间应在康熙十九年冬至二十一年四月初之间。
③ (唐)唐太宗《元日》,《全唐诗》第 1 册,中华书局,1960,第 7 页。
④ (唐)方干《冬日》,《全唐诗》第 19 册,中华书局,1960,第 7450 页。
⑤ 详见张立敏《冯溥与康熙京师诗坛》第四、五、六章,中国社会科学出版社,2011,第 141~225 页。
⑥ (清)俞兆晟:《渔洋诗话序》,丁福保辑《清诗话》(上册),上海古籍出版社,1978,第 163 页。

在康熙二十四年（1685）①，有论者认为在编《五七言古诗选》的康熙二十二年（1683）②，有论者认为"康熙十八年至二十年之间，即王士禛进入翰林院的第二年以后，其诗逐渐由宗宋趋于崇唐"。③ 但有一点可以确定，王士禛返回唐音的时间是在冯溥万柳堂雅集提倡宗唐诗风期间或其后。虽然未有资料表明王士禛参加过万柳堂雅集，但他的很多好友都是万柳堂雅集的常客，尤其是冯溥在万柳堂批评宋诗的集会上，王士禛的好友施闰章、徐乾学、陈维崧都在现场。邵长蘅回忆："忆己未客都门，寓保安寺街，与阮亭先生衡宇相对，愚山先生相距数十武，冰修仅隔一墙。偶一相思，率尔造访，都不作宾主礼。其年寓稍远，隔日辄相见，常月夜偕诸君叩阮亭门，坐梧树下，茗碗清谈达曙。"④ 施闰章入职翰林后移居宣城会馆、徐乾学赴京后住在绳匠胡同之碧山堂，均与王士禛所居的保安寺街相距甚近。众人时常相聚，此时身为宗宋诗风主将的王士禛对万柳堂雅集的详细情形势必会有所耳闻。面对这种形势，王士禛不能不有所考虑，最终弃宋调而宗唐音，彰显出与"盛世"相符的诗歌风格。可以说，此阶段的万柳堂雅集及其所提倡的宗唐诗风，对王士禛返回唐音具有重要的推动作用。

这里尚有一个问题需要辨析，即冯溥开始引导诗坛的时间。论者认为："自十七年开始，冯溥开始了诗坛的整饬。"⑤ 理由是冯溥于此年向王嗣槐、徐嘉炎鼓吹诗教，表达对诗坛的不满。其实，冯溥私下向王、徐二人表达自己的诗学见解，与放眼诗坛而加以引导毕竟是两回事。康熙十七年的万柳堂雅集，正处于自身发展的第二阶段。此时，冯溥作为博学鸿儒科的主要施行者，正忙于接待应征士人，调和一些征士与清廷的对立情

---

① 王小舒：《神韵诗学论稿》第二章第五节《大音希声——晚年回归平淡时期》，广西师范大学出版社，2001，第68页。
② 蒋寅：《王渔洋与清初宋诗风之消长》，《王渔洋与康熙诗坛》，凤凰出版社，2013，第34页。
③ 潘务正：《王士禛进入翰林院的诗史意义》，《文学遗产》2008年第2期。
④ （清）邵长蘅：《青门旅稿》卷一，《清代诗文集汇编》第145册，上海古籍出版社，2010，第344页。
⑤ 张立敏：《冯溥与康熙京师诗坛》，中国社会科学出版社，2011，第126页。

绪，尚无暇顾及诗坛，故而此阶段的万柳堂雅集很少涉及诗歌方面。冯溥引导诗坛时间应该是在康熙十八年之后，即博学鸿儒科结束之后，当时的万柳堂雅集已进入第三阶段，已经成为冯溥的一项有目的、有组织的引导诗坛的活动，这才符合当时历史实际。

综上所述，原本主要以诗酒唱和为主、旨在愉悦性情的冯溥万柳堂雅集，伴随着康熙博学鸿儒科的诏举、御试，发挥出特殊的政治功用；而政治权力的介入，又促进了诗风的转向。如是，万柳堂雅集迥异于其他一般意义上的游艺和娱情雅集，更多附带有特殊的政治功用与重要诗学意义，这为考量清初京师政治变迁、诗风嬗变等提供了一个重要维度和独特视角。

作者简介

杜广学，男，文学博士，博士后，高等教育出版社编辑，从事明清文学与文献研究。

魏磊，男，北京师范大学文学院博士研究生，研究方向为清代文学与文献。

易堂九子之曾灿生平事迹考述*

王乐为

摘　要：明清之际，曾灿先后度过了好学自励的少年时代，抗清、逃禅、隐居的青年时代，依人谋食的壮年时代和"老牯曳犁"的晚年时代。他所历经的人生变迁，既彰显了个体之于社会生活结构中的丰富细节和独特价值，又体现着鼎革之际遗民群体生存之艰难。

关键词：曾灿　易堂九子　清诗　清初文学

清初文学家曾灿的生平事迹，主要见于杨宾①所作《曾青藜姜奉世合传》，其中较为详细地记述了曾灿抗清之际的英雄壮举和抗清事败的始末。而对于曾灿抗清事败后的逃禅、游幕等经历，杨宾的记载则简略得多。至于后来（康熙）《江西通志》《小腆纪传补遗》《明遗民录》《清史稿》等文献资料的记载就更为简略，仅有寥寥数语。又由于递相承袭，文字也相差无几。而迄今为止，学界在曾灿生平事迹研究方面，所作探索仍然有限②，还不能充分展现其人生道路和心路历程。

---

* 本文系国家社科基金重大招标项目"清代诗人别集丛刊"（编号：14ZDB076）、黑龙江省哲学社会科学研究规划年度项目"清初文学家曾灿研究"（编号：17ZWD264）的阶段性成果。
① （清）杨宾（1650~1720），字可师，号耕夫，别号大瓢，浙江绍兴人，后迁居苏州。
② 马将伟《曾灿逃禅考论》通过爬梳文献、考证辨析，得出曾灿于顺治四年（1647）薙发为僧，顺治十年（1653）底还俗的结论，并对曾灿逃禅的因由作了分析。参见马将伟《易堂九子研究》，社会科学文献出版社，2013，第78~98页。

曾灿生于明天启五年（1625），卒于清康熙二十七年（1688）①，平生历经天启、崇祯、顺治、康熙四朝，享寿六十四岁。率军抗清、逃禅、游幕和《过日集》的编纂问世是其人生的几个重要事件。经考察发现，上述事件分别发生在顺治二年（1645）、顺治四年（1647）、顺治十六年（1659）和康熙十二年（1673），即曾灿二十一岁、二十三岁、三十五岁和四十九岁之际。鉴于此，本文将顺治二年随父抗击清兵作为曾灿少年与青年的分界；顺治十六年下山游幕作为其青年与壮年的分界；康熙十二年《过日集》付梓作为其壮年与老年的分界。而将康熙十二年作为分水岭的另外两点考虑还在于，同年正月曾灿在吴地纳妾，随后其长子曾尚侗成婚。②下文将在准确把握曾灿人生各阶段主要矛盾的基础上，深入考察其少年、青年、壮年、晚年的主要经历及心态，进而勾勒其生平事迹，解读其心路历程。

一　好学自励的少年时期（1625～1645）

明天启五年六月初一，曾灿出生于江西宁都县城。他的祖父曾建勋，是个乐善好施的儒者，常有焚契取义之举。由于身体羸弱，曾建勋常服药治病，将巨额财产耗尽，致使家境日益衰落："以购药千金，产日落。"③万历四十年（1612）曾建勋去世时，曾灿的父亲曾应遴只有十二岁。曾灿祖母陈氏将儿子应遴抚养成人。在这个过早失去父亲的孩子身上，陈氏倾注了全部的心血，但她绝不溺爱，对其教育更从不懈怠："先大夫补县

---

① （清）彭任：《曾灿墓碑文》："公讳灿，字青藜……生明天启乙丑年六月初一日辰时，殁康熙戊辰年十月十九日子时。"该碑见于宁都临公路的草丛中，出自彭任之手，碑文却未见收录于其《草亭文集》。

② 曾尚侗结婚时间各种文献均无记载，其所娶妻为魏禧养女静言。据魏禧《祭亡女文》："维甲寅九月日，匀庭老人……陈于亡女静言之灵而言曰：呜呼！汝为吾之犹子，产于潮阳，三岁来归，……十七而嫁曾氏……吾自抚汝至今十六年。"可以推断出静言生于顺治十四年（1657），顺治十六年为魏禧收养，康熙十二年嫁曾尚侗，康熙十三年（1674）卒。

③ （清）曾灿：《先大母陈氏太安人行状》，《六松堂集》卷十三，清抄本。

诸生，尝读书莲华山，以亡酒，夜半归。大母怒曰：'汝父遗我以孤，我屈辱十余年，正望汝成立，如此，我将安托？'痛哭不止。先大夫亦痛哭请受杖，自后遂不复饮，虽强饮不至醉也。"① 陈氏勉励儿子刻苦读书的同时，更注重培养和塑造他尊师的品格："遣先大夫执贽杨一水先生门，馈必丰。谨曰：'欲子贤，安不重师？'"② 正是在陈氏的鞭策和严格教导之下，崇祯七年（1634），曾应遴中进士，后终成一代名臣。

随着曾应遴的成名，曾家日渐隆盛："自崇祯甲戌成进士，至壬午督江粤饷，尊养始益备。大母率如诸生时，食必设菜羹，衵服必布，曰毋忘贫贱，尝戒子孙：'盛荣者衰辱之梯，谨犹惧陨坠，况骄且奢乎？'"③ 当崇祯壬午即崇祯十五年（1642），曾应遴以工科右给事中奉命出都江西、广东兵饷时，曾灿已是十八岁的少年。他清楚地记得，尽管当时家中颇为富庶，但祖母仍始终保持着克勤克俭的生活习惯，一直以身作则，训诫子孙崇俭戒奢。祖母的一言一行潜移默化地影响并感染着曾灿。晚年时曾灿回忆说："是予富贵之日少，而贫贱之日多。"④ 自小养尊处优而日后能克服各种艰难险阻，正得益于祖母对他的教诲。除了日常生活，祖母陈氏在立身行事方面对孙辈要求也十分严格："诸孙有小故，艴然不食至终日。"⑤ 时曾应遴在朝为官，曾家兄弟六人，无论长幼，皆在祖母严格的培养和教育下长大。良好家学和家风的熏陶，使曾氏兄弟个个勤奋上进，学有所成。

在曾灿易堂友兄李腾蛟的记忆中，"崇正己卯，给谏曾公在朝，其母夫人为七十一，一时名公巨卿，赠以诗歌，非不琅然可听也"。⑥ 名公巨卿的出入，琅然动听的歌声，映衬着曾家当年门庭若市、"宾客辐辏"⑦

---

① （清）曾灿：《先大母陈氏太安人行状》，《六松堂集》卷十三，清抄本。
② （清）曾灿：《先大母陈氏太安人行状》，《六松堂集》卷十三，清抄本。
③ （清）曾灿：《先大母陈氏太安人行状》，《六松堂集》卷十三，清抄本。
④ （清）曾灿：《分关小引》，《六松堂集》卷十三，清抄本。
⑤ （清）曾灿：《先大母陈氏太安人行状》，《六松堂集》卷十三，清抄本。
⑥ （清）李腾蛟：《书易堂寿卷跋》，《李咸斋文集》卷二，清抄本。
⑦ （清）曾灿：《哭魏叔子友兄文》，《六松堂集》卷十三，清抄本。

的热闹繁华。少年曾灿正是在"左右之人""趋跄奉承"[①]的氛围中,享受着众星捧月般的待遇长大。但是,他并没有因此而产生骄纵习气、丧失分辨能力,相反,他豁达谦虚,凡事严格要求自己,尤其善于接受朋友的批评和建议。他最好的朋友是魏禧,两人从十岁在一起读书学习,相互砥砺。他们都是宁都县名宿杨文彩[②]的得意弟子。曾灿《寿杨一水》云:"我家通籍士,后先半及门。而我先君子,早得游其藩。"[③] 曾应遴最钦佩恩师杨先生的为人和学问,因此将儿子曾灿也交由杨先生培养教育。父亲的殷切期望,恩师的精心培育,时时激励着曾灿立志要勤学多问、刻苦努力。他十二岁便已应试:"记崇君丙子,予就童子试于螺川。"[④] 他最大的理想是像父亲那样,鞠躬尽瘁为国效忠,惩治贪官和奸佞,成为朝廷的栋梁。而曾灿也的确有经世的才具:"传灿尤负经济,为其父所喜。"[⑤] 六个儿子中,次子曾灿最令曾应遴得意。可以想象,如果不是后来国家遭遇变难,以曾灿的家世和才干,理应会有一番作为。

读书应试之外,少年时期的曾灿尤其喜爱作诗:"某年十四五,即学为诗。"[⑥] 由于其胞兄曾畹"为诗日颇迟"[⑦],而彼时其能诗的六弟曾炤才刚刚出世,曾灿便终日与好友魏禧及其兄长魏际瑞往来唱和。在好友魏禧的眼里,曾灿"少负才华,以风流相尚。所为诗工美多艳"[⑧],而"止山为人,愿朴沉鸷","好慷慨,缓急人,未尝一以声势加乡里,非其义虽千金不顾。又能以死任大事。故年二十时,清江杨机部先生有古大臣之目"。[⑨] 可见,曾灿不仅有着出众的才华,更有急人之难、轻财好施的济世精神,有临危不惧、舍生取义的侠义衷肠,而这恰是其人格魅力的精

[①] (清)曾灿:《与侃儿》,《六松堂集》卷十四,清抄本。
[②] (清)杨文彩(1585~1664),字治文,晚号一水。
[③] (清)曾灿:《寿杨一水》,《六松堂集》卷二,清抄本。
[④] (清)曾灿:《题陆梯霞耕鱼图》,《六松堂集》卷一,清抄本。
[⑤] (清)杨宾:《曾青藜姜奉世合传》,《杨大瓢先生杂文残稿》,丛书集成续编本。
[⑥] (清)曾灿:《金石堂诗序》,《六松堂集》卷十二,清抄本。
[⑦] (清)曾灿:《金石堂诗序》,《六松堂集》卷十二,清抄本。
[⑧] (清)魏禧:《六松堂集序》,《六松堂集》卷首,清抄本。
[⑨] (清)魏禧:《曾青藜初集序》,《曾青藜初集》卷首,清刻本。

髓。正因如此,这个太平盛世里"裘马自喜"①的贵介公子,当国家遭难、异族入侵之际,自谓"多难报君时""孤忠只自知"②,展现出提刀赴难、舍身驱敌的战斗勇气和不避凶险、忠心报国的坚定信念。

二 抗清、逃禅、隐居的青年时期(1645~1659)

身为易堂九子中唯一的贵介公子,承平岁月里曾灿过着养尊处优的生活,易代之际也有着足以自骄的抗清经历。顺治二年(1645),唐王任命曾应遴为太常寺少卿,由兵部尚书杨廷麟统领,负责保卫赣州、吉安。当时闽赣山林之间有散兵游勇数万,"分前、后、左、右四大营,一营中又有前、后、左、右四小营"。③为联合更多力量共同抗击清兵,曾应遴向杨廷麟提议,将其招安整编并入抗清队伍,杨公称善,且奏报唐王获准。顺治三年(1646)春,时任太仆寺卿的曾应遴委派次子曾灿前往四营兵驻地斡旋。时年二十二岁的曾灿,单枪匹马直入不测之地与对方谈判,晓之以忠义,"四大营皆听命"④,一举将四营兵士数万全部招安。一时众人瞩目,备受称赞。然而,还没等曾灿率领四营兵赶到吉安,吉安、抚州两座城池便相继陷落。

顺治三年(1646)五月,"督师万元吉退守赣州,大兵遂围赣"。⑤由于赣州形势危急,曾应遴、曾灿父子率四营兵每日徒步行军二百余里赴赣救援。"四大营救之,军黄金高楼间,去赣十里,声颇振。唐王玺书奖赏,赐龙武营。"⑥因曾灿治军有方,受到唐王褒奖,"龙武营"兵士士气高涨、精神振奋。然而随后出现的状况却让曾灿措手不及。刘应驷"忌

---

① (清)魏禧:《六松堂集序》,《六松堂集》卷首,清抄本。
② (清)曾灿:《旅冈》,《六松堂集》卷四,清抄本。
③ (清)杨宾:《曾青藜姜奉世合传》,《杨大瓢先生杂文残稿》,丛书集成续编本。
④ (清)杨宾:《曾青藜姜奉世合传》,《杨大瓢先生杂文残稿》,丛书集成续编本。
⑤ (清)杨宾:《曾青藜姜奉世合传》,《杨大瓢先生杂文残稿》,丛书集成续编本。
⑥ (清)杨宾:《曾青藜姜奉世合传》,《杨大瓢先生杂文残稿》,丛书集成续编本。

传灿功"①，挑起事端激怒其他将领。当时唐王诏书中"以其巨魁李春等为帅，而玺书无他将名"。②刘应驷于是"谓他将曰：'公等皆受抚，而书无公等名，为春所买矣！'"③被刘应驷离间之计蒙蔽，"他将怒，共杀春，将叛归"。④面对"龙武营"兵士士气严重受挫、军心动摇的危急情势，曾灿"急驰入营"⑤，晓之以理、动之以情，向诸将说明"玺书不能遍名，'等者'正指诸君言之也"⑥，劝说诸将只要努力杀敌立功，必定前途无量："且努力成功，则名并督师矣。何春之足云！"⑦然而尽管曾灿反复开导诸将领，但他们并不真正领情，"反复晓譬，仅乃得定"。⑧更糟糕的是，"兵无帅，不相统摄，剽掠如故，民怨苦之"。⑨无人统领的军营如同一盘散沙，加之义军本身素质参差不齐，他们仍像从前那样抢劫掠夺平民百姓，使得百姓怨声载道、苦不堪言。而民怨沸腾、群诉县令的后果是一心抗清、招安四大营的曾应遴、曾灿父子反遭诋毁："群诉县令金廷诏，廷诏曰：'我乌能禁。尔其问诸招之者。'遂群毁应遴居。"⑩在舆论不利的情况下，志在报国的曾氏父子仍不计个人得失，在兵部尚书杨廷麟的指挥下，率"龙武营"屯兵河东，全力以赴救援赣州："督师檄龙武屯河东。廷麟内召过赣，见其危，仍召龙武还救。"⑪对于赣州一战，钱谦益不禁发出"章贡之役，青藜年才二十，独身揩拄溃军，眇然一书生，如灌将军在梁楚间"⑫的感叹，足见提刀赴难、舍身驱敌的曾灿是何等骁勇果敢。然而，赣州的形势一直十分严峻，之前杨廷麟所调集的各路力量

---

① （清）杨宾：《曾青藜姜奉世合传》，《杨大瓢先生杂文残稿》，丛书集成续编本。
② （清）杨宾：《曾青藜姜奉世合传》，《杨大瓢先生杂文残稿》，丛书集成续编本。
③ （清）杨宾：《曾青藜姜奉世合传》，《杨大瓢先生杂文残稿》，丛书集成续编本。
④ （清）杨宾：《曾青藜姜奉世合传》，《杨大瓢先生杂文残稿》，丛书集成续编本。
⑤ （清）杨宾：《曾青藜姜奉世合传》，《杨大瓢先生杂文残稿》，丛书集成续编本。
⑥ （清）杨宾：《曾青藜姜奉世合传》，《杨大瓢先生杂文残稿》，丛书集成续编本。
⑦ （清）杨宾：《曾青藜姜奉世合传》，《杨大瓢先生杂文残稿》，丛书集成续编本。
⑧ （清）杨宾：《曾青藜姜奉世合传》，《杨大瓢先生杂文残稿》，丛书集成续编本。
⑨ （清）杨宾：《曾青藜姜奉世合传》，《杨大瓢先生杂文残稿》，丛书集成续编本。
⑩ （清）杨宾：《曾青藜姜奉世合传》，《杨大瓢先生杂文残稿》，丛书集成续编本。
⑪ （清）杨宾：《曾青藜姜奉世合传》，《杨大瓢先生杂文残稿》，丛书集成续编本。
⑫ （清）钱谦益：《金石堂诗序》，《金石堂诗》卷首，康熙六松草堂刻本。

均未能抵挡清兵猖獗的攻势；曾氏父子所率的"龙武营"又因刘应驷的搬弄是非军心涣散，不能一致对外，作战能力严重削弱，加之曾应遴重病在身，曾灿指挥作战的同时还要保护父亲，困难重重之下"龙武营"兵士"再战，再败，遂逃散"。① 曾灿虽有心报国，终无力回天，纵有封侯之志，却不能挽救兵败城破的危局。

史载："十月四日，大兵登城，廷麟督战，久之，力不支，走西城，投水死。"② 徐鼒说："观赣州死事之烈，可以见杨（杨廷麟）、万（万元吉）诸公忠诚之结、抚循之劳矣，此与史阁部之守扬州，瞿留守之守桂林，后先辉映，日月争光，事虽无成，无可恨矣。"③ 顺治三年（1646）十月四日，目睹杨廷麟"走西城投水死"④的场景后，曾灿作《哭清江杨相国死节》三首，为其壮烈殉国而嚎啕痛哭⑤；又说"先生先我死"⑥"俯仰愧先朝"⑦，为自己未能以死报国、苟且偷生而深感愧耻，足见他"非不知义死之足贵，不知幸生之可羞"。⑧ 然而痛定思痛，他又自忖："世独悲生死，吾应惜去留。"⑨ 在明清鼎革的特定历史情境中，他体认到生难死易这一定律，开始思考和探寻生的价值与意义。

顺治四年（1647），父亲曾应遴的亡故使曾灿深受打击，他痛说"丁亥降鞠凶"⑩，为此"悲涕不能止"⑪，始终悲心难抑。更因抗击清兵，"丙戌丁亥之间，几不免有杀身之祸"。⑫ 于是，当亡国之痛与父亲病逝的噩耗双双袭来，封侯之志幻灭后的失落感与杀身之祸先后降临，曾灿选择

---

① （清）杨宾：《曾青藜姜奉世合传》，《杨大瓢先生杂文残稿》，丛书集成续编本。
② （清）张廷玉：《杨廷麟传》，《明史》卷二七八，中华书局，1974，第7115页。
③ （清）徐鼒：《小腆纪年附考》，中华书局，1957，第505页。
④ （清）张廷玉：《杨廷麟传》，《明史》卷二七八，中华书局，1974，第7115页。
⑤ （清）曾灿：《哭清江杨相国死节》，《六松堂集》卷四，清抄本。
⑥ （清）曾灿：《哭清江杨相国死节》，《六松堂集》卷四，清抄本。
⑦ （清）曾灿：《即事步杜子美诸将五韵》，《六松堂集》卷五，清抄本。
⑧ （清）徐枋：《与葛瑞五书》，《居易堂集》卷二，华东师范大学出版社，2009，第27页。
⑨ （清）曾灿：《哭清江杨相国死节》，《六松堂集》卷四，清抄本。
⑩ （清）曾灿：《戊戌三巉峰拜先大夫忌日兼示五弟辉》，《六松堂集》卷二，清抄本。
⑪ （清）曾灿：《戊戌三巉峰拜先大夫忌日兼示五弟辉》，《六松堂集》卷二，清抄本。
⑫ （清）曾灿：《答王山长》，《六松堂集》卷十四，清抄本。

了逃禅出家,借以摆脱苦痛、躲避祸患。顺治四年,他"遁迹吴越间,游天界参浪和尚,遂落发为弟子"。① 浪和尚即道盛,号觉浪,别号杖人,福建浦城人,俗姓张,虽为僧人,却有着强烈的遗民情怀。顺治初年,南京某官在阅读道盛《原道七论》时发现其中有"明太祖"三字,将其拘捕。道盛不仅不为自己作任何解释,反而在官员向其索偈时赋李白《山中问答》一诗表明对故国的怀念。道盛又倡导"真儒必不辟佛,真佛必不非儒",主张儒释合一,在当时极具影响力,得到士人的普遍认可。曾灿更尤为钦佩其师道盛,称其"主持象教者四十余年"②,"听其绪论,无一不归之忠孝。故其门下士,半皆文章节义魁奇磊落之人,或至有托而逃焉者"。③ 正因道盛心怀故国又贯通儒释两教,因此"文章节义魁奇磊落"各类"有托而逃焉"的士人都乐于投身其门下,曾灿也不例外。师从道盛也使他得以结交天下奇才:"予从杖人久,因获交其天木、石湖、蒲庵、观涛数君子。"④ 曾灿在后来回忆时说:"出亡在外,累及数年。始究心于性理左史诸书。篝灯夜读,亦欲思作天地间奇男子。"⑤ 从中可见其师道盛和杖人门下"数君子"对其潜移默化的激励和影响。

曾灿还曾回忆说:"某时少年意气,不乐浮图,一闻佛语,则掩耳而去。"⑥ 的确,作为明朝忠臣后代,他自幼染习在修齐治平的家庭氛围中,继承父辈儒者的秉性学行,并不具备佛学造诣。然而,突如其来的甲申国难犹如一道晴天霹雳,令一代仁人志士苦痛不堪,一时间失去了方向。作为亲身投入抗击清兵斗争的青年英雄,曾灿为国效忠的理想与志向又在亡国之痛的冲击下瞬间崩塌。国破、家亡、父丧,复国无望,时代的变乱令曾灿感叹:"孰知十年之间,天地遂复多故,求时之策正自纷挐。"⑦ 又

---

① (清)曾灿:《送西林游序》,《六松堂集》卷十二,清抄本。
② (清)曾灿:《石濂上人诗序》,《六松堂集》卷十二,清抄本。
③ (清)曾灿:《石濂上人诗序》,《六松堂集》卷十二,清抄本。
④ (清)曾灿:《石濂上人诗序》,《六松堂集》卷十二,清抄本。
⑤ (清)曾灿:《答王山长》,《六松堂集》卷十四,清抄本。
⑥ (清)曾灿:《与诸上人书》,《六松堂集》卷十一,清抄本。
⑦ (清)曾灿:《与诸上人书》,《六松堂集》卷十一,清抄本。

说:"不十年国家多故,先大夫见背,予以避祸,侨吴闽,过西泠。"① 不禁唏嘘:"生死存亡之数,乃复如是耶?"② 道出了在兴衰倏忽的现实面前,个体无力掌握命运的茫然,只能以"泰之有否,革之必鼎,盛衰之故,自然之理"③ 来安慰自己。正所谓"一生几许伤心事,不向空门何处销",遁入空门是曾灿因世事变幻、祸福无常、人事浮沉代谢而深感不能自拔,极力寻求解脱却又无法另外选择的路。如归庄所说:"二十余年来,天下奇伟磊落之才、节义感慨之士,往往托于空门;亦有居家而髡缁者,岂真乐从异教哉?不得已也。"④ "不得已"三个字道出了鼎革之际遗民逃禅之风盛行的缘由与节义志士普遍的心声。曾灿《石濂上人诗序》:"今石师之为诗,其老于浮屠乎?亦有托而逃焉者耶?观其剧饮大呼,狂歌裂眦之日,淋漓下笔,旁若无人,此其志岂小哉?"⑤ 亦一语道破了当时文士逃于方外的实情。归庄所说的"不得已"与曾灿多次提及的"有托而逃焉"殊途同归,从不同角度阐释了逃禅者的苦衷与希冀。正因有其"不得已"且有所"托",曾灿经"古德长者""开示"所生发的"壮不如老,贵不如贱,有室家不如独身之乐"⑥ 的思想并不能对其产生长久影响。在曾灿"省觐太夫人返里"⑦ 后不久,顺治十年(1653),曾灿便遵年迈的祖母之命还俗:"太夫人年八十五,日涕泣,令予返初服,终人世事。"⑧ 此后曾灿侍奉祖母起居数年,直至祖母陈氏顺治十四年(1657)去世。又说:"逮太夫人即世,而吾母夫人又老,至今饮酒食肉长子孙,与世俗人无异。"⑨ 实际上,据曾灿后来"予甚悔前此轻作和尚"⑩ 的明

---

① (清)曾灿:《题陆梯霞耕鱼图》,《六松堂集》卷一,清抄本。
② (清)曾灿:《与诺上人书》,《六松堂集》卷十一,清抄本。
③ (清)曾灿:《题陆梯霞耕鱼图》,《六松堂集》卷一,清抄本。
④ (清)归庄:《送笻在禅师之余姚序》,《归庄集》卷三,上海古籍出版社,1984,第240页。
⑤ (清)曾灿:《石濂上人诗序》,《六松堂集》卷十二,清抄本。
⑥ (清)曾灿:《与诺上人书》,《六松堂集》卷十一,清抄本。
⑦ (清)曾灿:《送西林游序》,《六松堂集》卷十二,清抄本。
⑧ (清)曾灿:《送西林游序》,《六松堂集》卷十二,清抄本。
⑨ (清)曾灿:《送西林游序》,《六松堂集》卷十二,清抄本。
⑩ (清)曾灿:《送西林游序》,《六松堂集》卷十二,清抄本。

确表态，便可知即便没有祖母之命，本志不在佛禅、"有托而逃焉"的曾灿还俗也是必然的事。

尤其值得一提的是，考察曾灿的行迹可以发现，从顺治四年（1647）落发天界寺至顺治十年（1653）还俗，六年中，他并没有闭关修佛，而是长期游离于南京天界寺外。可以确定的是，顺治五年（1648）七月，曾灿来归翠微峰易堂①；顺治八年（1651），曾灿又有"谋食岭南"②的经历；顺治九年（1652），曾灿又返回宁都翠微峰。③

实际上，早在顺治三年（1646）率军抗清之前，作为九子之一，曾灿便参与了"易堂"的初创。据彭士望在《翠微峰易堂记》中回忆，顺治二年（1645）冬，魏禧"知天下未易见太平"④，于是审度形势，"与其友将为四方之役，谋所以托家者"⑤，邀诸亲友合资向旧时山主彭宦买购翠微峰。就当时出资情况而言，"最，凝叔兄弟及曾止山（曾灿）家，次，杨、谢诸姓，又次，邱邦士（邱维屏）、李力负（李腾蛟），俱宁人"。⑥除了魏禧兄弟，后来的"易堂九子"中，自幼与其比邻而居的曾灿是出资最多者。而买购翠微峰恰是易堂文人群形成的先决条件。随后魏氏兄弟又斥巨资盖房修路。⑦顺治三年春，魏禧和友人先将家眷送上翠微山寨。冬，由于赣州陷落，宁都危在旦夕，魏际瑞、魏禧、魏礼、李腾蛟、邱维屏、彭士望、林时益、彭任八位先生齐聚险峻陡峭的翠微峰，并决计隐居于此："丙戌冬，闽及赣郡继陷，诸子毕聚，始决隐计。"⑧而此时，曾灿正为避杀身之祸隐居南京天界寺。顺治五年（1648）七月，曾灿回到家乡宁都，走上翠微峰，与诸子一道躬耕隐居。山居时，他的住处

---

① （清）魏禧：《哭吴秉季文》："戊子七月，兄同曾仲子间关避乱来易堂，堂中诸子闻之，皆倒衣迎。"见《魏叔子文集》外篇卷十四。
② （清）曾灿：《张穆之诗序》："予于辛卯岁谋食岭南"。见《六松堂集》卷十二。
③ （清）魏禧：《与金华叶子九书》："壬辰止山归"。见《魏叔子文集》外篇卷五。
④ （清）彭士望：《翠微峰易堂记》，《易堂九子文钞·彭躬庵文钞》卷五，道光十七年刊本。
⑤ （清）彭士望：《翠微峰易堂记》，《易堂九子文钞·彭躬庵文钞》卷五，道光十七年刊本。
⑥ （清）彭士望：《翠微峰易堂记》，《易堂九子文钞·彭躬庵文钞》卷五，道光十七年刊本。
⑦ （清）魏禧：《翠微峰记》："予同伯兄、季弟大资其修凿费，丙戌春，奉父母居之。"见《魏叔子文集》外篇卷十六。
⑧ （清）彭士望：《翠微峰易堂记》，《易堂九子文钞·彭躬庵文钞》卷五，道光十七年刊本。

就在公堂"易堂"对面一排紧贴石壁而建的小屋内。① 与诸子聚居翠微讲《易》读史的隐居生活过了大约四年,顺治九年(1652),翠微山变,诸子流离失所,"贫益甚,散处谋衣食"。② 曾灿于顺治十年(1653)正月辞别魏禧③,并写下《出门别山中同志》,暂时离开宁都,以僧服四处游历。是年秋,他来到石门,遇廖应试,作《癸巳秋游石门遇廖去门邀宿草堂感此却寄》。后又到安徽江村拜访钱澄之。钱澄之彼时"看花双溪未归"④,因寄诗曾灿曰:"暂留襫被迟余返,且脱僧衣共把裳。"⑤ 诗后又注云"余与青藜皆僧服"。

时年八十五岁老祖母的"日涕泣",令曾灿在此时脱下僧服而"返初服,终人世事"。顺治十年冬,曾灿返归宁都,"以大母命受室,筑六松草堂,躬耕不出"。⑥ 曾灿娶妻李氏,李氏除"生于明天启丙寅年九月十九日寅时"⑦ 即天启六年(1626)九月十九日寅时外,其他情况概不得知。婚后,长子曾尚侃、次子曾尚倪及一女相继出世。山居六年,曾灿与易堂友人"同农而耕"。⑧ 在给钱澄之的书牍中,他提到自己"方筑六松居,课耕为业"⑨,他还饶有兴致地向钱邦寅描述了隐居生活的美好场景:"弟今春于西郊筑一小庄,督无戈辈耕锄自活,时倚六松下,邀邻人酌酒,听松声谡谡,如坐空山中。"⑩ 在与他"同农而耕"的彭士望心目中,

---

① (清)彭士望:《翠微峰易堂记》:"过塘塍,西,面壁堂室为止山居。"见《易堂九子文钞·彭躬庵文钞》卷五。
② (清)彭士望:《翠微峰易堂记》,《易堂九子文钞·彭躬庵文钞》卷五,道光十七年刊本。
③ (清)魏禧:《白日歌》序:"交曾子二十年矣。癸巳正月就余别。朋友一道,今日不绝如发,虽予与曾子最后乃得知己,岂不难哉!"见《魏叔子诗集》卷二。
④ (清)钱澄之:《六松堂集》序:"癸巳秋,止山访予江村,予方看花双溪未归。"见《六松堂集》卷首。
⑤ (清)钱澄之:《曾青藜过草堂余以足疾卧双溪俟看花始回先寄一首》,《田间诗集》卷二,四库禁毁书丛刊本。
⑥ (清)徐鼒:《小腆纪传》补遗卷六十九列传,清光绪金陵刻本。
⑦ (清)彭任:《曾灿墓碑文》,碑见于宁都临公路的草丛中,碑文出自彭任之手,却未见收录于其《草亭文集》。
⑧ (清)彭士望:《六松堂集序》,《六松堂集》卷首,清抄本。
⑨ (清)钱澄之:《六松堂集序》,《六松堂集》卷首,清抄本。
⑩ (清)曾灿:《与钱驭少》,《六松堂集》卷十四,清抄本。

这样的生活不仅美好静谧,更富有生气和情趣:"我植草堂前,君植草堂后。同兹草堂心,前后亦何有。君石田,我茅屋,手指清溪饮黄犊。饭牛何必肥,耕田何必熟。可烧松子餐松叶,松下哦诗自怡悦。"① 他们耕种石田、栖身茅屋,尽管牛不肥、田不熟,却丝毫不能冲淡他们"同兹草堂心"的默契与辛勤劳作的愉悦。

三 依人谋食的壮年时期(1659~1673)

躬耕隐居的生活过了六年,顺治十六年(1659),曾灿再度下山出游。彭士望说:"止山居山中六年,今复出,自章贡以适吴越。"② 张自烈说:"曾子止山偕彭子躬庵力田山中,阅六年,乃者出游吴越间。"③ 六月,曾灿来到常熟芙蓉庄拜访钱谦益。钱谦益与曾灿父亲曾应遴有旧,对曾灿自然另眼相看。这次相见,曾灿献上《奉赠钱牧斋宗伯》,并请钱谦益为其诗集作序。钱谦益对曾灿赠诗中"诗书可卜中兴事,天地还留不死身"④ 两句尤为叹赏,称"壮哉其言之也"。⑤ 而从钱谦益"青藜与其徒退耕于野,衣被裋,量晴雨者,六年于此。幞被下估航,出游吴中,褐衣席帽,挟策行吟,贸贸然老书生也"⑥ 的描述可知,此时三十五岁的曾灿,虽壮心不已,然如钱牧斋所说,"求其精强剽悍之色,瞥然已失之矣"⑦,与率军抗清时那个"如灌将军在梁楚间"⑧ 的青年英雄已不可同日而语。对于钱谦益的赠序,曾灿受宠若惊,感激涕零,此时虽身在咫尺

---

① (清)彭士望:《六松歌为曾止山赋》,《遗民诗》卷十,中华书局,1961,第389页。
② (清)彭士望:《六松堂集序》,《六松堂集》卷首,清抄本。
③ (清)张自烈:《六松堂集序》,《六松堂集》卷首,清抄本。
④ (清)曾灿:《奉赠钱牧斋宗伯》,《六松堂集》卷六,清抄本。
⑤ (清)钱谦益:《与曾青藜书》,《牧斋有学集》卷三十八,上海古籍出版社,1996,第1335页。
⑥ (清)钱谦益:《金石堂诗序》,《金石堂诗》卷首,康熙六松草堂刻本。
⑦ (清)钱谦益:《金石堂诗序》,《金石堂诗》卷首,康熙六松草堂刻本。
⑧ (清)钱谦益:《金石堂诗序》,《金石堂诗》卷首,康熙六松草堂刻本。

之外的南京①，却因生计窘迫不能成行，只能通过书信传递自己的心情："自芙蓉庄拜别，……恨某方困行旅，乞食无所，咫尺舟车，不能自致。伏承赐以诗叙，时于人定长跪展诵，涕洟交面，惭感所并，不知纪极。"②

从顺治十六年（1659）六月常熟拜别钱谦益到顺治十七年（1660）正月，曾灿寓居南京，景况凄凉。由于居无定所，一度与魏禧失去联络。魏禧《己亥八月怀曾止山在吴》云："闻说三吴归战舰，何当六月断音书。"③ 是年（1659）岁暮，曾灿在南京与钱澄之相遇，他乡遇故知，两人都是悲喜交集。腊月十四夜他们在友人家中围炉看雪，诗人不免内心酸楚，涌起思归之情④；除夕之夜，他们于南京"驯象门外矮檐破壁中"守岁，此情此景，"酒尽炉寒，凄凉可念"。⑤ 顺治十七年正月三日，他们在顾梦游家中饮酒⑥，客中作客，曾灿不禁感叹"乱后飘零似野僧"⑦，而随后几人又"各东西散去"。⑧

顺治十七年，曾灿来到东莞，见到了张穆。⑨ 他在《张穆之诗序》中说："予于辛卯岁谋食岭南，方困于依人，不得过从，今乃见之。十年后而张君则固已老矣。"⑩ 辛卯岁为顺治八年（1651），彼时曾灿第一次游岭南，与张穆并未谋面。十年后应为顺治十七年，这恰与曾灿在《题张铁桥像后》一文中所说"庚子岁，予客东莞，交铁桥先生。尝饮其东溪草

---

① （清）钱澄之：《六松堂集序》："癸巳秋，止山访予江村，……别六年矣，……今年有人遇止山于长干市……"见《六松堂集》卷首。
② （清）曾灿：《再上钱牧斋宗伯书》，《六松堂集》卷十一，清抄本。
③ （清）魏禧：《己亥八月怀曾止山在吴》，《魏叔子诗集》卷七，中华书局，2003，第1348页。
④ （清）曾灿：《腊月望前一夕同钱幼光过孙易公围炉看雪共用十蒸》："只因归未得，岁晏见高朋。"见《六松堂集》卷四。
⑤ （清）钱澄之：《六松堂集序》，《六松堂集》卷首，清抄本。
⑥ （清）钱澄之：《六松堂集序》："改岁三日，沈仲连邀同流寓诸子团挚于顾与治家。"见《六松堂集》卷首。
⑦ （清）曾灿：《正月三日沈仲连比部移尊顾与治斋头集诸子分赋次元韵》，《曾青藜初集》，清刻本。
⑧ （清）钱澄之：《六松堂集序》，《六松堂集》卷首，清抄本。
⑨ （清）张穆（1607~1683），字穆之，号铁桥子。
⑩ （清）曾灿：《张穆之诗序》，《六松堂集》卷十二，清抄本。

堂"①的时间相吻合。由此可知,顺治庚子即顺治十七年,曾灿再度岭南。虽不能确知曾灿这一阶段以何为生、处境如何,但从他"半年辛苦路,今更岭南行"②"岭南今两度,恨不到罗浮"③的述说中不难感受到他来此既出无奈、在此亦身不由己,包括以日啖荔枝来"慰我岭南贫"④的苦中作乐的生活况味。总之,比起当初的"困于依人",十年之后曾灿再来岭南,处境并没有什么好转。

顺治十八年(1661)四月十一,这个看似普通的日子,对于曾灿来说,意义非同寻常。因为他已经去世十四年的父亲曾应遴,生于明万历辛丑即万历二十九年(1601)的同一天。⑤此时曾灿远在距故乡宁都千里之外的他乡旅舍,念及父亲的亡故,历数十四年来的种种沧桑和变迁,想到不能拜跪灵前的遗憾,曾灿百感交集。父辈的功业名望,己身的潦倒无依,从两个极端刺激着他无法遏制内心的悲伤与愧疚,写下《旅舍值先大夫辛丑初度不得展拜作此纪恨》:"嗟予违亲颜,一纪倏已逾。世乱罕善谋,终岁走穷途。兹今值初度,心目空瞿瞿。料知陈儿筵,拜跪中无余。生时少膝下,此日复天隅。长年三十七,亲于予何须。人谁不生子,生我不如无。"⑥此时曾灿已三十七岁,年近不惑,却仍旧"终岁走穷途",居无定所,穷困落魄。

为了获得相对舒适的生活,康熙六年(1667)前后,曾灿又回到他所熟悉且经济繁庶、人文荟萃的吴地。是年,曾灿结识长洲徐晟⑦,时年四十三岁的曾灿与时年五十余岁的徐晟⑧自此建立起半生的友谊。将曾灿

---

① (清)曾灿:《题张铁桥像后》,《六松堂集》卷十三,清抄本。
② (清)曾灿:《将次南康县》,《六松堂集》卷四,清抄本。
③ (清)曾灿:《送师子上人游罗浮》,《六松堂集》卷四,清抄本。
④ (清)曾灿:《荔枝》,《六松堂集》卷六,清抄本。
⑤ (清)方以智:《曾少司马墓志铭》:"公生万历辛丑四月十一日午时,公殁永历丁亥十一月。"见《浮山文集前编》卷九。
⑥ (清)曾灿:《旅舍值先大夫辛丑初度不得展拜作此纪恨》,《六松堂集》卷二,清抄本。
⑦ (清)徐晟(1618~1683),字祯起,别号秦台樵史。
⑧ (清)曾灿:《祭徐祯起文》:"丁未,予同吾兄庭闻游吴门,得交君于吴,趋二株园。君时年五十余,余亦四十有三。"见《六松堂集》卷十三。

与徐晟相交及其诗在《过日集》中出现频率之高，与《过日集》入选者中籍贯以江南为最多的事实相结合，不难见微知著，窥见曾灿这个来自赣南边鄙山区的文士在吴地交游之广、征收诗作之多。《过日集》于康熙十二年（1673）刊刻付梓，此时的曾灿"笔耕毗陵郡幕，身为人役，如鹰在绦"①，且"幕中所得脩脯，悉瞻此役"。② 即便如此，仍不得不弹铗以解决资金来源问题。③ 而这又都是曾灿在向曹溶、宋琬、周亮工等重要人物索序、征资时提及的话题。实际上，这一大型诗选之所以"计十年而后成"④，原因之一即在于六松主人"年来饥驱靡暇，刳剔无资"。⑤

曾灿自说"谋食轻千里，依人过一生"⑥，虽不能确知他在毗陵所依何人、幕主是谁，但"毗陵宾幕"⑦是曾灿第一个明确提及的职位。最迟康熙十一年（1672）底⑧，曾灿已在毗陵幕中任职。尤其值得一提的是，引荐者是其父曾应遴当年的同榜进士龚鼎孳。龚鼎孳对曾灿全家一直特别关心，"谋其母之尸饔"，对曾灿老母的照顾周到细致；视曾灿如子，对其厚爱有加，"既咨嗟之，又从而玉成之"。⑨ 曾灿更是深深信赖和爱戴这个老年伯，因此可以排除顾虑，将自己的烦恼向其诉说。从曾灿《上龚年伯书》中可知，在毗陵做幕宾的日子里，尽管他夙兴夜寐，甚至是鞠躬尽瘁，却并不能得到幕主的尊重和信任。他说："独某才短事烦，辨色而兴，夜烛见跋而不息。一饭辍箸，一沐辍洗，手口并作，笔无干毫，劳苦烦溃之中，忽复自笑。自比吏胥之伍，而有上相吐哺握发之勤；无穆之之才，而有不得不五官并用之势。又以主人虽贤，疑情未免，瞻踪顾影，

---

① （清）曾灿：《与曹秋岳先生书》，《六松堂集》卷十一，清抄本。
② （清）曾灿：《与宋荔裳先生书》，《六松堂集》卷十一，清抄本。
③ （清）曾灿：《与周栎园书》，《六松堂集》卷十一，清抄本。
④ （清）曾灿：《过日集》凡例，《过日集》卷首，康熙六松草堂刻本。
⑤ （清）曾灿：《与宋荔裳先生书》，《六松堂集》卷十一，清抄本。
⑥ （清）曾灿：《舟行》，《六松堂集》卷四，清抄本。
⑦ （清）曾灿：《上龚年伯书》，《六松堂集》卷十一，清抄本。
⑧ （清）沈荃：《过日集序》："洎余典试两浙士，返过毗陵，与青藜相遇，则其刻已哀然成帙矣。……康熙壬子岁涂月云间沈荃题于毗陵之舟次。"见《过日集》卷首。
⑨ （清）曾灿：《上龚年伯书》，《六松堂集》卷十一，清抄本。

动多牵制。"① 主人的猜疑令他深感愤懑和压抑，但又不得不谨言慎行，而"瞻颜色为语默，视跬步为进止。怀疑不释，懔若惧罪；饮酒而甘，不敢谋醉"② 这样谨小慎微、屈己从人的行为方式更加剧了曾灿为人役的屈辱感与苦痛感，他不由得感叹"如此面目，自对不堪"。③ 这样寄人篱下、屈辱不堪的日子过了一年，康熙十二年（1673）九月，在为《过日集》作序两个月后④，龚鼎孳去世。是年末，《过日集》二十卷终于告竣。或许，此时无论从情感因素抑或经济角度，曾灿都不再有留恋毗陵幕宾一职的必要；又或许，幕主本来并不认可曾灿，只是碍于龚鼎孳的情面。总之，想必曾灿就是在康熙十二年离开了毗陵幕府。

四 "老牯曳犁"的晚年时期（1673~1688）

康熙十二年上元之夜，曾灿在吴地纳妾。其《灯夕书怀寄妾》云："癸丑上月夜，正当汝归时。"⑤ 从顺治十六年（1659）下山出游算起，此时年近半百的曾灿已在外漂泊十四年。妻儿一直远在家乡宁都，托易堂兄弟照顾。而长子曾尚侃此时即将成婚。买妾已花去二百金⑥，儿女婚嫁更需大笔开销，巨大的经济压力令曾灿不堪重负，他写信给儿子曾尚侃说："汝年渐长，今冬便欲娶妇。百宜老成历炼，撑持门户，以纾我内顾忧。"⑦ 又说："我年未过五十，至今须鬓已白其半，盖我心已枯，服劳不得。"⑧ 曾灿明显感到了自己的未老先衰，遂劝诫儿辈发奋自立以撑持门户，并表示无力再为家庭生计操劳："我此番解债之后，倘有余资，上可

---

① （清）曾灿：《上龚年伯书》，《六松堂集》卷十一，清抄本。
② （清）曾灿：《上龚年伯书》，《六松堂集》卷十一，清抄本。
③ （清）曾灿：《上龚年伯书》，《六松堂集》卷十一，清抄本。
④ （清）龚鼎孳《过日集序》："康熙癸丑秋七月既望淮南龚鼎孳撰。"见《过日集》卷首。
⑤ （清）曾灿：《灯夕书怀寄妾》，《六松堂集》卷五，清抄本。
⑥ （清）魏礼：《与友人书》："顷闻足下以二百金买妾，令人骇愕愤闷，遏不可禁。"见《魏季子文集》卷八。
⑦ （清）曾灿：《与侃儿》，《六松堂集》卷十四，清抄本。
⑧ （清）曾灿：《与侃儿》，《六松堂集》卷十四，清抄本。

供菽水，下可充衣食。我便欲将家还汝，不能复为儿女作牛马也。"① 然而，舐犊情深乃人之常情，老来得子②的曾灿更尤其"情不忍恝"。③ 他虽号称"不能复为儿女作牛马"，却终究落得个"老牯曳犁，至死莫休"④的现实命运。

吴地纳妾后不久，一双小儿女的出世使曾灿身上又多了一份担子，心中又多了一份挂牵。康熙十四年（1675）前后，曾灿携家迁居苏州光福镇邓尉山。他说："尽室依朋友，同来住此山。虽知逢岁俭，却喜得人闲。"⑤ 又说："贫家无一事，日暮掩柴门。小妇怜儿女，寒衣补绽痕。"⑥ 尽管生活依旧贫寒，但有幼子弱女需要照顾，曾灿不再像从前那样四处奔走，在邓尉一住就是九年。⑦ 彼时三藩之乱殃及江西，"家乡烽火甚，音信到来稀"，"饥寒婚嫁累，兵革海天违"。⑧ 对宁都家人的惦念，令他感到焦虑不安；儿女婚嫁的经济压力，又让他一筹莫展，为此一度消沉："如此风尘际，安能事奋飞"。⑨ 所幸的是，在邓尉数年间，曾灿有姜奉世、徐崧、林鼎复、朱载震这些好友相伴，彼此间过从密切、往来唱和频繁，可以倾诉"眼前儿女苦哼嘈，欲卧先愁归梦遥"⑩的苦楚，发出"最是无情贫与病"⑪的感叹。

---

① （清）曾灿：《与侃儿》，《六松堂集》卷十四，清抄本。
② 曾灿长子曾尚侃生年不详，但顺治十年（1653）曾灿还俗成家时已经二十九岁。又据曾尚侃妻即魏禧养女静言"年十七而嫁曾氏"推测，康熙十二年两人结婚时曾尚侃亦应不少于十七岁，由此推断，曾灿很可能是三十二三岁以后才生下此子。
③ （清）曾灿：《分关小引》，《六松堂集》卷十三，清抄本。
④ （清）曾灿：《与李元仲》，《六松堂集》卷十四，清抄本。
⑤ （清）曾灿：《邓尉山中岁除》其一，《六松堂集》卷五，清抄本。
⑥ （清）曾灿：《邓尉山中岁除》其二，《六松堂集》卷五，清抄本。
⑦ （清）曾灿《赣南丁雁水宪副先辱瑶函见讯作此答赠》其六"家山久托东西崦"后有小字"予浮家邓尉九载"。见《六松堂集》卷七。
⑧ （清）曾灿：《邓尉山中岁除》其五，《六松堂集》卷五，清抄本。
⑨ （清）曾灿：《邓尉山中岁除》其五，《六松堂集》卷五，清抄本。
⑩ （清）曾灿：《徐崧之留斋头数日，夜因病起不能出，作此柬之》其二，《六松堂集》卷九，清抄本。
⑪ （清）曾灿：《徐崧之留斋头数日，夜因病起不能出，作此柬之》其二，《六松堂集》卷九，清抄本。

康熙二十二年（1683），曾灿移居黄鹂巷。在吴地，他已是"十年八易居"①，生活举步维艰。岁暮，诗人回首平生遭际，几多凄凉辛酸，几多日暮穷途之感："僦屋黄鹂巷，怀古当初春。不闻携酒者，但见索逋人。旅食亦云久，惊心岁屡更。共此深宵坐，劳劳乡国情。七当少阳数，淹及吾父兄。吾父以四十七、吾兄以五十七捐弃馆舍。今予届六十，岂不是余生？"②旅食他乡，寄居陋巷，债务缠身，到老更加困顿。深夜独坐，念父亲曾应遴顺治四年（1647）四十七岁去世，康熙十六年（1677）胞兄曾畹五十七岁时又病卒，曾灿痛哭之余，不免怨天尤人，发出"七当少阳数，淹及吾父兄"的哀叹，暗自怨家人命短。想到转年便是甲子，届时自己年将六旬，曾灿似乎感到死神已悄然临近。

也许，他不甘心屈服于命运；也许，他意识到自己还有很多义务和责任；也许，他认为自己的才能尚未得到施展。康熙二十三年（1684），花甲之岁的曾灿又开始了"奔走衣食，家如传舍"③的征程。秋天，他北上北京。④当渡过御河，途经武城县、夹马营、东光县、兴济县，由静海县觅得牛车⑤，辗转奔波，在路上走了两个多月⑥，终于将要抵达北京时，曾灿已然身心疲惫，不禁发出"已料京华路，此生不复来""只因儿女累，怀抱几时开"⑦的感喟。随后下榻馆舍，"就斗室仅可容膝而居，周遭上下书册狼籍，有力者皆置不问"⑧的遭际又令他感到意冷心灰。"世情之荒凉，人情之变幻"，"如夏云奇峰，不可捉摸"⑨，而"吴中儿女朝

---

① （清）曾灿：《移居黄鹂巷答朱悔人吴孟举赠诗再叠前韵》，《壬癸集》，清抄本。
② （清）曾灿：《岁暮言怀用陆放翁"贫坚志士节，病长高人情"为韵》，《壬癸集》，清抄本。
③ （清）曾灿：《与林武林》，《六松堂集》卷十四，清抄本。
④ （清）曾灿：《与林武林》："甲子秋间曾一至长安"。见《六松堂集》卷十四。
⑤ 国家图书馆皮藏《甲子诗》第70～76首题目分别是《晓发御河》《武城县》《夹马营》《东光县》《晓发阻风兴济县》《九月初二夜静海县看新月》《静海县觅牛车登陆抵长安》。
⑥ （清）曾灿：《静海县觅牛车登陆抵长安》："两月长安道，仍然在畏途。"见《甲子诗》。
⑦ （清）曾灿：《将抵长安》，《甲子诗》，清抄本。
⑧ （清）曾灿：《次日就斗室仅可容膝而居……有力者皆置不问伤哉贫贱》，《甲子诗》，清抄本。
⑨ （清）曾灿：《与丁雁水》，《六松堂集》卷十四，清抄本。

夕待炊"①,"历年负逋未完,儿女婚嫁未毕"②,这些燃眉之急令曾灿则不得不尽快解决,此刻他想到的出路是"度岭而南"。③

康熙二十三年(1684),曾灿"因千金山业,为人侵占"④,匆忙赶回家乡解决纠纷之时,得知宁都县"因淮盐之累,闭市半月"⑤,而时任两广总督的故交吴兴祚恰有"复广盐之疏"⑥,曾灿眼前一亮,看到了希望。他多次给吴兴祚写信并在信中周密地分析了赣州盐政问题,提出一系列整顿方略。功夫不负有心人,数通书札中所展现出来的非凡经济才能终于打动了吴兴祚。在吴总督"召见再三"⑦之下,康熙二十四年(1685),六十一岁的曾灿来到端州,算来这已是他平生第三次来到岭南。进入两广总督府协理赣州盐务,既让他结识了林杭学、马三奇等风云人物,进一步提升了其交游的层次和范围,更使其卓越才干得到充分发挥。从这个意义上说,曾灿也算得上是大器晚成。

然而好景不长,半年过后,随着赣州盐务"为制台撤回"⑧,曾灿再度陷入困顿。他说:"羁身三月,囊橐萧然。虽制台悯念故人,得完埠中费用,而所入不足以偿所出。荒时失事,不可名言。"⑨得而复失的巨大打击令曾灿自称"数奇之人"⑩,甚至对自己的命运失去信心。而当念及"离吴门三载,小儿女浮家此地,饥寒生死,俱不可卜"⑪,曾灿心中百味杂陈,不禁感叹:"某寄情邱壑,忘世已深。只因逋负未完,婚嫁未毕,不能不倚诸侯食肉。然非某之初志也。兹往西泠,暂依故人刘映老。倘机

---

① (清)曾灿:《与丁雁水》,《六松堂集》卷十四,清抄本。
② (清)曾灿:《与吴留村》,《六松堂集》卷十四,清抄本。
③ (清)曾灿:《与丁雁水观察书》,《六松堂集》卷十一,清抄本。
④ (清)曾灿:《与丁雁水》,《六松堂集》卷十四,清抄本。
⑤ (清)曾灿:《与吴留村》,《六松堂集》卷十四,清抄本。
⑥ (清)曾灿:《与吴留村》,《六松堂集》卷十四,清抄本。
⑦ (清)曾灿:《与吴留村》,《六松堂集》卷十四,清抄本。
⑧ (清)曾灿:《与马乾庵》,《六松堂集》卷十四,清抄本。
⑨ (清)曾灿:《与陈园公》,《六松堂集》卷十四,清抄本。
⑩ (清)曾灿:《与陈园公》,《六松堂集》卷十四,清抄本。
⑪ (清)曾灿:《与刘映黎》,《六松堂集》卷十四,清抄本。

缘不偶,当复作长安之游。"[1] 是作为父亲的责任感使他不得不做出乖违本志的无奈抉择,并且要老当益壮,一往无前。而面对种种艰难,这个老人又何尝不自伤自怜:"及乙丑来归,为侃典鬻殆尽,嗟嗟予年过六十有三。且暮不能保之人,而使之冒暑雨祈寒,走衣食以赡妻子,有人心者固如此乎?"[2] 字里行间饱藏着辛酸。他最终是在"倘籍完婚嫁,随师谒后尘"[3] "何年婚嫁毕,归老旧园林"[4] 的美好憧憬中踏上了"复作长安之游"的征程。然而,这一次,曾灿再没有回来。康熙二十七年(1688)十月十九日,这头"老牯"不必再"曳犁",可以长眠于北京。对于自己的死,曾灿似乎早有预感,他临终托孤吴中故人,将其幼子弱女分别交由好友姜寓节和杨宾抚养。[5]

值得一提的是,晚年的曾灿,不仅依然过着"终年道路,衣食因人"[6] 的生活,随之而来的羞耻感、苦痛感也愈益强烈:"老年奔驰,犹欲向人觅颜色,真可愧耻。"[7] 当他向时贵"仰面乞哀"[8] 时,最多提及的字眼,除了"嗷嗷待哺"[9],便是"婚嫁未毕",不禁令人同情其吴中儿女幼小,而联想到宁都子嗣不肖。从曾灿写给丁炜信中所说"某年逾六十,婚嫁未毕。终年道路,衰老日臻。先君有子六人,今皆支庶繁衍。独某孙枝未卜,绕膝无成"[10],更可以明显感受到他对于子嗣不肖的无奈和家道日衰、后继无人的苦闷。

此外,他还常常感叹"作客三十年,家山如传舍"[11],"比年来奔走衣

---

[1] (清)曾灿:《与马乾庵》,《六松堂集》卷十四,清抄本。
[2] (清)曾灿:《分关小引》,《六松堂集》卷十三,清抄本。
[3] (清)曾灿:《寄怀石濂师并次元韵》其二,《六松堂集》卷五,清抄本。
[4] (清)曾灿:《进山》,《六松堂集》卷五,清抄本。
[5] (清)杨宾:《曾青藜姜奉世合传》:"子三:伯尚侃,仲尚倪,皆嫡出,季则妾所生,名尚倪,寓节抚之长。……余亦抚青藜一女,而与奉世最密。"见《杨大瓢先生杂文残稿》。
[6] (清)曾灿:《与李元仲》,《六松堂集》卷十四,清抄本。
[7] (清)曾灿:《与陈园公》,《六松堂集》卷十四,清抄本。
[8] (清)曾灿:《与钱驭少》,《六松堂集》卷十四,清抄本。
[9] (清)曾灿:《与吴留村》,《六松堂集》卷十四,清抄本。
[10] (清)曾灿:《与丁雁水》,《六松堂集》卷十四,清抄本。
[11] (清)曾灿:《长沙杂兴》,《六松堂集》卷二,清抄本。

食，家如传舍"。① 女婿魏世俨也说他"常以客为家，十数载始一归"。② 诚如杜师桂萍所说："中国古人向无久客而不归的传统，回家是人生的归宿，狐死首丘乃必然之抉择。凡不归者，必定有身世未了之事，或因子孙而顾虑重重，甚至存在着难言之隐。"③ 以"因子孙而顾虑重重""存在着难言之隐"来解释曾灿"无日不图归里"④ 思乡之情强烈与"辗转道路，息影无期"⑤ 之间的矛盾，是最合适不过的。

从锦衣玉食的贵介公子到"年来穷困"⑥ 的憔悴老人，曾灿的一生，的确如他所说，是"富贵之日少，而贫贱之日多"。三度岭南、三游北京⑦，侨居吴地十四年⑧，历经种种沧桑与变迁，"生趣几为衣食索尽"。⑨ 空有一身经世抱负与才干，却无处施展，从曾灿平生经历可见清初遗民生存之艰难。

作者简介

王乐为，女，文学博士，东北农业大学教师，从事明清文学与文化研究，曾发表《蟋蛄及秋死，木槿向朝荣——清初曾灿诗歌中的生存之思》《论魏禧与曾灿的"始合而终乖"》等论文。

---

① （清）曾灿：《与林武林》，《六松堂集》卷十四，清抄本。
② （清）魏世俨：《同蔡舫居祭外舅曾止山先生文》，《魏敬士文集》卷六，道光二十五年刊本。
③ 杜桂萍：《"名士牙行"与孙默归黄山诗文之征集》，《社会科学战线》2015 年第 1 期。
④ （清）曾灿：《与梁药亭》，《六松堂集》卷十四，清抄本。
⑤ （清）曾灿：《与吴留村》，《六松堂集》卷十四，清抄本。
⑥ （清）曾灿：《与沈昆铜书》，《六松堂集》卷十一，清抄本。
⑦ （清）曾灿：《答王山长》："拙选庚戌馆长安时，征收甚富。"见《六松堂集》卷十四。据此可知，曾灿曾在康熙九年（1670）游北京。另外两次北京之游文中已提及。
⑧ （清）曾灿《长至前三日王小坡邵子湘长安大集即送邵樾公归武林》其四"因风寄鸿雁，梦到夕阳边"后有小字"予家吴十四年"。见《六松堂集》卷五。
⑨ （清）曾灿：《与沈昆铜书》，《六松堂集》卷十一，清抄本。

清初诗人王又旦潜江治绩及文学活动*

冉耀斌　李潇

摘　要：王又旦在康熙初年任湖北潜江知县七年，清正廉洁，政绩颇丰。他在潜江清田定赋，治理水患，为潜江人民安居乐业提供了保障。他曾兴修传经书院，筑说诗台，建得树草堂，积极发展潜江的文化教育事业。王又旦还与当地名士朱士尊、朱载震、莫与先、郭铁等诗酒论文，结下了深厚的友谊，也让潜江形成了浓厚的诗文化氛围。王又旦在潜江时期创作诗歌多首，内容丰富，风格沉郁，有重要的认识价值和审美价值。

关键词：王又旦　潜江　文学

清朝初年，清廷通过科举制度笼络汉族士人，许多汉族士人为了改变命运，也通过科考进入仕途。清初科举出身的秦中士人较多，他们也有着秦中人的慷慨质直之气，在任大多勤政廉明，不畏强权，造福百姓，取得了卓越的政绩，如杨素蕴、杨端本、王又旦、房廷祯、李念慈等人。正如清人贺瑞麟所说："关中之地，土厚水深，其人厚重质直，而其士风亦多尚气节而励廉耻，顾有志为圣贤之学者，大率以是为根本。"[①]

王又旦（1636~1686），字幼华，别字黄湄。陕西郃阳人。顺治十四年（1657）以《易》举于乡，十六年（1659）成进士，未能及时补官，

---

* 本文系国家社科基金重大招标项目"清代诗人别集丛刊"（编号：14ZDB076）的阶段性成果。

① （清）贺瑞麟：《关中三李年谱序》，吴怀情：《关中三李年谱》卷首，默存斋本。

回乡闲居。康熙七年（1668）始任湖北潜江知县。朱彝尊《儒林郎户科给事中部阳王君墓志铭》："（王又旦）顺治十四年，以《易》举于乡，明年会试中式，又明年殿试，赐进士出身。当授推官，未除，改知安陆潜江县事。"[①] 王又旦初在潜江为政之时，所面对的是"泽国比年饥，官舍食常歉"[②] 的现实，因为长期的饥荒，官吏自身都解决不了温饱，更别想百姓能够生活幸福。他尽力想改变这种现实，经常不顾自己的劳累为民谋利，乃至将自己的俸禄捐献为民办实事，即使积劳成疾也没有怨言。王又旦在潜江任职七年中政绩颇丰，他提出的"清田"政策改变了当时潜江田畴混乱的景象，使整个潜江县逐步安定；遇水灾之时，他与百姓一同筑堤防洪，寻找治水之策，为百姓生活提供保障；他还在潜江建传经书院，积极发展教育事业，培养人才。从这一系列政绩可以看出他是一个爱民为民的好知县。王又旦不仅是一位好知县，更是一位好诗人，在潜江任期内，他也曾创作多首诗歌，表现民生疾苦，为百姓发同情之音。

一　王又旦治理潜江的政绩

王又旦为了改变潜江混乱的社会现状，上任后即整顿当地田畴混乱的现象，又积极治理水患，稳定了社会秩序，使人民能够安居乐业，可谓治绩甚佳。

王又旦初至潜江之时，这里早已连旱几年，在访察民情过程中，看见县内田地分配混乱，许多百姓背井离乡，大量田地为豪门大族所侵占。王又旦为这种田地混乱现象担忧，也明白这正是国家赋税问题的症结所在。他想改变这种现状，毅然申请在全县开展田畴整顿工作。履亩清田涉及面较广，可能会触及土豪劣绅、贪官污吏的切身利益，但王又旦毫无畏惧之心。在康熙九年（1670）八月，王又旦亲自誓于城隍祠中，作《知县王

---

① （清）朱彝尊：《曝书亭集》卷七十五，《四部丛刊》本。
② （清）王又旦：《我遇一首寄语松大师》，《黄湄诗选》卷三，《清代诗文集汇编》第140册，上海古籍出版社，2011。

又旦清丈告城隍文》，表达了其清田定赋的决心，同时也体现出了他不畏强权、敢于直面现实的勇气。

王又旦认为要履亩定赋，首先要有明确的范围界定，于是下令核查审定本县人的户籍问题。凡是本县人，定要核实其身份，在外逃亡者，必须要明确其去处，凡是有遗漏测量的土地、藏匿的田地，都要揭发出来。在初步完成户籍查定工作后，他拿着新的名册去以乡规田，以田均亩，以亩定赋。王又旦还改变了潜江县的里甲制度。最初的里甲制度是以人户为中心，以田从人。王又旦在潜江县编制的里甲是按田、赋编组，不再是之前的按户编制，也就是"按田编里"，以田地为中心，以人户从田亩。里甲之名虽与之前相同，但性质已经发生了根本性的变化，这种变化有着一定的进步意义，在当时的江汉平原诸州县中具有代表性。①

王又旦不仅完成了清田工作，还将全县的行政区划做了新的规划，分为六乡二十三里。在完成这一系列的措施之后，公开榜于四门，接受民众监督，充分展现其清田定赋的公平公正。一时间，县里因贫穷而走投无路的人，还有那些想要卖掉妻儿、田宅的人，都有了实在的户籍和田产。王又旦实行的这些政策将潜江的百姓从困境中解救出来，让他们的生存困境得以缓解，这些都是为百姓做实事的体现。潜江县实施了这些政策之后，有了非常明显的成效，在外逃亡的百姓纷纷回到本县，一月内就垦荒田达20余万亩。可见，王又旦在潜江任期中所做的第一件事是卓有成效的，他的爱民亲民之情明显地得以展现。潜江人民也高度赞扬这位真正为百姓做实事的清官。《潜江旧闻录》记载："沔阳耆儒黄里为撰《清田碑记》，勒石县门，谓公为治，悉本经术，而体之以诚，周之以识，行之以敏，达之以强，故事成而民不扰。"②

潜江地处襄樊下游，有许多湖泊和低湿之地，每年夏秋季节多水患，民众也因此受害。《潜江县志》中记载当时多次水灾的概况："康熙五年，

---

① 张建民、鲁西奇主编《历史时期长江中下游地区人类活动与环境变迁专题研究》，武汉大学出版社，2011。
② 甘鹏云：《潜江旧闻录》，湖北教育出版社，2002，第136页。

景、沔、潜大苦水害，分守荆西副使以修堤不如修河，议请浚旗鼓堤以杀水势，允之，更名旗鼓堤，为通顺河。康熙六年，杨旺屯营堤决，荆、安两郡大兴役，寻决。康熙七年，两郡复大兴役。康熙八年四月，堤再决。康熙十年，白湖决，郑浦决。康熙十一年，班家湾大决。"① 尤以潜江西北的屯营湾水患为最甚。屯营湾之前修有长堤，因汉水的冲刷屡次决堤，殃及荆、郢等地。王又旦得知此事后，提议在屯营湾筑堤防水。奈何修堤之事需要多地互相配合，其他几个郡县只是一味地推脱责任，导致水患反复发生。王又旦《屯营堤叹二首》云：

  四月怒涛高，奇相乱南纪。圻岸无余基，茫茫荡风水。麦豆入渺漫，树杪跃鲂鲤。沱潜称泽国，民力素羸瘠。至今千里外，道路多转徙。噂沓洶失计，忌医养疮痏。遂乘三冬涸，驱策薄修理。总总饥寒人，挟畚到江涘。斟酌啖糠粮，袒裸宿荒蘦。残黎能几何，性命贱如蚁。

  一日筑一寸，十日筑一尺。校计尺寸间，民力无轻掷。北风起枯杨，冻雪黯沙碛。岂不怀宴安，长吏有促迫。少小习狂澜，垂老苦行役。嗟尔河伯心，坚忍有如石。②

潜江本就地瘠民贫，又遇水灾，粮食作物都被淹没。各州县也只是在议论，并没有提出实际的治水之策，反而因为修堤之事互相推卸责任致使水灾反复。百姓苦于水灾，为修堤只能被迫露宿荒野中，真的是"性命贱如蚁"。当时各县治水灾不力而致大患，就如生疮痏而不就医一样。王又旦提出各州县划清管辖范围，各自治水，却因为他们互相推脱责任而未实行。在修堤治水的过程中，王又旦并不是像其他官员一样只是指挥百姓劳动，而是亲力亲为，与潜江百姓一起忙于堤防之上。《潜江旧闻录》记

---

 ① （清）刘焕：《潜江县志》卷十，清康熙三十三年刻本。
 ② （清）王又旦：《黄湄诗选》卷三，《清代诗文集汇编》第140册，上海古籍出版社，2011。

载:"潜之大患在水,公(王又旦)则亟亟谋堤防,终岁事版筑,虽冲寒触暑,不以为苦也。每值大水,公必冒雨行堤,筹抵御之方,即忧劳成疾,弗悔。"① 他虽然身患足疾,也仍然在堤上救灾。其《趑趄》诗中说:"趑趄趑趄,滞于汉浦。十日遘疾,有怀自抚。块鞠而宿,倚人而伛。不敢告劳,犹行中野。"② 王又旦这种不顾自己生病,而与人民群众共同吃苦,遇事能与百姓共同进退的精神是值得称赞的。

王又旦爱惜民力、怜悯百姓的仁者情怀,也时时流露于他的诗作之中。如《屯营堤叹二首》《后屯营堤叹三首》《再筑屯营堤作》《叹郑浦》《塞白湖》《民居》等篇,可以窥见其用心所在。王又旦当时与民同甘共苦治水患的工作情景,也可以从好友孙枝蔚的《雨中大水决堤,闻王幼华明府奔走堤上,忧劳已甚,诗用相宽》《怜诗,大水后作,王幼华明府》两篇诗作中看见。孙枝蔚看到王又旦在大水决堤之后为了救灾而忧劳成疾,非常担心,写下此二诗宽慰好友。其《怜诗,大水后作,王幼华明府》云:

> 年少长安得意人,于今憔悴复清贫。竟同饭颗山前叟(幼华行堤观水归来,益瘦甚),那识河阳县里春。自决新堤诗更怨,相逢旧好酒须醇。可怜常抱文书寝,谁解轻裘覆尔身。③

曾是"年少长安得意人"的王又旦,此时憔悴不堪,连日为修堤之事奔波,竟然如同山间老叟一般消瘦。作为知县,他一直在辛苦工作,时常抱文书就寝。从好友的诗中,足见王又旦在潜江任知县期间勤政为民的形象。

康熙十四年(1675),王又旦因政绩突出被调往京城,擢升吏科给事

---

① 甘鹏云:《潜江旧闻录》,湖北教育出版社,2002,第136页。
② (清)王又旦:《黄湄诗选》卷三,《清代诗文集汇编》第140册,上海古籍出版社,2011。
③ 刘承汉、毛道海主编《潜江明清诗选》,湖北人民出版社,1999,第220页。

中。在京为官之后，王又旦依旧心系潜江百姓，时刻担心汉水对潜江百姓的危害。康熙二十一年（1682），王又旦上疏康熙皇帝，题为《敬陈湖北堤工协济之害，伏乞敕部速行禁止，以苏残黎事》。在这篇奏疏中，他对湖北水患的问题提出了自己的看法，也给予了相应的解决方法，显示了出色的才能。首先，他从自己在湖北的所见说起，以百姓的利益为出发点，论说潜江的水害。他以湖北的堤工与黄河堤工作比较，认为黄河堤工是由国家出资负责修筑，国家会报销修堤所产生的费用，而湖北修堤只能是百姓自己出财出力，如果本地区的经济条件有限，还要被责令协助其他地区修堤，在官府严厉的檄文之下，百姓的负担明显增加了，这就逐渐形成了压榨百姓的风气。可见当时的协修之制实行起来是非常困难的。在协修过程中，几方都表现出推诿的态度，这就在无形中加重了百姓的负担，为此王又旦也是深深担忧。随后他又根据湖北的地形条件提出了协修筑堤的"五害"，即："天气寒凝，畚筑斯兴，百姓裹粮数百里之外，多有冻馁而死者，一害也；夫役上堤到工完，工不得不假于胥吏之手，包折需索，势所不免，二害也；舍己芸人，致使本境之堤一概废弛，三害也；协夫不便，因议协银，水利各官，未必清白，自矢苞苴，既入私索，上司无从稽查，四害也；文牒纷纭，彼此争辩，动需时日，致误修筑之期，五害也。"① 这"五害"总结起来就是天气原因、工头克扣百姓、协济致使本地的堤工都荒废、官员贪污修堤费用、官员文书争辩而致延误工期。他结合自己在潜江当知县时期的所见所闻，从多方面阐释了当时的协修之制所产生的坏处，因此，王又旦奏请康熙帝实行"永禁协济之例"。这项政策实际上就是要让各个州县各自修筑防汛堤地，不得彼此推诿、纠缠不清。康熙帝闻之有理，予以准奏，由此便有了一直沿袭至今的"分县划段管修辖境内堤防"的治水之策。王又旦根据当时湖北地方的现实提出的治水之策，解决了湖北多地延续多年的"顽症"，为百姓的安稳生活提供保障。

---

① （清）刘焕：《潜江县志》卷十，清康熙三十三年刻本。

此外，王又旦在任潜江知县期间还提倡兴办书院，发展当地的教育事业。潜江县在元世祖时期就已经设立书院，后来建立了阳春、石桥、白鹤、同仁四个书院，而这些书院后因各种原因多已荒废。康熙年间，社会逐渐稳定，王又旦深知教育事业对于一个地方发展的重要性，遂决定重建"传经书院"，延续潜江多年以来的好学风气。传经书院以"崇圣道，重传经，敦实行"为宗旨，通过培养士人，以淳化民风。王又旦又亲自制定了传经书院的"七约"，即课期约、讲期约、先志约、辨非士约、明戒约、治诗约、习乐约等。① "七约"规定了潜江学子日常学习和生活礼仪，规范诸生的行为，让他们能够潜心学习经史内容，重礼节、明事理，以此来逐渐振兴潜江的教育事业。

二 王又旦在潜江的交游

王又旦在潜江期间，除了重视兴办学校，发展教育，还非常关注社会文化对于潜江县人民的影响。他在潜江修建了得树草堂、焦荻寓楼等雅集场所，与当地的文人学士置酒吟诗，与进士莫与先，隐士郭铗、朱士尊、朱载震都有交游活动，建立了深厚的友谊。此外，王又旦还邀请自己的好友孙枝蔚、胡承诺等人来潜江游玩，他们都曾在潜江留有诗文，《潜江明清诗选》皆有收录。王又旦与这些文人学士的交游，让潜江逐渐形成了浓厚的诗文化氛围。

莫与先（1615~1697），字大岸，一字牀子，晚号顾泂老人，湖北潜江人。顺治八年（1651）乡举第四名，顺治十五年（1658）进士，曾任过云梦教谕、高邑知县。著有《今是堂集》《南陂诗钞》《读史乐府》等。

康熙九年（1670），王又旦在潜江县廨东侧修建草堂，取杜甫诗句"老树空庭得"之意，因而取名"得树草堂"。得树草堂新建成之时，他

---

① （清）刘焕：《潜江县志》卷十，清康熙三十三年刻本。

邀请莫与先等诗人一起饮酒赋诗。莫与先有《得树草堂新成，郘阳王明府秋夜招集》诗：

> 寡营信所宜，疲俗徵理静。方塘翼一邱，山兴乃暇整。小筑示人朴，植援通杜槿。眷焉略泛爱，豁落有何畛。吾道今华黍，中写匪虚耿。大雅孔怀姿，清切更端引。凉露稍欲泫，漾月相与永。巡檐数行疏，横亚离离影。野夫释倚薄，延旷百虑尽。①

莫与先描写自己眼中所看到的得树草堂：规模并不大，给人一种朴素无华的感觉。但"山不在高，有仙则名"，王又旦的提倡，让这里成为文人雅士聚会的风雅场所。王又旦和友人在此饮酒作诗，相处得非常融洽。秋的夜露逐渐浓重，水中的月影也同人们一起度过这愉快的秋夜。莫与先也非常喜欢这个安逸的地方，在与王又旦的促膝长谈中渐渐忘记了那些困扰自己的不如意之事，种种忧虑都已经消散，二人能在潜江相识并成为挚友，何尝不是一种缘分呢！

湖北竟陵文人胡承诺也曾应王又旦邀请同莫大岸一起在得树草堂中饮酒和诗，胡承诺有诗《同莫大岸饮得树草堂》《再饮得树草堂留别王幼华明府》。

郭铗，字长仲，别号六湖渔人。明末崇祯贡士，生卒年不详。著有《谩堂雅集》《指鸿轩律古》。其别墅谩园，为其祖父郭嵩所建。《潜江县志》卷八载："谩园，在南城外，邑贡士郭铗构，带水设桥，中有四面阁，环古梅百余株，园为铗祖给事公嵩所创，故桥木寿藤错列楼榭间。"②郭铗曾在腊月梅初绽之时，盛邀王又旦前去谩园赏梅，但是身为知县的王又旦公务繁忙，未能应邀赴约，便以诗代信，作《过岁十日简谩园主人》寄与郭铗，以解释自己未曾前去的原因：

---

① （清）刘焕：《潜江县志》卷四，清康熙三十三年刻本。
② （清）刘焕：《潜江县志》卷八，清康熙三十三年刻本。

过岁十日生意微，奔走东西受人靰。传闻南郭梅有花，炤耀寒雪生光辉。主人好我邀我看，过时不去叶渐肥。郢南园林君家好，绕屋千株皆十围。野性夙昔好留连，未招尝往往不归。况逢金卮催玉柱，翩翩歌舞对夕晖。隔岸灯光远灼烁，中庭火树亦芬菲。直须多沽市上酒，生待月落更漏稀。却思催租今日严，昨宵羽檄急如飞。若得长官不嗔我，酩酊日月款君扉。①

郭铗多次相邀去谩园赏梅，王又旦都未能赴约，只是因为"却思催租今日严，昨宵羽檄急如飞"。诗的结尾，他对谩园主人表达了自己内心真实的想法："若得长官不嗔我，酩酊日月款君扉。"因公务繁忙而暂时冷落自己的友人，这样一个公而忘私的官员形象跃然于纸上。

后来王又旦又邀请孙枝蔚来潜江旅居三个月，其间二人一同游览郭铗的谩园，二人留有同题《梅花亭子歌》诗。孙枝蔚还与莫大岸、朱士尊等人一起在谩园宴集，三人都留有同题诗歌《谩园宴集》，谩园主人郭铗也为他们分别作了赠答诗《次韵奉和孙枝蔚谩园宴集诗》《次韵奉和朱士尊谩园宴集诗》《次韵奉和莫与先谩园宴集诗》等。王又旦《郭长仲梅花亭歌》云：

秋来日日防秋水，河堤已坏真堪哀。岸柳倾欹菽豆死，十日唯见云涛堆。里中胜迹仅存者，北郭莲花南郭梅。南郭主人好避客，独居树下辞氛埃。入门一溪系画舫，堂前老树临溪开。东方月出照屋角，千枝万枝落莓苔。对此径须赏醇酒，唯我与尔无嫌猜。春风二月繁英发，一月直看三十回。②

潜地连年遭遇水害，仅存的胜迹稀少，郭铗的谩园就是其中一个。王又旦在多次婉拒郭铗的邀请之后，终于有机会去谩园一聚，他写自己在谩园赏

---

① （清）刘焕：《潜江县志》卷八，清康熙三十三年刻本。
② 王又旦：《黄湄诗选》卷三，《清代诗文集汇编》第140册，上海古籍出版社，2011。

梅过程中的见闻,与主人一起饮酒欢聚,甚是欢乐,直言"唯我与尔无嫌猜"。王又旦在繁忙公务之余,喜欢与隐士郭铗赏梅饮酒,可见他内心多少还有一些不与世俗相争之意。王又旦对郭铗及漫园感情深厚,在京城之时还多次作诗追忆,如《重题郭园梅花楼》《忆潜江郭园梅花楼三首》。

朱载震,字悔人,湖北潜江人,清贡生,生卒年不详。为刑部侍郎朱宗望曾孙,贡士朱士尊之子,翰林朱士冲、常州推官朱士达侄。自幼承家学,博览群书,能文善诗。康熙四十二年(1703)任四川石泉知县,卓有循声。著有《东浦诗集》《和山堂诗》《京华集》等。

康熙十年(1671),王又旦主持编著《潜江县志》,曾请朱士尊与朱载震父子协助编纂,和朱士尊父子交往密切,并将朱载震收为弟子。朱载震曾在潜江与其师王又旦作同题诗《梅花亭子歌》《法云社》《后屯营堤叹五首》等。朱士尊父子心中也有对于民生疾苦的忧叹,曾作诗来表达对于潜江水患的担忧。《黄湄诗选》中留有王又旦对朱载震的多首赠诗,如《寄朱悔人》《登大别山同毛子霞、朱悔人、江非诺、魏师聃》《同朱悔人清风桥赋别》《五日怀徐子星方伯、朱悔人秀才二首》《自惶恐滩登陆,经万安诸山,抵乌兜驿寄吴天章、洪昉思、朱悔人》等。王又旦与朱载震的交往并不限于在潜江时期,后来他重回湖北之时,还与朱载震一起登大别山、晴川阁,游清风桥、善果寺,朱载震的《东浦诗钞》中也有赠王又旦诗作多首。王又旦《寄朱悔人》云:

> 春来直北促严程,临水登山送我行。邻树鸟啼残雪落,东门客散晓星明。楼交丹桂风前满,湖打清萍雨后生。欲往从君愁远道,楚云南雁不胜情。[①]

王又旦即将离别曾经洒汗七年的地方,分别时周围的景物也都呈现出一片悲苦之情。此次别后,也可能是永别,师徒二人纵有千言万语也道不尽。

[①] (清)王又旦:《黄湄诗选》卷四,《清代诗文集汇编》第140册,上海古籍出版社,2011。

后来王又旦在京城中常借"南雁"表达对于自己学生的思念之情。

虽然朱载震后来师从王士禛，却难忘恩师王又旦。王又旦去世后，他特请诸名家为王又旦作墓表，刻其诗集，足见二人情谊之深厚。

总之，王又旦在潜江七年任期中，始终深怀爱民之心，恪尽为民之责。在日常工作中，严于律己；遇农忙时，能与民同耕；遇水患时，能亲自救灾。在潜江实行的"清田"政策，解决了百姓的生活问题，使百姓能够安居乐业；兴建的传经书院，培养了许多青年人才，对本县文化教育事业的发展做出了贡献。同时，王又旦在潜江期间也多与当地的文人学士诗酒唱和，以其真诚、至性与他们相识相知，建立了深厚的友谊，也使得潜江形成了十分浓厚的文化氛围。王又旦在潜江的这些治绩，也深深地铭记在百姓心中。潜江百姓不忘其恩，康熙十三年（1674）于县城西街传经书院内建"王邑侯祠"，以此纪念这位勤政为民的好知县。

三 王又旦在潜江的诗歌创作

王又旦一生诗才较高，在潜江任知县时期，尽管勤于政务，也没放弃热爱的诗歌创作。他在潜江创作的诗歌主要集中在《黄湄诗选》的《汉渚集》中，共计60首。这些诗歌内容丰富，既有真实反映民生疾苦之作，又有抒发人生感慨的篇章，也有他给潜江友人所写的赠答诗歌，还有悼念亡妻的作品。这些诗歌作为黄湄诗的一部分，反映了广阔的社会现实，有着独特的艺术价值，对于了解清初社会有着一定的认识价值。

王又旦所处的时代是一个多难的时代，百姓因战乱频繁而流离失所，也因天灾人祸而饥寒交迫。王又旦任知县的湖北潜江本就是个地僻民穷之地，他在任期内耳闻目睹了当时的社会现实，必是情动于中，继而行之于言，在他的诗作中反映了民生疾苦。我们也可以从这些诗歌中窥见当时的社会现实，这些反映民生疾苦的诗在王又旦潜江时期的诗歌创作中占主要地位。

潜江所处的地理位置特殊，从而导致这里水灾反复，百姓因水患而生活艰难。遇水灾之时，经常是"河水直下一千尺，堤内堤外无干土"（《塞白湖》）的状态，而老百姓为了能修堤解决水患问题，都是"总总饥寒人，挟畚到江涘。斟酌啖糠粮，袒裸宿荒蓝"（《屯营堤叹二首》）。这些都表现出老百姓为防水患而被迫承受诸多的苦难，更有甚者，为此付出了生命代价，如田中十老夫为修塞白湖"仆于路侧"的惨状。而在大旱之时遇水灾，更可谓是"祸不单行"，当时的潜江"两月以来旱已甚，千村登荐祈灵雩"（《叹郑浦》），老百姓祈求上天能降雨，可是没想到"雨师不至天吴至，火旗照入波涛红"（《叹郑浦》），结果是大水泛滥，老百姓又一次经受深重的水患灾难。诗人为老百姓的这种悲惨的生活境遇而担忧，曾作诗多首来表达自己的心情，其《民居》诗云：

　　民居今已坏，民力诚可惜。如何桑柘野，三年为泛宅。南郡方全盛，此地属沮泽。高氏与花封（五季时始筑高氏、花封诸堤），版筑劳区画。一自城斗堤，蓄泄寡良策。金钱委蛟鼍，突鼍走蜥蜴。里人狎骇浪，冥然卒被格。有如抱贞疾，偷生恋茵席。小吏议防御，筵撞亦何益。无能叫九阍，颓仰愧夙昔。①

水灾肆虐，百姓居住的房屋多已坍塌，桑树和柘树早已无人看管成为野生之物。此地本就是一个水草丛生的沼泽地带，自从修堤筑邑以来，很少有关于蓄水排洪的良策，所以洪水一直侵袭着潜地，老百姓都已经背井离乡逃荒去了，家中的烟囱和灶台都已经是蜥蜴在乱跑，毫无生活气息。有留在村子里的愚昧无知者在水中玩耍，不知不觉中被水卷走。整个潜江的农田、民宅甚至民众的性命都被洪水吞噬，诗人面对这种情况甚是担忧，却又束手无策。面对现在的这种境遇，作者深感愧对自己当年的抱负。

当时的潜江人民不仅遭受着水灾带来的深重灾难，还有各种苛捐杂税的盘剥，更加重了百姓的生活负担。王又旦有多首诗歌描绘当时百姓生活

---

① （清）王又旦：《黄湄诗选》卷三，《清代诗文集汇编》第140册，上海古籍出版社，2011。

的悲惨境遇,其中尤以其"五词三行"表现得最为真切。五词即为《养豕词》《牵缆词》《秋获词》《击楯词》《插秧词》,三行即为《一貉行》《鞭马行》《金虎行》。这些诗作都从一定的侧面展现出血淋淋的社会现实,揭露了其中的社会矛盾。王又旦关心民瘼,在《养豕词》中,他将老百姓因赋税压榨而生活不如猪狗,却要像牛马一般劳苦的境遇表现出来,同时也揭示了当时社会农民养猪如养儿、官吏视民不如猪的现实。《一貉行》中更是将百姓生活的困苦和官家贵族的光鲜亮丽形成了非常鲜明的对比:

  山人朝猎得一貉,换米一笞十日乐。一貉可怜获一笞,百貉成裘知几许。素丝细制光蒙戎,堆床照耀锦绣红。王孙着来骑大马,霜飞雪下无寒风。时易调移不称意,金罍纵横遭委弃。朱门错刀如流泉,还忆山人始得年。[①]

王士禛在这首诗下评论:"张、王绝调"。张即为张籍,王即是王建,两人都是中唐时期"新乐府运动"的代表人物,他们的创作都继承了杜甫的现实主义创作传统,诗歌作品大都是以生动朴素的语言反映社会的真实状况,倾诉下层劳动人民的苦痛生活的遭遇。王士禛用这四个字来评价王又旦的这首诗,足以见得王又旦诗作现实主义手法运用之成功。整首诗运用对比的手法来写,以普通百姓和官家生活作对比,普通百姓猎得一貉,能够换成米生活十天,百貉才能制成裘,足见其珍贵。一件裘衣足够普通百姓生活很长时间,而那些官家贵族却丝毫不珍惜,只要不称意就随便抛弃。诗人以简单的语言描写的现象,却透露出非常残酷的社会现实,堪与杜甫的"朱门酒肉臭,路有冻死骨"相媲美。再来看《鞭马行》:

  鞭马投东溟,意欲走西极。举鞭谓马行不力,问君意思何颠倒,枥下朝朝仰吾食。仰君食,酬君德,感君羁,被君鞚,不如捐君豆与

[①] (清)王又旦:《黄湄诗选》卷三,《清代诗文集汇编》第 140 册,上海古籍出版社,2011。

莘，自悔生来无羽翼。①

这首诗借人与马的对话，深刻地讽刺了当时社会当权统治者。主人鞭马想去西边，却一直在朝东走，错了方向却还在责怪马的行力不够。诗人仅用一段简单的对话就解释了当时社会中存在的矛盾。当权者总是以一种盛气凌人的态度任意驱使百姓，而下层百姓只能在被欺压的过程中进退两难。

王又旦通过创作这些诗歌，将自己在潜江所见到的种种社会现实真实地表现出来，可以说是当时潜江社会的"诗史"。他在诗作中不仅敢于批评各种社会弊端，也勇于揭露当时尖锐的社会矛盾，同时也表现了作者对百姓的同情。

王又旦在潜江知县任上，事务极其繁杂，水患、干旱以及百姓的苦难都让他心烦不已，再加上初涉政事，又有着不得志的郁闷，所有的这些都聚集而来，他无力改变，只能将心中的无限感慨表达在诗歌作品中。在《我遇一首寄语松大师》中，他感叹自己虽早中进士，但多年未得一官半职，到潜江来做知县也不顺心，多是一种"奋飞知无能，戢翼更退敛"的状态，始终郁郁不得志。其《初秋作三首》（其一）云：

> 人世憎吾懒，万事将自谋。挑灯视书契，点勘不能休。滴汗忍烦嚣，大火初西流。六街尽安眠，林鸟闲啁啾。纷吾若迷方，皇皇何所求。起行出庭户，迅飙渐飕飗。勋名不早立，日月亦难留。静夜空搔首，无以忘百忧。②

作者深感事务繁多，有些应付不暇，甚至是迷失方向，回想自己当年的功名梦想，眼看当前的困苦处境，不由得灰心失意。

---

① （清）王又旦：《黄湄诗选》卷三，《清代诗文集汇编》第 140 册，上海古籍出版社，2011。
② （清）王又旦：《黄湄诗选》卷三，《清代诗文集汇编》第 140 册，上海古籍出版社，2011。

王又旦待人真诚，一生交游广泛，对友情特别重视，所以友人众多，在他的《黄湄诗选》中为友人所作的赠答诗多达一百余首。而他在潜江除了处理公务，还以诗交友，与当地的文人名士莫与先、朱载震、郭铁结下了深厚的友谊。王又旦还邀请好友孙枝蔚等来潜江游玩。他亲自为好友的住所题"焦荻寓楼"，热情邀请孙枝蔚在潜江居留。孙枝蔚离开之时，王又旦作《大水后送孙豹人东还》：

吹涝鱼龙高，大地成渺渺。粳稻付洪涛，百里失新薔。故人住三月，脱粟饭无资。救时亦多术，讳疾不任医。无材责班尔，何以起华榱。容容吾不忍，白璧实难为。不然夏阳野，终当执牛犙。别君有所怀，感慨生涕洟。①

王又旦借送老友离别道出自己的无奈，潜江的水患严重，他其实明白解决水患的关键所在，但没有其他郡县的配合，也只能是"容容吾不忍，白璧实难为"。王又旦将自己进退两难的处境与无奈向友人一一道出，可见他心中的愁苦。其《戏简莫大岸》云：

野水滔天波浪白，坏我禾稼中不怪。簿书盈案懒更开，愿得快士为博奕。莫子瑰异人不知，就局中夜费刻画。千场纵博无一胜，黄金已尽仍自适。高才昔日走中原，诗句常卑鲍谢格。身跨寒驴输佣者，襆被独作蓟门客。丈夫忍辱当如此，从此君名始通籍。读书最喜袁彦道，脱帽呼卢众辟易。五月天气殊清和，芭蕉叶厚榴花赤。闻君妙画欲通灵，何不携来试一掷。②

诗人在潜江与莫与先成为朋友，作这首赠诗更像是给莫与先一个画像式的介绍。莫与先在博弈中即使输掉所有的钱仍悠然自得，展示出了他的乐观

---

① （清）王又旦：《黄湄诗选》卷三，《清代诗文集汇编》第140册，上海古籍出版社，2011。
② （清）王又旦：《黄湄诗选》卷三，《清代诗文集汇编》第140册，上海古籍出版社，2011。

心态。诗中还写了友人高才不遇的不幸,实际上他也在叹息自己的一生,可也无力改变现实,转而一笑,听闻莫大岸的画作不错,何不一起赏画忘却一切烦恼?

古人云:"抚存悼亡,感今怀昔。"① 人生中最让人伤情的,莫过于生者对于逝者的悼念。王又旦在潜江还作了许多悼亡诗。他与爱妻张氏感情深厚,妻子随他至潜江,虽然生活贫穷艰难,也毫无怨言,默默地做好王又旦的贤内助。王又旦在潜江治绩卓异,离不开这位贤内助的帮助。康熙八年(1669),妻子张氏去世,王又旦非常悲伤,以诗来表达自己对妻子深深的怀念。来看《悼亡二首》:

阴雨无时歇,绕屋悲风高。妇病已经年,一夕如奔涛。万事会有尽,数蹇岂得逃。死别今已矣,生时亦太劳。辟纑何曾辞,井臼躬自操。贫贱备艰辛,念往周纤毫。庄缶述昔闻,迂怪欺我曹。尔道非吾遵,何由忘所遭。春林何黯黯,春水复滔滔。甘同失侣雁,衔芦亦哀号。

出关恋微禄,言涉汉水湄。岁歉鲜斗储,官舍仍苦饥。三年虽困穷,燕婉不相离。岂谓人事变,归还永无期。娣姒在远道,药饵何人施。稚子甫三龄,童骏无所知。扶将累弱女,辗转最堪悲。深夜望高天,朔风无停吹。中林陨惊鼙,空堂生旅葵。仓皇骨肉情,百计不可追。②

王又旦在潜江任职之时,家庭非常贫穷,妻子张氏一直不离不弃,辛苦操劳家中的事务,织麻布、汲水、舂米都是亲自去做。可现在妻子去世,自己如失去伴侣的大雁,孤身一人独自悲伤。妻子的去世,让诗人非常悲

---

① (南朝)颜延之:《宋文皇帝元皇后哀策文》,《六臣注文选》,浙江古籍出版社,1999,第1050页。
② (清)王又旦:《黄湄诗选》卷三,《清代诗文集汇编》第140册,上海古籍出版社,2011。

伤，看着留下的弱女和稚子，更是让诗人"辗转最堪悲"。深夜吹着凉风，诗人对妻子的思念之情愈加浓重，提笔将思念写下。十年后，他重回潜江时，还作诗怀念妻子："十年辘辘已归秦，楚些重招客恨新。百里烟江中夜雨，棠梨冈下泊舟人。"（《经潜江县重悼亡内》）正如王士禛所评："不言情而情深矣！"

王又旦在潜江时期的诗歌创作，用现实主义的手法认真观照潜江下层老百姓的生存状态，揭露了社会中存在的种种黑暗状况。他在创作中运用了多种艺术手法来表现诗歌内容，比喻、对比、用典等多种艺术手法的恰当运用，增加了他诗歌的内容深度，有着独特的艺术魅力。他在潜江时期诗歌创作的数量虽不算多，但题材丰富，其乐府歌行、七言古体、五言律诗的创作方式就尤为突出。在描写民生疾苦、社会现实时，乐府歌行最多。他能巧妙地用乐府歌行来描写当时社会中的种种现象，反映下层农民所经受的艰难困苦，也能在其中表现自己对于百姓的同情。当时的潜江县也是整个康熙朝下层社会的一个"缩影"，所以这些诗作中所反映的社会现实又可以看作是整个社会中存在的问题，对于当时的社会现实有着重要的认识价值。王又旦的这些民生诗可谓描写当时潜江社会现实的一部"诗史"。

作者简介

冉耀斌，男，文学博士，中国语言文学博士后，西北师范大学文学院副教授，硕士研究生导师，从事明清文学研究，曾出版专著《清初关中诗人群体研究》，发表论文《三秦诗派及其文化品格》等。

李潇，女，西北师范大学中国古代文学专业元明清方向硕士研究生，研究方向为明清文学。

法式善与铁保交游考论*

李淑岩

摘　要：法式善是乾嘉时期著名的蒙古族学者、诗人，平生交游广泛，与满洲才子铁保相交甚密。考索法式善与铁保二人的文学交游：一是借助诗文寄托彼此的情谊，抒发仕宦心态上的情感共鸣，交往的记忆谱成了二人诗文创作的交响曲；二是诗作领域中的频繁互动、切磋琢磨，在八旗诗选《熙朝雅颂集》上的相互助力，成就了清代文学史上第一部八旗诗歌总集；三是在乾嘉诗坛唐宋诗风论争的背景下，二人大体相似的诗学观，成为维系二人多年友情的因素之一。

关键词：法式善　铁保　《熙朝雅颂集》　诗学观

乾嘉时期，诗坛创作力量构成丰富。依社会身份而言，有台阁、中下层官吏、布衣寒士、闺秀、方外等几个群体；[1] 依地域而言，有常州诗人、山东诗人、大兴诗人、岭南诗人、江西诗人等；依流派而言，有翁方纲的肌理派、袁枚的性灵派、浙派诗人吴锡麒等；依民族身份而言，八旗诗人群体是乾嘉之际文学创作力量构成的重要组成部分。八旗文人将其特殊的民族特性熔铸在汉语文学创作之中，成就了八旗文学于乾嘉文坛的特有风貌。其间成就最突出者，当属有满洲"三才子"之誉的铁保、法式

---

* 本文系国家社科基金重大项目"清代诗人别集丛刊"（编号：14ZDB076）、国家社科基金项目"清代乾嘉时期京师诗坛研究"（编号：16BZW093）的阶段性成果。

[1] 刘靖渊：《论乾嘉之际诗歌创作力量的结构及其诗史意义》，《西北师大学报》（社会科学版）2006 年第 5 期。

善、百龄。① 法式善《春夕怀人三十二首》②之二十八云：

> 菊溪、梅庵伯仲，如何中杂劣诗。京口集刊群雅，饼金购自高丽。（王豫，字柳村，丹徒人。选《群雅集》成，高丽人以重价购之。卷中《梅庵》诗后云："制府与百菊溪制府、法时帆学士，天下称三才子"。）

三才子间，相较于百龄，法式善与铁保的交往更为密切。

法式善（1753~1813），字开文，号时帆，蒙古正黄旗人。乾隆四十五年（1780）进士，官至国子监祭酒，生平以友朋文字为性命，以研求文献、宏奖风流而著称于时："士有一艺攸长者，无不被其容接，主坛坫几三十年，人以为西涯后身不愧也。"③ 其文学著作宏富，尤以诗文为盛。今存诗《存素堂诗初集录存》24卷、《存素堂诗续集》1卷、《存素堂诗二集》8卷、《诗龛诗稿》2卷，计35卷，3000余首；散文《存素堂文集》《存素堂文续集》共计7卷，220余篇。洪亮吉谓其诗"清峭刻削，幽微宕往，无一语旁沿前人"④；赵怀玉言其古文"读之则气疏以达，言醇而肆，意则主于表章前哲、奖成后进居多。学士诗近王韦，文则为欧曾之亚"。⑤

铁保（1752~1824）字冶亭，一字梅庵，旧谱为觉罗氏，后改为栋鄂氏，满洲正黄旗人。出身于世代武将家庭的铁保却独喜学文，"专攻举业

---

① 百龄（1748~1816），姓张，字菊溪，居辽东，后居承德府张三营，隶汉军正黄旗。乾隆三十七年进士，改庶吉士，散馆授编修。嘉庆五年由顺天府承迁湖南按察使，累官湖广总督。未几坐事议遣戍，命效力实录馆。十二年补福建汀漳龙道，再任湖南按察使，累官两江总督，协办大学士，封三等男卒谥文敏。著有《守意龛诗集》《橄榄轩尺牍》等。
② （清）法式善：《存素堂诗续集》，杭州阮元刻，1816。
③ （清）叶衍兰、叶恭绰：《清代学者像传合集》，上海古籍出版社，1989，第246页。
④ （清）洪亮吉：《法式善祭酒存素诗序》，《更正斋文甲集》卷三，中华书局，2001。
⑤ （清）赵怀玉：《存素堂文初钞序》，《亦有生斋集·文》卷三，嘉庆二十一年（1816）刻本。

以求一当"①，乾隆三十七年（1772）21岁即中进士。自此进入官场，历经近50年的宦海沉浮，既有官居一品时的烜赫，也曾遭遇罢官、发配新疆的仕途低谷，直至道光元年（1821）以三品赏衔告归。铁保优于文学，长于书法，词翰并美。曾任《八旗通志》总裁，主编了由嘉庆帝赐名的《熙朝雅颂集》，著有《惟清斋全集》十九卷。

法式善与铁保初识于法式善未遇之西华门僧寺读书时期。据阮元《梧门先生年谱》，自乾隆三十六年（1771）至乾隆四十二年（1777），法式善读书于西华门外南池子西华寺中。且法式善于《萝月轩诗集序》中自叙道：

> 乾隆三十四、五年间，余读书僧寺，钱塘孝廉张凯偕其弟子诗至，相与评泊，赞叹弗休。询其年，方稚也，笔则凌厉，心奇其人。后交冶亭（铁保），乃识为阆峰作，遂得尽窥所著述。②

阆峰，即铁保之弟玉保。先是，法式善通过铁保之弟玉保的老师张凯得见玉保的诗作，想见其人；之后，法式善与铁保相识，才有机缘结识玉保，并最终读到其全部创作。以上记述法式善与铁保兄弟的相识颇有趣味，堪称一段诗文之交的佳话。此情此景，也令法式善终生难忘。嘉庆十五年（1810），法式善因久病家居，百无聊赖，追忆流年朋旧百余人，成《病中杂忆》诗凡九十八首。诗中不觉又回忆起当年的情景：

> 青衫稿笔出咸安，萧寺西华雪夜寒。难兄难弟尽仙客，老僧指作凤凰看。（时伊慢亭与余同住寺中，玉阆峰始受业于张云胜，往来斋粥。耐园观察为慢亭之兄，冶亭尚书为阆峰之兄，亦时时至寺说诗谈艺。）③

---

① （清）铁保：《梅庵自编年谱》，《惟清斋全集》，清道光二年（1822）石经堂刻本。
② （清）法式善：《存素堂文续集》卷一，国家图书馆藏稿本。
③ （清）法式善：《存素堂诗二集》卷五，湖北德安王墉刻，1812。

借助诗后的小注，可知法式善与铁保兄弟初识于乾隆三十五年（1770）以后西华寺中读书时。又法式善《补题冶亭、阆峰联床听雨图后》有诗句云：

> 忆我交二君，今已廿年矣。其间听雨日，历历可偻指。珂声散玉堂，人称三学士。趋跄金马门，同试银光纸。联骑官道边，斗韵僧房里。（余与二君同时为学士，同充日讲官，同被诏旨试殿上，同扈跸行幄。）苍茫望古今，歌哭誓生死。①

此诗作于嘉庆元年（1796），据"忆我交二君，今已廿年矣"推算，法式善与铁保兄弟二人订交当在二十年前，即乾隆四十一年（1776）。综上可知，法式善与铁保于乾隆三十六年（1771）即已相识，订交于乾隆四十年（1775）。

一

法式善与铁保相识于未中进士之前。乾隆四十五年（1780）法式善进士及第，从此步入仕途。同样历经宦海风雨的二人，虽职位高低或有不同，供职地域时有间隔，然友谊却日趋笃厚，或同游京师、雅集宴饮、诗文唱和，或鸿雁传书、奇文相赏、诗艺切磋。

一方面，法式善曾相继为铁保兄弟诗集作序，高度评价兄弟二人的诗作成就。如法式善《梅庵诗钞序》云：

> 余与梅庵制府、阆峰侍郎交契盖三十年矣。余以庚子入翰林，制府亦以是年冬改詹事，余因是与制府称同年。明年辛丑，阆峰馆选，居且相近，时相过从。茗椀唱酬，殆无虚日。既而予三人者，一时同

---

① （清）法式善：《存素堂诗初集录存》卷六，湖北德安王埔刻，1807。

官学士,充讲官,出入与偕。或侍直内廷,或扈跸行幄,宫漏在耳,山月上衣,未尝不以赓和为职业也。后二公俱擢侍郎,余浮沉史局,文场酒宴,犹获执笔,与二公左右上下之。乃侍郎遽谢世,而制府远官东南,天各一方,余能无独学孤陋之叹乎。……夫学问与事功,一而二,二而一者也。公总督三江,其所待治者,日不知凡几,何暇作诗?乃退居一室,挑灯手一编,类书生然。及登堂议论国家大事,抉利弊,辩情伪,娓娓千万言,胥中肯綮,人惊以为神。岂知夫诗者政之体,政者诗之用,不惟不相害,而实相济也。或者曰:"公性情洒落,事过辄忘,一字一句间,每不介意,奚兹集之谨严如是?"吾谓忘者公之大,而不忘者公之深也。即一诗可以见公生平矣,而余之所以知公者,又岂仅在诗哉?[①]

序文中,法式善回忆了铁保兄弟多年的友谊,高度赞扬了铁保诗文创作与辅政一方的佳绩,同时指出铁保在诗歌创作上"为时、为事"反映社会现实的思想,即"夫诗者政之体;政者诗之用",而诗歌创作与干预现实间又相辅相成,"不惟不相害,而实相济也"。序文中法式善对铁保诗文思想的评价,既客观体认了铁保诗歌关注现实的特点,也间接折射出法式善对其思想的高度认可,而这种诗文观念上的契合也是维系二人多年友谊的重要纽带。

法式善能与铁保相知多年,感情深厚,并非仅在诗文唱和:"余之所以知公者,又岂仅在诗哉?"当铁保之弟玉保病逝后,铁保将亡弟的诗集不辞万里寄交法式善删订,托亡弟遗愿于法式善,足见其对法式善的信任,对二人深厚友谊的认同。最终法式善不负铁保重托,裁夺玉保遗稿而成《萝月轩诗集》,并为之序云:

阆峰后余一年入词馆,谊益亲,往来酬唱益密。同官学士,同为讲官,切磋砥砺,善相劝,过相规,于于如也。阆峰受特达知,官少

[①] (清)法式善:《存素堂文集》卷二,扬州绩溪程邦瑞刻,1807。

宰，入直南斋，职业清要，不复时时过从。然退直稍暇，折柬招呼，煮茗说诗，流连于萝月轩。灯昏，炉火且尽，商榷句法，反复推勘，稿屡易。别后，遣仆驰书，楼钟三四转，叩余门，仍有所问难。临殁前二日，余往视病，执余手曰："余诗未成就，奈何，善为余匿其短。"盖好学深思，不自满假，世罕有及者。阆峰外宽而内严，临事锐而用心细，一言一动，不肯苟且。而诗尤属意，集甚富。冶亭自江南节署寄书谓余曰："子其汰之，使阆峰必传。"

呜呼！阆峰之传，有余于诗之外者矣。区区文字末务，未能限阆峰也。而文字之足传已如是焉，后之人安得不重其人以重其文欤？①

此序深情款曲，法式善饱含感情地追忆了与阆峰多年的友谊，阆峰为人严谨、谦逊好学都给法式善留下了深刻的记忆。咀嚼此序，亦有玉保遗嘱②之感，身后遗篇嘱托法式善删订。玉保生前与法式善研读诗文、切磋技艺："与予交，或数月一接，或数日一接，弗见其有私喜怒。诗成，每先示余商榷，即时改窜，常数易其稿，其虚怀又如此。"③临终之际又将诗集托付法式善亲订，足见二人交情之深笃，彼此诗学观念的思想共鸣。

另一方面，最为难能可贵的是铁保被贬乌鲁木齐，仕宦遭遇低谷、备尝人生失意之际，法式善仍是铁保患难中的知交，法式善时以诗文怀念远在贬所的故友铁保。如《病中杂忆》九十八首的第一首即怀念远谪新疆的铁保：

铁卿（冶亭别号）万里作元戎，法律真兼诗律工。回忆围炉共磨墨，两人都是可怜虫。④

---

① （清）法式善：《存素堂文续集》卷一，国家图书馆藏稿本。
② 按，玉保字德符，一字阆峰。乾隆四十六年（1781）进士，散馆授检讨。累官隶部左侍郎、南斋供奉，嘉庆三年卒，铁保弟。以此也可推知，法式善此文作于嘉庆三年后。参见恩华《八旗艺文编目》，辽宁民族出版社，2006，第108页。
③ （清）法式善：《八旗诗话》第216则，载张寅彭、强迪艺《〈梧门诗话〉合校》，凤凰出版社，2005，第525页。
④ （清）法式善：《存素堂诗二集》卷五，湖北德安王埔刻，1812。

此诗作于嘉庆十五年（1810），法式善当时以病家居，半年未愈。而嘉庆十四年（1809）七月，铁保因失察山阳县谋毒冒赈案被谴谪戍乌鲁木齐，贬职新疆。① 昔日好友，如今时空阻隔万里之遥，一为贬谪流落边地，一为病魔所纠缠，每逢染病倍思亲，法式善病中情不自禁地回忆起往岁与铁保"围炉共磨墨"的京师优游岁月，无奈感慨如今彼此窘况下"两人都是可怜虫"，倾诉了对铁保的同情怀念与自伤自怜之感。故当得知铁保一夕遇赦归来，法式善喜不自禁，相继赋诗三首，其一《闻铁冶亭将自西域抵京豫作是诗》云：

> 万里归来客，相逢各自惊。无言频握手，未见已吞声。不信酒怀壮，（冶亭书来，近颇习饮）方疑诗稿轻。江南渺烟水，回首暮云生。
>
> 头上发全白，眼前山更青。儿童倏长大，同辈尽凋零。公老托松柏，吾衰亲术苓。石经堂上客，三五比晨星。②

此诗作于嘉庆十七年（1812），法式善当时退职家居，铁保已被贬新疆三载。法式善忽闻铁保即将遇赦归来，"初闻涕泪满衣裳"，喜极而泣，不觉欣然命笔。诗中想象年近花甲的好友多年不见，今夕久别相逢，"无言频握手，未见已吞声"，纵有万语千言，不知从何说起。半生知己，如今花甲相见，"可怜白发生"，几多感慨与凄凉。无限感伤又无比深情的诗句从法式善心底流出，那份故友重逢的喜悦之情也跃然纸上。此外，法式善还于是年作有《喜笪绳斋将偕冶亭至》（《存素堂诗二集》卷八）、《铁冶亭尚书于役回疆，客无从者，笪孝廉绳斋毅然随行，其于师友之义山水之情有异于人人者，因为赋诗兼谂尚书》（《存素堂诗二集》卷八）二诗，均在怀念铁保，期待其早日回京。

以上，法式善与铁保间的诗文唱和，既是法式善与铁保之间的诗文互

---

① （清）铁保：《梅庵自编年谱》，《惟清斋全集》，清道光二年（1822）石经堂刻本。
② （清）法式善：《存素堂诗二集》卷八，湖北德安王塾刻，1812。

动内容,也是法式善与乾嘉时期文人交游唱和、宴饮雅集较为普遍的形式,更是乾嘉时期文人日常生活交游对话的诗意表达与诗化模式。

二

法式善与铁保间的文学交游,远不止于上文所述的内容,更值得称道的是二人著述上相互提携,共同参与完成了有清一代最为完备的八旗诗歌总集——《熙朝雅颂集》的编撰工作。

《熙朝雅颂集》系铁保在伊福讷《白山诗钞》、卓奇图《白山诗存》基础上撰辑而成。该书首集26卷,正集106卷,余集2卷,计134卷,所录范围有皇公贵胄、文员、武将、闺阁、布衣之作,收集年限自清初至嘉庆初年凡534位八旗诗人的诗作6000余首,编辑次序为:先天潢,次诸王,再次觉罗,最后其他各家,且每位诗人前均附有小传。据《清史稿·铁保传》载:"(铁保)留心文献,为《八旗通志》总裁,多得开国以来满洲、蒙古、汉军遗集,先成《白山诗介》五十卷,复增辑改编,得一百三十四卷进御,仁宗制序,赐名《熙朝雅颂集》。"[①]《熙朝雅颂集》是当时最为完备的八旗诗歌总集,也是迄今为止清代文学史上收列八旗诗人人数最多、诗作最广的一部八旗诗歌总集,是后人了解清代八旗诗歌和研究清代文学的重要文献。(《熙朝雅颂集》前言)

据阮元《梧门先生年谱》载,《熙朝雅颂集》实际的采编事宜均出自法式善之手,如嘉庆六年(1801),时任漕运总督的铁保给嘉庆帝上了一道奏折:

> 臣去年陛见时,将臣在《八旗通志》总裁任内选辑八旗诗集一部,交翰林院侍讲学士汪廷珍校对,送朱珪、彭元瑞、纪昀看定后,恭呈御览,奏明奉旨允行。兹因汪廷珍现放安徽学政,与臣札商将此

---

① 赵尔巽等:《清史稿·铁保传》,中华书局,1976,第11282页。

项诗集交翰林院侍读法式善专司校阅,翰林院侍读学士汪滋畹缮写装潢。伏查法式善等诗学素优,在馆行走多年,办理书籍实为熟手,兹得其接手经理,必能妥善。①

又嘉庆九年(1804)五月,铁保于山东巡抚任又上疏嘉庆帝:

> 山东巡抚臣铁保跪奏,为恭辑八旗诗成,敬呈御览,仰侯钦定事:窃臣前充《八旗通志》馆总裁官,编辑艺文,得满洲、蒙古、汉军诗钞百数十家,篇帙浩繁,未能悉登简册,当于通志内列其名目。其所为诗,拟别辑一书,以垂久远。因复广为搜罗,悉心雠校。未曾卒业,适奉恩旨督粮储,继又拜巡抚山东之命,外任五年,职守重大,不敢驰心艺苑,分役精神。当于嘉庆六年陛见,时奏交法式善、汪廷珍、陈希曾、汪滋畹、吴熹等代臣编次,并送协办大学士、尚书朱珪、尚书纪昀,原任尚书彭元端先后校阅。兹据法式善等寄信到臣,业已缮成正本,敬谨装潢,伏侯钦定。臣理核查,照向例恭具表文,望阙跪进。除将诗选全帙由法式善代臣敬呈御览外,臣谨专差恭折具奏。伏乞皇睿鉴。谨奏。
>
> 嘉庆九年五月初二日奉②

以上铁保两次奏疏,明确交代了《熙朝雅颂集》的采录、编辑成书经过,以及最终完成此书校阅之人乃时任侍读学士的法式善。此项重托,既是铁保对法式善诗艺的高度认可,也是"举贤不避亲",对自己的多年好友的高度信任与提携。诚如法式善所谓,"(铁保)制府顾厚视余,时时以诗稿邮寄商榷,凡所纂辑之书籍、进奏之文字,亦莫不由余勘校而成"。③法式善终不负铁保重托,顺利完成此项巨制,赢得嘉庆帝褒奖亲赐御名为

---

① (清)法式善:《存素堂诗续集集录存》卷首,杭州阮元刻,1816。
② (清)铁保:《熙朝雅颂集》卷首,辽宁大学出版社,1992。
③ (清)法式善:《梅庵诗钞序》,《存素堂文集》卷二,扬州绩溪程邦瑞刻,1807。

《熙朝雅颂集》，并赐御制序言一篇，兹录如下：

> 皇清荷天，恩承祖佑，开基辽沈，定鼎燕京，以弧矢威天下。八旗劲旅，旧臣世仆，同心一德，肇造亿万年丕基。都城分驻，列戍云屯，黄、白、红、蓝，有镶有正。参赞河鼓之象，允协韬钤之机，皇哉，唐哉！世德作求，金汤永固。卜年应迈，姬周长巩，河山带砺矣！夫开创之时，武功赫奕；守成之世，文教振兴。虽吟咏词章，非本朝之所尚；而发好心志，亦盛世之应存。此《熙朝雅颂集》之所由作也。斯集为巡抚铁保所编，自八旗诸王、百僚、庶尹以及武士、闺媛，凡有关风俗、人心、节义、彰瘅诸篇，得一百三十四卷，荟萃成书，请各具奏。朕几余评览，遍拾英华，抽绎旬余，未能释手。敬仰列圣作人培养之厚，穆然想见忠爱之忱，英灵之气。或从征效命，抒勇壮之词；或宰邑治民，发纯诚之素。炳炳麟麟，珠联璧合，洵大观化成之矩制，右文盛代之新声，是以命集名为"熙朝雅颂"。视周家小雅，殆有道之。八旗涵濡，祖恩考泽，百有余年。名臣硕彦，代不乏人。经文纬武之鸿才，致君泽民之伟士，不可以数计。夫言为心声，流露于篇章，散见于字句者，悉不可不存！非存其诗，存其人也；非爱其诗律深沉、对偶亲切，爱其品端心正、勇憨之忱，洋溢于楮墨间也。是崇文而未忘习武，若逐末舍本，流为纤靡曼声，非予命名为"雅颂"之本意。知干城御侮之意者，可与言诗。徒耽于词翰侈言，吟咏太平，不知开创之艰难，则予之命集，得不偿失。为耽逸厌劳之作俑，观斯集者，应谅予之苦心矣。我八旗臣仆，岂可不深思熟虑，以乃祖乃父之心为心，以乃祖乃父之言为法。各勉公忠体国之忱，毋负命名"雅颂"期望之深意，朕之至愿也。
>
> 嘉庆九年岁次甲子五月十九日御笔①

---

① （清）铁保：《熙朝雅颂集》卷首，辽宁大学出版社，1992。

又嘉庆九年五月十九日内阁奉上谕：

> 我国家景运昌明，文治隆茂。八旗臣仆，涵濡圣化，辈出英才。自定鼎以来，后先疏附奔走之伦，其足任于城腹心者，指不胜屈。而于骑射本务之外，留意讴吟、驰声铅椠者，亦复麟炳相望。前此，铁保在京供职，曾有采辑八旗诗章之请，经朕允行，兹据奏进诗一百三十四卷，请赐书名。朕几余披览，嘉其搜罗富有，选择得宜，格律咸趋于正，而忠义勇敢之气往往藉以发抒。存其诗，实重其人，益仰见列圣培养恩深，蒸髦蔚起正未有艾，爰统命名《熙朝雅颂集》。并制序，冠于简端，以垂教奕祀，非徒赏其渊雅博丽之词也。著将原书发交铁保，付之剞劂，用昭同风盛轨焉。钦此。①

以上，铁保于嘉庆六年（1801）恭请编校八旗诗集，并奏请由法式善总理其事，历时四年，于嘉庆九年（1804）告竣，奏请御览，深得嘉庆帝隆视，赐名《熙朝雅颂集》并予御制序，足见嘉庆帝对编纂选集给予的高度评价以及对这部八旗诗歌选集的重视。而对亲自参与编选事宜的法式善而言，收获远不止是嘉庆帝褒奖一事，于其个体的文学成就上，亦颇有所获。

一是著成关于八旗诗歌艺术批评的专著《八旗诗话》，是文学史上第一部，也是唯一一部专门论述八旗文人诗歌创作的诗话著作。张寅彭先生于《〈梧门诗话〉合校》编校例言中指出："法式善尚有《八旗诗话》一种，亦为未刊稿本。此系法氏编纂《熙朝雅颂集》时所作，颇涉满族诗人轶事，虽录入人数不及《雅颂集》，然较《雅颂集》各家小传为详。"②《八旗诗话》也成为八旗诗学史上的首部诗话作品。概言法式善的《八旗诗话》，评诗条目凡249则，不分卷，论及清初至乾隆年间八旗文人252

---

① （清）铁保：《恭进八旗诗钞疏》，《惟清斋全集·梅庵文钞》卷一，清道光二年（1822）石经堂刻本。
② 张寅彭、强迪艺：《〈梧门诗话〉合校》例言五，凤凰出版社，2005，第26页。

位。按性别论，评论女性作者 10 位，男性作者 242 位。依记述诗集而言，共提供诗文集 215 部，女性存诗集者 7 人，其余皆为男性作者。从民族分类看，蒙古八旗 8 人①，汉军八旗 85 人，其余为满洲八旗。就收录诗人身份看，上至天潢宗室，中有朝臣显宦，下至地方官员，诸生、布衣之士，乃至闺阁中人。《八旗诗话》所记述的作家远非八旗文人的全貌，仅是其中的一少部分，然作者"以诗存史"的著作精神，丰富的作家生平小传、文集资料，大量的满洲八旗科举履历等，都使其在八旗诗人研究中有着举足轻重的学术地位。同时就整个清代八旗诗学研究而言，法式善的《八旗诗话》应是清代诗歌史上第一部也是唯一一部专门论述八旗文人诗歌创作的诗学批评著作。其编选特点是"或记其人，或记其事，皆与诗相发明，间出数语评骘"②，为今人了解清代八旗文人的文学创作、交游唱和、科举仕宦、文化互融等内容提供了重要的文学史料价值。

二是嘉庆七年（1802），题咏《熙朝雅颂集》中收录的八旗诗人 50 人，成组诗 50 首，即《奉校八旗人诗集，意有所属，辄为题咏，不专论诗也，得诗五十首》。③法式善确如铁保所言"诗学素优"，深谙诗艺，故而经理《熙朝雅颂集》期间，自己能颇有所得。而董理《熙朝雅颂集》如此大规模的诗歌选集，在法式善而言也是其值得骄傲一生的大事，这种自豪与感慨在其之后的诗歌中每有提及。如《〈熙朝雅颂集〉题后》云：

薄材荷巨任，十年忘坐卧。秃笔任轩昂，昏灯忍寒饿。扫尘狐迹憎，剔藓虎气怕。店废蜗污墙，寺荒萤烛夜。朋侪笑迂腐，僮仆肆嘲骂。肱折术始精，血呕志未惰。④

---

① 其一，《八旗诗话》第 175 则记博明为满洲人。今据白·特木尔巴根《古代蒙古作家汉文著作考》（内蒙古教育出版社，2002）考定，博明当属蒙古八旗，此系《八旗诗话》误录。其二，据恩华《八旗艺文编目》、盛昱《八旗文经》等考订，清代蒙古八旗汉文作家数量上确实不如满洲八旗、汉军八旗，故而收录人数也更少。
② （清）法式善：《〈梧门诗话〉例言》，《存素堂文集》卷三，扬州绩溪程邦瑞刻，1807。
③ （清）法式善：《存素堂诗初集录存》卷十四，湖北德安王墉刻，1807。
④ （清）法式善：《存素堂诗初集录存》卷二十，湖北德安王墉刻，1807。

历述自己纂辑《熙朝雅颂集》时诚惶诚恐,夜以继日,呕心沥血,倾尽全力不负铁保之重托。当《熙朝雅颂集》完美落幕后,法式善又反思其间有挂漏之败笔,故又有补订、续编一集之愿望。如《征修〈熙朝雅颂集续编〉,再赋一诗》:

  善也寡学问,余勇尚可贾。挂漏势难免,从容待续补。诗教在人心,历劫未朽腐。身死心不死,苍茫托毫楮。云霞出新鲜,天地与仰俯。闻知暨见知,各自喻甘苦。天章跽读罢,小臣泪如雨。长安百万家,谁弗念依怙。门限几踏破,秀素约略数。何须开选楼,丛胜列千部。伪体为别裁,披十或得五。零笺败简中,的砾珠光吐。橐灰扫箧底,萤绿耿夜午。停杯略沉吟,掩卷起歌舞。肯让元裕之,巍然作鼻祖。①

法式善从史家的职责出发,表达尽管自己孤陋寡闻,但是以诗存史的精神与勇气是有的。别裁伪体,披十得五,挂漏难免,力在续补。虽然法式善续编八旗诗选的愿望未能实现,但是其精益求精、反思自身的史家精神已见一斑。概言之,《熙朝雅颂集》的成书,法式善因亲自参与编选事宜而出力最多,同时,其在经理此选集期间颇有所得,又辑成《八旗诗话》并创作八旗题咏组诗50首等而收获尤丰,成为该集编选中受益最大之人,而这些文坛成就以及文学创作的渊源则得益于好友铁保所惠。

三

  乾嘉诗坛,法式善与铁保能延续30多年的友谊,未因彼此宦海升降而有所影响,实属难得。维系二人友谊的因素自然很多,如知交较早,相似的仕宦心态以及诗文编纂事务上的互相助力等,其中法式善与铁保在唐

---

① (清)法式善:《存素堂诗初集录存》卷二十,湖北德安王墉刻,1807。

宋之争背景下较为一致的诗学观，也是维系二人多年友谊的重要因素之一。

其一，法式善论诗首重"性情之真"，这与铁保论诗首重真情是一致的。乾嘉之际的诗坛，派别林立，各自标榜，除沈德潜的"格调说"、翁方纲的"肌理说"外，影响最大的当是袁枚的"性灵说"。然"铁保所谓'性情'，与袁枚所谓'性灵'，同中见异。铁保并不突出心有灵犀，不强调诗笔灵动，而特别注重'真'"①，这也是法式善与袁枚的分歧所在。因此，就这个层面而言，法式善与铁保的诗学态度是相通的。如法式善《兰雪堂诗集序》：

> 余维诗以道性情，哀乐寄焉，诚伪殊焉。性情真，则语虽质而味有余；性情不真，则言虽文而理不足。先生之诗，不名一体，要皆有真意、真气盘旋于中，而后触于境而发抒之，感于事而敷陈之。方其身车南北，俯仰山河也，则有雄杰之篇；悯农劝稼，感旧怀人，则有恺恻之篇；及解组归田，一琴一鹤，某水某邱，寓诸吟咏，则又有萧疏澹远之篇。时不同，境不同，诗不同，而情性无不同。吾故曰：先生之诗，真诗也。②

法式善强调唯有"真气盘旋于中"，才会触景生情，情才足以感人，"触于境而发抒之，感于事而敷陈之"。尽管诗作的时间不同，处境不同，诗歌的内容不同，但因其均出自作者的真情实感，"为情而造文"，所以又无所谓不同。铁保云：

> 余尝论诗贵气体深厚，气体不厚，虽极力雕琢，于诗无当也。又谓诗贵说实话，古来诗人不下数百家，诗不下数千万首，一作虚语敷衍，必落前人窠臼；欲不雷同，直道其实而已。盖天地变化不测，随

---

① 张菊玲：《清代满族作家文学概论》，中央民族学院出版社，1990，第147页。
② （清）法式善：《存素堂文集》卷二，扬州绩溪程邦瑞刻，1807。

时随境各出新意，所过之境界不同，则所陈之理趣各异。果能直书所见，则以造物之布置为吾诗之波澜。时不同，境不同，人亦不同，虽有千万古人，不能笼罩我矣。学者多服予言。①

又铁保《秀钟堂诗钞序》中云：

夫诗之为道，所以言性情也。性情随境遇为转移，乐者不可使哀，必强作慷慨激烈之语以为学古，失之愈远。故穷愁落拓、草野寒士之咏，不可施之庙堂；高旷闲达、名山隐逸之作，不可出之显宦。②

以上铁保力倡作诗要有真情实感，"发于性情，见乎歌咏"③，唯有"直道真实"，抒发自己的真实性情，才能写出"自己的诗篇"，从而自具特色，绝不雷同。同时，铁保也指出这种真情实感源于诗人自己的生活实际，因个体的生活环境是富于变化的，诗人的所感也应"情随事迁"，即"性情随境遇为转移""所陈之理趣各异"。铁保的这种诗学态度与法式善的"余维诗以道性情，哀乐寄焉，诚伪殊焉。性情真，则语虽质而味有余，性情不真，则言虽文而理不足"④ 如出一辙。

其二，针对诗坛上的模拟风气，法式善与铁保均极力反对，强调"随时随地，语语纪实"。对此，铁保在《续刻梅庵诗钞自序》中详细地阐述了自己的主张：

诗之为道，不妨假藉故美人香草诸什，就本地风光写空中楼阁，离奇诡变，层出不穷。迨后诗家日多，诗境益窄，一经假藉便落窠

---

① （清）铁保：《梅庵文钞》卷三，《惟清斋全集》，清道光二年（1822）石经堂刻本。
② （清）铁保：《梅庵文钞》卷三，《惟清斋全集》，清道光二年（1822）石经堂刻本。
③ （清）铁保：《梅庵文钞》卷五，《惟清斋全集》，清道光二年（1822）石经堂刻本。
④ （清）法式善：《兰雪堂诗集序》，《存素堂文集》卷二，扬州绩溪程邦瑞刻，1807。

白，拾前人牙慧，忘自己性情，神奇化为臭腐，非具鲁男子真见者已。故于千百古大家林立之后，欲求一二语翻陈出新，则唯有因天地自然之运，随时随地语语纪实，以造化之奇变滋文章之波澜。语不雷同，愈真愈妙。我不袭古人之貌，古人亦不能囿我之灵言。诗于今日舍此别无良法矣。①

针对当时诗坛的模拟复古之风，铁保表明了自己的诗作态度，即反对亦步亦趋古人，并以比兴寄托的写作方法为例，指出这是自《诗经》《离骚》以来的诗作传统，并非放之四海而皆准的万能良方。如若不顾当下之境、心中之思，强效古人而滥用香草美人之假借，势必会落得拾前人牙慧的处境。他认为，摆脱这种"为赋新词强说愁"般尴尬处境的出路仅有一条，即自写真情，"随时随地语语纪实"，以写真实性情达到不与古人雷同的目标。需要指出的是，铁保之所以坚持反对一味地模拟古人，是因为他认为诗人的经历境遇是不断变化的，而各阶段的情感也是不同的，所以诗人要想写出不雷同的诗篇，情感必须植根于不同时期、不同境遇的现实生活基础之上，"诗随境变，境迁则诗亦迁"。② 而这也是铁保自身创作实践的经验之谈，他曾在中年时期将自己的诗作分为四境，即少年时"偶有所作，率写胸臆，不拘泥于绳墨间，故其诗由性情流露者居多，此一境也。二十后通籍成进士，观政吏部。筮仕之始，志气发扬，不知天下有难处事，抑塞磊落，不减少时，此一境也。后擢詹事，镌级家居，初列校书之班，再迁农曹之秩，入世渐深，意气初敛。诗格亦为之稍变，此又一境也。戊申冬，余年三十有七，膺广庭相国之荐，廷试第一，不四十日由翰林学士擢礼侍与经筵兼都统。典试事感荷殊荣，自惭非分，此又一境也。夫诗成于我，境成于天，少壮异其时，穷达异其遭，喜怒哀乐异其节，强

---

① （清）铁保：《梅庵文钞》卷三，《惟清斋全集》，清道光二年（1822）石经堂刻本。
② （清）铁保：《梅庵诗钞自序》，《惟清斋全集·梅庵文钞》卷三，清道光二年（1822）石经堂刻本。

而同之，不亦慎乎"。① 同一诗人尚且如此，何况于古人？对此，法式善虽也反对模拟习气，也有类似的观点表露——如其反对"假高古""伪穷愁"，虽指出"东坡学陶公，但能得光景"②的原因在于东坡于渊明不能心领神会，又指出"因境而生情，因情以鸣籁"③的诗学观念——但并未像铁保一样提出"诗随境迁"之类的明确主张。

其三，在学古的态度上，法式善与铁保均反对字摹句拟古人，并传达出了学古的精髓当在"遗貌取神"。法式善认为学古的态度是"诗贵神似，不贵形似"，"遗貌取神"是师古之精髓，且于诗作中反复强调，所谓"境界虽不同，貌遗神自在"④，"一笔两笔尽其妙，但写精神不写貌"⑤，等等。这种理念体现在其《梧门诗话》的采诗和评诗上，尤为推重诗作重神似的特点。如品评：桐城方正瑗诗作，"五七言律诗不袭前人皮毛，而能得其精髓"⑥；吴门闺秀蒋采蘩《拟宫中晓寒曲》诗"摹仿金荃，可云神似"⑦；杨季重"拟古诸作，颇有神似者"⑧；恭泰诗"'茶罏烟定客谈久，巷柝声销钟到迟'与右承'兴阑啼鸟缓，坐久落花多'之句同一意趣，却不抄袭一字，真善于脱胎者"⑨；汉军八旗陈景元诗歌

---

① （清）铁保：《梅庵诗钞自序》，《惟清斋全集·梅庵文钞》卷三，清道光二年（1822）石经堂刻本。
② （清）法式善：《诗弊诗十六首和汪星石·假高古》，《存素堂诗二集》，湖北德安王墉刻，1812。
③ （清）法式善：《诗弊诗十六首和汪星石·假高古》，《存素堂诗二集》，湖北德安王墉刻，1812。
④ （清）法式善：《王铁夫孝廉写诗册见贻，用册中赠何兰士韵奉谢》，《存素堂诗初集录存》卷三，湖北德安王墉刻，1807。
⑤ （清）法式善：《陈曼生诗龛图歌》，《存素堂诗初集录存》卷十九，湖北德安王墉刻，1807。
⑥ （清）法式善：《梧门诗话》卷十一，张寅彭、强迪艺：《〈梧门诗话〉合校》，凤凰出版社，2005，第338页。
⑦ （清）法式善：《梧门诗话》卷十一，张寅彭、强迪艺：《〈梧门诗话〉合校》，凤凰出版社，2005，第453页。
⑧ （清）法式善：《梧门诗话》卷十一，张寅彭、强迪艺：《〈梧门诗话〉合校》，凤凰出版社，2005，第100页。
⑨ （清）法式善：《梧门诗话》卷十一，张寅彭、强迪艺：《〈梧门诗话〉合校》，凤凰出版社，2005，第116页。

"沈挚近曲江,超乎近太白,而妙不袭其皮貌"① 等。

对此,铁保的态度如出一辙,在其《恒益亭同年诗文集序》中说道:

> 人必有古人之胸襟、才识,然后可以为古人之文、古人之诗。何者为汉,何者为唐,何者为八家,体裁虽殊,性情则一。得其道者,片语只字亦别具有不可磨灭之气,可以上下百年,纵横万里,非必裁锦为文,敲韵为诗,猥足排倒一世也。吾友益亭以卓荦之姿,处偃蹇之遇,虽饔飧未继,裘葛不更,而抑塞磊落、酣歌啸傲于卿士大夫间,境遇愈穷,气骨愈峻,可为真有古人之胸襟、才识矣。故其所为诗、古文辞,不必以章句盗袭古人,亦不必以法度绳尺古人,而其发于性情、见乎歌咏,自息息与古人相通。此其所以为益亭之文、益亭之诗,而非他人所能貌袭也。②

以上,铁保表明了自己对待学古问题的态度是:"我不袭古人之貌,古人亦不能囿我之灵",且"不必以章句盗袭古人,亦不必以法度绳尺古人"。他认为如果一味地字摹句拟,则成为"求皮相于古人之唾余",如果这种风气不矫正,清代诗文将"日趋日下,久且衰靡不振"。并指出,有真性情的诗歌是"非他人所能貌袭"的,也是经得起时间的打磨与推敲的。客观而言,法式善与铁保的这一观点对"格调说"与"肌理说"的复古、拟古风气给予了一定的冲击,对扭转当时的文风具有积极意义。然铁保与法式善虽都反对一味地拟古,但是各自的侧重点不同:法式善着重突出学古的目的与出路在于求新、求变,而铁保则力在突出对拟古方式与拟古危害的揭示,进而指出避免此种弊端的根本在于抒写有真性情的诗篇。铁、法二人在此问题上的态度没有优劣之分,只是揭示出一个问题的不同方面,并给出各自的解决办法。这也展现出在乾嘉诗坛论争纷纭的背景下,

---

① (清)法式善:《梧门诗话》卷十一,张寅彭、强迪艺:《〈梧门诗话〉合校》,凤凰出版社,2005,第504页。
② (清)铁保:《梅庵文钞》卷三,《惟清斋全集》,清道光二年(1822)石经堂刻本。

八旗文人积极的诗学思考。

综上，乾嘉时期京师诗坛，文人交往互动频繁，宴饮雅集、流觞唱和为一时风尚，也构成了文人笔下数量庞大而质量平庸的吟咏内容。而梳理这些诗作，不仅能够再现乾嘉文人日常生活的情趣与风尚，亦能最大限度地还原文人创作生成背后的生动细节，甚至捕捉到解决文学史相关问题的密钥。因此，就"文人活动"与"诗歌生成"关系的视角而言，以上对法式善与铁保交游活动的考察与揭示，对二人文学创作相关问题的揭示无疑是有所裨益的。

作者简介

李淑岩，女，文学博士，哈尔滨师范大学文学院副教授，黑龙江大学明清文学与文化研究中心兼职研究员，从事明清文学与文化研究，曾发表《〈梧门诗话〉编选与法式善诗坛地位之确立》等文。

方象瑛年谱初稿

胡春丽

摘 要：方象瑛是康熙博学鸿词科进士之一员，以诗文名世，长于著史。本谱以方象瑛《健松斋集》《健松斋续集》《明史分稿残编》为主要资料依据，旁征方氏诸多亲友、交游的别集、年谱、方志编纂而成，对方氏生平、仕宦、交游、著述等进行了梳理和考证。

关键词：方象瑛 年谱 生平 交游 著述

传 略

方象瑛，字渭仁，号霞庄，又号艮山、金门大隐，浙江遂安（今淳安）人。

《清史列传》卷七十："方象瑛，字渭仁，亦遂安人。"

秦瀛《己未词科录》卷三："方象瑛，字渭仁，号霞庄，浙江遂安人。……晚自号金门大隐。"

《健松斋集》卷十六《艮山说》："方子乞假南归，舟中更号艮山。"

按，《清史稿》卷四八四《列传》二百七十一《文苑一》、光绪《严州府志》卷十八所载略同。

其先出自唐代方干。方震四始由新源迁遂安进贤坊，是为遂安始祖。

《健松斋集》卷十四《节孝行述》："先世系出唐玄英先生干。始祖震四公由始（始由）新源迁遂安进贤坊。"

震四六传至南宋元龙，为本县儒学教谕。元龙四传至忠一，忠一生宗礼，宗礼四传至惟免，是为八世祖。

《健松斋集》卷十四《节孝行述》："传六世为元龙公，南宋恩免进士，仕本县儒学教谕。教谕公四传为忠一公，生四子，其三为宗礼公。又四传为惟免公，是为公大父。"

七世祖文谨，世业农。

《健松斋集》卷十四《节孝行述》："公父讳文谨，世业农。"

六世祖云槐，以节孝称。

《健松斋集》卷十四《节孝行述》："六世祖孝子公讳云槐，字国征，号慕庭。……公生平教子悉以孝义。……公生弘治壬戌。"

高祖应庶，原名玄应，字文会，号见南。

《遂安方氏族谱》卷二《世系考》："应庶，国征长子，字星会，号见南。……嘉靖己亥正月初七日亥时生，万历戊子九月廿九日戌时卒。……子一，可正。"

《健松斋集》卷十四《见南公行述》："高祖讳应庶，字文会，号见南。父孝子慕庭公。……公初名玄应，后改今名。"

曾祖可正，字允中，号直完。幼颖悟，精于《易》。

《遂安方氏族谱》卷二《世系考》："可正，应庶子，字允公，号直完，岁贡生。累任福建建宁府寿宁县知县，致仕。……嘉靖庚申年九月廿一日酉时生，天启甲子年十月初十日亥时卒，享年六十五。"

《健松斋集》卷十四《直完公行述》："曾祖直完公讳可正，字允中，号直完，学者称直完先生。……公生而颖悟，比长，通五经诸书，尤精于《易》。……是冬，公卒，寿六十五。"

祖逢年，字书田，明天启二年进士，官至礼部尚书兼东阁大学士。

《健松斋集》卷十四《阁学公行述》："大父阁学公讳逢年，字书田，孝子公曾孙，直完公长子也。……年十四，补府学弟子员，与同邑汪公乔年齐名。……万历四十年举于乡……天启二年成进士……改翰林院庶吉士……四年,授编修。……忠贤见之大怒,矫旨降三级,调外用。……愍帝登极,诏原官起用。崇祯元年,升左中允,纂修神、光、熹三朝实录。……三年,充经筵讲官。……四年,升左谕德。……公凡四典文武闱,留心人才。……七年,进南京国子监祭酒。……明年,升詹事府少詹事。……十年,召为礼部右侍郎,署部事。……进礼部尚书兼东阁大学士,入阁办事。……公在政府仅七月,务持大体,而苦于掣肘,不能有所施设,又去,非其罪也,时论惜之。"

《遂安方氏族谱》卷二《世系考》:"逢年,可正长子,字书田,天启壬戌科进士。……万历乙酉年六月初十日辰时生,顺治丙戌年九月初五日未时卒,享年六十二。"

祖母毛氏,性宽仁端静。

《健松斋集》卷十四《祖母毛夫人行述》:"祖母夫人姓毛氏,十一都人。……夫人性宽仁端静。……距生万历壬午,享年九十。"

《遂安方氏族谱》卷二《世系考》:"逢年……配义门毛氏,生员一逑女,累封一品夫人。万历壬午年九月十九日亥时生,康熙辛亥年正月十四日卯时卒,享年九十。"

父成峦,字稚官,一字景问,自号本柞居士。

《遂安方氏族谱》卷八《艺文考》载先生《先府君行述》:"府君讳成峦,字稚官,一字景问,先大父阁学公仲子,母毛夫人。……因自号本柞居士。……府君生于万历壬子年三月十五日辰时,卒于康熙庚戌年六月二十一日戌时,享年五十九。"

按,《遂安方氏族谱》文与《健松斋集》卷十四《先府君行述》小异。

母吴氏。

《健松斋集》卷十四《先母吴孺人行述》。

有弟二人:象珵、象璜。

《遂安方氏族谱》卷八《艺文考》载梁清标《明资善大夫礼部尚书兼东阁大学士书田方公偕元配毛夫人合葬墓志铭》:"象珵,庠生,娶周氏。

象璘，业儒，娶余氏，出嗣邴，成郯出。"

《遂安方氏族谱》卷八《艺文考》载先生《先府君行述》："子三，长即不孝象瑛，娶吴氏，庠生讳达观女。吴孺人出。……象珵，业儒，聘周氏。象璘，尚幼。余孺人出。"

妻吴氏。

《健松斋集》卷十四《亡室吴孺人行述》。

子三：引祓、引禳、引祎。

《健松斋集》卷十四《亡室吴孺人行述》："子三：引祓、引禳、引祎。"

《遂安方氏族谱》卷三："引祓，象瑛长子，字向先。康熙己卯岁贡，任湖州府武康县儒学训导。顺治乙未年十一月初五日巳时生，雍正丁未年十月初五日酉时卒，享年七十三。"

同书卷三："引禳，象瑛次子，字奕昭，国子生。康熙壬寅年九月初七日子时生，庚申年八月廿二日卒。"

同书卷三："引祎，象瑛第三子，字鹤先，一字纯可。康熙壬辰岁贡，任嘉兴府儒学训导。康熙甲辰年闰六月廿六日子时生，雍正戊申年四月初六日卯时卒，享年六十五。"

天资颖异，九岁能诗，十岁作《远山净赋》，惊里中长老。

《清史列传》卷七十："天资颖异，九岁能诗，十岁作《远山净赋》，惊其长老。"

与毛际可同里，同有文名，东南士人以"方毛"并称。

《健松斋集》卷二《安序堂文钞序》："余与会侯幼同学，会侯少余一岁。制义之暇，相与学为诗古文辞。会侯为余序《四游集》，言之详矣！……十数年来，两人姓字著于篇帙，觉有阙一不可者，于是东南之士，往往'方毛'并称。"

康熙二年中举，六年中进士。

雍正《浙江通志》卷一百四十三《选举》："（康熙二年癸卯科）方

象瑛,严州人,丁未进士。"

十八年,举博学鸿词,授翰林院编修,充明史纂修官。

秦瀛《己未词科录》卷三:"会举博学鸿词,试入高等,授翰林院编修,纂修明史。"

二十二年,任四川乡试正考官。

秦瀛《己未词科录》卷三:"癸亥,典试蜀中,尽心甄录。"

在馆七年,起草八十七传,因得怔忡疾,二十四年,假归还里。

《健松斋集》卷十六《纪分撰明史》:"余以己未五月奉命修明史……明年正月,分撰景帝本纪,景泰、天顺、成化朝臣传王翱、于谦等。辛酉六月,暂分天启、崇祯朝臣传顾大章、朱燮元等。壬戌四月,分隆庆、万历朝臣传梁梦龙、许孚远等,计七十七传。又陈检讨维崧殁,昆山徐公属续构王崇古等八传,睢州汤公属补邓廷瓒、胡拱辰二传。通八十七传,次第上史馆。……癸亥春,从丹徒张公借得穆、神两庙实录,日夕搜寻,手披目涉,躬自钞录。一月之内,悉皆改定。比脱稿,而怔忡病作矣!"

归里后,关心桑梓。卒后,阖邑公建思贤祠于城南。

光绪《严州府志》卷十八:"寻请归里,不复出。苞苴竿牍,一不至于门。遇有利病,则岳岳言之。……殁后,阖邑公建思贤祠于城南,崇祀乡贤。"

著有《健松斋集》二十四卷、《健松斋续集》十卷、《明史分稿残本》二卷、《松窗笔乘》二十八卷、《方氏先贤考》。参修康熙《遂安县志》。

秦瀛《己未词科录》卷三:"著有《健松斋集》《健松斋续集》《松窗笔乘》《方氏先贤考》。"

《浙江图书馆藏稀见方志丛刊》第 19 册收录康熙十二年刻、二十四年增修本《遂安县志》,署"刘从龙、方象瑛、方象瑛纂修,刘闳儒、毛升芳等续修"。

年　谱

明思宗崇祯五年 后金天聪六年壬申（1632）　一岁

九月九日，方象瑛生。

按，《健松斋续集》卷二《七十自叙》："往辛未岁，余虚度六十。"《健松斋续集》卷九《所之草》自序末识："康熙壬午春日，艮堂老叟象瑛偶书，时年七十有一。"

逆推之，知本年生。又《健松斋集》卷二十二《四游诗》前毛际可序："时余齿最少，渭仁长余一岁。"据吕履恒《冶古堂文集》卷四《毛鹤舫先生志铭》："先生生明崇祯癸酉。"先生长毛际可一岁，当生于本年无疑。《健松斋集》卷十八《重九生日偶成》、同书卷二十《锦官集》上《重九闱中生日即事》。知生日为九月九日。

是年，亲友年岁之可考者：

冯溥二十四岁。杜立德二十二岁。李霨十二岁。徐继恩十八岁。余怀十七岁。邓汉仪十六岁。尤侗十五岁。施闰章十五岁。沈珩十四岁。顾有孝十四岁。张丹十四岁。吴绮十四岁。王嗣槐十三岁。孙枝蔚十三岁。毛先舒十三岁。陆堦十三岁。梁清标十三岁。宗元鼎十三岁。姜希辙十二岁。高咏十一岁。骆复旦十一岁。严绳孙十岁。毛奇龄十岁。沈荃九岁。陈维崧八岁。汪琬八岁。倪灿七岁。王熙五岁。朱彝尊四岁。李澄中四岁。叶奕苞四岁。严我斯四岁。陆莱十岁。黄虞稷三岁。丘象随二岁。徐嘉炎二岁。徐乾学二岁。蒋伊二岁。

明思宗崇祯十一年　后金崇德三年戊寅（1638）　七岁

六月，祖父逢年入直票拟簿，十二月，罢归，计在直仅七阅月。

《健松斋集》卷十二《先大父票拟簿跋》："右先大父阁学公崇祯戊寅入直票拟簿，公自六月到阁办事，十二月以揭救大司寇刘之凤罢归，计在直仅七阅月耳。"

陈廷敬生。钱金甫生。李铠生。

明思宗崇祯十二年　后金崇德四年己卯（1639）　八岁

祖父出都门，门人王道胜占告，京师六年内必有大变。

《健松斋集》卷十二《先大父票拟簿跋》："先大父出都门，时门人临清守备王道胜善天文，迎谒曰：'吾师南归，未为不幸，京师六年内必有大变。'屈指己卯至甲申，其言果验。天时、人事可畏也已！"

汪懋麟生。

明思宗崇祯十三年　后金崇德五年庚辰（1640）　九岁

是年，能作诗文。

《健松斋续集》卷二《七十自叙》："余幼服先大父庭训，九岁能文。"

秦瀛《己未词科录》卷三："方象瑛，少傅逢年孙，九岁能诗。"

梅庚生。庞垲生。龙燮生。

明思宗崇祯十五年　后金崇德七年壬午（1642）　十一岁

受知于杨士聪。

《健松斋集》卷十五《经孺人墓志铭》："壬午岁，余受知于宫谕济宁杨先生。……先生杨姓，讳士聪，字非闻，号凫岫，济宁人。辛未进士，官至左谕德。"

王顼龄生。乔莱生。张玉书生。

明思宗崇祯十六年　后金崇德八年癸未（1643）　十二岁

是年，始学为诗歌小赋。

《健松斋续集》卷二《七十自叙》："十二，学为诗歌小赋。"

随母归宁，外祖吴观光命题课义，亟加奖许。

《健松斋续集》卷八《前刑部福建司主事外王父耿斋吴公墓志铭》："象瑛年十二，从先孺人归宁，得侍外王父刑部公，命题课义，谬加奖许。"

韩魏生。万斯同生。

明思宗崇祯十七年　清世祖顺治元年甲申（1644）　十三岁

三月，李自成攻陷北京，崇祯帝自缢于万寿山。

作《远山净赋》。

《健松斋集》卷九《远山净赋》末自记："此余十余时社课也，久失其稿，儿辈偶于残帙检得之。徐、庾小体，真惭学步未能也。"

秦瀛《己未词科录》卷三："十三，作《远山净赋》。"

孙在丰生。

清世祖顺治二年　南明弘光元年　南明隆武元年乙酉（1645）　十四岁

入县学为诸生。

《健松斋续集》卷二《七十自叙》："十四为诸生。"

洪昇生。高士奇生。

清世祖顺治三年　南明隆武二年　鲁监国元年丙戌（1646）　十五岁

父携家避乱衢、婺间。

《健松斋集》卷十四《先母吴孺人行述》："丙戌，先府君携家避乱衢、婺间。"

九月初五，祖父逢年卒，年六十二。

《遂安方氏族谱》卷二《世系考》："逢年……顺治丙戌年九月初五日未时卒，享年六十二。"

潘耒生。林麟焻生。

清世祖顺治四年　鲁监国二年　南明永历元年丁亥（1647）　十六岁

是年前后，随父侨居东亭村。

《健松斋续集》卷一《松溪周氏族谱序》："丁亥、戊子间，余从先君子侨居东亭村。"

冯溥中进士。宋琬中进士。

姚际恒生。姜实节生。吴仪一生。

清世祖顺治六年　鲁监国四年　南明永历三年己丑（1649）　十八岁

娶妻吴氏。

《健松斋集》卷十四《亡室吴孺人行述》："年十八，归余。……孺人生壬申年五月二十四日午时。"

施闰章中进士。姜图南中进士。汤斌中进士。

清世祖顺治八年　鲁监国六年　永历五年辛卯（1651）　二十岁

从叔方犹中举。

光绪《严州府志》卷之十七："（顺治八年辛卯科）方犹，遂安人，壬辰进士。"

仲兄象璜中顺天乡试。

《健松斋集》卷十四《伯父岁贡公行述》："辛卯，仲兄象璜中顺天乡试。"

清世祖顺治九年　鲁监国七年　永历六年壬辰（1652）　二十一岁

从叔方犹中进士。

雍正《浙江通志》卷一百四十二："（顺治九年壬辰科）方犹，遂安人，国史院侍讲。"

与黄凝喜、毛际可读书语石山精舍。

《健松斋集》卷一《梅峰课业序》："忆辛卯、壬辰间，与诸同学读书语石山,极一时人文之盛。"

毛际可《会侯先生文钞》卷十六乙卯《方若韩制艺题词》:"忆岁在壬辰,余与同学诸子集于语石精舍者十有二人,赏奇析义,颇称一时人文之盛。"

《健松斋集》卷二十二《四游诗》前毛际可序:"余之定交方子渭仁也,自壬辰春仲始,犹忆同学十有二人,以制举艺集于语石。"

是年,始学为词。

《健松斋集》卷三《诸虎男茗柯词序》:"忆余壬辰、癸巳间,雅尚诗余,每当鸟语花明时,辄题小令数阕,家仲氏倚而和之。"

清世祖顺治十年 监国八年 永历七年癸巳(1653) 二十二岁

冬,与程只婴定交。

《健松斋续集》卷三《程只婴画像记》:"予与只婴定交在癸巳冬。"

冬十二月十六日,母吴氏卒,年四十三。

《健松斋集》卷十四《先母吴孺人行述》:"先母姓吴氏……癸巳冬……十二月,疾甚,亟归。……十月六日,卒,享年四十三。"

刘廷玑生。

清世祖顺治十一年 永历八年甲午(1654) 二十三岁

长兄象琮举明经。

《健松斋集》卷十四《伯父岁贡公行述》:"甲午,长兄象琮举明经。"

长兄象琮《沚园偶吟》刻成,先生《秋琴阁诗》刻成。

《健松斋集》卷三《仲兄雪岷莲漪吟草序》:"甲午,长兄刻《沚园偶吟》。余亦谬为《秋琴》之举。"

骆复旦为《秋琴阁诗》作序。

《健松斋集》卷十七《秋琴阁诗》骆复旦序曰:"神情简远,灵心隽气回映于楮墨之间,是方子渭仁之诗也。顾方子年才终、贾,何遽超司若是？……东瓯骆复旦撰。"

沈季友生。

清世祖顺治十二年　南明永历九年乙未（1655）　二十四岁

春，大兄象琮入京廷试，作诗送之，兼怀从叔方犹。

《健松斋集》卷十七《送大兄入都兼怀家侍讲叔》。

旱蝗相继，盗贼蜂起开、常，延及淳、遂，逾年始平。作《悯寇》诗。

《健松斋集》卷十七《悯寇》题下注曰："甲午、乙未间，旱蝗相继，盗始开、常，延及淳、遂，逾年始平。"

十一月初五，长子引禩生。

《遂安方氏族谱》卷三："引禩，象瑛长子……顺治乙未年十一月初五日巳时生。"

王士禛中进士。汪琬中进士。秦松龄中进士。

清世祖顺治十三年　南明永历十年丙申（1656）　二十五岁

十一月初二日，姨母吴氏卒，年三十八。

《健松斋续集》卷八《文学瑞若姜公偕配吴孺人合葬墓志铭》："……配淳安吴孺人，先外王父刑部主政讳觐光次女，余从母也。……卒顺治丙申十一月初二日，年三十八。"

汤右曾生。

清世祖顺治十四年　永历十一年丁酉（1657）　二十六岁

秋，应浙江乡试，报罢。

《健松斋集》卷十四《亡室吴孺人行述》："余丁酉、庚子两罢秋闱。"

秋，从叔方犹典江南乡试。

法式善《清秘述闻》卷一："（顺治十四年丁酉科乡试）江南考官侍讲方犹，字壮其，浙江遂安人，壬辰进士。"

十月，顺天乡试科场弊案发。

十一月，江南乡试科场弊案发，从叔方犹涉案被系。

《清世祖实录》卷一一三：顺治十四年十一月"癸亥，工科给事中阴应节参奏：江南主考方猷（猷、犹同）等弊窦多端，榜发后，士子忿其不公，哭文庙，殴帘官，物议沸腾。其彰著者，如取中之方章钺，系少詹事方拱干第五子，悬成、亨咸、膏茂之弟，与犹联宗有素，乃乘机滋弊，冒滥贤书，请皇上立赐提究严讯，以正国宪，重大典。得旨：据奏，南闱情弊多端，物议沸腾。方犹等经朕面谕，尚敢如此，殊属可恶。方猷、钱开宗并同考试官，俱着革职，并中式举人方章钺，刑部差员役速拿来京，严行详审。"

按，夏承焘《顾贞观寄吴汉槎金缕曲词征事》："江南闱案发于顺治十四年丁酉之十一月，后顺天闱一月。给事中阴应节参江南主考方猷等与取中举人方章钺为桐城同族，乘机滋弊。"①

十二月，河南乡试科场弊案发。

清世祖顺治十五年　南明永历十二年戊戌（1658）　二十七岁

春，仲兄象璜下第，留京师省侍从叔方犹。

《健松斋续集》卷七《仲兄合肥公行状》："再赴南宫，不利，时从叔侍讲公以南闱事逮系。公下第，遂留京师，晨夕省视。"

十二月初三日，从叔方犹卒于狱。

《遂安方氏族谱》卷八《艺文考·月江公偕章宜人墓志》："公生崇祯癸酉年正月十四日戌时，卒顺治戊戌年十二月初三日。"

清世祖顺治十六年　南明永历十三年己亥（1659）　二十八岁

从叔母章氏卒，为作传。

《健松斋集》卷十三《章宜人传》："宜人姓章氏，先九叔侍讲公犹元配也。……戊戌冬，凶问至，宜人恸哭。……宜人死焉，时己亥正月望

---

① 《夏承焘集》第 2 册，浙江古籍出版社，1997，第 209 页。

日也。"

仲兄象璜中进士。

雍正《浙江通志》卷一百四十二:"(顺治十六年己亥科徐元文榜,是年再行会试)方象璜,遂安人,荆州推官。"

吴陈琰生。

清世祖顺治十七年　南明永历十四年庚子（1660）　二十九岁

秋,业师余养质卒,为文祭之。

《健松斋集》卷十五《祭先师长子令余公文》:"顺治十有七年秋七月癸酉,先师山西潞安府长子县知县屺洪余先生卒于寝,受业诸生各为位北向哭。八月丁未,祭告先生之灵。"

夏,外祖父吴觐光病,与表弟姜腾上同问疾。

《健松斋续集》卷八《前刑部福建司主事外王父耿斋吴公墓志铭》:"庚子夏,公病且革,象璜偕外弟姜生奋渭同问疾。"

乡试复报罢。

《健松斋集》卷十五《亡友姜仲君诔》:"忆庚子科试,凡稍能文者皆前列,余与君独不录,怏怏西归。"《健松斋集》卷十四《亡室吴孺人行述》:"余丁酉、庚子两罢秋闱。"

六月十一日,外祖父吴觐光卒,享年七十四。

《健松斋续集》卷八《前刑部福建司主事外王父耿斋吴公墓志铭》:"公生万历丁亥年九月二十三日,卒顺治庚子年六月十一日,享年七十四。"

清圣祖康熙元年　南明永历十六年壬寅（1662）　三十一岁

九月初七,仲子引禩生。

《健松斋集》卷十四《亡仲子行述》:"儿生壬寅九月初七日。"

冯协一生。

清圣祖康熙二年癸卯（1663） 三十二岁

秋，仲兄象璜授荆州推官，作诗送之。

《健松斋集》卷十七《送家二兄司李荆州》。

按，《健松斋续集》卷七《仲兄合肥公行状》："公讳象璜，字玉双，号雪岷。先伯父岁贡公仲子。……癸卯，授荆州推官。"光绪《荆州府志》卷三十四："（推官）方象璜，浙江进士，康熙三年任。"两书所述不一，"癸卯"即康熙二年，盖康熙二年授官，三年莅任。

秋，应试杭州，中举。主考官编修李仪古、李鹏鸣。

雍正《浙江通志》卷一百四十三："（康熙二年癸卯科）方象瑛，严州人，丁未进士。"

法式善《清秘述闻》卷一："（康熙二年癸卯科乡试）浙江考官侍读学士李仪古，字淑服，直隶任丘人，己丑进士。吏科给事中李鹏鸣，字约庵，陕西富平人，乙酉举人。"

初冬，计偕赴京。

《健松斋集》卷十一《上曹秋岳先生书》："癸卯，游京师。"

过吴，访族兄方惟学。

《健松斋集》卷五《寿族兄惟学序》："癸卯夏，先君暨家助教叔复过吴，与翁叙谱谊至悉。予固心仪久矣！是冬，计偕北上，乃访翁阊门。"

客扬州旅店，时将赴邺访毛际可。

《健松斋集》卷二十二《维扬旅店坐雨时将赴邺访毛会侯司李》。

成《邺游草》，毛际可为之叹绝。

《健松斋集》卷二十二《四游诗》前毛际可序："后十余年癸卯，余滥竽邺李，而渭仁以计偕过邺，出途次所为诗。与其大阮稚稷挑灯并读，为之掩卷叹绝，是即篇首《邺游草》也。"

清圣祖康熙三年甲辰（1664）　三十三岁

春，会试落第，骆复旦作诗慰之。

《健松斋集》卷二十二《被放南归骆叔夜投诗见赠》。

春，仲兄象璜署枝江县事。

《健松斋续集》卷七《仲兄合肥公行状》："甲辰春，署枝江县事。"

王勖携樽过饮。

《健松斋集》卷二十二《王灌亭太史携樽过饮》。

南旋，成《燕游草》。

《健松斋集》卷二十二《四游诗》前毛际可序："及渭仁射策金门，不遇。泛舟南归，道经汶泗、江淮之境，吟咏间作。游不止于燕而燕者，公车之所从事也，故自次其诗为《燕游草》。"

五月初五，抵富阳。

《健松斋集》卷二十二《五日富阳舟中小醉》。

闰六月二十六日，三子引祎生。

《遂安方氏族谱》卷三："引祎，象璜第三子……康熙甲辰年闰六月廿六日子时生。"

秋，与毛际可订山阴之游，际可以它事后期。

《健松斋集》卷二十二《四游诗》前毛际可序："其后复与余订山阴道上游，余以它事后期。"

按，毛际可本年丁继母忧归里，毛际可《安序堂文钞》卷十四《重建宗祠碑》："甲辰夏，际可自邺理告归。"

九月，跋从叔方犹《杜诗选》。

《健松斋集》卷十二《书侍讲叔杜诗选》："此先九叔侍讲公选本也，自题曰卷首云：'丙申秋日于长安购得，常夜读之。'按，是时侍讲已变理学为参禅，自称月道人，视万有皆空，顾独好工部诗。吾知其必有合也。……余与侍讲同堂共笔砚，侍讲少余一岁，自辛卯至戊戌八年中，荣枯祸福，宛然邯郸一梦。余哀其志之勤而负才早殒也。因为录出，并载原评以志遗迹。若余间读有得，亦附数言，学识疏浅，不敢谓善读杜也。录成于甲辰九月，时在山阴道上云。"

归次钱唐，毛际可以诗见柬，先生和韵答之。

《健松斋集》卷二十二《归次钱唐会侯以诗见柬却和原韵》。

十二月十八日，仲媳毛孟生。

《健松斋续集》卷七《仲妇毛氏殉烈述》："仲妇生于康熙甲辰十二月十八日。"

遍历越中诸胜，成《越游草》。

《健松斋集》卷二十二《四游诗》前毛际可序："而渭仁遍历诸胜以归，眉宇间若有矜色，探其箧，果得《越游》一册。"

李孚青生。

清圣祖康熙四年乙巳（1665）　三十四岁

患痘疹，岳父吴达观过寓视疾。

《健松斋集》卷一《吴仲朗先生医验遗书序》："乙巳，过予，视痘疹。"

秋，赴荆州省仲兄象璜。

《健松斋集》卷七《使蜀日记》："江陵名胜，皆余旧游。留理署三月，乙巳秋冬也。"

中秋，次鄱阳湖。

《健松斋集》卷二十二《中秋鄱湖对月》。

清圣祖康熙五年丙午（1666）　三十五岁

春，客仲兄荆州署，与程只婴聚谈甚欢。

《健松斋续集》卷三《程只婴画像记》："丙午，先仲兄李荆州，延之西席。予留署中匝月，相聚极欢。"

遍游楚中诸胜，成《郢游草》。

《健松斋集》卷二十二《四游诗》前毛际可序："渭仁又谒其仲兄雪

岷于荆署，凡彭蠡之雄，匡庐之秀，与夫赤壁、黄鹤之幽奇钜丽，一皆以诗发之，而以《郢游草》终焉。"

王氏以神痘之术游遂安，作《神痘说》。

《健松斋集》卷十六《神痘说》："康熙丙午，丰城王翁以其术游吾遂，人始闻而疑之，继而信之，久乃大服。……于是邑人皆便神痘。余既哀痘症杀人最惨，而又叹时医昧乎施治之道，使皆得是术而济之，岂复忧夭札哉？故乐广其说，以告世之保赤子者。"

冬，再以计偕赴京，遇张坛于京师。

《健松斋集》卷三《琴楼合稿序》："丙午冬，见步青于燕邸，握手欢甚。"

外祖父吴觐光葬梓桐原之西湖岭。

《健松斋续集》卷八《前刑部福建司主事外王父耿斋吴公墓志铭》："丙午，公葬梓桐原之西湖岭"。

清圣祖康熙六年丁未（1667） 三十六岁

春，会试中式。正考官户部尚书王弘祚、兵部尚书梁清标。副考官吏部侍郎冯溥、秘书院学士刘芳躅。

《健松斋续集》卷二《七十自叙》："三十六成进士。"

法式善《清秘述闻》卷二《乡会考官类》二："（康熙六年丁未科会试）考官户部尚书王弘祚，字玉铭，云南永昌人，庚午举人。兵部尚书梁清标，字玉立，直隶正定人，癸未进士。吏部侍郎冯溥，字孔博，山东益都人，丁亥进士。秘书院学士刘芳躅，字增美，顺天宛平人，乙未进士。"

中进士后，于午门谢恩、对策太和殿、太和殿赐第、与恩荣宴，俱有应制诗。《健松斋集》卷二十二《随主司午门谢恩应制》《太和殿对策应制》《太和殿赐第》《恩荣宴应制》。

与陈玉璪同举进士，见于礼部。

《健松斋集》卷二《学文堂文集序》："丁未之役，与椒峰同举进士，始一见于礼部。"

七月二十六日，岳父吴达观卒，年六十一。

《健松斋续集》卷八《敕赠奉政大夫河南汝州知州前府学增广生仲朗吴公偕配方宜人合葬墓志铭》："丁未夏，赠奉政大夫仲朗吴公卒于寝。……公姓吴氏，讳达观，字仲朗，外王父刑部主事讳觐光仲子也，与先妣同出汉川方孺人。"

推官裁，仲兄象璜候补。

《健松斋续集》卷七《仲兄合肥公行状》："丁未，裁缺候补。"

需次南归，道经吴门，访蔡方炳。

《健松斋续集》卷二《蔡九霞息关六述序》："丁未，南归，访蔡君九霞于吴门。"

归里，告亡母灵。

《健松斋集》卷十五《丁未告先母吴孺人文》："呜呼我母，不孝何不幸，不获永我母于百年也，然不孝复何幸，犹得藉一第之荣告我母于今日也。……我母享春秋才四十三年耳。……十五年来，何敢一日忘此言哉？今举孙，且三人矣。……今年春，赖我母之灵，两试春官，叨登一第，榜发之日，拊心增恸，倘我母而在，母复何恨？不孝亦何恨？然而已矣！"

清圣祖康熙七年戊申（1668） 三十七岁

仲兄象璜补合肥县知县。

《健松斋续集》卷七《仲兄合肥公行状》："戊申，补合肥知县。"

三叔祖迓年卒，年五十七。

《健松斋续集》卷八《叔祖年九府君偕配徐太安人合葬墓志铭》："公讳迓年，字书衡。……卒康熙戊申年三月廿八日戌时，享年五十有七。"

《遂安方氏族谱》卷二《世系考》："迓年……万历壬子年五月初一日寅时生，康熙戊申年三月廿八日戌时卒，年五十七。"

清圣祖康熙九年庚戌（1670） 三十九岁

四月，之建州。

《健松斋续集》卷五《道山僧异木武夸诗题辞》："往庚戌夏，余有事建州。"

《健松斋集》卷十四《先府君行述》："庚戌四月，不孝入闽。"

六月，伯父成都病。八月，卒，年六十六。

《健松斋集》卷十四《先府君行述》："六月，伯父病。……八月，卒，年六十六。"

在闽，识林云铭。

林云铭《挹奎楼选稿》卷三《健松斋全集序》（丙寅）："记余曩岁客富沙，方子渭仁游闽，过访，时已识其为人。"

父卒，年五十九。

《健松斋集》卷十四《亡室吴孺人行述》："庚戌夏，先府君寝疾，余适阻建宁。"

闻父卒信，自闽奔丧归里，作《祭先考府君文》。

《健松斋集》卷十五《祭先考府君文》："恸哉，吾父之逝也。不孝少失所恃，痛心惨骨十八年矣！稍堪自慰者，我父幸康健耳。岂意今日亦长往哉！……建宁之役，父所命也，拜书省候，知起居故亡恙。……讵意病未浃旬，奄弃诸孤。三月睽违，遂结无穷之永憾。千里奔驰，兼程匍匐。未尽养生之义，复乖送死之经。……溯音容其已杳，奉色笑以无从，诚不禁涕之零而辞之乱也，呜呼悲哉！"

清圣祖康熙十年辛亥（1671） 四十岁

正月，祖母毛氏卒，年九十。

《遂安方氏族谱》卷二《世系考》："逢年……配义门毛氏……康熙辛亥年正月十四日卯时卒，享年九十。"

为岳父吴达观《医验遗书》作序。

《健松斋集》卷一《吴仲朗先生医验遗书序》："医者意也。……内父吴仲朗先生世胄文行，藉藉庠序，间□业医者。……先生初未尝著书，乙巳，遇予视痘疹，劝其立说垂世，始汇集生平治验，冠以论辨，甫及半而殁。才十八篇，而神明变化之用，大略可推。"

七月十九日，二叔祖蘧年卒，年七十二。

《遂安方氏族谱》卷二《世系考》："蘧年……万历庚子年六月十六日申时生，康熙辛亥年七月十九日巳时卒，享年七十二。"

重九日，四十初度，兄绘图祝寿。

《健松斋集》卷十八庚申《是夕亲友携尊过饮志感》诗中注曰："辛亥初度，家兄绘图见贻。"

清圣祖康熙十一年壬子（1672） 四十一岁

遂安重修六星亭、潮音阁，作文记之。

《健松斋集》卷六《重修六星亭潮音阁记》："松山之巅，上为六星亭，傍为潮音阁，登临之胜地，人文之灵薮也。……万历中，罗浮韩侯揽胜兹山，谓宜亭而阁也，于是捐俸创亭，会其时有当罪者，俾出镪助成焉。潮音阁则大士示现邑人士构台而奉之者也。……康熙辛亥夏，邑大旱。……择所议便民者举行，其不便者勒石永禁，蠹恶辈则惩饬之，使修六星亭、潮音阁以自赎。闻者快焉。时邑令刘公初莅任，公以其事属之，择老成廉干者董其役……阅岁而告成。父老子弟属余记其实。"

与仲兄象璜等纂修《遂安县志》。

《健松斋集》卷一《重修遂安县志序》："皇上御极之十有一年，召大学士曲沃卫公于田间，诏陈六事，其一请命天下郡国各修志乘，宣付史馆，汇成通志。……遂安僻处山陬，属当修志。郡侯梁公、邑大夫刘公思任事之难其人也，以命家仲兄象璜暨不肖象瑛。"

清圣祖康熙十二年癸丑（1673）　四十二岁

三月，《遂安县志》成稿。

《健松斋集》卷一《重修遂安县志序》："稿具于癸丑三月。"

遂安教谕邵琳擢山西洪洞县知县，作文送之。

《健松斋集》卷四《送邵学博擢洪洞令序》："姚江邵先生署遂谕五载，擢山西洪洞令。闻命之日，诸生相庆于泽宫，谓进师而令，且值先生寿也。……先生行矣，书此赠之，并以为寿。"

民国《洪洞县志》卷六："邵琳，浙江余姚县举人，康熙十二年任。"

有书寄同年储方庆。

储方庆《储遯庵文集》卷十一癸丑《喜得同年方霞庄书》。

清圣祖康熙十三年甲寅（1674）　四十三岁

二月初九日，长孙锡纶生。

《遂安方氏族谱》卷二《世系考》："锡纶，引禩长子。……康熙甲寅年二月初九日亥时生。"

三月，耿精忠据福建反清，遣兵攻掠浙江、江西，江南震动。

四月，《遂安县志》刻成，为作序。

《健松斋集》卷一《重修遂安县志序》："是役也，明经余君主文武《杂志》，姜氏叔侄主《营建》，《艺文》则诸文学任之。《方舆》《食货》则兄象璜任之，而《职官》《仕进》考据最难，维家太学叔搜辑廿载，故得事半而功倍焉。象瑛幸承盛举，宁敢轻议古今，惟是诸君子命《人物》一志与夫诸志润色之任，概不获辞。稿具于癸丑三月，刻成于甲寅四月。"

岳父吴达观卒且八年，作《内父吴赠公像赞》。

《健松斋集》卷十六《内父吴赠公像赞》。

七月，仲兄象璜五十初度，作文祝寿。

《健松斋集》卷五《寿仲兄五十序》："吾兄以甲寅七月登五裘，适八闽告变……维时同堂兄弟各散失不暇顾。余与毛子会侯变姓名，奔驰淳、歙间，兄独以幼子病，仓皇走燕源山。旬有二日，则兄诞辰，踯躅穷冈，荆榛露宿，腹不得果，盖患难于兹极矣！"

秋，避乱入杭，侨居庆春门。

王嗣槐《桂山堂诗文选》卷二《送毛会侯北上补官序》："岁甲寅，毛子会侯避寇乱，侨居省城之庆春门，去余北郭草堂十里许。"

有书寄毛先舒。

《健松斋集》卷十一《与毛稚黄书》："闻足下名二十年，嗣从会侯处读《潠书》……今避乱西湖，翻因患难而获周旋于足下，斯不幸中大幸也。"

与毛先舒定交。

《健松斋集》卷二《毛稚黄十二种书序》："余自避乱居武林，始得与毛子定交。"

与王晫定交。

《健松斋续集》卷一王晫题辞曰："太史自甲寅避兵居会城，始与予定交。"

冬，与毛际可过毛先舒。别后，互有书往还。

毛先舒《思古堂集》卷二《与遂安方渭仁书》："昨蒙与会侯联镳而过，草率供具，殊愧主人。……言念杭睦，一水萦之，而闻声相思，遥不得面。今足下以乱驱北徙，遂得款曲，大慰瘸瘵，仆之幸哉！"

《健松斋集》卷十一《再与毛稚黄书》："前于《鸾情集》，读足下拟汉卿骋怀之作，甚佳。……避乱移家，流离至此，既获良朋，兼与雅集，人生乐事，何以过之！"

冬，吴农祥招饮，喜遇徐林鸿等。

《健松斋集》卷二十三《携家武林吴庆伯留饮喜值徐大文诸子》。

将《邺游》《燕游》《越游》合刻，颜曰《四游诗》，毛际可、陆进、徐汾为作序。

《健松斋集》卷二十二《四游诗》前毛际可序："渭仁又谒其仲兄雪

岷于荆署，凡彭蠡之雄，匡庐之秀，与夫赤壁、黄鹤之幽奇钜丽，一皆以诗发之，而以《鄂游草》终焉。集成，颜曰《四游》，乃问序于余。"

按，《健松斋集》卷二十二《四游诗》前另有陆进、徐汾二人序，盖作于此际。

清圣祖康熙十四年乙卯（1675） 四十四岁

元夜，与毛际可、张丹、张适、孙治饮杨与百教忠堂。

《健松斋集》卷二十三《大集教忠堂观灯分得十一真》、张丹《张秦亭诗集》卷九《元夜毛会侯方渭仁张我持孙宇台诸子饮杨与百教忠堂分得南字》。

元夜灯集，有诗酬同年卢琦。

《健松斋集》卷二十三《灯集酬卢西宁》。

徐汾纳姬，作诗贺之。

《健松斋集》卷二十三《徐武令纳姬诗和韵》。

毛先舒招饮，作诗志谢。

《健松斋集》卷二十三《毛稚黄招饮》。

春，访蒋鑪于祖山寺，因结识吴陈琰。

《健松斋续集》卷二《吴宝崖集序》："乙卯春，予访蒋子驭鹿于祖山寺，因识吴君宝崖。"

《健松斋集》卷十八《展台诗钞上》卷首吴陈琰序："乙卯春，余识遂安方渭仁先生于会城。"

与牛奂、毛际可、诸匡鼎半山看桃花。

陆进《巢青阁集》卷四《偕牛潜子司马方渭仁毛会侯诸虎男半山看桃花》。

四月七日，与毛先舒、李式玉、徐汾、徐邺、诸匡鼎、陆进、毛次瀛等宴集思古堂，分韵赋诗，作《思古堂雅集记》。

《健松斋集》卷二十三《思古堂雅集分韵》、陆进《巢青阁集》卷六《偕睦州方渭仁毛会侯同里李东琪徐武令诸虎男饮毛稚黄思古堂》、毛际可《浣雪词钞》卷上《绮罗香·思古堂雅集》。

《健松斋集》卷六《思古堂雅集记》:"余自甲寅秋偕毛会侯避地西陵,播迁之余,惟诗文朋友稍慰晨夕。明年四月七日,毛子稚黄、李子东琪、徐武令、华征兄弟,诸子虎男、稚黄从子次瀛招集思古之堂。思古堂者,稚黄著书处也。余与会侯将赴之,出门,值陆子葰思,遂挟以俱。……稚黄属余纪其事。"

有书寄俍亭禅师(徐继恩)。

《健松斋集》卷十一《与俍亭大师书》:"少从先大父避地西陵……癸卯,再至西陵,则超然远引,且三载矣。……客秋,敝乡变乱,携家会城,与诸郎君握手问劳,得读曹洞撰述,始知大师近驻云门。"

有书寄曹溶,曹溶时拟为祖父逢年立传。

《健松斋集》卷十一《上曹秋岳先生书》:"昨秋,移家会城。……乃三柱车驾,不辞风雨。……报谒之顷,辱询先大父行实,拟为立传。"

有书寄梁允植,乞为《健松斋集》作序。

《健松斋集》卷十一《与梁钱塘书》:"客冬,得睹丰采,数柱车骑,高厚逾涯。读撰著诗文,藻思络绎。……前辱足下垂问,不复自匿,谨录旧稿并近著若干首,倘不至取讥当世,锡以弁言资之毛羽。"

仲夏,梁允植为十六卷本《健松斋集》作序。

《健松斋集》卷首梁允植序曰:"丁未之役,家司徒公之典礼闱也,所得百五十人,皆瑰奇雄博之士。……方子渭仁其一也。第百五十人中,或浮沉金马,或出膺民社,鞅掌劬劳,而方子独以需次,里居几十年矣!近因避乱,自遂至杭,而余适理钱塘。方子溯渊源之谊,修孔李之好,与余相见欢甚。一日,手一编示余曰:'仆之受知于司徒公也,不专在帖括章句之末,唯是诗古文词,毕力殚志,穷年矻矻,期成一家言,以无负知遇。今且积而成帙,敢以质之于子?'……康熙乙卯仲夏,恒山梁允植。"

陈廷会招饮,别后互有书酬答。

《健松斋集》卷十一《答陈际叔书》:"昨承招饮,得读《爻间》诸集。……夜来承垂问,故缕及之,所谓可为知己道也。"

陈廷会为十六卷本《健松斋集》作序。

《健松斋集》卷首陈廷会序曰："方君渭仁与其友毛君会侯，年少壮，并以制策时艺举甲科，显名当世，当世多宗师之。……顷来武林，枉车骑下访，出其所著古文词数卷，属余点定。……顷，复手《秋琴》《四游》二草见示，余读而叹之，喜为唐音复出，然渭仁别有序，故不具论。……西陵陈廷会。"

王嗣槐为十六卷本《健松斋集》作序。

《健松斋集》卷首王嗣槐序曰："睦州方子渭仁，今士大夫之能立言者也。……丁未，成进士，归里门，日购遗书，闭户而读。因寇乱，与同里毛子会侯侨居会城南，以文章相劘切。……持所著《健松斋集》示余曰：'世有知定吾文者，是在吾子矣！'……钱唐王嗣槐。"此序亦载王嗣槐《桂山堂文选》卷一。

秋，同人集湖舫。

《健松斋集》卷二十三《秋集湖舫》。

为丁潆、顾有年《桥西草堂唱和诗》作序。

《健松斋集》卷二《桥西草堂唱和诗序》："余侨居钱唐，诸君子诗文赠答，极一时之盛，而所见性情之合，无若丁、顾二君者。二君负隽才，同生世胄而安淡泊。……即此《草堂》一集，江雨欲来，秋花满砌，联床促膝斗酒……然而素涵之诗静以愉，向中之诗婉而多感，何也？……余前过向中，留饮桥西草堂，招素涵，以疾未至，怅然者久之。今读二君诗，叹向犹未值素涵耳。"

同张右民、应拯谦、陈廷会、沈昀、陆垲、毛际可登吴山眺望。

《健松斋集》卷二十三《登吴山眺望同张用霖应嗣寅陈际叔沈甸华陆梯霞毛会侯》。

闰五月初五，同人集陆进巢青阁，分韵赋诗。

《健松斋集》卷二十三《闰五日同人大集陆苋思巢青阁分赋》。

为毛际可《邺谳存稿》作序。

《健松斋集》卷一《邺谳存稿序》："余友毛君会侯理彰德，以明允著称。督抚重其能，凡大疑狱，悉委之。……余公车过邺，读其谳狱诸牍，委曲详尽，而哀矜恻怛之意溢于楮墨间，所谓居其官能其职，盖无愧焉。……乃李邺甫二年，以内艰归矣。服阕，补祥河，又抵任，复裁缺矣。改令乐城，已非其志，而遭太翁之丧，里居，更数岁。嗟乎，此岂独君之不幸也哉？余与君少同学，第盱衡古今，辄以不负此心相期许。……惜诸牍毁于寇，存稿止数十篇。……而因使服是官者，惕然于官守之所重，以抑副朝廷置吏慎刑德意，则是牍之为功，又岂独两河已哉？"

为诸匡鼎《今文短篇》《茗柯词》作序。

《健松斋集》卷一《今文短篇序》："昔敖祭酒英选《古文短篇》，上下数千年，而登者不数百，高古隽永，艺苑宝焉。钱唐诸君虎男读是书，喟然叹兴，遂集近时名作，为《今文短篇》。方子读而快之，谓虎男之果善取长也。……虎男之为是选也，语约而体该，节短而味长，举类小而取义大。九州之广，千古之遥，忠孝节烈之奇，山川人物之胜，与夫文史经济，穷源溯流，莫不于尺幅见之。"

《健松斋集》卷三《诸虎男茗柯词序》："诸子虎男词名最久，诸公推挹。余尝出北郭访之，舟楫未便，怅然中返。禊日，虎男过余，出《茗柯词》相示。……迩年车马劳劳，无复草堂笔墨。虎男顾向余索序。"

为徐汾《间乘》《碎琴词》作序。

《健松斋集》卷一《闻乘序》："余友徐君武令家贫，喜著书，所撰述十种，析经、史、词、赋之源流，极事物见闻之细故，亦綦博矣！《间乘》一编，则有明三百年汇所闻而笔之者也。其体仿《世说新语》，其事本国史、家传，与夫稗官、野史，为卷二，为目三十有二。余读而善之。"

《健松斋集》卷三《徐武令碎琴词序》："余尝次武令百和诗。……一日，过武令，出《碎琴词》示余，其音凄切，使人不忍竟读，始信余言不谬，而武令之信有情也。……今试取其词读之，或触境以兴怀，或缘物而托意，不必皆出于悼亡，而一往情深。"

为孙治文集作序。

《健松斋集》卷二《孙宇台文集序》:"吾友孙子宇台,以文名海内者数十年。其文无所不有,而得于秦汉最深。……余学识浅陋,未敢窥古人堂奥,然生平所嗜,颇尚雅健,绝不喜拖沓之习,故于孙子文有深契焉!"

初夏,与王嗣槐、王晫、陆进、吴仪一、牛奂、蒋鑨等燕集斐园,作《斐园燕集序》。

《健松斋集》卷一《斐园燕集序》:"余既作《思古堂雅集记》,叹良会不可再。乃相隔旬日,又有斐园之游。赏心乐事,半月中两遇之。顾为乐有同有不同。思古之会,稚黄诸子招饮也。斐园之召,则仲昭、丹麓、苍思、璪符诸子也。诸君皆西陵之秀,余得通识而定交焉。樽酒相邀,不问宾主,其人同也。论辩诗文,盱衡今古,虽促膝雄谈,言不伤虐,其情同也。赴思古时,值苍思偕往,顷发三桥,复遇武令,遂拉之舟行,相顾而笑。……思古门巷萧寂,以静胜。斐园泉石亭台,松栝竹木,以遥旷胜。……集思古者九人,略具杭睦之盛。兹游则十有六人,而邺中牛明府由富春停车湖墅,蒋子驭鹿来自晋陵,千里萍踪,旷然而合。……诸君各分体,赋成,属余序。"

王嗣槐《桂山堂诗选》卷十二《初夏与潜庵驭鹿渭仁会侯诸子斐园赋饮》、王晫《霞举堂集·松溪漫兴》卷七《斐园燕集》均作于此际。

王晫隐居松溪,自号松溪子,先生与之游,为文赠之。

《健松斋集》卷一《松溪子序》:"松溪子,非有意拟子也,沈深于理道之微,阅历于身世事物之故,意在振起聋聩,忽不禁而笔之为书,人以为子。……盖尝观松溪子之为人矣,著述名海内,而非圣之言不陈;交游尽天下名流,而未尝向俗客一通姓字。才高复不诡于学,宜其言约而旨该、理精而义显也。拟子者,尽如松溪,岂有离经畔道之虑哉?松溪子王姓,名晫,号丹麓,为仁和诸生,以病弃去,隐松溪,称松溪子云。"

为陆寅诗作序。

《健松斋集》卷三《陆冠周诗序》:"西队阀阅之盛,首推陆氏。余自与紫跃、左城同补弟子员，榜发，为乱所驱，未得谋面。即知有景宣、鲲庭两先生，然未识其人也。……去冬，携家武林，大行殉节已久，景宣先生亦超然物外，梯霞过余寓，两报谒，皆不值。左城远客武昌，拒石复避地河渚，每念闻声数十年皆不得为数晨夕，可叹也。春初，过徐子武令，如得识冠周。冠周则景宣令嗣，而鲲庭诸公犹子也。世其家学，文名藉藉吴越间，所著诗钞，根柢汉魏，变化三唐。其高远古秀在笔墨之外，较之云间家学，似为胜之。余尝叹阀阅之家，非徒门第相高也。……余喜冠周之才克世其家，而又慨景宣诸先生终身不得一见，梯霞、左城辽远不可亲也。见冠周即如见诸先生焉。"

为俞佩《玉蕤词钞》作序。

《健松斋集》卷三《俞季瑮玉蕤词钞序》："余侨居武林，一时名流皆得握手论交，欢然如故旧。……王子曰：'君寓左陈际叔先生，西陵耆宿也。俞季瑮兄弟年少工诗文，君出郭求友，顾近而失之邪？'余闻之瞿然，于是造其庐定交焉。陈先生又远馆柴氏，惟季瑮得时时过从。季瑮家贫，善读书，与史璜伯齐名，诗古文辞皆能超出侪辈，所著《玉蕤词》，风期秀上，兼苏、辛、周、柳之长。"

秋，侄方韩中举，为其制义作序。

《健松斋集》卷三《若韩侄制义序》："若韩承家世之贻，早岁以颖敏称，为文高迈有奇气，一时推服。……若韩顾精心学业，与里中少俊论文语石之山。……今秋，举贤书，主司重其才，奖借特至。……今试取其文观之，灵奇超忽，如天马驰骤，不可羁捉。……余喜若韩之才克亢，吾宗行且大用于天下，故序其稿而乐告之，若韩勉乎哉！"

雍正《浙江通志》卷一百四十三："（康熙十四年乙卯科）方韩，遂安人，丙辰进士。"

洪昇为健松斋题诗。

洪昇《稗畦集·题健松斋为方渭仁进士作》。

按，章培恒《洪昇年谱》"康熙十四年"条："与毛际可、方象瑛游处。"

初秋，同人复集毛先舒思古堂，作诗遥和。

《健松斋集》卷二十三《遥和初秋集稚黄思古堂作》。

有诗和丁漤雅集韵。

《健松斋集》卷二十三《和丁素涵雅集韵》。

八月十六日，与方炳饮王晫霞举堂。

《健松斋集》卷二十三《八月十六日苳思丹麓招集茂承堂分赋》诗中注曰："去秋是日，丹麓招集霞举堂，同人皆阻雨不至，余与家文虎畅饮留宿。"

将赴吴兴，宿王晫霞举堂。次日，舟中读王晫杂著十种，作诗寄之。

《健松斋集》卷二十三《将赴吴兴宿王丹麓霞举堂次日舟中读杂著十种却寄》、王晫《霞举堂集·松溪漫兴》卷六《薄暮方渭仁进士见过止宿草堂次日即适吴兴》。

渡湖，访龚云起。

《健松斋集》卷二十三《渡湖访龚仲震》。

句玹上人馈茶，作诗赠之，并为其诗稿作序。

《健松斋集》卷二十三《酬句公馈茶并读逸庵诗稿》。

按，毛际可《安序堂文钞》卷五《句玹上人语录序》："逸庵句公以其诗问序于方子渭仁，复集其语录属余序。"

游吴兴，有诗怀古。

《健松斋集》卷二十三《吴兴怀古》。

自苕水赴嘉兴，访胡渊。

《健松斋集》卷二十三《自苕水赴禾舟中作》。

《健松斋集》卷六《游鸳鸯湖记》："予至嘉兴，访新安胡生，生邀游福城寺，吊朱太守墓。"

为胡渊诗作序，盖在此际。

《健松斋集》卷二《胡匏更诗序》："闻匏更名近十年，今始识其人，澹静古朴，类学道者。其诗无所不有，而乐府为最。……余谫陋，未敢窥古人堂奥，然观世所为乐府，辄叹其索索无生气，故因匏更之诗一及焉。黄山、白岳，夙称灵薮，意必有振起风雅之士，匆更归，试以此质之。"

访梵林上人于苕帚庵。

《健松斋集》卷二十三《苕帚庵访梵林上人》。

十月三日，游嘉兴南湖，作《游鸳鸯湖记》。

《健松斋集》卷二十三《泛南湖》。

《健松斋集》卷六《游鸳鸯湖记》："携李城南数里曰鸳鸯湖，俗名南湖。广数十亩，澄波荡漾，舟楫往来，为游览胜地。……归次烟雨楼故址，三面临水，居然佳胜，惜已废圮，仅从断石间摩挲岁月而已。……是役也，南湖之秀，东西园之幽，真如浮图之高峻。残碑废址，亦得凭吊徘徊，寄其感慨于山木，差可无岁矣！呼酒持螯，尽欢而别。时康熙乙卯十月三日也。"

冬，内弟吴宏计偕赴都，作诗送之。

《健松斋集》卷二十三《送内弟吴孝廉北上》。

有书寄徐汾，论作赋之法。

《健松斋集》卷十一《与徐武令论赋书》："两承惠顾，雨雪载涂，促坐纵谈，竟忘寒冽。"

清圣祖康熙十五年丙辰（1676） 四十五岁

元月五日，王嗣槐招饮。

《健松斋集》卷二十三《雨中王仲昭招饮》（时初春五日）。

二月十七日，与陆进、牛奂、毛际可、诸匡鼎、陆曾禹赴皋亭山看桃花。

诸匡鼎《说诗堂集·橘苑文钞》卷五《皋亭看桃花记》："丙辰仲春十七日，陆荩思招同牛公潜子、方渭仁、毛会侯、令子汝谐及余皋亭观桃，由得胜桥登舟。"

诸匡鼎《说诗堂集·橘苑诗钞》卷六《陆荩思招同牛潜子方渭仁毛会侯暨令子汝谐皋亭山看桃花分得云字》。

春，与仲兄象璜、毛际可、丁溁赴偀亭禅师之约，探梅河渚，晚宿偀亭禅师，纵谈儒佛异同。

《健松斋集》卷二十三《河渚探梅酬偀公》。

《健松斋集》卷六《河渚探梅记》："武林梅花，旧称西溪，近时惟余家庄最盛。丙辰春日，予与毛子会侯、家兄雪岷赴云溪偀公之约。舟发松木场，历古荡，有山屹然，秦亭山也。……解缆抵云溪，偀公烹泉瀹茗，清冽沁人，所谓梅花泉也。……时丁子素涵方倚楼作《望江南词》，日暮，不能读，棹船而返。是夕，宿方丈，偀公纵谈五灯宗旨与儒佛异同，旁及古今人物、山川名胜。山雨忽来，竹窗谡谡，不知身之是客也。"

重游灵隐寺、飞来峰、皋亭、钱镠祠。

《健松斋集》卷二十三《重过灵隐寺》《飞来峰》《皋亭泛桃花》《钱武肃王祠》。

同毛际可、仲兄象璜过毛先舒。

《健松斋集》卷二十三《同会侯家雪岷兄过稚黄》。

孙治纳姬，与毛际可赋诗贺之。

诸匡鼎《说诗堂集·橘苑诗钞》卷十一《孙宇台先生纳姬方渭仁毛会侯赋诗称贺敬和原韵》。

夏，毛际可入都赴补，作诗送之。

《健松斋集》卷二十三《送毛会侯赴补》。

六月，梁允植招集湖舫。

《健松斋集》卷二十三《梁冶湄明府招集湖舫》。

陆堦卒，作诗哭之。

《健松斋集》卷二十三《哭陆左城》。

八月十六日，陆进、王晫招集茂承堂，分韵赋诗。

《健松斋集》卷二十三《八月十六日荩思丹麓招集茂承堂分赋》。

为蒋钁《浙游诗》题辞。

《健松斋集》卷十二《蒋驭鹿浙游诗题辞》："如吾驭鹿者，当顺治中，镇国公以东海之亲，开府奉天，礼聘天下名士，驭鹿自应其选。……

今年,来湖上,出其囊中诗,钜丽瑰奇,尽挟名山大川之气。顾以浙游诸诗先问世。"

为吴陈琰《剪霞词》作跋。

《健松斋集》卷十二《剪霞词跋》:"西陵词学之盛,吴君清来最年少,得词名最早。"

七月,为师梁清标《蕉林诗集》作序。

《健松斋集》卷二《大司农梁先生诗集序》:"象瑛下国竖儒,获游今大司农真定梁先生之门。先生文章在翰苑,德业在中台。……今年,侨居钱唐,先生从子允植适宰是邑,刻先生诗词若干卷。象瑛受而读之,辄叹先生之志无所不周,而特于诗寄之也。……而先生筹国余闲,时时赋诗以见志。……先生志在天下国家,而姑即诗以达其志,持之忠厚,发之和平,然则先生之诗,先生之志也。徒以诗论先生,又岂知先生者哉?"

按,梁清标《蕉林诗集》卷首载先生序,末曰:"康熙丙辰七月既望,遂安受业方象瑛拜撰。"

为陈廷会诗文集作序。

《健松斋集》卷二《陈际叔集序》:"陈子际叔,读书养气之士也。为人端严淳谨,有太丘遗风。为文纵横浩博,包罗万有。……余少时读'西陵十子'诗,心向往之,今得与陈子居接武,为予评点诗文,雅相推许。余虽深契陈子,亟思得其文而读之,然未敢请也。陈了不得不尽出平生著述属序。"

为毛先舒十二种书作序。

《健松斋集》卷二《毛稚黄十二种书序》:"钱唐毛子稚黄汇其所著书十二种,属余序。余合而观之,窃叹著书之难也。……毛子以诗文名天下四十余年,海内著述家盖无不知钱唐毛先生者。"

为王嗣槐合集作序。

《健松斋集》卷二《王仲昭合集序》:"吾友王子仲昭素以才藻名,所著骈体,一时传诵久矣!今余来钱唐,王子投以《桂山堂集》。豪迈纵横,不可一世。……王子诸集,一时名人序之颇详,今以合稿问世,顾属序于余。"

为梁允植《藤坞诗集》作序。

《健松斋集》卷二《梁冶湄诗序》:"真定梁君之宰钱唐也,世其家学,所著古文诗词,雄奇绮丽,各极所长。自服官以至报最,玺书奖擢,士民攀留。……余获游司农公之门,知君名已久。今来西陵,见其勤敏通练……然则君之诗之传,又岂时之所得而限哉?"

为江注跋《黄山图》,又为其《黄山诗》作序。

《健松斋集》卷十二《黄山图跋》:"予性耽游览十年来,耳目所经,触兴成咏,足迹所未至,又多蹉跎……阅江君此册,盖深我登临之慨矣!君诗画妙天下,胸次间原自有黄山,乃复含毫吮默,写三十六峰之胜。"

《健松斋集》卷二《黄山诗序》:"予既跋江君《黄山图》矣,君复出十余年来阅历黄山诗,属予序。"

夏,为顾有年诗作序。

《健松斋集》卷二《顾向中诗序》:"余序《桥西草堂唱和诗》,而知向中之婉而多感。……向中意气爽,所交者一时名士,新诗高迈不群,余尤喜其《秋兴》诸章,寄托高远,不独追步少陵,即以合乎小雅怨诽不怒之义,盖亦无愧。……向中刻其诗,属余序,因书此告之。"

按,《健松斋集》卷四《送顾九恒南归兼寿其尊堂翁太君序》:"丙辰夏,向中饮予复堂,余为序其诗而行之。"

为俍亭禅师《溪流文字》作序。

《健松斋集》卷三《俍亭禅师溪流文字序》:"俍大师在儒而儒名,在禅而禅悟。方其博综诸家,声驰海内,则《逸亭》十集,以禅心广儒术,不见其多,及夫振锡吴越,究极人天,则《溪流文字》以儒理发禅机。"

集顾有年复堂,分韵赋诗。

《健松斋集》卷二十三《集顾向中复堂分得十四盐》。

寻蒋镳于昭庆寺,不值。

《健松斋集》卷二十三《昭庆寺寻蒋驭鹿不值》。

吴山遇陈廷会、马轶沦，小饮。

《健松斋集》卷二十三《吴山遇陈际叔马鸣九小饮》。

秋，往吴江，访顾有孝。

《健松斋集》卷二十三《访顾茂伦》。

游虎丘。

《健松斋集》卷二十三《虎丘感旧》。

遇徐崧，作诗赠之。

《健松斋集》卷二十三《吴门遇徐松之》。

晤袁骏，为其《负母看花图》题诗。

《健松斋集》卷二十三《题袁重其负母看花图》。

宋实颖见过，作诗赠之。

《健松斋集》卷二十三《酬宋既庭见过》。

尤侗过访，读尤侗新制杂剧。

《健松斋集》卷二十三《尤悔庵过访并读新制清平调杂剧》。

将归杭州，蔡方炳留饮，即席言别。

《健松斋集》卷二十三《蔡九霞留饮即席言别》。

抵杭，闻入闽捷音。

《健松斋集》卷二十三《抵杭闻入闽捷音》。

为亡友张坛女槎云《琴溪合稿》作序。

《健松斋集》卷三《琴楼合稿序》："步青为余言家有三女，皆工诗，而长女槎云不师授，尤能自出己智。性至孝，结褵后，日依依念父母。余窃心异步青才士而复有才女，斯足奇也。不逾岁，而步青死。今来西陵，访槎云诗，而槎云又已死矣！……槎云诗近体高雅，截句秀逸，而孝思深笃，时见于篇章。"

成《萍留草》一卷，王晫为作序。

王晫《霞举堂集·南窗文略》卷二《萍留草序》："兹读方渭仁先生《萍留草》一集，皆避乱杭州时作也。"

《健松斋集》卷二十三《萍留草》卷首载此序，文同。

将归里，王嗣槐作诗送之。

王嗣槐《桂山堂诗选》卷十二《送方渭仁归里》。

有书答梵林上人。

《健松斋集》卷十一《答梵林上人书》："客秋，信宿禾城，得新法海，论诗泛酒，欣然适也。"

冬，抵里。

《健松斋集》卷二十三《喜归》。

除日，得侄方韩书，趣赴选。

《健松斋集》卷七《赴都日记》："余需次后期，丙辰除日，连得家侄若韩书，趣余赴选。"

清圣祖康熙十六年丁巳（1677） 四十六岁

二月，入都补官，过余国祯言别。

《健松斋集》卷十五《富顺知县劬庵余公墓志铭》："康熙丁巳，余来京师，过公为别。"

二月，次杭州，王嗣槐、陆进、王晫作诗文送行。

陆进《巢青阁集》卷五《送方渭仁舍人入都》、王嗣槐《桂山堂文选》卷二《送方渭仁入补中翰序》、王晫《霞举堂集·松溪漫兴》卷十《送方渭仁入中书省》。

汇西陵诸友送别诗为一册，王嗣槐为题辞。

王嗣槐《桂山堂文选》卷三《送方渭仁诗册题辞》："既而会侯之官大梁，武令去游蓟州，祖望客江东，稚黄病未起，野君、际叔、舒凫俱以授徒散处，掌天、遹声复游苕霅烟水间，而渭仁亦以寇平旋里。追忆昔游，未尝不怆然有感于怀也。今春，予与潜子牛公寓春江三月，荁思贻书云：'渭仁将赴阙谒选，行有日矣。'乃与牛公归，至吴山道院，剧谈竟日。时祖望从江东归，武令至自蓟州，遹声、掌天倦游而返，稚黄病起强步，而野君诸子皆以一日放遣生徒而来，各为诗歌文词，集荁思茂承堂，以志河梁之别，汇为一册，而绘图以赠之。"

三月，将赴京，有诗留别西陵诸子。

《健松斋集》卷十八《展台诗钞上》丁巳《和韵留别西陵诸子》。

北行舟中，为牛夋诗作序。

《健松斋集》卷二《牛潜庵诗序》："上党牛君潜庵，以富春令擢佐吴郡，未行，余始见之于斐园。……所为诗歌，变化古今，虽感慨中来，而缘物写意，绝无牢骚不平之鸣。盖自靖安再补富阳，两宰剧邑，可为烦矣！政简刑清，民以宁一。暇则杯酒临江，凭吊千古。……余避地西陵，获与君数晨夕。今君刻诗湖上，余适赴补入都，不能竟读。君贻书属序，舟中书此应之，并报仲昭诸子。"

四月下浣，至京，成《赴都日记》一卷。

《健松斋集》卷七《赴都日记》："顾期迫，拟二月十八日起行。……（四月）二十日越良乡，度芦沟桥，揽辔入都。……丁巳渭仁记。"

叶臣遇贻《天台山志》。

《健松斋集》卷十八《展台诗钞上》丁巳《叶修卜贻天台山志》。

秋，有诗寄怀西陵诸子。

《健松斋集》卷十八《展台诗钞上》丁巳《怀西陵诸子》。

秋，有书寄毛先舒，乞寄汪乔年传。

《健松斋集》卷十一《与毛会侯书》："仆自四月中入都，凡四寄书。……乃自五月迄今，秋又将尽矣。……春间，见所状汪总督逸事甚佳，记语意微有可商，今亦忘之矣，不审肯寄示否？"

秋，游长椿寺，登妙光阁。

《健松斋集》卷十八《展台诗钞上》丁巳《登长椿寺妙光阁》。

识汤右曾于长椿寺，握手欢甚。

《健松斋集》卷四《送汤西崖南归序》："今年，余入都，识西崖于长椿寺，握手欢甚。"

陈玉璂为十六卷本《健松斋集》作序。

陈玉璂《学文堂集·序五·方渭仁健松斋集序》曰："予与渭仁同举进士，越十年而同官京师，朝夕切劘。渭仁虚怀若谷，每成一义，必质于予, 间有商榷, 未尝不断断喜。……今渭仁传矣慎矣, 予鳃鳃为言者, 欲天下后世观《健松斋集》者, 并存予与渭仁之论以考之, 而渭仁之所以传者可知也。"

按, 此序亦载《健松斋集》卷首, 文同。

姜宸英为十六卷本《健松斋集》作序。

《健松斋集》卷首姜宸英序曰: "予去年抵都下, 卧病于逆旅主人。方进士渭仁辱投予诗文刻本各一卷, 予久闻方子才, 以病不能见, 就枕上取其诗文读之, 观其遗辞命意, 驰骋尽变, 一轨于法, 而不困于法, 与吾所尝闻于古人之言者, 无以异也。……今年, 方子过予, 缀其文若干篇属予论定。……慈溪姜宸英。"

秋, 同友赴报国寺看松, 登毗庐阁。

《健松斋集》卷十八《展台诗钞上》丁巳《同诸子报国寺看松遂登毗庐阁眺望》。

秋, 访顾永年长椿寺, 相见欢甚。

《健松斋集》卷四《送顾九恒南归兼寿其尊堂翁太君序》: "丁巳, 余谒选入都, 九恒亦奉其母翁太君命, 就试京师, 余访之长椿寺, 一时欢甚。"

旋游天宁寺、善果寺。

《健松斋集》卷十八《展台诗钞上》丁巳《天宁寺》《善果寺》。

作《封长白山记》。

《健松斋集》卷六《封长白山记》: "康熙十有六年四月望, 上以长白山发祥要地, 特命内大臣觉罗武某、一等侍卫兼亲随侍卫费耀色、一等侍卫塞护礼等于大暑前驰驿往。五月四日启行, 十四日至盛京。……八月二十一日, 还京, 具疏闻。上以发祥之地, 奇迹甚多, 山灵宜加封号, 下内阁礼部议封为长白山之神, 岁时享祀, 如五岳焉。"

郑维飙授河南长葛县知县, 将以石梁为号, 因作《石梁说》。

《健松斋集》卷十六《石梁说》: "同年郑君元□筮仕郑之长葛令, 行有日矣, 出其少作《石梁赋》示予, 且曰: '吾将以为号。'"

十月六日，严沆六十一初度，作文祝寿。

《健松斋集》卷五《寿少司农严颢亭先生序》："今年，谒先生于燕邸，延见问慰。……会先生寿，索余言为祝。因以此告之。颂祷恒辞，非余所敢出，亦非先生所乐闻也。"

《健松斋集》卷十五《祭余杭严先生文》："象瑛虽谊属通门，然间关流离，未能望见丰采。去年秋，先生归自通州，始以文上谒，又未得见。十月六日，先生燕集诸名士。……象瑛入，先生降阶执手，且曰：'频年闻君名，今乃得相识，然读君诗文盖已久矣！'当时座客无不惊叹。"

十月，洪昇取道大梁南返，作诗送之，兼寄毛际可。

《健松斋集》卷十八《展台诗钞上》丁巳《送洪昉思游梁兼寄毛祥符会侯》。

入都后，与同年陈玉璂时相过从，为陈《学文堂文集》作序。

《健松斋集》卷二《学文堂文集序》："今年，谒选京师，椒峰访余，欢甚。自是时时过从，为余点评近稿，颇相称许。盖前此余固未知椒峰，椒峰亦未知有余也。……椒峰乃函致全集，且属余序。……余与椒峰同年契合，其倾慕之私、相见之难且如此。今幸同官冷曹，得以殚心书史，椒峰其有以教我乎？"

同房廷桢、白梦鼐、许孙荃、陈玉璂、袁佑赴魏象枢饮席。

《健松斋集》卷十八《展台诗钞上》丁巳《魏庸斋司农招饮同房慎庵白仲调许生洲陈椒峰袁杜少》。

冬，汤右曾南归，作诗为文以送。

《健松斋集》卷十八《展台诗钞上》丁巳《送汤西崖南归》。

《健松斋集》卷四《送汤西崖南归序》："西崖年才二十，为唐宋大家之文。……乃西崖为余序《健松斋集》，极论读书作文之道。……乃西崖则又促装将南归矣！……于归矣，余所为告西崖者如此！"

冬，仲兄象璜至京。

《健松斋集》卷十八《展台诗钞上》丁巳《喜二兄至京》。

冬，姜希辙迁奉天府丞，途次京师，作诗送之。

《健松斋集》卷十八《展台诗钞上》丁巳《送姜定庵京兆之奉天》。

吴仪一赴姜希辙幕，作诗送之。

《健松斋集》卷十八《展台诗钞上》丁巳《赠吴璒符赴姜京兆幕》。

从叶方蔼、张玉书借书。

《健松斋集》卷十八《展台诗钞上》丁巳《从叶讱庵学士张素存宫庶借书》。

田喜□过访寓斋，作诗志谢。

《健松斋集》卷十八《展台诗钞上》丁巳《田望西夫子枉驾寓斋呈谢》。

为邓铿《都门集杜诗》作序。

《健松斋集》卷二《邓唐山集杜诗序》："往见桐城邓君集杜诗，叹为天工人巧俱绝。今年谒选唐山令，出所为《都门集杜诗》索序。属辞比事，愈出愈精，不知其为杜、为邓君也？……于其行，书此告之。"

为毛际可《浣雪词钞》作序。

《健松斋集》卷三《毛会侯诗余序》："往与会侯读书语石山，书卷而外，间作小令自娱，家仲兄倚而和之。会侯不屑也。十年来，都已废弃，而会侯归自汉中，避寇居城西，始好为草堂、花间之学。比至西陵，与诸少年相酬唱，累累成帙。今别又一年矣，会侯补令浚仪，词益工，贻书京师，索余序。……虽然词者，诗之余也。会侯之词，又会侯之文之余也。"

冬，作《万柳堂铭》。

《健松斋集》卷十《万柳堂铭》。

冬，梦亡友姜如兰，为作诔文，并题其像赞。

《健松斋集》卷十五《亡友姜仲君诔》序曰："仲君死七年矣，丁巳冬，余在京师，梦君来索余文，觉而异之。盖君遗命属余为像赞，寇乱未遑也。君讳如兰，字芬若，一字中林。文行卓卓庠序间，年五十，赍志以死。忆庚子科试，凡稍能文者皆前列，余与君独不录，怏怏西归。比再至会城，则八月六日矣！直指校被黜士四千余，会大雨，余与君怀铅椠，首承几机以入，辰至未，各奏五义，榜发，复不录。余忼慨悲歌，君倚而和之。同人皆叹息有泣下者，君尝曰：'吾一息尚存，终当俯拾青紫。'余壮其言。癸卯，余滥与贤书，君又被黜。呜呼，岂意其遽死耶？君虽生世胄，家值中落，一年内哭父、哭季弟，遂病不起。遗像宛然如生也。同学中余两人交最深，今缥缈数千里来见梦，意知君莫若余，冥冥中固有不能自已者。因雪涕而诔之，并题其像赞。"

是年，有书答内弟吴宏。

《健松斋集》卷十一《答吴芬月孝廉书》："适奉新例，遂勉就京职。"

是年，《健松斋集》十六卷刻成。

国家图书馆藏清康熙十六年刻本，凡十六卷。

清圣祖康熙十七年戊午（1678） 四十七岁

与同门赴梁清标饮席，看烟火。

《健松斋集》卷十八《展台诗钞上》戊午《梁司农夫子席上看烟火同及门诸子》。

李天馥招饮，是夕，闻荐举之令。

《健松斋集》卷十八《展台诗钞上》戊午《李容斋学士招饮是夕闻荐举之令》。

元月，清廷诏征博学鸿儒，命内外诸臣荐举海内名士。严沆荐举先生。

秦瀛《己未词科录》卷二："方象瑛……由总督仓场侍郎严沆荐举。"

清廷荐举博学鸿词，有诗和李天馥韵。

《健松斋集》卷十八《展台诗钞上》戊午《上谕荐举博学鸿辞恭纪和李学士韵》。

春，金铉补荐先生，作诗谢之。

《健松斋集》卷一《东南舆诵序》："戊午春，诏举博学鸿辞之士。今抚军宛平金先生暨少司农严先生皆首以象瑛应。时先生方掌御史台。"

《健松斋集》卷十八《展台诗钞上》戊午《上大中丞金悚存先生十六韵》。

春，有诗柬同年陈玉瑊。

《健松斋集》卷十八《展台诗钞上》戊午《柬陈椒峰舍人》。

春，识江闿于吏部。

《健松斋集》卷五《寿江青园先生序》："今年春，谒选来京师。会诏举博学鸿辞之士以备顾问，命中外臣僚各举所知，少司农余杭严先生谬以余应，辰六为沈绎堂学士所举，而诸侍御复交章论荐。于是始相见于吏部，握手如平生欢。"

春，徐嘉炎、江闿过访，作诗酬之。

《健松斋集》卷十八《展台诗钞上》戊午《酬徐胜力江辰六见过》。

江闿有诗题《健松斋记》后。

江闿《江辰六文集》卷九《题方渭仁健松斋记后》。

春，与表弟姜腾上夜坐。

《健松斋集》卷十八《展台诗钞上》戊午《与表弟姜腾上夜座》。

四月，表弟姜腾上南归，作诗送之，并寿其父如芝六十寿。

《健松斋集》卷四《送表弟姜腾上南归并寿其尊人瑞若先生序》："母姨弟姜生腾上年少砥文行，名藉藉于庠序间，偕余游京师，九阅月矣！……夏四月，将归，应省试，并寿其尊人瑞若先生。……若姜伯子者，今年六十矣。……兹之南旋也，奉觞为尊人寿，然后放舟西陵，一举贺战。"

按，《健松斋续集》卷八《文学瑞若姜公偕配吴孺人合葬墓志铭》："里中姜公瑞若与先府君同为比部吴公婿。……公生万历己未七月初七日，卒康熙己卯十月十六日，享年八十有一。"推知姜如芝本年六十。

有诗寄洪洞县知县罗映台。

《健松斋集》卷十八《展台诗钞上》戊午《寄罗洪洞闇园》。

民国《洪洞县志》卷三："（知县）罗映台，浙江鄞县进士，十三年任。"

拟汤泉应制十二韵。

《健松斋集》卷十八《展台诗钞上》戊午《拟汤泉应制十二韵》。

春，法若真来访，以诗酬谢。

《健松斋集》卷十八《展台诗钞上》戊午《法黄石前辈枉过赠诗》。

张润民馈米，作诗谢之。

《健松斋集》卷十八《展台诗钞上》戊午《谢张膏之舍人馈米》。

吴珂鸣督学顺天，作诗送之。

《健松斋集》卷十八《展台诗钞上》戊午《送吴耕方宫允督学顺天》。

法式善《清秘述闻》卷九："（提督学政翰林院）吴珂鸣，字新方，江南武进人。顺治戊戌进士，康熙十八年以中允任。"

翁介眉将之官黄州郡丞，作诗送之。

《健松斋集》卷十八《展台诗钞上》戊午《送翁梦白之黄州司马》。

叶舒崇等燕集祖园，遥和以诗。

《健松斋集》卷十八《展台诗钞上》戊午《遥和叶元礼诸子祖园燕集》。

许书榷南新关，作诗送之，兼祝其母八十初度。

《健松斋集》卷十八《展台诗钞上》戊午《送许浣月礼部榷南新关时太宜人八十诞辰适逢初闻》。

叶舒崇移寓懒园，作诗赠之。

《健松斋集》卷十八《展台诗钞上》戊午《元礼移寓懒园》。

秋，分校顺天乡试，有诗和壁间韵。

《健松斋集》卷十八《展台诗钞上》戊午《京闱分校即事和壁间韵》。

拟顺天乡试第四问。

《健松斋集》卷十二《拟戊午顺天乡试第四问》。

严沆卒，为文祭之，并为作传。

《健松斋集》卷十五《祭余杭严先生文》："呜呼，先生往矣，悠悠斯世，岂复有怜才好士如先生者哉？……舒崇弱冠为诗文，先生谬加称许，今且廿余年矣！象瑛虽谊属通门，然间关流离，未能望见丰采。……今年春,天子雅意右文,思得博学鸿辞之士备顾问,命公卿各举所知。……会舒崇谬为政府诸公论荐,例不得更列,于是首以象瑛入告,而宁都魏禧、秀水朱彝尊次焉。象瑛谒谢,执弟子礼。……谁谓拜疏四阅月,遂一病而遽殒哉?"

《健松斋集》卷十三《少司农余杭严先生传》。

同年虞文彪卒,作诗哭之。

《健松斋集》卷十八《展台诗钞上》戊午《哭同年虞省庵》。

叶舒崇卒,作诗哭之。

《健松斋集》卷十八《展台诗钞上》戊午《哭叶元礼》。

有诗寄高士奇。

《健松斋集》卷十八《展台诗钞上》戊午《寄高澹人中瀚》。

访王士禛,王游西山,不值。

《健松斋集》卷十八《展台诗钞上》戊午《访王阮亭侍读以再游西山不值》。

八月,江闿父七十初度,作文祝寿。

《健松斋集》卷五《寿江青园先生序》:"秋八月,尊人青园先生寿七十,辰六述其生平,谒余为序。……余虽未获睹丰采,然与辰六交,故以此为祝。"

九月,康熙南苑大猎,拟《大猎赋》。

《健松斋集》卷九《拟大猎赋》:"皇帝十有七年秋九月,大猎于南苑,讲武事也。……既乘时以讲武,乃耀德而不观兵。"

秋,西域国进献黄狮至,作《西域贡狮子赋》。

《健松斋集》卷九《西域贡狮子赋》。

按,《清圣祖实录》卷七六:康熙十七年八月"庚午,西洋国主阿丰素遣陪臣本多白垒拉进表贡狮子"。

冬十月,陈奕禧之任山西安邑丞,作文送之。

《健松斋集》卷四《送陈六谦之安邑丞序》:"海宁陈子六谦,年少以诗名,所刻大梁、泰山诸作,风行海内久矣!……冬十月,谒选山西安邑丞。"

按，孙枝蔚《溉堂续集》卷六戊午《送陈六谦任安邑丞》，方诗亦当作于此时。

十二月，宋荦视榷赣州，作诗送之。

《健松斋集》卷十八《展台诗钞上》戊午《送宋牧仲榷赣州》。

十二月，有诗上座师梁清标。

《健松斋集》卷十八《展台诗钞上》戊午《上座师梁苍岩先生》。

冬，与陈僖论诗。

《健松斋集》卷二《庞雪崖诗序》："戊午冬，余以辟举候召试，与清苑陈蔼公论诗。"

为毛际可《黔游日记》作跋。

《健松斋集》卷十二《黔游日记跋》："会侯以丁未四月补理黎平，六月罢推官，顾简书在躬，不敢告劳，往返万余里。夫明知李官之已裁，而犹以一纸空牒跋涉于瘴烟蛮雨之乡……观其《黔游日记》，或凭吊山川，或抒写景物，和平忠厚，贤于北山之大夫远矣！……今会侯改令浚仪，顷，复与圣天子右文旷典。"

得姜希辙奉天所寄书。

《健松斋集》卷十八《展台诗钞上》戊午《得姜定庵先生书》、姜希辙《两水亭余稿·酬方渭仁送远原韵兼志怀思》。

应门人鹿宾之请，作《鹿忠节公三世崇祀录序》。

《健松斋集》卷一《鹿忠节公三世崇祀录序》："戊午，分校北闱，得鹿子鸣嘉，因得读其先世传志及诸诗文撰著，甚悉鸣嘉故解元之孙，而太常父子，其高曾也。……吾闻仁人之后必昌。鸣嘉今举进士，克世其家，服太公之义，推太常之忠，思解元之孝，以上承乎侍御之贤，未竟之业，意在斯乎？鸣嘉于此亦求其无愧者而可矣！"

光绪《定兴县志》卷之八《选举志》："（举人）康熙十七年戊午，鹿宾。"

为毛升芳《燕游诗》作序。

《健松斋集》卷二《毛允大燕游诗序》:"毛君允大游京师,自发里门至入都,阻兵阻风,舟居六十余日……在他人处此,索索都无生气,而允大登金山,吊芜城,溯黄河,观鲁连射书台,凭眺太白酒楼,一丘一壑,一觞一咏,皆有萧然自适之意。……允大天才敏丽,词赋诗歌,滔滔不可穷止。尊人颖思君,与余共笔墨最久。颖思文章有奇气,允大继之,人比之眉山父子。今天子诏举文学之士,允大名列荐剡。……余叹允大之才,能使山川生色,因书数言以序其首。"

为程易诗作序。

《健松斋集》卷二《程兼三诗序》:"天子勤学好文,诏公卿百执事举博学宏辞之士。一时征书遍海内,今士之能诗文者,莫不待诏阙下。新安程君兼三游京师,衰然举首,余从江君辰六得观其所为文,顾旅居咫尺,未相识也。一日,介朱君缵庵以其诗属余论定而为之序。……君负才不偶,所为诗,未尝轻示人。"

分校京闱,得士马教思,为其制义作序。

《健松斋集》卷三《马严冲制义序》:"余分校京闱,自念生平困顿,由不能随世俯仰,幸膺得命,其敢轻视。……中秋日,获一卷,澹折灵奇,初不见其可喜,余恐率易失之,掩卷深思者弥日,觉性情所发,真有即之愈深味之愈永者,不禁狂呼叹绝,亟以第一人荐两主司。……榜发,则桐城马生也。"

有书寄万临晋,以门人马教思相托。

《健松斋集》卷十一《与万临晋书》:"桐城马生教思,仆所首拔士。……拟访旧滦城,为旅食计,便道,特令上谒,祈进而教之。"

清圣祖康熙十八年己未(1679) 四十八岁

初春,梅庚至京,作诗赠之。

《健松斋集》卷十八《展台诗钞上》己未《赠梅耦长和施愚山韵》。

内弟吴宏、吴宾计偕至京。

《健松斋集》卷十八《展台诗钞上》己未《内弟吴芬月五尚两孝廉至》。

方瑞合以计偕入京，索先生序其家谱，因应试而未应。

《健松斋集》卷一《茶坡方氏族谱序》："茶坡族兄锡公氏自为诸生，即搜辑家乘。己未，计偕京师，索余序。适余应御试，旋奉命纂修明史，未有以应也。"

三月初一，御试体仁阁。

《健松斋集》卷十八《展台诗钞上》己未《三月朔体仁阁御试应制》。

御试，作《璇玑玉衡赋》《省耕诗》。

《健松斋集》卷九《璇玑玉衡赋》、同书卷十八《展台诗钞上》己未《御试省耕诗二十韵》。

作《万寿无疆颂》。

《健松斋集》卷十《万寿无疆颂》。

三月二十九日，榜发。钦取五十人，其中上上卷二十名列一等，先生列二等十五名。

《清圣祖实录》卷八十载，康熙十八年己未三月"甲子（即二十九日），谕吏部：'荐举到文学人员，已经亲试，其取中：一等彭孙遹、倪灿、张烈、汪霦、乔莱、王顼龄、李因笃、秦松龄、周清原、陈维崧、徐嘉炎、陆葇、冯勖、钱中谐、汪楫、袁佑、朱彝尊、汤斌、汪琬、邱象随；二等李来泰、潘耒、沈珩、施闰章、米汉雯、黄与坚、李铠、徐釚、沈筠、周庆曾、尤侗、范必英、崔如岳、张鸿烈、方象瑛、李澄中、吴元龙、庞垲、毛奇龄、（钱）金甫、吴任臣、陈鸿绩、曹宜溥、毛升芳、曹禾、黎骞、高咏、龙燮、邵吴远、严绳孙，俱著纂修《明史》。'"

夏，同籍五十人集于众春园，各赋诗一首，施闰章为之序。

《健松斋集》卷十八《展台诗钞上》己未《夏日同人大集和韵》。

毛奇龄《西河合集·文集·制科杂录》："后同籍五十人集于众春园，

仿题名故事，各赋诗一首，施愚山为之序。"

五月十七日，中式者五十人俱授馆职，方象瑛官编修，充明史纂修官。

《清圣祖实录》卷八十一。

早朝谢恩，有应制诗。

《健松斋集》卷十八《展台诗钞上》己未《早朝谢恩应制》。

入史馆，有诗呈诸同馆。

《健松斋集》卷十八《展台诗钞上》己未《初入翰林呈同馆诸君》。

夏日，早朝，有诗纪事。

《健松斋集》卷十八《展台诗钞上》己未《夏日早朝》。

顾永年春闱不利，将归里，为文送行。

《健松斋集》卷四《送顾九恒南归兼寿其尊堂翁太君序》："明年戊午，京闱当论秀，余奉命分校壁经，得马生教思辈，九恒果以《毛诗》冠其本房。……今年试春官，马生举第一人，九恒复报罢。……今之南归也，奉觞为母夫人寿。……九恒归，属余一言为寿，因书此寄之。"

为张英诗作序。

《健松斋集》卷二《张仲张诗序》："余初未识仲张，戊午，同以荐召，遇之长安邸舍。中通外朗，绝无城府。是岁秋，得同事京闱，余分校壁经，仲张得《毛诗》。……乃仲张以同经之累，夺一职……遂以被论去。……仲张既举进士，复以文学征。今虽扁舟南返，无虞溪岭海怀乡去国之悲，而又得优游田园以奉其亲。"

按，同时有两张英，一为安徽桐城张英，一为海宁张英。此为海宁张英。法式善《陶庐杂录》卷二："海宁张英，字仲张。康熙癸丑进士，出桐城张文端公之门，一时有'大小张英'之目。戊午，文端子廷瓒又出仲张门，仲张虽由是获谴，而针芥之投，亦有莫之为而为之者矣。"

七月，臧眉锡补令曹县，作诗送之。

《健松斋集》卷十八《展台诗钞上》己未《送臧介子补令曹县》。

光绪《曹县志》卷九："（县令）臧眉锡，字介子，号嵋亭，浙江长兴县人。丁未进士，康熙十八年七月任。"

七月，李因笃以母病辞归，作诗送之。

《健松斋集》卷十八《展台诗钞上》己未《送李天生奉旨归养》。

重九生日，作诗书怀。

《健松斋集》卷十八《展台诗钞上》己未《重九生日偶成》。

九月，叶封以试博学鸿儒报罢，将归黄州，作诗送之。

《健松斋集》卷十八《展台诗钞上》己未《送叶慕庐归黄州》。

九月，大儿引禩、三儿引祎归里。

《健松斋集》卷十五《告亡室吴孺人文》："呜呼孺人，汝死耶！……去年九月，大儿、三儿归，汝未病。"

骆云补令盖平，作诗送之，兼寄姜希辙。

《健松斋集》卷十八《展台诗钞上》己未《骆襄雷令盖平兼寄姜京兆定庵》。

民国《盖平县志·职官志》卷三："（知县）骆云，浙江海盐人，进士，清康熙十八年任。"

有诗赠门人郑熙绩。

《健松斋集》卷十八《展台诗钞上》己未《寄门人郑懋嘉》。

李霨招集，出其新诗授读。

《健松斋集》卷十八《展台诗钞上》己未《相国高阳夫子招集出新诗校读》。

仲冬，叶方蔼为二十四卷本《健松斋集》作序。

《健松斋集》卷首叶方蔼序曰："予友方子渭仁所撰古文词若干首，总名曰《健松斋集》。渭仁遂安名隽，为前朝相国文孙，而叔氏侍讲先生，则予乡试时座主也。己亥之役，予复与难兄雪岷并举南宫，称世讲故，予与渭仁交最相善。……渭仁掇甲科，复以博学鸿辞高等官翰林，时望甚重其所为古文词。……谨书数言以为左券。时康熙己未之仲冬，吴门世弟叶方蔼书。"

李澄中为二十四卷本《健松斋集》作序。

《健松斋集》卷首李澄中序曰："己未春，方子渭仁示予《健松斋文集》。予读而心慕之，后同试阙下，邀恩入史馆，时时过从，因复以《健松斋》近稿相质，且属予序。方子以文雄海内十余年，予何能序方子？而方子抑抑自下，若未尝有文也者。……甚矣，方子之勤于文也！渭仁家遂安，其先景问先生构健松斋，读书其中，渭仁取以名其集，盖每事不忘，孝思如此。……诸城李澄中渭清撰。"

张烈为二十四卷本《健松斋集》作序。

《健松斋集》卷首张烈序曰："始余读《健松斋集》，慨然想见其为人，谓必清劲特立，不苟同于世者。及日与方子游，悉读其近作，乃益叹文之可以知人不爽如此也。渭仁为书田相国孙，清劲特立，有祖父风。故其文宗尚韩、欧，性情有过人者。……同年弟大兴张烈撰。"

晚秋，应同年卢琦之招，与汪懋麟、陆莱、乔莱赴宴。

《健松斋集》卷十八《展台诗钞上》己未《同年卢西宁宫庶招同陆义山汪蛟门乔石林时大雪初霁》。

冯溥招集，酒半，王嗣槐、胡渭复出畅饮。

《健松斋集》卷十八《展台诗钞上》己未《益都夫子招集酒半王仲昭胡朏明复出畅饮》。

为同年龙燮集作序。

《健松斋集》卷二《龙理侯集序》："理侯负隽才，著名东南最久。……会诏举博学宏词，备顾问著作之选，一时文人应荐至者百十计，理侯衮然在其列。……冬十月，理侯过余，即赠余诗，才气隽轶，余乃惊叹良久，二为称家弟豪迈固如是耶！理侯出其近集属余序。"

为同年庞垲《丛碧山房诗集》作序。

《健松斋集》卷二《庞雪崖诗序》："今年春，与君同试体仁阁。自是数相过从。……乃读《丛碧堂》新诗，高古澹朴，一往辄有真气。……君索余序其诗，因以蔼公之言告之。"

为王嗣槐赋作序。

《健松斋集》卷三《王仲昭赋序》："仲昭素负隽才，所为骈体，衣被词人者三十余年。……客岁，游京师，值天子广求文学，仲昭名列荐剡，所为赓盛诗一百韵,高华流丽,一时文人既已跋而行之,乃复殚其精力为《瀛台》《长白》二赋。……仲昭属余序。"

冬,妻吴氏病。

《健松斋集》卷十五《告亡室吴孺人文》:"呜呼孺人,汝死耶!……汝病始去冬。"

十二月十七日,明史馆开。

《健松斋集》卷十六《纪分撰明史》:"余以己未五月奉命修明史,十二月十七日开馆。"

冬至,冯溥为《秋琴阁诗》作序。

《健松斋集》卷十七《秋琴阁诗》冯溥序曰:"余每读方子之诗,辄叹其渊雅秀润,谓为王摩诘一流。盖其神理之似,非仿佛词句者所能工也。会梓成帙,方子欲得余一言为弁,余因为之序。……康熙己未长至日,驵邑冯溥题。"

十二月,周光启授遂安县知县,往访之。

《健松斋集》卷十五《文林郎遂安县知县悔庵周君墓志铭》:"康熙己未冬,太平周君筮仕得吾邑。……己未十二月,始授遂安知县。……明日,余往访之,举邑中民情风俗及年来困苦状。君太息久之。"

冬,王晫作《健松斋记》。

王晫《霞举堂集·南窗文略》卷三《健松斋记》:"予友方渭仁先生取唐诗'松凉夏健人'之句,谓之健松。噫,先生其有得于松之性情哉?……予闻先生之斋为先人创始,名曰勺圃,后得此松于许氏园,植于东池,爱护惟谨。迨遭寇乱,凡斋中桃、柳、梧、竹之属,悉皆芜没,而此松岿然……今岁己未冬,先生官京师,为侍从臣,命其令子持札走千里,属予一言。"

冯溥、高士奇、王士禛、施闰章、徐釚、邵远平、高咏、陆葇、徐嘉炎、曹贞吉有诗词咏健松斋。

冯溥《佳山堂诗集》卷三《方渭仁图松歌》、高士奇《苑西集》卷二己未《健松歌方渭仁编修索赋》、王士禛《带经堂集》卷三十四《渔洋续诗》十二己未《健松斋诗为方渭仁编修赋》、施闰章《学馀堂诗集》卷二十三《健松斋歌赠同年方渭仁编修》、徐釚《南州草堂集》卷六《健松篇为方渭仁赋》、邵远平《戒山诗存·重葺健松斋为方渭仁编修作》、高咏《遗山诗·健松斋歌为方渭仁年兄赋》、陆棻《雅坪词谱》载长调《疏影·方渭仁索题健松斋》、徐嘉炎《抱经斋诗集》卷六《健松斋歌为方渭仁同年赋用韩昌黎酬卢云夫望秋作韵》、曹贞吉《珂雪词》卷下《摸鱼子·方渭仁葺健松斋幸园松之存也词以赠之》。

张新标卒，年六十二，为作传。

《健松斋集》卷十三《张吏部传》："山阳张鞠存先生卒，长君鸿烈官京师，徒跣数千里，趋治丧，濒行，属余为先生传。……戊午春，诏举博学鸿儒，先生与长君同受辟命。明年三月……先生以老疾罢归，归甫半载而卒，年六十二。"

陈鸿绩卒。

清圣祖康熙十九年庚申（1680）　四十九岁

太和殿朝贺，有诗纪事。

《健松斋集》卷十八《展台诗钞上》庚申《太和殿朝贺恭纪》。

正月，分撰景帝本纪，景泰、天顺、成化朝臣王翱、于谦等传。

《健松斋集》卷十六《纪分撰明史》："明年正月，分撰景帝本纪，景泰、天顺、成化朝臣传王翱、于谦等。"

清廷收复四川，于午门宣捷，作诗纪之。

《健松斋集》卷十八《展台诗钞上》庚申《官军收复四川午门宣捷恭纪六十韵》。

春，妻吴氏病笃。

《健松斋集》卷十五《告亡室吴孺人文》："呜呼孺人，汝死耶！……汝病始去冬，至正月而甚，三月又甚。"

春，王嗣槐之常州，作诗送之。

《健松斋集》卷十八《展台诗钞上》庚申《送王仲昭之毗陵》。

春，罗世珍至京，相谈甚欢。

《健松斋集》卷二《罗鲁峰诗序》："罗君鲁峰生汉阳，本二《南》之遗风，以诗名楚者二十年。庚申，举明经，北上，余遇之长安邸舍，握手如平生欢。"

春，仲孙锡缙生。

《遂安方氏族谱》卷二《世系考》："锡缙，引禩继子，引祺次子。……康熙庚申年三月廿八日辰时生。"

暮春，与吴任臣、朱彝尊、徐嘉炎、李澄中、冯勖、庞垲、米汉雯、龙燮、李铠集乔莱一峰草堂，送丘象随省觐归山阳。

丘象随《西轩庚申集·别家兄曙戒归省》、李澄中《卧象山房诗正集》卷四《一峰草堂与大可志伊竹垞胜力勉曾雪崖紫来雷岸舍弟公凯送季贞省觐归山阳分得飞字》。

四月，仲子引禩赴汴就婚毛氏。

《健松斋续集》卷七《仲妇毛氏殉烈述》："四月，遣仲子就婚于汴。"

四月二十六日，仲子成婚、大儿举次孙、三儿补博士弟子。洪昇作《三庆词》。

《健松斋集》卷十四《亡室吴孺人行述》："忆四月二十六日，孺人方病起，得次儿汴中书，知已成婚。午余，家报至，大儿举次孙，三儿补博士弟子。钱唐洪昉思作《三庆词》为寿。"

五月，同年钱金甫暂假归里，作诗送之。

《健松斋集》卷十八《展台诗钞上》庚申《送钱越江归省》。

严我斯、彭孙遹为健松斋题诗。

严我斯《尺五堂诗删近刻》卷二庚申《题健松斋》、彭孙遹《松桂堂集》卷十九《健松斋为方渭仁赋》。

赵吉士榷关扬州，作诗送之。

《健松斋集》卷十八《展台诗钞上》庚申《送赵天羽户部榷扬州》。

五月，妻吴氏卒于京，门人马教思作诗哭之。

《遂安方氏族谱》卷八载马教思《祭方老师母吴夫人文》。

按，尤侗《西堂杂俎》三集卷六《吴孺人传》："乃吾年友方子渭仁今年五月吴孺人卒京邸。"

为文悼妻吴氏。

《健松斋集》卷十五《告亡室吴孺人文》："呜呼孺人，汝死耶！汝年甫及艾，未宜死也。……汝病始去冬，至正月而甚，三月又甚。尔时垂死而得不死，吾意汝幸不死，当不死矣。四月中，强起，视中馈，飨宾客，吾喜之。然不睡不饮食，吾又忧之，诚虑其死而不虑其遽死也。……去年九月，大儿、三儿归，汝未病。今年四月，次儿就婚于汴，汝病稍间也。吾见汝病，亟驰书召之，方谓诸儿至，送汝故乡，饮食居处差如意，或不死耳。不谓汝竟不及待而死也。"

田雯因地震移居，作《移居诗》题壁，先生作诗和之。

《健松斋集》卷十八《展台诗钞上》庚申《和田子纶移居》。

罗世珍归汉阳，作诗送之。

《健松斋集》卷十八《展台诗钞上》庚申《送罗鲁峰归汉阳》。

妻亡四十日，不得三子消息。

《健松斋集》卷十八《展台诗钞上》庚申《妇亡四十日不得三子消息》。

陆次云之任郏县，题其所藏万年冰送之。

《健松斋集》卷十八《展台诗钞上》庚申《题万年冰送陆云士宰郏县》。

按，陆次云《北墅绪言》卷三《三苏先生墓铭》："岁庚申，次云承乏是邑。"

七夕，陆进以妻亡返钱塘，作诗送之，兼以慰之。

《健松斋集》卷十八《展台诗钞上》庚申《送陆荩思南归兼慰悼亡》。

七夕，有诗悼亡妻。

《健松斋集》卷十八《展台诗钞上》庚申《七夕悼亡》。

中秋日早朝，作诗志感。

《健松斋集》卷十八《展台诗钞上》庚申《中秋日早朝》。

八月三十日，康熙赐群臣鲜藕，作诗纪之。

《健松斋集》卷十八《展台诗钞上》庚申《赐藕纪恩》。

八月，仲子引禩卒于汴，年十九。

《健松斋续集》卷七《仲妇毛氏殉烈述》："庚申……八月，儿殁。"

九月九日，陆菜邀游慈仁寺，以病未赴。

《健松斋集》卷十八《展台诗钞上》庚申《九日陆乂山邀游慈仁寺以病未赴》。

九月九日晚，亲友过饮，有诗志感。

《健松斋集》卷十八《展台诗钞上》庚申《是夕亲友携尊过饮志感》。

移居，有诗纪事。

《健松斋集》卷十八《展台诗钞上》庚申《移居》。

九月，叶方蔼题翰林院壁，作诗和之。

《健松斋集》卷十八《展台诗钞上》庚申《和叶讱庵院长题翰林院壁用东坡清虚堂韵》、叶方蔼《叶文敏公集》卷十三《题翰林院壁用东坡清虚堂韵》。

为王岱《丹枫阁图》题诗。

《健松斋集》卷十八《展台诗钞上》庚申《为王山长题丹枫阁图》。

尤侗为吴氏作传。

尤侗《西堂杂俎》三集卷六《吴孺人传》："乃吾年友方子渭仁，今年五月吴孺人卒京邸。先时次君引禩往祥符就婚于毛氏，八月中忽焉病亡，尚未闻母讣也。方子朝哭其妇，暮哭其子，其悲也殆过于予焉。两人者相吊也，思所以相慰者不可得，于是方子出孺人行述示予，命作传。予读之泫然，伤孺人之贤而死，不忍言，又不敢辞也。孺人为淳安名家子，少端庄，不好戏。年十八，归方氏，初未知书，以夫子好文墨，稍习学，遂能稽簿籍及他章句，尤精女工。……予既为孺人传，而于方子若有憾焉，盖方子与予所谓同病相怜者也。"

王顼龄妻卒，作诗悼之。

《健松斋集》卷十八《展台诗钞上》庚申《为王顼士悼亡四首》。

按，王顼龄《世恩堂诗集》卷七庚申《悼亡四十二韵》《午日感亡内作》。

秋，为冯溥《佳山堂诗集》作序。

《健松斋集》卷二《益都先生佳山堂诗序》："吾师益都冯先生，文章行业，朝野倚重者三十余年，自官侍从，至掌邦禁，所谓进思尽忠、退思补过者，业孜孜勿替。……《佳山堂诗》刻成，因推先生所以作诗之本，若夫性情之发，若者风，若者大小雅，若者颂。门弟子既各述所见，余小子何足以知之？"

按，《佳山堂诗集》前有高珩、魏象枢、施闰章、梁清标、汪懋麟、毛奇龄、曹禾、徐乾学、李天馥、王士禛、方象瑛、王嗣槐、陈维崧等人序。毛奇龄《西河合集·序十九·佳山堂诗二集序》曰："《佳山堂一集》，锓于庚申。"方序亦当作于此时。

秋，江闿应鸿博不第，授益阳县知县。秋，离京赴任，作诗送之。

《健松斋集》卷十八《展台诗钞上》庚申《送江辰六之官益阳》。

江闿《江辰六文集》卷十《将赴益阳答别都门师友》。

房廷桢父贞靖先生祠成，作诗赠之。

《健松斋集》卷十八《展台诗钞上》庚申《白松诗为房慎庵比部作》。

十月上旬，与毛奇龄、徐釚、陈维崧陪冯溥游祝园赏雪，有诗和冯溥韵。

《健松斋集》卷十八《展台诗钞上》庚申《冬日陪益都夫子游祝园即席奉和原韵》。

按，冯溥《佳山堂诗集》卷四《冬日游祝氏园亭四首》、陈维崧《湖海楼诗集》卷七庚申《雪后陪益都夫子游祝园，敬和原韵四首》、毛奇龄《西河合集·五言律诗六·陪游祝氏园即席和益都夫子原韵四首》、徐釚《南州草堂集》卷八庚申《雪后陪益都公饮祝氏园林奉和原韵四首》。

旋又有诗和冯溥祝园燕集韵。

《健松斋集》卷十八《展台诗钞上》庚申《又和益都公祝园燕集韵》。

十月十九日，冯溥招毛奇龄、徐釚、徐嘉炎、陈维崧、汪懋麟等游王熙怡园，各有诗。

《健松斋集》卷十八《展台诗钞上》庚申《益都公招集王司马怡园和原韵》。

按，冯溥《佳山堂诗集》卷四《冬日同诸子游王大司马园亭四首》、徐釚《南州草堂集》卷八庚申《十月十九日益都公招游王司马怡园奉和原韵四首》、毛奇龄《西河合集·五言律诗六·益都相公携门下诸子游王大司马园林即席奉和原韵四首，时首冬雪后》、徐嘉炎《抱经斋诗集》卷八《孟冬十月九日益都夫子招集王大司马怡园奉和原韵四首》、陈维崧《湖海楼诗集》卷七庚申《益都夫子招游大司马怡园敬和原韵四首》、汪懋麟《百尺梧桐阁遗稿》卷二庚申《益都公招游怡园奉和原韵》均为此时作。

施闰章六十初度，作诗祝寿。

《健松斋集》卷十八《展台诗钞上》庚申《施愚山侍讲初度》。

冬，高珩归淄川，与诸公赋诗送之。

《健松斋集》卷十八《展台诗钞上》庚申《送少司寇高念东先生予告归淄川》。

读赵廷扬《堤上行》，有诗志感。

《健松斋集》卷十八《展台诗钞上》庚申《读赵玉谱中翰堤上行感赋》。

入冬后，洪昇未访先生，先生以诗柬问。

《健松斋集》卷十八《展台诗钞上》庚申《柬洪昉思》。

冬，得儿辈从陆路扶榇信，口占寄之。

《健松斋集》卷十八《展台诗钞上》庚申《得儿辈守冻从陆路扶榇信口占寄之》。

得里中亲友书。

《健松斋集》卷十八《展台诗钞上》庚申《得里中亲友书》。

毛先舒女安芳卒，为其《静好集》作序。

《健松斋集》卷三《静好集序》："往饮稚黄思古堂，长君靖武、婿华征皆能倚韵属和，然未闻其女安芳之善诗也。华征北游，安芳作诗送之，有'妾心先已到京师'句，一时传诵。其家庭倡和诗，毛子会侯题曰《静好集》，序而传之矣。余意华征为佷公仲嗣，安芳又稚黄爱女，两家诗教，元元本本，此时偕隐鹿门，倡予和汝，当不亚秦嘉、徐淑。乃稚黄书来，则安芳已死矣。嗟乎，钱唐向多才女，张槎云不永于前，安芳又未老凋谢，天之生才固不易耶？"

为叶臣遇《赠言偶存》作序。

《健松斋集》卷三《叶郴州赠言偶存序》："临海叶君修卜集其数十年来友朋赠答之章，与夫宦辙所经大夫士庶之歌咏，而名之曰《赠言偶存》。……余与君交几二十年，长君天士从余游，知君最深。天士倅庐江，奉君手书，属余序，因举此归之。"

同年汪锌归省，送之慈仁寺，作文赠之。

《健松斋集》卷四《送同年汪考功归省序》："吾友汪君钟如，少失怙依，依太宜人者三十年。……今君归矣，旦夕拜堂下……称觞上寿，家庭之乐，莫快于是。"

《健松斋集》卷四《送同年刘诚庵吏部归省序》："前年，汪考功钟如归省，余送之慈仁寺，怅然自失。"

有书答施闰章，言及修史事。

《健松斋集》卷十一《答施愚山侍讲书》："先生不弃，引为忘年交。……于忠肃传，原分属范检讨，总裁以范君传徐武功，不当复传忠肃，使二人咸出一手，故以属仆。数月来，搜采不遗余力，自奉教先生，又复质之潜庵、石台、钝翁、阮亭诸君子，至是已五易稿矣！"

为乡先辈余国祯志墓。

《健松斋集》卷十五《富顺知县坳庵余公墓志铭》："里中坳庵余公举

进十，宰一邑，明末，归里，杜门者三十五年。……公年八十余，饮啖笑谈，若五十许人。去秋，驰书通问，则公捐馆舍数月矣！公子中恬辈，与儿子引禖同笔砚，属余志墓。……按状，公姓余氏，讳国祯，字瑞人，号劭庵，邑西南儒洪里人。……公生万历丙申十二月，卒康熙己未三月，寿八十有四。"

清圣祖康熙二十年辛酉（1681） 五十岁

元旦朝贺，有应制诗。

《健松斋集》卷十九《展台诗钞下》辛酉《元旦朝贺应制二十四韵》。

门人马教思葺书舍，颜曰"报循堂"，寄诗题之。

《健松斋集》卷十九《展台诗钞下》辛酉《门人马严冲葺书舍取先枢部天酬循吏以文章句颜曰报循堂寄题二首》。

同门孙在丰作《元旦诗》，作诗和之。

《健松斋集》卷十九《展台诗钞下》辛酉《孙屺瞻学士元旦诗用唐韦庄相看又见岁华新为起句和韵四首》。

冯溥作《新水》《新草》《新柳》《新蝶》诗，作诗和之。

《健松斋集》卷十九《展台诗钞下》辛酉《新木》（和益都公韵四首）、《新草》、《新柳》、《新蝶》。

按，冯溥《佳山堂诗二集》卷三《新木》《新草》《新柳》《新蝶》。

感贫且病，作诗排遣。

《健松斋集》卷十九《展台诗钞下》辛酉《病中口占》。

在京，追忆乡邑甲寅遭乱事。

《健松斋集》卷十九《展台诗钞下》辛酉《山城行》序曰："余邑自甲寅被寇，流离迁播凡四年，京邸追忆，为长歌记之。"

二月，同年汪琬假归，作诗送之。

《健松斋集》卷十九《展台诗钞下》辛酉《送汪钝翁假归》。

二月，毛端士、冯冒闻、冯协一过饮寓斋。

《健松斋集》卷十九《展台诗钞下》辛酉《毛行九冯冒闻躬暨寓斋

小饮》。

二月，何金蔺将之桐乡县知县任，作诗送之。

《健松斋集》卷十九《展台诗钞下》辛酉《送何相如宰桐乡》。

二月，赵廷珪将之林县知县任，作诗送之。

《健松斋集》卷十九《展台诗钞下》辛酉《送赵禹玉任林县》。

二月，送仁孝、孝昭两皇后的梓宫葬于沙河，途望西山积雪，感而赋诗。

《健松斋集》卷十九《展台诗钞下》辛酉《出郭望西山积雪》题下注曰："时送两皇后梓宫葬山陵。"

信宿沙河豆庄，过施闰章、高咏、倪灿，互有诗赠答。

《健松斋集》卷十九《展台诗钞下》辛酉《沙河过施愚山高阮怀倪闇公》、施闰章《学馀堂诗集》卷三十三《豆庄信宿喜方渭仁编修见过》。

施闰章、高咏、倪灿同过先生村寓，汲河水煮茶。

《健松斋集》卷十九《展台诗钞下》辛酉《三君即同过村寓汲河水煮茶》、施闰章《学馀堂诗集》卷三十三《即过沙河桥访渭仁》。

自沙河还，经德胜门，忆于谦旧事。

《健松斋集》卷十九《展台诗钞下》辛酉《还自德胜门忆于少保旧事》。

三月三日，与施闰章、陈维崧、袁佑等修禊万柳堂，各有诗和冯溥韵。

《健松斋集》卷十九《展台诗钞下》辛酉《万柳堂修禊和益都夫子韵》、陈维崧《湖海楼诗集》卷八辛酉稿《上巳修禊万柳堂奉和益都夫子原韵》、袁佑《霁轩诗钞》卷二《上巳冯溥招饮万柳堂》。

陈维崧寄以春日感怀诗，用万柳堂禊饮韵答之。

《健松斋集》卷十九《展台诗钞下》辛酉《答陈其年春日感怀见柬用万柳堂禊饮韵》。

三月六日，仲媳毛孟坠楼殉节，同年毛奇龄闻之，作《家贞女堕楼记》。

毛奇龄《西河合集·碑记五·家贞女堕楼记》："家贞女者，祥符知县会侯女也。……贞女许字方翰林渭仁之子奕昭……其明年夏，奕昭就婚祥符官舍，则负病往，自京师达祥符千余里，鞍辔道路，病愈剧。会侯初难之，然既已至此，无还理，乃遂于病中强为脱褵，甫脱，即就外舍。……既而易簀，女不食，父强之，始食。……康熙二十年三月六日，日暝，登楼，呼女僮执烛随后，示不疑。行至窗栏，将闭窗，委身而堕。……虽女年尚少，未当旌，然而靡他可知矣。祥符绅士皆有诗，而予为记之如此，且以告夫后此之为诗若文者。"

按，王士禛《渔洋续诗》卷十四《遂安毛贞女诗》、施闰章《施愚山诗集》卷十四《坠楼篇为毛明府女咏》、陈维崧《陈迦陵俪体文集》卷二《毛贞女堕楼诗序》、李澄中《白云村文集》卷二《毛烈妇传》等。

夏，冯溥招同陈维崧游善果寺。

《健松斋集》卷十九《展台诗钞下》辛酉稿《夏日益都夫子招同其年游善果寺》。

浙江总督李之芳六十初度，寄诗祝寿。

《健松斋集》卷十九《展台诗钞下》辛酉稿《寄祝李邺园总督》。

夏，三儿引祎至京。

《健松斋集》卷十九《展台诗钞下》辛酉稿《喜三儿到京》。

徐元梦以小箱作枕函，外裹以绮，名曰"诗枕"，先生为题诗。

《健松斋集》卷十九《展台诗钞下》辛酉稿《题诗枕》。

六月，张玉书由翰林院侍讲学士迁内阁学士，代作文贺之。

《健松斋集》卷五《贺张素存学士擢阁学序》（代）："皇上好学勤政，召海内文学之士纂修明史，既以学士素存张公为副总裁。明年，内阁学士需人，复特简公兼少宗伯任厥事，一时朝野称庆，莫不叹皇上知人善任，而公之才与学能胜任而无愧也。……夏六月，当公览揆之辰，门人某某为公浙闱所得士，请余为祝。"

六月，分得天启、崇祯朝臣顾大章、朱燮元传。

《健松斋集》卷十六《纪分撰明史》："辛酉六月，暂分天启、崇祯朝臣传顾大章、朱燮元等。"

初秋，施闰章典试河南，作文送之。

《健松斋集》卷四《送施愚山先生典试河南序》："愚山先生文章行谊名海内四十年，往者视学山东，一时称得人。顷应召，纂修明史。……今年秋，奉命典河南试。……先生在史馆，引余为忘年交。于其行也，敬以此告之。"

游都中诸景，成《都门怀古诗》一卷。

《健松斋集》卷二十四《都门怀古》。

陈维崧为《都门怀古诗》作序。

《健松斋集》卷二十四《都门怀古诗》前陈维崧序曰："康熙辛酉秋日宜兴陈维崧撰。"

七月初五，王岱为《都门怀古诗》作序。

《健松斋集》卷二十四《都门怀古诗》前王岱序曰："方子渭仁作《都门怀古诗》十六章，实指其人与事，悲歌凭吊，寓意尚论，不矫不随。有俾世教，与古人相去未远，故足传也。……康熙辛酉七夕前二日，楚潭州弟王岱敬题。"

有诗和刘芳躅《七夕燕集》原韵。

《健松斋集》卷十九《展台诗钞下》辛酉《刘钟宛夫子七夕燕集和元韵》。

七月二十一日，康熙帝御瀛台，与满汉诸臣泛舟，赐宴，颁彩币，赐藕。

《健松斋集》卷十九《展台诗钞下》辛酉《瀛台赐宴纪恩二十四韵》。

《健松斋集》卷六《瀛台燕赉记》："七月二十一日，驾幸瀛台，召内阁九卿翰林詹事科道及部曹五品以上官入赐宴。……臣小臣也，学植弇鄙，无能仰答知遇，敬从百执事后，纪其盛如此，以附诗人之义，使天下后世知我皇上嘉惠臣工，其通上下之情者，不独成周宇宙间也。"

弟象珵归里，作诗送之。

《健松斋集》卷十九《展台诗钞下》辛酉《送舍弟象珵归里》。

八月，同年范必英假归还里。

韩菼《有怀堂文稿》卷十八《翰林院检讨范先生行状》："（范必英）辛酉秋，即谢病归。"

九月十日，与毛奇龄、徐嘉炎、陈维崧、潘耒、徐釚、汪楫陪冯溥游长椿寺，时毛端士将游闽，和冯溥韵送之。

《健松斋集》卷十九《展台诗钞下》辛酉《重阳后一日长椿寺燕集和韵送毛行九南归》、毛奇龄《西河合集·七言律诗八·重阳后一日奉陪益都夫子游长椿寺兼送家行九南归同方象瑛徐嘉炎陈维崧潘耒汪楫诸同馆和夫子首倡原韵即席》、冯溥《佳山堂二集》卷四《重阳后一日毛大可陈其年方渭仁徐胜力徐电发汪舟次潘次耕邀余集长椿寺兼送毛行九南还即席赋》、陈维崧《湖海楼诗集》卷七辛酉稿《辛酉重阳后一日陪益都夫子游长椿寺兼送毛行九闽游即和夫子原韵》、潘耒《遂初堂诗集》卷四《奉和益都公重九后一日集长椿寺送毛行九南还二首》、徐釚《南州草堂集·重阳后一日集长椿寺送毛行九南还奉和益都公原韵二首》、徐嘉炎《抱经斋集》卷十《辛酉九日随益都夫子同年诸公宴集长椿寺送毛行九之闽分韵赋二首》。

为毛端士诗作序。

《健松斋集》卷三《毛行九诗序》："吾师相国益都先生好贤下士，先后馆西轩者，皆海内名流，最后为毗陵毛子行九。……行九年少负隽才，所为制举业，魁垒中尺度。其诗清新秀逸，有唐人风。夏中，出《翰香阁诗》属余序。余适病，且行九有事秋闱。……乃榜发，则又报罢矣！……吾闻行九不得志，将省亲延□。……于其行，书此为序。"

徐元文由内阁学士迁左都御史，作诗贺之。

《健松斋集》卷十九《展台诗钞下》辛酉《徐立斋学士擢总宪十二韵》。

赵随榷使扬州钞关，作诗送之。

《健松斋集》卷十九《展台诗钞下》辛酉《送赵雷文仪部榷扬州》。

乾隆《江南通志》卷一百五《职官志》："（扬州钞关）赵随，浙江人，进士，康熙二十年任。"

为胡介祉诗作序。

《健松斋集》卷三《胡枢部诗序》:"山阴胡君智修,生长华阀,周历诸曹,无纨袴绮靡之习。所著《谷园诗》,一时名流叹为秀绝。顷奉简书,备兵宁夏,天子念君文人,不欲烦以边事,复留佐中枢。"

初冬,同年乔莱往典桂林乡试,作诗送之。

《健松斋集》卷十九《展台诗钞下》辛酉《送乔石林典试广西十二韵》。

长椿寺饭僧,兼柬弥壑和尚和韵。

《健松斋集》卷十九《展台诗钞下》辛酉《长椿寺饭僧兼柬弥壑和尚和韵》。

十一月十八日,清军征西南宣捷,作文颂之。

《健松斋集》卷十《云南荡平颂》、同书卷十九《展台诗钞下》辛酉《云南平午门宣捷恭纪四十韵》。

按,毛奇龄《西河合集·文集·诗话四》:"康熙辛酉,王师收滇黔,群臣献颂甚夥。同官徐华隐独仿旧作《铙歌鼓吹曲》。"毛奇龄《西河合集·平滇颂》、尤侗《西堂杂俎三集》卷二《平滇颂》、徐乾学《憺园文集》卷一《平滇颂》、王鸿绪《横云山人集》卷二《平滇颂》、徐釚《南州草堂集》卷十七《平滇雅》、陈廷敬《午亭集》卷一《献平滇雅表》及《平滇雅》、潘耒《遂初堂文集》卷一《平滇赋》、徐嘉炎《抱经斋诗集》卷一《荡平滇黔恭进铙歌鼓吹曲十四首》、陈维崧《陈迦陵俪体文集》卷二《平滇颂》等,均为是时作。

十一月,康熙分命词臣制为朝会、燕飨之乐,成《厘正乐章议》。

《健松斋集》卷八《厘正乐章议》:"皇上神功圣德,超越古今,二十年来,懿孅不可胜纪,于此,分命词臣制为朝会、燕飨之乐,或先文德,或先武功,礼官采之以为文,歌工按之以为节,神人以协,上下以和,世世子孙,垂之永久。"

十二月三日,叔父成郊卒。

《健松斋集》卷十四《叔父太学公行述》:"叔父太学公讳成郊,字稚莒。……时辛酉腊月三日也，春秋六十有七。"

十二月二十四日，清廷敕赠先生父母。

《遂安方氏族谱》卷四《恩纶考·翰林院编修方象瑛父母敕命一道》。

十二月二十四日，亡妻吴氏覃恩赠孺人，为作行述。

《健松斋集》卷十四《亡室吴孺人行述》："明年，覃恩赠孺人。"

《遂安方氏族谱》卷四《恩纶考·翰林院编修方象瑛并妻敕命一道》。

作《亡仲子行述》。

《健松斋集》卷十四《亡仲子行述》："仲子引禩字奕昭，小字台孙。……卒庚申八月十九日，年仅十九。妇毛氏……今年三月夜，自投楼下，几死，得复苏。"

冬，方氏重建宗祠，作文记之。

《遂安方氏族谱》卷八《重建方氏宗祠记》："今秋，仲父太学公成郊大修家谱，复贻书京师，命为记。……康熙二十年岁次辛酉冬月吉旦，二十一世孙象瑛拜手谨撰。"

孙在丰招同罗映台、包映奎，时包映奎应试京师。

《健松斋集》卷十九《展台诗钞下》辛酉稿《孙屺瞻学士招同罗大行阇园包孝廉子聚时子聚应南宫试》。

遂安知县周光启卒于官，志其墓。

《健松斋集》卷十五《文林郎遂安县知县悔庵周君墓志铭》："乃儿子书来，则君奄然逝矣！……嗣君嵋贻书属余志墓。……按状，君讳光启，字旭上，号悔庵，世籍宁国之太平。……君生某年月日，卒某年月日，享年五十有八。"

清圣祖康熙二十一年壬戌（1682）　五十一岁

二月，康熙帝东巡盛京，告祭太祖、太宗二陵。张玉书、孙在丰扈驾谒陵，作诗送之。

《健松斋集》卷十九《展台诗钞下》壬戌《送张素存阁学扈驾谒陵》《送孙屺瞻学士扈驾谒陵》。

侍直瀛州亭，有诗呈同官沈珩、彭孙遹、李铠。

《健松斋集》卷十九《展台诗钞下》壬戌《瀛州亭即事呈同官沈昭子彭羡门李公凯诸君》。

张英将给假归葬，作诗送之。

《健松斋集》卷十九《展台诗钞下》壬戌《送张敦复学士奉假南归》。

同年李澄中贻龙须，作诗谢之。

《健松斋集》卷十九《展台诗钞下》壬戌《李渭清检讨贻龙须歌》。

三月三日，与同人禊集冯溥万柳堂。

冯溥《佳山堂诗二集》卷四《三月三日万柳堂修禊倡和诗二首》、徐嘉炎《抱经斋诗集》卷十《壬戌上巳万柳堂重修禊事和益都夫子韵二首》、陈维崧《湖海楼诗集》卷八壬戌稿《和益都夫子禊日游万柳堂原韵》、尤侗《于京集》卷四壬戌稿《上巳万柳堂禊集和益都公原倡二首》、施闰章《学馀堂诗集》卷四十二《三月三日集万柳堂奉和冯相国原韵二首》、徐釚《南州草堂集》卷八《上巳万柳堂修禊和益都公韵二首》、潘耒《遂初堂诗集》卷四《上巳修禊应制》、李澄中《卧象山房诗集》卷二十二《上巳相国冯公招饮万柳堂次韵》、张远《梅庄集》五律《上巳万柳堂冯太夫子限韵》等均为本年作。

按，王嗣槐《桂山堂诗文选》卷一《万柳堂修禊诗序》："康熙二十一年，岁在壬戌暮春三日，文华殿大学士兼刑部尚书益都冯公修禊事于万柳之堂，从游者三十有二人。……时从游者左春坊左赞善徐健庵乾学，翰林院侍讲施愚山闰章，编修徐果亭秉义、陆义山葇、沈映碧珩、黄忍庵与坚、方渭仁象瑛、曹峨嵋禾、袁杜少佑、汪东川霦、赵伸符执信，检讨尤悔庵侗、毛大可奇龄、陈其年维崧、高阮怀咏、吴志伊任臣、严藕渔绳孙、倪闇公灿、徐胜力嘉炎、汪悔斋楫、潘稼堂耒、李渭清澄中、周雅楫清原、徐电发釚、龙石楼燮，纂修主事汪蛟门懋麟，刑部主事王尔迪无忝，中书舍人林玉岩焻，督捕司务冯玉爽慈彻，候选郡丞冯躬暨协一与嗣槐，共三十有二人，各为七言律诗二首。"

刘始恢假归淮安，作文送行。

《健松斋集》卷四《送同年刘诚庵吏部归省序》："同年刘考功诚庵典试八闽还，朝不数月，请假省其母夫人于淮安。一时同人祖饯，莫不叹诚庵以人事君，复能以善养母，非常情所能及也。……乃竣事至今，无时不以母夫人为念。今春，兄文起举进士，诚庵喜极而悲，谓吾兄弟幸不辱慈训，顾同留京师，何以慰母氏心？投牒请假。"

丁蕙提督福建学政，作诗送之。

《健松斋集》卷十九《展台诗钞下》壬戌《送同年丁次兰督学闽中》。

陆葇婿沈季友归嘉兴，作诗送之。

《健松斋集》卷十九《展台诗钞下》壬戌《送沈客子归鸳湖用见赠原韵》诗中注曰："客子为吾友陆义山婿。"

林尧英迁河南提学道，作诗送之。

《健松斋集》卷十九《展台诗钞下》壬戌稿《送林澹亭督学中州》。

同年董讷督学顺天，以诗送之。

《健松斋集》卷十九《展台诗钞下》壬戌稿《送同年董默庵侍讲督学顺天十二韵》。

四月十四日，礼部遣使往封琉球国中山王世子为嗣王，检讨汪楫任正使，中书舍人林麟焻为副使，作诗文送之。

《健松斋集》卷十九《展台诗钞下》壬戌稿《和益都公韵送汪悔斋检讨奉使册封琉球国王》和《又和益都公韵送林玉岩舍人使琉球》。

《健松斋集》卷四《送汪悔斋检讨册封琉球序》："康熙二十年，琉球国中山王尚质薨。其明年，世子贞遣陪臣奉表封。……于是以君为正使，而中书舍人林君麟焻副之。……将行，公卿大夫皆诗文祖饯。余既已为诗四章。"

毛际可归里，作诗送之。

《健松斋集》卷十九《展台诗钞下》壬戌稿《送毛会侯归里》。

四月，分隆庆、万历朝臣梁梦龙、许孚远传。

《健松斋集》卷十六《纪分撰明史》："壬戌四月，分隆庆、万历朝臣传梁梦龙、许孚远等,计七十七传。"

五月七日,同年陈维崧卒于京,作诗哭之。

《健松斋集》卷十九《展台诗钞下》壬戌稿《哭陈其年检讨和益都公韵》。

夏,万斯同、黄虞稷、姜宸英、万言、沈季友、方中德集寓斋宴饮。

《健松斋集》卷十九《展台诗钞下》壬戌稿《夏日万季野黄俞邰姜西溟万贞一沈客子家田伯小集寓斋》。

陈维崧殁后,徐乾学属续王崇古等八传。

《健松斋集》卷十六《纪分撰明史》:"又陈检讨维崧殁,昆山徐公属续构王崇古等八传。"

七月,同人宴集万柳堂,公饯冯溥致政。

《健松斋集》卷十九《展台诗钞下》壬戌稿《秋日万柳堂公饯益都夫子和原韵》。

同年钱中谐、沈珩、徐釚本年先后假归还里。

袁佑《霁轩诗钞》卷二《钱宫声沈昭子徐电发三同年谢病假归感赋》。

九月八日,金德嘉、朱玉树小集寓斋。

《健松斋集》卷十九《展台诗钞下》壬戌稿《重午前一日金会公朱玉树诸子小集喜赋》。

骆复旦至京师,为其诗作序。

《健松斋集》卷三《骆叔夜诗序》:"山阴骆君叔夜,与家兄雪岷同举明经。文章声气重一时。为余序《秋琴阁诗》,今且三十年矣!君两宰岩邑,辄縈吏议。家兄李荆州,补令合肥,亦以讹误去。……今君放游过京师,病且日甚,而言论丰采,不减三十年时。……今扁舟吴越,樽酒赋诗,视余辈碌碌晨夕,委顿不复成一字,其所得何如乎?"

秋,骆复旦归绍兴,作诗送之。

《健松斋集》卷十九《展台诗钞下》壬戌稿《送骆叔夜归山阴》。

有诗上王熙。

《健松斋集》卷十九《展台诗钞下》壬戌稿《上相国王瞿庵先生》。

张衡得唐时雷琴一部，作文咏之。

《健松斋集》卷十九《展台诗钞下》壬戌稿《雷琴歌为张晴峰水部作》。

冯溥致政东归，作诗文送之。

《健松斋集》十九《展台诗钞下》壬戌稿《奉送益都夫子致政东归八首》。

《健松斋集》卷四《送座师益都先生致政东归序》："康熙二十一年夏六月，吾师相国益都先生请告归青州，上命驰驿遣官护送。七月，召游瀛台，复赐石章，其文曰'乐志东山'，亲为诗宠其行。……先生今年七十有四，清明强固，齿发未衰。……象瑛于先生为门下士，顷来京师，提携教诲又最厚。……象瑛不敏，窃以此为先生贺矣！"

同年罗映台奉使护送冯溥东归，作诗赠之。

《健松斋集》卷十九《展台诗钞下》壬戌稿《同年罗行人闇园奉使护送益都相国东归赋赠》。

汤斌属补邓廷瓒、胡拱辰二传。至此，共撰传八十七传，次第上史馆。

《健松斋集》卷十六《纪分撰明史》："睢州汤公属补邓廷瓒、胡拱辰二传。通八十七传，次第上史馆，惟防边、征广、御倭诸大吏政绩年月考据未确。"

刘芳躅作诗寄怀，先生有诗和之。

《健松斋集》卷十九《展台诗钞下》壬戌稿《奉和刘夫子秋日见寄用少陵韵二首》。

郑载颺补宣州司马，作诗送之。

《健松斋集》卷十九《展台诗钞下》壬戌稿《送郑瑚山之宣州司马》。

魏象枢六十六初度，作诗寿之。

《健松斋集》卷十九《展台诗钞下》壬戌稿《寿魏庸斋总宪》。

方瑞合以族谱请序，作《茶坡方氏族谱序》。

《健松斋集》卷一《茶坡方氏族谱序》："茶坡族兄锡公氏，自为诸生即搜辑家乘。己未，计偕京师，索余序。适余应御试，旋奉命纂修明史，未有以应也。今年，锡公成进士，复以相属。……锡公归，以此送之，并书为序。"

光绪《淳安县志》卷九："方瑞合，字锡公，号鹤轩，茶坡人。年十二补诸生，登康熙壬戌进士。"

冬十月，吴正治由礼部尚书迁武英殿大学士，代作文贺之。

《健松斋集》卷五《贺大宗伯吴公入参大政序》（代）："大宗伯赓庵吴公起自江汉，为时名臣，十数年来，修明礼乐，厘正典章，海内知与不知，莫不叹为端人正士。……冬十月，上特简公暨钱塘黄公入辅大政，一时朝野相庆。……余与公同朝久，稔公文章德业非一日，楚中卿大夫间序于余，因举公生平，而推其笃生之由兴，所以得君行道之故，为天下国家庆。"

王先谦《东华录》康熙三十："（壬戌冬十月）吴正治为武英殿大学士，由礼部尚书迁。"

叶方蔼卒。耿愿鲁卒。

清圣祖康熙二十二年癸亥（1683 ）五十二岁

元日，侍宴，有诗纪事。

《健松斋集》卷十九《展台诗钞下》癸亥《元日侍宴恭纪》。

立春后一日，同倪灿、姜宸英、黄虞稷、万斯同、万言饮施闰章邸舍。

《健松斋集》卷十九《展台诗钞下》癸亥《立春后一日饮愚山先生邸舍同闇公西溟俞邰季野贞一》。

正月十三日，同年陆葇假归。

毛奇龄《西河合集·神道碑铭二·皇清予告内阁学士兼礼部侍郎雅坪陆公神道碑铭》："康熙壬戌，乞病假归，居于家八年。"知陆葇康熙二十一年乞假。陆葇《雅坪诗稿》卷二十一《癸亥春正十三日出都》。

十五夜，同汪霦、吴任臣集邵远平宅。

《健松斋集》卷十九《展台诗钞下》癸亥《灯夜集邵戒庵学士斋同汪东川吴志伊》。

元月二十六日，孙卓、周灿出使安南，作诗送之。

《健松斋集》卷十九《展台诗钞下》癸亥《送同官孙予立册封安南国王》《送周澹园仪部奉使安南》。

寓居宣武门西，自题其宅曰舟居。

《健松斋集》卷十九《展台诗钞下》癸亥《自题舟居》。

同人集沈荃邸中。

《健松斋集》卷十九《展台诗钞下》癸亥《沈绎堂先生邸中灯集》。

二月，徐秉义归昆山，作诗送之。

《健松斋集》卷十九《展台诗钞下》癸亥《送徐果亭宫允归昆山》。

梁清标作《除夕》《元旦》二诗，作诗和之。

《健松斋集》卷十九《展台诗钞下》癸亥《奉和司农夫子除夕元旦二首》。

徐乾学招饮，与曹禾、丘象随、潘耒赴宴。

《健松斋集》卷十九《展台诗钞下》壬戌《徐健庵学士招集同曹峨眉丘季贞潘次耕》。

按，此诗编入壬戌年，误。据丘象随《西轩纪年集》，象随于康熙十九年归里，二十二年夏始补官入都，或当作于本年，姑系于此。

春，从张玉书借得明穆宗、明神宗实录，不逾月而脱稿，遂致怔忡疾剧。

《健松斋集》卷十六《纪分撰明史》："癸亥春，从丹徒张公借得穆、神两庙实录，日夕搜寻，手披目涉，躬自钞录。一月之内，悉皆改定。比脱稿，而怔忡病作矣！"

毛际可《会侯先生文钞》卷十六戊辰《方渭仁明史拟稿题词》："犹恐其考据之未确也，从丹徒张宗伯假穆、神两朝实录，目涉手抄，不逾月而脱稿，遂致怔忡疾剧，请假归里。"

春日，招姜宸英、黄虞稷、万斯同、万斯大饮寓斋。

《健松斋集》卷十九《展台诗钞下》癸亥《春日西溟俞邰季野贞一寓斋小饮》。

春，同年袁佑归省，作诗送之。

《健松斋集》卷十九《展台诗钞下》癸亥《送袁杜少归省》。

侄若韩假归遂安，作诗送之。

《健松斋集》卷十九《展台诗钞下》癸亥《送家侄若韩假归》。

洪昇纳吴姬，作诗贺之。

《健松斋集》卷十九《展台诗钞下》癸亥《洪昉思纳姬四首》。

有诗寄怀镇江知府高龙光。

《健松斋集》卷十九《展台诗钞下》癸亥《寄高镇江紫虹》。

乾隆《镇江府志》卷二十三："高龙光，字紫虹，福建长乐人。己亥进士。……康熙十九年，奉旨特简升任。"

毛奇龄为冯溥撰年谱成，先生为作序。

《健松斋集》卷一《冯易斋先生年谱序》："吾师相国易斋先生既致政归，皇上亲赋诗宠其行，于时先生年七十有四矣。及门诸子请曰：'先生德盛业隆……愿先生谱叙生平，以垂示后世。……'顾谓毛子奇龄曰：'子能之，为一铨次其梗概，使吾后世子孙知吾居家立朝，其质行如此。'毛子再拜受命，谱成，象瑛受而读之。……先生贻书命象瑛为序，因拜手记于简末。"

为同年郑维飙、郑载飓父宝水遗集作跋。

《健松斋集》卷十二《郑宝水先生遗集跋》："癸卯之秋，余与缙云郑君元□同举于乡。越四年丁未，复与瑚山同举进士。因得悉其尊人宝水先生加详，然未相识也。甲寅寇乱，余避地钱塘，先生亦与元□弃家寓吴山，往复通谒，穆然古君子也。丙辰，福建平，先生西归，余亦携家返里。明年谒选京师，荏苒几何时，而先生且殁矣！……今年，元□补令海康，瑚山以中书舍人出佐宣州，将行，以先生遗集属余论次。余受而读之，《易搜》一书，精心理数，发先后天之秘，其他撰著皆高古。……今先生倡起于前，元□兄弟继之于后，以视老泉、轼、辙何如哉！"

按，嘉庆《海康县志》卷三："（知县）郑维飙，缙云人，进士，二十二年任。"嘉庆《宁国府志》卷四："（宁国府同知）二十二年，郑载飚。"知文作于本年。

五叔父成邰谒选入都，寓先生所。

《健松斋续集》卷七《五叔父助教公行述》："癸亥，谒选入都，余适有使蜀之役。……余拜别西行，公留邸中。"

闰六月十三日，同年施闰章以疾卒于官。

施念曾《施愚山先生年谱》卷四："康熙二十二年癸亥，先生年六十六岁，闰六月十三日，丑时，以疾卒于邸斋。"

宋荦以通永金事奉檄偕部使按海滨地，作诗送之。

《健松斋集》卷十九《展台诗钞下》癸亥《送宋牧仲宪副通永》。

为吴景鹮小像题诗。

《健松斋集》卷十九《展台诗钞下》癸亥《题吴赤一小像》。

张真人觐毕还山，作诗送之。

《健松斋集》卷十九《展台诗钞下》癸亥《送张真人觐毕还山》。

夏六月，典试四川，梁清标、毛奇龄、李澄中、高层云、沈荃、彭孙遹等以诗送之。

陶梁《国朝畿辅诗传》卷六梁清标《送方渭仁门人典试蜀中》、毛奇龄《西河合集·七言律诗九·方编修典试四川》、《遂安方氏族谱》卷八李澄中《送同年方渭仁编修典试四川序》、《遂安方氏族谱》卷八高层云《送方太史渭仁先生典试四川序》、《遂安方氏族谱》卷八沈荃《送方渭仁馆丈典试四川》、彭孙遹《松桂堂集》卷二十三《送方渭仁典试蜀中》。

法式善《清秘述闻》卷二："四川考官编修方象瑛，字渭仁，浙江遂安人，己未鸿博。"

七月初一日，出都，门人马教思、高寿名、沈朝初送至郊外。

《健松斋集》卷七《使蜀日记》："七月初一日，出都，门人马生教思、高生寿名、沈生朝初郊送，下车话别。"

秋，同年尤侗假归还里。

王顼龄《世恩堂诗集》卷八癸亥《尤悔庵给假归里作归兴诗志别依韵送之》、庞垲《丛碧山房诗初集》卷八癸亥京集诗《送尤展成太史旋里》。

同年倪灿丁母忧归里。

乔莱《归田集》卷二《倪检讨墓志铭》："癸亥，丁朱太孺人忧。"

九月初九日，闱中生日，有诗纪事。

《健松斋集》卷二十《锦官集》上《重九闱中生日即事》。

十一月一日，王材任省觐还朝，作诗送之。

《健松斋集》卷二十《锦官集》上《送王担人事竣省觐还朝》。

十一月二日，病稍间，游青羊殿、草堂寺（古浣花溪寺）、杜甫祠。

《健松斋集》卷二十《锦官集》上《青羊宫》《草堂寺》《杜工部祠》。

作《游杜工部草堂记》。

《健松斋集》卷七《游杜工部草堂记》："成都南门外二里为青羊宫，又里许，为草堂寺，即古浣花溪寺也。右即工部草堂。"

《健松斋集》卷七《使蜀日记》："十一月初二日，病稍间，出锦宫门，过万里桥。桥西为青羊殿……里许为草堂寺，古浣花溪寺也。右即杜工部祠，有石刻像，详游记。"

十一月初四，游浣花溪寺，作《浣花溪记》。

《健松斋集》卷七《浣花溪记》："浣花溪在成都府西南五里，一名百花潭，清流澄澈。"

《健松斋集》卷七《使蜀日记》："十一月初四日，游浣花溪，一名百花潭，即锦江也。……详具游记。"

十二月九日，至夔州府，拟观八阵图，大雨，不果，登城楼遥望，作《八阵图记》。

《健松斋集》卷二十一《锦官集》下《登夔州城楼望八阵图》。

《健松斋集》卷七《八阵图记》："《志》称武侯八阵图在夔州者六十有四，为方阵法；在新都牟弥镇者一百一十有八，为当头阵法；在棋盘市者二百五十有六，为下营法。是图凡三矣！"

《健松斋集》卷七《使蜀日记》："十二月初九日，至夔州府。八阵图在城南石碛上，凡六十四蕝，拟棹舟观之，大雨，不果。登城楼遥望而已，别有记。"

十二月初十日，次瞿唐峡、滟滪堆，登白帝城，作《滟滪堆记》《登白帝城记》。

《健松斋集》卷二十一《锦官集》下《登白帝城》《白帝城谒先主庙》《瀼水》《杜少陵宅》《滟滪堆》《瞿唐峡》。

《健松斋集》卷七《滟滪堆记》《登白帝城记》。

《健松斋集》卷七《使蜀日记》："十二月初十日，十余里至瞿唐峡，两岸各数十仞，对峙如门。滟滪堆当其口，江水分流左右下。循滟滪而北，登白帝城，路陡峻，上为先主庙，丞相亮，前将军羽，车骑将军飞配。……详具《滟滪》《白帝》二记。"

十二月十八日，过白阳驿，夜抵枝江县，忆仲兄象璜理荆时署邑事。

《健松斋集》卷二十一《锦官集》下《重过荆州有怀家兄雪岷》。

万斯大卒。梁允植卒。

清圣祖康熙二十三年甲子（1684）　五十三岁

正月初三日，访罗世珍，世珍留饮镜堂。

《健松斋集》卷二十一《锦官集》下《饮罗子镜堂》。

遇俞星留汉阳，读其冬邸见怀作，和韵答之，兼送其入滇。

《健松斋集》卷二十一《锦官集》下《汉上遇俞掌天读冬邸见怀作和韵奉酬兼送之入滇》。

正月二十六日，第三孙锡绅生。

《遂安方氏族谱》卷二《世系考》："锡绅，引禩第三子。……康熙甲子年正月廿六日申时生。"

正月三十日，与龚首骧、俞洁存、蒋佩若、孙枝蔚、孙念博、李仁熟、罗世珍游洪山寺。

孙枝蔚《溉堂后集》卷六甲子《春分前一日龚首骧俞洁存蒋佩若招同方渭仁念博李仁熟罗鲁峰游洪山寺限文字》。

《健松斋集》卷二十一《锦官集》下《同孙豹人诸君游洪山寺》。

为孙枝蔚诗作序。

《健松斋集》卷二《孙豹人诗序》:"别豹人先生五六年,天外冥鸿,不可踪迹。盖未尝一日忘溉堂也。……今春,放舟南下,客有言先生在武昌者,亟渡江访之,握手问劳,不知身之在客也。相与游洪山,登黄鹤楼,尊酒纵谭,因得尽读别后诸诗大略数卷。……先生不得意,买舟浮洞庭,溯长沙,将复游京师。夫自先生之归,辇下诸公相望久矣,余旦晚还朝,待先生于慈仁松下,出新诗读之,其于陶、杜间,又不知更何如也?"

为罗世珍诗作序。

《健松斋集》卷二《罗鲁峰诗序》:"罗君青峰生汉阳,本二《南》之遗风,以诗名楚者二十年。……稍间,即奉使蜀之命,力疾西行,君过余为别,约以腊月待于汉上。是时方立秋,比竣事,还过楚,而晴川芳草已青矣!君饮余镜堂,旋同游洪山,登黄鹤楼,往复唱和,得尽读所为诗歌。"

詹文忧过访,先生为其诗作序。

《健松斋集》卷二《詹文忧诗序》:"余初不知詹孝廉文忧,己未岁,文忧与家兄雪岷同客西江,余兄弟相别久,未闻也。今春,蜀归,过武昌,饮徐子星即山楼,读其与文忧唱和诗,向往久之。继偕诸君游洪山,从俞子掌天赠行册读文忧所为七言古诗,于是始真知黄州有詹孝廉矣。越十日,文忧访余寓斋,执手欢甚已,复嘱掌天索序其诗。"

李必果为《展台诗钞》作序。

《健松斋集》卷十八《展台诗钞上》卷首李必果序:"遂安方渭仁先生,为前相国之孙,伯仲俱掇巍科。顷,膺辟命,珥笔金门,盖以诗文名海内者二十余年矣。今春,使蜀还朝,相晤于鄂渚,出所为《展台诗钞》一编。展台者,燕昭王展礼之台。而诗则先生七八年来编年之作也。必果伏而读之,应制诸篇,铺张扬厉,与《天保》《采薇》同风。……甲子春日汉阳李必果撰。"

二月二十五日,进蕲水县,谒房师张邦福,宿浴莲庵,为等观上人《秋影阁诗》作跋。

《健松斋集》卷二十一《锦官集》下《蕲水道中》《宿浴莲庵》。

《健松斋集》卷十二《书蕲水僧等观诗》："甲子春，余使蜀还朝，过蕲水，谒吾师张郓山先生，兼访李令君，欲□留宿浴莲庵。……是夕，等观上人来谒，年七十余，貌古朴，不知其善诗也。翼日，两公具言合肥龚宗伯宰蕲时，善其师恒度，为筑此庵，恒公故诗人，上人由是学为诗，多蓄古今书籍。……余闻而异之，夜归，叩其户，则上人已熟寝矣。晓起，得所为《秋影阁诗》一册，高远幽隽，在皎然、灵一之间，拟作诗赠，行迫不果，舟中书庵宿二律寄之，并题其诗后。"

过吴，值族兄方惟学七十初度，作文祝寿。

《健松斋集》卷五《寿族兄惟学序》："曩家明经、司理两兄薄游吴会，始得识族兄惟学翁。癸卯夏，先君暨家助教叔复过吴，与翁叙谱谊至悉。予固心仪久矣！……甲寅，翁六十初度，三侄羽可索予言为寿，适当寇乱，播迁之余，旋滥竽史馆，朝夕纂辑，久未能应。癸亥秋，奉命校士蜀中。明年，便道归省，值翁七十悬弧之辰，予与翁别且八年，今复登其堂，两鬓未丝，步履轻健……诸子复以文章请，因述其品行，并志夙昔游好之概如此。"

夏，还京，成《使蜀日记》。

《健松斋集》卷七《使蜀日记》。

有书寄冯溥，冯有答书。

《健松斋集》卷十一《上益都先生书》："客春，查改史传，忽得怔忡之疾。心摇汗脱，几无生理。……遂有使蜀之命，力疾西征。……来夏六年俸满，拟乞假为先人治墓。尔时便道历下，当叩函丈，新承教诲也。"

《遂安方氏族谱》卷八《艺文考》冯溥《答方渭仁书》。

有书寄魏象枢，魏有答书。

《健松斋集》卷十一《报魏庸斋先生书》、《遂安方氏族谱》卷八魏象枢《柬方渭仁编修书》。

秋，同年汪霦假归还里。

汪懋麟《百尺梧桐阁遗稿》卷六甲子稿《朝采将请假觐省先书甲子诗一册寄呈堂上属题册首》。

秋，同年高咏假归。

庞垲《丛碧山房诗初集》卷十甲子京集诗《送高阮怀假归宣城用潘次耕韵》

秋九月，汪懋麟假归，先生送之出都。

《健松斋续集》卷八《汪蛟门墓志铭》："甲子秋，送君出都门。"

秋，为程正揆画册题诗。

《健松斋集》卷十九甲子稿《题程端伯侍郎画册二首》。

秋，汤斌由内阁学士迁江宁巡抚，作诗送之。

《健松斋集》卷十九甲子稿《送汤潜庵学士抚吴中》。

秋，为仲父成郊《地理十种》作序。

《健松斋集》卷一《地理十种序》："仲父太学君，博闻强记，少时即究心地理，尝从葬师衬地，辄指某也吉，某也不吉，往往不爽。自是益心喜自负，蹑屐登山，穷览古规格。其学以形势为主，唾弃时流，以为不足语。盖潜心此中者三十余年矣！……叔父既精心此学，而复得异书以广其识，于以妥先灵，开示当世。……今年秋，议尽出十种书行世，不果。大兄捐赀刻犀精，叔父贻书属余序。……明年，史事竣，拟乞身归田里，求所谓犀精者而读之，与诸君子访求山川，以毕吾志，然未知何如也。"

魏象枢告归蔚州，作诗送之。

《健松斋集》卷十九甲子稿《送魏庸斋先生予告归蔚州》。

冬，毛奇龄为《锦官集》作序。

《健松斋集》卷二十《锦官集》卷首毛奇龄序云："渭仁以诗文名于人，所称《健松斋集》是也。……今幸与渭仁同受笔札，抽文撷史，将以窥其所学，且得进验其太平丹臆之具，乃渭仁当此，矫矫然若有以自异者。会西南初辟，天子念巴蜀材薮，既幸前涤，将大兴文教，与斯民更始，于是特敕词臣搜文其地，而渭仁首衔命往。……渭仁出都时，病怔忡尚未愈，驰驱崇山深箐中五千余里，荒城古驿，仆马瘏痡，然且登临凭吊，题诗满壁。即撤棘以还，山川名胜，必歌咏以尽其致。读《锦官》一集，其襟怀所寄，岂犹然分厅聚草，悻悻自得者所能几与？……今渭仁受使，亲试之而亲升之，嗟乎，其加于古人何等哉？若其升贤之书，自具别录，兹集勿及也。……康熙甲子冬月，西河弟毛奇龄僧开氏拜题。"

朱彝尊为《锦官集》作序。

朱彝尊《曝书亭集》卷三十七《方编修锦官集序》："遂安方君渭仁，以宰辅之孙早成进士，既而用荐召试入翰林。岁在癸亥，四川既定，诏补省试，于是君奉命遄往，归而雕刻其诗为《锦官集》二卷。凡山川之厄塞，风土之同异，友朋之离合，抚今吊古，悉见于诗。君之诗既多信可传于远者也。曩时济南王先生贻上主考入蜀，哀其诗为《蜀道集》，属予序之，而予不果也。今君之诗，盖将与王先生并传，其或不同者，非诗派之流别也，一在蜀未乱之先，一在乱定之后。览观土风，感慨异焉，后之读诗者，兼可以考其时矣。"

按，此序亦载先生《锦官集》卷首。

冬，同年黎骞假归还里。

丘象随《西轩甲子集·送黎潇僧同年归临江》、庞垲《丛碧山房诗初集》卷十甲子京集诗《送黎潇僧假归》。

王材任、张希良、汤右曾为《锦官集》作序。

《健松斋集》卷二十《锦官集》卷首载王材任、张希良、汤右曾序。

为门人王慎修父尔禄志墓。

《健松斋集》卷十五《岁贡逸庵王君墓志铭》："戊午秋，余分校京闱，得内丘王生慎修卷，精思隽采，望而知为才士已。慎修来谒，得悉其家世。尊人逸庵公积学砥行，为乡间所推。慎修文行卓卓，受于庭训为多。癸亥，余奉命典试蜀中，明年还朝，则君已殁矣！慎修奉所为状诣余，曰：'慎修不孝，方冀专精旧业，以报吾亲，讵意志未遂而亲竟不及待也。丽牲片石，惟先生一言命之。'……按状，君讳尔禄，字被甫，晚号逸庵，世籍洪洞，明初徙居内丘。……君生某年月日，卒某年月日，享年七十。"

有书答陈僖。

《健松斋集》卷十一《答陈蔼公书》："君家湖海元龙，于今殆复见之。"

有书答毛先舒。

《健松斋集》卷十一《答毛稚黄书》:"七月十八日,从吴志伊检讨得足下二月所寄书。……明年史事竣,乞假南还,尔时登吴山,快读枕中之秘,并请教益也。"

有书答王晫。

《健松斋集》卷十一《答王丹麓书》:"客岁四月中,得足下书,并示《今世说》数则。……此时史事敦迫,不遑他务,明年事竣,乞身归田里,当为足下佐成快举事。"

沈荃卒。

清圣祖康熙二十四年乙丑(1685)　五十四岁

首春,御试懋勤殿,有应制诗。

《健松斋集》卷十九乙丑稿《御试首春懋勤殿应制》。

御试,作《经史赋》。

《健松斋集》卷九《经史赋》。

病中,有诗寄徐釚、周清原。

《健松斋集》卷十九乙丑稿《病中杂感柬徐电发周雅楣》。

章振萼中进士,将归里,作诗送之。

《健松斋集》卷十九乙丑稿《送章范山春捷归里》。

光绪《严州府志》卷之十八:"章振萼,字范山,遂安人。康熙乙丑进士,授上犹知县。"

三月十日,王晫五十初度,填《千秋岁》词自寿,同人多有和言,先生为题辞。

《健松斋集》卷十二《千秋雅调题辞》:"忆自甲寅秋避地西陵,与诸君子樽酒赋诗,犬马齿四十有三,丹麓亦三十九岁耳。风尘征逐,忽忽又十许年矣!……乃丹麓襟期如故,撰述益工,五十诞辰,赋《千秋岁》词一阕,悠闲旷达,若有以自适者,一时名人属和,极词场之盛。……丹麓不屑屑流俗，而能致海内名流之言以快意，真寿矣，真寿矣！"

按，王晫《霞举堂集》卷三十二《千秋岁·初度感怀》序云："乙丑三月十日，为仆五十诞辰。学《易》未能知非，自愧繁年华之不再，徒老大之堪悲。偶述小词，聊复寄慨。览者或惜其志，依韵赐以和言，仆一日犹千秋也。"

春，为《四川乡试序齿录》撰序。

《健松斋集》卷一《四川乡试序齿录序》："蜀都山川灵秀，擅绝海内。……天子念巴蜀甫定，以文教怀柔远人，特有是命。……今年春，诸生计偕京师，以中卷额少，举南宫者二人，皆余所取士，而樊生泽远以解首，得入读中秘书。诸生亦循例试县职学官，以需后举，汇其同年序齿录，请余序。"

章振萼重修族谱，为作序。

《健松斋集》卷一《章氏族谱序》："邑中多巨族。而人繁物阜，家学相承，莫若章氏。……吾友范山，系出珠渊，既举进士，始合族人而重修之，支分派列，粲然有序。……吾家曾王母封太夫人，实出貂山。家助教、侍讲两叔，皆珠渊婿，而侍讲配章宜人死难最烈，则范山姊也。今会同君父子，又皆婿吾门。两家迭相为姻好，故稔其世德甚悉。……吾邑名族，莫盛于章氏，且知章氏之盛由于世德。是则范山修谱之意，而亦章之祖若宗所深望于后人者也。"

五月二日，同年毛奇龄妾张曼殊病死，作诗挽之。

《健松斋集》卷十九乙丑稿《曼殊挽诗为毛大可检讨赋》。

按，张曼殊病卒，京师同人悲其遇，争作挽吊，自梁清标诸学士下，诗、词、文、赋不可胜纪。又有作鼓子词，同韵唱和成帙。诸人吊词见毛奇龄《西河合集·墓志铭六·曼殊别志书□》，其中尤以周清原《续长恨歌》最知名。

春，同年汪铎母程氏八十寿辰，作以祝寿。

《健松斋集》卷十九乙丑稿《寿萱堂诗，祝同年汪吏部母程太宜人八袠》。

题《躬耕养母图》送方中德还桐城。

《健松斋集》卷十九乙丑稿《题躬耕养母图送家田伯还桐城》。

仲秋，梁清标为祖父母志墓。

《遂安方氏族谱》卷八《艺文考》载梁清标《明资善大夫礼部尚书兼东阁大学士书田方公偕元配毛夫人合葬墓志铭》末识："康熙二十四年岁次乙丑仲秋穀旦……梁清标顿首拜撰。"

因病乞假归里。

《健松斋续集》卷二《沈昭子耿岩文钞序》："乙丑，予以病请假，君亦投老归东海。"

将归遂安，梁清标作诗赠别，先生依韵酬之。

梁清标《蕉林二集》五言律一《送方渭仁门人请急归里》、《健松斋集》卷二十四《奉假南归真定夫子赋诗赠别依韵奉酬》。

江闿作诗送之。

江闿《江辰六文集》卷十八《送方渭仁编修归里》。

作《述归》诗。

《健松斋集》卷二十四《述归》。

舟发潞河，有诗书怀。

《健松斋集》卷二十四《潞河舟发》。

重过济宁，以病未登太白楼。

《健松斋集》卷二十四《重过济宁以病未登太白楼》。

南归舟中，更号艮山。

《健松斋集》卷十六《艮山说》："方子乞假南归，舟中更号艮山。……吾山中鄙儒也，幸窃科名，复邀荐辟，七年侍从。书生得此已幸矣！适可而止，钟鸣漏尽，奚为乎？且吾病恇忡三年余矣。向者锐意前史，不间晨夕，稿成而病作，则不善息之效也。"

次扬州，遇伯兄象琮。

《健松斋续集》卷三《伯兄拔贡公画像记》："予奉假南归，遇公于广陵。"

度淮，有诗和洪昇赠别韵。

《健松斋集》卷二十四《度淮和洪昉思赠别韵》。

途经淮安，扬州、镇江，览当地胜迹。

《健松斋集》卷二十四《韩侯钓台》《漂母祠》《露筋庙》《扬州》《董公祠》《晓渡扬子望金山》。

邓汉仪以诗赠之，先生依韵答之。

《健松斋集》卷二十四《答邓孝威见赠和原韵》。

归次钱塘，有诗和朱彝尊赠别韵。

《健松斋集》卷二十四《归次钱塘和朱竹垞赠别韵》。

归里，处州城守副将武德荣书问往复，情意周至。

《健松斋续集》卷八《荣禄大夫协镇浙江处州左都督管副将事世袭拜他喇布勒哈番华宇武君墓志铭》："都督华宇武君，驻防遂安最久。余雅重其人，交相善也。别来二十余年，君积功至入处州协镇。余奉假南归，书问往复，情意周至。"

十二月，遂安重建马仪新墅堰，为作序。

《健松斋续集》卷三《重建马仪新墅堰碑记》："夏六月……倡议重建，请于邑侯何公，报可，以告余。余衰病不能任事，然心喜是举。……经始于七月辛卯，落成于十二月己巳，诸君属余为记。"

按，雍正《浙江通志》卷六十："马仪新墅堰，在县西南十里。旧本二堰，元至治间县尹梁居善始合为一，邑人陈泌为记。……国朝康熙十年，典史李守奎督修。二十一年，大水坏，县丞王时来督修。二十四年，知县何伟重修。"

张烈卒。高咏卒。

清圣祖康熙二十五年丙寅（1686）　五十五岁

同年张鸿烈以越职言事罢归。

庞垲《丛碧山房诗初集》卷十二丙寅家集诗《送张毅文检讨归淮上》。

初夏，同年毛奇龄假归还里。

丘象随《西轩丙寅集·送毛大可同年归萧山二首》。

初夏，金铉迁浙江巡抚，迎于三衢。

《健松斋集》卷一《东南舆诵序》："丙寅初夏，先生自闽移镇两浙。象瑛迓于三衢。"

同年毛升芳罢归还里。

丘象随《西轩丙寅集·送毛允大同年罢归》。

客杭州，林云铭为二十四卷本《健松斋集》作序。

《健松斋集》卷首林云铭序曰："越十年，余以闽变蒙难后，携孥客杭，渭仁方应宏博之选，载笔史馆。余与同年友毛子会侯旅寓，得读其所著《健松斋集》，又已识其为文。既而渭仁自燕寓书以新著数十首见示，余矜有独得什袭而藏之以为枕秘。又数年，渭仁两晤余于杭邸，握手倾倒，有浩浩落落之概。余因叹其文如其人，立言盖有本也。兹当全集告成，余友王子丹麓为之属序。……晋安林云铭西仲撰。"

按，林云铭《挹奎楼选稿》卷三《健松斋全集序》（丙寅）文同。

中秋前一日，客杭州，得祖父逢年手书扇子。

《健松斋集》卷十六《纪重得先大父手书扇子》："凡祖父手泽，虽无甚关系，皆当谨藏勿失，即如时对祖父。……余家藏先大父阁学公遗迹颇多，而《灯坎村》一诗，尤遒劲生动，酷类孙过庭。余宝之，与黄石斋、倪鸿宝两先生手书便面同贮一笥。甲寅闽逆之乱，悉散失无存，痛恨惋惜。意先人手泽，不可复睹矣！今年，客钱唐，故人洪君过访，偶尔话及，洪归，以一扇见贻，则公手书《灵岩》四律也。云得之邻比九十七翁。按，崇祯丙子，大父以南祭酒归省，遍游姑苏名胜，四诗今载《学歗集》。手泽如新，不觉狂喜，时一展阅，真如亲承笑语。因援笔纪其岁月，子孙世守之，毋使复失，是即仁人孝子之用心也。康熙丙寅中秋前一日。"

为毛际可《安序堂文钞》作序。

《健松斋集》卷二《安序堂文钞序》："余与会侯幼同学，会侯少余一岁。制义之暇，相与学为诗古文辞。会侯为余序《四游集》，言之详矣！……十数年来，两人姓字著于篇帙，觉有阙一不可者，于是东南之士，往往'方毛'并称。……然则今之称方毛者，盖谓西陵流寓固有此两人耳。……会侯向有《松皋集》行世，今复刻《安序堂文钞》，余两人交最深，不可无言以序其首，然病怔忡，且益甚。会侯与稚黄皆以屏绝笔墨相戒，因书数言以见余之倾倒于会侯者如此！"

为王晫《霞举堂集》作序。

《健松斋续集》卷二《霞举堂集序》："丹麓少为诸生，有名，年二十八弃去。……丹麓齿才逾五十。"

九月二十三日，伯兄象琮卒。

《健松斋续集》卷三《伯兄拔贡公画像记》："伯兄讳象琮，字玉宗，号蓉邺，晚更号缄斋。……丙寅秋，感微疾，寻卒。……公生天启癸亥十二月初十日，卒康熙丙寅九月廿三日，寿六十四。"

十一月，父成郯崇祀乡贤，书其后。

《健松斋集》卷十二《先府君崇祀乡贤录纪后》。

《遂安方氏族谱》卷五《人物考·赠编修公崇祀乡贤看语批词》末识"康熙二十五年十一月初五日"。

冬，同年乔莱被谴出都。

丘象随《西轩丙寅集·送乔石林侍读被谴出都七首》。

按，是年前后，己未鸿博或升转，或假归，或降调，或罢黜，或病卒。明史未成，而鸿博诸人凋谢殆尽。邓之诚《清诗纪事初编》卷三"潘耒"条云："鸿博之试，诸生、布衣入选者，未几皆降黜，或假归。始则招之唯恐不来，继则挥之唯恐不去矣。"证明己未词科只是清廷安定天下的一个计谋，康熙帝打着"求贤右文"的旗号，广纳天下之才，其用意是在拉拢天下士人，特别是江南士人。在天下英才纷纷入其彀中之后，随着三藩的平定，台湾纳入版图，清朝统治进入了一个新阶段。而此时却是鸿儒诸人被摒弃最多的时候。

吴任臣卒。

清圣祖康熙二十六年丁卯（1687）　五十六岁

二月，同年倪灿卒。

乔莱《归田集》卷二《倪检讨墓志铭》："康熙二十六年二月，翰林院检讨倪公闇公以疾卒于官。"

春，同年徐釚罢归。

徐釚《南州草堂集》卷十二丁卯《左迁南归舟中述怀八首兼寄同馆诸君时三月三日也》。

春，养疴杭州，为陆进《付雪词三集》题辞。

《健松斋集》卷十二《付雪词三集题辞》："与荩思别十许年，庚申，廷对入都。余适有妻儿之丧，荩思寻亦悼亡，执手榻前，欷歔言别，又七八年矣。今春，养疴湖上，荩思过余，读所为《付雪》三集，声情意致，依然余杭大陆。余因叹荩思长余数岁，柔情曼调，犹能与少年行争长竞艳。……荩思索余序，且戒勿以病为辞，然余实不能作，姑书此归之。"

三月，毛先舒为二十四卷本《健松斋集》作序。

《健松斋集》卷首毛先舒序曰："遂安方子渭仁，宰相孙，起家成进士，入直史馆，出典蜀试，盖以文章名海内三十年矣！归于乡而辑其集若干篇，属余序之。……康熙二十六年三月立夏后一日，钱唐同学弟毛先舒稚黄拜撰。"

季春，尤侗为二十四卷本《健松斋集》作序。

《健松斋集》卷首尤侗序曰："遂安方子渭仁所著《健松斋集》，予十年前既得而读之矣。今春，遇于湖上，出其续集，合若干卷，将授剞劂，命予曰：'子为我序之。'……康熙丁卯季春谷雨日，长洲年弟尤侗拜撰。"

毛际可为二十四卷本《健松斋集》作序。

毛际可《会侯先生文钞》卷八丙戌《方渭仁文集序》："余读渭仁文，凡三变矣。弱龄定交语石，习为徐、庾之篇，风华自喜。暨与余避寇侨寓会城，得稚黄诸子相与切劘，敛华就实……即海内向所传《健松斋集》

是也。已而应文学之征，天子临轩亲试之，拔居侍从，与修明史。……且典试三蜀，在西南数千里外。……遂取前集而广之，重付梓人，属余为序。……夫渭仁虽为宰辅之裔，少遭丧乱，及擢第同宫，而需次里门，未膺一命。"

按，毛序编入丙戌年，误。据文中"遂取前集而广之，重付梓人"语，"前集"即《健松斋集》十六卷本，"广之"为增刻八卷后的二十四卷本。十六卷本无毛序，二十四卷本有毛序，可资证明。

首夏，毛升芳为《展台诗钞》作序。

《健松斋集》卷十八《展台诗钞上》卷首毛升芳序曰："渭仁年先生，文山□□，学海螭龙，早年施誉金闱，壮岁扬声铜马。……时从载笔之余，窃分藜火；每当下直之候，舆讽芸章。文愧长源，敢序曲江之集；才非孝穆，拟效玉台之篇。乃复缄书百里，睠念故人。……康熙丁卯首夏年眷同学侄毛升芳顿首拜撰。"

五月初五，《明史分稿残本》二卷成，自为序。

《健松斋集》卷十六《纪分撰明史》："余以己未五月奉命修明史，十二月十七日开馆。明年正月，分撰景帝本纪，景泰、天顺、成化朝臣传王翱、于谦等。辛酉六月，暂分天启、崇祯朝臣传顾大章、朱燮元等。壬戌四月，分隆庆、万历朝臣传梁梦龙、许孚远等，计七十七传。又陈检讨维崧殁，昆山徐公属续构王崇古等八传，睢州汤公属补邓廷瓒、胡拱辰二传。通八十七传，次第上史馆，惟防边、征广、御倭诸大吏政绩年月考据未确。癸亥春，从丹徒张公借得穆、神两庙实录，日夕搜寻，手披目涉，躬自钞录。一月之内，悉皆改定。比脱稿，而怔忡病作矣！迄今五载，究未得愈。每念才识疏庸，虚縻俸禄，惟是文章一道，稍图报称。今衰病乞归，所上诸传稿，或用或否，或改易或增芟，事在总裁，非予所敢知。顾从事此中，具极苦心事业。考之群书是非，衷之公论文章，质之同馆诸贤，据事叙述，其人自见。虽不敢希信史，然职掌所存，或者其无负乎？因录藏笥中，俾后之览者知所考焉。启、祯以后，书传无征，间有纪载，未可遽信。虽缀葺成篇，尚多舛漏，不敢自以为是也。"

按，《丛书集成续编》史部第 22 册收录先生《明史分稿残本》上、下卷，卷首有毛际可《明史拟稿题辞》，另有先生序，即此《纪分撰明史》，文小异，末识："康熙丁卯午日，方象瑛书于吴山旅舍。"

五月，金铉为二十四卷本《健松斋集》作序。

《健松斋集》卷首金铉曰："方子渭仁，出相门华胄，妙龄成进士，陟青要。幸逢今上好文学，博采经术鸿儒充侍从顾问之选，方子得召试阙下，特擢史馆。其遇与司马长无异。逾年，即出典蜀试，又眉山兄弟之乡也。……或发为诗歌，或撰为碑记、铭颂，琅琅作金石声，辇上诸君子咸相传颂。予在闽，以不得倾筐一读为憾。及移节武林，适方子请沐归，日偃卧于客星濑下有所谓健松斋者，杜门却轨，益富著述。……携至湖上，属余论定，以传于后。……康熙丁卯孟夏中澣宛平金铉拜撰。"

西陵汪沨、陈廷会、柴绍炳、沈昀、孙治祀乡贤祠，作《西陵五先生祀乡贤说》。

《健松斋集》卷十六《西陵五先生祀乡贤说》："西陵故有六先生，汪魏美沨、柴虎臣绍炳、应嗣寅㧑谦、陈际叔廷会、沈甸华昀、孙宇台治，皆学古行高，安贫不仕。汪、柴两先生，余未及见。四先生则寓杭时常相过从者也。别来不十年，亦先后奄逝，追忆旧游，惨然伤之。应先生殁，前抚军赵公特祀之乡贤。去年春，诸生复议奉五先生从祀。会公移镇吴，而今少司马金公始至，诸生虑不得，当以属予。予为具言之，公欣然许诺。于是，五先生同日祀学宫。礼成，孙君孝桢、沈君纯中、陈君调元诣予谢，予逊不敢受。……予虽不及交两君，然读其文，相见其为人，且于三先生交最深，死生契阔，方期有朽。"

金德嘉为二十四卷本《健松斋集》作序。

《健松斋集》卷首金德嘉序曰："遂安方先生当弱冠，辄有大志，拥书万卷，声出金石。自以为南面百城之乐，蔑有加焉。已而策名通籍，游历名山大川，览宫阙都市之钜丽，交天下贤士大夫，相与讨论今古。又官文学侍从，抽金匮、石室之藏，则经国大业，直以千秋为己任。盖先生家食宦游，未尝一日不学也。……先是，桐城马先生受业先生之门，而德嘉执经马帐为弟子，以是数过从先生。所窥见所著全集，凡二十四卷，伏而读之，窃叹先生之学，原原本本，壹禀先人之矩矱和，而遭遇则有过焉。……又奉诏典试西蜀，竣事还朝，雍雍乎卷阿。……门下晚生楚黄金德嘉百拜谨撰。"

秋，韩魏至杭，与之定交，并为韩诗作序。

《健松斋集》卷三《韩醉白诗序》："韩子醉白在江都得诗名最早，意必风流蕴藉，江淮间一诗人耳。甲子，醉白来京师，余适病甚，不得见。闻其呼酒豪游，悲歌忼慨。于朋友患难之际，不避生死，昼则流涕相对，夜归，经营其家事，一时义声倾动长安中。余窃叹今天下安得有是人，亟往访之，而醉白已扁舟归矣！今年，就医钱塘，醉白亦在湖上。……余特倾盖定交耳。"

又为韩魏父文适手书《桃花源记》作跋。

《健松斋集》卷十二《韩文适先生手书桃花源记跋》："与醉白神交十许年，今秋，始相见于湖上。握手极欢，出其尊人文适先生手书，端楷秀劲如见其人。夫先生一诸生耳，城破，可以不死，而举家就义，从容慷慨，兼而有之。……醉白孤子，能购藏先泽，于患难之余，韩氏有后，信矣！"

十月，游南昌，便道安徽访程只婴。

《健松斋续集》卷三《程只婴画像记》："丁卯十月，予游豫章，便道同溪访之。"

十月，过海阳县，汪锌以母程氏状属先生作传。

《健松斋集》卷十三《汪母程太君传》："余与汪子钟如同举癸卯贤书，又同官于朝。钟如假归，余为文送之。……余试蜀南旋，便道拜母堂下。……冬十月，过海阳，钟如以状属余为传。……丁卯春，感微疾，卒，年八十有二。"

十月，五叔成郘卒。

《健松斋续集》卷七《五叔父助教公行述》："五叔父讳成郘，字穉稷，阁学公第五子也。……公生天启辛酉十一月二十六日，卒康熙丁卯十月十二日,享年六十有七。"

冬,游南昌诸胜。

《健松斋续集》卷九《康山忠臣庙》《登滕王阁》《许旌阳祠》《滕王阁咏古》。

冬,同年曹宜溥假归还里。

庞垲《丛碧山房诗二集》卷一丁卯京集诗《送曹子仁检讨和渭清韵》。

汤斌卒。阎修龄卒。宋德宜卒。

清圣祖康熙二十七年戊辰（1688） 五十七岁

春,与沈珩、毛奇龄、毛际可、尤侗会西湖,略有唱和。

尤侗《悔庵年谱》卷下"康熙二十七年戊辰"条:"二月,重至武林。一春苦雨,不能入山,仅从湖舫望山色空蒙而已。沈昭子珩、毛大可奇龄、方渭仁象瑛、毛会侯际可皆至,略有倡和。"

春,杜首昌游山阴,作诗送之。

《健松斋续集》卷九《送杜湘草游山阴》。

上巳,吴陈琰为《展台诗钞》作序。

《健松斋集》卷十八《展台诗钞》吴陈琰序曰:"乙卯春,余识遂安方渭仁先生于会城。同舍者,其同乡毛会侯先生也。时两先生避寇来游,方以诗古文辞相切劘,问字者不绝户外。会侯先生成《松皋集》,而渭仁先生亦有《健松斋集》并行于世。……既渭仁先生需次入中书,值天子诏举博学宏辞备顾问,先生应其选,跻于侍从之列,当世荣之。顾先生善病,犹复孜求掌故,无间寒暑,而又以其余闲,肆志于声诗,汇其七八年来之作,曰《展台诗钞》,人又莫不叹且羡。……先生自言:'吾在燕为诗,即以《展台》名,犹吾在蜀为诗,即以《锦官》命名已耳,而非有意也。'今先生又请沐归里矣,余不见者十余年。……近与会侯先生仍来会城,如畴昔倡和时。吾恐史局之书未成,必不能舍两先生之才以竟其业,岂得终老湖山,与余辈诗酒征逐如畴昔耶?抑未知两先生何以复之也。康熙戊辰上巳,钱唐后学吴陈琰宝崖氏撰。"

毛际可为《明史拟稿》题辞。

毛际可《会侯先生文钞》卷十六戊辰《方渭仁明史拟稿题词》："方子渭仁膺文学之选,珥笔石渠,与修明史,自景泰本纪外,为列传者八十有七,矢慎矢公,详雅有体。犹恐其考据之未确也,从丹徒张宗伯假穆、神两朝实录,目涉手抄,不逾月而脱稿,遂致怔忡疾剧,请假归里。……余与渭仁弱冠较文语石,少年豪放,各以史才自命,今忽忽三十余年。"

梅文鼎游西湖,与之结识,为其《饮酒读书图》题诗。

《健松斋集》卷十二《题梅定九饮酒读书图》。

按,毛际可《会侯先生文钞》卷十一己卯《梅定九传》："曩者岁在戊辰,余与梅定九先生晤于西湖,遂倾盖定交,日载酒赋诗,余为题其《饮酒读书图》而别。"先生本年亦在杭,亦当于此际交梅文鼎。

春,为汪舟渫题画。

《健松斋集》卷十二《书西眉老人画册》。

按,毛际可《会侯先生文钞》卷十七戊辰《题汪西眉画》："余好临米襄阳画……戊辰春,汪子舟渫出其王父西眉公遗墨,皆摹仿颠笔。"方诗亦当题于本年。

为浙江巡抚金鋐《东南舆诵》作序。

《健松斋集》卷一《东南舆诵序》："戊午春,诏举博学鸿辞之士,今抚军宛平金先生,暨少司农严先生皆首以象瑛应。时先生方长御史台。……丙寅初夏,先生自闽移镇两浙,象瑛迂于三衢。时霪雨暴涨,田庐漂没数百年,人民缘岸哀号。先生俯询灾黎,忧形词色,轻舟往返,躬阅捐金分赈。昏垫之民,赖以存活者数万家。……丁卯夏,大旱,步祷天竺,旬日间,澍雨沾足。……象瑛年来就医会城,亲睹先生善政种种,而轸恤民艰,辗转不遑之意,仍不减目击灾伤时,于是叹先生爱民之诚、忧民之切,宜其深入乎人心而不能去也。两浙士民歌颂载道,偶一裒集,而诗文且盈笥箧。都人士编次授梓,传之久远。……是集也,岂独吴越一方之幸也哉?刻成,属象瑛识末简。幸附门墙,因举先生之实心实政如此,舆论攸同,非敢阿其所好也。"

秋，同年包映奎官仁和教谕，辑《从祀先儒考》，为作序。

《健松斋续集》卷一《从祀先儒考序》："同年象山包君子聚，以名孝廉主仁和学事，时年七十矣！今秋，相见湖上，意气豪迈，不减少壮时，出其所辑《从祀先儒考》属予序。予读之终篇，辄叹君之能于其职也。……君尽心职掌，必晓然深知其失，故序其首，并以此质之。"

乾隆《杭州府志》卷六十三："（仁和教谕）包映奎，象山人，举人，二十七年任。"

黄云英重修族谱，为撰序。

《健松斋集》卷一《黄氏族谱序》："西涧黄氏，世有令德。其人多淳谨，有万石家风。……予家里闬相望，曾王父寿宁公与云和公以师弟为昏姻，今选贡公配耄且健者，予祖姑也。先王父复与云和弟太和君相友善。予兄弟读书语石，云和孙凝禧同笔砚又最久。盖交好者五世矣！……今年，养疴西泠，选贡公冢孙云英亦寓湖上，偶及两家谱牒，叹所见略同。云英请予序，因书此告之黄氏子孙。"

读毛超伦为父周胤所作行状，成《毛孝子殉父议》。

《健松斋集》卷八《毛孝子殉父议》："毛孝子周胤字藩侯，事父母至孝谨。顺治乙未，闽寇掠毛村，掳其父，索贿五百金。孝子闻变恸哭，顾贫不能应。倾赀往赎，不许。粥田庐往，亦不许。哭贷亲友，得数百金往，复不许。孝子计无所出，乃诣贼，求以身代。……今年，见孝子之子超伦，读所为《孝行状》，哀孝子之用心纯于爱父，而超伦负才好学，三十年来切切焉，未忍一日忘其亲也。因举向所闻，著之于议。"

遂安县重修孔子庙，作文记之。

《健松斋集》卷十五《遂安县重修孔子庙碑记》："孔子庙祀遍天下，所以尊师重道，使人兴起教化也。……甲寅之变，文庙倾颓，两庑鞠为茂草。年来，有过而问焉者，何侯下车，即捐俸重建。……今甫落成，而毛生超伦哀然秋荐，抑可捷也？……侯讳伟，号五峰，关东人。是役也，学博嘉善支君隆求、宁海张君天佐协心经画，邑诸生汪可珍、方成蕙勤劳襄事，例得并书。"

开化县重建先师庙，作文记之。

《健松斋集》卷十五《开化县重建先师庙碑记》。

乾隆《开化县志》卷三："二十七年，邑侯董铎、教谕姚夔重修，方象瑛为记。"

姜如芝七十寿，为题像祝寿。

《健松斋集》卷七《姜伯子画像记》："姜伯子瑞若先生，里中所称谪仙人也。生长华胄，优游快意……今春秋且七十矣，图书满架，花卉盈前。书卷之暇，放游语石诸山。或遍访同人，纵谈竟日。或偕孙曾弟侄，含饴戏笑以为乐。……先生属余题像。余少先生十有四岁，卧病经年，不禁蒲柳早衰之叹，因书数言于此。披斯图者，观余之言，可以知先生之为人矣！"

《健松斋续集》卷八《文学瑞若姜公偕配吴孺人合葬墓志铭》："里中姜公瑞若与先府君同为比部吴公婿。……戊辰，公寿七十，命余题像，并以为祝。"

秋，游虎丘，有诗柬姜实节。

《健松斋续集》卷九《虎丘莱阳二姜先生祠柬姜学在》。

访同年汪琬。

《健松斋续集》卷九《访汪钝翁山居》。

遇同年乔莱于虎丘，乔将还里，作诗送之。

《健松斋续集》卷九《虎丘遇乔石林即送之还里》。

顾图河、薛熙过访，适赴汪琬言别，未遇。

《健松斋续集》卷九《顾书宣薛孝穆枉过适赴钝翁言别未遇及报谒复不值予亦遄归怅然有作》。

十月，第四孙锡缵生。

《健松斋集》卷二十四《三儿举孙喜成》中有"灯下传呼近，新添第四孙"句。

《遂安方氏族谱》卷二《世系考》："引祎长子……康熙戊辰年十月初三日亥时生。"

冬，同诸孙于松下晒日。

《健松斋集》卷二十四《同诸孙松下晒日》。

约于是年，辑《方氏先贤考》，自为序。

《健松斋续集》卷一《方氏先贤考序》："客冬，游江淮，偶与新安诸宗人论及，因取《万姓统谱》观之，得百有八人。……因辑而广之，凡一言可称、一事可传者，悉不敢遗。……是役也，苦怔忡，不能多阅书，家明经需人旁搜博览，雅有同怀，余不敢掠美，特表而著之。"

毛先舒卒。汪懋麟卒。

清圣祖康熙二十八年己巳（1689） 五十八岁

二月，康熙帝二次南巡至浙，作诗纪事。

《健松斋续集》卷九《己巳二月圣驾南巡恭纪四首》。

仲夏，重修家谱成，为作序。

《健松斋续集》卷一《重修家谱序》："吾家族谱自宋元龙公、明永仕公再修，后缺焉不讲，至百八十余年，先太学叔留心采葺，手录成编。辛酉，太学公殁。明年壬戌，族中父老子弟始梓而藏之。己巳，刻成，属象瑛识于末简。"

三月，与张毅文、毛际可、丁澎、杨雍建、顾嗣协、顾嗣立、吴陈琰、许田、杜首昌、俞玚、吴沐、金辂、王六皆、张星陈等集西湖为文酒会。

毛奇龄《西河合集·序十四·听松楼燕集序》："听松楼者，萧山吴氏别业也。……康熙己巳，淮阴张子毅文、杜子湘草与吴门俞子犀月、顾子迂客，俟君兄弟同来明湖，适睦州方子渭仁、家季会侯寄湖之南屏，而越州吴子应辰、王子六皆、张子星陈、金子以宾皆前后至，因偕丁子药园辈若干人，高会于莘野之草堂，而以杨先生以斋为之祭酒，仍题之曰《听松楼燕集》，统所名也。"

春，晤同馆沈珩于王晫斋中，樽酒论文。

《健松斋续集》卷二《沈昭子耿岩文钞序》："己巳春，见君于王隐君丹麓斋中。"

为吴陈琰诗集作序。

《健松斋续集》卷二《吴宝崖集序》"乙卯春……因识吴君宝崖,是时宝崖字清来,年甫十七。所制诗余,余跋而行之,所谓《剪霞词》是也。……比奉假归里,从毛检讨大可扇头读宝崖诗。……明年,予就医湖上,宝崖适归自山左,……宝崖今始逾三十耳。"

门人樊泽达过访。

《健松斋续集》卷九《门人樊昆来检讨过访》。

京口遇潘耒。

《健松斋续集》卷九《京口遇潘次耕夜话》。

过纵棹园访乔莱。

《健松斋续集》卷九《纵棹园访乔石林》。

乔莱留饮,观乔氏家乐。

《健松斋续集》卷九《石林留饮观家剧》。

冬,过扬州,郑熙绩留饮休园。

《健松斋续集》卷九《过广陵郑懋嘉留饮休园》。

为休园三峰题诗。

《健松斋续集》卷九《题休园三峰》。

作《休园记》。

《健松斋续集》卷三《休园记》:"休园在江都流水桥,前水部士介郑公之别业,而其孙懋嘉孝廉读书处也。……而余以仲冬至……余赋近体二章,并留题三峰草堂两截句,懋嘉复请余为记。"

见何御鹿于扬州,为其《大山堂诗》题辞。

《健松斋续集》卷五《何御鹿大山堂诗题辞》:"今年冬,见御鹿于邗上。……御麟出其近诗示予。"

在扬州,为方挺所画梅花题诗。

《健松斋续集》卷九《题家恂如画梅花》。

汪耀麟属先生志其兄懋麟墓，作诗答之。

《健松斋续集》卷九《答汪叔定见简用令弟蛟门健松斋赠诗韵》诗中注曰："君属余志蛟门墓。"

宗元鼎作诗赠先生，先生作诗答之。

《健松斋续集》卷九《答宗定九见赠》。

韩魏属题东轩。

《健松斋续集》卷九《韩醉白属题东轩》。

游平山堂，有诗和欧阳修韵。

《健松斋续集》卷九《平山堂和欧公韵》。

按，《健松斋续集》卷八《汪蛟门墓志铭》："城西北平山堂，宋欧阳文忠公旧迹。岁久，废为僧寺，君谋之太守金公，鸠工庀材，复为登临胜地。"

游扬州，吊汪懋麟墓，并为志墓。

《健松斋续集》卷九《吊汪蛟门墓》。

《健松斋续集》卷八《汪蛟门墓志铭》："呜呼，此余同年蛟门比部之墓也！记甲子秋，送君出都门。余方病怔忪，君虽不得志，意气豪健如故，曾几何时，乃令病夫铭君墓哉！余与君同举春秋试，又同直史馆，交最深。今年，过广陵，君兄叔定携孤子蒹以志铭请，余何容辞？乃雪涕而志之。按状，君姓汪氏，讳懋麟，字季角，号蛟门。尝梦获十二砚，因号十二砚斋主人。放归后，更号觉堂。然海内称诗人必曰蛟门，故蛟门为最著云。……君少负隽才，所志未竟，仅以诗文鸣于世。中间需次一官，席未暖，旋罢。虽在史馆，而实非儒臣，即为尚书郎，亦止法吏，半生心事，宜其言之悲也。君生某年月日，卒某年月日，寿五十。……余拜其墓，作二诗哀之，今以某年月日迁葬某所，复系之以铭。"

江闿父九万卒，为作行状。

《健松斋续集》卷七《皇清敕封文林郎湖广长沙府益阳县知县青园江公行状》："今冬，过广陵，青园公已捐馆，复嘱余状公行实。……享年八十有一。"

游扬州诸胜，皆有诗。

《健松斋续集》卷九《寻迷楼故址》《玉钩斜》《红桥》《雷塘》《梅花岭》。

从扬州归，便道尧峰访汪琬。

赵经达《汪尧峰先生年谱》"康熙二十八年己巳六十六岁"条："方渭仁象瑛自广陵归，便舟过访先生，诣渭仁言别，执其手曰：'吾老矣，再至吴门，幸一看我！'言毕惨然。"

丘象升卒。顾有孝卒。

清圣祖康熙二十九年庚午（1690） 五十九岁

秋，在杭州，游于谦祠、净慈寺。

《健松斋续集》卷九《于忠肃公祠》《净慈寺看菊花》。

为柴绍炳作传。

《健松斋续集》卷六《柴虎臣先生传》："先生姓柴氏，讳绍炳，字虎臣，世为仁和人。……庚戌正月，寝疾，卒年五十五。……丁卯夏，中丞金公、督学王公重其文行，檄所司祀之乡贤。越二年，葬南山花家圩，督学周公题其墓曰：'崇祀理学名儒柴先生之墓。'"

十一月，自杭州归里。

《健松斋续集》卷七《仲妇毛氏殉烈述》："庚午十一月，予归自武林。"

十二月，仲媳毛孟卒，年二十七。

《健松斋续集》卷七《仲妇毛氏殉烈述》："仲妇生于康熙甲辰十二月十八日，终于庚午十二月二十一日，年仅二十有七。"

是年前后，为亡族侄方菜如《坦斋诗略》作序。

《健松斋续集》卷二《坦斋诗略序》："青溪族侄若远名菜如……三儿引裪与若远同为汝州君壻，携其诗请予序。予惜其才，重悲其死，因书此归之。"

汪琬卒。

清圣祖康熙三十年辛未（1691）　六十岁

暮春，重过江西，逢徐釚、胡渭于冯协一饮席。

《健松斋续集》卷九《重过信州冯躬暨使君留饮》中有"何意来冰署，相逢有故人（吴江徐电发，苕上胡朏明）"句。

冯协一招同徐釚、李延泽、吴允嘉花前观小伶演剧。

徐釚《南州草堂集》卷十四辛未稿《躬暨招同方渭仁同年暨李颂将吴志上花前观小伶演剧即席成四绝句》。

在江西般若庵，与徐釚话旧。

《健松斋续集》卷九《般若庵与徐电发话旧》。

游一杯亭。

《健松斋续集》卷九《一杯亭》。

夏，过宜春，访门人宜春知县陈俊。

《健松斋续集》卷九《辛未夏访门人陈宅三于宜春时新葺东斋予名之曰静寄留寓数日喜而有作并以志别》。

为陈俊诗作序。

《健松斋续集》卷二《陈宜春诗序》："往于蜀闻识陈生宅三……宅三自游京师，始学为诗，以亲老乞教，得播州之真安。荒徼僻远，寒斋无事，诗遂累累成帙，所刻《琴心堂诗》是也。庚午，举治行高等，蒙诏赐袍服，擢袁州宜春令。余扁舟访之，尽读其所为诗。"

江上遇朱载震。

《健松斋续集》卷九《江上遇朱悔人》。

滕王阁观竞渡。

《健松斋续集》卷九《滕王阁观竞渡歌》。

张兰溪致仕归秦中，作诗送之。

《健松斋续集》卷九《送张兰溪致仕归秦中》。

为王文龙《秋山扫墓图》题诗。

《健松斋续集》卷九《题王宛虹孝廉秋山扫墓图》。

毛先舒前卒，作诗哭之。

《健松斋续集》卷九《哭毛稚黄》。

作《仲妇毛氏殉烈述》。

《健松斋续集》卷七《仲妇毛氏殉烈述》。

续记仲媳毛孟吞金事。

《健松斋续集》卷七《续记吞金事》。

按，毛际可《安序堂文钞》卷十《亡女吞金记》："……遂绝粒十有九日而殁。距未死前数日，若下肉块者三，人以为肠腐使然，倾入厕中。迄次年六月十九，里中农家胡明仁淘厕晒道傍，其族人胡起明于淤泥中拾耳环、指环各一，或疑为铜。明仁得指环一，持诣宋氏，质肆中。……而胡兴祥之女复得耳环一，与起明所得铢两悉称。……余子士储以银十倍赎归耳环，今置烈妇祠。指环一，遗嗣子缵武而留，其一为传家之珍。呜呼，亡女吞金十有二年，而下于临绝肠腐之日，阅半载复出淤泥中。……遂洒泣为之记。"

九月初三，仲兄象璜卒，年六十七，为作行状。

《健松斋续集》卷七《仲兄合肥公行状》："公讳象璜，字玉双，号雪岷。先伯父岁贡公仲子。……公生天启乙丑七月十二日，卒于康熙辛未九月初三日，享年六十有七。"

九日，省墓斗阁，归舟望马仪潭一带红叶。

《健松斋续集》卷九《九日斗阁省墓归舟望马仪潭一带红叶》。

九月九日，六十初度，乡人制屏幛为寿，固辞，不获。

《健松斋续集》卷二《七十自叙》："往辛未秋，余虚度六十。阖邑五十七里以余向年条列利病，颇裨桑梓，公制屏幛为寿。余意乡先生初度，从无里民称祝，固辞，不获。"

冬，同年浙江学政周清原按部严州，为作实政碑记。

《健松斋续集》卷三《学院周君实政碑记》："戊午春，诏举博学鸿辞之士。召试体仁阁，擢五十人，官翰林，纂修明史。毗陵蓉湖周君蔼然高等，余不敏，亦滥与焉。距今十有二年矣！……丁卯，主试山左，得人称极盛。不数月,复有督学两浙之命。……冬十一月,按部严陵,每试,辄三日而榜发,拔孤寒,遴才隽。乃知君之大有造于士,不止为一时人才幸,实数十百年人才之幸也。……余忝同谱,故从郡人士之请,纪其实如此。"

葬仲媳毛孟事竣,有诗志感。

《健松斋续集》卷九《葬仲媳毛烈妇事竣志感》。

作《伯兄拔贡公画像记》。

《健松斋续集》卷三《伯兄拔贡公画像记》:"今公捐馆已六年……乃公既先亡,仲兄顷又沦逝,抚今追昔,慨焉伤之。两侄出画像索题,因述其生平如此。"

黄虞稷卒。徐元文卒。

清圣祖康熙三十一年壬申(1692) 六十一岁

春,同人小集湖舫,时将游汴梁。

《健松斋续集》卷九《湖舫小集时将有汴梁之游》。

夜泊京口,有诗寄阎兴邦。

《健松斋续集》卷九《京口夜泊用杜诗为起句先寄阎梅公中丞》。

三月七日,自颍赴汴,舣舟朱仙镇。

《健松斋续集》卷九《晓发六合县》《荆山》《淮河舟行》。

《健松斋续集》卷四《瘗莩说》:"康熙壬申春,秦晋大饥。……三月七日,予自颍赴汴,舣舟朱仙镇。"

春,秦晋大饥,作《悯饥》《瘗莩说》。

《健松斋续集》卷九《悯饥》、同书卷四《瘗莩说》。

游汴梁相国寺,识钟静远,静远以手订《陈留志》及《蔡邕集》赠先生。

《健松斋续集》卷九《相国寺东院即事》。

《健松斋续集》卷二《钟陈留词序》:"今春,客汴梁,始见静远于相国寺,握手如平生欢。静远赠予诗及手订《陈留志》《蔡中郎集》,予心喜之。"

游汴中诸景，作《汴中十咏》。

《健松斋续集》卷九《汴中十咏》。

夜坐，感仲子亡于汴，触境感怀。

《健松斋续集》卷九《夜坐有感》序曰："亡仲子殁于汴署十三年矣。前岁冬，仲妇复殉烈死，触境感怀，怆然有作。"

朱彝尊南归，遇于汴梁。

《健松斋续集》卷九《朱锡鬯南归遇于汴梁喜赋》。

有诗寄同年汪楫，时楫官河南府知府。

《健松斋续集》卷九《寄汪悔斋时以翰林出守河南》。

自汴至宋道中，有诗志感。

《健松斋续集》卷九《自汴至宋道中作》。

道经陈留，钟静远访先生，先生为其词作序。

《健松斋续集》卷二《钟陈留词序》："已赴宋中，道经陈留，静远访予旅次，出所为词属序。"

客睢阳署中，以诗遣闷。

《健松斋续集》卷九《睢阳署中遣闷用张石虹壁间韵》。

在商丘，有诗咏宋中十景。

《健松斋续集》卷九《宋中十咏》。

秋，经安徽返里。

《健松斋续集》卷九《濠州龙兴寺》《旧陵》《滁州道中》。

自汴归，访陈玉璂于常州，为其《史论》作序。

《健松斋续集》卷一《陈椒峰史论序》："同年陈子椒峰博学善著书，所刻《学文堂集》风行海内久矣！今年秋，予归自汴梁，访椒峰于囗圃，出所为《史论》，上自夏、商，下迄元末，凡三十卷，以属予序。"

八月，过杭州，吴仪一为《健松斋续集》作序。

《健松斋续集》卷一前吴仪一序曰："忆丁巳冬，客扬州，与邓孝威、程穆倩、宗鹤问、姜铁夫、姜宸英访魏凝叔寓斋，纵论当世古文家长短。

予独推遂安方子渭仁之文为至醇。……甲寅、乙卯间，方子避寇侨居杭城，予每过之，读书声闻户外，其好学甚而能养其心也，故其为文醇而无杂。……庚申，再至京师，见方子入直史馆，好学如闲居时，所编明史传，予敚必当理。寻以病告还乡，辑《健松斋集》二十四卷。今年秋，自汴归，过杭，又成《续集》若干篇，属予为序。……康熙壬申八月，钱唐后学吴仪一拜撰。"

宋荦移镇江苏，作诗赠之。

《健松斋续集》卷九《赠宋牧仲中丞移镇江苏》。

八月，游西湖白堤。

《健松斋续集》卷九《偶步十锦塘》。

与林云铭、聂先、毛际可、王晫集洪若皋寓斋，时有清文选之举。

《健松斋续集》卷九《洪虞邻招集寓斋同林西仲聂晋人毛会侯王丹麓》题下注曰："时将有本朝文选之举。"

冬，沈珩为《健松斋续集》作序。

《健松斋续集》卷一沈珩序曰："岁己未，予与遂安方君渭仁同应诏集京师，渭仁携《健松斋古文》一卷，索予序。其所刻，仅百分一，而予是时方攻应制诸体，于其一者，未暇卒业也，率草数言应之。丁卯，予寓湖上，渭仁赟其全集，袤然成尺。……今又六年矣。壬申冬，予复刻近稿……且吾卒读其所为《健松斋记》，而知其文由至性以出，凡为侍从，为史官，为节使，到以其声名学问与天下公卿名辈颉颃相雄长。……海宁沈珩昭子撰。"

程只婴寄画像属题，作文记之。

《健松斋续集》卷三《程只婴画像记》："予与只婴定交在癸巳冬，距今四十年。……语石之役，同学二十人皆年少负才，屈指三十年来，凋谢大半，先兄又于客秋奄逝。幸存者六人耳。……今只婴年七十四，予犬马齿亦六十有一。……只婴寄画像属题，因书此报之，为他日券。"

是年前后，王复礼《蜀汉五志》成，为作序。

《健松斋续集》卷一《蜀汉五志序》："钱唐王君草堂辑关壮缪事迹，

而并及昭烈、武乡、桓侯、顺平，名曰《蜀汉五志》。予览而善之。"

是年前后，为诸匡鼎《今文大篇》作序。

《健松斋续集》卷一《今文大篇序》："曩诸子虎男刻《今文短篇》，余既序而行之矣！顷复有大篇之选，更属序于余。"

是年前后，丁灏辑《昭代文选》成，为作序。

《健松斋续集》卷一《昭代文选序》："仁和丁子勖庵卓荦负才，游踪遍天下，所交尽海内名流。一时诗文集投赠，弃藏满箧。于是类则辑之，冠以御制，凡若干卷。甄奇录异，无美不搜，洵一代巨观也。丁子邮其目属予序。"

约于是年，成《松窗笔乘》二十八卷，自为序。

《健松斋续集》卷一《松窗笔乘自序》："戊午，应召阙下，获交海内诸君子，联床并辔，资益颇多。已滥竽史馆，追随名公巨卿间，益得习闻掌故，而足迹所未经，姑有待焉。癸亥，奉使蜀中，西出秦晋，东下夔巫，跋涉江淮、齐鲁之境，以至还朝，往返二万余里。中间登眺山川，放览古今名胜，所接贤士大夫，询其土风，详其物产，以及幽奇荒僻之事，盖到是而舟车所至，身历目睹者为不少矣。里居苦病，不能远游，间访医四方，于白门、豫章、汴宋、闽南，时一憩足，所得亦加广焉。恐日久易忘，暇中类而笔之，凡二十八卷。……予亦志吾所知已尔，吾知之，人亦知之，订疑考异，予之所大快也。吾知之而人或不尽知，开卷有益，庶无少见多怪之诮也夫。"

按，《清史列传》卷七十先生本传载《松窗笔乘》三十卷，未知孰是。

钱金甫卒。

清圣祖康熙三十二年癸酉（1693） 六十二岁

游闽，高兆过访。

《健松斋续集》卷十《酬高云客见过二首》。

为高兆《林烈妇传》作序。

《健松斋续集》卷一《林烈妇传序》:"林烈妇郑氏,侯官文学郑燉女,归同邑诸生林国奎。……予友高子云客为予言烈妇事。"

杨允大馈酒,以诗谢之。

《健松斋续集》卷十《谢杨允大馈酒》。

五月初一,有客馈兴化荔枝,有诗寄高兆、杨允大。

《健松斋续集》卷十《五月朔客馈兴化荔枝虽未及熟亦稍慰闽来相望之意赋三绝句柬云客允大诸君》。

五月五日,杨允大、高兆集邸中。时高兆馈新荔,杨允大馈酒。

《健松斋续集》卷十《五日邸中小集》题下注曰:"高云客馈新荔,杨允大馈酒名莲须白。"

夏末,建宁府重修先师庙,作文记之。

《健松斋续集》卷三《建宁府重修先师庙记》:"建宁当七闽上游……康熙壬申,大风雨,庙宇倾欹日益甚,顾未有过而问焉者。颍川张君来守是邦,瞻拜之下,慨然叹兴,于是捐俸修建,属瓯宁令邓君董其事。……经始于壬申八月,落成于癸酉六月。诸博士弟子欢忻鼓舞,谓向来所未有也,属予记其事。……君起家名进士,筮仕陵川,举治行高等,顷以地官尚书郎简任斯土。……余与君同举癸卯贤书,顷来富沙,亲见德教之成,因为纪其盛如此。"

有书与邓瓯宁,言及曾祖可正传入《建宁志》事。

《健松斋续集》卷四《与邓瓯宁书》:"先曾祖讳可正,前明天启间,由桐乡司训擢令寿宁,薄有治绩,从祀两邑名宦……而郡志宦绩未为立传……今当《建志》告成之时,足下适董其事,仆又适来此邦,机会相值,似非偶然。……比谨采家传中宰寿一二事,葺成小传,录奉台鉴。"

《建宁府志》重修,代人作序。

《健松斋续集》卷一《重修建宁府志序》(代):"予奉命来守是邦……盖旧《志》之修,为前明万历壬子,距今八十余年矣。"

补曾大父寿宁宦绩成，示从子禛。

《健松斋续集》卷十《补曾大父寿宁宦绩成示从子禛》。

为张泗源志墓。

《健松斋续集》卷七《文林郎山西泽州高平县知县观海张君墓表》："丁未之役，余与临潼张君观海同举南宫，别来二十余年矣。……今年夏，见君之子云琛于建州，追念故交，为之歔欷太息。云琛请予表墓。……君姓张氏，讳泗源，字观海，号怀白，晚更号潼野。……甲寅，谒选除山西高平知县。……乙丑三月，以疾卒，春秋六十有四。"

为道山寺僧异木《武夸诗》题辞，兼以志别。

《健松斋续集》卷五《道山僧异木武夸诗题辞》："今年，客道山寺，与主僧异公谈七闽山水，因出所为《武夸游草》见示。……因书数语归之，并以志别。"

谒朱熹祠。

《健松斋续集》卷十《谒朱文公祠》。

将返里，李既白、杨世栋、潘中子、江子京招饮，以诗谢之，兼志别。

《健松斋续集》卷十《李既白杨隆吉潘中子江子京招饮走笔成长句并以志别》。

张小华作诗赠之，次原韵答之。

《健松斋续集》卷十《寄酬张小华见柬次原韵》。

有诗寄林云铭。

《健松斋续集》卷十《柬林西仲》。

作《丰乐图记》。

《健松斋续集》卷三《丰乐图记》："何侯莅政十年，加意抚循。……癸酉夏，大旱，浙东西诸郡呼号请命。……侯顾而乐之，命工写照，而绘其事为图，名之曰《丰乐》。"

自建州归，为沈珩《耿岩二集》作序。

《健松斋续集》卷二《沈昭子耿岩文钞序》："乙丑，予以病请假。……己巳春，见君于王隐君丹麓斋中。……今年，归自建州，君贻书以《耿岩二集》嘱序。……君虽龄逾七十……予少君十三岁。"

石羊湾卜地，有诗纪事。

《健松斋续集》卷十《石羊湾卜地纪事》。

秋，叔祖迓年与妻徐氏合葬，为志墓。

《健松斋续集》卷八《叔祖年九府君偕配徐太安人合葬墓志铭》："叔祖年九公捐馆舍，距今二十六年矣！……今年秋，公仲子成合卜兆得吉，于九月一日壬寅奉公暨太安人归葬，而以侧室郑氏附焉。事既竣，属象瑛志墓。按状，公讳迓年，字书衡，曾大父寿宁公少子，大父阁学公弟也。……公生万历壬子年五月初一日寅时，卒康熙戊申年三月廿八日戌时，享年五十有七。"

遂安训导张天佐致仕归临海，作文送之。

《健松斋续集》卷二《送张广文致仕归临海序》："临海张君司训遂庠十载，投牒致仕去，诸生为诗歌遂之，以属予序。"

按，乾隆《遂安县志》卷四："张天佐，临海人，二十三年任。"据同书同卷，知康熙三十二年训导为海宁人张焕，与文中"司训遂庠十载"语合，故系于此。

清圣祖康熙三十三年甲戌（1694）　六十三岁

方杰崇祀乡贤，为作传。

《健松斋续集》卷六《家学博子凡公传》："公与先大父为从子行，予又与公之子珽伯兄同补杭博士弟子。以是情好日益笃。甲寅，再来会城，公已前卒。与兄欢然道故。比予官京师，而兄又殁矣。兄子捷能读祖父书。甲戌，三庠诸生请于督学郑公，祀公乡贤，捷丐余为传。……公姓方氏，讳杰，字子凡，号六息。"

知县何伟重修树声楼，作文记之。

《健松斋续集》卷三《重修树声楼记》："何侯治县十载，洁己爱民，政通人和之暇，葺而更新之。……工既竣，属予记其事。……侯讳伟，号五峰，关东人。"

是年前后，为钱肃润《十峰文集》作序。

《健松斋续集》卷二《钱础日十峰文集序》："予与先生神交二十年，向在京师，与先生高弟秦宫谕论江左人物，辄首推十峰。甲子、戊辰，两过锡山，皆以出游不值。向往者久之！去年秋，先生邮书王子丹麓，属予序其集。"

约于是年冬，为童国永、童国藩志墓。

《健松斋续集》卷八《童处士兄弟合葬墓志铭》："今年冬，秉粹等以翁兄弟素友爱……议其为一墓，以成先志。余闻而善之。诸子以志铭请。……处士讳国永，字允贞。文学讳国蕃，字岳生。"

徐乾学卒。乔莱卒。

清圣祖康熙三十四年乙亥（1695）　六十四岁

春，杭州邸舍喜遇张鸿烈。

《健松斋续集》卷十《郡邸喜值张毅文》。

与毛奇龄、徐釚夜集汪霦宅。

《健松斋续集》卷十《夜集汪东川宅同毛大可徐电发》。

秋，逢姚际恒，互有诗赠答。

《健松斋续集》卷十《和韵答姚立方》。

张夏钟过访，以所选明文大家见贻。

《健松斋续集》卷十《张夏钟过访以所选明文大家见贻》。

王晫六十，作诗寿。

《健松斋续集》卷十《王丹麓六十和原韵》。

为严北侯《深柳读书图》题诗。

《健松斋续集》卷十《题严北侯深柳读书图》。

泛舟西湖，时将赴金陵。

《健松斋续集》卷十《泛湖时将赴金陵》。

出北郭，王嗣槐、王晫留饮，喜遇吴仪一、吴允嘉。

《健松斋续集》卷十《出北郭王仲昭丹麓留饮喜值吴舒凫志上》。

吴仪一为《健松斋续集》作序，以诗谢之。

《健松斋续集》卷十《吴舒凫为予序续稿赋寄》。

夜泊吴门，有诗书感。

《健松斋续集》卷十《吴门夜泊》。

姜实节过访。

《健松斋续集》卷十《姜学在见过》。

上巳夜，饮蔡方炳宅。

《健松斋续集》卷十《上巳夜饮蔡九霞宅》。

为蔡方炳所辑《息关六述》作序，盖在此际。

《健松斋续集》卷二《蔡九霞息关六述序》："比再过苏台，治具留饮，出所辑《息关六述》属予序。"

过汪琬故居尧峰。

《健松斋续集》卷十《过钝翁故居》。

过南京，遇汪耀麟。

《健松斋续集》卷十《白门遇汪叔定》。

龚翰苍为《所之草》题辞。

《健松斋续集》卷九《所之草》上龚翰苍题辞："兹过金陵，复出《所之草》一编见示，乃先生十余年来往来吴越、瓯闽及汴宋、豫章求医治疾，足之所履、目之所瞻之作也。"

为吴履介母钱氏作传。

《健松斋续集》卷六《吴太君孝节传》："予游白门，客回光古寺，吴生履介适假僧舍授徒。往复晤对，述其母钱太君节孝甚悉。……予感其意，作《吴太君传》。"

将返里，有诗留别南京诸友。

《健松斋续集》卷十《留别金陵诸子》。

泊燕子矶，阻风，汪耀麟过舟中，快谈竟日。

《健松斋续集》卷十《泊燕子矶》《燕子矶阻风叔定过舟中快谈竟日》。

四月,返杭州,值何千之六十,作文祝寿。

《健松斋续集》卷二《何千之六十寿序》:"庚午后,予浪游南北,千之辄载笔偕行。……今春,同游金陵,凭眺六朝遗迹。四月,返钱塘,值其六十生辰。……严子、毛子、王子暨予侄闉客各赋诗祝之,属予为序。"

自南京归,徐之凯招饮。

《健松斋续集》卷十《徐若谷招饮时予归自白门》。

有诗酬钱瑞征。

《健松斋续集》卷十《画松篇酬同年钱野鹤学博》。

沈三曾见赠和韵酬之。

《健松斋续集》卷十《酬沈允斌前辈见赠和原韵》。

诸匡鼎赴桂林,作诗送之。

《健松斋续集》卷十《送诸虎男赴桂林》。

诸匡鼎《说诗堂集·橘苑文钞》卷六《游栖霞寺记》:"予将启行之粤,值方翰林渭仁来送。"

有书寄陈玉瑊。

《健松斋续集》卷四《柬陈椒峰书》:"便道过访,深慰契阔,足下治具留饮,得读近来著述。……仆在馆十年,奉使万里,资俸已当量移,原无高飞违避之事,只以性甘恬退,年过五十,职掌稍尽,即请假归里。今十有一年矣!比来访医四方,游踪所至,吴门、广陵、豫章、汴宋、闽中,颇多纸墨。"

曾祖可正迁葬,为志墓。

《健松斋续集》卷八《曾祖直完府君迁葬墓志铭》:"曾大父寿宁公讳可正,字允中。……卒天启甲子十月初十日,享年六十五。……公殁已七十二年。"

为严钥父化侨与母姚氏志墓。

《健松斋续集》卷八《文学惠人严君偕配姚孺人合葬墓志铭》:"严生钥与儿子引祺同饫于庠,交相善也。去年冬,葬先尊人文学君暨姚孺人,以丽牲片石相属，予不文，何容辞。按状，君讳化侨，字惠人，一字匪石。……君生年月日，卒年月日，享年五十有六。姚孺人生某年月日，卒年月日，享年五十有一。子三：长钥……钥等以甲戌十月奉君及孺人合葬东亭桥西上柏园。"

除夕，有诗书怀。

《健松斋续集》卷十《乙亥除夕》。

米汉雯卒。沈珩卒。

清圣祖康熙三十五年丙子（1696） 六十五岁

元日，有诗志感。

《健松斋续集》卷十《丙子元日》。

春，就医杭州，张远过访。

《健松斋续集》卷二《张迩可梅庄集序》："丙子春，予就医西泠，君适以明经司训缙云，访予寓斋，出所葺《杜诗会粹》一编。予读而善之。"

六月初二日，第五孙锡缣生。

《遂安方氏族谱》卷二《世系考》："锡缣……康熙丙子年六月初二日寅时生。"

秋，门人樊泽达典试粤东，寄诗贺之。

《健松斋续集》卷十《樊昆来典试粤东却寄》。

法式善《清秘述闻》卷三："（康熙三十五年丙子科乡试）广东考官检讨樊泽达，字昆来，四川宜宾人，乙丑进士。"

秋，同年袁佑典浙乡试，有怀先生等。

袁佑《霁轩诗钞》卷五《连夕群公招饮湖上怀义山竹垞渭仁三同年》。

冬，遂安教谕徐琦六十初度，作文祝寿。

《健松斋续集》卷二《寿学博徐先生序》："会稽徐仲璿先生，忠厚长者也，以名孝廉署遂安学事。……今岁嘉平，为先生悬弧之辰。……己酉，魁于乡。……其来教是邦八年矣。"

按，乾隆《遂安县志》卷四："（教谕）徐琦，会稽人，举人，二十八年任。""二十八年"后推八年，知作于本年。

是年，陈毅轩重刻元陈栎文集，为作序。

《健松斋续集》卷二《元儒陈定宇先生文集序》："休宁陈君毅轩与儿子引禩善，禩归自黄山，以其所刻先世定宇先生集请予序。"

为五叔父成郘作行状。

《健松斋续集》卷七《五叔父助教公行述》："五叔父讳成郘，字稚稷。……丙辰，迁台州府儒学教授。……公生天启辛酉十一月十六日，卒康熙丁卯十月十二日，享年六十有七。……子二：象璇，丙子举人。"

岳父母合葬，为志墓。

《健松斋续集》卷八《敕赠奉政大夫河南汝州知州前府学增广生仲朗吴公偕配方宜人合葬墓志铭》："公姓吴氏，讳达观，字仲朗。……以次子宏贵，敕赠奉政大夫河南汝州知州。……孙十八人，憬，丙子举人。"

是年前后，鲍樴辑《青溪先正诗集》成，为作序。

《健松斋续集》卷一《青溪先正诗集序》："余杭鲍君觉庭司训淳安，葺《青溪先正诗》数卷，以属予序。"按，光绪《淳安县志》卷六，鲍樴任淳安训导时间为康熙三十四年至三十六年，姑系于此。

清圣祖康熙三十六年丁丑（1697）　六十六岁

弟象珵卒，作诗哭之。

《健松斋续集》卷十《哭弟象珵》。

访门人曹武韩于长兴，留署中十日，赋此言别。

《健松斋续集》卷十《长兴访门人曹武韩留署中十日赋此言别》。

过吴兴，便道杭州，访王嗣槐、王晫。

《健松斋续集》卷十《吴兴道中》。

自吴兴归，过杭州，访王嗣槐、王晫。

《健松斋续集》卷十《归舟访仲昭丹麓》。

长至日，钓台舟中遇雪。

《健松斋续集》卷十《长至日钓台舟中遇雪》。

为弟妇黄氏《旌节录》题辞。

《健松斋续集》卷五《旌节录题辞》："往辛丑、壬寅间，从弟象玗年少善属文，从予肄业，学日益进。时弟妇黄孺人称贤内助。……丁未，归自京师，而弟殁矣，弟妇年甫二十三，孤子引隆才四岁。……国家功令，妇守节三十年，齿逾五十，得予旌表。弟妇年齿适与例符。康熙丁丑，士民公呈苦节，抚军线公、学院颜公汇疏题请，得建坊旌表如例。……今复刻《旌节录》，以志不朽，属余纪其事。"

是年前后，有书报朱彝尊，言及祖父诗入选事。

《健松斋续集》卷四《报朱竹垞书》："大选已就绪否？明诗体格卑下，不及前代远甚。……先大父集向有刻本，两经家难，悉毁于火。少时从亲友处借抄成帙，今录五十八首，以备采择。"

龙燮卒。

清圣祖康熙三十七年戊寅（1698） 六十七岁

约于是年春，为武得荣志墓。

《健松斋续集》卷八《荣禄大夫协镇浙江处州左都督管副将事世袭拜他喇布勒哈番华宇武君墓志铭》："今年春，令嗣孝廉君以丽牲片石见属，余不容辞。按状，君姓武氏，讳得荣，号华宇，世籍山西洪洞。……君生天启癸亥年十月初十日，卒康熙乙亥年八月十二日，享年七十有三。"

长子引禩举明经，赴试金华，诗以勉之。

《健松斋续集》卷十《大儿举明经赴试金华诗以勉之》。

遂安知县何伟豁除虚税，民人德之，先生作文记之。

《健松斋续集》卷三《何侯除豁虚粮德政碑记》："甲子夏，夏邑侯何公下车，稔知邑民困苦，加意抚绥。十余年来，慈祥廉静，民得享太平无事之福。而其深入人心者，尤莫如豁除虚税一事。"

按，光绪《严州府志》卷十三："何伟，字五峰，辽阳人，由荫生。

康熙二十三年任。……在任十五年。"与文中"十余年来"语合，故系于此。

卧病山中，有诏：告假在籍翰林官贫不能进京者，督抚酌量资送。先生因老病未能赴，作诗志感。

《健松斋续集》卷十《卧病山中有诏告假在籍翰林官贫不能进京者督抚酌量资送予老病未能赴感极涕零恭赋二诗纪恩》。

是年前后，为外祖父吴觐光志墓。

《健松斋续集》卷八《前刑部福建司主事外王父耿斋吴公墓志铭》："公姓吴氏，讳觐光，字文卿，号耿斋，晚更号贞一居士，世居淳安太平乡之云村。……曾孙恕，戊寅拔贡。"

有诗答里中父老。

《健松斋续集》卷十《答里中父老》。

清圣祖康熙三十八年己卯（1699）　六十八岁

二月三日，康熙帝三巡江浙，视察河工。

十月，姜如芝卒，作诗哭之。

《健松斋续集》卷十《哭姜瑞若先生》。

按，《健松斋续集》卷八《文学瑞若姜公偕配吴孺人合葬墓志铭》："公姓姜氏，讳如芝，字瑞若，晚更号半庵。……公生万历己未七月初七日，卒康熙己卯十月十六日，享年八十有一。"

长至日，为张远《梅庄集》作序。

《健松斋续集》卷二《张迩可梅庄集序》："君来京师，偶一过从，旋即别去。丙子春，予就医西泠，君适以明经司训缙云，访予寓斋。……今年秋，复邮其近著《梅庄诗文》属予序。"

按，张远《梅庄文集》卷首载此序，末识："康熙己卯长至日，遂安方象瑛艮堂撰。"

李天馥卒。陆葇卒。汪楫卒。曹禾卒。袁佑卒。

清圣祖康熙三十九年庚辰（1700）　六十九岁

是年前后，为方尔郅兄弟辑《白华楼诗》作序。

《健松斋续集》卷二《白华楼诗序》："新安族人尔郅暨其弟星垣、绣千居扬州，事母至孝。母老，喜幽静，尔郅兄弟建楼宅后，杂植花木、竹石以奉母，且为六裦觞祝地。甫落成而母殁，三子瞻望哀慕，名其楼曰白华，以示不忍忘亲之意。一时名人题咏，至盈篇帙，尔郅以属余序。"

为姜如芝及妻吴氏志墓。

《健松斋续集》卷八《文学瑞若姜公偕配吴孺人合葬墓志铭》："去年冬，感微疴，寻卒。外弟奋渭贤孝，砥文行，请毛子会侯作传，而属余志其墓。"

李澄中卒。彭孙遹卒。

清圣祖康熙四十年辛巳（1701）　七十岁

夏，游上海。

《健松斋续集》卷十《云间旅次》《午日发松江》。

将返里，有诗别门人苟鲁一。

《健松斋续集》卷十《别门人苟鲁一》。

夏，一曾孙生。

《健松斋续集》卷二《七十自叙》："今夏，又举一曾孙矣！"

为族侄擢作传。

《健松斋续集》卷六《族侄太学君传》："族侄书升与予家同出汉黟侯储，向侨居武林，往来契好，今君殁两年矣。嗣子光灿等请予为传。君讳擢，字书升。……戊寅冬，偶感微疾，寻省墓归里。明年正月，值五十生辰。……遂以六月二十三日卒，寿甫五十。"

王晫为《健松斋续集》题辞。

《健松斋续集》卷一王晫序曰："遂安方相国公子景问先生构斋读书，

手植栝子松一本，文孙渭仁太史取唐人'松凉夏健人'之句名斋曰'健松'，而即以《健松斋》名其所著文集。集昉甲寅、乙卯间，越十年丁卯，复广之。海内名公为之序者，无虑数十家。今越十六年，又成《续集》示予。予有以知其志之专且勤也。太史九岁能文，十二学为诗歌小赋，相国笃爱之。至壮岁取甲科，复应博学鸿辞，举官翰林，出典蜀试，直史馆七年，次当迁秩，自甘恬退，年甫逾五十，即请假归里。今且十有八年，年七十矣，未尝一日离楮墨，不可为谓不勤也。太史自甲寅避兵居会城，始与予定交。三十年来，凡过杭，必访予墙东，道故旧外，尊酒论文而已。……仁和王晫丹麓撰。"

八月，弟子曹衍琦为《健松斋续集》作序。

《健松斋续集》卷一前曹衍琦序曰："吾师遂安方先生，文章品行为士林山斗，所刻《健松斋集》，风行海内久矣！先生望重金门，辛酉，典试吾乡，甄拔皆三川才隽。衍琦不敏，亦与焉。……乃先生澹于荣进，年逾五十，分撰史传已竣，即引疾归田。今十有八年矣！……请亟登梨枣，以乖不朽。先生许之。乃与两世兄同加校正，厘为文八卷，诗二卷。世之慕先生之文者，取前后集合读之，文章品行其景仰更当何如也？衍琦川东下士，辱先生知遇，谨附数言志于简末。康熙辛巳八月上澣，江津受业曹衍琦拜手谨识。"

九月九日，七十初度，作《七十自叙》。

《健松斋续集》卷十《七十初度示儿辈》。

《健松斋续集》卷二《七十自叙》："往辛未秋，余虚度六十，阖邑五十七里以余向年条列利病，颇裨桑梓，公制屏幛为寿。余意乡先生初度，从无里民称祝，固辞，不获。今又十年矣！……余家自六世祖孝子公寿登七十有三，嗣后从祖文学公七十二岁。余皆仅逾下寿，而三叔太学公、五叔助教公、仲兄合肥公并止于六十七，似有数限之者。余早衰善病，惴惴不能自必，而今且七十矣！……余幼服先大父庭训，九岁能文，十二学为诗歌小赋。十四为诸生。三十始举贤书。三十六成进士。中间需次选人。四十八应博学鸿辞举，蒙恩召试，官翰林，在史馆七年，积劳成疾。会当量移，即乞假归里。盖自乙丑迄今，家居十有七载矣！……因书此自慰，并示子孙以见余少壮之意气如此，衰老之情况又如此。"

先生须眉转黑。

《健松斋续集》卷十《有谓予须眉转黑者口占答之》。

王晫作诗寄怀，先生和韵答之。

《健松斋续集》卷十《答王丹麓见柬和原韵》。

有诗和王晫《凤梅诗》。

《健松斋续集》卷十《和丹麓凤梅诗》。

丘象随卒。

清圣祖康熙四十一年壬午（1702） 七十一岁

春，自题《所之草》。

《健松斋续集》卷九《所之草》自题曰："予冷署十年，沈疴三载。里居以来，乃复加甚。参药之费，贫既以病而增，而愁闷相乘，病且因贫而剧。于是不得已为汗漫之游。放览山川，徘徊古今名胜。一岁之中，强半皆舟车道路，偶便道访旧，亦有意无意遇之，虽不能霍然勿药，亦藉以自遣耳。病中不复为诗，间有所作，奉藏笥箧。今老矣，非独不能诗，并不能游，因取丙寅以来游览赠答之什，附以家居偶吟，总名曰《所之草》。……康熙壬午春日，艮堂老叟象瑛偶书，时年七十有一。"

是年春后，先生卒。

按，先生卒年，有"卒年不详"和"1685年后"两说，据先生本集，有时间可考者为本年春自题《所之草》。因《遂安方氏族谱》系残本，关于先生的一册缺失，无法得知具体卒年。《遂安方氏族谱》卷五《人物考·编修公崇祀乡贤看语批词》末识："康熙四十六年六月十五日具呈。"则先生当卒于康熙四十一年（1702）至四十六（1707）年间。

严绳孙卒。

参考文献

方象瑛：《健松斋集》《健松斋续集》，《清代诗文集汇编》第 128 册。
方象瑛：《明史分稿残本》，《丛书集成续编》史部第 22 册。
毛际可：《会侯先生文钞》，《四库全书存目丛书》集部第 229 册。
毛际可：《安序堂文钞》，《四库全书存目丛书》集部第 229 册。
毛际可：《浣雪词钞》，清康熙刻本。
储方庆：《储遯庵文集》，清康熙四十年储右文等刻本。
毛先舒：《思古堂集》，《四库全书存目丛书》集部第 210 册。
张丹：《张秦亭诗集》，清康熙石甑山房刻本。
陆进：《巢青阁集》，清康熙刘愫等刻本。
王晫：《霞举堂集》，《清代诗文集汇编》第 144 册。
袁佑：《霁轩诗钞》，清康熙五十六年陆师等刻本。
洪昇：《稗畦集》，《清代诗文集汇编》第 165 册。
诸匡鼎：《说诗堂集》，《四库全书存目丛书》集部第 211 册。
叶方蔼：《叶文敏公集》，清钞本。
梁清标：《蕉林诗集》，《四库全书存目丛书》集部第 204 册。
梁清标：《蕉林二集》，清乾隆刻本。
陈玉璂：《学文堂集》，《清代诗文集汇编》第 142、143 册。
邵远平：《戒山诗存》，《清代诗文集汇编》第 149 册。
丘象随：《西轩纪年集》，清稿本。
陆葇：《雅坪词谱》《雅坪诗稿》，清康熙刻本。
王顼龄：《世恩堂诗集》，《四库全书存目丛书补编》第 5 册。
徐嘉炎：《抱经斋诗集》，《四库全书存目丛书》集部第 250 册。
乔莱：《石林集》，《清代诗文集汇编》第 158 册。
张远：《梅庄集》，《四库全书存目丛书补编》第 79 册。
彭孙遹：《松桂堂集》，《清代诗文集汇编》第 125 册。
李澄中：《卧象山房诗正集》，《四库全书存目丛书》集部第 250 册。
李澄中：《白云村文集》，《四库全书存目丛书》集部第 250 册。
严我斯：《尺五堂诗删近刻》，《清代诗文集汇编》第 117 册。
韩菼：《有怀堂文稿》，《清代诗文集汇编》第 147 册。
庞垲：《丛碧山房诗初集》，《清代诗文集汇编》第 155 册。
孙枝蔚：《溉堂集》，清康熙刻本。
汪懋麟：《百尺梧桐阁诗文集》，清康熙刻本。

汪懋麟：《百尺梧桐阁遗稿》，上海古籍出版社，1980。
江闿：《江辰六文集》，《四库禁毁书丛刊》本。
毛奇龄：《西河合集》，《清代诗文集汇编》第 87 册。
施闰章：《学馀堂集》，《清代诗文集汇编》第 67 册。
汪琬：《尧峰文钞》，《四部丛刊》景林佶写刻本。
潘耒：《遂初堂集》，清康熙刻本。
王士禛：《带经堂集》，清康熙五十年程哲七略书堂刻本。
徐乾学：《憺园文集》，清康熙刻冠山堂印本。
徐釚：《南州草堂集》，清康熙三十四年刻本。
高士奇：《高士奇集》，清康熙刻本。
陈维崧：《湖海楼诗集》，清刊本。
朱彝尊：《曝书亭集》，《四部丛刊》景清康熙本。
冯溥：《佳山堂诗集》，清康熙刻本。
曹贞吉：《珂雪词》，清文渊阁《四库全书》本。
严绳孙：《秋水集》，清康熙刻本。
王嗣槐：《桂山堂诗文选》，清康熙青筠阁刻本。
尤侗：《西堂杂俎》，清康熙刻本。
尤侗：《于京集》，清康熙刻本。
高咏：《遗山诗》，清康熙刻本。
吕履恒：《冶古堂文集》，《清代诗文集汇编》第 177 册。
王嗣槐：《桂山堂诗文选》，清康熙青筠阁刻本。
陶梁：《国朝畿辅诗传》，清道光十九年红豆树馆刻本。
秦瀛：《己未词科录》，清嘉庆刻本。
法式善：《清秘述闻》，清嘉庆四年刻本。
江庆柏编著《清代人物生卒年表》，人民文学出版社，2005。
张慧剑编《明清江苏文人年表》，上海古籍出版社，1986。
邓之诚：《清诗纪事初编》，上海古籍出版社，2012。
朱保炯、谢沛霖编《明清进士题名碑录》，上海古籍出版社，1998。
钱实甫编《清代职官年表》，中华书局，1980。
康熙《遂安县志》，《浙江图书馆藏稀见方志丛刊》第 19 册，国家图书馆出版社。
乾隆《遂安县志》，清乾隆三十二年刻本。
民国《遂安县志》，民国十九年刻本。
光绪《严州府志》，清光绪九年增修重刊本。
光绪《荆州府志》，清光绪六年刊本。
雍正《浙江通志》，清文渊阁《四库全书》本。
光绪《淳安县志》，清光绪十年刻本。
光绪《曹县志》，清光绪十年刻本。

民国《盖平县志》，民国十九年铅印本。
乾隆《江南通志》，清文渊阁《四库全书》本。
乾隆《镇江府志》，清乾隆十五年增刻本。
乾隆《开化县志》，清乾隆六十年刊本。
乾隆《杭州府志》，清乾隆刻本。
嘉庆《海康县志》，清嘉庆十七年刻本。
嘉庆《宁国府志》，清嘉庆刻本。
民国《洪洞县志》，民国六年铅印本。
王先谦：《东华录》，清光绪十年长沙王氏刻本。
赵尔巽等：《清史稿》，中华书局，1991。
巴泰等：《清实录》，中华书局，1985。
清国史馆编《清史列传》，王锺翰点校，《清代传记丛刊》本，中华书局，1987。
尤侗：《悔庵年谱》，清康熙刻本。
施念曾：《施愚山先生年谱》，《北京图书馆珍本年谱丛刊》第74册。
赵经达辑《汪尧峰先生年谱》，民国刻《又满楼丛书》本。
蒋寅：《王渔洋事迹征略》，人民文学出版社，2001。
《遂安方氏族谱》，民国30年木活字本。
章培恒：《洪昇年谱》，上海古籍出版社，1979。
谷辉之：《毛先舒年谱》，上海图书馆历史文献研究所编《历史文献》第三辑，上海科学技术文献出版社，2000。
陆勇强：《陈维崧年谱》，中国社会科学出版社，2006。
周绚隆：《陈维崧年谱》，人民出版社，2012。
胡春丽：《汪懋麟年谱》，复旦大学出版社，2014。
张宗友：《朱彝尊年谱》，凤凰出版社，2014。
《夏承焘集》，浙江古籍出版社，1997。
王成：《清初诗人方象瑛文学交游考述》，《井冈山大学学报》（社会科学版）2016年第1期。

作者简介

胡春丽，女，复旦大学历史系博士，现为复旦大学出版社副编审，研究方向为中国经学史、中国古代思想文化史、清代学术史，出版专著《汪懋麟年谱》《四书改错》校点本。

国家图书馆藏黄易致李琬六札浅释*

许隽超

乾嘉文人黄易（1744~1802）的生平、交游①，早已进入研究者的视野。有关这位金石、书画大家的尺牍，《故宫藏黄易尺牍研究·手迹》《故宫藏黄易尺牍研究·考释》二书②，内容丰富，考订细致，嘉惠学林。国家图书馆藏黄易致李琬札六通，开面题"黄秋庵书札，缄三购玩，甲寅五月"③，价值亦是不凡。受信人李琬的生平家世，见光绪《任城李氏族谱》所载墓志铭，虽略长，仍全文迻录：

> 嘉庆二十年（1815）四月二十五日，诰授朝议大夫，晋封中宪大夫，前工部屯田司主事，济宁湛泉李公卒，将谋窆岁，其孤来乞志于予，予不获辞。按状，公讳琬，字研溪，湛泉其别号也。先世籍隶山西，明洪武中迁济宁，代有积德，为济望族。公曾祖诰授奉直大

---

* 本文系国家社科基金重大项目"清代诗人别集丛刊"（编号：14ZDB076）、国家社科基金一般项目"洪亮吉年谱"（编号：15BZW101）的阶段性研究成果。

① 黄易，字大易，号小松、秋盦，浙江杭州府仁和县人。乾隆九年（1744）十月十九日生，嘉庆七年（1802）二月二十三日卒。以监生捐纳，由东河汛员，仕至山东兖州府运河同知，护理山东运河道。著有《秋盦遗稿》《小蓬莱阁金石文字》等。

② 故宫博物院编《故宫藏黄易尺牍研究·手迹》，故宫出版社，2014。故宫博物院编《故宫藏黄易尺牍研究·考释》，故宫出版社，2015。

③ 清末民初，京师琉璃厂韫珍斋，有学徒袁金言，跟一位老翰林、金石学者做字画生意。袁金言后有"缄三"别号，即老翰林所赐。（陈重远：《琉璃厂史话》，北京出版社，2015，第113~114页）若"缄三"为袁金言，甲寅即民国三年（1914）。杨国栋先生《黄易尺牍及其研究综述》一文，已提及此六札，并考定受信人为李琬。（见《中国书法》2017年5期）

夫，貤赠中宪大夫讳昌祖，尤敦善行不怠，岁饥，出赀以赈乡间，所以培植李氏者益厚。祖诰封朝议大夫，覃恩貤赠中宪大夫讳时莘，克遵先志，光大家声。父诰封朝议大夫，覃恩诰封中宪大夫讳钟沂，有孝行，笃实温恭，一时称为长者。子五，公其仲也。公孝友出于天性，敦庬淳悫，质任自然。太翁督子綦严，公委曲将承，未尝少忤颜色，兄弟之间，怡怡如也。太翁以食指日夥，命诸子析居，公始自立门户。当是时，公年二十八，诸事草创，或以未谙为虞。而公内持身，外应事，一以厚道行之，屏黜少年喜事之人，尊用老成。尝语人曰："少年多刻薄，老成多忠厚也。"用是家事胥就理，而誉望日以起。

公为人浑浑无圭角，与人处，则豁然见肝膈。諔诡者流瞰公仁厚，颇思有所尝试，而公开诚待之，卒无所售其术。间有横逆之来，理遣情驱，转酬以温言，犷悍者以自旋其面目。或有诋诽之者，曾弗芥蒂于怀，曰："率吾素耳，人言奚恤也！"久之而浮游之喙以息，故终其身，无赪颜疾语，而人亦无有忌嫉之者，其厚德有以感之也。至于闻义乐趋，则如水火之于燥湿，亲友缓急，为谋如己事，必有成而后止。每岁冬，施缣衣数百领，粟数百斛，资以全活者甚众。嘉庆九年，河决衡工，流亡者号寒于道，时公已去工部家居，乃捐棉衣六千件，抚臣奏闻，钦加一级。十八年，济之属邑金乡县教匪滋扰，去济百里而近，人情惴慄。公投袂而起，鸠同志团练乡勇，为守御计，所縻不赀，而一境赖以安，其无少犹豫，顾藉以推行其厚意者，大概如此。卒之日，济之人皆咨嗟相语曰："善人亡矣！"在部甫一岁，以母老弃官归，至今部中人往往乐道其行谊。家居后，以子联第河南候补道，晋封中宪大夫，是亦厚德之报也与！距生于乾隆十五年（1750）四月十五日，年六十有六。

兄瀚，庚子科进士，前刑部贵州司员外郎；弟泳，候补郎中；弟莹，辛未科进士，户部江西司员外郎；弟澍，候补郎中。家庭济美，一时称盛。配乔氏，前江苏巡抚、工部侍郎世臣公孙女，直隶武强县知县大凯公女，诰封恭人，晋封太恭人，先公十年卒。子男四，长联第，候补道，前署河南南汝光道篆；次联榜，廪贡生；次联陞、联荣，皆幼。女六，长适江苏宿南通判王贻象，次适廪生陈文浩，次适兵马司指挥王肇修，次适同知刘公丕继之四子文焕；次适体仁阁大学士刘公墉之孙，太子少保、户部尚书镮之公次子；次幼，未字。孙男三，侍恩，联第出；宁海、观海，联榜出。女孙一，联第出。铭曰："缯薄急裂，墙薄急坏。维彼大车，积焉不败。罢罢李公，今人古心。弗琢弗镂，璞玉浑金。克锶之行，厥性所丑。犷义滂仁，其德孔厚。本茂实遂，源浚川丰。永安其宅，施于无穷。"①

按，李琬为济宁李氏第十三世，其父李钟沂与黄易亲家李钟沛乃同祖兄弟。国家图书馆藏黄易致李琬六便札，撰札人、受信人皆住济宁，即日可送达，故均未具日期。兹参以相关档案、家谱、地方志、年谱、别集等史料，略作申说，就教于学界同仁，排列依撰札时间为序。

（一）连日鹿鹿，未得把晤为怅。海貂套桶，承二兄留意变价，甚感。昨承见还，小价所述未甚明晰，如有二百二十金，即可脱去，乞留意可耳。此候日祉，不一。姻愚弟易顿首。再，奉商事，设兄处一时未能凑手，务恳转为挪移，或酌少及银钱均可，子金即愿酌定示知，当照送。弟现缘办差急需，用心谆恳，虔望赐应，切祷切祷！弟易又拜。

按，黄易于乾隆"四十五年、四十九年，两遇南巡，回銮经运河，办差无误，晋秩别驾，由卫粮调捕河，权下南同知"。② 与札中"办差急需"

---

① 吴璥：《皇清诰授朝议大夫工部屯田司主事晋封中宪大夫研溪李公墓志铭》，《任城李氏族谱》卷六《嘉言懿行汇纪》所附《志铭》，光绪二十一年刻本。
② 潘庭筠：《山东兖州府运河同知钱塘黄君墓志铭》，《中国古代书画图目》第 11 卷，文物出版社，1994，第 131 页。

云云吻合，所办或即皇帝南巡之差。黄易乾隆四十三年（1778）正月抵东河候补，至四十五年皇帝第五次南巡时，仅两载余，与当地士绅或尚未如此熟络。此札撰于四十九年第六次南巡时，可能性较大。据《乾隆帝起居注》，乾隆四十九年四月初四日，"御舟驻跸济宁州城南马头大营"。①此札约撰于乾隆四十九年（1784）春，黄易时以山东泰安府东平州判（从七品），在东河总督兰第锡幕中办事。

乾隆四十九年正月二十一日，乾隆帝自京启銮，三月二十五日自杭州回銮。四月初十日，豁免山东运河工程加贴银五十三万余两。四月二十三日，回銮京师，最后一次南巡结束。黄易因"办差急需"，不得不托亲友变卖、称贷以应急，亦可看作此次南巡"供亿浩繁，州县凋弊，农民举未息肩，商船或不通津，虽值丰登，无异歉荒"的一个注解。②

（二）承宠招，满拟至兄处快谈，兼与寿郎识面。适才见刺史面，订晚间陪归公有话谈，则又不可相却，不能至兄处践约，怅怅！再，刺史闻寿郎之名，幕中人所说。今日亦欲唤去也，我辈之叙，只可改期。率此奉谢，候安，不一。姻愚弟黄易顿首。

按，"刺史"指济宁直隶州知州③，"归公"即山东运河道归朝煦，"寿郎"应为歌者之名。乾隆五十八年（1793）九月，山东运河道唐侍陛调补兖沂曹道，直隶永定河道归朝煦调补山东运河道，十月初抵任。乾隆五十九年（1794）五月，归朝煦以事革职，山东按察使罗煅降补运河道。④

---

① 中国第一历史档案馆编《乾隆帝起居注》第 34 册，广西师范大学出版社，2002，第 145 页。
② 吴晗辑《朝鲜李朝实录中的中国史料》第 11 册，中华书局，1980，第 4762 页。
③ 道光《济宁直隶州志》（徐宗干等修，咸丰九年刻本）卷六《职官》济宁知州栏："王毅，安徽黟县人，增生，（乾隆）五十七年九月由德州署任。徐国才，安徽怀宁人，监生，五十九年六月由胶州升任。"
④ 详参拙文《国家图书馆藏归朝煦致黄易二札考释》，《苏州教育学院学报》2017 年第 5 期。归朝煦，字升旭，号梅圃，江苏苏州府常熟县人。乾隆二年（1737）十二月初五日生，嘉庆十五年（1810）十月十七日卒。以监生捐纳，由布政司经历，仕至山东运河道。事具光绪《京兆归氏世谱》卷六《梅圃老人自述》。

辽宁省博物馆藏黄易所绘《扪碑读画图》纸本，后纸载黄易五十九年七月致玉山《近境甚忙札》云："归观察尚在济宁，俟罗观察回济交代，八月间南返。"此札当作于乾隆五十八年（1793）十月至五十九年八月间，黄易时官山东运河同知（正五品）。

黄易前札，撰于长女黄润与李钟沛子李大峻未定亲时；此札自称"姻愚弟"，撰于李大峻、黄润完婚之后。光绪《任城李氏族谱》卷五《世传》"五支五房"载："钟沛次子大峻，字此山，诰授朝议大夫，兵部职方司郎中，加一级。生于乾隆四十一年九月初五日戌时，卒于嘉庆十年二月十九日午时。配黄氏，山东兖州府运河分府，护理运河兵备道易公女，诰封恭人。生于乾隆四十年闰十月二十六日寅时，卒于道光四年四月初三日寅时。子六，珣、瑛、珙、琮、璇、琪。"长子李珣乾隆五十七年（1792）闰四月二十六日生，李大峻、黄润完婚，应不晚于乾隆五十六年。

　　（三）亟思往候，因连日陪客应酬，未得如愿。弟有海龙褂楠一件，曾托兄觅售未就，昨与兄谈及，许俟将来留心，心感之至！节间弟甚苦空乏，而杭州帮船过此，亲友纷集，承兄关切至深。今将褂楠送上，乞兄觅人质押银百两。将来卖出，如多则付弟，如不足，弟补还不误。恃荷关爱，用敢奉托。专此，敬候日祉，不一。姻愚弟制黄易，顿首研溪二兄。

按，黄易乾隆六十年（1795）闰二月丁母忧守制，嘉庆二年（1797）六月服满，此札撰于丁忧期间。承杨国栋先生之赐，得见北京艺术博物馆藏黄易致济宁郑震堂《久思走晤》札，嘉庆元年六、七月间作，全文云："久思走晤，因孙观察嘱办《寰宇金石目》，急欲告成，无日不事笔札，致未如愿。满拟书成后，八月中旬践约赴曹，再作嵩洛之游。讵江南漫口，兰河帅在忧闷之时，札嘱往商。弟虽不欲久留，而旧日受恩最深，势不能不作速前往，日内即须束装，颇形拮据。端阳前，承李氏昆仲雅情，敷演至今，未便再商。素承大兄关爱最深，不得已，以海龙褂楠奉托转质百金，以应急需。恃邀至好，敢此奉托，倘能慨应，感德何极！专此，敢恳起身再当奉别也。并候日祉，不一。愚弟制黄易，顿首震堂大兄。"前引李琬墓志，言其"亲友缓急，为谋如己事，必有成而后止"，此札中的"李氏昆仲"，即指李琬等姻亲。

黄易致李琬此札中，有"节间弟甚苦空乏，而杭州帮船过此"之语。按，漕运总督本年三月奏："本年江南雨水调匀，松江尾船金山帮过淮以前，预遣备、弁，分提浙江、江西军船，每遇东南风，瓜洲升旗，京口即可顺渡；如转西北风，酌量令大江行走。各船带帆东下，三月二十一日，浙江二十一帮渡江已竣。"① 又，山东运河道策丹禀称："本年（嘉庆元年）重运漕船，自贰月拾玖日大河卫前帮起，至伍月拾捌日赣州卫帮止，共过济漕船肆千壹百柒拾肆只，白粮船贰百肆拾陆只。"② 本年浙江帮船属第三进（尾帮），过济宁当在四五月间，札云"节间"，当指端阳节间。黄易致李琬此札，作于嘉庆元年（1796）五月。

（四）前日盛扰二兄，感谢之至。弟因委入总局，晨出暮归，劳困极矣。嘱书对联，今早偷暇草草报命，甚拙劣也。吾兄最爱画马之卷，弟最爱汪士铉、王伯谷二卷，不识能分惠否？如可，当以他物相报也。并候日祉，不一。姻愚弟禫黄易顿首。

按，黄易嘉庆元年（1796）九十月偕友访碑嵩洛，翌岁正、二月访碑岱麓。本拟春夏间返里，赴浙江巡抚衙门办理起复文书，因"河帅攀留，料理堤工事务"③，未能离沛。札中"委入总局，晨出暮归"云云，或即

---

① 漕运总督管干贞嘉庆元年三月二十五日《奏报二进帮船全渡黄河浙江帮全过镇江江西船联络入口情形》折，台北"故宫博物院"藏宫中档奏折，文献编号404000359。
② 山东巡抚玉德嘉庆元年五月二十四日《题报重运粮船尾帮过济日期》题本，张伟仁主编《明清档案》第272册，台北联经出版事业公司，1994，B153681页。
③ 汪用成嘉庆二年五月二十二日致黄易《来杭起复》札云："满拟来杭起复，畅聆教益，闻河帅攀留，料理堤工事务，仰见老成谙练，器重上游，第把臂未由，益深驰系耳。"载国家图书馆藏稿本《黄小松友朋书札》第12册。

此时欤？此札约作于嘉庆二年（1797）春夏。

黄易嘉庆七年（1802）殁后，友人仇梦岩有《哭黄小松司马》诗四首，其二："负却西泠无限春，淹留半刺奉慈亲。渠成功绩褒王景，河润贤能纪郭纯。在制三年仍在任，居官卅载尚居贫。只今山左思遗爱，继起还看有后人。"① 腹联"在制三年仍在任"，即指丁忧期间仍在工帮办，此札之"委入总局"，即其脚注。

（五）昨荷光临，深承古道，感谢之至！弟心境恶劣，加以胁痛，不能写字作章。因兄谆谆之嘱，勉为写就，并章奉上，乞致之。济宁亲友甚多，人人索及，势不能应，必致取怨，万一再及此事，希二兄婉覆之是荷。此候日祉，不一。制姻愚弟黄易，稽首砚溪二兄。刘大兄乞转候。

按，黄易嘉庆元年十一月写《嵩洛访碑廿四图》，嘉庆二年二月写《岱麓访碑廿四图》，兴致尚佳。此札云因胁痛不能写字作章，或作于嘉庆二年（1797）春夏间。潘庭筠所撰黄易墓志，言其"自三年冬在南旺感寒湿疾"。北京艺术博物馆藏黄易致顾文铣《深为扼腕》札："弟自去冬一病几殆，幸服参苓半载而愈，然劳惫已久，衰相愈增，今春今夏，两次病危，几乎长别。此日体中似健，然精力远不如前，凡刻印作画，竟不能办。……终日奔忙，偷暇未尝不赏碑读画，然而兴致大减矣。"作于嘉庆四年（1799）十月十五日。黄易丁忧期间，身体已然不佳，遂有嘉庆三年冬及翌年春、夏的接连病危。

黄易病逝后，家人周麟呈报："窃家主黄易，年五十六岁，系浙江杭州府钱塘县人，由监生捐从九品，发往河东河工试用。历任主簿、县丞、州判、州同、通判，升兰仪同知，调运河同知，实授。丁忧服满回工，借补捕河通判，于嘉庆四年十月内，复题署运河同知，实授。六年十一月

---

① 仇梦岩：《贻轩诗集》卷上，嘉庆二十四年刻本。

内,奏护运河道篆。兹于嘉庆七年二月二十日,偶得痰疾,医治罔效,于是月二十三日病故,理合报明。"[1] 黄易由痰疾发作至辞世,仅仅三日,亦可见平日受疾之深。

(六)好弟兄,近因彼此避嫌,不得把晤,真无可如何也。此刻接孙道台来信,云有曹县生员,控典铺三分起息,道宪以"三分并不违例"批示。复出示三府一州,此示不知州中贴出否,嘱弟催之。弟记得诸君有愿二分者,不知此事毕竟如何?恐一言有碍,是以密询尊意若何,示知后,弟当致明也。此候日祉,不一。姻愚弟制。名心泐。此时抚军在曹,与孙公相聚,此事甚有关系,故不敢冒昧转言耳。又及。

按,札中孙道台、道宪、孙公,均指山东兖沂曹济道孙星衍。抚军,即山东巡抚伊江阿。乾隆六十年(1795)十月十六日,山东运河道罗煨病故,东河总督李奉翰檄调兖沂曹济道孙星衍暂委兼署。嘉庆二年(1797)二月十六日,山东巡抚伊江阿奏请将孙星衍调回本任,以专责成,二月二十一日俞准。嘉庆三年(1798)正月二十一日,因河务非孙星衍所长,李奉翰等题请以徐端署理兖沂曹济道,孙星衍留在山东,遇缺调署,二月初四日俞准。[2] 札中提及"三府一州",即兖沂曹济道辖下的兖州、沂州、曹州三府及济宁直隶州,此札当撰于嘉庆二年二月至三年正月间。

山东兖沂曹济道,道署驻兖州府城。据孙星衍年谱,孙嘉庆二年"五月赴工防汛。秋,江南丰工及东省曹工同时漫溢"。[3] 另据山东巡抚伊

---

[1] 东河总督王秉韬嘉庆七年三月初八日《题报原任兖州府运河同知黄易病故日期事》题本,中国第一历史档案馆藏,档号02-01-03-08495-010。

[2] 详参东河总督李奉翰乾隆六十年十月十六日《奏为山东运河道罗煨病故所遗印务委任孙星衍兼署事》折,档号04-01-13-0098-014。山东巡抚伊江阿嘉庆二年二月十六日《奏请河道孙星衍调回本任事》录副折,档号03-1471-042。东河总督李奉翰等嘉庆三年正月二十一日《奏为委令徐端署理兖沂曹济道现任该道孙星衍留在东省遇缺调署事》录副折,档号03-2065-001。以上奏折,皆中国第一历史档案馆藏。

[3] 张绍南:《孙渊如先生年谱》卷下,中华书局1999年影印《藕香零拾》本,第496页。

江阿奏折："窃臣在于东昌一带查催赴豫兵丁，于（嘉庆二年）八月初三日，接据兖沂道孙星衍禀称，大河水势连日增长，曹县第二十五堡无工处所，水高堤顶，加筑子埝，水复增长。兼之风狂雨骤，随抢随漫，于七月二十四日堤工漫溢三十余丈。……臣即星夜驰往曹县一带，催集料物，赶紧抢厢。并确查被水居民，如需抚恤赈济，臣即督率印委各员，妥协经理，无致一夫失所。"[1] 曹县被灾，典铺乘机加息，伊江阿、孙星衍彼时同在曹县，此札应即撰于嘉庆二年（1797）八月。黄易时已服阕，在东河候补，札尾仍署"姻愚弟制"，或有孝思绵长之意。

统观黄易致姻亲李琬六札，自乾隆四十九年至嘉庆二年，跨度近十四载，其中四通为丁忧期间作。六札所展现出的应酬忙乱、劳困拮据、心绪恶劣、身体不适等信息，是深入探讨黄易金石、书画、篆刻成就时不能忽略的真实的日常生活背景。

作者简介

许隽超，男，文学博士，黑龙江大学文学院教授、博士生导师，从事明清文献与文化研究，出版专著《黄仲则年谱考略》《刘大观年谱考略》等。

---

[1] 伊江阿嘉庆二年八月初四日《奏闻曹县汛水漫堤臣亲往查办缘由》折，台北"故宫博物院"藏宫中档奏折，文献编号 404002984。

戏曲小说研究

明代元曲学的兴起*

——以元曲本的流变为中心

李舜华 陈妙丹

摘　要：金元以来，新声四起，曲本渐繁，至元末，已出现曲韵、曲目的编纂以及曲集的编刊，是为曲学之肇始。明建以来，元曲本却渐次湮没，个中原因实与明前中期官方演剧制度与演剧环境息息相关。一则官方将天下曲本收归国有，不中式者至于焚毁，同时，改定旧曲本或撰新曲本以训诫天下。这一行为始于洪武，而大成于永乐，与天下书籍收归国有暨程朱理学最终的官方化实际一脉相承。一则明建以来括天下乐籍以归教坊司，同时，以北曲为主兼纳南曲的弦索官腔开始一天下，大元一统以来四方诸调大兴的局面从此消歇。现存元曲本绝大多数刊抄于明代嘉靖以后，可以说，对元曲本的搜集与整理正是明代元曲学复兴的重要一环。

关键词：明代　元曲学　元曲本　弦索　官腔

缘起："明代元曲学"的提出及其意义释略

"明代元曲学"，一言以概之，即一应明人研治元曲的学术。这一概

---

* 本文系教育部青年项目"明代元曲学研究——以明人改本戏曲为中心"（编号：18YJC751003）的阶段性成果。

念的内涵与意义尚需做进一步的界定，由此，或可对明代元曲学以及这一研究径路的意义稍作发覆。

第一是"元曲"。今人论及"元曲"，或许受一代有一代文学的思维定势影响，也是因金元北曲的发达，一般指涉元散曲与元杂剧，元南曲戏文不过隐含其间。明代亦然，明前中期多假此指称元杂剧与元散曲；不过，殆到明中叶以后，随着南曲戏文的日益繁兴，文人士夫议论蜂出，其中"元曲"一说也日益用以指涉南戏。① 因此，本文所谓"元曲"概指元代散曲、杂剧与南戏；而绍继明人议论，以"曲"概称一应元之散曲与剧戏，个中原因，也在于突出明人重"曲"的传统，相应的，便是由此关联"曲"与"诗（词）"之间的渊源嬗变。

第二是"曲学"。②"曲学"这一概念素来有广、狭之分，古人重曲，尤重曲唱，当"曲"以"曲唱"为重时，"曲学"这一概念首先指向曲律学，是为狭义之曲学。广义之曲学殆指学科而言，或专指散曲学，或兼指散曲与剧曲，但所重在曲，遂与剧学相对；而本文所谓"元曲学"之"曲学"，则取最广义，涵摄一应研治散曲及与曲剧③有关的学术。这一定义，并非单纯地求广而已矣。笔者旧治"礼乐"与"演剧"，特以"演剧"为题，曾释道：

> 所谓"剧"，实际包括百戏、杂剧、院本与戏文（传奇）等各种表演形态，然而，"曲"唱——其实元明时期的曲唱实际也大可视为戏剧（曲）表演中的一环，也相应囊括其中；而且，笔者所要考察的最终指向是以（新）传奇为代表的晚明戏曲的复兴，及其后来的嬗变轨迹，而一应形式的曲唱与搬演都不过做为与之相关的环节来加

---

① 杜桂萍：《"元"的构成与明清戏曲"宗元"观念》，《求是学刊》2017年第2期。
② 曲学，或者说治曲之学，其实还有一个更为广义的内涵，即指一应与曲相关之学问，不仅包括曲论、曲评、曲史等，亦包括曲作与曲唱，但在本文中，则严格指学术意义的治曲之学。
③ 此处不言"剧曲"，而言"曲剧"，是"剧曲"侧重在剧中之曲，而"曲剧"侧重在以曲为重之剧。

以考察。换言之，笔者视"曲唱"为戏剧表演的最高（雅）形式，曲辞的增益是科诨小戏向抒情大戏发展，或者说由（戏）剧向（戏）曲发展——最显著的表征之一。①

既然，继"散曲"之后，"剧曲"之发达不过是演剧发达的最高形式——这一发达也正是在与散曲的相互交融过程中展开的，并最终成为文人（或时代）假以自写的载体，也正是"剧""曲"发展的必然，相应的，治曲之学也日益繁兴；那么，我们对最终"曲学"兴起的种种考述，自然也涵摄对有关"戏（剧）"的研治，而真正意义上的"剧学"最初也正是在"曲学"的覆荫下发展起来，至明末清初始渐次独立。② 以上剖析，实际缘于对当前戏曲（剧）学科构建历程的重新思考。近年来，笔者在重审20世纪以来现代学科体系构建的基础上，明确标举"从乐学到诗（曲）学"的研究径路，即力图重返中国传统以经学为核心、以经史子集为分类法的学术体系，来发明具有近世意义的曲学的发生与发展——并统称之为传统曲学研究。这一传统，殆即相对于现代学科的戏曲（剧）研究及剧曲与散曲相分的研究而言；这一"曲学"概指近世（金元迄清）时期一应散曲、杂剧、戏文、传奇与时曲等，而一部曲学史，也正是曲学如何脱离乐学与诗（词）学而独立以及剧学如何渐次脱离曲学而独立的过程。

第三"明代"与"元曲学"。③ 曲学的兴起，肇始于元，而发达于晚明清初。成弘以来，以复古（乐）思潮为先导，同样出现了打破官方程朱理学一统、诸子百家蔚兴的局面，而文学，包括诗学、词学、曲学、小

---

① 此概括《礼乐与明前中期演剧》相关定义而来，引文出自近著《从礼乐到演剧：明代复古乐思潮的消长》绪论，曾以《明代礼乐与演剧考·绪论》为题，发表于《薪火学刊》第4卷（复旦大学出版社，2017）。

② 对剧学的自觉意识，以清李渔《闲情偶寄》为代表。不过，需要提出的是，尽管明末清初剧学已然自觉，然而，直至晚清民初，独重曲学仍然是中国传统戏曲理论的窠臼所在。王国维撰《宋元戏曲考》，以"戏曲"为名，更以元杂剧为真戏曲，正是传统曲学的精要所在。1949年后，戏曲研究界首先定"戏曲"为学科名称，著史者也以"戏曲史"为正名，如张庚、郭汉城《中国戏曲通史》，也正是因此而来。至于戏剧学科的建立与戏剧史的书写，则已是新理论、新视野下的新发展。

③ 此一"元曲学"，非指元人之曲学，而指明人研治元曲之学术，属于明人的曲学范畴。不赘。

说学等，都不过诸子之一。① 其间文尊秦汉、诗法盛唐、词宗北宋、曲尚金元，复古思潮自诗文而至词、至曲、至小说，几乎席卷了一应文体。② 因此，若论明代曲学何以兴起，又如何兴起，如何兴衰异变，其间元曲学的消长实为第一要义。可以说，终明一代，复古尚雅，力尊金元，对元曲的批评与讨论，直接影响了有明一代曲（学）史的变迁。进而言之，明代元曲学于明代曲（学）史的意义，恰如当时唐诗学之于明代诗（学）史、北宋词学之于明代词史一般。

关于明代文学的剧变以复古思潮的兴起为标志，这一观点已逐渐为学术界所认可，然而，尚需提出的是，这一文学复古思潮的大兴，实际可以上溯至元代以"宗唐得古"为号召的文学思潮，明初宋濂等人是其绪余。早在钱基博《中国文学史》概论明代部分之时便道，明初宋濂、刘基、高启等人已开李梦阳复古思潮之先声。因此，明人复古思潮的复兴，从根本上来说，正是有意绍继元人未尽的精神（这一复古精神其实质便是以师道自任、以礼乐自任），其鼓吹金元，也正是有意绍继元人之志，将曲体（所谓"大元乐府"）纳入传统的声辞系统（或者说礼乐文化系统），上承宋词、唐诗、汉魏六朝乐府，直至诗三百，也正是这一积极接续文统的努力，最终完成了北曲、次则南曲的被尊体与被雅化，也直接彰显了文人士大夫以礼乐自任的精神及其重构文学史的努力。③

---

① 有明文学的剧变以文学复古思潮的兴起为标志，这一点已逐渐为学术界所认可；然尚需指出的是，这一复古思潮断非仅仅存在于文学领域，而是导致了整个明代学术史体系的大变，而经学领域的"复古乐"思潮恰为其中最核心的部分，其实质是一代士林对自我性命思考的重新体认，也即士林精神的大裂变。参见李舜华《明代礼乐与演剧考·绪论》，《薪火学刊》第 4 卷，复旦大学出版社，2017，第 70~87 页。
② 这一晚明只是笼统而言，其实明代文学的大变还可以追溯至更早。
③ 一般以为，明人对元曲的讨论是针对当时曲作（唱）实践的思考，反过来亦直接影响了有明一代曲史的变迁；反思当时曲唱自然是应有之义，然而，仅及于此，往往失之于笼统，于曲学意义的发明也只是表象而已；如果进一步认为古代曲学的根本出发点只在于指导创作实践，因此，没有也无意于建构一种明晰的、富于逻辑的理论体系，则更为不妥。譬如，周德清编撰《中原音韵》，便并非如一般所谓旨在指点场上创作，而根本在于对曲统的辨识，即以中原雅音为正，明确标举北乐府方为一代之正声，由此上续宋词、唐诗等。参见李舜华《从四方新声到弦索官腔——"中原音韵"与元季明初南北曲的消长》，《文艺理论研究》2014 年第 2 期。

有明一代，诗不如唐，词不如宋，曲不如金元，诗学、词学、曲学却因此而大彰，论者之志莫不在于重构文统。① 而这一文学统系的构建，也正是新理论、新精神下文学史的重构——换言之，具有近世意义的文学史构建开始悄然兴起，也可以说，我们20世纪以来的现代学术，其实肇源于晚明，这方是晚明学术大变——同样是打破官学而诸子百家蔚兴于野，而有别于前代——的意义所在；晚清民初的学术大变，不过是新历史、新情境下对晚明清初精神的绍继与续变罢了，至于"五四"以后的新变则另当别论。

一代有一代之政治，一代有一代之精神，一代有一代之学术；论及学术之大变，其体甚大，非仓促可得。其取径亦必得自文献始。一代学术的大变，往往自新知识人对前一代文献的著录、整理与刊刻开始，也即一切学术统系的构建自目录学始。明中叶以来，文人士大夫纷纷开始搜集整理与刊校元代曲学文献，围绕着这些文献，元曲四家说、《琵琶》与《拜月》孰胜说、《琵琶》与《西厢》南北曲祖说、本色说，等等，种种议论蜂起，论其根本，正在于构建一代文学之典范以接续传统的文学统系。因此，我们今天对明代元曲学的追溯，也当自明代元曲本流播开始。因为旨在发明成弘以来文学的大变，发明传统曲学何以兴起，因此，所讨论时间的下限止于嘉靖之前，也即李开先等文人士大夫起来搜集与整理元曲本之前，并集中于元明之际迄于永宣间。诸文体之中，戏曲因为不止行于案头，更广泛流播于场上，场上之搬演与案头之抄刻往往相互影响，其版本最为复杂，也因此更为鲜活地体现了官方、民间、文人的力量是如何相互作用、彼此消长，最终影响一代新思潮、新学术的兴起。

一 蒙元时期曲本的兴起和流播

关于金元曲本的流传，早在嘉靖时期李开先就曾感叹："既登仕籍，

---

① 此就大者而言，此外，专论技巧者也甚多，譬如诗学，晚明清初的刊撰几乎有泛滥之嫌。然而，这些诗学著作如古人所说，不过三家村老所作。

书可广求矣,然惟词书难遇,以去元朝将二百年,抄本刻本多散亡。"① 无独有偶,时代相近的何良俊也感慨明代开国以来"杂剧与旧戏文本皆不传,世人不得尽见"。② 从现有金元曲作的流传来看,大量版本的刊刻都是在嘉靖之后,这一点与李、何二人所言若相符节;同时,也是在嘉靖之后,文人士大夫开始钩稽宋元旧篇,而今人也是在明清钩稽的基础上进一步加以考订的,由此我们对金元曲作(本)的繁荣方才渐次明晰起来。

最早大量著录元人散曲创作的是元末钟嗣成的《录鬼簿》与明初无名氏的《录鬼簿续编》。《录鬼簿》初稿完成于元至顺元年(1330),此后他又在元统、至正年间分别做过两次大的修改。③ 该书著录金元以来曲家,皆从一己经历着手,有"前辈已死名公有乐府于世者""前辈已死名公才人有所编传奇行于世者""方今已亡名公才人,余相知者""已死才人不相知者""方今才人相知者"诸条目,所涉散曲家凡70人,其中,仅"前辈已死名公有乐府于世者"便达40人。《录鬼簿续编》续《录鬼簿》而来④,所著大部分散曲家为元末明初人,凡31人。两者相加,所录元代散曲家共计101人,提及的总集有钱霖所编《江湖清思集》和《群玉》《丛珠》3种,别集有吴中立《本道斋乐府小稿》、吴仁卿《金缕新声》、曾瑞《诗酒余音》、张小山《今乐府》、钱霖《醉边余兴》、顾君

---

① (明)李开先:《〈张小山小令〉后序》,《李开先全集》,上海古籍出版社,2014,第644页。
② (明)何良俊:《曲论》,《中国古典戏曲论著集成》(四),中国戏剧出版社,1959,第6页。
③ 钟嗣成的初稿已经失传。元统年间的修改本,现存有《说集》丛书所收录的明万历时抄本,明人孟称舜《酹江集》所附的校刻本;至正年间的修改本,经明代吴门生抄录,吴本系流传下来的,有清尤贞起的抄本,近代《暖红室汇刻传奇》据以刻印并收录。清人曹寅《楝亭藏书十二种》所收《录鬼簿》亦据吴门生抄本校刊而成。曹本影响最大、流传最广。《读曲丛刊》和《重订曲苑》据曹寅刻本编入。上海古典文学出版社1957年又据曹刻本重新排印,附收于《录鬼簿(外四种)》之中。近代王国维的《录鬼簿校注》和中国戏曲研究院的《中国古典戏曲论著集成》所收本,都是以曹本做底本进行校注的。参见马良春、李福田主编《中国文学大辞典》第六卷,天津人民出版社,1991,第4047~4048页。
④ 据《录鬼簿续编》所载之明初作家的生活年代,可推知该书大约撰于明宣德元年。此书延续《录鬼簿》体例,继续论述元末明初的戏曲、散曲作家71人的生平及156本杂剧作品的目录。有明天一阁所藏蓝格抄本。

泽《九山乐府》、朱士凯编《升平乐府》等 7 种。此外,明清文献记载以及失载却有存本流传的元散曲总集有《天机碎锦》《片玉珠玑》等 12 种,元散曲别集有《月湖今乐府》等 7 种。可知,元代编选的散曲总集共 15 种,别集共 14 种。1947 年隋树森开始编校《全元散曲》的工作,辑得有元一代曲家 215 人,小令 3853 首、套数 457 套。从这个数目来看,元代的散曲创作蔚然成风。

其次是元初"流入南徼,一时靡然向风"(徐渭语)的北杂剧。关于元杂剧较早的著录,仍见于元末《录鬼簿》与明初《录鬼簿续编》两种;其次则是明代的《永乐大典》与《太和正音谱》。1997 年周维培在《元明之际北曲曲目论略》一文中对《录鬼簿》各版本加以统计:"接近原稿的说集本、孟刻本分别为 391 种与 390 种,天一阁本辑录 424 种,楝亭本最多,辑录 452 种。"① 此外,该文还统计出朱权《太和正音谱》载录的元明 567 种杂剧剧目中有元人杂剧 536 种。然而,《录鬼簿》各版本汰去重复后共有几种?《录鬼簿续编》辑录元明间杂剧剧目 156 种,其中有多少元人作品?周文并未有明确结论。2016 年张倩倩在周文的基础上进一步考辑出各版本《录鬼簿》著录的元人杂剧合计 469 种,《录鬼簿续编》中作者可知的元代杂剧有 52 种,二者共计 521 种。此外,张氏根据《永乐大典目录》《元曲选》《也是园藏书目》等文献和少数失载的元杂剧存本,推考元杂剧剧目较为可靠的数目大约在 600 种左右。可以说,以往研究对元剧的统计很难得出一个确切的数字。一方面是因为有些无名氏或跨越两朝者,其作品年代归属未确,有些元前或明后作品难免羼入其间;另一方面有些学者对一些被归为杂剧的作品体裁持保留意见,如胡忌、赵景深等对《太和正音谱》"古今无名氏杂剧"栏后半部是否羼入院本名目提出质疑。然而,这两种因素的影响,并没有动摇元杂剧数量之多这一事实。于国祚仅有短短九十多年的有元一朝而言,元人杂剧创作可谓繁荣兴盛。

---

① 周维培:《元明之际北曲曲目论略》,《南京大学学报》1997 年第 3 期。

关于南戏，如果仅从剧目钩稽的情况来看，其数量亦颇为可观。需要指出的是，除却《永乐大典》中的33种外，今人对宋元南戏的钩稽几乎都是利用了明嘉靖以来迄清代对宋元旧篇的著录与辑选，如最早的《南词旧谱》与《南词新谱》、《南词叙录》、三家曲选和后来清初的《九宫正始》《寒山堂曲谱》等。20世纪30年代钱南扬《宋元南戏百一录》（《燕京学报》1934年）从《永乐大典目录》卷三十七"三未韵""戏"字条下辑得33种，于明代徐渭的《南词叙录》之"宋元旧篇"中辑得65种（25种见于《永乐大典目录》），于《宦门子弟错立身》（【仙吕排歌】【哪吒令】【排歌】【鹊踏枝】四支曲文）辑得29种（13种见前二书），于《太霞新奏》得22种（12种见前书），又于《按对大元九宫词谱格正全本还魂记词调》《顾曲杂言》分别辑得2种和1种，共计南戏剧目102种。1936年"保存了一百多种元传奇"的《九宫正始》完整本被发现，其中未被前人辑佚的南戏剧目占三分之二。陆侃如、冯沅君邀集友人将其买下，并据以参考撰成《南戏拾遗》一书，共辑得73种南戏。钱南扬虽然很遗憾没有看到明张牧《百二十家戏曲全锦目录》和《九宫正始》等资料，但他利用新发现的《寒山堂曲谱》，在《百一录》基础上增多南戏67种，共计119种，于1956年撰成《宋元戏文辑佚》。后来随着资料的完备，钱氏陆续有新的发现，至1981年撰写《戏文概论》时，所辑宋元戏文已增补至238种。1986年刘念兹的《南戏新证》在前人的基础上，从沈璟《南九宫词谱》卷四正宫之【刷子序】二支（原注：集古传奇名）、【黄钟赚】二支（集六十二家戏文名）、钮少雅《汇纂元谱南曲九宫正始》所录的注明"元传奇"的戏文名目，《寒山堂新定九宫十三摄南曲谱》卷首的"谱选古今传奇散曲集总目"，宝敦楼旧藏增补本《传奇汇考标目》所著录标明"元传奇"目录，《李氏海澄楼藏书目》之"元传奇"书目，以及宋周密《癸辛杂志》等书目中钩稽，除去重复戏目，共辑得剧目达240多种。这些数目无不表明宋元南戏创作和搬演的繁盛程度。

综上所述，后人所钩稽到的宋元旧本，无论散曲、杂剧还是南戏，其数量都是惊人的。然而，由于后人钩稽所依赖的材料几乎都是明以来尤其嘉靖以来的文献，那么，就出现了新的问题：这些曲作在元代是否已经以刊本或抄本的形式流传，还是仅活跃于演出场上（其搬演的方式是全剧、单折，还是单曲）？仅见于元人之著录，还是直至明代方为明人所著录？是以刊本与抄本的形式流传，还是以单折支曲的形式流传于曲选之中？其间，著录者、抄录者、刊刻者、摘选者又是谁？简言之，宋元旧本究竟以何种形式流传，推动其传播的主要阶层是官方、民间，还是文人士大夫？这种种事相，均一时难以剖明。我们所知道的，元曲本的大量刊行已在嘉靖之后，在嘉靖及其嘉靖之前，目前留存的版本有：

嘉靖之前曲本	刊刻时间	编撰辑录者	属性	最早版本
刘知远诸宫调	金	无名氏撰	宋金诸宫调	断为金刻本，且系平阳（今山西临汾）书坊刻本
阳春白雪	元	元杨朝英选辑	元散曲总集	元刊十卷本；元刊残本
太平乐府	元	元杨朝英选辑	元散曲总集	元刻细字本；元至正刻本
乐府新声	元	元无名氏选编	元散曲总集	瞿氏铁琴铜剑楼藏元刊本
元刊杂剧三十种	元	元关汉卿等撰	元杂剧总集	元大都、古杭等地坊间之零散刊本
乐府群玉	元	元无名氏选辑	元散曲总集	天一阁旧藏明人影元抄本
永乐大典戏文三种	明永乐	明解缙等纂修	宋元南戏总集	明永乐元年至六年（1403～1408）钞本
刘必希金钗记	明宣德	宋元无名氏撰	宋元南戏别集	明宣德间写本
云庄休居自适小乐府	明成化	元张养浩著	元散曲别集	明成化十九年（1483）据元抄本刊行
白兔记	明成化	宋元无名氏	宋元南戏单行本	明成化间北京永顺堂书坊刻本
西厢记	明弘治	元王实甫著	元杂剧单行本	明弘治十一年戊午（1498）北京岳氏刊本

续表

嘉靖之前曲本	刊刻时间	编撰辑录者	属　性	最早版本
盛世新声	明正德	明臧贤辑	元明戏曲、散曲选本	明正德十二年（1517）臧贤刻本
词林摘艳	明嘉靖	明张禄辑	元明戏曲、散曲选本	嘉靖四年（1525）原刊本
雍熙乐府	明嘉靖	明郭勋辑	元明戏曲、散曲选本	嘉靖十年（1531）初刻本
风月锦囊	明嘉靖	明徐文昭辑	元明戏曲、散曲选本	明嘉靖三十二年（1553）书林詹氏进贤堂重刊本
改定元贤传奇	明嘉靖	明李开先编选	元明杂剧选	嘉靖年间①
张小山小令	明嘉靖	元张养浩著，明李开先辑	元散曲别集	嘉靖四十五年（1566）刻本
乔梦符小令	明嘉靖	元乔吉著，明李开先辑	元散曲别集	李开先隆庆元年（1567）序刻本
琵琶记	明嘉靖	元高明	南戏单行本	明嘉靖苏州坊刻巾箱本、清陆贻典钞本（或以弘治本为底本）

上表所列，凡19种，宣德之前8种，成化以后11种。以成化为界，恰恰对应明代文学史的前期与中期的分野。也可以说，元曲本流传的第一时期迄于永宣间；之后，正统、景泰、天顺三朝短暂沉寂；成化以来，渐次有民间刊本出现，殆至嘉靖，风气所及，文人士大夫复古尚雅，以康海、李开先、何良俊等人为代表，纷纷开始搜集与整理元代旧剧（曲），一部元曲本的流播暨明代元曲学的兴起史大略如此。

---

① 路工在《李开先集》推测应当编刻于嘉靖三十四年至隆庆元年之间，解玉峰认为"惟其时间上限或应提前数年"。卜键笺注《改定元贤传奇序》《改定元贤传奇后序》二文云"当作于嘉靖四十五年"。日本佐藤晴彦《〈改定元贤传奇〉的出版时期》从汉字字形演变角度，判断当在嘉靖三十七年至四十五年（1558~1566）之间。

然而，这有一个节点尚自不明，元曲本的兴起与流传究竟始于何时，这直接涉及我们如何来评价明前期曲学的意义以及如何阐释明中叶复古思潮下曲学的兴起。在上表中，一般被认为是元本的，散曲集有《阳春白雪》等4种、杂剧总集有《元刊杂剧三十种》、戏文有《永乐大典戏文三种》和陆本《琵琶记》，其中《张协状元》的时间甚至可以追溯更早，主张者并由此来呼应金元北曲的繁荣与宋元南戏的兴变。问题是，这些刊本究竟刊刻于何时，果然都是宋（金）元旧本吗？进一步追问，其他明清以来所搜集到的所谓元曲本又在多大程度上保留了"元本"的真面目？目前，学界已有声音开始表示质疑。以下，我们不妨自散曲、杂剧乃至南戏，依次加以考辨。

首先是散曲。20世纪二三十年代，任讷开始着手编辑《散曲丛刊》，收录了现存元明清三代的散曲作品，其中元散曲总集《阳春白雪》1种乃元刊本，别集《东篱乐府》《梦符散曲》《小山乐府》《酸甜乐府》等4种俱为明以后所辑。然而个别曲集名称如"酸甜乐府"出自明人，是否实有其书，甚至酸斋、甜斋在元代有无专集、编者为谁亦存疑。1947年隋树森的《全元散曲》卷首参考书目中引录了现存的元人散曲集：总集有杨朝英的《阳春白雪》《太平乐府》、《乐府新声》、《乐府群玉》、《自然集》等5种，其中仅前3种存有元刊本；元人别集有《天籁集》《东篱乐府》《云庄休居自适小乐府》《文湖州集词》《乔梦符小令》《张小山北曲联乐府》《酸甜乐府》等8种，皆为明代以后所辑。可知当时可资利用的元人刊本数量极少。1983年罗锦堂撰写《中国散曲史》，于其后附有《散曲总目汇稿》，该书根据《录鬼簿》、清人钱大昕《补元史艺文志》、黄虞稷《千顷堂书目》等文献，著录元曲选集（包括存目在内）29种。其中混有明人词曲集（如《情籁集》），而且将近一半为近人辑刊本，真正元代成书的散曲总集在15种左右，现存元刊者与隋书统计的数目相同，亦仅为3种。罗书著录元朝别集28种，较隋氏增加20种，然其中亦混有明代以后辑本（14种），且无元人刊本存焉。1992年王钢《散曲总集目录》所著录的元人总集与元刊本数量，皆不出隋、罗二人之统计。元人散曲集的数量多有出入,概因部分明清书目仅著录集名(如嘉靖高儒《百川书志》卷六《史部》外史类、晁瑮的《宝文堂书目》卷中乐府类),未能进一步区分词、散曲、杂剧、传奇等体裁及其年代界限。现综合各家统计:元代成书的散曲总集有15种,现存元刊本3种;散曲别集有14种,今仅存明代以后抄刻本。由此可知元人散曲总集与别集数量较少,现存的元刊本更是少之又少。

元杂剧方面,一般以为,元刊杂剧总集仅存《元刊杂剧三十种》1种,其余皆刊于嘉靖以后。①《元刊杂剧三十种》是现存最早的元杂剧版本,其中有14种属孤本。原书钤有"士礼居"等藏印,系清代藏书家黄丕烈旧藏。清人何煌曾以元本校勘过5种脉望馆钞校本杂剧,并且附有跋语。根据现存脉望馆本《王粲登楼》《魔合罗》中何氏跋语所提之"用李中麓钞本校""用李中麓所藏元椠本校讫了"等信息,有学者通过比勘元刊本与何氏用元本校录的文字,推论在黄丕烈之前,李开先曾藏有《元刊杂剧三十种》。②

---

① 其中,明人辑刊之元杂剧总集有李开先辑于嘉靖朝的《改定元贤传奇》、万历二十六年息机子的《元人杂剧选》、万历三十七年黄正位的《阳春奏》、万历四十三年臧懋循的《元曲选》、崇祯六年孟称舜的《古今名剧合选》,以及刊于万历朝的、陈大来刊刻的《元明杂剧》《古名家杂剧》《古名家杂剧续编》《古杂剧》等9种;另有赵琦美钞校于万历四十年到四十五年的单行本54种。具体统计,可参见陈妙丹《元明北杂剧改本研究》,中山大学博士论文,2017。
② 1940年孙楷第在《也是园古今杂剧》中最早认为现存元刊本即为李开先旧物,然而中间缺少直接的证据链。日本学者岩城秀夫将何煌校录的原本内容与现存元刊本做了比对,指出何煌补出的曲文亦见诸现存元刊本,《范张鸡黍》一剧所缺的文字,现存元刊本亦缺,认为现存元刊本确属李开先旧藏。对此提出不同看法的是邓绍基,他在《元杂剧〈魔合罗〉校读记》中比对了何煌校笔与现存元刊本文字,认为"除偶有笔误外,文字全同。故孙楷第考断为何氏所云'李中麓所藏刊本',今见《元刊杂剧三十种》本。但也不能排斥何氏所见的李藏本为今见元刊本的同版书"。表示质疑的还有甄炜旎,她在岩城秀夫的校勘工作基础上做得更加细致,指出了何煌校笔与现存元刊本、李开先《词谑》所引元剧之间其实存在些微差别,认为现存元刊本与李开先旧藏本同源,但不一定完全等同。杜海军随后在《也论元刊杂剧与李开先的收藏关系——甄炜旎〈刊杂剧三十种与李开先旧藏之关系〉失误辨》里指出,甄文用于校勘的现存元刊本其实是徐沁君等人的校注本,个别文字经过臆改后存在问题。杜氏另外撰文《论李开先旧藏与元刊杂剧之关系》,以《改定元贤传奇》《词谑》所收元杂剧套曲、何煌以李开先钞本所校之《王粲登楼》等与元刊本、《太和正音谱》所收曲文比勘,认为"元刊杂剧中多篇出自李开先旧藏基本可以定谳,至如三十种中其他元刊杂剧因无他人收藏记录,也可作如是观"。

《元刊杂剧三十种》一直典藏于私人手中，世人不得尽见，明清书目亦未有著录。晚明以来，人们对元杂剧的认识基本源自明人刊本。① 直到20世纪初，此书从苏州流出，东渡日本的王国维在罗振玉处目睹此书，方惊呼此前"举世所见，独明长兴臧晋叔懋循之《元曲选》百种与《西厢》五剧"②，而今"元剧之真面目独赖是以见"。③ 然而元刊本宾白不全、省文别字以及讹误比比皆是，难以卒读。今人研讨元杂剧，大多惯性地以《元曲选》本为主，但后者实则经过臧氏大量的"增删涂抹"，已经大大地偏离原貌。随着校勘的深入，20世纪五六十年代以来有学者已经开始对此反思。邓绍基《从〈窦娥冤〉的不同版本引出的几个问题》（1956年）指出，编者把蔡婆被迫再婚改写成未改嫁，却又疏忽地保留了窦娥责备婆婆、蔡婆与张驴儿父亲亲近的文字，"《元曲选》本改订者的旨趣当与关汉卿原意有距离，那时对待'贞节'观念与关汉卿时代已有不同"。④ 章培恒、骆玉明主编的《中国文学史新著》承接了邓绍基校读的思路。《新著》以《脉望馆钞校本古今杂剧》中《单刀会》为例，指出"从明本元杂剧增出的说白来看，有些确与曲词存在矛盾"，其说白应出自明人之手。⑤ 海外汉学家伊维德的《我们读到的是"元"杂剧吗——杂剧在明代宫廷的嬗变》更是明确地指出，杂剧被明代统治者改编为一种宫廷娱乐，受迫于意识形态下的演出压力，其本质已经发生变化，我们今天所读到的"元"杂剧，已经与元代的演出脚本相去甚远。⑥

　　实际上，不仅明人抄刻本与原本相去甚远，就连《元刊杂剧三十种》能否完全视为元杂剧原貌近来也存有疑义。虽然这30种剧本中并未留下

---

① 臧懋循《元曲选》刊行之后，市面基本以臧本为通行本。例如，清乾隆年间允禄等人编《新定九宫大成南北词宫谱》，在凡例中颇多提及《元人百种》是其确定北曲曲式最为重要的参考来源。清代曲论家梁廷枏、姚燮对元杂剧的评论也基本以《元曲选》为主。
② 王国维：《王国维戏曲论文集》，中国戏剧出版社，1984，第237页。
③ 王国维：《王国维戏曲论文集》，中国戏剧出版社，1984，第237页。
④ 邓绍基：《古典戏曲评论集》，中国社会科学出版社，2013，第33~51页。
⑤ 章培恒、骆玉明主编《中国文学史新著》，复旦大学出版社，2007，第365~376页。
⑥ 伊维德撰，宋耕译《我们读到的是"元"杂剧吗——杂剧在明代宫廷的嬗变》，《文艺研究》2001年第3期。

序跋、牌记,但自黄丕烈题名为"元刻古今杂剧乙编"以来,学界便以"元刻""元椠""元刊"呼之,对其刊刻于元代这一点确信不疑。最先对此提出异议的是小松谦、金文京等日本学者,其《试论〈元刊杂剧三十种〉的版本性质》指出,《陈抟高卧》剧中有作者马致远身后才出现的元末大儒吴澄的谥号,认为这部分应系元末改写的。并且通过覆刻、补刻的痕迹,推断"元刊三十种"大约是在元明间印行的。① 这一说法得到一些学者的响应,张倩倩的《〈元刊杂剧三十种〉并非刻于元代说》即沿着小松谦等人的思路,通过词句互证(例如《公孙汗衫记》正末唱词以"凤城"称南京,而南京在元代并未称都,建都乃明朝之事)、文献互校(版式接近于明初刊本)进一步得出其非元刻的结论。②

关于南戏,1956 年钱南扬在《宋元戏文辑佚》中钩稽出现有流传的宋元戏文凡 15 本。③ 1981 年在《戏文概论》中进一步统计出"保持着戏文原来面目的凡五本",分别为《张协状元》《宦门子弟错立身》《小孙屠》《白兔记》《琵琶记》。然而这 5 种戏文现存最早的版本皆为明代以后所抄刻,那么,抄刻于明代的这些戏文,在多大程度上能反映其原貌呢?

现存最早的戏文《永乐大典戏文三种》,是南戏研究者据以推考宋元南戏面貌的重要文献。其中关于《宦门子弟错立身》《小孙屠》的产生年代,学界观点趋于一致,即基本认为是在元一统后、北曲南移、南北曲交融后的作品。然而关于《张协状元》的产生年代,钱南扬最早认定其为"时间最早,盖是戏文初期的作品"。此后学者大都主张"南宋说":冯其庸、李啸仓、李昌集等在钱南扬之后同持"南宋早期说";王季思、岩城秀夫、孙崇涛、胡雪冈等主张"南宋中期说";胡忌、薛瑞兆等持"南宋晚期说"。以上各家说法,虽有早期、中期、晚期的争议,但一致据《永

---

① 小松谦、金文京撰,黄仕忠译《试论〈元刊杂剧三十种〉的版本性质》,《文化遗产》2008 年第 2 期。
② 张倩倩:《〈元刊杂剧三十种〉并非刻于元代说》,《文艺评论》2015 年第 4 期。
③ 徐宏图《南戏遗存考论》指出其中《苏秦衣锦还乡》一本已佚。

乐大典》收录本推论《张协状元》产生于南宋。虽然早在20世纪40年代青木正儿有别众议,已经推论此剧恐"已是元代之事",然而直到70年代,才有周贻白、李修生、章培恒等学者从戏文体制的成熟程度、文中存在的改造/移用北曲等角度出发,由此前的"南宋说"慢慢倾向"元代说",具体而言,是蒙元一统后南北曲交融形成的。①

第一部由文人撰作的《琵琶记》,从陆贻典钞本《新刊元本蔡伯喈琵琶记》被发现以来,也存在着是否仍"保持着戏文原来面目"的疑窦。现存陆贻典钞本所据底本系钱曾旧藏本,钱氏藏本下卷首行标有"元本琵琶记"字样,从分出情况看来,确实早于嘉靖坊刻之巾箱本。故而陆本甫一发现,一度被认为是"元本",董氏诵芬室据以影印,即以元本为号召。后来"元本"的提法随着校勘的深入,陆续遭到学者的质疑。1996年黄仕忠在《〈琵琶记〉研究》中从"元本"的两种意义出发,根据"元本"刻工的相关信息,考证出陆钞本之底本其实当刊于弘治年间。②

应该说,南戏的真正兴起是在进入文人视域之后。自蒙元一统后,北曲大兴,作者日众。南北混一日久,四方新声迭起——北曲弦索在南北各地新变,南曲在其影响下日渐繁兴。据嘉靖间《南词叙录》所载,南曲是在"顺帝朝,忽又亲南而疏北"的时风下,开始猬兴的。然而其品格"语多鄙下,不若北之有名人题咏",直到元末高明《琵琶记》出,方"用清丽之词,一洗作者之陋"。③可知南戏相对于北杂剧而言,总体上创作和受重视时间较晚。从谨慎而言,颇具体制的南戏文本的出现最早只能定在元明之际。20世纪以来,随着早期曲本、曲谱(尤其是《九宫正始》《寒山堂曲谱》)的发现,学者们沉浸于辑佚湮没已久的宋元南戏、杂剧的热潮中,一开始不免带有对"古本""元曲"神话的追寻心理。在

---

① 参见李舜华《永乐大典戏文三种》,收入罗书华、苗怀明等编《中国小说戏曲的发现》,人民文学出版社,2009,第349~353页。
② 黄仕忠:《〈琵琶记〉研究》,广东高等教育出版社,1996,第170页。
③ 《南词叙录》,《中国戏曲论著集成》(三),中国戏剧出版社,1959,第239页。

这种影响下，对版本年代的追溯、对宋元流传曲目数量的辑佚多少有一些偏差。① 然而随着版本校勘和考订的深入，早期文献被赋予的神话色彩亦渐渐被剥落。②

随着北方混一日久，一方面金元政权的正统地位逐渐为南北士夫所认同，另一方面，"统治在北、道统在南"——这种以恢复中原道（文）统自任的心态亦存乎士夫中间。周德清等人关于"中原雅音"之论争，即在此背景下展开。元末南北新声大炽，"大元乐府"被标举为典范，所谓"国初混一，北方诸俊新声一作，古未之有，实治世之音也"。③ "治世之音"，其实是针对以沈韵为基础的南宋以来的"亡国之音"——南曲而言，彰显的是鸣国家气运之盛的"正声"。由此，罗宗信在《中原音韵》序言中直言"世之所共称唐诗、宋词、大元乐府，诚哉"④，进一步将"大元乐府"作为一代文学之代表，与唐诗、宋词并称。"北方诸俊新声"如杨朝英的《太平乐府》、无名氏之《中州元气》等曲集应运而生。

从以上元散曲、杂剧、南戏的存佚情况看来，北曲元刊本极少，南戏则更少，现存大多为明人刊抄的本子。究其原因，大致有三。一是如关汉卿等元曲作家作品多为瓦舍勾栏所作，不少元曲以搬演、弹唱的形式流播，对曲本的依赖较少。二是这些曲本在元代本来就刊行不多，正如有些学者认为的，早期元曲创作"多为自娱自适，或为歌儿舞女所唱，尽一时之兴，作家们很少想过把这些曲作藏之名山，传之后世，也很少结成专

---

① 研究者多视《九宫正始》《寒山堂曲谱》为"元谱"，据以考辑宋元戏曲剧目。
② 李舜华先后发表《"元本"〈琵琶记〉的发现与研究》（《文献》1999 年第 3 期）与《〈九宫正始〉与〈寒山堂曲谱〉的发现与研究》（《学术研究》2000 年第 10 期），详细讨论了明中叶以来元曲本的流传，以及 20 世纪以来的研究，明确标举自《九宫正始》起实际已经有意识地在构建一个宋元神话，而这一推尊宋元在民初有愈演愈烈的趋势。
③ （元）罗宗信：《中原音韵》序，吴毓华编著《中国古代戏曲序跋集》，中国戏剧出版社，1990，第 12 页。
④ （元）罗宗信：《中原音韵》序，吴毓华编著《中国古代戏曲序跋集》，中国戏剧出版社，1990，第 12 页。

集印刷版行"。① 三是或有坊间刊（抄）本存在，但这些刊（抄）本往往与场上呼应，原本意在逐新，因此，也大都随刊（抄）随没，流传不广；而元人有意识搜集、整理、编印当时曲学文献的，是在元末才开始。彼时，文人士夫或有意汇存一代文献，如钟嗣成；或有意尊隆元体（乐府），鼓吹中州（原）正音，如杨朝英、周德清等，更积极著录曲家曲集，并甄选曲作，汇为总集。这方是元曲本兴起的真实原因，我们说传统曲学肇始元也正是因此。可以追想，随着蒙元一统，四方音声大兴，南北曲相互交融，日益盛兴；元代曲本也渐次兴起，日益流播于元明之际。

二　明前期元曲本的湮没

元明易代，乱世书籍流散，原是自然，然而，乱世之中有志之士积极汇存一代文献，也是自然。因此，元曲本的第一次兴起，实际兼跨元季与明初，真正的佚失其实始于明代开国以来，尤其是永宣之时。如前，嘉靖时何良俊慨叹"杂剧与旧戏文本皆不传，世人不得尽见"②，明确指向"明开国以来"；言下之意，显然是将开国以来的不传与其构想中胜国（元）的繁荣对立起来的。同时，这一不传，确切而言，应指不流行于世，所以世人不能得见，而并不是未刊或流失，个中自有微意。那么，我们讨论元曲本在明前中期的佚失，亦当自细微处考求，这方是关键所在。

仔细推论，明建以来曲本的不传，或者说，元曲本的流传止于永宣之时，正是元明易代——从乱世到治世——政治学术大变的应然。其根本在于：第一，官方对天下书籍的搜集与整理，以至于天下书籍归于王官，这一举措，论其实质，正是王官之学一天下的开始，最终结束了乱世之时诸子在野纷纷立说的局面；第二，明朝建立以来，括天下乐籍以归教坊司，

---

① 门岿：《散曲学概说》，张月中主编《元曲通融》，山西古籍出版社，1999，第937页。
② （明）何良俊：《曲论》，《中国古典戏曲论著集成》（四），中国戏剧出版社，1959，第6页。

同时，以北曲为主兼纳南曲的弦索官腔开始一天下，大元一统以来四方诸调大兴的局面从此消歇。

（一）天下书籍归于内府与官方"新朱学"的一天下

如前所说，一旦提及元代戏文杂剧的早期版本，一定会提到《永乐大典》。据考，《永乐大典》自卷 13965 至卷 13991，凡 27 卷，收戏文 33 种；杂剧部分收于《永乐大典》卷 20737 至卷 20757，凡 21 卷，据今存《永乐大典目录》卷五四所列详目，已达 99 种。① 这些杂剧戏文大半佚失，仅存的《张协状元》等 3 种却是我们今天所能看到的最早戏文，其余所谓宋元戏文多不过散折零曲，见于曲谱、曲选中罢了。② 那么，《永乐大典》大量收录戏文杂剧的意义究竟是什么呢？这还得从《永乐大典》的修撰，甚至文渊阁的修建说起。

明朝初立，朱元璋在南京始创宫殿之时，即建文渊阁，以"尽贮古今载籍"③；永乐元年（1403），朱棣下诏纂修《永乐大典》，便在文渊阁开馆，至六年书成，又直接贮藏于文渊阁。后来，迁都北京，复建文渊阁，并起南京文渊阁图书北上，"图书之在文渊阁者，永乐中遣翰林院修撰陈循，往南京起取本阁所贮古今一切书籍，自一部至有百部以上，各取一部北上，余悉封识收贮。如此则是两京皆有储书也。今天下书籍尽归内府"。④ 即便是这样简单的勾勒，我们仍然可以看到在《永乐大典》编撰背后的历史实相，即明朝建立以来官方尽收天下图书，所谓"今天下书

---

① 乾隆朝《四库》馆臣检点大典存佚之目录底册中，杂剧部分所在卷次尚标"役剧卷 20728—20747 十本。剧极卷 20748—20764 十本"，可知当时大典所收杂剧部分尚存。大概至清末庚子劫火后，大典方才星散，戏曲作品除《小孙屠》等戏文三种子存外，余皆散佚。《永乐大典目录》因此成为探究大典所收杂剧规模的唯一依据。参见袁同礼《永乐大典存目》，《国立北平图书馆馆刊》第 6 卷第 1 号，1932 年 1、2 月，第 130 页；同时，参见罗旭舟《〈永乐大典目录〉所列杂剧初探》，《文学遗产》2011 年第 3 期。
② 譬如，戏文 33 种，收在"戏"字内；古本《西游记》"魏徵梦斩泾河龙"收在"梦"字内；最早的平话《薛仁贵征辽》则全部收在"辽"字内，等等。
③ （明）王圻：《续文献通考》卷九十《职官考》，《续修四库全书》第 763 册，上海古籍出版社，2002，第 513 页。
④ （明）丘濬：《请访求遗书奏》，《丘濬集》第 8 册，海南出版社，2006，第 3985 页。

籍尽归内府"也。

　　《永乐大典》原是明成祖朱棣集翰林学士解缙等两千一百多人编纂而成的大型类书,论其规模而言,几乎空前绝后;然而,这样一部巨著,所费时间不过短短五年,大体率易成书,因此,体例颇为紊乱,不过简单地以某字为序,类存相关文献,这也是我们今天能够从中发现若干小说、戏文、杂剧的缘故。一部官方修典,却能汇录如此之多的杂剧戏文,这显然与后来清室整理典籍时明确黜小说、戏曲的态度颇为不同;然而,如若进一步追问,明初官方对戏曲的优容却并不像我们想象得那样乐观。

　　确切而言,不论如何仓促,编撰《永乐大典》的意义本身就在于,第一是将天下书籍收归国有,第二是官方修书。早在明建伊始,朱元璋便诏令编撰并刊布一系列训诫之书,对象以宫闱女教居首,次及藩王、宰相、文武群臣,这种种无疑都和传统儒学的"正始"观念以及《大学》修齐治平的观念相关。① 可以说,将天下书籍收归国有,开史馆修撰史书,颁布一系列训诰,可以说是明初政治中的关键一环,是新朝礼乐施政的根本所在。也就是说,将天下书籍尽归内府,根本在于力图将天下之学术尽纳于王官,以官学一统天下,以与新朝的政治相佐。永乐十二年十一月,朱棣在北京敕修《四书大全》《五经大全》《性理大全》等,历10月而成;永乐十三年,在北京举行会试和殿试,这些书成为明初永乐朝敕修并颁行的程朱理学读本;永乐十五年三月,《大全》颁于六部、两京国子监及天下州县学校。《大全》的修撰与颁行,标志着宋元以来一直在野的程朱理学最终被纳入了新朝的礼乐教化系统,从此,官方"新朱学"开始一统天下,乱世以来诸子百家纷纷而起的鸣说时代至此消歇。②

---

① 李舜华:《礼乐与明前中期演剧》,上海古籍出版社,2006,第235页。
② 一般论晚明文学的复兴,往往强调心学及性灵思潮的新变意义,并以反对程朱理学为鹄的,如此,易生误会。实际上,晚明学术大变,是同样出现了打破王官之学而诸子百家蔚兴的局面,小说、戏曲都是诸子之一罢了。这一王官之学,在明代便是官方程朱理学,特称之为"新朱学",以为区别。

曲本的流播正是以此为背景的。正嘉以来，当文人构想金元曲学的繁荣、纷纷开始搜集元曲本之时，曾盛传一事，即据洪武制度，亲王之国，必以词曲千七百本赐之。① 此事自非信说，然而，却也并非全属空穴来风。史载，洪武制度，亲王之国，例赐乐户二十七户，于境内供用，又有赐乐舞生、乐器，等等，赐曲本或许也是应然之事，而所赐曲本，不可能全是元代宫廷所遗。由此推想，洪武时期，或者已经开始从地方搜集杂剧戏文本子收存于大内，并分赐诸亲王府。对此，清梁清远曾这样解释朱元璋为何赐词曲于亲王之国："或亦教导不及，欲以声音感人，且俚俗之言易入乎？"② 如果说"洪武赐曲"之事尚在影响之间，不过后人的构想，是应然之事，而非必然之事；③ 那么，永乐时期，便已明确记载官方如何考音定律，制曲以颁布天下。其中，永乐十七年，朱棣御制佛曲成，颁赐天下，令生员习唱，及于边塞，便是显例；论其旨意，无非重在教化，诏令善男善女"依腔奉诵"，以"为善去恶"，"遵王法，谨言行"，终"乐

---

① （明）李开先：《〈张小山小令〉后序》，《李开先全集》，上海古籍出版社，2014，第644页。关于此说在正嘉以来的流传，可参见彭秋溪《"洪武赐曲"之说及其蕴含的曲学史意义》，《文化遗产》2018年第3期。
② 《雕丘杂录》卷十五《晏如斋檠史》，转引自王利器《元明清三代禁毁戏曲小说史料》"前言"上海古籍出版社，1981。
③ 确切而言，"洪武赐曲"也只有视作影响之词，方能真正凸显其象征意义，原因有二：第一，笔者在《礼乐与明前中期演剧》中曾明确指出，洪武制度以礼乐为声教；然而，明建伊始，百废待兴，朱元璋虽号称以礼乐为急务，但其本意实在于政治与经济两端，所谓礼乐，亦首在于礼，而不在于乐。也就是说，特定的战后情境最终限制了朱元璋的礼乐制作，可以说，洪武一朝的演剧政策及其实际效用实际上非常复杂。尽管如此，这一礼乐制度（譬如，以北音一天下的演剧结构）一旦形成，便在复杂的政治经济结构中自行运转，并以不同的面目制约着此后演剧的发展，而赐曲与献曲正是这一礼乐结构的应然之事（第142~144页）。也正是因此，本文明确标榜：明代官方将天下曲本收归国有，同时，改定旧曲本或撰新曲本以训诫天下，这一行为始于洪武，而大成于永乐。而"洪武赐曲"，正是作为明初官方演剧一天下的象征而不断被追溯与演绎的。第二，李开先将"赐曲"进一步范定为"洪武初年"，这一"洪武初年"也别有说。就礼乐而言，洪武制度实可分为洪武初制与洪武定制。洪武初制以《大明集礼》所载为核心，实以恢复周制为号召，实际反映了以宋濂为首的元末明初文人士大夫的礼乐诉求；洪武定制则直接体现了朱元璋礼顺人情的主张，而以杂糅汉唐甚至金元制度为特点，这也是洪武末以来北曲渐兴的背景之一。正嘉以来，尤其是嘉靖以来，朝野士夫锐复周制往往以恢复祖制（即洪武制度）为号召，"洪武初年"往往已被赋予特定的精神内涵。关于这一点，《礼乐与明前中期演剧》已有涉及，但更明确的叙述，可参见李舜华《一代典礼的焦灼：沈鲤的锐复古制与不得其时》，《华东师范大学学报》（社会科学版）2018年第5期。

夫太平之治",云云。① 如此推想,官方所藏旧曲本或所制新曲本,亦会赐与地方学校与地方教坊,由此颁行天下。

洪武、永乐两朝还反复申饬一段禁令。洪武六年,朱元璋下令禁止部分演剧内容,并明确载入《大明律》中;② 永乐九年,又重申了这条禁令,且更为严格:

> 永乐九年七月初一日该刑科署都给事中曹润等奏,乞敕下法司,今后人民倡优装扮杂剧,除依律神仙道扮、义夫节妇、孝子顺孙、劝人为善及欢乐太平者不禁外,但有亵渎帝王圣贤之词曲、驾头杂剧,非律所该载者,敢有收藏、传诵、印卖,一时拿送法司究治。奉旨:"但这等词曲,出榜后,限他五日,都要干净,将赴官烧毁了。敢有收藏的,全家杀了。"③

所禁止的演剧内容与洪武时期相去不远,几乎便是洪武禁令的重述(仅增加"欢乐太平"四字)。不过,最后落足在禁止收藏相关曲本,而且如文字狱般,牵涉大规模的收书与焚书,却是永乐时期的特点——至永乐时,官方对演剧的控制是愈演愈烈。

从洪武到永乐,从演剧到曲本,这一禁令的反复重申,正可以看出,大规模收集曲本,甚至赐与地方,固然有助于汇存图书,但究其根本,还在于对演剧的控制。对这一控制而言,焚书不过其中最为极端的手段罢了;相应的,焚书以外,改定"非律所该载者",突出"劝人为善""欢乐太平",等等,当为朝廷控制演剧更为普遍的方式。今存明本元杂剧较之旧本,已做过不少改动,而且这些改动大都与《大明律》这一禁令的

---

① 所称佛曲,指《诸佛世尊如来菩萨尊者名称歌曲》,今存永乐年间刻本,前有永乐十五年四月序。所谓佛曲,全用南北曲撰成,有小令,有套数,据张㭎大佛寺永乐佛曲目录记载,计有散曲二千六百余支,已可视为一部散曲集。参见《全明散曲》第4册所录《诸佛名曲》末"按语",齐鲁书社,1993,第4363页。
② (明)刘惟谦:《大明律》卷二十六《刑律九》,怀效锋点校,法律出版社,1999,第204页。
③ (明)顾起元:《客座赘语》卷十,《明代笔记小说大观》,2005,第1462~1463页。

原则有关——一个明显的例子便是对原剧中有关帝王场景的修改。实际上，宫廷演剧本身为便御前承应，无论是用旧曲本，还是制新曲本，都需有司加以审订。① 万历间宋懋澄《九龠集》便道，教坊作曲，必送史官校订后方才御前致词呈伎，云云。②

有明一代，官方将天下曲本收归国有，不中式者至于焚毁，同时，改定旧曲本③或撰新曲本以训诫天下，这一行为始于洪武，而大成于永乐。④ 这一过程与天下书籍收归国有暨程朱理学最终的官方化（其标志是永宣时官方"新朱学"的形成）实际一脉相承，或者说，元以来渐次发达的南北曲，经洪武、永乐二朝，正式被纳入明代的官方礼乐教化系统。也正是这一行为最终限制了元曲本在坊间的流传，这才是何良俊所说"明开国以来曲本不传也久矣"的实相。

（二）天下乐籍归于王官与弦索官腔的一天下

自来曲作的流传与一般诗文不同，而有两种途径，第一是以曲本流传，属于案头流传，第二是以搬演流传，属于场上流传；同时，案头与场上又往往相互影响，因此，曲作的版本益为复杂。元曲兴起后的流传正是如此。前面已专节发明，有明以来，括天下曲本归入内府，因此限制了元曲本在坊间的流传；然而，更为重要的是，更括天下乐籍归属教坊司，官方通过教坊司司掌天下演剧，并积极考音定律，将金元以来的南北曲纳入官方的礼乐教化系统，这一过程同样始于洪武，而大成于永乐。与之相应的，便是以北曲为主兼纳南曲的弦索官腔因此而大行。弦索官腔的一天下，最终标志了蒙元一统以来南北曲繁荣的消歇，取而代之的是永宣时期

---

① 自然，永乐时期的禁令，控制的是天下曲本的收藏与流播；而明中期以来，不过是宫廷演剧的剧本需待有司审订罢了。这也是明前期迥异于中后期的所在。
② 伊维德《我们读到的是"元"杂剧吗——杂剧在明代宫廷的嬗变》通过对元杂剧元本与明本的比较指出，"明代宫廷对元杂剧的修改比我们从前想象的更为广泛和深入"。
③ 关于改定旧曲本，参见《礼乐与明前中期演剧》，上海古籍出版社，2006，第155~159页。
④ 《皇明世说新语》卷八并载，宣德朝周宪王曾献戏曲百本于朝。此后，成化、正德时均有收集与进献小说词曲的记载，大约都是这一制度的遗风。

教坊演剧的繁荣。① 这一变化与明初整个政治文学的变迁彼此呼应。如果说，收天下曲本入府，直接限制了金元曲本在坊间的流通；那么，官方通过教坊司对天下乐籍与天下演剧的掌控，则直接影响了金元曲本在流播过程中的变动。

如何理解明初官方括天下乐籍归教坊司的意义呢？这里不妨举一二事例稍加说明。括天下乐籍，其中最早也最突出的便是台、温事件。据载，"台、温二郡经方氏窃据之后全乖人道，其地多娼家，中朝使者以事至，多挟娼饮，有司罢于供应。熊君鼎为浙佥事，下永嘉，令籍娼户数千悉送之京"。② 此则材料特别强调台、温二郡经方氏窃据以来如何如何，这一方氏指的是元末割据浙地的方国珍部。显然，洪武初，括方氏所据台、温二郡的乐籍入京师一事，实际与平定苏州张士诚部后，即徙当地富户入祖籍凤阳事，③ 以及后来对江浙一带仍继续实行打击大户、厚征赋敛及徙民他地诸事相互呼应，都既属于肃清异党的政治手段，也属于重农抑商的经济政策，是开国之初乱象待定、百废待兴的必然。然而，江浙一带，承宋元遗风，素来繁华，伎乐也是最盛，这里所说台、温两郡，尤其是永嘉县，正是戏文发源并广泛传播之处。因此，如果说重农抑商、打击大户，从根本上破坏了演剧赖以生存的娱乐环境；那么，洪武初，又将一应台、温诸地官伎解送入京，著立在籍，以征收其税，更直接改变了搬演者的生存状态。搬演者与宴赏者一时间俱作风云散，昔日的歌吹之地至此一片萧条。

自蒙元一统以来，日益繁兴的四方新声，无论南北，殆到明初，便陡然消歇下来，取而代之的是弦索官腔的一天下。那么，官方通过教坊司对

---

① 关于明代乐籍与教坊司，明初官方的考音定律及弦索官腔的兴起，参见李舜华《礼乐与明前中期演剧》第82~92页，以及"演剧史"第二的第一章。另参见李舜华《从李舜华《从四方新声到弦索官腔——"中原音韵"与元季明初南北曲的消长》，《文艺理论研究》2014年第2期。
② 《古今图书集成》卷八二四《博物汇编·艺术典·娼妓部》。
③ 《洪武实录》卷二六载"吴元年，徙苏州富民实濠州"，卷二八载，是年"徙方国珍所署伪官左右丞元帅刘庸等居于濠州"；正德间王鏊编《姑苏志》卷一四"户口"云："盖洪武以来，罪者谪戍，役者作役，富者迁实京师，殆去十之四五。"其他徙民政策不赘。

天下乐籍与天下演剧的掌控，是如何影响了当时的教坊演剧环境？盛行于教坊上下的弦索官腔，又是如何具体影响了金元曲本的流播呢？

可以说，明初官方对天下演剧的掌控，使当时的演剧始终局限于自上而下这一以教坊为核心的宴乐环境里，突出的特点便是：一方面，在杂剧搬演里，逐渐以规范的供盏仪式将以弦索夹杂院本、杂戏的演剧方式固定化，并作为礼乐制度的一环广为推行，以适用于各种宴仪场合；另一方面，以弦索歌章夹杂院本、杂戏，并严格限定盏数来加以调度，主要见于正式宴会中，从大宴到中宴到小宴，进盏仪式虽存，却已逐渐省简，不仅所杂院本、杂戏渐少，甚至只剩下纯粹的杂剧或散套、小令的弹唱。[①] 也就是说，不论是夹杂院本，还是纯粹的弹唱，弦索弹唱最终成为各种宴仪场合中最为盛行的表演方式，这也是弦索官腔得以一天下的关键原因之一。明初教坊宴乐环境的突出以及弦索弹唱的大行，最终混淆了杂剧与乐府，也即散曲与剧曲，之间的界限。可以说，同一散套，或割裂不同套曲，或杂凑各家小令，在时间上也不论元明，更有杂入宋代小词的，以至于韵脚杂乱、曲意前后不谐的情况比比皆是；也正因此，元曲本版本的变迁，尤其是戏文的变迁，远远超过我们的想象，这也是让我们日益质疑所谓"元剧"真实面目的根本原因所在。进而言之，不少元曲在明初是否以全本的形式存在于案头，甚至活跃于场上仍然是一个疑问，一些佚曲很可能只是依靠教坊传唱的形式才保留下来，或以单折作短剧表演（其实质还是弦索弹唱夹杂院本小戏搬演）。因此，有关作者与作品的归属，是元是明，恐怕都难以截然分明，今人的判断也是歧异百出。倒是明人，如《曲品》简单地将其判分为旧传奇与新传奇（主要是嘉靖以来的曲作），来得稳妥些，这恰恰说明元以来南戏与明初南戏的一脉相承。

三　明中期元曲本的喧哗与芜杂

成化以来，民间渐有小说、戏曲流传。有意味的是，戏曲复兴的轨迹

[①] 这种不同宴仪场合下的不同表演，在《金瓶梅》中有较为充分的体现。

与小说复兴的轨迹基本相似。1967 年，在上海嘉定墓葬发现成化年间北京永顺堂刊说唱词话 16 种和南戏《新编刘知远还乡白兔记》1 种。今存《三国演义》最早刊本有弘治七年序与嘉靖间序，而《西厢记》最早刊本有弘治十一年序岳家刻本，《琵琶记》清陆贻典钞本所用底本也在弘治间。嘉靖以来，以《三国》《水浒》的刊行为先导，小说的刊刻与新撰渐次兴起；而戏曲，则以《盛世新声》《词林摘艳》《雍熙乐府》三家曲选为先导，此后，文人与坊间才掀起了搜集、整理并刊行南北剧、曲的高潮。同时或稍晚，又有新近发现的《风月锦囊》刊行，而我们今天所能见的宋金元明间戏文、杂剧版本，大多刊行于嘉靖、万历以后。譬如，三家曲选，就戏文名目的著录来说，早于嘉靖间《南词叙录》；就戏文佚曲的辑录来说，早于嘉靖二十八年的蒋孝曲谱；就北曲的梳理来说，在明中叶北曲复兴时也属首开风气者，尚早于嘉靖间李开先的《词谑》。因此，三家曲选中所录杂剧与戏文，虽然只是零折散曲，却不少是今天所存的最早版本，甚至是唯一版本。《风月锦囊》今存嘉靖三十二年重刊本，但所荟萃的戏文之众却令人惊讶。由于《风月锦囊》所收戏文大半首尾相对完整，基本可以视为早期的新版本，与后来同名戏文的通行本以及后人追溯的所谓古本相互比较，意义尤大。因此，考察元曲本在明前中期的流传，三部曲选及《风月锦囊》是不容忽视的存在。

笔者在旧著《礼乐与明前中期演剧》中曾详细考订过三家曲选及与之同时或稍晚的《风月锦囊》的元曲收录情况，并一一比勘过早期戏文的不同曲选曲谱、不同单行本之间的版本差异，新戏文的撰写与旧戏文之间的关联。[①] 这里不妨稍作隐括，并加以补充。

元代曲本，无论杂剧，还是戏文，明初以来主要是以弦索弹唱的方式，与散套、小令一起流传于歌宴之中。直到明代中期，南京大宴演出，仍然是以北曲四大套夹杂院本、杂戏演出，同时，元曲本也有赖于这一形式得以保存下来。譬如，到何良俊时，所熟知的元曲，往往都是已经打入

---

① 这一新戏文指嘉靖之前的新曲本，也属于明人眼中的旧传奇，非指新传奇。

弦索而广为流传的曲子，这也是何氏感叹元曲恐将不传的原因所在。尚需指出的是，特定的宴乐环境同时也影响或限制了曲唱的内容，广泛流播于弦索弹唱中的曲子，往往以男女思忆为主，兼杂仕途感叹、四时咏怀，而元曲本的传与不传显然也与此有关，譬如，何氏曾道，《太和正音谱》载郑德辉杂剧共 18 种，然而，可入弦索者惟《刍梅香》《倩女离魂》《王粲登楼》3 种而已；而《西厢记》与《琵琶记》流传最广，被推为南北曲祖的原因也在于此。对此，何氏也颇有不满，道是不过世人刊刻偶多罢了。因此，有关元曲本在明前中期流播中的变动也只有联系这一宴乐环境才能渐次明晰。

关于元杂剧的变动。北杂剧四大套已成固定结构，且宫调相对谨严，因此，在打入弦索之后，除却若干字眼流传渐讹外，曲辞的变化一般不大，然而，念白、脚色、行当等却在杂剧搬演中存在随时增益而发生较大的变化，包括各种院本、杂戏、小唱的羼入，甚至有可能已经完全不是旧本的面目。这也正可以解释，为何今天的研究者从版本校勘方面开始逐渐质疑所谓"元杂剧"的真实性。不赘。这里主要绍介一下有关元戏文的变动。

戏文较之北杂剧晚起，而且，折次不固定，宫调也简易（《南词叙录》所谓不寻宫数调者），至弦索官腔兴起，方渐次进入弦索，出现所谓"南九宫"，因此，剧曲与散曲之间的混杂远为复杂。这一混杂，意味着长期以来，戏文与散曲之间存在着一种非常复杂而暧昧的状态，即便是三家曲选所录，后人考订为宋元明初戏文佚曲的，究竟是剧曲流为散曲还是散曲偷入戏曲，至今也仍不分明。也就是说，长期以来，研究者所钩稽的"宋元旧篇"实际还存在相当可以探讨的空间。或者说，恰恰因为曲唱的复杂性，这一问题已经难以考清，我们只能谨慎地将这些佚曲视为保留了宋元旧篇在明代的流变。因为，即便是嘉靖以来《南词旧谱》《南词新谱》及后来清代的《九宫正始》《寒山堂曲谱》等，实际也只是当时人钩稽的旧曲罢了，虽然较之场上的流行曲更具古貌，但直接视之为宋元旧曲，显然是不甚妥当的。具体说来，散曲与曲之间的混淆造成戏文版本的变动极大,其径大略有三。其一,某一支曲,甚至某一套,从剧曲中摘出,流为散曲(套),或者流行之散曲(套)偷入剧曲,甚至,原为散曲(套)的,先变为剧曲,复变为散曲(套),从这一剧偷入另一剧。其二,戏文一折,宫调原不谨严,多以叠腔方式演唱,曲本中标作【前腔】,这样,所谓一折,往往几支同曲牌的曲子,添上引子与尾声,便可成套。因此,常有以【前腔】的形式增益曲辞的,至于偶然增加一支或数支曲子之事,更是常见。其三,进入弦索弹唱后,也体现出南曲宫调渐为整饬的情形。例如,南曲原本宫调不严,一套曲中引子与尾声也是可有可无的,而在流传过程中,或是添加尾声(有新增,也有移植),或是间入支曲,形成南北合套。其四,当时弦索弹唱中,往往有根据剧中的人物与情节新撰的曲子,类似于对原剧的题咏,往往最是盛行,或许正是因为流行,也因为多是替剧中人物代言,后来也往往出现在了戏文的版本之中。其五,弦索弹唱的内容,主要集中在男女思忆、仕途咏叹、四时赏玩、节令升平这一类非情节性场次上。因此,戏文版本也是这一类变化最大,甚至有模拟当时弦索曲完整地增出一折或数折来的。

以《琵琶记》为例,这部传奇撰作于元末明初,但目前所看到版本多为嘉靖以后通行本。清代陆贻典钞本,古貌依稀,世人多以为元本,后来考订,其底本至多可以追溯至弘治而已。可以说,《琵琶记》版本的变迁是在明前中期这一演剧环境中完成的,同时,作为"南戏之祖"的经典意义也是在这一流播过程中完成的。《南词叙录》以来,明人盛传朱元璋将《琵琶记》打入弦索一事,而明初弦索官腔兼采南曲,遂有"南九宫"与"北九宫"一起供唱。这一事件与朱元璋敕撰打春戏相似,已成为明初以乐为教化的标志性事件;永宣时期,官方,如二朱及围绕在朱棣身边的国初诸子考音定律最详,所编撰戏曲著作有曲选如《乐府群珠》,有曲谱如《太和正音谱》,有曲论如《传心要诀》等,而传奇便有周藩刻本《琵琶记》。[①] 当时,坊间演出戏文以《琵琶记》《荆钗记》《白兔记》

---

① (清)张大复《寒山堂曲谱》卷首《谱选古今传奇散曲集总目》中著录。

《拜月亭》《杀狗记》为多，又以《琵琶记》为最，遂有"四大戏文"与"南曲曲祖"之称，《琵琶记》版本亦因此在开场曲中标榜"不关风化体，纵好也枉然"，由此也可以见官方对风气的导向作用。嘉靖时《风月锦囊》收入《琵琶记》折次最多，且标以"戏式"二字，其所录折次也多与男女思忆、四时赏玩、仕途咏叹有关，这些反复搬演或弹唱的折次，在弦索弹唱中的流播也极为紊乱[1]，不仅受到来自弦索弹唱的影响——由此所致的曲辞变动同样不可忽视[2]，并由此而生成新的南北套曲[3]，同时，模拟这些经典折子而来的新撰戏文，也比比皆是。简言之，元末明初，戏文自高则诚出，始以清丽之词一洗南戏之陋。然而，正如何良俊等人所说，元代佳作，不止《琵琶记》一种。《琵琶记》在明代的广泛传播，或者说经典化，与官方提倡并将之纳入弦索官腔密切相关，而其版本的流变也是在这一过程中最终完成的。

杂剧、戏文、散曲的元曲本在明前中期的流传中，其实，最为凋零的反而是散曲，其次是元杂剧。因为曲唱或演剧环境的逐新，戏文变动最

---

[1] 譬如，《雍熙乐府》卷十五南曲小令收入【红衲袄】九支，合为一套，其中前四支"吃的是煮猩唇烧豹胎"等，出自《琵琶记》中"牛小姐盘夫"中曲，俱见锦囊本第二十六与陆本第二十九出；后四支出自"浣纱女"，《正始》册五曾引录首曲，作【青衲袄】，有题署，末一支不详。

[2] 诸本《琵琶记》"五娘临镜"一场由【破齐阵】与四支【四朝元】组成，锦本《前编》则于【四朝元】四曲中间入四支【青（清）江引】，并明确标作"新增"，此四支【青（清）江引】也见于唐对溪本，但语辞不同。而且，五娘临镜，即使在陆本中，其语辞也多绮丽，且其语气略似当时青楼中闺情词，与五娘形象不甚相符，应该也是受到弦索中闺情词影响而来。同时，锦本"五娘临镜"较之诸本尚多【尾声】曲一，此曲与《荆钗记》"玉莲梳妆"的【尾声】曲十分相似，末两句更几乎一字不异，很可能从《荆钗记》移借而来，也可见当时弦索弹唱、闺情曲互相沿袭的情况。

[3] 锦本《琵琶记》"嘱别寻夫"出，于【胡捣练】【三仙桥】与【忆多娇】【斗黑麻】等南曲之间，插入"新增想真容未写泪先流"和"画得粉妆就"二段，语言颇为稚拙。这两段曲辞在其他各本都不见著录，但《词林一枝》《尧天乐》《时调青昆》《乐府红珊》及《群音类选》等却都选入，文字与锦本所增大致相同。锦本所录文字并未标明曲牌，且多作五言、七言、四言句，句式整齐、节奏明快，其格式与音调都很像民间的说唱曲，但在诸家选本中却已厘作"双调新水令"六曲，依次为【新水令】（北）、【驻马听】（南）、【雁儿落】（北）、【叠字锦】（南）、【三仙桥】（失宫犯调）、【清江引】（北）。《群音类选》并归作"北腔类"。由此来看，这一段画真容，很可能只是坊间流传的弦索小调，后来才增入戏文中，又重订音律作北腔搬唱的。

大；而散曲，因之仅流传于弹唱之中，且又篇幅短小，流佚最快，往往作者不明。明中叶以来，文人士夫慨叹于场上搬演的俗变，推行种种复古尚雅，便有"元曲四大家"的提出与马致远"秋思之祖"说。早在周德清《中原音韵》中，即曾标榜关汉卿等四人，只是未有"四大家"一说。有关"四大家"的提出以及相关争议，几乎都始于明何良俊以后。而【天净沙·秋思】一种，原是流行北方的无名氏小令，却在万历时蒋一葵《尧山堂外纪》中指实为马致远所撰，并将此曲与马氏【双调·夜行船】并提，誉之为"秋思之祖"。有关"四大家"的争议与【天净沙·秋思】有意无意的讹传，也只有放置在明前中期以弦索官腔为代表的演剧环境中，方可以理解。而明中叶以来文人士夫对元曲本的搜集与整理，因之而起的"四大家"说与"秋思之祖"说，也正是明代元曲学兴起的重要征象之一。

简言之，传统曲学，肇始于元（元明之际），而复兴于明代中叶。明中叶元曲学的兴起，正是接续元明之际元曲学而来，成为明初以来以教坊司掌控天下演剧、以弦索官腔一天下的反动。而欲发明明代元曲学何以兴起，追溯元曲本的流变及其经典的呈现，也无法离开对明前中期官方演剧制度与演剧环境的回溯。

作者简介

李舜华，女，华东师范大学中文系教授，博士生导师，出版专著《礼乐与明前中期演剧》《明代章回小说的兴起》，公开发表论文《魏良辅的曲统说与北宋末以来音声的南北流变——从〈南词引正〉与〈曲律〉之异文说起》等60余篇。

陈妙丹，女，华东师范大学博士后，撰有《〈今乐复选〉编选考论》《元明北杂剧改本之词汇改易举隅》诸文，参编《清车王府藏戏曲全编》（第八册、第二十册主编）。

论高濂《节孝记》传奇文体的特殊追求

任 刚

摘 要：高濂《节孝记》传奇"一本分二部"的结构，消解了传奇戏曲文体长篇幅、小收煞、双线叙事等体制。这一结构下所取用的"点、线状"历史掌故素材亦削弱了该文体的传奇性审美特征。后人对其"不识场上劳逸之节"的批评，实则源自其取材与"一本分二部"结构的不相适应。这一现象对认识戏曲文体的体制特征和演变规律有着不可忽视的价值。

关键词：高濂 《节孝记》 组剧 杂剧 传奇

明代文人高濂[①]凭借《玉簪记》传奇在中国古典戏曲史上占据了一席之地，近年更因白先勇将之改为青春版昆曲舞台剧而进入新一轮"众声喧哗"状态中。与之相比，他的另一部传奇《节孝记》却少有人问津。戏曲史上仅有明代曲论家吕天成、祁彪佳略微论及此剧，前者肯定了其"分上、下帙，别是一体"[②]的结构，后者更多着眼于戏曲立意及舞台演

---

① 高濂，又名士深，字深甫（父），号瑞南，别署湖上桃花渔、瑞南道人、瑞南居士、千墨主、万花居，原籍亳州蒙城（今安徽省亳州市蒙城县）、浙江钱塘（今浙江省杭州市）人。大致生活于嘉靖至万历年间。著有传奇《玉簪记》《节孝记》，诗集《雅尚斋诗草》（已佚），词集《芳芷栖词》，养生、古玩、园艺杂著《遵生八笺》，曲作则散见于《吴骚合编》《南词韵选》《群音类选》《南北宫词纪》《太霞新奏》等集中。其《芳芷栖词》二卷，今存赵尊岳《明词汇刊》影印丁丙八千卷楼本。因繁体"栖"字与繁体"楼"字形似，且高濂又建有芳芷楼，因此有人认为该词集应为《芳芷楼词》。

② （明）吕天成：《曲品》卷下《中下品》，中国戏曲研究院编《中国古典戏曲论著集成》第6册，中国戏剧出版社，1959，第240页。

出,认为该剧对陶渊明、李密的演绎"未现精神",线索单一,"不识场上劳逸之节"。① 那么,《节孝记》传奇究竟是一部怎样的作品,它"别是一体"的结构是否与其"未现精神""不识场上劳逸之节"有着某种联系?这一结构对常规的传奇戏曲文体有什么影响?本文将以该剧"一本分二部"这一特别的形式为切入口,尝试回答以上问题。

篇幅缩长为短:"一本分二部"结构的运用

《节孝记》卷首题"上卷节部《赋归记》,下卷孝部《陈情记》"②,在结构上遵循传奇体制,分上下两卷。但这两卷却是两个完整独立的故事:上卷《赋归记》,敷演东晋文人陶渊明不为五斗米折腰,辞官挂印,归园田居的事迹,总以"节部";下卷《陈情记》,演绎晋初官员李密为侍奉祖母敬辞朝廷征召的故事,总以"孝部"。这就与传奇一部戏曲浑然一体的规范大相径庭,可视为传奇文体的"变格"。③ 明代戏曲家吕天成也注意到了这一特点,称其"分上、下帙,别是一体"。④

如果说"卷""帙"更多是作为典籍编辑术语的话,那么由作者本人亲自冠以的"部"字,除却编辑学的含义,还有更加丰富的意味——分类、门类,如中国古代典籍通常分为经、史、子、集四部。与高濂同生活于明代的文坛执牛耳者王世贞,其《弇州山人四部稿》即分"赋""诗"

---

① (明)祁彪佳:《远山堂曲品》之《能品》,中国戏曲研究院编《中国古典戏曲论著集成》第6册,中国戏剧出版社,1959,第50页。
② 《节孝记》传奇,《曲品》《古人传奇总目》均有著录,但后者误题为"马瑞兰作"。现存国家图书馆藏明万历间唐氏世德堂刻本,线装,白口,单黑鱼尾,四周双边,8行21字,小字双行同,卷首除题"上卷节部《赋归记》,下卷孝部《陈情记》"外,还题有"锲重订出像注释节孝记题评""唐氏世德堂梓"等字样。上卷正文页右下角题"姑孰陈氏尺蠖斋重订,绣谷唐氏世德堂校梓"。《古本戏曲丛刊初集》据之影印,浙江古籍出版社亦有以世德堂本为底本,以明刊《群音类选·官腔类》卷二十《节孝传》相应内容为校本的整理本,并将其同高濂其他作品合刊成了《高濂集》。
③ 郭英德:《明清传奇综录》,河北教育出版社,1997,第77页。
④ (明)吕天成:《曲品》卷下《中下品》,中国戏曲研究院编《中国古典戏曲论著集成》第6册,中国戏剧出版社,1959,第240页。

"文""说"四部。①

有了类别概念,部与部之间就具有了相对明显的区别性,部本身也具备了相对较大的独立性,这也可以通过《节孝记》上下两部之间缺乏过渡与照应关系看出来。传奇戏曲文体一般要求上卷结束处"暂摄情形,略收锣鼓"②,为下卷故事营造氛围,留下悬念,同时也便于观众暂作休息③,称为"小收煞";在全剧结束时,应"无包括之痕,而有团圆之趣",称"大收煞"。④尽管该剧分为上下二部,能够实现让观众中场休息或分时段演出的功能,但其上卷末出《弃家入社》与下卷首出《傅目白场》⑤风马牛不相及,其上卷末出下场诗是对该部之前情节的总括和主题思想的提炼,丝毫没有提及下卷孝部内容,而下卷"孝部"首出开场语也仅是对李密奉养祖母、从学谯周、陈情上表等情节的概述,对上卷"节部"亦只字未提。这在背离"小收煞"传奇戏曲文体规则的同时,也消弭了其勾连全剧、前后照应、相互关联的作用。⑥

因此,与"卷"和"帙"这两个更富连续性与整体性的编辑学概念相比,用"部"来指涉《节孝记》"一本二事"的体例,更为精准妥帖,这也一定程度上体现了高濂在创作过程中较为强烈的文体创新意识。

高濂对"部"概念的借鉴并没有完全抛弃传奇戏曲文体分卷的体制规约,而是将"部"概念放置在了"卷"的框架下,这从《节孝记》卷首所题"上卷节部《赋归记》,下卷孝部《陈情记》"中即可看出。该剧节部《赋归记》共17出,孝部《陈情记》现存版本末出为第十四

---

① （明）王世贞:《弇州山人四部稿》,明世经堂刻本。
② （清）李渔:《闲情偶寄》卷三《词曲部·格局第六》,中国戏曲研究院编《中国古典戏曲论著集成》第7册,中国戏剧出版社,1959,第68页。
③ 有的戏曲由于篇幅过长,为适应连天演出而分卷,如万历十年（1582）刻本郑之珍《目连救母劝善戏文》因"目连愿戏三宵毕",分成了上、中、下三卷。
④ （清）李渔:《闲情偶寄》卷三《词曲部·格局第六》,中国戏曲研究院编《中国古典戏曲论著集成》第7册,中国戏剧出版社,1959,第69页。
⑤ 结合传奇戏曲文体体制及上下文关系,此处当为"副末白场"的误写。
⑥ 现存明唐氏世德堂《节孝记》刻本末尾残缺,未能窥其结尾样貌,因而此处不对整本传奇的"大收煞"进行讨论。

出《李张谈论》，且残缺，叙至李密安葬祖母后应征洗马，前往司马张华府拜访，而该部首出《傅目白场》所提"奈外迁不满，向东堂赐钱，诗句包含怨未平。归田里，喜看林下，二子□□"① 尚未及表，由此可推测第十五出之后应当有李密辞官归田的情节。关于《节孝记》篇幅，祁彪佳曾明确记载节、孝二部均为16折②，但节部《赋归记》现存17出，应该是吕氏未将首出开场计算在内，这样的话，孝部《陈情记》应该也为17出。节孝合为一记，共34出，与其另一部传奇作品《玉簪记》篇幅相当③，这也与传奇戏曲文体定型前后一般在30出以上的篇幅长度相符。

对"卷"与"部"的交互使用，使该剧作"合则为一，分则为二"，合为一个整体，其固然与当时的传奇篇幅不悖，但若将各部分别作为独立的个体审视，其篇幅与当时常规相比，就已缩减了大半。这种由篇幅较短但相对独立的两个或两个以上故事合成一剧的"一本多故事"体制，在此前戏曲创作中已经出现，如成化年间沈采所作文人短剧集《四节记》，嘉靖年间杨慎所作以二十四节气组合的单折短剧集《太和记》等，学者将其称为"套剧"或"组剧"。④《节孝记》与上述剧作一起，共同促进了组剧的进一步丰富与发展。这一方面表现在其对"一本分二部"体例的建构上，因为不久之后的明代著名曲家沈璟即效仿该剧创作了《奇节记》传奇："陶潜之《归去》，李密之《陈情》，事佳。分上、下帙，别是一体。词隐之《奇节》亦然。"⑤ 该剧叙权皋、贾直言一"忠"一"孝"二事，体例与《节孝记》如出一辙。

另一方面，《节孝记》分部17出的篇幅无疑是传奇作品在明中后期

---

① （明）高濂：《节孝记》之《陈情记》第一出《傅目白场》，高濂著、王大淳编《高濂集》第5册，浙江古籍出版社，2015，第1361页。
② （明）祁彪佳：《远山堂曲品》之《能品》，中国戏曲研究院编《中国古典戏曲论著集成》第6册，中国戏剧出版社，1959，第50页。
③ 继志斋本《玉簪记》共34出，汲古阁《六十种曲》本《玉簪记》则33出。
④ 分别见张全恭《明代的南杂剧》，《岭南学报》1937年第1期；游宗蓉《明代组剧初探》，《东华人文学报》2003年第5期。
⑤ （明）吕天成：《曲品》卷下《中下品》，中国戏曲研究院编《中国古典戏曲论著集成》第6册，中国戏剧出版社，1959，第240页。

尤其是清前期"缩长为短"的先导。据郭英德统计，生长期（明成化初年至万历十四年，1465~1586）的传奇作品以 31~50 出为常例，勃兴期（明万历十五年至清顺治八年，1587~1651）以 31~39 出为常例，发展期（清顺治九年至康熙五十七年，1652~1718）以 20~30 出为常例。《赋归记》与《陈情记》较之以上任何阶段的传奇篇幅常规来说都是最短的，与之处于同一阶段（生长期）且少于 20 出的传奇也仅仅只有 3 部①，这就使其与明中叶后产生的文人南杂剧一起，在为之后传奇篇幅"日趋日短"② 积累了经验的同时，也"开了清中叶后'花部''乱弹'之类地方戏及民间短剧、小戏之先河"。③

线索趋向单一："生旦"角色地位的失衡

作为"元代戏曲之殿军，明清戏曲之先声"④，元代南戏《琵琶记》无论是在题材选择、戏曲结构还是曲辞风格上，都对其后的戏曲产生了深刻影响，脱胎于宋元南戏的明清传奇更是直接承继了其"生、旦各叙一头"的双线结构，形成了在副末开场和正戏上演之间由男女主角登场自我介绍、引出情节的"生旦家门"。"生、旦各叙一头"的结构打破了元杂剧的单线索叙事，分别以生扮的男主角与旦扮的女主角为观众的聚焦点，以各自角色的唱念做打演绎人生的浮沉升降与离合悲欢。生、旦在沿着各自叙事线索表演的同时，既推动了故事情节的发展、人物形象的塑造，同时也促就了角色与时空的不断转换，给受众带来新鲜感、曲折感，从而适应戏曲的舞台演出规律。汤显祖《牡丹亭》、洪昇《长生殿》、孔尚任《桃花扇》，甚至是高濂的另一部传奇作品《玉簪记》，都说明了这一点。而《节孝记》变一为二，将本该彼此间发生错综

---

① 郭英德：《明清传奇史》，人民文学出版社，2012，第 385~388 页。
② （明）臧懋循：《紫钗记》传奇批语，汤显祖著、臧懋循订《玉茗堂四种传奇》，清乾隆二十六年（1761）书业堂重修本。
③ 徐子方：《略论明杂剧的历史价值》，《艺术百家》1999 年第 2 期。
④ 黄仕忠：《〈琵琶记〉在戏曲史上的影响与地位》，《戏剧艺术》1997 年第 2 期。

关系的两个主角抽离出来，独立成部，这就消除了一部剧作中两个主角之间可能存在的冲突与联系，从而形成了节部《赋归记》与孝部《陈情记》之间在结构与关目上互不干涉、自说自话的情形。

将节、孝二部分别作为独立的个体来审视，《赋归记》与《陈情记》对生、旦角色设置的失衡历历可见。《赋归记》中，从第二出《渊明宜乐》到末出《弃家入社》，除第九出《谒见慧远》外，共15出全部围绕由生所扮的陶渊明展开，由旦所扮的陶渊明之妻翟氏只出现在第二出《渊明宜乐》、第六出《渊明赴任》、第七出《夫妇登舟》、第八出《挂官弃职》、第十二出《白衣送酒》、第十六出《与子完婚》、第十七出《弃家入社》等7出中，尚不及陶渊明的一半。即便在这几出戏中，翟氏更多地充当着帮腔的作用，几乎没有主体性。如第二出《渊明宜乐》，在陶渊明之子阿舒通过一曲【锦堂月】引出陶渊明对"幽雅"山家生活的喜爱与赞美后，翟氏便和阿舒分别唱了一支同牌曲，以强调、渲染陶渊明所抒发的思想情感：

【锦堂月】（小生）陇①亩人家，东篱北牖，青山雅称。排闼音达峭壁层峦，当轩万叠烟霞。听打门无吏催征；喜载酒有人求学。（合）真潇洒，笑梦幻音患尘羁音基，错分真假。

【前腔】（生）幽雅。谁胜山家。春深娇鸟，啼残柳絮桃花。芳草闲门，啼辙肯容车马。钓鱼钩稚音治子闲敲，纸棋局山荆能画。（合前，旦）

【前腔】农家。乐在桑麻。你去提壶挈榼音彻合，田翁野老酬答。路隔红尘，何知身世喧杂。老身呵！且②甘守泉石余闲。相公！况喜敦诗书宿雅。（合前，小生）

【前腔】荣华。幻音患泡虚花。拖金缕玉音畏玉，难变镜中白发。且尽杯中，万事不须牵挂。没根蒂人似浮沤音欧，不坚牢身如飘瓦。

---

① 陇，当为"垄"的讹误。
② 明唐氏世德堂《节孝记》刻本原文为"目"，但根据上下文语境及该句与下句"况喜敦诗书宿雅"的对应关系推测，当为"且"字之讹。

(合前……)①

这套曲里，不论是小生所扮的阿舒对躬耕垄亩、泉石山林乡居生活的歌咏，对无常世事、虚幻荣华的看破，还是旦所扮的翟氏对其乐融融、远离尘嚣清贫素净生活的描绘，都是在众星拱月地烘托生所扮的陶渊明"少无适俗韵，性本爱丘山"②的人生追求，以照应剧名之"节"。

旦之于生的这种"辅助""附庸"地位在《陈情记》中亦复如是，由旦所扮的李密之妻陈氏在该剧中的表演大多是其身份所必需的，如在第二出《夫妇问寝》、第四出《药救祖姑》、第七出《采芹遇子》、第九出《祖姑玩春》、第十二出《祖姑遗嘱》中主要涉及的"躬操苹藻"③、捧药奉衣、尊老教子、陪祖游春等情节。此外，第五出《夫妇割股》是陈氏形象较为突出的一出戏，即便是在这出戏里，"生来知孝义"④的陈氏为了"耽扶把臂人"⑤而割股疗亲的关目设置，也是为了与由生所扮的李密同样的行为相互照应，共同突出该部"孝"的主题。

生、旦上场出数 15 对 7 与 11 对 6 的比例设置⑥，旦之于生的从属地位及旦关目类型的单一，使《赋归记》与《陈情记》的生、旦角色失

---

① （明）高濂：《节孝记》之《赋归记》第二出《渊明宜乐》，高濂著、王大淳编《高濂集》第 5 册，浙江古籍出版社，2015，第 1302~1303 页。
② （东晋）陶渊明：《归园田居》（其一），（东晋）陶渊明著、逯钦立校注《陶渊明集》，中华书局，1979，第 40 页。
③ （明）高濂：《节孝记》之《陈情记》第二出《夫妇问寝》，高濂著、王大淳编《高濂集》第 5 册，浙江古籍出版社，2015，第 1363 页。
④ （明）高濂：《节孝记》之《陈情记》第五出《夫妇割股》，高濂著、王大淳编《高濂集》第 5 册，浙江古籍出版社，2015，第 1376 页。
⑤ （明）高濂：《节孝记》之《陈情记》第五出《夫妇割股》，高濂著、王大淳编《高濂集》第 5 册，浙江古籍出版社，2015，第 1376 页。
⑥ 《陈情记》中有生（李密）上场的出目依次为：第二出《夫妇问寝》、第三出《允南训海》、第四出《药救祖姑》、第五出《夫妇割股》、第七出《采芹遇子》、第八出《不就征召》、第十出《写表陈情》、第十二出《祖姑遗嘱》、第十三出《令伯庐墓》、第十四出《应征洗马》、第十五出《李张谈论》，共 11 出。因为该剧第十五出后残缺，此处只统计前 15 出。另外，祁彪佳在《远山堂曲品》中曾提及《陈情记》中有李密上场的共 13 出，可供参考。参见（明）祁彪佳《远山堂曲品》之《能品》，中国戏曲研究院编《中国古典戏曲论著集成》第 6 册，中国戏剧出版社，1959，第 50 页。

衡，戏曲叙事由双线甚至多线向单线趋近，这也是该剧得到祁彪佳"《赋归》十六折，而陶凡十五出；《陈情》十六折，而李凡十三出，不识场上劳逸之节"①这一评价的缘故。

表现男女离合悲欢、描摹儿女花月情状的才子佳人故事因契合"生旦双线，各叙一支"的体制要求，具有被谱为传奇戏曲的天然优势。这也是戏曲史上出现"传奇十部九相思"②景况的主要原因。但每一个文体并不只简单对应某一种题材，出于对陶渊明、李密"节""孝"品格的尊崇，或源于自身的归隐志趣与报恩之情，高濂选择在那个时代刚刚兴起的传奇文体来承载有关个体尊严、自由、情感、价值的人生思考，即体现着其开拓传奇戏曲表现领域的欲求与努力。这样的情况，《节孝记》并非唯一，且不论踵武其后的《奇节记》叙权皋、贾直言一"忠"一"孝"之事，道光年间曲家李文瀚《银汉槎》（18 出）演西汉张骞泛槎探河源及汲黯开仓赈济，同治、光绪之际曲家杨恩寿《理灵坡》（22 出）叙明末湖南长沙推官蔡道宪抵抗张献忠而死的故事，亦是如此。以此来看，旦角地位的弱化与生、旦角色的失衡，是作者在处理文体与题材冲突时的调试之举，在整个戏曲发展史中，是随着题材内容的转换与传奇表现范围的扩大必然会出现的创作规律。

"传奇性"的淡化："点、线状"历史掌故及"以赋为戏"

《节孝记》的劳逸失当除弱化旦角地位、叙事线索单一之外，也有着题材选择与处理层面的原因。"传奇"之"传"在最初即有着"志""记"的含义③，"志""记"的概念则来源于先秦历史散文、《史记》等

---

① （明）祁彪佳：《远山堂曲品》之《能品》，中国戏曲研究院编《中国古典戏曲论著集成》第 6 册，中国戏剧出版社，1959，第 50 页。
② （清）李渔：《怜香伴》传奇卷末收场诗，《笠翁十种曲》，清康熙间刻本。
③ 李剑国：《唐五代志怪传奇叙录》，南开大学出版社，1993，第 6 页。

史传文学。因袭唐人传奇之名的明清传奇戏曲文体自然地承继了其运用纪传体的形式载录奇人奇事的功能,史传文学、前代历史就顺理成章地成为明清传奇的主要题材来源。《节孝记》敷演前代陶渊明、李密的经典事迹即是如此:在《赋归记》中,从陶渊明辞去州官祭酒,不就州官簿书,归乡课子勤耕,拒绝檀道济粱肉,到应聘参军讨伐桓玄,辞彭泽县令,颜延之赠钱,王弘白衣送酒拜谒,再到与慧远、周续之同结莲社,与张舒、庞遵葛巾漉酒,辞谢校书官,这一系列关目都是根据《晋书》卷九十四、《宋书》卷九十三、《南史》卷七十五之《陶潜传》,并杂采《续晋春秋》《高僧传》等书敷演而成的,仅有结尾弃家入社等少量内容为作者虚构。《陈情记》除典衣买药、夫妇割股疗亲概系作者撰出外,其他情节基本都依据《晋书》卷八十八、《三国志》卷四十五之《李密传》连缀而成。

需要特别指出的是,并不是所有的历史题材都适合改编为传奇。传奇这一戏曲文体除承继唐传奇小说"传"的特征外,还延续了其"志怪""记奇"的传统,从而形成了"演奇事,畅奇情"[1]"事不奇不传"[2]的文体功能与美学风格。因此,只有那些事甚奇特且"备述一人始终"[3]的故事才是传奇戏曲文体的最佳题材选择。以这样的要求和标准来看,《节孝记》在题材的选择与处理上并不算成功。

《赋归记》在短短的17出戏里涉及情节庞杂,既叙述陶渊明饮酒、辞官、赋归等核心内容,也记载了其交游拜谒的复杂情形。该剧牵扯人物众多,除却陶渊明、翟氏、阿宣、阿舒等"累积型人物",也囊括了檀道济、颜延之、刘裕、桓玄、王弘、慧远、周续之、张舒、庞遵等"闪现型人物",很多人物上场没多久就已下场,且不再出现。陶渊明题材因有讨伐桓玄、归园田居、白衣送酒、葛巾漉酒等典故而具备了线状结构,但其他人物过于次要的地位使得该题材无法编织成复杂有机的网状脉络,这样,繁

---

[1] (明)陈与郊:《鹦鹉洲传奇》序,明万历四十八年(1620)刻本。
[2] (清)孔尚任:《桃花扇小识》,《桃花扇》卷首,清康熙本。
[3] (明)吕天成:《曲品》卷上,中国戏曲研究院编《中国古典戏曲论著集成》第6册,中国戏剧出版社,1959,第209页。

复的情节与纷纭的人物设置不免使得该剧枝蔓横生、结构芜杂、头绪繁多，令观众产生"闹哄哄你方唱罢我登场"的混乱感，从而削弱其舞台性。

尽管该剧关目繁杂，但大多都围绕陶渊明的"不慕荣利"与"性嗜酒"[①]展开。从第二出《渊明宜乐》辞去州官祭酒，到末出《弃家入社》不就校书官为止，陶渊明共有6次辞谢官职或不就征召，可谓"征书十至不闻宣"[②]，这类事件的不断复现，一次又一次地强调、烘托着陶渊明"筑燕台何事浮名，避秦源聊寄余生"[③]的人生期许，拒绝檀道济粱肉、颜谢叙旧、共结莲社等情节也从不同侧面强化、衬托了这一点。同样，在彭泽令上将公田半种酒、稻，将颜延之所赠的两万钱皆用来饮酒，王弘遣使者送酒，葛巾漉酒等情节则从多个角度辐辏出了陶渊明"俗爱浮名，我耽沉醉，此外吾何有"[④]的形象。除此之外，该剧对酒的赞美、慨叹亦不绝于编："不如尊酒了浮生，万事都来一笑。"[⑤]"浮鸥性，野鹤身。任萧骚音搔时为酒邻。"[⑥]等等。从商周时期出现，到两汉达到巅峰，含有"铺陈叙事""摹物状形"意义的赋从一种表达方式上升为一种独立的文体。这种层层铺叙、重重渲染的文体思维在之后漫长的历史发展过程中，逐渐渗透到了诗词、小说、戏曲等不同文体之中，《赋归记》对该文体的借鉴无疑冲淡了陶渊明不为五斗米折腰、赋文归田这一事件本身所具有的奇特性。

相似的例子也存在于孝部《陈情记》中，夫妇问寝、谯周训诲、典

[①] （东晋）陶渊明：《五柳先生传》，（东晋）陶渊明著、逯钦立校注《陶渊明集》，中华书局，1979，第175~176页。

[②] （明）高濂：《节孝记》之《赋归记》第十七出《弃家入社》，高濂著、王大淳编《高濂集》第5册，浙江古籍出版社，2015，第1359页。

[③] （明）高濂：《节孝记》之《赋归记》第十出《颜陶叙旧》，高濂著、王大淳编《高濂集》第5册，浙江古籍出版社，2015，第1333页。

[④] （明）高濂：《节孝记》之《赋归记》第十出《颜陶叙旧》，高濂著、王大淳编《高濂集》第5册，浙江古籍出版社，2015，第1333页。

[⑤] （明）高濂：《节孝记》之《赋归记》第六出《渊明赴任》，高濂著、王大淳编《高濂集》第5册，浙江古籍出版社，2015，第1317页。

[⑥] （明）高濂：《节孝记》之《赋归记》第十三出《刺史企慕》，高濂著、王大淳编《高濂集》第5册，浙江古籍出版社，2015，第1345页。

衣买药、夫妇割股、不就征召、陈情上表、令伯守庐等关目即从生活小事、学问教养、舍生忘死等多方面烘托李密对祖母"拊幼孤,甘茹苦"①的感激与报答之情,而与该剧总题之"孝"相应。

不同于《赋归记》在题材选择与关目设置上"凌乱且单薄"的特点,《陈情记》所依托的本身就是"诏征为太子洗马,密以祖母年高,无人奉养,遂不应命。乃上疏"② 这么一个情节简单、线索单一的点状历史掌故,如此简短的故事本不足以结构长达17出的篇幅,因而作者只好将州主旌罚、不就征召、写表陈情、代父上表、祖姑遗嘱、应征洗马等关目抽离、填充,使各自独立成出,甚而间入采芹遇子、祖姑玩春、李张谈论等冲突较弱的内容。这也是使该剧看起来情节发展缓慢、故事不够饱满的主要原因。如果说《赋归记》的弊端在于作者对素材缺乏剪裁、锻炼之功的话,那么《陈情记》则在于作者对素材与文体的适切性缺乏有效观照,这样一个简洁清晰、冲突明显的故事,如若敷演成"但摭一事颠末"③、四折一楔子的杂剧,也许会更为合理。

结　语

生就"嗜闲""好古"④,又在红尘俗世间屡遭失意的明代文人高濂⑤,借助陶渊明、李密的事迹,谱就了"筑燕台何事浮名,避秦源聊寄余生"⑥

---

① (明)高濂:《节孝记》之《陈情记》第五出《夫妇割股》,高濂著、王大淳编《高濂集》第5册,浙江古籍出版社,2015,第1375页。
② (唐)房玄龄等:《晋书》卷八十八《李密传》,《晋书》第7册,中华书局,1974,第2274~2276页。
③ (明)吕天成:《曲品》卷上,中国戏曲研究院编《中国古典戏曲论著集成》第6册,中国戏剧出版社,1959,第209页。
④ (明)高濂:《遵生八笺·燕闲清赏笺》,高濂著、王大淳编《高濂集》第3册,浙江古籍出版社,2015,第583页。
⑤ 徐朔方:《高濂行实系年》,徐朔方:《晚明曲家年谱》第二卷,浙江古籍出版社,1993,第199~200页。
⑥ (明)高濂:《节孝记》之《赋归记》第十出《颜陶叙旧》,高濂著、王大淳编《高濂集》第5册,浙江古籍出版社,2015,第1333页。

与"为学须知孝悌先"① 这一节一孝的传奇《节孝记》。该剧"一本分二部",使原本的传奇体制篇幅变短、生旦角色失衡,但其对弱化女主人公、情节简单之历史掌故的选取,依然难以填充已经被其缩短的篇幅(17出)。为消除素材单薄带来的焦虑,则以赋的思维,层层铺叙,多方渲染。这也就导致了该剧"未现精神"且"不识场上劳逸之节"。② 在如恒河沙数的传奇戏曲作品中,高濂《节孝记》固然无足轻重,但其"一本分二部"的结构及其带来的文体学思考却不容忽视:不论是传奇、杂剧,还是高濂创新后或者是其对传奇、杂剧等戏曲文体的认识尚未清晰时创作的这一组剧,对题材、篇幅、结构、叙事线索、审美特征等均有一定的规约性,虽然有时候这种规约性无法量化,也不易言说。此种情形下,明人吕天成"杂剧北音,传奇南调。杂剧折惟四,唱止一人;传奇折数多,唱必匀派。杂剧但摭一事颠末,其境促;传奇备述一人始终,其味长"③,由明入清的邹式金"北曲南词如车舟,各有所习。北曲调长而节促,组织易工,终乖红豆;南词调短而节缓,柔靡倾听,难协丝弦"④ 等对戏曲文体的辨析,就显得尤为可贵。特别是在传奇生长期传奇与杂剧逐渐分野及余势期二者又有一定趋同的时候,这种体味与辨识对于了解和掌握戏曲演进的路径以及相关的创作情况,十分重要。

作者简介

任刚,男,北京师范大学文学院博士研究生,研究方向为元明清戏曲。

---

① (明)高濂:《节孝记》之《陈情记》第三出《允南训诲》,高濂著、王大淳编《高濂集》第5册,浙江古籍出版社,2015,第1367页。
② (明)祁彪佳:《远山堂曲品》之《能品》,中国戏曲研究院编《中国古典戏曲论著集成》第6册,中国戏剧出版社,1959,第50页。
③ (明)吕天成:《曲品》卷上,中国戏曲研究院编《中国古典戏曲论著集成》第6册,中国戏剧出版社,1959,第209页。
④ (清)邹式金:《杂剧三集·小引》,(清)邹式金编《杂剧三集》卷首,中国戏剧出版社,1958。

论金圣叹《水浒传》评点的古文视野[*]

陈才训

摘　要：金圣叹视《史记》《左传》等为"才子古文"，并将其作为《水浒传》评点的重要参照体系和话语资源。他将《史记》开创的"互见法"用于小说情节分析，并从叙述视角、"因文生事"、"怨毒著书"等角度分析了《水浒传》叙事特征与《史记》之间的渊源关系。他认为《水浒传》运用的"夹叙法"及"无处写人"的"化境"等艺术技巧源自《左传》。"《春秋》笔法"成为金圣叹重塑宋江形象和分析小说叙事艺术的重要谋略。金圣叹完全摒弃了以往重道轻文的批评倾向，注重探讨小说的艺术形式技巧，使小说评点向真正的文学批评靠近。

关键词：金圣叹　小说评点　古文视野

在论及金圣叹的《水浒传》评点时，人们很容易想到胡适那段著名的论断："金圣叹用了当时'选家'评文的眼光来逐句批评《水浒》，遂把一部《水浒》凌迟碎砍，成了一部十七世纪眉批夹注的白话文范。""这种机械的文评正是八股选家的流毒，读了不但没有益处，并且养成一种八股式的文学观念，是很有害的。"[①] 受这一观点影响，学术界至今仍

---

[*] 本文系国家社科基金重大招标项目"全明笔记整理与研究"（编号：17ZDA257）、黑龙江省社科基金项目"明末清初文人治史笔记研究"（编号：17ZWB113）、黑龙江省高校基本科研业务费基地专项重点项目（编号：HDJDZ201608）的阶段性成果。

① 胡适：《〈水浒传〉考证》，《胡适论中国古典小说》，长江文艺出版社，1987，第180页。

多以"时文手眼"来论定金圣叹《水浒传》评点的特色。确实，金圣叹在《水浒传》评点中流露出明显的八股思维，屡屡以八股文法审视小说。但是，"时文手眼"并非金圣叹《水浒传》评点的全部，古文尤其是以叙事见长的史传类古文也是金圣叹小说评点的重要话语资源。在"以古文为时文"的时代文化背景下，金圣叹对古文尤其对史传类古文用力甚勤。他在十一岁时就曾阅读《史记》，自称于此书"解处为多"，颇有"创获"。① 十五岁时，金圣叹师从著名文人王思任求学，而得以"遍相《左》《策》《史》《汉》等书"。② 其后，因"儿子及甥侄辈要他做得好文字"，金圣叹还将《左传》《史记》《公羊传》《谷梁传》《战国策》等"才子古文"详加评点，并冠以《天下才子必读书》之名。③ 以上事实表明，金圣叹对以《史记》《左传》为代表的史传类古文可谓熟谙在心。同时，金圣叹也有着很高的古文素养，因此，顺治十七年（1660）正月其友人邵点自北京返回，曾向他转述顺治帝对他的评价："此是古文高手，莫以时文眼看他。"④ 作为一名小说评点家，金圣叹认为"稗史亦史"，"稗官亦与正史同法"⑤，正是基于这样的小说观念，以叙事见长的史传类古文便成为其小说评点的重要话语资源。

一

金圣叹《读第五才子书法》认为"《水浒传》方法都从《史记》出来，却有许多胜似《史记》处。若《史记》妙处，《水浒》

---

① （清）金圣叹：《贯华堂第五才子书水浒传序三》，陈曦钟、侯忠义、鲁玉川辑校《水浒传会评本》，北京大学出版社，1981，第8页。
② （清）金圣叹：《小题才子书》，《金圣叹全集》（六），万卷出版公司，2009，第269页。
③ （清）金圣叹：《读第六才子书西厢记法》，《金圣叹全集》（三），江苏古籍出版社，1985，第3页。
④ （清）金圣叹：《沉吟楼诗选·春感八首序》，《金圣叹全集》（四），江苏古籍出版社，1985，第858页。
⑤ 陈曦钟、侯忠义、鲁玉川辑校《水浒传会评本》，北京大学出版社，1981，第54、658页。

已是件件有"①，因此他在小说评点中往往以《史记》为参照体系。在金圣叹看来，《水浒传》"为文章之总持"，它与《史记》一样文法"精严"，可谓"字有字法，句有句法，章有章法，部有部法"。② 基于这一理念，金圣叹便时常以《史记》中那些成功的叙事技法来评点《水浒传》。例如，为全面展示人物性格的丰富性，《史记》开创了"互见法"，即将一个人物的事迹分散于其他人物传记中，像《项羽本纪》集中通过巨鹿之战、鸿门宴、垓下之围这三个关键事件突出项羽叱咤风云的英雄本色，而其残暴嗜杀的性格缺陷则在《高祖本纪》《陈丞相世家》《淮阴侯列传》等篇中予以揭示。《水浒传》塑造的是英雄群像，因此这种旁见侧出的"互见法"更便于小说情节安排。如第十四回写刘唐连夜要去北京打听生辰纲起程日期和所经路线，吴用主张等阮氏三兄弟到来后再去，金圣叹于此批云："后公孙胜来了，刘唐便不复去，文中竟不说明，有疏密互见之妙。"到第十五回，当吴用再次提出让刘唐去探听生辰纲消息时，公孙胜便说已打听清楚，这里运用的正是一事多见的"互见法"。特别是在第三十三回总评中，金圣叹对《水浒传》中"互见法"的运用情况作了详细说明：

> 稗官固效古史氏法也，虽一部前后必有数篇，一篇之中凡有数事，然但有一人必为一人立传，若有十人必为十人立传。夫人必立传者，史氏一定之例也，而事则通长者，文人联贯之才也。故有某甲某乙共为一事，而实书在某甲传中，斯与某乙无与也；又有某甲某乙不必共为一事，而与某甲传中忽然及于某乙，此固作者心爱某乙，不能暂忘，苟有便可以及之，辄遂及之，是又与某甲无与。故曰文人操管之际，其权为至重也。夫某甲传中忽及某乙者，如宋江传中再述武

---

① 陈曦钟、侯忠义、鲁玉川辑校《水浒传会评本》，北京大学出版社，1981，第9页。
② （清）金圣叹：《贯华堂第五才子书水浒传·序三》，陈曦钟、侯忠义、鲁玉川辑校《水浒传会评本》，北京大学出版社，1981，第10页。

松,是其例也;书在甲传,乙则无与者,如花荣传中不重宋江,是其例也。①

这里所谓"稗官固效古史氏法",揭示了《水浒传》"互见法"的渊源,应该说金圣叹结合具体人物与情节对《水浒传》"互见法"的分析令人信服,并非牵强附会。再如,《水浒传》主要叙述不同英雄好汉被"逼上梁山"的故事,每个人的故事都具有相对的独立性,类似于一篇篇人物传记,其特有的连缀式结构与《史记》开创的纪传体叙事体例并无二致。因此,金圣叹《读第五才子书法》云:"《水浒传》一人出来,分明便是一篇列传。"《史记》根据人物身份与地位的不同,将其分别置于"本纪""世家""列传"等不同结构单元,金圣叹认为《水浒传》也借鉴了这一叙事谋略,他在第十七回批中云:"一百八人中,独于宋江用此大书者,盖一百七人皆依列传,与宋江特依世家例,亦所以成一书之纲纪也。"司马迁在《史记》中还成功地开创了"合传"这一叙事体例,即按照以类相从的原则,将某些相同类型的人物放在一起叙写,像《游侠列传》《佞幸列传》等皆属此类。《水浒传》所写草莽英雄众多,作者有时也采用"合传"方式,如第五十回《插翅虎枷打白秀英,美髯公误失小衙内》便是雷横与朱仝的"合传",为此金圣叹在该回总评中称"此篇为朱、雷二人合传"。二人的都头身份相同,又同交好于晁盖,内心也皆有放走晁盖之意,故作者以"合传"叙写二人。

金圣叹认为《水浒传》在叙述视角方面对《史记》也有所借鉴。如《水浒传》第十二回生动形象地叙述了杨志与索超比武的热闹场面,对此金圣叹评道:

> 一段写满校场眼睛都在两个人身上,却不知作者眼睛乃在满校场人身上也。作者眼睛在满校场人身上,遂使读者眼睛不觉在两人身

---

① 陈曦钟、侯忠义、鲁玉川辑校《水浒传会评本》,北京大学出版社,1981,第622页。

上。真是自有笔墨未有此文也。此段须知在史公《项羽纪》"诸侯皆从壁上观"一句化出来。①

金圣叹认为杨志、索超比武的场面描写借鉴了《史记·项羽本纪》中的如下片段:"及楚击秦,诸侯皆从壁上观。楚战士无不一当十,呼声动天地。诸侯军人人惴恐。"金圣叹认为小说以"满校场人"的视角来描写杨志、索超二人的争斗,乃源自《史记》以"诸侯"视角描写秦楚之战的叙事策略。

虚实关系是小说评点家重点关注的问题,也最能显示其小说观。金圣叹《读第五才子书法》在对比《史记》与《水浒传》基础上,提出"以文运事"与"因文生事"两个概念:

> 某尝道《水浒传》胜似《史记》,人都不肯信。殊不知某却不是乱说,其实《史记》是以文运事,《水浒》是因文生事。以文运事,是先有事生成如此如此,却要算计出一篇文字来,虽是史公高才,也毕竟是吃苦事。因文生事即不然,只是顺着笔性去,削高补低都由我。②

"因文生事"强调小说作者拥有更为自由的创造力,充分肯定了《水浒传》的虚构艺术,由此显示了金圣叹进步的小说观,相对于时人崇尚"实录"的小说观念显得尤为可贵。在具体评点中,金圣叹仍多次以《史记》为参照来赞扬《水浒传》的虚构艺术,如他在第二十八回总评中对《史记》的虚构特征予以肯定:"马迁之为文也,吾见其有事之钜者而隐括焉,又见其有事之细者而张皇焉,或见其有事之阙者而附会焉,又见其有事之全者而轶去焉,无非为文计,不为事计也。"他认为出于文学性目

---

① 陈曦钟、侯忠义、鲁玉川辑校《水浒传会评本》,北京大学出版社,1981,第252页。
② (清)金圣叹:《读第五才子书法》,陈曦钟、侯忠义、鲁玉川辑校《水浒传会评本》,北京大学出版社,1981,第16页。

的，司马迁才以"隐括""张皇""附会""轶去"等虚构手法叙事写人，这与"为事"者之拘于实录观念的平板叙事迥乎不同。由此出发，他对《水浒传》的虚构艺术大加赞赏："岂有稗官之家，无事可纪，不过欲成绝世奇文以自娱乐，而必张定是张，李定是李，毫无纵横曲直，经营惨淡之志哉？则读稗官，其又何不读宋子京《新唐书》也！"① 他指出《水浒传》之所以能成为与《新唐书》之类史书不同的"绝世奇文"，是作者在明确虚构意识指导下"为文计"的结果。

金圣叹还认为《水浒传》与《史记》一样，也是作者"发愤著书"的产物。金圣叹对司马迁的创作心态有着深切体悟，他在《读第五才子书法》中指出："《史记》须是太史公一肚皮宿怨发挥出来，所以他于《游侠》《货殖传》，特地着精神，乃至其余诸记传中，凡遇挥金杀人之事，他便啧啧赏叹不置。"由此出发，他认为施耐庵以赞赏的目光来描写梁山好汉的"挥金杀人之事"，同样出于"发愤作书之故，其号耐庵不虚也"（第六回夹批）。对于施耐庵在小说中流露出来的激愤之情，金圣叹仍以司马迁为例来为其辩解："其言愤激，殊伤雅道，然怨毒著书，史迁不免，于稗官又奚责焉。"（第十八回评）这里，金圣叹提出的"怨毒"说与司马迁"发愤"说一脉相承。

二

金圣叹曾指出："临文无法，便成狗嗥，而法莫备于《左传》。甚矣，《左传》不可不细读也。我批《西厢》，以为读《左传》例也。"② 其实，他批点《水浒传》又何尝不是"以为读《左传》例"呢？例如，金圣叹《读第五才子书法》认为《水浒传》成功运用了"夹叙法"："有夹叙法。谓急切里两个人一起说话，须不是一个人说完了，又一个说，必要一笔夹

---

① 陈曦钟、侯忠义、鲁玉川辑校《水浒传会评本》，北京大学出版社，1981，第539页。
② （清）金圣叹：《贯华堂第六才子书西厢记》，《金圣叹全集》（三），江苏古籍出版社，1985，第46页。

写出来。如瓦官寺崔道成说'师兄息怒,听小僧说',鲁智深说'你说你说'等是也。"这里金圣叹提及的故事情节出自小说第五回,该回写到鲁智深与瓦官寺和尚的一段对话:

> 鲁智深提着禅杖道:"你这两个,如何把寺来废了!"那和尚便道:"师兄请坐,听小僧说……"智深睁着眼道:"你说,你说!""……说:在先蔽寺……"①

金圣叹对上述一段文字的批语是:"'说'字与上'听小僧'本是接着成句,智深自气忿忿在一边夹着'你说,你说'耳。章法奇绝,从古未有!"这里他结合情节再次对"夹叙法"加以概括。但他认为"夹叙法""从古未有",却是疏忽之语,对此钱锺书先生辩驳道:"不知此'章法'开于《左传》,足证批文家虽动言'《水浒》奄有丘明、太史之长',而于眼前经史未尝细读也。"② 其实,金圣叹并非不知"夹叙法"滥觞于《左传》,因为他在《天下才子必读书》中对《左传》僖公九年的"王使宰孔赐齐侯胙"一段文字进行评点时,已明确提出"夹叙法"这一概念,《左传》僖公九年写道:

> 王使宰孔赐齐侯胙,曰:"天子有事于文、武,使孔赐伯舅胙。"齐侯将下拜。孔曰:"且有后命——天子使孔曰:'以伯舅耋老,加劳,赐一级,无下拜!'"③

这里在宰孔的话尚未说完时,左氏便插入了"齐侯将下拜"一语,从而打断了宰孔的话。金氏于此批云:"本与下'以伯舅耋老'句连文,只因齐侯下拜,遂隔断,此古人夹叙法也。""孔本欲一气宣下,因见齐侯下

---

① 陈曦钟、侯忠义、鲁玉川辑校《水浒传会评本》,北京大学出版社,1981,第146页。
② 钱锺书:《管锥编》(一),中华书局,1979,第252页。
③ 杨伯峻:《春秋左传注》,中华书局,1981,第326页。

拜,遂添出此句(孔曰:'且有后命。')。"① 不过《水浒传》中夹叙的是人物语言,这里插入的却是人物的行动,但在叙述功能上二者却是一致的。

金圣叹还认为《水浒传》中于"无字无句"处写人的"化境"之笔也源于《左传》。在《贯华堂第五才子书水浒传·序一》中,金圣叹指出"心之所不至手亦不至焉者"乃为"化境",并释其审美内涵云:"夫文章至于心手皆不至,则是其纸上无字、无句、无局、无思者也。而独能令千万世下人之读吾文者,其心头眼底乃窅窅有思,乃遥遥有局,乃铿铿有句,而烨烨有字。"② 他认为"化境"之妙在于为读者提供了许多情节空白,这样能引起读者的无限遐思,为其审美再创造提供了巨大空间。而金圣叹认为在古今文章中只有《左传》达到了"化境":"顾用笔而其笔不到者,如今世间横灾梨枣之一切文集是也。用笔而其笔到者,如世传韩、柳、欧、王、三苏之文是也。若用笔而其笔之前后、不用笔处无不到者,舍《左传》吾更无归也!"③ 在《左传》评点中,金圣叹对"化境"之笔多有批示,如其《左传释》在分析隐公三年"宋公和卒"这一情节的叙事技巧时便指出"有字处反是闲笔,无字处是正笔"④,他认为《左传》中"化境"的妙处在于通过"无字处"为读者提供了广阔的审美空间。在《水浒传》评点中,金圣叹也注意揭示小说中的"化境"之笔,如他在小说第十四回评吴用劝说三阮撞筹这一情节时指出:"无一字是实,而能令读者心前眼前,若有无数事情、无数说话。"这里所谓"无一字是实"乃属"化境"之笔,它提供的空白能激发读者丰富的审美想象。再如小说第五十九回写晁盖率领人马攻打曾头寺,宋江秘密派戴宗下山探听消息,金圣叹在该回评点中指出"此语后无下落,非耐庵漏失"⑤,是所

---

① 《金圣叹全集》第三卷,江苏古籍出版社,1985,第292页。
② 陈曦钟、侯忠义、鲁玉川辑校《水浒传会评本》,北京大学出版社,1981,第6页。
③ (清)金圣叹:《贯华堂第六才子书西厢记》,《金圣叹全集》(三),江苏古籍出版社,1985,第50页。
④ 《金圣叹全集》(三),江苏古籍出版社,1985,第679页。
⑤ 陈曦钟、侯忠义、鲁玉川辑校《水浒传会评本》,北京大学出版社,1981,第1090页。

谓"文章之妙,都在无字句处"①,这仍是对含有不尽之意的"化境"之笔的由衷赞赏。

三

视"《春秋》三传"为"才子古文"而详加评点的金圣叹,对"《春秋》笔法"尤为推重,因此他在评点《水浒传》时对其中的"深文曲笔"格外关注。在《水浒传》第六十回总评中,金圣叹称"《春秋》于定哀之间,盖屡用此法"。②他所谓"此法"指的就是以曲折隐晦为特征的"《春秋》笔法",这是他评点宋江这一形象时最为常用的话语资源。如他在三十五回总评中云:"一部书中写一百七人最易,写宋江最难。故读此一部书者,亦读一百七人传最易,读宋江传最难也。盖此书写一百七人处,皆直笔也,好即真好,劣即真劣。若写宋江则不然,骤读之而全好,再读之而好劣相半,又再读之而好不胜劣,又卒读之而全劣无好矣。……史不然乎?记汉武,初未尝有一字累汉武也,然而后之读者,莫不洞然明汉武之非是,则是褒贬固在笔墨之外也。呜呼!稗官亦与正史同法,岂易作哉!岂易作哉!"③他认为《水浒传》对宋江的刻画正如《史记》对汉武帝的叙写一样,也以"褒贬固在笔墨之外"的《春秋》笔法见长。又如小说第五十一回写朱仝、雷横来到梁山泊,"宋江便请朱仝、雷横山顶下寨",而此时山泊的最高头领却是晁盖,所以金圣叹批云:"闲中忽大书宋江便请四字,见宋江之无晁盖也;又大书山顶下寨四字,见宋江之多树援也。一笔一削,遂拟《春秋》,岂意稗官有此奇事!"④"笔"与"削"是"《春秋》笔法"褒贬人物的重要原则,"笔"就是记录,就小说而言,指的是"大书宋江便请"及"大书山顶下寨";

---

① 陈曦钟、侯忠义、鲁玉川辑校《水浒传会评本》,北京大学出版社,1981,第1090页。
② 陈曦钟、侯忠义、鲁玉川辑校《水浒传会评本》,北京大学出版社,1981,第1101页。
③ 陈曦钟、侯忠义、鲁玉川辑校《水浒传会评本》,北京大学出版社,1981,第658页。
④ 陈曦钟、侯忠义、鲁玉川辑校《水浒传会评本》,北京大学出版社,1981,第951页。

"削"就是删而不录,就小说而言,指的是不书晁盖之名。在众多梁山好汉中,金圣叹"独恶宋江",因此他将"《春秋》笔法"作为自己重塑宋江形象的主要手段。正如胡适所云:

> 金圣叹《水浒》评的大毛病也正是在这个"史"字上。中国人心里的"史"总脱不了《春秋》笔法"寓褒贬,别善恶"的流毒。金圣叹把《春秋》的"微言大义"用到《水浒》上去,故有许多极迂腐的议论。他认为《水浒传》对于宋江,处处用《春秋》笔法责备他。……这种穿凿的议论实在是文学的障碍。……这种无中生有的主观见解,真正冤枉煞古人!圣叹常骂三家村学究不懂得"作史笔法",却不知圣叹正为懂得作史笔法太多了,所以他的迂腐比三家村学究得更可厌。[①]

且不论胡适的评论是否得当,但有一点可以肯定,金圣叹确实"懂得作史笔法太多了",所以才将其作为小说评点的重要话语资源与参照体系,并借此重塑宋江形象。

"《春秋》笔法"尤其注重词序安排,对此金圣叹在小说评点中也予以特别关注。《水浒传》第八回写鲁智深大闹野猪林,救林冲于危急之时,对于这段情节的叙述逻辑,金圣叹十分赞赏:

> 今观其叙述之法,又何其诡谲变幻,一至于是乎!第一段先飞出禅杖,第二段方跳出胖大和尚,第三段再详其皂布直裰与禅杖戒刀,第四段始知其为智深。若以《公》《谷》《大戴》体释之,则曰:先言禅杖而后言和尚者,并未见有和尚,突然水火棍被物隔去,则一条禅杖早飞到面前也;先言胖大而后言皂布直裰者,惊心骇目之中,但见其为胖大,未及详其脚色也;先写装束而后出姓名者,公人惊骇稍

---

① 胡适:《〈水浒传〉考证》,《胡适论中国古典小说》,长江文艺出版社,1987,第181页。

定,见其如此打扮,却不认为何人,而又不敢问也。①

这里金圣叹所谓"以《公》《谷》《大戴》体释之",乃指《公羊传》《谷梁传》等对《春秋》的阐释体例,而由其语意指向看,他所依据的事例乃是《春秋》僖公十六年中的一段文字:"十有六年,春,王正月,戊申,朔,陨石于宋五,是月,六鹢退飞过宋都。"②对此,《公羊传》僖公十六年释云:

> 曷为先言陨而后言石?陨石记闻,闻其磌然,视之则石,察之则五……曷为先言六而后言鹢?六鹢退飞,记见也。视之则六,察之则鹢,徐而察之则退飞。五石六鹢何以书,记异也。③

《公羊传》揭示了《春秋》叙述事物的逻辑顺序,符合生活情理,因此金圣叹认为《水浒传》中鲁智深解救林冲这一情节的逻辑层次与《春秋》所记"六鹢退飞过宋都"具有异曲同工之妙。再如,小说第六十一回写与李固狼狈为奸的贾氏欲设计陷害卢俊义,阴谋败露后,"李固和贾氏跪在旁边",等待卢俊义发落,金圣叹于此批道:"俗本作贾氏和李固,古本作李固和贾氏。夫贾氏和李固者,犹似以尊及彼,是二人之罪不见也。李固和贾氏者,彼固俨然如夫妇焉,然则李固之叛,与贾氏之淫,不言而自见也。先贾氏,则李固之罪不见,先李固,则贾氏之罪见,此书法也。"④这里金圣叹以"不言而自见"来概括"《春秋》笔法"的客观叙事效果,以"书法"代指"《春秋》笔法"。其实百回本《水浒传》也就是金圣叹所谓的"俗本"本为"贾氏和李固",而他在评点中根据"《春秋》笔法"将其调整为"李固和贾氏"。

---

① 陈曦钟、侯忠义、鲁玉川辑校《水浒传会评本》,北京大学出版社,1981,第186页。
② 杨伯峻:《春秋左传注》,中华书局,1981,第369页。
③ 何休:《春秋公羊传注疏》,上海古籍出版社,1987,第212页。
④ 陈曦钟、侯忠义、鲁玉川辑校《水浒传会评本》,北京大学出版社,1981,第1130页。

熟谙"才子古文"的金圣叹格外重视"《春秋》笔法",他在小说评点中又往往以"皮里阳秋""深文曲笔""曲笔""史家案而不断之式""书法"等字眼代之,这种"有意味"的叙事谋略已成为他评点及删节改易小说情节的重要手段。

四

当然,金圣叹小说评点的古文视野绝非仅限于《史记》与《左传》。例如,他指出《水浒传》文法有源自《战国策》者,他在第三十六回夹批中云:"分付酒家不卖,凡四叙,却段段变换,学《国策》'城北徐公'章法。"这里提到的"城北徐公"章法出自《战国策·齐策一》"邹忌讽齐王纳谏"。金圣叹认为《水浒传》文法还有源于《汉书》者,如小说第十九回写林冲怒杀王伦,他手提尖刀指着众人道:"据林冲虽系禁军遭配到此……"对此,金圣叹评云:"开口第一句的是林冲语,他人不肯说。汉文帝与南粤王书第一句云'朕高皇帝侧室之子',与林冲第一句'身系禁军遭配到此',二语正是一样文法。"这里提到的汉文帝对南粤王之语出自《汉书·西南夷传》。

还需指出,金圣叹以古文尤其以叙事见长的史传类古文作为《水浒传》评点的重要话语资源和参照体系,在很大程度上改变了过去那种重内容而轻形式的小说批评传统,使古典小说的艺术技巧得到空前重视。以往由汉代班固确立的小说批评传统,多以儒家与史家话语为批评理论资源,他们从文体尊卑角度出发而视小说为"小道",主要以载道补史、劝惩教化为标准来衡量小说的价值,完全背离了小说作为文学的审美属性。金圣叹则完全摒弃了以往重道轻文的批评倾向,注重探讨小说的艺术形式技巧,使小说批评向文学批评靠近。

作为文法派的开创者,金圣叹自幼便养成了"重文轻道"的批评意识,他曾这样回忆自己早年在私塾学习古文时的情景:

> 记圣叹最幼时，读《论语》至"子张问'士何如斯可谓之达矣？'"见下文忽接云"子曰：何哉，尔所谓达者？"不觉失惊吐舌，蒙师怪之，至与之夏楚。今日又见此文，便与大圣人一样笔势跳脱，《西厢》真奇书也！①

显然，金圣叹关注的重点不是《论语》所传达的儒家义理，而是古文上下句连接所体现的"笔势"，从那时起他就是一位不喜论"道"的论"文"者，对"笔势"的关注成为其文学批评的兴趣所在。因此，金圣叹认为文学批评无非是"善论道者论道，善论文者论文"。②而他将自己定位为"善论文者"，称自己小说评点的目的是"直取其文心"，显然小说的文学特性是他关注的重点，因此他在小说评点中反复申明自己论文的标准是"精严"，即"字有字法，句有句法，章有章法，部有部法是也"③，自然文法分析便贯穿于其《水浒传》评点。金圣叹对小说艺术形式的分析得到了《聊斋志异》评点者冯镇峦的高度赞赏，谓其"灵心妙舌，开后人无数眼界，无限文心"。④值得注意的是，冯镇峦也是以史传类古文作为自己小说评点的话语资源，其《读聊斋杂说》多次强调"左氏多此种，《聊斋》也往往用之"⑤；其《聊斋志异》"读法"第一则便提醒读者"是书当以读《左传》之法读之"。⑥及至近代，随着现代文学批评模式的确立，虽然古文技法不再是小说批评的主要话语资源，评点这种批评形式也退出了历史舞台，但仍有论者对金圣叹的文法批评予以充分肯定，如梦生《小说丛话》云："圣叹评小说得法处，全在能识破作者用意用笔的

---

① 《金圣叹全集》（三），江苏古籍出版社，1985，第87页。
② （清）金圣叹：《贯华堂第五才子书水浒传·序三》，陈曦钟、侯忠义、鲁玉川辑校《水浒传会评本》，北京大学出版社，1981，第10页。
③ 陈曦钟、侯忠义、鲁玉川辑校《水浒传会评本》，北京大学出版社，1981，第10页。
④ （清）蒲松龄著，张友鹤辑校《聊斋志异》（会校会注会评本），上海古籍出版社，1978，第12页。
⑤ （清）蒲松龄著，张友鹤辑校《聊斋志异》（会校会注会评本），上海古籍出版社，1978，第16页。
⑥ （清）蒲松龄著，张友鹤辑校《聊斋志异》（会校会注会评本），上海古籍出版社，1978，第17页。

所在,故能一一指出其篇法、章法、句法,使读者翕然有味。"①

总之,金圣叹在评点《水浒传》时并非仅仅局限于单一的"时文手眼",他视《左传》《史记》等为"才子古文"并对其详加评点,由此不难理解,作为"古文高手"的金圣叹何以会在小说评点中显示出如此开阔的古文视野。

作者简介

陈才训,男,文学博士,黑龙江大学文学院教授、博士生导师,主要从事明清文学与文化研究。

---

① 陈平原、夏晓虹编《二十世纪中国小说理论资料》第一卷,北京大学出版社,1997,第435页。

世代累积型小说基本特征识要

李亦辉

摘 要： 较之文人独创型小说，世代累积型小说在诸多方面都有显著差异，具有故事来源的多元性、成书过程的连续性、编创策略的整合性与文本形态的参差性等特征。世代累积型小说不但集本故事系统内部分散的子故事之大成，而且广泛吸收、借鉴其他故事系统乃至历史、宗教、民俗等非文学的内容；其故事主体的发展流传过程具有世代相续、绵延不断的特征，而非今人习见的几个点而已；其编创策略通常是将民间叙事中怪力乱神的因素纳入到正统叙事的范围之内，使权力化的儒家思想成为整合原有民间叙事题材的主导思想；其文本形态通常具有参差不齐的特性，全书的艺术表现不尽均衡，思想性质也不完全协调一致。

关键词： 小说　世代累积型　民间叙事

从文本生成方式的角度来看，明清长篇章回小说大体可分为世代累积与文人独创两种类型。前者主要成书于明代，如《三国演义》《水浒传》等；后者主要产生于清代，如《儒林外史》《红楼梦》等。研究文人独创的小说，即使跨过题材演变的过程而直接切入到小说文本，也不至于造成太多的困惑；而对世代累积型小说的研究，首先是一个题材史的研究，然后才能真正进入到文本研究，因为世代累积的文本生成方式导致此类小说在文化意蕴、艺术表现等方面都与文人独创型小说有显著的差异。对世代累积型小说的成书问题，目前学界尚有严重的分歧，焦点主要集中在对徐朔方提出的"世代累积型集体创作"① 这一提法的争论上，以至有"凡是伟大的作品，全部都是个人的创作"② 这样针锋相对的论断。但无论是赞成者还是反对者，都承认此类作品的定型，通常是在世代累积的基础上，由某个较有才华的下层文人编辑加工的结果，争论的焦点只是在这一成书过程中哪一方面更为关键和重要而已，而研究者所选择的研究路径则与对这一问题的认识紧密相关。因此，目前亟待深入探讨的问题，实际上并非"是或不是"的问题，而是"怎样研究"的问题，因为对世代累积型作品的性质问题学界虽有基本共识，但一些研究者在具体操作中仍以研究文人独创作品的思路来研究此类作品，并由此产生了很多本可避免的歧解与误读。我们虽不应否认写定者的编辑加工对作品的基本定型及质量提升所起的重要作用，但也不应忽视世代累积的过程对作品的思想内容与艺术特征的影响，任何忽略一方而强调另一方的做法，都会影响我们对此类作品及相关问题的深入理解。结合对《三国演义》《水浒传》《西游记》等书，特别是被徐朔方先生称作"中国长篇小说在世代流传中累积成型的最为典型的一例"的《封神演义》的考察③，笔者认为世代累积型小说除了以

---

① 徐朔方指出："在胡适、鲁迅等先行者的基础上，我提出一个系统的论点：中国小说发展史有它独特的规律。所谓明代小说四大奇书《三国》《水浒》《金瓶梅》《西游记》并不出于任何个人作家的天才笔下，它们都是在世代说书艺人的流传过程中逐渐成熟而写定的。谁也说不清现在我们所见的版本是出于谁的手笔。任何一个说书艺人都继承原有的模式或版本而有所发展（即或大或小的标新立异）。所谓发展，既有精心的有意修改，也可以是无意中的逐渐失真或走样。同样，任何一个出版商都可以请人重写、润色或照本翻印，而在翻印中有所提高。并不是每一个说书艺人、每一个出版商都只会越改越好，而不会改坏。改好改坏两种情况，甚至比例不同、得失参半的多种情况都可能发生。但是优胜劣败的进化规律在这里同样发生作用。我把这种型式的非个人创作称之为世代累积型集体创作。"见徐朔方《小说考信编》，上海古籍出版社，1997，"前言"第2~3页。
② 刘世德《〈水浒传〉的作者与版本》一文指出："在世界文学史上，在中国文学史上，以长篇小说而论，凡是第一流的作品，凡是伟大的作品，全部都是个人的创作。群众创作不可能成为伟大的第一流的、在历史上占有那么重要地位的作品，累积型的作品不可能成为伟大的第一流的作品。我想应该证明这么一个规律，这么一个结论。《水浒传》是这样，《三国志演义》也是这样，我们要承认它们是作家的创作，不是集体创作，不是累积型的作品。"见傅光明主编《品读水浒传》，山东画报出版社，2005，第11页。
③ 徐朔方：《论〈封神演义〉的成书》，《中华文史论丛》第53辑，1994年6月。

往研究者所概括的一些基本特征外①，一般都具有故事来源的多元性、成书过程的连续性、编创策略的整合性与文本形态的参差性这四个典型特征，以下讨论主要围绕这四点及相关的研究方法问题展开。

一　故事来源的多元性

世代累积型小说不但集本故事系统内部分散的乃至各不相属的子故事之大成，而且广泛吸收、借鉴其他故事系统的内容，其灵感、创意甚或来自说唱艺术之外的历史、宗教、民俗等非文学的内容，故事来源具有多元性的特征。这一特征在《封神演义》中体现得尤为明显。

武王伐纣故事的传播演化过程历经三千余年，几乎涵盖了文学史上所有的重要文体，与传统文化诸多重要领域都息息相关，直至明代后期方孕育成《封神演义》这样一部兼具历史演义性质的神魔小说。就武王伐纣故事系统内部而言，该书自然是集历代武王伐纣故事之大成，对正经正史、野史杂传、《武王伐纣平话》、《列国志传》卷一等均有吸收借鉴。但其故事来源又远不止于此。就小说系统而言，《封神演义》与《西游记》的关系由二者共有的几十首诗赞可见一斑，研究者对此有多方面的讨论。②除《西游记》外，《封神演义》与《四游记》中的《北游

---

① 徐永斌《论中国古代累积型集体创作长篇小说之基本特征》一文认为，中国古代世代累积型集体创作长篇小说有四大基本特征：（1）不同时期的演化；（2）集体创作性；（3）主要人物的基本一致性和故事情节的逐渐演化性；（4）语言文化的特色。见《江淮论坛》2003 年第 2 期。

② 参见柳存仁《毗沙门天王父子与中国小说之关系》（香港《新亚学报》1958 年第 3 卷第 2 期）、黄永年《今本〈西游记〉袭用〈封神演义〉说辨正》〔《陕西师范大学学报》（哲社版）1984 年第 3 期〕、方胜《〈西游记〉〈封神演义〉"因袭"说证实》（《光明日报》1985 年 8 月 27 日）、徐朔方《再论〈水浒〉和〈金瓶梅〉不是个人创作——兼及〈平妖传〉〈西游记〉〈封神演义〉成书的一个侧面》〔《徐州师范学院学报》（哲学社会科学版）1986 年第 1 期〕、何满子《漫谈〈封神演义〉》（《文史知识》1987 年第 4 期）、方胜《再论〈封神演义〉因袭〈西游记〉——与徐朔方同志商榷》〔《徐州师范学院学报》（哲学社会科学版）1988 年第 4 期〕、萧兵《〈封神演义〉的拟史诗性及其生成》（《明清小说研究》1989 年第 2 期）、萧兵《再论〈封神演义〉与拟史诗——兼论中国式史诗发育不全的原因》（《明清小说研究》1989 年第 4 期）、（转下页注）

记》《南游记》的关系也非常密切，从中可以寻绎出若干《封神演义》中的故事与人物的原型。如《北游记》中玄帝收魔的故事，就对《封神演义》的艺术构思有所影响，当是封神故事①形成的最近捷的影响因素；《南游记》中的华光形象，则与《封神演义》中的哪吒形象有密切的联系，当在哪吒形象形成的过程中起到一定的借鉴作用。② 就戏曲系统而言，元明时期无名氏的《二郎神醉射锁魔镜》《猛烈哪吒三变化》《灌口二郎斩健蛟》《二郎神锁齐天大圣》等剧中，驱邪院主玄天上帝与二郎神、哪吒两个得力干将的人物搭配格局，也对《封神演义》中哪吒、杨戬辅助主帅姜子牙的人物搭配格局有所影响。就非文学文本而言，与真武信仰相关的《元始天尊说北方真武妙经》《玄天上帝启圣录》《武当福地总真集》等宗教文本，元刻《搜神广记》、明刻《三教源流搜神大全》等民间神谱，朱棣"靖难"之初借真武为其出师"正名"，在"靖难之役"中制造和宣扬真武显灵助战的神话，都对《封神演义》的艺术构思有所影响，封神故事中亦人亦神的姜子牙形象，实由玄天上帝形象嫁接转化而来。在上述多方影响的合力之下，最终形成了《封神演义》现有的故事格局与人物形象体系。尤其是玄帝收魔故事，对《封神演义》中封神故事的形成及与之相关的诸多方面都有重要影响，如主人公姜子牙形象的确立，哪吒、杨戬等人物形象的添加，三十六路伐西岐故事的形成，功成封神的结局，以及"混合三教，以儒为本"的整体文化特征，皆与玄帝收魔故事息息相关。③

（接上页注②）徐朔方《论〈封神演义〉的成书》（《中华文史论丛》第 53 辑，1994 年 6 月）、刘振农《两部神魔小说成书先后考——〈西游记〉成书过程新探之二》〔《中国人民警官大学学报》（哲社版）1995 年第 1 期〕等文。

① 《封神演义》中约有四十回的内容承袭自《武王伐纣平话》与《列国志传》卷一，为行文方便，本文称之为"讲史故事"；而以第三十一至八十九回为主体的、为《平话》《志传》二书所无的约六十回内容，是前人所谓"斩将封神"的故事，本文称之为"封神故事"。

② 李亦辉：《〈三教源流搜神大全〉与〈封神演义〉》，《明清文学与文献》第四辑，社会科学文献出版社，2015，第 311~323 页。

③ 李亦辉：《玄帝收魔故事与〈封神演义〉》，《首都师范大学学报》（社会科学版）2012 年第 2 期。

世代累积型小说的成书，具有向心性、辐辏性的特征，一个终结性文本的出现，往往是同类故事的大汇聚，是在数百年题材累积的基础上进一步剪裁、加工、熔铸的结果。《封神演义》如此，其他世代累积型小说莫不如此。如《三国演义》，其故事来源既有源远流长的民间说唱艺术和讲史话本，亦有对正史的取材、借鉴，如对陈寿的《三国志》及裴松之注的取材，对《资治通鉴》中的三国故事整体艺术架构的借鉴，对《世说新语》《搜神记》中的轶闻异事的撷取。再如《水浒传》，其所写宋江起义的故事虽源于历史真实，在《宋史》中的《徽宗本纪》《侯蒙传》《张叔夜传》及其他一些史料中有零星记载，但其真正的流传，则是在游民文化影响下所形成的若干独立故事，如南宋罗烨《醉翁谈录》中所著录的"石头孙立""青面兽""花和尚""武行者"等说话名目；《大宋宣和遗事》与元代出现的大量"水浒戏"，虽展现了《水浒传》的原始面貌，但在人物形象、主题意蕴、故事格局上尚不统一，仍是散在于同一母题下的各不相属的子故事；直到元末明初，写定者才将这些散在的故事整合为一部具有整体艺术构思和大体一致的思想倾向的完整故事。从这几部代表作，可见世代累积型小说题材来源多元性之一斑。

世代累积型小说故事来源的多元性，在研究思路上给我们的启示是：研究者应尽力放宽自己的视野，在既有故事系统、既有文学文本之外，广泛关注与之相关的各类文献，从中获得破解文本生成密码的关键环节，从而达成对相关成书与文本问题的深度研究。

二 成书过程的连续性

这里所谓的成书过程，是指世代累积型小说的故事主体在写定前的发展演化、传播流布的过程；所谓的连续性，是指此类小说成书过程的世代相续、绵延不断的特性。虽然我们当下所见，仅是这些小说成书过程中的一些点，研究者主要是根据这些点来判断文本的先后影响关系，这是势所必然，无可厚非；但能否"于无声处听惊雷"，对点与点之间的空白期有一探究竟的意识和精神，则是研究成果价值高下的决定性因素。

如果忽视世代累积型小说成书过程的连续性，仅着眼于目前所见的几个点，有时会顺随文献自身的间断性、跳跃性而导致一些误判。如在武王伐纣故事传播过程中所产生的三个代表性文本，即宋元时期的《武王伐纣平话》和明代后期的《列国志传》卷一与《封神演义》，后二书成书时间相近，我们亦可从内容、语言、诗词等方面看出二书明显的承袭关系，但《武王伐纣平话》与后二书，恐怕并没有像一些研究者所讨论的那种直接的影响关系。实际上《武王伐纣平话》对《列国志传》卷一、《封神演义》二书并无直接影响，后二书也并非直接承袭前书踵事增华而来。前书和后二书之间，有一个近三百年的文本空白期，而多数研究者对这一空白期缺乏探寻意识。有的空白期可能并不重要，甚至是可以忽略的；但有一些空白期则至关重要，我们应尽力寻找一切蛛丝马迹，还原那些尚有迹可循的缺失环节。对于《封神演义》而言，这一"空白"期实为封神故事孕育形成的至关重要的时期，玄帝收魔故事对封神故事的影响，《封神演义》"词话本"的诞生，都发生于这一时期，并奠定了《封神演义》最终的故事格局与文本形态。循着这一思路探究下来，《封神演义》中一些令人困惑的问题也涣然冰释。如书中重要人物形象哪吒、杨戬的来源问题，因姜子牙形象的神性特征系由玄天上帝转化而来，玄天上帝手下的两员得力干将自然也就跟了过来，成为姜子牙手下的两员福将；再如截教的命名问题，我们甚至可以直接从关于玄天上帝的道经里找到"愿阐威灵临有截"这样的话，进而明了截教乃"海外教派"之意，使争论了近百年的公案得以解决。[①]

[①] 李亦辉：《玄帝收魔故事与〈封神演义〉》，《首都师范大学学报》（社会科学版）2012年第2期。按，与玄帝收魔故事相关的道经《北极真武佑圣真君礼文》中有"愿阐威灵临有截"一语。"有截"一词最早见诸《诗经》，《诗经·长发》中有"海外有截""九有有截"等语，"有"是助词，无实意，"截"是齐一、整齐之意。后代诗文割取"海外有截"之"截"或"有截"，作为海外的代称，如班固《封燕然山铭》曰："铄王师兮征荒裔，剿凶虐兮截海外。"白居易《刑礼道策》曰："方今华夷有截，内外无虞。"杜牧《奉和门下相公送西川相公兼领相印出镇全蜀诗十八韵》云："无私天雨露，有截舜衣裳。"《封神演义》中截教的命名，实源于"有截"一语，系"海外教派"之意。

世代累积型小说文本定型的过程，也并非一蹴而就，由某人写定后便完事大吉，而是有一个不断修订、完善的过程。如果我们忽略了这种连续性，仅就现存文本来讨论问题，就会使很多问题被遮蔽。笔者曾以动态性、历时性、综合性的研究观念来审视既有文本与文献，探讨《封神演义》的成书、版本及编者问题，认为该书在具体成书的不同阶段有不同的版本形态与编者：明代前中期的词话本阶段，其编者主要是当时未留下姓名的"说词人"；万历年间的早期刊本阶段，其编者为许仲琳；天启、崇祯年间的舒载阳刊本阶段，李云翔是该本的修订评点者。① 这就补足了《封神演义》成书过程中缺失的词话本、早期刊本两个环节，使我们对该书的成书问题有了更为深入的认识。

其他世代累积型小说也存在这样的问题。如研究者一般认为，《西游记》的成书过程主要分为唐宋佛教典籍及笔记小说中散见的取经故事、宋元"说经"话本《大唐三藏取经诗话》、元末明初的《西游记》杂剧、明初的《西游记》平话、明代中后期百回本《西游记》等几个阶段。但实际上正如陈洪《论〈西游记〉与全真教之缘》一文所指出的那样，"一部作品在历史上的流传，基本上呈现出线形的态势，在这几个大的阶段之间，《西游记》并没有在历史中缺失，而是以一种默默无闻的方式在社会上流传"，"从明初之《西游记》平话至百回本《西游记》出版的万历二十年的这二百余年间，虽没有什么完整的本子流传下来，但并不意味着西游故事就没有在民间继续流传。恰恰相反，西游故事在民间宗教那里找到了生存流衍的土壤。这既包括沉潜于下层民众中的全真教，也包括更纯粹意义上的民间宗教"，并根据今本《西游记》中大量的全真教的痕迹，推测"在《西游记》成书的过程中有教门中人物染指颇深"，"《西游记》在成书的过程中存在一个'全真教化'的环节"。② 《〈西游记〉与全真教之缘新证》一文进一步指出，"在《西游记》成书的过程中，有两个先后

---

① 李亦辉：《从词话本到刊本——论〈封神演义〉的成书、版本及编者问题》，《苏州大学学报》（哲学社会科学版）2012 年第 5 期。
② 陈洪、陈宏：《论〈西游记〉与全真教之缘》，《文学遗产》2003 年第 6 期。

的环节最为重要，一个是元末明初的'全真化'环节，即全真道士借玄奘西游取经的故事做载体，铺演、宣传自己的教义，并冠以丘处机的大名增加影响力；第二个环节是明中叶的隆庆、万历年间，某天才作家（吴承恩或'张承恩''李承恩'）对'全真本'大加增删，主要做了三方面的工作：一是大量删除全真道的说教文字，二是顺应当时的社会宗教生态，改变了全书的宗教态度，褒佛而贬道，三是增加了全书的滑稽意味，提升了作品的文学水准"。[1]陈先生的研究正是着眼于点与点之间的空白期，还原了《西游记》成书过程中"全真教化"这一缺失环节，深化了我们对《西游记》成书过程的认识，有助于我们理解《西游记》文本中的一些矛盾现象。

总之，世代累积型小说成书过程的连续性问题，点与点即所见文献之间的空白期问题，应引起我们足够的重视。只有充分重视、深入探究这些"空白"环节，才可能在成书过程的研究上有所突破。

三 编创策略的整合性

世代累积型小说的最后写定者不同于现代意义上的独立作者，视原有故事题材成熟程度的差异，他们所做的工作或近于编辑者，或近于创作者，或介于二者之间，统而言之，我们不妨称之为编创者。世代累积型小说的编创者或为"书会才人"，或为书坊主，或为下层文人，他们虽然身份各异、文化修养程度不同，但有一点是共通的，即都或深或浅受过儒家思想的熏陶，在以儒家思想为统治思想的传统社会中，这是在所难免的。正因此，面对民间色彩浓郁的既有故事与素材，他们多会采取相同的编创策略，即以正统叙事整合民间叙事。这里所谓的"正统叙事"，主要是指出于受过儒家文化熏陶者之手、以儒家思想为主导、具有历史道德化倾向和雅正风格的叙事；所谓的"民间叙事"，主要是指源自民间社会相对多

---

[1] 陈洪：《〈西游记〉与全真教之缘新证》，《文学遗产》2015年第5期。

元的文化氛围、不以儒家思想为主导、带有野史传说的性质和神异色彩的叙事。在世代累积型小说的编创过程中，下层文人通常会将民间叙事中怪力乱神的因素纳入到正统叙事的范围之内，使权力化的儒家思想成为整合原有民间叙事题材的主导思想。诚如萧兵所言："凡文人改作民间作品，往往无法完全隐避、删汰那些怪力乱神、叛逆传统的情节，办法之一是用'正统'的观念和手法来窜改它，歪曲它。"① 以正统叙事来整合民间叙事，既是编订者自身的文化素养使然，也是出于对接受者文化身份的考量。因为作为说话艺术，其接受者多为文化水平较低甚至不识字的底层民众；但作为小说的阅读者，则主要是有一定文化修养和购买力且喜欢通俗文学的士绅商贾阶层，鉴于这一阶层的教养、身份、文化趣尚，以正统叙事整合民间叙事也是理所当然的。

就武王伐纣故事系列文本而言，较之民间叙事色彩浓郁的《武王伐纣平话》，《列国志传》卷一和《封神演义》皆具有以正统叙事整合民间叙事的特征，特别是《封神演义》一书，将富于民间叙事特征的封神故事附丽于以正统叙事为主的讲史故事之上，以正统儒家思想改造和匡范怪力乱神的故事素材。这一方面形成全书"奇正并存，执正驭奇"的整体美学风貌，人物形象的神怪色彩与理学特征并存而以理学特征为主导；一方面形成全书"混合三教，以儒为本"的整体文化特征，革命②思想趋于弱化，忠孝思想趋于强化，仁政思想趋于深化。③ 凡此，皆是余邵鱼、许

---

① 萧兵：《〈封神演义〉的拟史诗性及其生成——兼论中国式史诗发育不全的原因》，《黑马：中国民俗神话学文集》，时报文化出版企业股份有限公司，1991，第391页。
② 在中西方不同的文化语境中，"革命"一词的具体内涵不尽相同。中国传统的革命观注重的是形式上的变革，而社会制度和统治思想却永远不变，"革命"只是改朝换代、易姓而王的代名词。西方"革命"一词的含义则是实质性的社会政治变革、彻底的国民革命。简言之，前者是狭义的易姓革命，后者是广义的社会革命。所以梁启超说："'革命'之名词，始见于中国者，其在《易》曰：'汤武革命，顺乎天而应乎人。'其在《书》曰：'革殷受命。'皆指王朝易姓而言。"（梁启超：《饮冰室合集·文集》卷之九《新史学·释革》，中华书局，1989，第40页。）虽然殷周鼎革是中国历史上鲜有的几次具有改变社会性质的革命之一，但本文所谓革命，主要是指易姓革命而言，因为在中国古代的文化语境中，革命的含义，尤其是儒家所谓革命的含义主要是指易姓革命。
③ 李亦辉：《混合三教，以儒为本——论〈封神演义〉的整体文化特征》，《哈尔滨工业大学学报》（社会科学版）2011年第4期。

仲琳、李云翔等编创者加工改造的结果。

其他世代累积型小说率多如此，如关于《水浒传》的主题，历来有"忠义说"与"诲盗说"的争论，新中国成立后二者又演化为"叛徒赞歌说"与"农民起义说"的论争。造成这一论争的根本原因，实际上是编创者以忠奸对立的格局改造具有浓郁绿林风貌的《水浒》故事的结果。《水浒》故事原貌深具游民文化色彩，讲说江湖好汉争凶斗狠、打家劫舍、对抗官府的故事，其间行侠仗义与野蛮暴力的思想内容并存。但《水浒传》早期版本的写定者无疑具有浓重的正统观念，《水浒传》最早的名目即为《忠义水浒传》，明人亦有"《水浒》而忠义也，忠义而《水浒》也"的看法①。《水浒传》的写定者虽以"忠义"标举全书，但对忠、义二者并非等量齐观，实际上是以忠为主，以义辅忠，忠君观念、国家至上的思想居于全书的主导地位。书中的人物形象体系，也呈现出明显的忠奸对立的格局，忠的一方，在朝者为宿太尉、张叔夜等，在野者为以宋江为首的梁山好汉；奸的一方，在朝者为蔡京、高俅、童贯、杨戬，在野者为西门庆、蒋门神、毛太公、祝朝奉等地方劣绅，陆谦、富安、董超、薛霸等不法公人，方腊、田虎、王庆等乱臣贼子。这样一群"大力大贤、有忠有义"②的英雄好汉，却被高俅等一干祸国权奸逼上梁山，接受招安后虽"共存忠义于心，同著功勋于国"③，保境安民，屡立奇功，却仍不见容于朝廷，惨遭奸臣陷害，不得善终，谱写了一曲忠义的悲歌。有的研究者称《水浒传》为"野蛮与正义的交响乐"，这无疑是正确的；但野蛮与正义在文本中并非简单并置，而是以正义整合野蛮，使野蛮的内容亦服从正义的方向，借以传达编创者表彰忠义，批判不忠不义，企盼君正臣贤的太平治世，呼唤传统文化精神回归的编创意图。

---

① （明）杨定见：《水浒传全书小引》，丁锡根：《中国历代小说序跋集》，人民文学出版社，1996，第1471页。
② （明）李卓吾：《忠义水浒传序》，丁锡根：《中国历代小说序跋集》，人民文学出版社，1996，第1466页。
③ （明）施耐庵、罗贯中：《水浒传》，中华书局，1997，第949页。

总之，世代累积型小说的编创策略，多为以正统叙事整合民间叙事，通过程度不同的加工改造乃至直接的评点，使民间叙事中怪力乱神的内容顺应儒家忠孝节义的政治伦理观念。

四 文本形态的参差性

以正统叙事整合民间叙事，编创效果主要体现在两个方面：一是叙事趋向正史，使得全书的艺术表现不尽均衡；一是思想趋向正统，使得全书的思想性质不完全协调一致。正因此，世代累积型小说的文本形态往往具有参差性的特征。

就《封神演义》而言，虽然一些研究者认为历史故事写得较为精彩，封神故事则平板拖沓，不及历史故事写得好，但客观地看，《封神演义》在整体艺术表现上还算均衡，不足之处在于封神故事中破阵斗法内容的程式化以及同一故事模式的反复套用。这是民间口头叙事的典型特征，编者照单全收，没有从书面文学的角度做进一步的加工、改造，才形成这样的弊端。其实这种艺术上的瑕疵在世代累积型小说中是普遍存在的，即使是一流作品，在艺术表现上也存在着不均衡的问题。如《三国演义》，研究者之所以对其思想意蕴、艺术成就等问题各持己见，聚讼不已，其中一个重要原因，是忽略了该书因世代累积的成书过程所导致的文体的特殊性，历史家、民间艺人、小说家等先后参与其创作过程，因而其文体不是严格统一的，与之相应的价值体系与艺术成就也不是均衡的。据陈文新《〈三国演义〉的文体构成》一文，《三国演义》文本主要由三种文体构成：准记事本末体、准话本体和准笔记体。就一般情形而言，记叙曹操与董卓、袁绍、袁术等的纠葛，偏重准纪事本末体，如官渡之战、火烧连营；而当涉笔刘备集团时，则较多采用准话本体，如赤壁之战、七擒孟获、六出祁山；准笔记体通常用于局部点缀，如管宁割席分坐、杜预《左传》之癖。三种文体处理题材的方式相异，传达出的思想意蕴也各有侧重，小说中的价值体系随着文体的更替嬗变也处于变化之中。① 而其中写得最精彩、最为人所津津乐道的内容，多是以准话本体呈现的部分；以准纪事本末体呈现的部分，精彩程度则要稍逊一筹。这是编创者将来源不同的故事整合于一书的必然结果。再如《水浒传》，前七十回的故事非常精彩，令人欲罢不能，而后面的征辽、征田虎、征王庆、征方腊等内容，则平板乏味，几令人难以卒读。究其原因，主要是故事来源不一，本有高下精粗之别，编者虽勉力将其整合于一书，但各部分的精彩程度自然有所不同。

世代累积型小说通常还存在虎头蛇尾、前紧后松的现象，如《三国演义》《水浒传》，都是前面的内容细致生动，精彩纷呈，到了后面则粗疏简略，乏善可陈，这亦与其故事的形成及传播方式有关。古代的说书艺人一辈子一般只说一部书，如《东京梦华录》所载："霍四究，说《三分》。尹长卖，《五代史》。"② 说得多的也不过几部书。他们和游民、客商一样，冲州撞府，到处流动，很少会在一个地方长期停留，也基本不会把一部书从头说到尾，只要能把前面的内容说得精彩，吸引观众持续关注就够了，后面的内容知道一个大致的情节和结局即可，因为根本说不到。因此说书艺人会集中气力打磨前面的内容，精益求精，对后面的内容则不甚用心。与之相应，编创者在编辑这些书的时候，前面的内容因为有现成的精彩故事可资借鉴，自然事半功倍，精彩纷呈；而后面的内容或因为仅有未经琢磨的平板故事可供采摭，或因为仅知其大概尚需编者自己东拼西凑来补足，所以往往乏善可陈。

较之艺术表现的不均衡，文化意蕴不协调的问题更为突出，也更为复杂。几乎每部世代累积型小说，在思想内容上都存在着矛盾、龃龉，乃至内在的悖论与冲突。如在武王伐纣故事的历史演化中，始终存在着"革命"与"忠君"观念的矛盾，为了弥合这种矛盾，《封神演义》的编者以

---

① 陈文新：《〈三国演义〉的文体构成》，《传统小说与小说传统》，武汉大学出版社，2007，第238～251页。
② （宋）孟元老：《东京梦华录》卷五《京瓦伎艺》，《东京梦华录（外四种）》，古典文学出版社，1956，第30页。

儒家忠孝伦理观念为准,对文王、武王及部分反殷归周的义士形象加以改造,造成全书革命观念弱化、忠孝观念强化的思想特征,与原有故事题材的思想倾向形成强烈的反差,让人觉得扭捏造作、不合情理。再如《封神演义》的文化特征,该书无疑具有鲁迅所谓的"混合三教"的特点,书中多次提及"三教",也实际存在"三教",虽然"三教"的称谓、面目都相当模糊。"混合三教"的判断没有问题,问题是三教之中以何者为本,佛教、道教还是儒教?研究者对此各执一词,聚讼不已。鉴于宋元以降儒、道、佛三家思想的融会合流,尤其是道、佛二教向理学所倡导的心性理论和伦理纲常靠拢的倾向,同时结合文本实际、借鉴各家之说,笔者认为《封神演义》的整体文化特征是"混合三教,以儒为本","混合三教"是该书民间叙事特征的反映。"以儒为本"则是该书正统叙事特征的反映。该书虽然表面看来是怪力乱神笼罩全篇,但实质上却是以儒家思想,尤其是权力化的理学思想为其深层底蕴。[①] 这一整体文化特征的形成以及在这一整体文化特征之下的诸多矛盾、龃龉之处,正是编者以正统叙事整合民间叙事的结果。

其他世代累积型小说中此类思想性质的矛盾亦比比皆是。如《水浒传》中,既有忠而见弃、行侠仗义的人物,也有犯上作乱、滥用武力的人物,虽同为梁山好汉,却又"同而不同",出身、性格、行事乃至上梁山的原因、方式都差异极大。如宋江、林冲、杨志、武松等,都是仗义疏财、济困扶危的好汉,本想竭尽忠悃报效国家,博个封妻荫子、青史留名,但事与愿违,因奸臣当道而屡遭陷害,最后被逼上梁山,但即使落草为寇也仍心存忠义,是名副其实的忠义人。而如孙二娘、张青、张横、张顺、燕顺、王英等,则本就是以杀人越货为营生的强盗。孙二娘、张青的黑店,专以劫杀往来客商、卖人肉包子为业;船火儿张横在浔阳江上摆渡,待摆到江心时却以"板刀面"威胁客人,劫掠钱财;李逵虽不剪径,却嗜杀成性,江州劫法场时,他不分良贱,一斧一个,排头砍去,活捉黄

[①] 李亦辉:《混合三教,以儒为本——论〈封神演义〉的整体文化特征》,《哈尔滨工业大学学报》(社会科学版)2011年第4期。

文炳后，他生割其肉炙了下酒，行事中充斥着野蛮暴力的因素。当然，虽因故事来源多元而使得《水浒传》中不同人物、故事的思想性质反差极大，但经编者的整合，又使该书的思想具有内在的统一性，野蛮暴力的因素统一于"义"——"义连兄弟且藏身"，"义"又统一于"忠"——"忠为君王恨贼臣"，终而谱就一曲忠义的赞歌与悲歌。再如在《西游记》第一主人公孙悟空的身上，这种人物形象的错位感、思想性质的矛盾性表现得尤为明显。在前七回中，孙悟空是一个极具叛逆精神、自由个性，且神通广大、几乎是打遍天下无敌手的超级英雄，但在第十四回皈依佛门后，其形象虽然延续了此前不喜拘束、心高气傲的个性，但叛逆精神已然消磨殆尽，尤其令人费解的是，这个昔日的超级英雄居然连一些不入流的小妖都打不过，甚至要请一些当年败在自己手下的神道帮忙，才能逢凶化吉、遇难成祥。造成这一矛盾的根本原因，是编者把道教系统的"修炼猿"故事和佛教系统的"听经猿"故事相捏合的结果[①]；把原属南方系统的神通广大、狠毒好色、号称"大圣"的猴精故事和原属北方系统的护送唐僧取经、忠义正直、号称"行者"的神猴故事捏合在一起的结果[②]。就实际效果而言，这种整合是非常成功的，使得孙悟空在全书中的地位更为突出，形象也更为丰满，且有助于表现编者抑道扬佛的思想倾向。但这毕竟是两类不同的猴精形象、两个不同故事系统的捏合，在文本中必然会留下难以完全弥合的罅隙，这也是后人在讨论孙悟空形象的特征及该书的思想性质时歧见迭出的根源所在。

总之，通过对《封神演义》这一典型个案以及其他世代累积型小说的考察，可见较之文人独创型小说，世代累积型小说在成书与文本等方面都有所不同，而对二者差异的体认程度及由此而形成的前见，无疑会对研究者的研究思路、解读方式乃至具体观点产生重要影响。因此，讨论世代

[①] 张锦池：《论孙悟空形象的演化》，《西游记考论》，黑龙江教育出版社，1997，第115~123页。

[②] 蔡铁鹰：《齐天大圣闯入〈西游记〉》，《〈西游记〉的诞生》，中华书局，2007，第151~184页。

累积型小说的特征问题，实际上也直接关涉到此类小说的研究方法与阐释路径问题；而部分研究者仍以研究文人独创型小说的思维来研究世代累积型小说的现实，也决定了这是一个需要认真对待并亟待解决的问题。

作者简介

李亦辉，男，文学博士，黑龙江大学文学院副教授、硕士研究生导师，黑龙江大学明清文学与文化研究中心研究人员，从事明清小说戏曲研究，曾出版专著《〈封神演义〉考论》，发表相关论文30余篇。

沈璟传笺*

魏洪洲

摘　要：沈璟，字伯英，一字老聃，号宁庵，又自号词隐生等。苏州吴江（今属江苏）人。生于嘉靖三十二年（1553），卒于万历三十八年（1610）。万历二年（1574）进士，任兵部职方司主事、光禄寺丞等职。万历十七年（1589），以病告归。从此寄情词曲达二十余年。著有传奇十七种，散曲集三种，此外还有《南曲全谱》等曲学著作。他曾将汤显祖《牡丹亭》改编为《同梦记》，引发"汤沈之争"。其曲学主张强调"依律合腔"和崇尚本色。明代后期，逐渐形成了以沈璟为领袖的"吴江派"。

关键词：沈璟　传记　南曲　吴江派

沈璟，字伯英，一字老聃，号宁庵，又自号词隐生等。苏州吴江（今江苏省苏州市吴江区）人。明世宗嘉靖三十二年二月十日（1553年2月26日）出生。

《吴江沈氏家谱》（以下简称《家谱》）云："璟字伯英，晚字聘和，号宁庵，嘉靖癸丑年二月十四日生。"潘柽章《松陵文献·文学传·沈璟传》云："璟性谦谨，而能任事。晚乃习为和光忍辱。有非意相加者，笑遣之。因改字'聘和'以自况。"另：姜士昌《明故光禄寺丞沈公伯英

---

* 本文系国家社会科学基金一般项目"古代戏曲格律谱研究"（编号：16BZW072）的阶段性成果。

传》云:"年二十一举于乡,明年成进士第三人。"《吴江县志·名臣传·沈璟传》亦言:"万历二年成进士,时年二十二。"据此逆推,沈璟当生于嘉靖三十二年,与《家谱》合。

吴江沈氏,忠孝立身,诗书传家。沈璟高祖沈奎,"性孝友"。曾祖汉,官刑科给事中,禀性耿直,"不肯事权贵"。祖父嘉谋,平生有厚德,以孝义称。父侃,疏财重义,教子严格。

吴江沈氏始祖沈文,字子文,元末避乱而迁居吴江。《吴江沈氏家传》(以下简称《家传》)之《南丹公传》云其"以弃灰坐戍,戍广西之南丹卫","人莫不怜之"。文之孙簧,"始业儒"。《家传·廷仪公传》言:"家世隶戍,无所知名。公(沈簧)始业儒,每试辄在高等。成化戊子岁贡,虽不得一等以仕以卒,而自此以来沈氏为诗书礼让之族矣。"文之五世孙,即璟高祖奎,为沈氏家族有文学作品传世的第一位诗人,现存《述怀》诗二首,载《吴江沈氏诗集录》。《家传·半闲公传》言其"少而好学,为文辞不失矩度,性孝友","母尝苦目眚,医工谓不治矣,公亟舐之,如是数月良愈","昆弟四人同居,有无相通,无片言相忤,亲戚有所不足,往往取办于公"。真正使沈氏跻身于望族之列者,乃璟曾祖汉。沈储《续修家谱后序》言:"吾族自太常公(沈汉)以来,颇厕望族之末,勾吴以为侈谈。"汉,字宗海,号水西。正德十五年(1520)进士,历任嘉靖朝刑科给事中、户科给事中,直言敢谏,有《沈水西谏疏》二卷传世。嘉靖六年(1527)八月,明世宗因"大礼"案兴大狱,群臣遭贬谪、革职者达四十五人,汉亦在其列。璟祖嘉谋,汉第三子,字惟恂,号守西。平生有厚德,以孝义称。《家传·守西公传》云:"公(沈嘉谋)生而敦庞沉毅,不妄言笑,长而修髯,深目耸颧,瞳子浅碧色,文学虽逊于伯仲两兄,而质行过之。"《吴江沈氏诗集录》言其"平生有厚德,以孝义称"。璟父侃,原名侨,字道古,号瀛山。"性机警,好义任事",醉心科举,教子严格。《家传·瀛山公传》言:"公疏眉朗目,微髭须,性机警,好义任事。……弱冠始知力学,当其下帷刺股,时日夕伊吾,至忘寝食,呕血羸瘁,不为辍功。以府庠生宾兴者,再以太学应南北都试者五。长子璟成进士数年，犹以青衿赴北雍，率次子瓒蓬首青衣，蹩躠棘闱中，以冀一遇，而竟不售，其志亦足悲矣……以故训督诸子严急，不遗余力。"王世懋《沈瀛山传》云："自都谏公（沈汉）起家，号饶裕。至公颇跅弛，不问家人产。家稍旁落，然性慷慨，好周人之急甚。"又言："始余居里中，闻吴江沈伯英弱冠而甚才。心慕好之。已，又闻其父瀛山公之能教也。客曰：'沈公之教子，少弗弄，长不令见异物。过必谴，出入必与偕，所延致必明师良友，凡文之佳者无弗秘而习也。'于是伯英试辄捷。"沈侃晚年好道。《沈瀛山传》云："上林公卒后，公（沈侃）始浩然有向平五岳之志。是时公已受伯英封贵矣，而蹑屩数千里，南太和，北泰岱，冀一遇异人迹，类有道者云。"

沈璟自幼"韶秀玉立，颖悟绝人"，"有神童之称"，为时所重。十六岁，补邑弟子员。十八岁，补廪膳生员。

《家传·宁庵公传》云："生而韶秀玉立，颖悟绝人。数岁属对，应声如响。授之章句，日诵千余言，有神童之称。及长，颀皙靓俊，眉目如画，虽卫洗马、潘黄门不是过也。十六补邑弟子员。十八饩于庠。"《家传·宁庵公传》又云："公之垂髫也，奉直公（沈侃）率之游归安唐一庵（枢）、陆北川（稳）两先生之门，两先生甚器赏之。其为诸生也，太守广平蔡公（国熙）、司理泰和龙公（宗武）、御史南昌刘公，皆以国士待之。文誉蔚兴，人共指为异日庙堂瑚琏之器。"

万历元年（1573），举应天乡试，时年二十一岁。明年春，中进士。观政兵部，授该部职方司主事。不久，告病归。

《家传·宁庵公传》云："（沈璟）二十一举于乡。明年为南宫第三人，赐进士二甲五名。授职方司主事。奉使归，移疾。"姜士昌《明故光禄寺丞沈公伯英传》亦云："年二十一举于乡。明年成进士第三人，授兵部职方司主事。以祖母丧乞差移疾归。"《家传·宁庵公传》云其为兵曹时，"边徼阨塞及各将领主名，皆有手记入夹袋中"，当于此时。

万历七年（1579），出补礼部仪制司主事，升本司员外郎。万历九年（1581），转任吏部，授稽勋司员外郎。次年，调考功司员外郎，旋任验封司员外郎。十月，丁父忧回籍。万历十三年（1585）秋，起复，仍补验封司员外郎。

《家传·宁庵公传》云："（沈璟）出补仪制司主事。升本司员外郎。庚辰会试为授卷官。辛巳调吏部稽勋司，历验封、考功。壬午冬丁奉直公忧。乙酉起复，仍补验封。"姜士昌《明故光禄寺丞沈公伯英传》云："癸卯，补礼部仪制司主事，升员外郎。辛巳，改吏部考功司员外郎。以封公忧归。服除，补验封司员外郎。"此期，沈璟勤于政事，积极荐举人才。《家传·宁庵公传》言其为礼曹时，"各宗藩名封等册，亲自校勘，不入吏手，老吏抱牍尝之，每咋舌退。为吏部询访人材，不令人知。若管富阳之选侍御史，其一也"。

万历十四年（1586），上《定大本详大典疏》，议立太子，并为王恭妃请封号。忤旨，降行人司司正。万历十六年（1588）八月为顺天乡试同考官，不久升光禄寺丞。

姜士昌《明故光禄寺丞沈公伯英传》云："丙戌春，上方以风霾求直言。户科给事中姜应麟，言恭妃诞育元子，独不得并皇贵妃封，非制也；且言储事。奉旨降边方杂职，得山西广昌县典史。公与刑部主事孙如法各疏争之力。于是奉旨降行人司司正，孙降广东潮阳县典史。"《明实录》亦云："吏部验封司员外郎沈璟亦疏请立储，而并及议（郑氏）封皇贵妃，并封恭妃，庶无独进之嫌。上怒，命降三级，得行人司司正。"又，潘柽章《松陵文献·文学传·沈璟传》云："十六年为顺天同考官，迁光禄寺丞。"

万历十七年（1589），以病告归。万历二十一年（1593），中察典，罢官。乡居二十余年。

《家传·宁庵公传》云其主动病休："明年（万历十七年），（沈璟）仍（乃）以疾辞归。"病休实为掩饰之辞，其离职与万历十六年顺天乡试弊案有关。据姜士昌《明故光禄寺丞沈公伯英传》云："亡何，公同考顺天乡试。于时柄文者偶举执政子婿，致群哗，公殊不自意以同考被疑，然公不置一语辩也。公升光禄寺丞，谒告归。所谓执政子婿者，竟举于南宫，谒选得令，以抗税使罢。于是人往往有谅公者矣。"

万历二十一年（1593），中察典，罢官。《家传·宁庵公传》云："（沈璟）疾愈，而林泉之兴甚浓。虽无癸巳之察，固亦不出矣。"主持本次察典者有考功郎中赵南星，沈璟之进士同年。被罢官，沈璟似有怨言。赵南星《答沈晴翁先生》云："癸巳之役，冒昧出山，为人所挟。同门之友，肺腑之亲，俱不得免，而身亦随之。由今观之，天下竟未太平，亦有何益。生子勿作考功郎也。事已往矣，因老师道及，伯英辄复戚戚于心。夫伯英得无以星为恶人乎？星今者须发白十之七，衰矣。正似当今之世，何弓招之敢望乎。"潘柽章《松陵文献·文学传·沈璟传》言："明年（万历十七年），（沈璟）以疾乞归。归二十余年卒。"

沈璟万历三十八年（1610）卒，年五十八岁。天启初，赠光禄寺少卿。

据《家谱》，沈璟卒于万历三十八年正月十六日（公历二月九日）。《家传·宁庵公传》云："丙午，次子自铨举于乡，人皆为公喜。公（沈璟）乃不久遘疾，三年余不起。……天启初，追录国本建言诸臣，赠光禄寺少卿。"据《吴江县志》，沈璟墓在陈思村。国子监司业沈懋孝作墓志铭。

沈璟归隐后，自蓄声伎，寄情词曲，潜心戏曲二十余年。其间与诸多曲家如吕天成、王骥德、沈自晋等交往密切，深得敬重。

《家传·宁庵公传》云："公（沈璟）性喜读书，闭门手一编，悠悠自得，一日不亲缥缃，若无所寄命者。公不善饮，又少交游。晚年产益落，户外之屦几绝，乃以其兼长余勇，尽寄于词。……夫公之文企班、马，诗宗少陵，书则行、楷久珍于世，乃一不以自炫，而徒以词隐名。此其意岂浅夫所能窥哉！"王骥德《曲律》云其"松陵词隐沈宁庵先生，讳璟。……仕由吏部郎转丞光禄，值有忌者，遂屏迹郊居，放情词曲，精心考索者垂三（二）十年。雅善歌，与同里顾学宪道行先生，并蓄声伎，为香山、洛社之游。……生平故有词僻，每客至，谈及声律，辄娓娓剖析，终日不置"。《家传·定庵公传》云："岁在丁酉，公（沈瓒）以宁庵公从事音律，二子未免失学，因躬为塾师以课之。一门之内，一征歌度曲，一索句寻章，论者比之顾东桥兄弟云。"沈璟《红蕖记》传奇第一出【千秋岁引】也表露此时心态："袖手风云，蒙头日月，一片闲心再休热。鲲鹏学鸠各有志，山林钟鼎从来别。独支颐，频看镜，总勋业。词社乍闻弦管歇，垆畔有人肌似雪，扇影梁尘欲相接。醒狂次公肠已断，风流公瑾愁应绝。畅开怀，妙选伎，延年诀。"并从此自号词隐生。沈德符《顾曲杂言·填词名手》言："沈宁庵自号词隐生。按，北宋万俟雅言在徽宗朝直大晟府，亦自称词隐。岂偶合耶，抑慕而效之也？"

万历三十五年（1607），吕天成曾校订沈璟《义侠记》传奇，并作序。序曰："始先生闻梓《义侠》，贻书于予，曰：'此非盛世事，亟止勿传。'既而曰：'即梓矣，必尽校其讹，而后可行。'今予任校讹之役，愧不能精阅，而世闻是曲已久，方欣欣想见之，又何所忌讳，而欲强秘也。……半野主人博古好奇，罗布剞劂氏于庑下，日出秘籍行于四方。而于曲部首梓《义侠》，诚有感于老子之快论，而识先生风世之意远也。先生诸传奇，命意皆主风世，曷尽梓行以唉蔗境，何如？万历丁未中秋日东海郁蓝生题。"王骥德《古本西厢记》云："词隐先生……生平折简，往复盈箧。"王氏提议并支持沈璟编纂《南曲全谱》。王骥德《曲律》言："作谱，余实怂恿先生为之。"书成，以一帙寄王氏，附信请其作序。此信附于王骥德校注《古本西厢记》卷末："所寄《南曲全谱》，鄙意僻好本色，殊恐不称先生意指，何至慨焉辱许叙首简耶！翘首南鸿，日跂琳璧，为望不浅耳。王实甫新释，顷受教已有端绪，俟既脱稿，千乞寄示。或有千虑之一得，可备采择也。"王氏将《西厢记》校本寄来请教，《校注古本西厢记序》云："今之词家，吴郡词隐先生实称指南，复函请参订。先生谬假赏与。凡再易稿，始克成编。"沈自南《鞠通乐府序》云："兄（自晋）为词隐先生犹子。

考宫叶徵，素承几砚，童而习之。及词隐殁，而乐府一脉，兄实身任之。"《家传·西来公传》亦云："（自晋）尝随其从伯词隐先生为东山之游，一时海内词家，如范香令、卜大荒、阮幔亭、冯犹龙诸君子，群相推服。"

沈璟将《牡丹亭》改编为《同梦记》，汤氏颇为不满。此事经王骥德、吕天成等人记述，成为曲学史上的"汤沈之争"。

沈自晋《南词新谱》言："《同梦记》，词隐先生未刻稿，即串本《牡丹亭》改本。"《同梦记》由吕玉绳寄与汤显祖，汤氏将改本误为吕氏所作。其《答凌初成》云："不佞《牡丹亭记》，大受吕玉绳改窜，云便吴歌。不佞哑然笑曰：昔有人嫌摩诘之冬景芭蕉，割蕉加梅，冬则冬矣，然非王摩诘冬景也。其中骀荡淫夷，转在笔墨之外耳。"其《与宜伶罗章二》亦云："《牡丹亭记》，要依我原本，其吕家改的，且不可从。虽是增减一二字以便俗唱，却与我原做的意趣大不同了。"其《见改窜牡丹词者失笑》诗云："醉汉琼筵风味殊，通仙铁笛海云孤。总饶割就时人景，却愧王维旧雪图。"汤显祖《答吕姜山》曰："寄吴中曲论良是。'唱曲当知，作曲不尽当知也'，此语大可轩渠。凡文以意趣神色为主，四者到时，或有丽词俊音可用，尔时能一一顾九宫四声否？如必按字摸声，即有窒滞迸拽之苦，恐不能成句矣。"汤显祖《答孙俟居》云："曲谱诸刻，其论良快。久玩之，要非大了者。庄子云：'彼乌知礼意？'此亦安知曲意哉！其辨各曲落韵处，粗亦易了。周伯琦作《中原韵》，而伯琦于伯辉、致远中无词名。沈伯时指乐府迷，而伯时于花庵、玉林间非词手。词之为词，九调四声而已哉！且所引腔证，不云'未知出何调，犯何调'，则云'又一体''又一体'。彼所引曲未满十，然已如是，复何能纵观而定其字句音韵耶？弟在此自谓知曲意者，笔懒韵落，时时有之，正不妨拗折天下人嗓子。"

王骥德《曲律》言："临川之于吴江，故自冰炭。吴江守法，斤斤三尺，不欲令一字乖律，而毫锋殊拙；临川尚趣，直是横行，组织之工，几与天孙争巧，而屈曲聱牙，多令歌者咋舌。吴江尝谓：'宁协律而（词）不工，读之不成句，而讴之始协，是为中之之巧。'曾为临川改易《还魂》字句之不协者，吕吏部玉绳以致临川。临川不怿，复书吏部曰：'彼乌知曲意哉！余意所在，不妨拗折天下人嗓子。'"吕天成《曲品》言："光禄尝云：'宁律协而词不工，读之不成句，而讴之始叶，是曲中之工巧。'奉常闻之曰：'彼乌知曲意哉！予意所至，不妨拗折天下人嗓子。'此可以观两贤之志趣矣。余谓二公譬如狂狷，天壤间应有此两项人物。不有光禄，词硎不新；不有奉常，词髓孰抉？倘能守词隐先生之矩矱，而运以清远道人之才情，岂非合之双美者乎？"

著有传奇十七种，合称《属玉堂传奇》。其中前七种今存。散曲有《词隐新词》《情痴寱语》《曲海青冰》，皆佚。作曲，初"蔚多藻语"，后"专尚本色"。时人多赞其作品"守法"，但不满其"毫锋殊拙"。

王骥德《曲律》云："所著词曲甚富，有《红蕖》《分钱》《埋剑》《十孝》《双鱼》《合衫》《义侠》《分柑》《鸳衾》《桃符》《珠串》《奇节》《凿井》《四异》《结发》《坠钗》《博笑》等十七记。散曲曰《情痴呓语》，曰《词隐新词》二卷；取元人词，易为南调，曰《曲海青冰》二卷。"吕天成《曲品》亦云："（沈璟）卜居郊居，遁名词隐，嗟曲流之泛滥，表音韵以立防。痛词法之蓁芜，订《全谱》以辟路。红牙馆内，誊套数者百十章，属玉堂中，演传奇者十七种。"沈自晋《南词新谱》言："词隐先生讳璟，……所著《属玉堂传奇》十七种。"

按，《红蕖记》《十孝记》《分钱记》之曲入选胡文焕《群音类选》。据徐朔方考证，《群音类选》约成书于万历二十一年（1593），故三剧当于之前问世。冯梦祯《快雪堂日记》于万历三十年（1602）九月二十五日记事云："赴吴文倩之席，邀文仲作主，文江陪，吴徽州班演《义侠记》。"可知《义侠记》创作必在此之前。另外，吕天成《义侠记序》言："先生（沈璟）红牙馆所著传奇、杂曲凡十数帙，顾人罕得窥。先是，世所梓行者，惟《红蕖》《十孝》《分钱》《埋剑》《双鱼》凡五记……予所梓行者惟《合衫》……乃予尝从先生属玉堂，乞得稿本如

《义侠》《分柑》《桃符》《凿井》《鸳衾》《珠串》《结发》《四异》《奇节》，凡九记，手授副墨，藏诸楗中。而《义侠》则半野主人索去，已梓行矣。"该序作于万历三十五年（1607），从中可知：此时沈氏传奇已刊印七种，未刊八种。未提及《坠钗记》、《博笑记》及《同梦记》，三者可能在此之后问世。

王骥德《曲律》云："《红蕖》蔚多藻语。《双鱼》而后，专尚本色。"又言："吴江诸传如老教师登场，板眼场步，略无破绽，然不能使人喝采。""词隐传奇，要当以《红蕖》称首。其余诸作，出之颇易，未免庸率。""词隐所著散曲《情痴呓语》及《词隐新词》各一卷，大都法胜于词。《曲海青冰》二卷，易北为南，用工良苦。"吕天成《曲品》评《红蕖记》云："著意铸裁，曲白工美。郑德璘事固奇，无端巧合，结撰更异。先生自谓：字雕句缕，止供案头耳。此后一变矣。"又，祁彪佳《远山堂曲品》云："此（《红蕖记》）词隐先生初笔也。记中有十巧合，而情致淋漓，不啻百转。字字有敲金戛玉之韵，句句有移宫换羽之工。至于以药名、曲名、五行、八音及联韵、叠句入调，而雕镂极矣。先生此后一变为本色，正惟能极艳者方能极淡。"《南北词广韵选》卷首韵："余选词于《红蕖》独多，非爱其词也。沈先生部伍甚严，用韵亦慎，且十九韵以备。"徐复祚《曲论》云："沈光禄璟著作极富，有《双鱼》《埋剑》《金（分）钱》《鸳衾》《义侠》《红蕖》等十数种，无不当行。《红蕖》词极赡，才极富，然于本色不能不让他作。盖先生严于法，《红蕖》时时为法所拘，遂不复条畅。然自是词家宗匠，不可轻议。"凌濛初《谭曲杂札》云："沈伯英审于律而短于才。亦知用故实、用套词之非宜，欲作当家本色俊语，却又不能，直以浅言俚句，绷拽牵凑。自谓独得其宗，号称词隐。"

按，沈璟为官期间，以诗文创作为主。乾隆《吴江县志》载，沈璟有《属玉堂诗文稿》四卷，而《吴江沈氏诗集录》称其有诗文《属玉堂稿》二卷。二书已佚。《吴江沈氏诗集录》收录沈璟诗14首，清周廷谔《吴江诗粹》收录13首，去其重复，现存23首。

沈璟在蒋孝《旧编南九宫谱》基础上纂成《南曲全谱》，影响甚大，时人誉之为"皎然词林指南车"。

李鸿《南词全谱原叙》云："（沈璟）息轨杜门，独寄情于声韵，常以为吴歈即一方之音，故当自为律度，岂其矢口而成，漫然无当，而徒取要眇之悦里耳者！性虽不食酒乎，然间从高阳之侣出入酒社间。有善讴，众所属和，未尝不倾耳而注听也。乃淫哇充耳，习以成非。纵令遏行云、绕梁栭，非其伤于趋数，则已溺于啴缓，比之丝竹，终不足以谐五音而调律吕。果信阳春之难，而叹世之为下里巴人者众也。于是，始益采摘新旧诸曲，不颛以词为工，凡合于四声，中于七始，虽俚必录。大要本毗陵蒋氏旧刻，而益广之。俗所名为板眼，亦必寻声校定。一人倡，万人和，可使如出一辙。是盖有数存焉。亦人所胥习而不察者也。此书既成，微独歌工杜口，亦几令文人辍翰，如规矩之设而不可欺以方员（圆）。岂不为词海之伟观乎！"又，徐大业《书南词全谱后》云："南曲仅存毗陵蒋惟忠所谱之《九宫十三调》，每调各录旧词为式，又骎骎失传。词隐先生乃增补而校定之，辨别体制，分厘宫调，详核正犯，考定四声，指摘误韵，校勘同异，句梳字栉，至严至密。而腔调则悉遵魏良辅所改昆腔，以其宛转悠扬，品格在诸腔之上，其板眼、节奏，一定不可假借。天下翕然宗之。"

吕天成《曲品》云："嗟曲流之泛滥，表音韵以立防；痛词法之蓁芜，订《全谱》以辟路……运斤成风，乐府之匠石；游刃余地，词坛之庖丁。此道赖以中兴，吾党甘为北面。"徐复祚《曲论》云："至其所著《南曲全谱》《唱曲当知》，订世人沿袭之非，铲俗师扭捏之腔，令作曲者知其所向往，皎然词林指南车也。我辈循之以为式，庶几可不失队（坠）耳。"张琦《衡曲麈谭》云："至沈宁庵则究心精微，羽翼谱法，后学之南车也。"冯梦龙《太霞新奏后序》云："先辈巨儒文匠，无不兼通词学者，而法门大启，实始于沈铨部《九宫谱》之一修。于是海内才人，思联臂而游宫商之林。"沈德符《顾曲杂言》亦云："年来俚儒之稍通音律者，伶人之稍习文墨者，动辄编一传奇，自谓得沈吏部九宫正音之秘。"又，凌蒙初《谭曲杂札》云："越中一二少年，学慕吴趋，遂以伯英开山，私相服膺，纷纭竞作。"

另有曲学著作《正吴编》《论词六则》《唱曲当知》《南词韵选》《考定琵琶记》《评点时斋乐府指迷》等。

《家传·宁庵公传》言："（沈璟）所著有《论词六则》《正吴编》及诸传奇杂咏，并增订《九宫词谱》行于世。自元明诸名家以来，未有集成如公者也。"王骥德《曲律》言："松陵词隐沈宁庵先生，讳璟。……又尝增定《南曲全谱》二十一卷，别辑《南词韵选》十九卷。又有《论词六则》《唱曲当知》《正吴编》及《考定琵琶记》等书。"乾隆《吴江县志》云："璟……告归后，寄情词曲，自号词隐生。尝评点沈义甫《乐府指迷》一卷，增订蒋孝《南九宫十三调词谱》为《南词全谱》二十一卷，撰《论词六则》《正吴编》一卷，皆为审音家所宗。"

沈璟曲学主张有二，一是强调"依律合腔"，一是崇尚本色。在此影响下，逐渐形成以沈璟为领袖的戏曲派别——"吴江派"。

沈璟"依律合腔"的主张在其【商调·二郎神】《论曲》套中得到集中表达："何元朗，一言儿启词宗宝藏。道欲度新声休走样。名为乐府，须教合律依腔。宁使时人不鉴赏，无使人挠喉捩嗓。说不得才长，越有才，越当着意斟量。……曾记少陵狂，道细论诗晚节详。论词亦岂容疏放？纵使词出绣肠，歌称绕梁，倘不谐律吕也难褒奖。耳边厢，讹音俗调，羞问短和长。"其《致郁蓝生书》亦将"硁硁守律"作为其剧作主要特点。沈璟《答王骥德》中明确提出："鄙意僻好本色。"

王骥德《曲律》云："自词隐作词谱，而海内斐然向风。衣钵相承，尺尺寸寸守其矩矱者二人，曰吾越郁蓝生，曰槜李大荒逋客。"沈自晋《望湖亭》传奇首出《叙略》第一次勾画出吴江派的阵容："词隐登坛标赤帜，休将玉茗称尊。郁蓝继有檞园人，方诸能作律，龙子在多闻。香令风流成绝调，幔亭彩笔生香，大荒巧构更超群。鲰生何所似？颦笑得其神。"按，"词隐"即沈璟，"玉茗"即汤显祖，"郁蓝"为吕天成，"檞园人"为叶宪祖，"方诸"为王骥德，"龙子"为冯梦龙。"香令"为范文若，"幔亭"为袁于令，"大荒"为卜世臣，"鲰生"乃自晋自谦之词。

以此为准，吴江派共有作家九人。青木正儿《中国近世戏曲史》增顾大典一人。钱南扬《谈吴江派》又增史槃、汪廷讷、沈自征、吴炳、胡遵华五人，并认为吴江沈氏家族及亲戚朋友有作品见于沈自晋《南词新谱》的三四十人，亦应属吴江派。徐朔方《晚明曲家年谱·沈璟年谱》则认为徐复祚、许自昌也应归入该派。

参考文献

沈璟：《沈璟集》，徐朔方辑校，上海古籍出版社，2012。

沈璟：《南曲全谱》，载王秋桂《善本戏曲丛刊》第三集，台湾学生书局，1984。

沈自晋：《南词新谱》，载王秋桂《善本戏曲丛刊》第三集，台湾学生书局，1984。

潘柽章辑《松陵文献》，清康熙癸酉刻本。

沈祖禹、沈彤辑《吴江沈氏诗集录》，清乾隆五年（1740）刻本、同治六年（1867）刻本。

倪师孟等修《乾隆吴江县志》，清乾隆十二年（1747）刻本。

沈始树辑《吴江沈氏家传》，民国吴江柳氏红格钞本。

沈光熙等修《吴江沈氏家谱》，民国二十年（1931）钞本。

朱万曙：《沈璟评传》，中国戏剧出版社。1992。

徐朔方：《晚明曲家年谱》第一卷，浙江古籍出版社，1993。

郝丽霞：《吴江沈氏文学世家研究》，复旦大学出版社，2009。

凌敬言：《词隐先生年谱及其著述》，《文学学报》1939年第5期。

李真瑜：《吴江沈氏文学世家与明清文坛的关系》，《文学遗产》1999年第1期。

作者简介

魏洪洲，男，文学博士，河北师范大学文学院副教授，从事明清文学及曲学研究，曾发表《南九宫"仙吕入双调"新探》等文。

许善长传笺*

马丽敏

摘　要：许善长，字季仁、元甫，号玉泉樵子。杭州仁和人。生于道光三年（1823），卒于光绪十七年（1891）。道光二十九年（1849）举优贡。咸丰六年（1856）起宦居京城十余年，任内阁中书、实录馆详校官等职。同治八年（1869）开始外任江西等地。性好词曲，著有《瘗云岩》《风云会》《茯苓仙》《灵娲石》《神山引》《胭脂狱》六种曲，为晚清戏曲家之代表。

关键词：许善长　传记　戏曲家　晚清

许善长，道光三年（1823）生。字季仁、元甫，号玉泉樵子。杭州仁和人，原籍湖州德清。

民国石印本《德清许氏族谱》"善长"条载："善长，字元甫，一字季仁，行四。"另，民国《德清县新志》卷八《人物志·名业》中"许善长"条载："字伯与，一字沐生。"而民国石印本《德清许氏族谱》"善同"条则记载："善同，字伯与，一字沐生。""伯与""沐生"是否为许善长字存疑。许善长《谈麈》卷四"归舟安稳图"条载："余生于道光癸未（1823）。"《谈麈》卷一下题有"仁和许善长季仁甫纂"。《风云会》首页有"西湖玉泉樵子填词"。《胭脂狱·自叙》云："光绪甲申

---

* 本文系黑龙江省哲学社会科学研究规划项目"俞樾与晚清文学思潮嬗变研究"（编号：13C047）的阶段性成果。

(1884)春日玉泉樵子自叙。"秀水庄仲方为许善长之父许延敬所作《许生君修家传》载:"生讳延敬,字君修。……世居湖州德清,布政公侨寓于杭,生遂占籍为杭之仁和人。"

自明中叶以来,许氏数世诗书传家。善长祖父宗彦,字积卿,号周生。乾隆五十一年(1786)举人,嘉庆四年(1799)进士,授兵部主事,两月即以亲老引疾归,不复仕,居杭州,杜门著书。著《鉴止水斋集》二十卷。祖母梁德绳,为名臣梁诗正(1697~1763)孙女、梁敦书女,号楚生。幼工诗词,性耽吟咏,著《古春轩诗词》二卷、《古春轩词钞》一卷、《古春轩文钞》一卷。

《谈麈》卷一载许善长堂兄许善衍所作"述祖德诗",历数明中叶以来许氏迁徙状况,始祖自皖到浙,至许善长时已历十六世,科甲不断,书香传家。诗曰:"颜公著庙碑,龚生创祠堂。卓彼古贤哲,祖德同宣扬。念我太岳胄,上世家南疆。昔在明中叶,始祖号叔刚。复自皖公山,择地来吴羌。(即乾元山)躬耕乌山畔,乐道城东乡。七传尚书公,蓄久门闾昌。(五世祖南庄公、六世祖介山公,均明诸生,至公讳孚远,甫通籍,为南京兵部尚书,卒谥恭简。)大廷献三策,宣读声琳琅。为学通天人,守道慎行藏。(张江陵当国,公引退,后因高新义荐起,见《明史·儒林》本传。)旋自水部出,中外资历扬。八闽建节钺,盛烈垂旂常。平日师文成,流弊必力匡。讲堂启觉觉,从者刘与黄。(归田后启觉觉堂于慈相寺南,主讲刘念台,为公入室弟子,黄南雷《明儒学案》登公卷首,重师传也。)八世官比部,主谳精且详。(讳大受,荫生,官刑部郎中。)九世察孝廉,身退声弥芳。(讳元钊,天启丁卯举人,因乱不上春官。)十世字隽臣,读书穷青缃。登第入词馆,谏院曾翱翔。(讳伟,顺治己亥翰林,官至礼科给事中。)所争得大体,不妄上弹章。继起高高祖,翰墨精钟王。辛壬战再捷,天路高腾骧。西江拜郡守,民始知蚕桑。(公讳镇,康熙辛卯、壬辰联捷,由翰林出守南昌。按《南昌府志》,公为国朝循吏第二人。江右素不知育蚕,有之,自公始。)归来无长物,有诗盈奚囊。高祖官广文,俎豆依宫墙。擢第肯堂构,积善有余庆。(公讳家驹,乾隆丁卯举人，甲戌登明通榜，授西安教谕。）笃生大方伯，甘露呈奇祥。乡荐领解首，骏誉擅词场。南宫捷亚魁，入备薇省郎。陈臬来滇南，南为民之望。开藩至粤东，东作邦之光。宦游三十载，儒素安糟糠。皇恩许归养，俾尔寿而康。（公讳祖京，乾隆乙酉选拔，戊子解元，己丑联捷，授中书，历涖至广东布政使，乞养归。）大父青云器，与古相颉颃。髫龄掇巍科，养志归东冈。藏书齐邺侯，折券师孟尝。湖山性所好，卜居古余杭。著作高等身，海宇名氏香。倾倒相国阮，追陪学士梁。（公讳宗彦，乾隆丙午举人，嘉庆己未进士，授兵部主事，即引疾归。）遗谋及诸父，宏达皆岩廊。我父登贤书，先后同雁行。（先君讳兆奎，道光辛巳举人，叔父讳延润，己亥举人。）五策入乙览，御烛垂辉煌。曾司越郡铎，后学式津梁。成均课士久，王命监京仓。命途嗟已舛，春华陨秋霜。小子竟无造，潜德惧弗彰。"

《谈麈》卷一"鉴止水斋"条载："先祖驾部公，嘉庆己未成进士。是科得人最盛，时人比之康熙己未、乾隆丙辰鸿博科。总裁为朱文正公（珪），副之者刘文恪（权之）、阮文达（元）、满洲文远皋先生（宁）。驾部公性恬淡，分曹兵部两月即以亲老引疾归，不复仕，居杭州之如松坊。阮文达为传曰：'君生有异质，九岁能读经史，善属文，刘文正公甚器之，青浦王公昶爱其才，作《积卿字说》（二字先祖号也），载《春融堂集》。己未所得士，经学则有张惠言等，小学则有王引之等，词章则有吴鼒等，兼之者积卿乎！'师友之相契如是。后复联之以婚姻。公引归后日惟杜门著书，构书舍于宅之北，为鉴止水斋。有曹生者为架岩壑、叠坡陀，斋轩、室皆有阁，具园林之胜，春秋佳日觞咏于兹。所集名士如姚笙华（樟）、屠琴坞（倬）、胡以庄（敬）、家青士（乃济）、家玉年（乃穀）、家滇生（乃普），诸先生排日清课，诸作皆载《鉴止水斋集》中。……五十一岁卒。自撰挽联云：'月白风清其有意，斗量车载已无名。'……时腊月廿二日也。有《鉴止水斋集》二十卷行世。"

民国《德清县新志》卷八《人物志·儒行》中"许宗彦"条载："字积卿，号周生，祖京子。九岁能读经史，善属文，青浦王昶爱其才，作《积卿字说》。十岁即不从师，经史文章皆自习之。清乾隆丙午举于乡，嘉庆己未成进士，授兵部主事。是科得人最盛，朱文正珪曰：'经学则有张惠言等，小学则有王引之等，词章则有吴鼒等，兼之者宗彦乎！'性孝友，神志澄淡，见者肃然敬之。入兵部两月即以亲老引病归，连丁内外艰。既免丧，犹栾栾然恶衣疏食，恬澹无宦情，遂不复仕，居杭州，杜门读书。于学无所不通，探迹索隐，识力卓然，发千年儒者所未发。著有《鉴止水斋文集》十二卷、《诗》八卷。集多说经之文，其学说能持汉宋学者之平。……诗古文辞，匠心独出，卓卓可传。年五十一卒。（蔡之定撰传）"

《谈麈》卷一"古春轩琴娘词"条载："祖母梁恭人，文庄相国女孙、山舟学士犹女、冲泉司空之少女也。幼工诗词，归我驾部公后唱和不少。驾部公弃世，自操家政，吟咏稍间，然性耽此，得暇即手一卷，至更深犹诵声不辍，著《古春轩诗词》二卷。"《古春轩诗钞》卷首阮元所作《梁恭人传》载："恭人姓梁氏，名德绳，号楚生，兵部车驾司主事德清周生许君宗彦配也。……予于驾部相契深，且素重恭人贤，所生女婆为予五子妇，因知恭人之贤而才又最悉。……恭人生于乾隆辛卯年（1771）十月初五日卯时，卒于道光丁未年（1847）三月初八日子时，年七十有七。"民国《德清县新志》卷九《人物志·列女》中"梁德绳"条载："号楚香，梁文定相国孙女，适邑人许宗彦。幼工吟咏，得阮文达指授而益精，著有《古春轩诗词钞》，文达为之序。（采访册）"按：民国《德清县新志》"梁文定相国"有误。"文庄相国"乃梁诗正，浙江钱塘人，谥号文庄，《清史列传》卷二十有传。长子梁同书，号山舟。次子梁敦书，字冲泉，《清史列传》卷二十有传。另，梁德绳之号，阮元传中云"楚生"，民国《德清县新志》中云"楚香"；因阮、许两家有通家之好，应以阮元之说为准。

父延敬，字君修。屡踬于场屋，南北乡闱六试皆黜，后遵例捐府同知，分发福建，因捍灾御患，劳瘁致疾而亡，年三十岁。著《华藏室诗钞》一卷。母庄宜人，亦早亡。

《谈麈》卷一"述哀"条载:"先君司马公,年十四居父忧,悲哀尽礼。伯仲六人,长、次、三居德清原籍,先君居第四,上事母,下诲两弟,家事井井。道光辛巳,吾母庄宜人来归,大母梁恭人性严明,宜人能得欢心。甲申岁,先君入仁和学,南北乡闱六试皆黜。叹曰:'先世以科第显,我年未及壮,岂求速化,但亲老家贫,得不为禄养计乎!'尊例捐府同知,分发福建,到省三月即权邵武同知事。同知官为闲曹,先君以惠政逮民,民德之。迨谢事未行,而县苦水灾,斗米千钱,县令杨某暴卒。民惶怖,相与语曰:'捍灾御患,非才且廉者不能,才且廉者舍许侯而谁?'因合词呈请摄县事。知府刘公据以达上官,许之。时方设厂平粜,先君严立程式,使吏不得侵渔,又虑下贫之,无以得食也,兴修城垣,以工代赈,全活者甚众。时方酷暑,先君平明至厂,烈日中上城督修,挥汗如雨,以此劳瘁致疾,未一月而薨。呜呼痛哉!时在道光甲午年九月十八日,享年三十,(不孝)才十二岁。卒之日,士民入吊,皆哭失声,十一月奉丧归。次年正月,庄宜人产遗腹,不育,产后得病,实由伤感所致,二月四日又弃(不孝)而长逝。……先君著有《华藏室诗》一卷。"按,《华藏室诗钞》正文题有"仁和 许延敬 君修"。其后所附秀水庄仲方《许生君修家传》载:"生讳延敬,字君修。……世居湖州德清,布政公侨寓于杭,生遂占籍为杭之仁和人。"阮元所作《梁恭人传》载:"延敬屡踬于场屋,援例以府同知赴闽,迎恭人就养,未及一载殁于官,恭人抚遗孤善长,挈归杭,复如所以教其子者以教孙。"

　　《谈麈》卷三"映雪楼诗存"条载:"外祖庄芝阶先生(仲方),嘉庆庚午孝廉,以荫得中翰,不求仕进,杜门读书,著《映雪楼文钞》,渊懿古茂,深得史汉精意。《碧血录》一编,其论断无一字不严谨。而不甚为诗,为亦不存也。今读吾杭振绮堂汪氏所刊《清尊集》存诗数首,因录之。"

　　善长转益多师,先后受业于项蟾采、沈云、宋肇昌、沈璜、郑邦立等。

　　《谈麈》卷一"项小鹤先生"条载:"项小鹤师(蟾采)以附贡肄业

成均，入英相国幕中有年，屡试京兆不得志，憔悴以归，设砚予家三年。予才十四，师循循善诱，后以老迈辞归。贫且病，郁郁不自聊，遗书别友，自沉于江，良可伤已。"卷一"沈闲亭师"条载："予受业师德清沈闲亭先生（云），辛卯孝廉。"卷三"宋幼海"条载："同邑宋幼海（肇昌），道光乙未孝廉，与家叔芷渌公更称莫逆。壬寅岁设帐其同年吴薇客家，教其子弟，课余常主于余家，颇承青目。素患喘疾，后成丁未进士，出宰甘肃张掖，以地寒苦，旧疾时举，遂告归，掌教石门书院有年。"卷三"沈竹虚师"云："师姓沈氏，名璜，号竹虚。钱塘人，家小螺蛳山。……师行九，髫年入泮，初应岁试，取合属古学第一，老宿皆骇然。食饩后尤卓卓有声，及门甚重。予于丁未、戊申问学两年。师登己酉乡榜，己未成进士，官刑部，值家乡兵乱，遂告归。……生平著述，自出机杼，清刚隽上，不同凡响。"卷一《郑千仞先生》条载："业师衢州郑千仞先生（邦立），博学能文，成进士，性拘谨，以县令签发陕西，半途引疾归，改教待铨，设帐予家。……后铨宁波教授，与同官不合，又引疾归。"

道光二十三年（1843）初应乡试。道光二十九年（1849）举优贡。咸丰二年（1852）朝考报捷。咸丰六年（1856）任内阁中书，自此宦居京城十余年。其间于同治元年（1862）任《文宗显皇帝实录》详校官，同治二年（1863）奉命录《宝谱》等。

《谈麈》卷一"乩示闱题"条载："道光癸卯（1843）予初应乡试。"民国《德清县新志》卷六《选举志·贡生》条载："许善长；己酉（1849）优。"民国石印本《德清许氏族谱》"善长"条载："道光己酉（1849）优贡，试用训导，升用六部主事。本衙门撰文内阁中书协办侍读，宝录馆详校官，方略馆校对官，国史馆校对官。"民国《德清县新志》卷八《人物志·名业》中"许善长"条载："道光己酉以优贡试乡闱，不售，由训导改官内阁中书，派充实录馆详校官，奉旨以同知在任候选。迨《文宗实录》告成，奉俞旨免选同知，以知府用并加道衔。"《谈麈》卷三"录破简中二则"条载："壬子（1852）报捷。朝考时，殿撰章采南（鋆）,编修杨滨石（泗孙）、潘伯寅（祖荫）,皆青年鼎甲,联坐一处。"按：许善长应是以优贡参加朝考,民国《德清县新志》卷六《选举志·进士》中道光三十年以后至咸丰年间,以及道光、咸丰年间的"举人"中,皆无许善长。《谈麈》卷一"南归见道中题壁"条载："道光庚戌（1850）秋八月出都,见临城驿题壁云：'一第不成真细事,回思遗泽转潸然。试看今岁登科纪,犹是先皇三十年。'忠厚和平,真得诗人之旨。是岁偕行者为陶肖农（守廉）、周笃甫（悜然）、方碧珊（宗城）三同年,途中唱和之作成帙,惜存碧珊处,未经钞录,都不记忆。今碧珊归道山,笃甫守于秦,肖农令于吴,予亦冷宦京师几十年矣。"《谈麈》卷四"赵拗葵"条载："丙辰（1856）余入都供职。"《谈麈》卷二"实录"条载："同治元年（1862）恭纂《文宗显皇帝实录》,稿本将成,八月咨取各衙门司官充校对,共三十二人。内阁八人、吏部四人、户部四人、礼部四人、兵部三人、刑部四人、工部三人、国子监二人。于三十二人中复派详校八人,余皆为初校,（长）得与详校之列。"《谈麈》卷一"宝谱"条载："癸亥（1863）春三月,奉命录《宝谱》,（善长）与杨子恂前辈（仲愈）共襄厥事,得以仰瞻国宝共二十五方。曰'大清受命之宝'（以章皇序）,曰'皇帝奉天之宝'（以章奉若）,曰'大清嗣天子宝'（以章继绳）……"

同治八年（1869）开始外任江西,先后管理河口、湖口、饶郡、吉安等地厘局。光绪二年（1876）署建昌府,六年（1880）、十年（1884）两署广信。其间三任江西文闱内帘监试、武闱监试。有政声。

民国《德清县新志》卷八《人物志·名业》中"许善长"条又载："同治八年（1869）,签发江西,办理河口厘局。时值凋敝之余,剔弊厘奸,三载有奇,收数称旺。光绪乙亥（1875）恩科充文闱内帘监试。次年二月,署建昌府事,莅任后适水发,毁城郭,毙人民,乃设法赈济,添设渡船,散给粮糗,全活綦众。六年（1880）署广信府,添信江、双桂、灵山三书院膏火,进其秀者督教之。十年（1884）六月,复事广信,凡有益于民生、学校者,靡不极意讲求。是年春雨浃旬,溪涨上饶（饶）、铅山两邑通衢,冲塌至百余里。集乡人之好义者,谋修治计,捐廉创,募至五千余金,不数月而周道坦坦,行者称许公路。乙酉科(1885)充武闱监试,旋办湖口厘务,复充己酉恩科内帘监试。十六年(1890)春任吉安厘局,破除情面,搜剔积弊,报解独盈,上官以其谨廉留办半载。三摄府篆,矜惜民命,稍有纤毫出入,必折之于中而后已,故每去任,民多依恋,若失慈母。"按:"复充己酉恩科内帘监试"有误,光绪朝无己酉年,当为己丑恩科。

民国石印本《德清许氏族谱》"善长"条载:"钦加道衔江西即补知府,奏署建昌、广信府知府。历充光绪乙亥(1875)、己丑(1889)恩科江西乡试内帘监试,乙酉科(1885)江西武闱监试。"《谈麈》卷三"厘局联"条载:"予己巳(1869)冬摄河口镇牙厘局事。"《谈麈》卷三"秋闱纪异"条载:"光绪纪元(1875)乙亥恩科,余充江右内帘监试。"《谈麈》卷四"吴子登"条载:"甲戌岁(1874)余权厘湖口。"《谈麈》卷三"记游荐福寺"条载:"予于光绪丁丑(1877)权厘饶郡。"《谈麈》卷四"信州校士馆"条载:"余于光绪庚辰(1880)四月摄信州郡篆。"《谈麈》卷四"悼亡"条载:"余官中书,从余入都……及以知府次江西,屡司権税……丙子权建昌……庚辰权广信,莅任数月。"《谈麈》卷四"信州杂志"条载:"余于庚辰四月摄篆信州,阅五月而交替,迄甲申六月复有信州之役,至乙酉四月交替。……余于同治己巳冬司権河口,迄壬申秋交替,曾三至郡城。光绪庚辰、甲申两摄郡篆。舟楫所过,堤草岩花,均如旧友,何论人民。"

卒于光绪十七年(1891),年六十九岁。诰授中宪大夫,晋授资政大夫。妻孙氏,生道光二年(1822),卒光绪七年(1881),年六十岁。子一人,名德滋。女二人,长适钱塘张宗瀚,次适仁和方济宽。

民国石印本《德清许氏族谱》"善长"条载:"诰授中宪大夫,晋授资政大夫。生道光癸未(1823)正月初六日子时,卒光绪辛卯(1891)七月初七日辰时,年六十九岁。配孙氏,出安徽休宁。诰封恭人,晋封夫人。生道光壬午(1822)四月二十一日,卒光绪辛巳(1881)正月十一日,年六十岁。生德滋。女二,长适钱塘张宗瀚,次适仁和方济宽。"
《谈麈》卷四"悼亡"条载:"先室孙恭人,为海阳巨族,世居草市。祖球,乾隆辛卯举人,掌福建道监察御史,重宴鹿鸣,加四品衔。父承勋国子监。生母许氏,吾姑也。次年(1881)正月十一日亥时殁于寓舍,距生于道光壬午年四月二十一日辰时,年正六十。"

善长性好词曲,所作有《瘗云岩》《风云会》《茯苓仙》《灵娲石》《神山引》《胭脂狱》六种,与《谈麈》《香销酒醒曲》合为《碧声吟馆丛书》。另有诗词集《碧声吟馆倡酬录》《碧声吟馆倡酬续录》。

民国《德清县新志》卷八《人物志·名业》中"许善长"条载:"学问以继述为心,专意经术,于辞章传句之学恒泛泛焉。善于倚声之作,著有《碧声吟馆》各集及《诗余》《谈麈》等书。"《谈麈》卷四"赵㧑叔"条载:"余性喜金元乐府,撰数种。"《灵娲石》卷首玉泉樵子自叙云:"屈到嗜芰,刘邕嗜痂,性各有所偏也;佝偻承蜩,蜣螂搏粪,情各有所专也。自古性情之用,未能执一,余之爱词曲,无乃类是,暇辄为之。"

善长自幼即喜好词曲。《谈麈》卷二"拙宜园乐府"条曾记其少时读戏曲事:"海盐黄韵珊孝廉(燮清),少年才华藻赡,腾誉一时。学使陈硕士先生(用光)赏其词赋,取《池北偶谈》一则,命为《鸳鸯镜》乐府,稿成,先生叹赏不已。予幼时即乐诵之,最爱其《忏情》一出,幽微婉妙,惜不记忆。近于友人处假得《帝女花》《桃溪雪》二册,把卷读之,如晤故人。摘录《帝女花·觞叙》一出,云……《桃溪雪·吊烈》一出,云……二出皆全部归束,聚精会神,一字一珠,令人一读一击节。"

《碧声吟馆丛书》十二册,首册封面写有《瘗云岩》《燕脂狱》《茯苓仙》《灵娲石》《神山引》《风云会》《谭麈》《香消酒醒》,南昌文德堂藏板。正文中《谭麈》写为《谈麈》或《碧声吟馆谈麈》;正文中《香消酒醒》为《香销酒醒曲》。《胭脂狱》在《碧声吟馆丛书》首册封面及本册封面皆作《燕脂狱》,而正文夹缝处写作《胭脂狱》,且其卷首附有《聊斋·胭脂传》本事，因此应为《胭脂狱》。《灵娲石》包括《伯嬴持刀》《忠妾覆酒》《无盐拊膝》《齐婧投身》《庄侄伏帜》《奚妻鼓琴》《徐吾会烛》《魏负上书》《聂姊哭弟》《縻女救夫》，附录《西子捧心》《郑袤教鼻》。

戏曲应作于外放江西后。《碧声吟馆倡酬录》有陆和钧《癸亥六月五日偕曹子贤、许季仁十汊海酒楼观荷，季仁谱金元乐府，余成十绝句》一诗，提及善长著戏曲，但未提及名字。癸亥为同治二年（1863）。《碧声吟馆倡酬录》后许善长怀旧友时提及："余年来亦颇爱摹金元乐府，已成数种，惜未及同订宫商。"时间为光绪二年（1876），此时其已任江西各职有年。

善长戏曲作品按创作时间先后排列。《瘗云岩》卷首有南屏郑忠训茂斋甫序，时在庚午（1870）仲冬月下浣。《风云会》无创作时间，在《碧声吟馆丛书》首册封面，《风云会》在《神山引》之后、《谭麈》之前。但在《碧声吟馆倡酬录》中，许善长《肖农寄示前诗依韵酬答》之二云："喜按红牙每彻宵，敢将瓦缶比箫韶。艳情偶尔传双佩，逸事从新谱六朝。（谓所著《瘗云岩》《风云会》传奇）却笑绮词何必忏，须知豪气未全消。借人杯酒摅吾抱，世眼凭他小似椒。"按：此诗和陶守廉（字肖农）《甲戌除夕》，甲戌岁为同治十三年（1874）。此诗后为许善长光绪丁丑夏五月所作诗，丁丑为光绪三年（1877）。因未提及作于光绪二年（1876）的《茯苓仙》，姑将《风云会》至于《瘗云岩》后、《茯苓仙》前。《茯苓仙》卷首写道："光绪丙子（1876）冬仲玉泉樵子戏笔。"《灵娲石》卷首玉泉樵子自叙云："光绪癸未（1883）秋七月玉泉樵子自叙于碧声吟馆。"《胭脂狱·自叙》云："余既成《神山引》八出（按：可见《神山引》在《胭脂狱》前），观者谬加许可。或曰：'子以随园诗注云康熙十五年事信以为真，因有是制。'……光绪甲申（1884）春日玉泉樵子自叙。"

其戏曲皆有所本，考订详晰。《瘗云岩》卷首附有柳江情痴子《爱云小传》。《风云会》本《虬髯客传》。《茯苓仙》本《麻姑仙坛记》及

《建昌府志》。《灵娲石》"论列国名姝之可记者"而作。《神山引》卷首附《聊斋·粉蝶传》与随园《神山引》。《胭脂狱》卷首附有《聊斋·胭脂传》。

一时题咏唱和甚多,如黄子俊为《瘗云岩》题词云:"离恨绵绵莫问天,红颜黄土我犹怜。凭谁乞取鸳鸯牒,为结来生未了缘。"彭玉麟《风云会传奇题词》云:"出风入雅,齿颊生香,洵才子文章,英雄气概,敬佩敬佩!"

《谈麈》取随时闻见、麈尾助谈之意。《题辞·自题谈麈》云:"不续《夷坚》著异书,不拘成例仿《虞初》。随时闻见随时记,免似烟云过太虚。""敢将学问向人夸,触发心花迸齿牙。也算偷桃师曼倩,诙谐何不可名家。""酒后灯前客散时,谈经说史绪丝丝。豪情最忆陈惊座,乱坠天花匪所思。(谓《砚传》)""炫奇难免辽东豕,备考姑留亥字珠。道听好教涂说便,不烦穷索累髯苏。""区区小技等雕虫,剩墨零缣记几通。积久居然高寸许,当他麈尾助谈风。"

《碧声吟馆倡酬录》《碧声吟馆倡酬续录》为许善长与同人诗词唱和之集。《碧声吟馆倡酬录·叙》中善长自云:"卷中余诗有云:'同倾绿酒浇忧愤,那禁黄垆感旧时。'持斯二语可概全编。"

善长推重孔尚任《桃花扇》,自云意欲取法一二,其戏曲尚奇而关涉现实,劝惩兼寓,多有所寄托,为晚清戏曲家之代表。

《谈麈》卷四"演桃花扇"条载:"余最爱孔季重《桃花扇》,读五六过矣。虽自著传奇已有六种,欲取法一二,迄未能也。凤闻都门演剧,有《访翠》《寄扇》二出,前后住京师十余载,从未见香扇坠一登氍毹,殊为恨事。"《瘗云岩》卷后海阳逸客庚午谷雨节所作"跋"云:"作者爱读孔季重郎中《桃花扇》而鄙弃笠翁十种,故其为文以细意熨贴为主。此作不半月而成,是其率意之笔,然建安之藻采、齐梁之华腴、元和之古淡,无美不臻。"

《风云会》卷末有许善长跋:"尝思《九歌》寄慨,托言香草美人,四梦传奇,寓意名花倾国,诗以言志,歌以言情,大率类是也。仆幼耽声乐,长涉词章,月夕花晨,偶联觞咏,雨窗灯幔,时托风谣,翻旧例于新编,摈忧愁为陈迹。写英雄之气概,豪迈逾常;摹巾帼之情怀,聪明绝世。偷声减字,漫云望古兴怀;低唱浅斟,聊复及时行乐。所谓只可自怡悦,不堪持赠人者也。乃大惭大好,俨步昌黎;小扣小鸣,暂劳筑氏。不能为杨乔之闭口,讵敢望沈约之知心。嗟乎!白雪无闻,千古久成绝调;黄河远上,双鬟谁解高吟哉。"许善长在《灵娲石》中又云:"余初制此编,与憨寮拟议择可谱者谱之,劝惩兼寓,原无成心,非一律彰美德也。乃憨寮命名曰《女师篇》,出示同人,或曰十二人者不类,如伯嬴等十人,皆可为师,而西子为亡国之孽,郑袖为工妒之尤,岂足并列?余因更名曰《灵娲石》,似于本意无伤矣。或仍以为不然,必欲删去此二出。余不忍割爱,遂附于篇末,亦三百篇正变并存之意云尔。"《茯苓仙》卷首写道:"事不奇不传,传奇而笔不奇则又无可传。……传之难、奇之难也,奇之不难,实传之难也。神仙也,传奇也,则亦归于游戏焉可也。"

善长戏曲以案头化为主。许德裕在《茯苓仙》题词中曾记载其《瘗云岩》被演唱过:"叔曾制《瘗云岩》曲,河口尤有能歌者。"而吴梅评价《文星榜》时提及《胭脂狱》:"援引仅及本书,科白不发一粲。而自负不浅,识者哂之。"卢前《明清戏曲史》认为:"杨蓬海(恩寿)、许玉泉(善长)、陈潜翁(烺)强作解事,未足语于曲律也。"青木正儿《中国近世戏曲史》中也说"许善长之《许氏传奇六种》,皆不足取。戏曲至是,终于达衰落之极矣"。郭英德《明清传奇史》也认为他的作品"仅供案头玩赏,不合场上搬演"。

善长戏曲之人物塑造、思想内容、艺术风格等受到当代学者褒扬。周妙中《清代戏曲史》评价道:"(许善长)写作剧本重视内容和格调,所以他的作品一般都较稳妥,没有轻浮刻薄习气,不作无病呻吟,不因袭俗套是他的优点。……在光绪年间,可算是个不可多得的作家,若与清初诸家相比,则不能相提并论了。""(《灵娲石》)正是通过戏曲形式使得不到读书机会的人学到一些历史知识的好办法。……因此许氏这部剧本较其他各剧更有意义。尤其是《无盐附膝》《庄姪伏帜》《魏负上书》《繁女救夫》等剧本，更涉及到治国安邦的大计。"《中国古典文学名著分类集成·戏曲卷五》所收《徐吾会烛》之后附有梁淑安短评，认为此剧"人物形象颇为生动传神。全剧轻松诙谐，简练紧凑"。郭英德《明清传奇史》认为许善长戏曲"讲究气格风调，别有韵致"。左鹏军《晚清民国传奇杂剧史稿》认为许善长是"以文为曲时寓劝惩"。"（《茯苓仙》）表现众人出世之念，实际上隐含对现实生活同某些丑恶事物的关注和讽刺。""《风云会》曲词比较渊雅，以本色率真为主要风格，较多运用集曲，可见作者学问才具。说白亦多带有文言和书面色彩。""（《瘗云岩》）曲词清爽明快，将文采与本色相结合，说白也简洁晓畅。""（《灵娲石》）全部是单折短剧，情节极为紧凑，演述春秋故事，曲词和说白都整饬渊雅，特色比较突出。……全部取材于春秋列国故事，每一折杂剧着重描写一个女子的性格，寓劝善惩恶之意，在题材处理上可谓别具一格。"

吴藻、陆和钧、郑由熙、张兴仁、张鸣珂、王先谦等与善长有交游，或为其戏曲题词题字。

邓长风《许善长家世及生平补考——美国国会图书馆读书札记之二十八》、晁嵩《晚清曲家许善长研究》涉及许善长的戏曲交游。《谈麈》卷四"家园纪胜"条载："寒家自先祖驾部公周生先生归隐后，手创园林，名鉴止水斋。……驾部公于嘉庆戊寅冬弃世，风流闲寂者十余年。迨道光戊戌、己亥间，先祖母古春老人维持家世，见子孙渐可成立，家业不至颓废，于是重辑园亭，复联觞咏。其时适闺秀竞起，苏州席怡珊夫人，石琢堂先生令媳、敦夫司马室也，为词坛巨擘；他如吴蘋香、沈湘佩，名重一时……每逢佳日，先令子孙辈洒扫洁净。善长已十余岁，略知文墨，以后辈礼厕于其间，折纸磨墨，欣欣然为抄胥。"席怡珊，名慧文，是著名戏曲家石蕴玉的儿媳。吴蘋香，名藻，是嘉道间著名女词曲家，著有杂剧《乔影》。陆和钧（1824~1864），字和伯，号菊笙。戏曲有《如梦缘》。郑由熙（1830~1899以后），字晓涵，号啸岚。戏曲有《雁鸣集》《木樨香》《雾中人》（合称《暗香楼乐府》）。其《晚学斋外集》卷四收有许善长向郑由熙乞题词和题字的短笺；许氏也曾为郑由熙戏曲作过题词。张兴仁，号惕斋。许善长《碧声吟馆倡酬录》后附有张兴仁短剧一折。张鸣珂（1829~1908），字公束，号玉珊。曾为《茯苓仙》《神山引》《灵娲石》撰写题词。王先谦（1842~1917），字益吾，曾为《瘗云岩》题词。李士棻（1821~1885），字芋仙，曾为《瘗云岩》题词。

参考文献

许善长：《碧声吟馆丛书》，光绪间刻本，南昌文德堂藏板。

许延敬：《华藏室诗钞》，道光二十五年（1845）刻本。

梁德绳：《古春轩诗钞》《古春轩词钞》《古春轩文钞》，道光二十九年（1949）刻本。

程森纂，王任化、吴嚚皋修民国《德清县新志》，民国十二年（1923）修，民国二十一年（1932）年铅印本。

无名氏：《德清许氏族谱》不分卷，民国石印本。

赵景深：《许善长年谱略》《碧声吟馆曲话》，载《明清曲谈》，复旦大学出版社，2015。

邓长风：《许善长家世及生平补考——美国国会图书馆读书札记之二十八》，载《明清戏曲家考略全编》，上海古籍出版社，2009。

蔡毅：《中国古典戏曲序跋汇编》，齐鲁书社，1989。

王筱云：《中国古典文学名著分类集成·戏曲卷五》，百花文艺出版社，1994。

青木正儿：《中国近世戏曲史》，王古鲁译，中华书局，2010。

卢前：《明清戏曲史 读曲小识》，中华书局，2014。

周妙中：《清代戏曲史》，中州古籍出版社，1987。

郭英德：《明清传奇史》，江苏古籍出版社，1999。

左鹏军：《晚清民国传奇杂剧史稿》，广东人民出版社，2009。

晁嵩：《晚清曲家许善长研究》，南京师范大学硕士论文，2012。

作者简介

马丽敏，女，文学博士，《求是学刊》编辑部副编审，黑龙江大学明清文学与文化研究中心研究人员，从事明清文学研究。

学术综述

明代前期文人笔记研究述评*

周慧敏

摘　要：成书于明朝前期（洪武至成化间）的文人笔记共有60余种，它们保存了丰富的社会历史资料，呈现出多重文化价值。当前，学术界对明代前期笔记的整理与研究虽取得一定进展，但仍有很大的开拓空间。从学术界关于笔记概念的探讨、明代前期文人笔记研究及笔记文献整理等几个方面，对明代前期文人笔记的研究现状予以系统梳理，将有助于明代前期笔记研究的推进。

关键词：文人笔记　笔记小说　明代

有明一代，笔记作品蔚为大观，但一般人囿于传统观念而将其视为"稗官野史"，认为它们无足轻重，因此从总体上看，学术界对明人笔记的关注和研究还远远不够。总体来看，虽然有部分学者将目光投向明人笔记的整理与研究，但其关注重点多在晚明文人笔记，而对明代前期笔记（洪武至成化间）却关注较少。不过，随着明代前期文学研究的整体推进，尤其是国家社科基金重大项目"全明笔记整理与研究"等的展开，围绕明代前期笔记的整理与研究，前辈学者和当代学人从史料学、文学史和文化史以及个案研究等诸多方面做出的有益探索依然可圈可点，值得总结。本文拟先对有关明代前期文人笔记的研究现状予以全面梳理与总结。

---

* 本文系国家社科基金重大项目"全明笔记整理与研究"（编号：17ZDA257）、黑龙江省社科基金项目"明末清初文人治史笔记研究"（编号：17ZWB113）的阶段性成果。

一　关于"笔记"概念的探讨

从文体学角度来看,笔记与史传及古小说渊源甚深,加之古今小说观念的发展演变,在中国传统目录分类中,笔记从未作为一种独立门类而存在,而是多将之归为小说家或杂家。笔记又称随笔、笔谈、杂识、札记、谈录、谈丛、漫录等,从广义上讲,它"泛指随笔记录、不拘体例的作品。其题材亦很广泛。有的著作可涉及政治、历史、经济、文化、自然科学、社会生活等许多领域,但亦可专门记叙、论述某一个方面"。① 而古人乃至当今学术界又往往将"笔记"与"小说"这两个概念混用,认为"其铺写故事,以人物为中心而较有结构的,称为笔记小说"。② 因此,学界也常常用"笔记小说""笔记小品""野史笔记"等来指称笔记,这就使得笔记的概念含混不清。

20世纪初,上海进步书局出版了《笔记小说大观》,"笔记小说"作为一个概念被正式提出。30年代,江畲经编辑《历代小说笔记选》,林志钧为其作序,序言中提及作者在为是书命名时顾虑颇多,最后"以唐李肇《国史补》体例为法,凡语涉报应鬼神等则去之"③,是以补史为志,兼顾小说、笔记二体。40年代,吴廉铭编成《笔记小说选》,从其选目来看,可知编者完全采用"笔记小说"的概念。以上三家皆未对"笔记小说"进行明确定义。同时期王季思先生在《中国笔记小说略述》中专门探讨了"笔记小说"的内涵与外延,他认为,从内容上讲,学术上的讨论与考订的是笔记而非小说;从小说语体上讲,源自平话或西洋说部及近人白话小说的是小说而非笔记。他根据内容性质将"笔记小说"勉强分为轶闻、怪异、诙谐三类,这只是就叙述之便而分类,并明确指出,一种笔记或笔记内的一篇文字,仍有包含以上两类、三类,甚至涉及经史考

---

① 夏征农主编《辞海》(文学分册),上海辞书出版社,1988,第336页。
② 夏征农主编《辞海》(文学分册),上海辞书出版社,1988,第336页。
③ 江畲经编辑《历代小说笔记选》,商务印书馆,1934,第2页。

证、诗文评论的，因为笔记的性质是随笔杂记，本来就没有严格的限制。在此，王先生不仅参考了笔记的内容与小说的语体特点，还兼及"古小说"的特征。这是"笔记小说"被提出后第一次简单的概念界定。此时，笔记小说等同于笔记。

20世纪80年代以后，以"笔记小说"命名的系列丛书出版后①，这一概念再次引起学界的论辩。刘叶秋《古典小说笔记论丛》指出："笔记，是一种随笔记录的文体，包括史料笔记、考据笔记和笔记小说。"②在《历代笔记概述》中，刘叶秋又进一步指出笔记的本义是执笔记叙，后人"总称魏晋南北朝以来'残丛小语'式的故事集为'笔记小说'，而把其他一切用散文所写零星琐碎的随笔、杂录统名之为'笔记'"。③刘叶秋明确地提出了"笔记"的概念，并将其内容大致分为三类，将笔记小说统摄在笔记的范畴内。之后，陈文新《中国笔记小说史》从传统目录学与文化学角度切入，指出中国古代的文言小说粗略分为笔记小说和传奇小说两种，认为"传奇小说是诗情与想像的结晶。笔记小说则脱胎于子、史，并最终形成了自己的独立品格"。④随后，陈先生又将笔记小说分为志怪小说、轶事小说，并将二者又具体细化为不同类别，指出其有不同的审美旨趣，但其对笔记小说的界定还是杂用了古今小说的概念。周勋初《唐人笔记小说考索》引郑樵《通志·校雠略》之《编次之讹论》："古今编书，所不能分者五，一曰传记，二曰杂家，三曰小说，四曰杂史，五曰故事。凡此五类之书足相紊乱。"⑤并据此指出这是目录学家所深知的甘苦之言，认为"唐人或将小说往杂史方面靠，或将杂史往小说里面塞。但他们都还没有把谈学问的随笔一类著作安排妥当。后代所以出

---

① 1983年江苏广陵古籍刻印社重新刻印《历代笔记小说大观》，台湾新兴书局和上海古籍出版社分别于1987年、1999~2005年陆续出版同名之作，1995年河北教育出版社影印出版周光培所辑《历代笔记小说集成》，以及中华书局从1980年起陆续出版《历代史料笔记丛刊》。
② 刘叶秋：《古典小说笔记论丛》，南开大学出版社，1985，第183页。
③ 刘叶秋：《历代笔记概述》（第2版），北京出版社，2013，第1页。
④ 陈文新：《中国笔记小说史》，台湾志一出版社，1995，第1页。
⑤ 周勋初：《唐人笔记小说考索》，江苏古籍出版社，1996，第20页。

现'笔记小说'一名，当是由于此类困难难以解决而有此一说的"。① 周先生在此明确指出了"笔记小说"这一称呼的由来，但同时又说这一名词的覆盖面比较大，不仅包括杂史类、小说类、考订名物类、随笔类的著作，就连《酉阳杂俎》之类包罗万象的著作也都包括在内，从而将笔记小说的概念最大化，实等同于广义的笔记。吴礼权《中国笔记小说史》一书引据《辞海》对笔记及笔记小说的定义，认为"笔记小说"指具有小说性质、富有文学意趣的笔记作品。这是以现代小说的含义来界定笔记小说。由此出发，吴先生对当今绝大部分学者混用笔记与笔记小说（甚至把考据辨证名物、典章制度以及无关人事的各种丛谈、杂录等也称作笔记小说）的做法持反对意见，但也特别强调笔记小说形式上应篇幅短小，字数每则当在五千字以下，则未免有些主观化，而实际上他已把笔记小说归入笔记的范畴。苗壮《笔记小说史》以是否记叙人物、故事来界分笔记与笔记小说，但又认为难以区分笔记小说和历史琐闻类笔记，因为后者亦有人物、有故事。苗先生认为历史著作要求尽可能客观地记录评述发生过的事件，而"是否有自觉或不自觉的想像虚构，是否有程度不同的艺术加工，便成为笔记小说与杂史琐闻的重要区别"②，事实上，这一标准更适宜界定笔记与笔记小说。

以上各家之言，有的将笔记小说等同于笔记，如王季思、陈文新；有的虽未明确指出笔记小说是笔记中的专门论述，是笔记的一部分，但在实际操作中却将包含这类内容的笔记作品认定为笔记小说，如吴礼权；也有以现代小说概念来界分笔记与笔记小说的，如苗壮。而刘叶秋先生的观点与之相比却是同中有异。相同之处在于也是以今之小说观念来界分笔记与笔记小说，但其着眼点又略有不同。而最大的不同，是他明确地将笔记小说归入笔记范畴，并从历时角度将魏晋至明清的笔记分为小说故事类、历史琐闻类、考据辨证类。第一类"即所谓'笔记小说'，内容主要是情节

---

① 周勋初：《唐人笔记小说考索》，江苏古籍出版社，1996，第20页。
② 苗壮：《笔记小说史》，浙江古籍出版社，1998，第5页。

简单、篇幅短小的故事,其中有的故事略具短篇小说的规模"。① 第二、三类大都是随手记录的零星材料,内容几乎无所不包,极为复杂,只能算作笔记。但刘先生认为这样分作三大类,仍难周密,只是粗举大凡,见仁见智,不能得出一致的结论。

此外,郑宪春在《中国笔记文史》中为笔记正名,只是大略指出"笔记无疑是绝对自由的文体,它可以不拘体例,只要随笔记录便是深得笔记三昧。笔记的名称也是自由的:名无定格"。② 但其后在"笔记的文史分类"中,他又用"笔记小品"来指称笔记,指出其特点一是篇幅短小,二是多一事一记,或是一些片段的摘录。而且,他指出这是包含小品略多的一批笔记,又将笔记与小品混在一起,但又不同于晚明的小品文。

谢国桢先生从非正史角度以"野史笔记"来指称笔记,他在《明末清初的学风·明清野史笔记概述》中说:"凡不是官修的史籍,而是由在野的文人学士以及贫士寒儒所写的历史纪闻,都可以说是野史笔记,也可以说是稗乘杂家。"③ 但其"在野"的概念指代不明,因为很多笔记作者大多在朝为官,因此这一名称有其局限性。而姚继荣《元明历史笔记论丛》因"历史琐闻类"笔记中"史"的内容和倾向十分明显,故以"历史笔记"来指称,这比谢国桢先生以"野史笔记"概称更为合理。石昌渝《中国小说源流》第三章第三节"古小说的分化与演进"中界定笔记小说与野史笔记,认为二者同是笔记文体,都是随笔记录和不拘体例的简短散文,但用"更具文学价值"和"史料价值"分别界定笔记小说与野史笔记,个人认为似有不妥。其"野史笔记"的涵盖内容即前文周勋初所说的笔记小说。石昌渝在书中还指出了笔记与小说依然存在混杂的现状,但没有提出更合理的解决方法。

值得注意的是,以上各家之言基本都是将"笔记"与"小说"纠缠,而孙犁则主张将二者进行拆分,认为这是两码事,"笔记主要是记载一朝

---

① 刘叶秋:《历代笔记概述》(第2版),北京出版社,2013,第4页。
② 郑宪春:《中国笔记文史》,湖南大学出版社,2004,第3页。
③ 谢国桢:《明末清初的学风·明清野史笔记概述》,人民出版社,1982,第89页。

一代的军国大事，朝政得失，典章文物。或是记述一代人物的思想言行。其目的都标榜是为补正史之不足，或是以世道人心为念，记述前事，作为借鉴，教育后人。文字都是简短的，每条自成起讫"，并指出"今天中华书局等出版部门，整理这类书籍，都已经正其名曰'笔记'，如唐宋笔记、明清笔记，不再称'小说'"，又说按照今天小说的含义去分析古代的笔记小说，其中大部分是笔记，但也有一小部分是小说。[①] 这个评价是非常中肯的。

在上述著作中，一些学者对笔记概念进行了界定，此外还有一些论文谈及此问题，其中陶敏、刘再华和袁文春等人的观点值得重视。陶敏、刘再华《"笔记小说"与笔记研究》[②] 一文梳理了"笔记小说"具有代表性的三种观点，指出笔记与小说有亲缘关系，但目录学的小说毕竟是纯文学观念尚未建立、文体研究尚不发达的时代产物，不是文体分类的概念，今天不必要也不应该继续用"笔记小说"来指称全部笔记。至于介乎笔记与小说之间的作品，不妨仍称之为笔记小说，但应该严格限定为笔记体小说，即用笔记形式创作的小说，或被编于笔记中的小说。那些具有较强叙事成分的笔记，作者原是忠实地记录见闻，意在传信，纵涉怪异，也不加虚构、夸饰和渲染，并非"有意为小说"，循名责实，仍当称之为笔记。这一论说很好地解决了笔记与小说在中国古代文学史上长期杂糅共生的问题。袁文春《百年来笔记小说概念研究综述》[③] 一文，以1980年为界分前、后两段进行综论，总结学界百年来对笔记小说的三种态度，大略分成认同、反对与通融。最后以邓云乡、周勋初的观点作结，指出应淡化笔记与笔记小说的概念差异，避免对此纠缠，持一种包容的态度。

以上各家对笔记概念的界定，或从著述体式，或从文体特点，或从内容题材，或从文学手法，或从作用分类，但都从总体上指出了笔记的特点。笔者融合孙犁、陶敏、刘再华等先生的观点，认为：笔记主要是记载

[①] 孙犁：《芸斋琐谈》，新华出版社，2015，第277~278页。
[②] 陶敏、刘再华：《"笔记小说"与笔记研究》，《文学遗产》2003年第2期。
[③] 袁文春：《百年来笔记小说概念研究综述》，《学术界》2012年第12期。

一朝一代的军国大事、朝政得失、典章文物，或是记述一代人物的思想言行、耳闻目见，都标榜是为补正史之不足，或是以世道人心为念，作为借鉴，教育后人。简而言之，即是广见闻，资考证。从著述体式和文体学角度来看，前者即指由一条条相对独立的札记汇编组合而成的著作；后者即是一种以随笔形式记录见闻杂感的文体的统称。其特点：一是散，随笔记录，不拘体例；二是杂，内容包罗万象；三是文笔质朴，不事藻饰。从创作主体而言，一是个人行为，非官纂及朝廷诏修；二是体现个人志趣与见解。也就是说，笔记乃作者随笔记录之作，"散"与"杂"是其基本文体特征。笔记内容大致分为史料类、考据类、故事类、轶事琐闻类。但是，明显属于作者有意虚构的、纯粹的志怪、传奇小说，我们并不视为笔记。

二 关于明代前期笔记的研究

截至目前，学界对明代前期笔记的研究，严格意义上讲，只有个案研究和就某一方面进行的专题研究。

（一）个案研究

明代前期笔记个案研究主要表现在两个方面，一是将笔记置于一个宏观框架下予以提要式概述，二是出现了一系列研究明代前期笔记的论文。

将笔记置于一个宏观框架下予以提要式概述，可分为两类。

其一，以著述形式对笔记作品进行提要式概述，是将其置于目录学下的"子部"和"史部"中，最早也最著名的当属清代《四库全书总目》，它于"史部"之"杂史类"、"子部·杂家类"之"杂考之属"与"杂说之属"、"子部·小说家类"之"杂事之属"著录明代前期笔记26种。除简明扼要地介绍笔记作者与基本内容外，四库馆臣以"书法无隐""褒贬协当"之标准对其进行评价，但出于自身的见闻或好恶，其议论亦有偏颇之处。另外，《续修四库全书总目提要》所收明代前期笔记10种左右，主要介绍作者生平、笔记版本、内容概括等，但从目前所见版本情况来看，此书中个别笔记的版本并非善本。

新中国成立后，将笔记作为独立文体予以简明评述的作品不多，其中具有代表性的是谢国桢《明清笔记谈丛》，该书是谢先生研读明清笔记时所作的一部读书札记。书中对20余种明人笔记的作者、版本、卷帙及主要内容等作了较为详尽的介绍，虽然涉及的明代前期笔记只有《草木子》，但他对笔记中的一些史实能旁征博引进行细致考订，为后人研究明人笔记开辟了治学的门径。其后，刘叶秋《历代笔记概述》以时代为序，对笔记予以分类，其中在"历史琐闻类"笔记中以寥寥数语提及《草木子》的卷帙、篇目及刊行时间，并指出其记元末明初红巾军起义抗元事最详。该书还提及《水东日记》记明代典章、制度较多，但都一语带过，未加详析。

20世纪90年代后，具有代表性的著作当属宁稼雨《中国文言小说总目提要》，是书用今人小说观念进行遴选厘定，将历代公私书目"小说家类"著录的作品尽悉收入，按时代顺序分为五编，每编分为"志怪""传奇""杂俎""志人""谐谑"五类，每类按作者时代先后排列。其中收录明代前期笔记13种，对每种笔记进行概述，包括作者、版本、内容概要、价值、地位等，优点在于指出有些内容成为后世文学的故事源流，不足在于对有些笔记的分类不够合理。石昌渝《中国古代小说总目》（文言卷）从文言小说的角度来审视明人笔记，但收录标准不一，既有单种笔记，又有丛书、类书，其中收录明代前期笔记11种。是书虽较前者晚出，但所述或基本与前同，或有不及前者详细处。其后，朱一玄、宁稼雨、陈桂生编著的《中国古代小说总目提要》的编排体例与《中国文言小说总目提要》不同，分为上下编，上编为文言小说，下编为白话小说，取消了每一编中的五种分类，但所收明代前期笔记的情况是相同的。是书条目增多，包括同书异名的情况，但有些条目更新不及时，存在一些失误。2005年上海古籍出版社刊行《明代笔记小说大观》，所收明代前期笔记只有《草木子》，其"点校说明"也不外对作者、版本、内容等作简要说明。在提要类著述中值得一提的是司马朝军《续修四库全书杂家类提要》。是书所收各书以明清为重，即四库漏收及四库后之杂著，内容极为庞杂，凡杂学、杂考、杂说、杂品、杂纂等，无所不包。其中所收明代前期笔记5种，举凡与笔记有关的版本、内容、影响等都有涉及。

以上诸书，是从目录学角度对明前期笔记进行的提要式评价，为研究者提供了许多重要信息，但仍以简要评述为主，涉及明代前期笔记的数量非常有限。

其二，从笔记发展史角度对笔记作品进行提要式概述。自20世纪80年代以来，部分专著从笔记发展史的角度来分析笔记的时代特点，如吴礼权《中国笔记小说史》和苗壮《笔记小说史》，都从宏观上谈及明代笔记小说，却没有具体地根据时代的发展变化来论述笔记的时代特征。郑宪春《中国笔记文史》第八章"明代笔记"，虽注意到了笔记在理学复兴背景下所体现的时代特征，但论述比较简略。该书特别指出明初文网严密，笔记记述以史料、遗闻、轶事为多。书中谈及明代前期笔记主要有6种，并结合时代背景对其内容进行具体分析，就某些问题能兼考其他笔记来予以补充，如概述祝允明的《前闻记》时，指出文中所载郑和下西洋事比马欢《瀛涯胜览》和费信《星槎胜览》详细。另外，商传《明代文化史》第七章第一节"明代的官私书籍"在论及"私人著述"时，将明代"野史笔记"的发展变化分为四个阶段，对每个阶段笔记的编撰情况加以概括。其中对《草木子》和《水东日记》进行了简要评价，指出前者处于元末明初野史笔记发展的初期，多记元朝典章掌故、太祖建国事迹；后者处于笔记发展的第二个时期，以叶盛《水东日记》为例，指出其内容明显体现出文人士大夫的官僚化现状与明前期的政治生态。

以上专著，重在从"史"的角度梳理其发展脉络，介绍笔记产生及笔记内容的时代背景，涉及笔记数量很少。而就其内容看，较之前面言简意赅的提要式概述，内容分析略有丰富。这些专著对我们了解明代笔记的发展变化具有宏观指导意义，有助于我们从总体上了解明人笔记的面貌。

值得注意的是，近年来随着人们对明代笔记的关注，先后出现了一系列针对明代前期笔记的研究论文。其中，对《草木子》《瀛涯胜览》《星槎胜览》《立斋闲录》《水东日记》等笔记的研究比较集中。

对《草木子》进行研究的各类论文共有6篇。其中万方、潘星辉、王平①的论文除提及作者、版本信息外，主要论述《草木子》的史料价值。而王靓靓《叶子奇〈草木子〉研究》②主要从文献学角度，对笔记中的哲学思想、典章风俗、政治得失、元末农民起义等内容做了比较全面、系统的分析。赵其钧《叶子奇的〈草木子〉》③重点分析了叶子奇创作《草木子》的缘由，是为自己鸣冤，是对司马迁"发愤著书"传统的承传，较有新意。孙吴《论叶子奇〈草木子〉及其文化价值》④一文除考证该书的作者、成书、版本外，主要从文学、历史与哲学三方面分析其文化价值。当前对《草木子》的研究已比较全面，都突出强调其史料价值，但仍可从典章制度与民俗文化方面进行深入发掘。

有关明朝前期对外交往的研究主要集中在对《瀛涯胜览》《星槎胜览》的研究。围绕郑和下西洋一事而对《瀛涯胜览》进行研究的成果较多，最早对其进行关注的是西方学者。其中较著名的是法国学者伯希和⑤，他对《瀛涯胜览》作者、版本，郑和等人航行路线、所经国家，是书的校注等情况进行细致勘误、考辨，对《瀛涯胜览》所记郑和下西洋一事给予了相当高的评价，认为这是15世纪中国在印度洋上的伟大航行。郑和下西洋一事，不仅在当时备受瞩目，亦导致时至今日对《瀛涯胜览》和《星槎胜览》的研究一直未曾停止。当代，对《瀛涯胜览》的研究比

---

① 万方：《叶子奇的〈草木子〉》，《文献》1983年第4期；潘星辉：《叶子奇及其〈草木子〉》，《北大史学》（辑刊），2000年；王平：《论叶子奇〈草木子〉的史料价值》，《辽宁行政学院学报》2013年第1期。
② 王靓靓：《叶子奇〈草木子〉研究》，华中师范大学硕士学位论文，2013。
③ 赵其钧：《叶子奇的〈草木子〉》，《书屋》2014年第4期。
④ 孙吴：《论叶子奇〈草木子〉及其文化价值》，《怀化学院学报》2014年第6期。
⑤ 〔法〕伯希和撰，冯承钧译《郑和下西洋考》，上海商务印书馆，1935；〔法〕伯希和：《郑和下西洋考拾遗》，《郑和下西洋考 交广印度两道考》，中华书局，2003。

较有代表性的学者是胡玉冰、张箭、万明①，他们都先后两次撰文，指出郑和于永乐十一年第四次下西洋时，马欢以通事身份第一次随行。三位学者或从马欢的回民身份分析，或从记载郑和下西洋的三书一图着眼，但都指出马欢在出使过程中，对沿途各国的生产经济、物质资源、商业贸易和人民生活、风俗习惯等都做了详细记录，为明政府制定实施中国与亚非各国的经贸计划提供了较为可靠的依据。其中特别指出《瀛涯胜览》所载最详，是研究郑和下西洋和明初亚非各国历史地理的基本文献和最为珍贵的史籍。另有研究者从动物学视角对笔记中所载 22 种动物进行考释②，可以说开拓了《瀛涯胜览》研究的新领域。

对《星槎胜览》的研究主要是从写作背景、版本、航行路线、主要内容、认识价值等方面展开。其中，王杨红《〈星槎胜览〉的版本、刊行及价值》③一文分析比较全面，指出费信曾四次随郑和船队下西洋，并在归国后于 1436 年写成《星槎胜览》。不仅梳理了《星槎胜览》的版本系统，而且与《瀛涯胜览》进行对比，对其没有记载之处，《星槎胜览》提供了必要的补充，颇有价值。另外，此书部分内容记录了 15 世纪东南亚华侨的某些情形，也具有重要的史料价值。而陈志明《从〈星槎胜览〉看海上丝路的人文交流与贸易往来》④，通过费信对 14~15 世纪海上丝绸之路南中国海一带的描述，反思今日中国对东南亚的认知与理解，以及学术界对东南亚研究的使命。综合来看，当前对《瀛涯胜览》《星槎胜览》的版

---

① 胡玉冰：《回族学者马欢及其游记〈瀛涯胜览〉》，《宁夏大学学报》（社会科学版）1996 年第 2 期；胡玉冰：《〈瀛涯胜览〉所载的西洋穆斯林社会》，《西北第二民族学院学报》（哲学社会科学版）1996 年第 4 期。张箭：《记载郑和下西洋的"三书一图"——〈瀛涯胜览〉〈星槎胜览〉〈西洋番国志〉〈郑和航海图〉》，《历史教学》2005 年第 2 期；张箭：《马欢的族属与〈瀛涯胜览〉的地位》，《西南民族大学学报》（人文社科版）2005 年第 6 期。万明：《明钞本〈瀛涯胜览〉与郑和宝船尺度》，《中国社会科学院院报》2005 年 7 月 7 日；万明：《马欢〈瀛涯胜览〉源流考——四种明钞本〈瀛涯胜览〉校勘记》，中国中外关系史学会第六届会员代表大会论文集，2005。
② 张之杰：《马欢〈瀛涯胜览〉所记动物考释》，《广西民族大学学报》（自然科学版）2009 年第 2 期。
③ 王杨红：《〈星槎胜览〉的版本、刊行及价值》，《国家航海》2015 年第 1 期。
④ 陈志明：《从〈星槎胜览〉看海上丝路的人文交流与贸易往来》，《广西民族大学学报》（哲学社会科学版）2015 年第 5 期。

本与内容研究都比较全面深入，这些对于还原明朝前期与亚非各国经贸往来的情况以及当今国家恢复"海上丝绸之路"都具有重要的借鉴意义。

此外，明朝前期与越南、朝鲜的交往亦比较频繁。记载与越南交往的明代前期笔记有《奉使安南水程日记》《平定交南录》《南翁梦录》，目前只有针对《南翁梦录》的研究。王丽敏《黎澄及其〈南翁梦录〉研究》①除对作者、笔记成书与版本、编撰缺陷等相关内容进行介绍与评价外，其第三章重点分析了《南翁梦录》的内容及价值，尤其是笔记中有多篇对越南帝王、文人文学创作的评论文章，可视其为第一部越南古代文学评论集。同时，该文对于研究明初中越关系的发展与演变、文化的交流与互动也有重要意义，不足在于未能结合明人著述及正史记载来深入阐释。陆凌霄《〈南翁梦录〉诗话略析》②对书中以汉文写成的15则诗话进行分析，引文较多，分析寥寥，不够深入。明朝前期与朝鲜的往来多集中在倪谦出使朝鲜一事上，但从已有成果来看，多论及中朝的文化交流与当时的政治形势，并且多结合中朝正史及文人著述，对于倪谦《朝鲜纪事》却没有专门研究，只是在论及具体问题时片段式引用而已。

对《立斋闲录》的研究论文有2篇。张荣起《关于"明抄本〈立斋闲录〉"和"明刻本〈宫闱秘典〉"——为新版〈鲁迅全集〉的注释提供一些资料》③，从《鲁迅全集》中的一篇文章提及《立斋闲录》进而引发思考，不仅分析了此书的内容性质及所载史事的年代起讫，还对一些史事予以考辨，并对版本情况进行分析，论述详实。申茜《〈立斋闲录〉校注》④分为上下编，上编对作者宋端仪的生平与著述进行考辨，主要对该书的创作背景、资料来源、性质与基本内容、与《革除录》的关系等进行了细致论述，并分析其史学价值与文学价值，论说平实严谨。下编是对

---

① 王丽敏：《黎澄及其〈南翁梦录〉研究》，郑州大学硕士学位论文，2012年。
② 陆凌霄：《〈南翁梦录〉诗话略析》，《中央民族大学学报》（哲学社会科学版）2015年第1期。
③ 张荣起：《关于"明抄本〈立斋闲录〉"和"明刻本〈宫闱秘典〉"——为新版〈鲁迅全集〉的注释提供一些资料》，《北京大学学报》（哲学社会科学版）1979年第5期。
④ 申茜：《〈立斋闲录〉校注》，广西师范学院硕士学位论文，2014年。

《立斋闲录》的校注，作者对版本信息进行梳理后，择精本予以点校。

对四十卷本《水东日记》的研究目前尚无专著与硕博论文，只有对所载具体问题的分析。其中，王树林《〈水东日记〉中一篇元人文论之作者悬案释疑》① 辨析了《水东日记》卷二十三"李性学文章精义"一则后附元代《文章做法绪论》一文的作者，叶盛认为是宋玄僖，王树林先生则认为是元末文人林希元，并对其生平及著作进行相应考证。刘庆兰《明代文言小说中的商人形象研究》② 第三章中引《水东日记》所载，分析传统文人受儒家义利观影响对商人所持的轻视态度。牛慧《浅论〈水东日记〉中的人物形象及意义》③ 一文，论析了帝王和权臣形象，并通过这些人物形象来揭示当时的社会矛盾。

李情《李贤〈古穰杂录〉研究》④ 分为九个章节，除对李贤的生平、著述以及《古穰杂录》的成书与流传进行介绍外，第四至七章主要是对《古穰杂录》内容的分类考辨，分别从亲历类、听闻类、杂说类、杂传类四个方面进行辨析。作者查阅大量明人笔记、文集及官私史书，可见用力之勤。第八章分析《古穰杂录》的写作特点，既有史家笔法，又有小说家笔法。此文研究比较全面系统，既有文学分析，又有文献考辨，但对内容的分析只从考辨角度予以阐释则略显不足。

对《彭文宪公笔记》的专门研究，只有邱昌员的《明中叶彭时文言小说集〈彭文宪公笔记〉考论》。⑤ 文中指出，彭时结合自己二十余年内阁从政的经历见闻，记录自正统十年至成化四年间朝廷发生的重大政治事件，存留了众多朝野掌故、典章规制及内阁重臣的奇闻轶事，揭露了明朝廷面临的内忧外患与重重危机，反映了当时的社会状况与政治生态。所论

---

① 王树林：《〈水东日记〉中一篇元人文论之作者悬案释疑》，《中国典籍与文化》2005 年第 2 期。
② 刘庆兰：《明代文言小说中的商人形象研究》，南京师范大学硕士学位论文，2015。
③ 牛慧：《浅论〈水东日记〉中的人物形象及意义》，《名作欣赏》2018 年第 6 期。
④ 李情：《李贤〈古穰杂录〉研究》，华中师范大学硕士学位论文，2016。
⑤ 邱昌员：《明中叶彭时文言小说集〈彭文宪公笔记〉考论》，《宜春学院学报》2015 年第 8 期。

比较平实,不足之处是与正史及其他文人著述参证论析较少。

(二) 专题研究

有些论著对明代笔记中某一类内容进行专题研究。其中,姚继荣《元明历史笔记研究论丛》、吴晟《明人笔记中的戏曲史料》、黄宜凤《明代笔记小说中的俗语词研究》、王继光《陈诚及其西使记研究》,其视角是多样化的,分别以某一类史料、某一历史事件、某一学科、某一地域等为研究专题。

以史料笔记为专题的研究。最典型的是姚继荣《元明历史笔记研究论丛》,该书从七个方面对元明历史笔记予以理解与把握,结合具体作品分析,指出它们不仅可以"补他书之阙,详他书之略",亦可"证他书之误"。[1] 姚著所录明代前期笔记共22种,介绍作者生平与文学成就,笔记版本、流传及收录情况、内容概述与评价,并能与他书对比分析。同时,作者也指出了这些历史笔记有明显缺陷:一是作者大多是官僚士大夫,书中宣扬旧道德、美化统治者、诋毁民众、排斥进步思想的现象很普遍;二是所述事实真伪杂糅难于分辨;三是考据辨证类的内容零零碎碎、缺乏系统性,又有互相抄袭陈陈相因的通病;四是笔记中所引内容,往往只凭记忆,随意删改原文,以致出现讹、脱、衍、倒的毛病。但这其实也是多数笔记的共同缺点。

对戏曲、科举资料进行的专题研究。吴晟《明人笔记中的戏曲史料》辑录明代72位作家76种笔记中的戏曲史料,其中涉及明代前期笔记6种。该书在正文前对笔记的作者、版本、主要内容及评价做了简要说明,对笔记中的戏曲史料进行注释,本质上属于古代戏曲史料汇编。而事实上通过笔记记载,对于我们了解戏曲在明朝前期的发展、流行及由此窥见明朝前期的社会生态与文学生态,亦有重要价值。笔者通过阅读文本,知是书漏收《天顺日录》中所载戏曲资料二则。付婷《明代笔记小说中科举

---

[1] 姚继荣:《元明历史笔记研究论丛》,民族出版社,2015,第17~18页。

资料的文献价值》① 第三章第四节"明代注重科举制度的现实状况"中，引《草木子》中的内容指出，在明人看来，元朝的迅速灭亡是因为没有重视人才的选拔，而明朝为了更好地选拔人才，重开科举之路。论述有一定的道理。

从语言学的角度进行的专题研究。目前仅有黄宜凤的《明代笔记小说中的俗语词研究》，书中选取明代笔记中的 1220 个俗语词进行系统分析，涉及明前期笔记共 10 种。这些笔记不仅保存了前代的俗语，还记录了新产生的俗语，并从这些俗语词的来源反映当时社会的发展与民俗文化，对了解明朝前期的社会现状亦有很好的借鉴意义。此研究视角新颖，论述信而有征。

以某一历史事件进行的专题研究，比较集中的是建文"逊国"和英宗"北狩"。关于建文"逊国"一事，明人笔记中多有记载，研究成果也比较突出，除分析笔记对研究建文朝历史有重要价值外，其他研究则主要集中在对建文帝的结局及《从亡随笔》《致身录》的真伪问题上。对建文帝的去向问题归纳有四：一是自焚死还是出亡难以定论②；二是既不是阖宫自焚，也没有出逃，而是为成祖所杀③；三是出亡系《致身录》等书的创造；四是出亡。刘倩《"靖难"及其文学重写》④虽没有明确指出建文帝的结局，但所论仍意指《致身录》和《从亡随笔》是伪书。该文出新之处在于分析靖难事件的文学重写，指出其在清初不仅成为戏曲创作的素材被搬上戏剧舞台，还被小说家改编成长篇章回小说《女仙外史》。该文分析有理有据，考辨详实。丁修真⑤、吴滔、张妍妍⑥则一致认为《致身

---

① 付婷：《明代笔记小说中科举资料的文献价值》，江西师范大学硕士学位论文，2015。
② 孙正容：《从"建文逊国"说看旧史家的局限》，《浙江师范学院学报》1982 年第 2 期。
③ 章光恺：《建文帝结局辨——〈贵州通志·前事志〉建文条编者按书后》，《贵州文史丛刊》1985 年第 2 期。
④ 刘倩：《"靖难"及其文学重写》，中国社会科学院博士学位论文，2003。
⑤ 丁修真：《士人交往、地方家族与建文传说——以〈致身录〉的出现为中心》，《史林》2011 年第 3 期。
⑥ 吴滔、张妍妍：《〈致身录〉与吴江黄溪史氏的命运》，第十六届明史国际学术研讨会暨建文帝国际学术研讨会论文集，2015。

录》是伪书，其与吴江黄溪史氏家族的振兴密切相关。不同的是，丁修真不能完全肯定建文出亡说的真伪，而吴滔、张妍妍则认为出亡系《致身录》等书的创造。然也有学者持反对意见，杨知秋[①]、郑闰[②]都以明初《三迤随笔》《叶榆稗史》和《淮城夜话》为依据，指出这三种笔记相互印证了建文帝出亡云南始末。郑闰又结合程济、史仲彬所写《从亡随笔》和《致身录》，认为官修史书有曲笔，野史记闻揭露历史真相，为六百年来悬而未决的历史公案提供了新的证据。

以英宗"北狩"及英宗复辟为专题的研究也相对集中。如韩慧玲《明英宗"北狩"史料研究》[③]立足于笔记作品，分析英宗被俘经过、在此间的生活及与蒙古的交涉，指出这些笔记具有很高的史料价值。但文中对派遣使臣的背景与交涉情况则论述不够深入全面。蒲章霞《"土木之变"若干问题探析》[④]除对上述问题予以分析外，还探讨了英宗南归及成功复辟等问题，由此分析当时激烈的政治斗争及复辟后对蒙古的政策调整，而对笔记中存在着说法不一、隐讳粉饰等问题，能结合相关史料进行分析和鉴别。但有些论述则出于作者臆测，缺乏必要的论证。此外，也有研究者对英宗复辟予以关注，于法霖《明代南宫复辟新探》[⑤]能够结合正史、私人修史及笔记作品予以论述，分析复辟前后的局势、成功的原因及影响等，并指出这是皇族间的大事，孰是孰非的议论对当时人来说是有所避忌的，但经历此事的文臣的记载，是有其所属政治集团倾向性的。所以，研究者应参看史料与文人笔记来予以明辨。

以地域为专题的研究，集中在陈诚出使西域一事上，最早对此事进行关注并研究的是日本学者。1927年9月，神田喜一郎在《东洋学报》第16卷第3期上刊出长篇论文《明的陈诚使西域记》，对明人文集、笔记的

[①] 杨知秋：《建文帝出亡云南新证》，《云南民族大学学报》（哲学社会科学版）2004年第4期。
[②] 郑闰：《建文帝"谜"案透析》，《郑和研究》2014年第2期。
[③] 韩慧玲：《明英宗"北狩"史料研究》，内蒙古大学硕士论文，2007。
[④] 蒲章霞：《"土木之变"若干问题探析》，中央民族大学硕士论文，2010。
[⑤] 于法霖：《明代南宫复辟新探》，山东大学硕士学位论文，2012。

有关记载详加考证，被认为是陈诚出使西域研究的开山之作。1931年，羽田亨《西域文明史概论》①问世，对明代陈诚西使记中反映的西域文明予以充分重视，视《西域行程记》为信而有征的史料。1932~1933年，池内宏将藤田丰八的论文《东西交涉史研究》（含《南海篇》《西域篇》《附篇》）相继刊行。②《南海篇》研究南亚各地从海上与中国交往的历史，并对文化接触作了考察，该书被列为日本南海史研究的"首要读物"；《西域篇》论述中国与西亚、中亚的交往史以及文化交流史，考证精细，是日本中亚史研究的早期名著。二书都是在东西文化交流的大背景下评价陈诚的奉使之劳和著述之功。1938年，满井隆行《明代陈诚的西使》③一文，以汉文史料为研究对象，分析成祖朝与帖木儿帝国的关系。这一系列论著的问世，显现出20世纪初日本东洋史学的发展态势和开拓精神，说明对明代"丝绸之路"及中西文化交流的研究，日本学者已经先行一步。而中国学者的研究视角则与之不同，主要是考证陈诚的生平、文集，《西域行程记》版本，出使西域的事迹、路线、沿途风土民情和地域特点等。其中，最典型的是王继光的专著《陈诚及其西使记研究》，第一次系统地对明初出使西域一事做专题研究与全面总结。全书内容主要分为八卷，其中卷七着重研究《西域行程记》，指出这是陈诚第二次出使西域行程的实况记录，并提出了五点新发现，不仅确定了成书时间，查询到最全最早的版本，还得见陈诚西使路线图文并存，并纠正《明实录》之误。卷八是与《西域行程记》并称姊妹篇的《西域番国志》，二者一记行程道里，一叙山川风物。陈诚前后五次出使西域，这是15世纪中外交通史上的重要事件，是明永乐时代积极开放外交政策的产物。《西域行程记》与《西域番国志》的意义在于：这是明代唯——份出使西域诸国诸地的亲历者的实况记录，也是有关明代"丝绸之路"汉文典籍的唯一行

---

① 〔日〕羽田亨：《西域文明史概论》，弘文堂书房，昭和六年（1931）。
② 〔日〕藤田丰八：《东西交涉史研究·南海篇》，东京冈书院，1932；〔日〕藤田丰八：《东西交涉史研究·西域篇》，东京冈书院，1933。
③ 〔日〕满井隆行：《明代陈诚的西使》，《山下先生还历纪念东洋史论文集》，1938。

程记录，可与汉唐"丝绸之路"的路线做对比研究，但四库馆臣对陈诚《使西域记》的评价却有失公允。① 此外，姚晓菲《明代笔记中有关西域的记载及价值论略》② 中提到《草木子》记载西域的物产，指出葡萄和西瓜分别因汉张骞出使西域、元世祖征西域，中国始有种植；《青溪暇笔》中记载了西域的药方、带有鲜明地域特征的胡僧的行为与习惯，这些笔记资料不仅保存了医药文献和饮食习俗，还可以此为窗口了解西域的历史与文化。

综合以上研究来看，研究者对明代前期笔记文化意蕴的阐释还远远不够，仍可从其他专题视角进行开拓，尤其是当前对笔记文学性的探究及对后世文学影响的研究，仍有很大的发掘空间。

三 关于明代前期笔记的整理

因笔记与小说在中国古代文学史上长期处于杂糅状态，笔记研究始终处于笔记小说的阴影之下，这同样造成了笔记和小说文献整理工作的混乱。总体来看，对明代前期笔记的整理，主要有两种形式，一是某些大型笔记丛书收录了部分明代前期笔记，二是对个别笔记作品予以点校整理。

（一）大型笔记丛书

对明人笔记的整理从明代就已开始，当时出现的许多大型丛书都收录了数量不等的明代前期笔记。其中，陶珽《说郛续》收录约27种，但大多为节录本。沈节甫《纪录汇编》收录约24种，但部分笔记为摘抄本。邓士龙《国朝典故》收录20种，冯可宾《广百川学海》收录10种，佚名《五朝小说》收录10种，但也多为节录本。其他如袁褧《金声玉振

---

① 四库馆臣认为《使西域记》即《西或行程记》，指出书中记述"大都传述失真，不足征信"（见《四库全书总目》卷六十四），而事实上《使西域记》是《西域番国志》的删节本（见王继光《陈诚及其西使记研究》，中华书局，2014，第1页）。
② 姚晓菲：《明代笔记中有关西域的记载及价值论略》，《乌鲁木齐职业大学学报》2014年第2期。

集》、李栻《历代小史》、陆楫《古今说海》、黄昌龄《稗乘》、高鸣凤《今献汇言》、王文禄《百陵学山》、陈继儒《宝颜堂秘笈》、顾元庆《广四十家小说》和《顾氏明朝四十家小说》，等等，也分别收录了少量的明代前期笔记。明人一般多注重笔记的史料性与学术性，因此这些丛书以收录史料笔记与学术笔记为主，但也有一小部分是故事性笔记。

清代，仍有不少大型丛书收录明人笔记，但清代文禁严酷，因此这些大型丛书收录明人笔记的数量明显减少，而收录明代前期笔记的数量则更少。如曹溶《学海类编》收录明代前期笔记8种，乾隆时期官修《文渊阁四库全书》收录4种，王文濡《说库》收录4种，马骏良《龙威秘书》收录2种，胡凤丹《金华丛书》收录2种，张海鹏编《学津讨原》《借月山房汇钞》分别收录1种和4种，荣誉《得月簃丛书》收录1种，鲍廷博、鲍士恭《知不足斋丛书》收录1种。总体来看，清代大型丛书收录明代前期笔记仍以史料笔记为主。笔者通过对笔记版本的比对得知，丛书编选者对所收笔记版本进行了遴选和改误，却未说明所收录笔记的版本信息，这是其不足。因此，从现今所见版本信息来看，很难考证它们之间的渊源与嬗递情况。

及至民国，一些大型丛书收录明人笔记的数量相较于清代有明显增加。如王云五主编的《丛书集成初编》收录明代前期笔记20余种，国学扶轮社校辑《古今说部丛书》收录明代前期笔记2种。除此之外，之前的一些大型丛书也在这一时期被重印刊行。如1926年，上海扫叶山房将《五朝小说》略加增删后改题《五朝小说大观》印行；上海商务印书馆自1937年起印行、至1940年始成的《景印元明善本丛书》，先后据明本影印的有《今献汇言》（1937年）、《纪录汇编》（1938年）、《百陵学山》（1938年）、《历代小史》（1940年），这进一步促进了明人笔记的整理与传播。

新中国成立后，尤其是20世纪80年代以来，涌现出一批收录明人笔记的大型丛书，其收录明代前期笔记的数量较清代与民国时期又有所增加。如中华书局《历代史料笔记丛刊》收录明代前期笔记2种。而更多的大型丛书以影印原书为主要整理方式,如1985年中华书局又重印了《丛书集成初编》。1994年,河北教育出版社出版的《历代笔记小说集成》收录明代前期笔记17种。2000年,四川大学图书馆编的《中国野史集成》收录明代前期笔记24种,《中国野史集成续编》收录13种。90年代,由齐鲁书社出版的《四库全书存目丛书》收录明代前期笔记20种。上海古籍出版社先后于2002年出版《续修四库全书》、2005年出版《明代笔记小说大观》,分别收录明代前期笔记11种、1种。2012年上海古籍出版社编《历代笔记小说大观》,其中《明代笔记小说大观》收明代前期笔记1种。这些出版机构所收笔记基本都是选用精优版本,其中中华书局、上海古籍出版社作为古籍整理的权威出版机构,出版的笔记丛书在学术界有着很大影响。

(二) 笔记点校整理

关于古代笔记文献的整理,仍以丛书为主,如台北新兴书局出版的《笔记小说大观》收录明代前期笔记28种,对这些笔记作品予以简单句读。1935年,冯承钧出版《瀛涯胜览校注》,该书据明刻《纪录汇编》、清刻《胜朝遗事》本,参考明钞本《国朝典故》互勘细校,并分别于1955年、1970年由中华书局和台湾商务印书馆出版。继而,日本小川博于1969年、英国米尔斯于1970年又先后对该书进行了译注,这是《瀛涯胜览》一书在国外的传播与接受。而冯承钧又于此前的1954年对费信的《星槎胜览》进行校注。对这两种笔记的点校,进一步推进了中外学者对郑和下西洋一事的研究。万明《明抄本〈瀛涯胜览〉校注》一文[①]对《瀛涯胜览》的版本情况进行梳理后,以中国国家图书馆所藏明钞本《三宝征夷集》为底本,并与其他三种明钞本《瀛涯胜览》对勘后进行标点、分段,将校勘记与简单注释附于各段文字之后,为读者研读提供了极大便利。中华书局于20世纪50~80年代陆续出版《历代史料笔记丛刊》,其

---

① 陈信雄:《万历明抄本〈瀛涯胜览〉校注读后》,《中国史研究动态》2006年第5期。

中收录明代前期笔记只有2种，是对笔记重新排印整理的点校本。另有一些地方文献丛书对收录的明人笔记也予以点校，如《云南史料丛刊》（第四卷）收《云南机务抄黄》《南夷书》，《粤西丛载校注》（上）收《奉使安南水程日记》等。此外，还有申茜的硕士论文《〈立斋闲录〉校注》，其下编主要以《续修四库全书》所收辽宁图书馆藏明钞本为底本，以许大龄、王天有点校的《国朝典故》本为参校本进行校注，并指出二者文字上的差异、内容上的位移及缺补，比对非常细致。这些笔记点校本对作者信息、笔记版本、主要内容等均作了不同程度的考述，使我们对明代前期部分笔记有了初步了解。

总体来看，目前学界对明代前期笔记的整理与研究还比较薄弱，一些大型丛书收录明代前期笔记数量有限，标准不一，且多重复；而单部笔记作品的整理与研究也往往局限于个别较有名的作品。基于明代前期笔记整理与研究的现状，笔者认为可从两个方面进一步推进整个明代笔记作品的整理与研究。

一是加快明代笔记文献的整理出版及普及工作。首先，以丛书形式对明代笔记进行专门整理，在梳理每种笔记版本信息的基础上选好底本，予以精确点校，为研究者提供一套可靠的明代笔记文献。其次，对明代笔记进行推广普及，出版一些普及型读物，可参照"大家小书"系列进行常识性、专业性推广，满足一般读者的阅读需求，加强大家对笔记的认识与了解，使读者尽快领略明代笔记的丰富性与时代特色。

二是从多个视角积极开拓笔记文本的专题研究。笔记内容包罗万象，研究者可从笔记所反映的文人生活、政治生态、典章制度、世俗百态、文学艺术等方面进行跨学科研究，对于数量众多的明代笔记来说，这些研究领域都尚待开发。

作者简介

周慧敏，女，黑龙江大学中国古代文学专业博士研究生，研究方向为明清文学与文化。

清初诗人孙枝蔚研究述评[*]

马铭明

摘　要： 作为清初知名诗人，孙枝蔚名噪海内且交游遍天下，长期流寓扬州，诗文创作成绩斐然。研究孙枝蔚，对进一步爬梳、厘清清初扬州文坛乃至整个清初文学史的发展演变深层因素，都有不可忽视的作用。概述评介清代以来孙枝蔚研究取得的成果和不足，一方面用以透视清代诗文个案研究的困境之共性，同时也对下一步研究尚待揭示和发掘的部分提出了展望。

关键词： 孙枝蔚　清初文学　扬州　诗人

清代诗文研究在 20 世纪末还被认为是"一个期待关注的学术领域"[1]，到 21 世纪的第一个十年里就已经"走出冷落"[2]，近十年更一跃成为古代文学研究领域新的学术增长点，获得学界的广泛认同和积极参与。随着清代诗文研究深度和广度的拓展，研究者们认识到作家作品的个案研究，是撑起整个清代诗文乃至清代文学研究的基石。无坚固的基石支撑，大厦终难宏伟恒久。因此一方面，清代诗文的作家作品个案研究对象

---

*　本文系国家社科基金重大招标项目"清代诗人别集丛刊"（编号：14ZDB076）的阶段性成果。

[1]　吴承学、曹虹、蒋寅：《一个期待关注的领域——明清诗文研究三人谈》，《文学遗产》1999 年第 4 期。

[2]　周明初：《走出冷落的明清诗文研究——近十年明清诗文研究述评》，《文学遗产》2011 年第 6 期。

上，已经不再局限于清初的"三大家""南朱北王""南施北宋"，清中期的袁枚、赵翼、黄景仁、蒋士铨，晚清的龚自珍、黄遵宪等人，从大家到名家再到二、三流作家，亦是目前清代诗文个案研究的发展趋势之一。但另一方面，受传统文学史以时间为线、大家为点的叙述构架所限，以及判断作家作品的文学史意义和价值的评价系统仍有待革新，目前清代诗文个案研究陷入一个学术困境，大家、名家身上难以找寻新的学术增长点，二、三流作家又因研究视野、方法的局限，流于作家生平介绍和作品赏鉴分析。而无论是"进入'过程'的文学史研究"[①]，还是"回归生活史和心灵史的古代文学研究"[②]，抑或是地域、群体、流派、家族研究，都离不开对作为个案的作家作品本身研究。还原文学史，就不再是平面的，而应是立体的。多维度评价一个作家，评定一个作家在文学史上的意义和价值，从作品出发考量固然重要，但绝不仅仅从是从作品这一个维度。要将作家放到历史的大背景中，看到他所处的地域，他所交往的人物，通过他同当时文学思潮、文学活动的关系，以及他的文学创作体现了当时文学发展进程中的哪些特点，对当时的文学创作产生过哪些影响，来重新衡量这个作家的文学史价值和意义。做好这些为人忽视又较为特殊的作家个案研究，对整个清代文学研究都会起到强有力的促进作用。清初文人孙枝蔚正是这类有着特殊性的"非著名"作家。本文拟通过对孙枝蔚研究的述评，在总结其成绩和不足的基础上，管中窥豹，梳理清代诗文个案研究的历史脉络，进而在对未来清代诗文的个案研究做一点儿展望，以陈陋见。

孙枝蔚（1620~1687），字豹人，又字叔发，号溉堂。清初著名诗人，"声震江淮"[③]"名噪海内"。[④] 陕西三原人，累世盐商大贾。因家乡附近有焦获泽，时人又以"焦获"称之。明末曾散家财，组乡勇抗李自成农民军于陕西，事不成，明亡后至扬州。在扬州承继祖业，经商为生，所得

[①] 蒋寅：《进入"过程"的文学史研究——〈王渔洋与康熙诗坛〉导论》，《山西师范大学学报》2001年第1期。
[②] 廖可斌：《回归生活史和心灵史的古代文学研究》，《文学遗产》2014年第4期。
[③] （清）李因笃：《艾梅斋诗集序》，吴怀情《李天生年谱》附录，默存斋本。
[④] （清）《扬州府志》卷三十三《人物》，雍正十一年（1733）刻本。

颇丰。也曾醇酒妇人，耽于声色之中。"一日忽自悔且恨曰：'丈夫处世，既不能舞马稍取金印如斗大，则当读数十万卷书耳，何至龌龊学富家儿为。'"① 于是闭户读书，家道日落而不悔。康熙十七年（1678）被荐博学鸿词，以年老求免试不许，虽至京，但"不终幅而出"。赐中书舍人而还，隐逸终老。今存《溉堂集》② 28卷，中有《溉堂前集》9卷，《续集》6卷，《后集》6卷，《文集》5卷，《诗余》2卷，并缉有《四杰诗选》22卷存世。此外，尚编著有《诗志》、《溉堂隅说》4卷、《经书广义》4卷、《古今称谓汇编》等，佚失不传。孙枝蔚由明入清后寓居扬州的同时又坐馆做幕游历各地，北至京师燕赵，西至赣鄂，南至苏杭。交游甚广，且多为一时俊彦，其人其诗在清初享有盛名。当下清代诗文研究中，"清初"与"扬州"，一个时间、一个空间，两个元素均是研究热点。孙枝蔚作为清初知名诗人，名噪海内且交游遍天下，长期流寓扬州，正站在这个时间、空间交错点。研究孙枝蔚，对帮助进一步爬梳、厘清清初扬州文坛乃至整个清初文学史的发展演变深层因素，都有不可忽视的作用。根据清代诗文研究的历史分期，孙枝蔚作为个案研究也可以分为三个时期。

一　清代研究述评

有清一代对孙枝蔚生平事迹、创作的评价，多散见在史传、地方志、传记丛刊、文集序言、各种诗话笔记中。笔者现已见的有：（雍正）《陕西通志》、（雍正）《扬州府志》、（乾隆）《三原县志》、（乾隆）《西安府志》、（乾隆）《江南通志》、《四库全书总目》、《今世说》、《名家诗钞小传》、《国朝文献通考》、《己未词科录》、《国朝诗人征略初编》、《碑传集》、《国朝先正事略》、《国朝耆献类征初编》、《感旧集》、《带经堂诗话》、《池北偶谈》、《清诗别裁集》、《扬州画舫录》、《百尺梧桐阁集》等。

---

① （清）陈维崧：《溉堂前集序》，《溉堂集》，上海古籍出版社，1979，影印康熙刻本。
② 本文所用《溉堂集》皆为上海古籍出版社1979年出版的影印本。

以上文献中，除关于孙枝蔚生平、姓名、籍贯、文集著述等一般性介绍外，记载的事迹主要集中在以下四方面：其一，明末在关中时曾组乡勇抗李闯王；其二，事不成，至扬州承祖业从商，所获颇丰；其三，悔而闭户读书，肆力古诗文，遍交吴越，名满海内；其四，赴博学鸿词科，授中书舍人还。关于孙枝蔚本人神貌则主要集中在体貌魁伟、性豪放、重气节三个主要特征。虽然质同而粗率，但毕竟让后人对孙枝蔚有了大概的了解。材料中有矛盾疑问的地方则主要集中在以下两点。其一，豹人究竟是孙枝蔚的字还是号？除了汪懋麟在《百尺梧桐阁集》中为孙枝蔚写的《征君孙豹人先生行状》中称孙枝蔚号豹人外①，其余文献皆称孙枝蔚字豹人。汪懋麟与孙枝蔚相交甚笃，否则孙枝蔚的长子也不会在孙枝蔚去世后，请他撰写行状。因此称豹人为号的人数虽寡但与孙关系密切，的确令人一时难下断言何种说法为确。其二，孙枝蔚被荐博学鸿词，已是定论，但究竟是否应考，上述文献中却有两种不同的说法。一种是孙枝蔚自称老病，遂未入试，授中书舍人罢归。② 另外一种是说孙枝蔚虽入试，但"不终幅而出"。③ 持后一种说法者为多。有清一代无人对以上两个问题展开进一步考证。

有关孙枝蔚的创作评价除见于上述文献中，目前笔者所见更多的是集中在诸多友人为孙枝蔚的《溉堂集》所写的序跋和评语中。《前集》是李天馥、陈维崧作序，《续集》是魏禧、施闰章作序，《文集》汪懋麟作序，《诗余》尤侗作序，《后集》是王泽弘、方象瑛作序，评语则多为王士禛、汪懋麟等。作序、评点者无一不是清初文坛知名人士，可见方志传记文献中所述的遍交吴越、名满天下不虚。作序、评点人士亦可说是代表了清初诗坛的各种风格和流派，有"神韵派"的鼻祖王士禛，"娄东派"的传人陈维崧；既有宗唐的施闰章，也有宗宋的汪懋麟。这也影响了以上诸多文

---

① （清）汪懋麟：《征君孙豹人先生行状》，《百尺梧桐阁集》卷八，上海古籍出版社，1979，影印康熙刻本。
② （清）张廷玉：《皇朝文献通考》，《影印文渊阁四库全书》第637册，台湾商务印书馆，1986。
③ （清）纪昀：《四库全书总目》，中华书局，1983，第1636页。

士对于孙枝蔚文学创作的评价,除了对溉堂"诗本秦声"、诗风质朴有着一致的肯定外,关于孙枝蔚诗的风格特色,特别是诗学宗尚则是各抒己见。王士禛认为孙枝蔚"古诗能发源十九首、汉魏乐府,而兼有陶、储之体,以少陵为尾闾者,今惟焦获先生一人耳"。① 施闰章认为"其诗……出入杜、韩、苏、陆诸家,不务雕饰"。② 方象瑛认为孙枝蔚"于陶、杜间出,自出一手笔。姜性之桂,老而愈辣"。③ 汪懋麟则认为"不见征君之为诗乎,最喜学宋,时人大非之"。④ 王士禛显然认为孙诗宗唐,汪懋麟却称孙枝蔚最喜学宋。相较而言,魏禧与李天馥对溉堂诗的看法就更为全面。魏禧在《溉堂续集序》中谈及孙枝蔚的诗风时认为,初见《溉堂前集》,孙枝蔚是"古诗非汉魏、律非盛、中唐则不作,作则必有古人为之先驱",而再见到《溉堂续集》时,则改变了自己的看法,认为"今其诗,自宋以下则皆有之矣"⑤,谈到了孙枝蔚诗风的发展变化。李天馥在《溉堂诗集序》中说得就更为透彻:"豸人之为诗,当竟陵、华庭互相兴废之际,而又有两端杂出旁启径窦如虞山者,而豸人终不顾之。则以豸人之为诗固自为诗者也。夫自为其诗,则虽唐宋元明昭然分画,犹不足为之转移,况区区华亭、竟陵之间哉!"⑥

孙枝蔚和《溉堂集》虽是个案,但逐一分析《溉堂集》文本现存的序言和评点,在为后人研究孙枝蔚的诗歌创作和诗学理念提供了丰富素材的同时,在清初诗学背景下,梳理时人对孙枝蔚诗风宗尚的不同论断,不仅为清代诗歌史提供了清初文人关于诗歌创作实践、理论、批评以及对前代诗歌创作反思的第一手资料,更为我们深入研究清初"唐宋诗之争"等一些诗学问题提供了新的切入点和样本。

---

① (清)王士禛:《自邑中归田作》评语,《溉堂前集》卷一,《溉堂集》,上海古籍出版社,1979,第68页。
② (清)施闰章:《溉堂续集序》,《溉堂集》,上海古籍出版社,1979,影印康熙刻本。
③ (清)方象瑛:《溉堂后集序》,《溉堂集》,上海古籍出版社,1979,影印康熙刻本。
④ (清)汪懋麟:《溉堂文集序》,《溉堂集》,上海古籍出版社,1979,影印康熙刻本。
⑤ (清)魏禧:《溉堂续集序》,《溉堂集》,上海古籍出版社,1979,影印康熙刻本。
⑥ (清)李天馥:《溉堂诗集序》,《溉堂集》,上海古籍出版社,1979,影印康熙刻本。

总体来说，清代文献对孙枝蔚的生平事迹记载虽粗率质同，但基本情况得到了保存和介绍。对孙枝蔚的创作评价虽然远不成系统，但因孙枝蔚自出陕客寓扬州，特别是弃商后，为生计曾游幕多地，因赴博学鸿词又至京师，足迹遍布大江南北，来往唱和者，从前朝遗民到国朝新贵，从江湖布衣到庙堂显宦，呈现出交游广、诗名大这一特点，故孙枝蔚虽是个案，却可以串起当时诸多文人群体、流派。因此，在《溉堂集》中清初著名文人为其所作的序言和评点，给后人研究孙枝蔚乃至清初诗坛提供了极富参考价值的素材。这也正是清代诗文个案研究中不可忽视的价值之一。

二　20世纪研究述评

进入20世纪，随着清王朝统治的结束，中华民国的建立，一代之终结后，修史立传以及选诗存人、以诗存史的传统使孙枝蔚及大批清代文人作为个案再次出现在人们的视野中。1914年开始修撰的史书《清史稿》和编纂于1919年的清诗选集《晚晴簃诗汇》都对孙枝蔚的生平和诗歌创作有所记载和评价，但总体上仍承袭清代，除肯定其诗词多激壮之音外，再无创见。20世纪前半叶，国家命运多舛，时局动荡，再加上传统古典文学时代的终结和近现代西方文艺理论的涌入，一些学界巨擘对清诗的评价偏低，如梁启超就认为清诗"真可谓衰落已极"[①]，闻一多说"诗的发展到北宋实际上也就完了"[②]，再加上王国维"一代有一代文学"之论断渐入人心，导致整个清诗研究都处在被忽视的状态，孙枝蔚及其他一些清代诗文二流作家自然也就随之湮没不闻。

20世纪中后期三十年（1949~1979），文学研究和政治联系过于紧密，意识形态上的重负，导致这个时期整个古代文学研究界都处于非正常状态。孙枝蔚研究亦然，只在目录文献类资料中出现两次，一次是在

[①] 梁启超：《清代学术概论》，上海古籍出版社，1998，第101页。
[②] 闻一多：《文学的历史动向》，《闻一多全集》第10册，湖北人民出版社，1993，第16页。

1963年出版的张舜徽先生的《清人文集别录》，称其文"短者尤佳"[①]；另一次是在1965年出版的邓之诚先生的《清诗纪事初编》中，称"其诗由苏以学杜，奥折可喜。其辞气近于粗率者，乃似杜荀鹤、司空图"[②]，仍皆是传统的零散、点评式评价，于深入研究价值有限。且邓之诚对孙枝蔚诗"由苏以学杜"之论，同孙枝蔚诗歌创作实际不符。唯一可喜的是上海古籍出版社于1979年影印出版的"清人别集丛刊"中，选入了孙枝蔚的《溉堂集》，迈出了孙枝蔚研究进入当代学术视野的第一步，也标志着清代诗文个案研究进入了一个新的时代——从目录文献到别集出版。

20世纪最后十年（1989～1999）里，随着政治对学术干扰的减少，古代文学研究出现了前所未有的新局面，取得了有目共睹的发展和成就。与此同时，清诗同古代文学其他研究领域相比，虽然依然不算热门，但仍见有相当学术分量和价值的断代史专著问世，如1992年出版的朱则杰的《清诗史》、1995年出版的刘世南的《清诗流派史》、1998年出版的严迪昌的《清诗史》和1999年出版的张健的《清代诗学研究》。

作为诗人的孙枝蔚在四种清代诗歌诗学通史中，除在朱则杰的《清诗史》中遍寻不着，有幸"忝列其三"。在《清诗流派史》和《清代诗学研究》中，都是寥寥数句，着墨甚少。几乎所有非大家的清初文人都是这样被湮没在传统文学史的框架下。看孙枝蔚在两书中出现的章节名，就可知作者大概意图。在《清诗流派史》中，孙枝蔚仅仅被作者放到了第八章"清初宗宋派"中列举的清初宗宋派诗人的名单中，后面引用了几句前人的点评[③]，便再无其他描述。虽然作家的创作是历时发展变化的，有时单一划到某一流派是有待商榷的一种做法，比如孙枝蔚是否为宗宋派，但这至少标志着随着"流派"这一概念在清代诗文研究中逐渐成为"显学"，越来越多被传统文学史忽视的作家在宏观研究中被忽略，但是在"中观"的"流派"研究中能够逐渐显露真容。而在《清代诗学研

[①] 张舜徽：《清人文集别录》，中华书局，1963，第44页。
[②] 邓之诚：《清诗纪事初编》，上海古籍出版社，1965，第169页。
[③] 刘世南：《清诗流派史》，人民文学出版社，2004，第213页。

究》里，孙枝蔚出现在第八章"主真重变与清初的宋诗热"中，是因为作者谈到了王士禛："王士禛在扬州期间，与孙枝蔚过从甚密。孙枝蔚诗歌是学宋人的。他自称：'予于宋贤诗颇服膺东坡。'汪懋麟在《溉堂文集序》中谓其诗'最喜学宋'。"① 到了严迪昌的《清诗史》中，孙枝蔚的诗歌创作依然没有得到任何笔墨描述，但他本人却出现在了书中多个地方。如谈到对晚明诗歌的反思，提到了邓汉仪的《与孙豹人》信，并摘录大段。② 在记述吴嘉纪的章节中提到了孙枝蔚对吴嘉纪的推重，说孙枝蔚"交游遍南北"③；在写王士禛的时候大段过录了孙枝蔚《溉堂文集》中的《与王阮亭》和《广陵唱和诗序》，对此作者的解释是"孙氏的信很有史实价值"。④ 这几部书中虽然关于孙枝蔚文学创作本身的研究还处于原地踏步的状态，但是至少有一点是值得我们后来研究者注意的，即在《清代诗学研究》，特别是严迪昌的《清诗史》中，尽管作者们对他的诗歌创作没有任何展开论述铺陈的想法，却仍多次提及，并大段过录文字。这是因为孙枝蔚"交游遍南北"，且身处清初文学繁盛中心之一的扬州，同当时很多知名文人雅士都有诗酒酬唱、信笺往来。这正从另一个维度证明，孙枝蔚是清初诗歌研究深入过程中一个不可忽略的枢纽人物，肯定了孙枝蔚的研究价值。而这个时期发表的有关孙枝蔚研究的唯一一篇论文也再一次印证了笔者上面的推论。赵逵夫《孙枝蔚的一篇佚文与清初寓居江南的秦地诗人》这篇发表在1986年《汉中师院学报》上的文章，正是以孙枝蔚的一篇未收入《溉堂文集》的《张戒庵诗集序》来梳理考辨了多位清初的秦地诗人。虽然只是对孙枝蔚生平和创作做了简单的基本情况介绍，但这篇文章点明了孙枝蔚两大特点——"秦地"与"寓居江南"，为后来者拓宽了研究视野，将孙枝蔚研究引入了日后清代诗文研究的两大热点——"地域"和"流寓"，而这两个研究热点确实也将许多作家的个

① （清）汪懋麟：《溉堂文集序》，《溉堂集》，上海古籍出版社，1979，第1025页。
② 严迪昌：《清诗史》，人民文学出版社，2011，第55页。
③ 严迪昌：《清诗史》，人民文学出版社，2011，第135页。
④ 严迪昌：《清诗史》，人民文学出版社，2011，第135页。

案研究带入了新阶段。

孙枝蔚研究在这个时期取得的实质性进展,是张兵的博士学位论文《清初遗民诗群研究》① 中的一小节《孙枝蔚的交游与创作》。作者首先通过相关史实考证,厘清了孙枝蔚遗民这一身份,一定程度上也算对清代诸多史料对孙枝蔚是否参试博学鸿词科这一问题的考辨和回答;对孙枝蔚诗歌的主题内容做了初步的分类探析,特别是认识到了孙枝蔚诗风绝不是单一宗宋,而是有着发展变化的这一特征,但对形成原因未做深层探讨。而且虽然章节题目提到交游,但文中只是简单罗列出交游名单,再无其他。结尾处则再一次秉承前人说法,肯定了孙枝蔚质朴的诗风。

回首 20 世纪,这一百年间带给人类无限发展的可能比之前的几千年还要多。具体而微到孙枝蔚研究,同其他古典文学的"显学要人"相比却好似刚刚迈开脚步。但《溉堂集》的影印出版,有识之士在学术探究上的种种努力,都昭示着新世纪的到来将大有可为。

三 十八年来的研究述评

进入 21 世纪,清代诗文这一古代文学研究领域,开始逐渐受到研究者的重视,十多年来几成显学。清诗研究从整体勾勒到个案描述,从诗歌诗学史建构到作家作品研读,无论是研究领域还是学术方法,各个维度都在向纵深延展。一荣俱荣,孙枝蔚同许多清代作家一起作为个案也随之进入更多研究者的视野。

新世纪伊始的 2000 年,对孙枝蔚研究来说是个不错的开头。这年 6 月,李世英《清初诗学思想研究》问世,将孙枝蔚列入"北方诸诗人的诗学思想"中的一节进行重点讨论,肯定了"以'秦声'著称于清初诗坛而能自成一家者,又有孙枝蔚"。在指出他"主张广泛取法唐宋大家来熔铸自己的风格"② 的同时,从受影响来源、个人经学研究、性情所好等

---

① 张兵:《清初遗民诗群研究》,苏州大学博士学位论文,1998。
② 李世英:《清初诗学思想研究》,敦煌文艺出版社,2000,第 145 页。

三点来分析了形成如上诗学思想的原因。最后从题材选择和叙事方法上谈了诗人质朴的诗风。书中虽一定程度上肯定了孙枝蔚在清初诗坛的地位，但是只因孙枝蔚生于陕西，就将他归为"北方诸诗人"的这一论断，忽视了现今可见的孙枝蔚诗作与诸多诗学观点，绝大部分都产生于侨寓扬州之后的事实，并未具体考察明亡后青年孙枝蔚侨寓扬州，此后余生再未回陕的一生行迹，难免失之片面。但作者从地域文学角度出发来分析孙枝蔚及其诗歌创作与诗学思想，不仅顺应了当下古代文学研究的潮流大势，更是抓住了孙枝蔚研究中颇有价值的关键节点。2000年后的孙枝蔚研究，无论是学位论文还是单本专著，地域文学都是孙枝蔚研究的重要切入点和论述重点。

孙枝蔚研究从清代诗歌诗学史中的湮没不闻到有章节可见，从单篇论文频发再到成为硕士、博士论文的专题，十五年间的确有了量的提高和突破。据笔者不完全统计，仅以孙枝蔚为题目的就有4篇硕士论文和1篇博士论文。硕士学位论文分别是《孙枝蔚及其诗歌研究》[1]《孙枝蔚年谱》[2]《孙枝蔚及其诗歌创作》[3]《孙枝蔚诗歌研究》[4]。《孙枝蔚及其诗歌研究》关注到了孙枝蔚曾经经商的经历，谈了孙枝蔚的士商观念。同样的，也从地域文化角度谈到了孙枝蔚诗中的秦风和江南文化。《孙枝蔚及其诗歌创作》则涉及了孙枝蔚的交游情况，就题材内容和艺术特色分析了孙枝蔚诗歌。《孙枝蔚诗歌研究》重点谈到了孙枝蔚诗学理论及诗歌特点，值得一提的是，对孙枝蔚是否参加博学鸿词科考试做了较为详细的考辨，首次清晰地正面回答了清代诸多文献中互为矛盾的这一问题，即孙枝蔚的确参加了博学鸿词科考试，"不终幅而出"。《孙枝蔚年谱》考察了孙枝蔚生平、著作、交游，重点放在了孙枝蔚同江南文人、关中文人以及京师文人的诗酒唱和宴饮出游，给出了孙枝蔚以上文学创作活动的大致系年，但所

---

[1] 陈昭凌：《孙枝蔚及其诗歌研究》，西南大学硕士学位论文，2009。
[2] 段莹：《孙枝蔚年谱》，西北大学硕士学位论文，2010。
[3] 龙冬梅：《孙枝蔚及其诗歌创作》，西北师范大学硕士学位论文，2010。
[4] 沈来红：《孙枝蔚诗歌研究》，河南师范大学硕士学位论文，2011。

查阅及引用的涉及人物的相关文献量不足，很多与孙枝蔚有关的重要信息及重要人物交往都未收录在内。博士学位论文有杨泽琴的《清初扬州诗群研究——以孙枝蔚及其交友圈为中心之考察》，作者之后在博士论文的基础上于2015年出版了《孙枝蔚与扬州诗群研究》[①]一书。书中设置专门章节对前人研究未涉及的孙枝蔚游幕生涯做了考辨和梳理，为后来研究打下基础。此书以孙枝蔚及其交友圈为切入点，考察了清初扬州诗群。不得不说作者选取了一个较好的切入点，意识到孙枝蔚在清初扬州诗坛的特殊地位，从地域社群角度展开论述。但文章论述中并没有真正以孙枝蔚为中心，展现其在清初扬州诗群的枢纽地位，以及同清初扬州诗群创作生发的有机联系；没有抓住孙枝蔚生于三秦，老于扬州，身受关中与江南两种文化熏染这一独特经历，从而阐述地域文化生态和自然环境对诗人诗歌创作及诗学思想形成的影响；更缺乏阐述在清初大背景下孙枝蔚及扬州诗群对清初诗坛的影响，未能辨析"不同区域文学流派或群体的文化心态与审美特征，以不同区域文学的特色以及作家的个性色彩来展示明清文学的多样性、丰富性，进而更加充分地显示明清区域文学特定的历史价值、认识价值、道德价值和审美价值"。[②]

这也是大多数清代诗文个案研究的症结之一，即意识到了"地域""流派""群体"是研究作家作品的方便法门，但又容易陷入研究模式化，不能更好找寻共性中的个性，使得个案研究呈现千篇一面，受人诟病。除了上面几篇以孙枝蔚为题目的学位论文外，另有一篇博士学位论文《清代三秦诗人群体研究》[③]，再次注意到了孙枝蔚身上的"关中""寓居江南"这两大研究要素。从"地域"及"群体"出发，在"清初流寓江南的关中士人群体"一章中，将孙枝蔚作为一节，肯定了孙枝蔚在清初诗坛的重要地位。但论述明末清初有相当数量的关中文人流寓江南这个现象

---

① 杨泽琴：《孙枝蔚与清初扬州诗群研究》，中国社会科学出版社，2015年。
② 陈书录：《加强区域文化视野中明清区域文学的特色研究》，《西北师大学报》2010年第1期。
③ 冉耀斌：《清代三秦诗人群体研究》，南京师范大学博士学位论文，2012。

时，却并没有追本溯源探讨、研究产生这一现象的原因，也就不能更好地深入透彻理解关中和江南两大地域在清初的文化互动机制，以及进一步将"地域""群体""流寓"与整个清初文坛繁荣联系到一起。这是清代诗文个案研究困境的另一症结，从微观个案中研究中，从"中观"的地域、群体等角度切入，但是难以深入探究潜藏其中的影响文学史进程的诸多要素，难以做到以小见大，无法真正加入到宏观研究进程中，也就导致了个案研究受到轻视。

进入新世纪，随着清代诗文研究成为古代文学研究的热门领域，孙枝蔚在研究同时代文人的论文中出现的频率也逐渐增高，大多集中在研究和孙枝蔚交游过密的王士禛、汪懋麟、吴嘉纪、方文等人的论文中。如《王士禛与江南遗民诗人群》《王渔洋事迹征略》《汪懋麟研究》《明遗民个案分析：吴嘉纪扬州文学活动研究》《明清之际桐城桂林方氏文学世家研究》等。涉及的也多是与相关研究对象的诗酒唱和，一方面丰富了孙枝蔚研究的相关资料，另一方面也往往仅限于提供了相关资料，再无其他方面深入研究。

四 研究的不足和前瞻

有清以来三百多年间，孙枝蔚研究在一代代学人筚路蓝缕下，家世、交游、文学创作、诗学思想等各方面都取得了一定成就，但仍有许多不足和需要进一步研究探索的方面。这同时也是清代诗文个案研究的现状，一方面个案研究是基石已成共识，另一方面二、三流作家的个案研究难以推进深化，陷入困境。这点从学位论文的选择就可以看出来。笔者所见，清代诗文研究进入新世纪以来取得了突飞猛进的成绩，选择清代非大家、名家作为硕士论文题目的呈上升趋势，但作为博士论文题目却仍属罕见。仅有涉及清初阶段诗文的《姜宸英研究》《曾灿研究》《徐增研究》《王猷定研究》等几篇博士学位论文，将目光投向了这些长期被传统文学史遗忘的二、三流作家。诚然有些二、三流作家名不见经传的确是因为缺乏文学史价值和意义，但还有相当数量的作家，或影响当时文学创作、文学思潮，或身上体现着时代特色，是当时文学发展诸多因素的集中体现，诸如孙枝蔚和以上诸篇学位论文研究的作家。对他们的研究往往能拨开传统文学史的表象，深入到文学史进程更本原的诸多因素。因此，摆脱清代诗文个案研究困境要有选题的目光和胆略，从个案微观入手，细致入微挖掘个案相关资料，更要有宏观的研究视野，能够从个案延展开来，做到以小见大、见微知著，再从微观观照宏观。下面以此为大原则对孙枝蔚研究的不足和前瞻做一下总结和展望。

其一，有关孙枝蔚家世、生平研究，对文献的使用较为单一，仍有相当多的未知要点。比如在清代就不曾解决的"豹人"究竟是孙枝蔚的字还是号，直至今日仍然莫衷一是。如张兵等著的《文化视域中的清代文学研究》一书之中，在第一章第四节提到孙枝蔚的创作和交游时，说孙枝蔚"字豹人"[1]，而到第二章第一节《孙枝蔚的诗学思想》时，又说孙枝蔚"号豹人"。[2] 张兵在《清初关中遗民诗人孙枝蔚的交游与创作》一文中称孙枝蔚"字豹人"[3]，而在《孙枝蔚与清初扬州文人雅集》一文中又称孙枝蔚"号豹人"。[4] 同一本书之中、同一位作者之文中对孙枝蔚的字号之称都自相矛盾，应该不是用笔误就可以解释清楚的。再如，对孙枝蔚的家乡三原在有明一代陕西一省乃至全国的经济地位描述不足，也就导致不能理解三原独特的经济地理地位，进而就不能理解孙家累世大贾的出身与往来淮扬的原因；而孙氏一族是个缩影，如果能说明这个，就能很好地解释为何明亡后有大批陕籍文人留寓扬州这一文学史现象。可见关于孙枝蔚生平虽然有不少原始文献和后人考辨，但模棱两可之处仍然不少。而解决这些问题，不仅微观上对孙枝蔚研究有意义，宏观上也能更好地解释

---

[1] 张兵等：《文化视域中的清代文学研究》，人民出版社，2013，第83页。
[2] 张兵等：《文化视域中的清代文学研究》，人民出版社，2013，第96页。
[3] 张兵：《清初关中遗民诗人孙枝蔚的交游与创作》，《宁波大学学报》（人文科学版）2000年第1期。
[4] 张兵，杨雅琴：《孙枝蔚与清初扬州文人雅集》，《西北师大学报》（社会科学版）2012年第1期。

文学史现象产生背后的深层原因，从而对研究清初文学起到有力的推动作用。

其二，对孙枝蔚的交游研究，一方面人物上，大多集中在王士禛、施闰章、方文、吴嘉纪、汪懋麟等通行文学史上较为知名的人物，而孙枝蔚侨寓江南四十余年，中间又曾游幕各地，北上京师，交游遍南北。仅《溉堂集》中所涉及的人物就不在百人之下，不乏如雷士俊这样在目前孙枝蔚研究中阙如，却既是溉堂儿女亲家，又同样有一定文学造诣、在清初诗坛有一定影响的人物。另一方面交游研究多流于常见文献中的诗文唱和，对与孙枝蔚相关人物的应答作序、书信往来这样的基础文献的搜集梳理发掘不够，而这些文献中又往往有着不可替代的价值。蒋寅在《清代诗学史》中就曾说过，诗序以及清代文集和尺牍集里保存的论诗书简，都是真实地反映作者诗歌观念的文献。① 对这些文献的爬梳和整理，不仅对孙枝蔚的诗学思想，而且对整个清初诗坛的诗学思想都是有着重要的研究意义。

其三，对孙枝蔚创作研究都集中在诗歌上，但《溉堂集》28 卷中，尚有词 2 卷、文 5 卷，研究者极少，至今唯一可见的就是朱丽霞的《清代辛稼轩接受史》②，指出孙枝蔚词激进豪迈，是辛词一脉。而孙枝蔚的词早在清代就颇有盛名，《百名家词钞》《古今词话》《国朝词综》中都对孙枝蔚的词有着中肯的评价。更何况孙枝蔚同清初词坛领军人物陈维崧、朱彝尊都过从甚密。要之，清初扬州不仅有"诗群"，更有"词坛"。清初"阳羡派"和"浙西派"的兴起和创作，都和广陵词坛有着密不可分的关系。清初，又是清词堪称中兴的重要时期，清初词坛三大唱和之一的"红桥唱和"，正是发生在扬州，而孙枝蔚也正是参加这次唱和的十七人之一。可以说，研究孙枝蔚的词学创作活动，对研究清初词坛唱和在清词中兴中的作用、两大词派在江南发展都有一定的文学史意义。

其四，从现阶段掌握的材料来看，孙枝蔚不仅是一位诗人，更是一位选家。虽然孙枝蔚"广收天下名人之作"的《诗志》今已佚失，但尚存

---

① 蒋寅：《清代诗学史》第一卷，中国社会科学出版社，2012，第 14 页。
② 朱丽霞：《清代辛稼轩接受史》，齐鲁书社，2005，第 67 页。

《四杰诗选》22卷。① 这一点除了在冉耀斌的博士学位论文《清代三秦诗人群体研究》② 一文中提过寥寥几句，便再无人提起。关于《四杰诗选》也只有一篇硕士学位论文《姚佺选评〈四杰诗选〉研究》，而且全文都是围绕《四杰诗选》的另一位选辑者姚佺展开论述研究。《四杰诗选》是孙枝蔚同姚佺二人，一同编选了李梦阳、何景明、王世贞、李攀龙四人各体诗歌953首，不仅如此，二人还对入选诗歌进行了详细评注。但目前为止还没有人就孙枝蔚编选《四杰诗选》及评点做出相应研究。"选本是一种重要的文学批评形式之一，其编选思想反映了选家的编选动机、文学观念、审美趣味等等，而且也受到选家所处的时代及社会的制约。因此选本不但具有文学批评的价值，同时也是一个时代文学风尚、社会面貌的侧影。"③ 可以说，研究《四杰诗选》对把握孙枝蔚诗学思想形成变化，乃至考察清初诗坛对晚明诗歌创作的反思等皆有诗歌史和批评史的双重意义。

其五，认识到孙枝蔚地域、身份的双重性，是清初关中和江南南北文学文化交流的缩影和枢纽。当下诸多研究能把孙枝蔚放到地域文学社群视域观察，并以此为角度切入研究，是值得提倡和继续深入的。作家个案研究多从地域和社群角度来进行切入，因为流派群体和地域文学的确是清代文学比较显著的特点，但更多的是为了将作者个案放进流派群体和地域文学之中，比较方便更显性地描述归纳阐释作家作品的风格特点，这固然事半功倍。孙枝蔚有着关中和江南两个地域文化背景，因此无论是将孙枝蔚诗歌创作归入关中诗人，还是扬州诗群，抑或是将孙枝蔚诗学思想归入关中诗学或江南诗学，做法都是片面且不可取的。而且明清易代之际由于社会、政治、经济动荡等诸方面原因，文人或因避难奔走他乡，或因声气联络游历各地。他们的流寓播迁，较前代数量大为增多，这也是清初关中和江南文学文化交流最为有力的动因之一。研究者应该充分考虑孙枝蔚的特

---

① 孙枝蔚、姚佺：《四杰诗选》，顺治刻本，南京图书馆藏。
② 冉耀斌：《清代三秦诗人群体研究》，南京师范大学博士学位论文，2012。
③ 马铭明：《〈杂剧三集〉研究》，黑龙江大学硕士学位论文，2005。

殊性，即孙枝蔚26岁离陕，直至67岁逝世于扬州，四十余年不曾回到关中故乡。但寓居扬州的孙枝蔚一方面深受关中文化影响，与身在关中的文人联系紧密，同时又与客寓江南及江南本地文人诗酒酬唱，本身就有着南北文学文化交流的重要意义，在清初关中与江南文学思想汇聚交流中起着重要作用。前人论及清初南北文化交流，多集中在顾炎武等由南入北、游历多年者，且着眼点更多是学术。而孙枝蔚是由北入南，至终未归，且更主要的是文学创作上因其南北双重背景，同关中诗人和江南诗人各有异同，成为"一代之人，一代之诗"。[①] 这也正是孙枝蔚诗歌创作特色和诗学思想形成的原因之一，是研究孙枝蔚不可回避且必须深研的课题，同时也为研究清初南北文学文化交流不再局限于儒学学术开拓了新的领域。

除了以上几点，孙枝蔚的《溉堂集》到现在还没有点校本，《四杰诗选》到现在还是刻本。总而言之，孙枝蔚研究从基本的文献整理到进一步的学术探索，还有很多方面工作要做。一个好的文学个案研究，应该是微观和宏观的结合，以微观个案作家作品为出发点，从"地域""群体""流派"等中观研究角度切入点，而这一切又都是宏观文学史的组成部分，反过来观照宏观。或者换个说法，目光远大的同时又脚踏实地才能做出优秀的个案研究。

作者简介

马铭明，女，黑龙江大学中国古代文学专业博士研究生，黑龙江大学明清文学与文化研究中心研究人员，研究方向为明清文学与文化。

[①] 汪懋麟：《征君孙豹人先生行状》，《百尺梧桐阁集》卷八，上海古籍出版社，1979，影印康熙刻本。

顺康时期文人吴之振研究综述

蒋金芳

摘　要： 顺康时期文人吴之振以《宋诗钞》闻名一时，亦因此受到了当代学者的关注。实际上，作为当时江南地区闻名遐迩的文人，他诗歌创作丰富，且南北周游，交往广泛，与一时之秀如梁清标、王士禄、王士禛、陈廷敬等著名文人多有交往，又与诸多地方性小文人联络密切，彼此勾连往复，促成了很多文学现象的生成，一定程度上也影响了当时文坛的生态，是一位非常值得关注并深入研究的文人，由之而审视江南文坛是一个颇有意义的视角。

关键词： 吴之振　顺康时期　宋诗钞　文学生态　江南

吴之振（1640~1717），字孟举，号橙斋，又号黄叶村农、竹洲居士，浙江石门（今桐乡市）洲泉镇人。顺治九年（1652），13岁即应童子试，与吕留良定交，又与黄宗羲、黄宗炎兄弟相交甚密。后以贡生纳赀受内阁中书衔，实未尝出仕。其家富裕，购藏宋人集部秘本甚多。康熙二年（1663），与吕留良、吴自牧合编《宋诗钞》，康熙十年（1671）秋，刊行于世。携多部《宋诗钞》进京分赠诸名士，得识梁清标、王士禄、王

---

* 本文系国家社科基金重大招标项目"清代诗人别集丛刊"（编号：14ZDB076）、黑龙江省哲学社会科学研究规划项目"清初诗人吴之振研究"（编号：18ZWE728）、黑龙江省教育厅基本科研业务费项目一般项目"吴之振与顺康时期江南文学生态"（编号：1353msyyb048）、黑龙江省艺术科学规划一般项目"明遗民吴之振系列作品文化价值研究"（编号：2018B019）的阶段性成果。

士禛、陈廷敬、张玉书、蔡启僔、严我斯等人,是为康熙初期文坛一件盛事。又选宋琬、曹尔堪、施闰章、沈荃、王士禄、程可则、王士禛、陈廷敬八人之诗为《八家诗选》,刊刻于南京。后筑别墅于石门,因爱苏子瞻名句"家在江南黄叶村"①,遂命名为黄叶村庄。康熙十四年(1675),作《种菜诗》,遍邀天下名士唱和,其风绵延两百年不绝,后人引为佳话。著作有《黄叶村庄诗集》10卷,编纂有《宋诗钞》106卷、《八家诗选》8卷,校订《瀛奎律髓》49卷,订正汪天荣《德音堂琴谱》10卷。

吴之振平生锐意于诗,兼工书画。诗歌神骨清逸,新不伤巧,奇不涉颇,学宋人,又不拘于一家。他是清初大力提倡诗宗宋代的主将,其《宋诗钞》的刊刻和传播在浙派发展历程中以及康熙诗坛上具有重要的意义。由此可见,吴之振是一位非常值得关注并深入研究的文人,进而审视江南文坛是一个颇有意义的视角。本文主要梳理自清初以降有关吴之振及其文学活动的研究状况,试作述评,并就相关问题略陈鄙见,为进一步研究提供前提和基础。

一 学术史概述

就笔者所见,有清一代对吴之振的记述并不少,如嵇曾筠《(雍正)浙江通志》卷一百八十七、张维屏《国朝诗人征略》卷十四、陈祖法《古处斋诗集》卷十、徐世昌《晚晴簃诗汇》卷三十九、顾开《凤池园诗文集》卷四、金堡《遍行堂续集》文卷三、吕留良《吕晚村先生文集》卷八、章藻功《思绮堂文集》卷六、杨钟义《雪桥诗话》三集卷三、杨际昌《国朝诗话》卷十四、查慎行《得树楼杂钞》卷五等皆有所记载。总体来看,时人对吴之振的评价,虽然多属于点评式,信息量有限,但已经涉及了家世生平、诗学思想和风格、选集情况等诸多方面,范围较为广泛,且不乏精辟的真知灼见,为后续展开深入研究奠定了扎实的基础。

---

① 苏轼:《苏轼全集》上,中国文史出版社,1999,第244页。

晚清以来,戏曲、小说被视为"一代之文学",诗词、古文长期被学界冷落,已成为不争的事实。从20世纪初到80年代,清代诗文整体研讨相对薄弱,吴之振研究也不例外。仅有的点评也仍是沿袭前人论调,并无创见。邓之诚《清诗纪事初编》卷七评吴之振之诗道:"诗专学宋,而无槎枒粗悍之习。"① 钱仲联《顺康雍诗坛点将录》点之振为"地孤星金钱豹子汤隆",并称:"吴之振选编《宋诗钞》,对清代宋诗之传播有功。其《黄叶村人诗》,亦具宋法。"②

20世纪90年代以来,清代诗文研究逐步发展,吴之振在几部较有价值的断代史著作中均有出现。1992年出版的朱则杰《清诗史》在第六章提及黄宗羲和吕留良、吴之振、吴尔尧共选《宋诗钞》。1995年出版的刘世南《清诗流派史》中吴之振被列入"第八章清初宗宋派"诗人名单中,并引用杨际昌的点评。严迪昌《清诗史》虽然将吴之振列入第五章"查慎行论"的附说部分,然其见解比较深刻,注意到了吴之振《长留集序》"实系迄今所知同辈名诗人中最早批评渔洋'神韵'说之文字,且尖锐直率,诚为清代诗学史之重要文献"。③ 这一时期,较有代表性的成果是张仲谋的《清代文化与浙派诗》(东方出版社,1997),该书运用历史文化学的批评方法揭示了浙派诗的形成和发展机制,把吴之振定位为清初浙派诗的三大代表人物之一,肯定了《宋诗钞》的刊刻和宣传活动对宋诗在清代迅速发展做出的贡献。然而,该著作对吴之振诗学思想的阐述过少,宏观把握多于微观分析,对其具体作品缺乏细致的深入剖析,原因在于将其定位为"概述"。

21世纪以来,对吴之振及其文学活动的关注和研究渐次增多。特别是对于选本《宋诗钞》的研究较为深入,已有许多专著和论文论及,如王友胜《唐宋诗史论》(2006)、蒋寅《〈宋诗钞〉编纂经过及其诗学史意义》(2009)、赵娜《〈宋诗钞〉与清初宋诗风的兴起》、申屠青松

---

① 邓之诚:《清诗纪事初编》下册,上海古籍出版社,1984,第768页。
② 钱仲联:《陈衍诗论合集》上,福建人民出版社,1999,第1023页。
③ 严迪昌:《清诗史》,人民文学出版社,2011,第543页。

《〈宋诗钞〉与清代诗学》(2010)、王辉斌《〈宋诗钞〉的诗选学特征》(2010)、吴戬《试论〈宋诗钞〉的编选宗旨与诗学祈向》(2011)、王英志《清代唐宋诗之争流变史》(2012)、赵炜霞《〈宋诗钞〉研究》(2014)、巩本栋《〈宋诗钞〉的编纂及其诗学史意义》(2015)、高磊《清人选宋诗研究》(2017)等。以上成果或将《宋诗钞》置于唐宋诗之争的大背景下探讨其意义与影响，或针对选本自身进行研究。而对于吴之振在编纂过程中起的作用、在京城的频繁宣传和传播活动，则缺少一定的观照和细密的阐发。

这一时期还出现了真正的个案研究。漆永祥在《"关得双扉坚似铁 不容俗物浪相干"——吴之振·〈宋诗钞〉·黄叶村庄·〈种菜诗〉及其他漫谈》[①]中对吴之振的生平事迹、诗歌创作倾向、《宋诗钞》的编纂与影响、黄叶村庄的由来、《种菜诗》创作与唱和以及吴之振与吕留良、黄宗羲等好友间的关系等，进行了比较全面的论述，对宋诗整理与研究、吴之振研究以及清代学术与文化的研究等有一定的参考价值。

受搜集、整理乡邦文献思潮的推动，《吴之振年谱简编》于2012年出版。该年谱于吴之振出处行迹、往还交游、学术演变及声名浮沉等有所稽考，但失于资料不完备，需加以完善增补。

综上可见，自20世纪80年代以来，学界对吴之振的研究开始呈现出扩大、深入的态势。尤其是最近几年，研究成果日趋增多，证明学界对于吴之振的诗学地位与影响认识的加深。

二 专题研究

到目前为止，学界对吴之振的研究已逐渐形成专题性，其中对其家世、生平、交游、诗学思想、诗歌创作、《宋诗钞》的编选情况、《种菜诗》唱和关注更多，以下分别从四个方面进行述评。

---

① 漆永祥：《"关得双扉坚似铁 不容俗物浪相干"——吴之振·〈宋诗钞〉·黄叶村庄·〈种菜诗〉及其他漫谈》，《东方艺术》2012年第10期。

(一) 家世、生平及交游情况

石门吴氏不仅族大而饶于财，且书香传家，簪缨不绝，是环太湖地区的望族，被称为"千年吴"。父尚思，卒于顺治六年（1649）六月初七日，吴之振时方9岁。徐焕《吴母范太孺人传》曰："时当胜国之际，所在盗寇剿掠。吴故甲族，尤盗所注目，遂自洲泉迁住城中。及赠君没，太孺人内综家政，外持门户，事无巨细，悉有条理。延师教子，必求老成名宿。"① 母范氏识吕留良于稠人之中，命子与之订交。及范氏临终，遗言："朋友中如吕留良宜深交，言必听，事必商，可无失"②，又请吕留良至榻前谆谆嘱托。后吴之振奉母命即与吕留良订交，从其学诗。吴之振能诗善书画，时人多有赞誉："能画，兼工书，新诗脱稿，人旋攫去。"③ "书画故奇艳，涉笔成趣，得天然第一。"④ 在乡里以乐善好施及孝悌闻："遇良朋急难，不惜倾囊以拯之。好施与，力行善事，不市德色。"⑤ "家藏书甚富，往借之即不吝。"⑥《（雍正）浙江通志》称其"勇于为善"⑦，记载了捐粟、捐修学宫，岁施药饵，建育婴堂，收养弃孩，施棺椁埋道路死丧等善事。

学术交游研究的焦点集中在吕留良身上。申屠青松认为吕、吴二人交谊有一个先密后疏的过程，并对二人关系出现裂痕的原因进行了分析，认为吴之振可能参与了清政府组织的修志工作，在吕留良看来，无疑是对遗民气节的玷污和背叛。⑧ 此文为我们提供了新的线索和思路，但因文献不足，有待后考。俞国林《吕留良与吴之振交游述略》⑨ 详细考订了吴之振

---

① （清）吴学浚：《洲泉吴氏宗谱》卷五，上海图书馆。
② （清）张履祥：《杨园先生全集》卷三十四，中华书局，2002，第956页。
③ （清）杨钟义：《雪桥诗话三集》卷三，民国求恕斋丛书本。
④ （清）吕留良：《吕晚村先生文集·杂著》，清雍正三年吕氏天盖楼刻本。
⑤ （清）顾沅：《凤池园文集》卷四，清康熙刻本。
⑥ （清）陈祖法：《古处斋诗集》卷十，清康熙刻本。
⑦ （清）嵇曾筠：《（雍正）浙江通志》卷一百八十七，清文渊阁四库全书本。
⑧ 申屠青松：《清初宋诗选本研究》，南京大学博士学位论文，2008。
⑨ 俞国林：《吕留良与吴之振交游述略》，《中国诗歌研究》2011年第12期。

与吕留良相识三十年间之情谊离合并探究其缘由。其文资料丰富，无一事无来历，然而由于主要集中于史实研究，并没有给论证和阐发留下空间。

吴之振交游极其广泛，交往者从前朝遗民到国朝新贵，从江湖布衣到庙堂显宦。据《黄叶村庄诗集》和《赠行诗》可知，他康熙十年（1671）冬入京拜访结交的人中即有徐倬、徐乾学、姜希辙、程可则、宋琬、汪懋麟、陈论、周在浚、严我斯、师若琪、陈廷敬、张玉书、卫既齐、高珩、王士禄、王士禛、宋实颖等数十位当世名卿。自京返归语溪后，仕宦之意既绝，林泉之思遂起。吴之振就"种菜"之题遍请当时天下文人名士唱和，26人集锦创作，留下近百首"种菜"诗作。然目前学界对其交游研究视野极其狭窄，仅仅局限于吕留良、黄宗羲等几人，且对宗族血缘（亲属）、地域乡邑（同乡）、学术渊源（师生）都少有涉及，研究空间较大，有待深入。

（二）诗学思想和诗歌创作

吴之振的诗学思想有一个转变过程：早年法竟陵，后摹初盛唐，再数变而宗苏黄："吴孟举少与从侄自牧同学所作诗，俱效伯敬隐秀轩体。年十六七始交晚村，又共摹初盛唐，互相矜错后，乃数变而为宋人苏黄之诗。"① 诗学思想的嬗变也影响了诗歌创作的风格，这一点在吕留良、叶燮为其所作的序文中也得到了印证。吕留良序《寻畅楼诗稿》云："孟举之诗，神骨清逸而有光艳，著语惊人，读者每目眴而心荡，如观阎立本、李伯时画，天神仙官，旌导剑佩，骖驾之饰，震慑为非世有。"②《寻畅楼诗稿》是吴之振早期作品，值"摹初盛唐"之际，可知其早期诗风近诸唐音。叶燮序云："孟举之诗，新而不伤，奇而不颇。言情类宋玉之赋。五古似梅圣俞，出入于黄山谷；七律似苏子瞻，七绝似元遗山。语必刻削，调必凿空。此其概也。不知者谓为似宋，孟举不辞；知者谓为不独似

---

① （清）杨钟义：《雪桥诗话三集》卷三，民国求恕斋丛书本。
② （清）吕留良：《吕晚村先生文集》卷五《寻畅楼诗稿序》，《四库禁毁书丛刊·集部》，第148册，第563页。

宋，孟举亦甚慊。盖孟举之能因而善变，岂世之蹈袭肤浮者比哉！"此序作于《黄叶村庄诗集》编定之时，彼时诗风已趋于定型，故序中所言与其诗风甚为相合。

吴之振诗歌创作在康熙诗坛即有一定的地位："康熙初年山林诗，石门吴孟举最有名。"① 邵长蘅《病起拨闷》对其大为赞赏："陈辞丽藻世无双，同时宋派竞长雄。"自注曰："谓竹垞、孟举。"② 朱彝尊为康熙时期主持浙江坛坫者，将吴之振、朱彝尊二人并举，足见吴氏在康熙诗坛确有较高的地位。由于《宋诗钞》的轰动效应，各家在吴之振诗具宋调这一点上有共识。如沈德潜称"孟举刻《宋诗钞》共百数十家已，所成诗亦俱近宋人"。③ 最权威的说法则来自于代表官方意志的四库馆臣。《四库总目》卷一百八十二叙《黄叶村庄诗集》时说，吴之振"选《宋诗钞》行世，故其诗流派，亦颇近宋人"。④ 这一说法问世后，嗣响不绝。《清史列传》："康熙初年，山林诗，之振最有名。尝刻《宋诗钞》一百六卷，所采至百数十家，多秘本，掇拾精华，删除冗赘，各以小传冠集首。略如《中州集》之例。而品评考证，其文加详。其诗派亦近宋人，七言绝句尤足自张一军。《课蚕词》十六首，推为绝唱。"⑤ 杨际昌《国朝诗话》中云："康熙间，山林诗，石门吴孟举之振最有名，《黄叶村庄诗集》寝食宋人，五言古体《黄河夫》篇，直追少陵矣。近体工写景，七言绝句尤足自张一军。"⑥ 如此陈陈相因，几成定论，一定程度上限制了人们的思维模式，未能真正全面地反映出吴之振诗歌创作的特色。

（三）《宋诗钞》编选情况研究

关于吴之振等人编《宋诗钞》并带入京师，引发士人习读并讨论宋

---

① （清）杨际昌：《国朝诗话》卷二，上海古籍出版社，1983，第1705页。
② （清）邵长蘅：《邵子湘全集·青门剩稿》卷三，《四库存目丛书》影印清康熙刻本。
③ （清）沈德潜：《清诗别裁集》卷十五，中华书局，1975，第272页。
④ （清）纪昀：《钦定四库全书总目》下册，中华书局，1997，第2549页。
⑤ 《清史列传》卷七十一，中华书局，1988。
⑥ （清）杨际昌：《国朝诗话》卷二，上海古籍出版社，1983，第1705页。

诗一事，学界关注较多。主要围绕以下几个方面展开讨论。

1.《宋诗钞》的编选旨趣

《四库全书总目》云："盖明季诗派最为芜杂，其初厌太仓、历下之剽袭，一变而趋清新；其继又厌公安、竟陵之纤佻，一变而趋真朴。故国初诸家颇以出入宋诗，矫钩棘涂饰之弊，之振是选即成于是时。"① "橙斋纂《宋诗钞》凡百家，自言尽宋人之长，使各尽其致，门户甚博。不以一说蔽古人，意在力矫嘉隆后尊唐黜宋之偏，隐以挽回风气自任。"② 后世的研究大多在此基础之上进行阐发。吴戬认为《宋诗钞》的编选旨在为宋诗争一合理的诗学地位。③ 赵炜霞认为《宋诗钞》的编选目的主要表现在"回应唐宋之争，破宋腐说之谬""树宋人之面目，展宋诗之风貌""矫诗学之时弊，立诗坛之新风"三个方面。④

张仲谋曾指出，《宋诗钞》"还有一种可能的而留良不便明言的特殊心态，就是基于清初特定历史时空的民族意识"。⑤ 齐治平认为编纂《宋诗钞》"盖亦寓家国民族之感于其中"。⑥ 巩本栋也同意这一看法。申屠青松则从遗民思潮的角度论述《宋诗钞》的编选者吕留良以遗民身份参与《宋诗钞》的编选及其对《宋诗钞》选诗倾向的影响。⑦

2.《宋诗钞》的编撰过程与刊刻

《宋诗钞》的编刻有两个阶段：第一阶段是吴之振、吴尔尧、吕留良、黄宗羲、高斗魁五人共同编撰；第二阶段吕、黄、高三人脱离编撰，由吴氏叔侄续编成书。《宋诗钞》初集凡例云："癸卯之夏，余叔侄与晚村读书水生草堂，此选刻之始也。时甬东高旦中过晚村，姚江黄太冲亦因旦中来会。联床分檠，搜讨勘订，诸公之功居多焉。数年以来，太冲聚徒

---

① （清）永瑢等：《四库全书总目》，中华书局，1965，第1072页。
② 徐世昌：《晚晴簃诗汇》，民国退耕堂刻本卷三十九。
③ 吴戬：《试论〈宋诗钞〉的编选宗旨与诗学祈向》，《中国韵文学刊》2011年第1期。
④ 赵炜霞：《宋诗钞研究》，华中师范大学硕士学位论文，2014。
⑤ 张仲谋：《吴之振对神韵说的异议》，《文学遗产》2000年第4期。
⑥ 齐治平：《唐宋诗之争概述》，岳麓书社，1984，第75页。
⑦ 申屠青松：《清初宋诗选本与遗民思潮》，《南京师范大学文学院学报》2009年第4期。

越中,且中修文天上,晚村虽相晨夕,而林壑之志深,著书之兴浅。余两人补掇校雠,勉完残稿。"据俞国林考证,《宋诗钞》所选诗人的小传、评论文字及全书《序》,皆出吕氏手笔,有其手稿可证。因此,《宋诗钞》"从数据收集、文字之校勘以及雕版印刷,留良居功最多"。① 蒋寅也赞同此说。② 漆永祥从宋集搜罗、出资出力与全书排纂、校勘诸方面肯定了吴之振的功劳③,持论较为公允。另申屠青松通过对《吕晚村墨迹》所存十一篇小传与《宋诗钞》刻本对勘,得出结论:"《宋诗钞》小传的撰写,准确的说,应是吕留良执笔,吴之振、吴尔尧协助商定。"④ 此外,作者对《宋诗钞》的 60 种底本进行了具体的考证,并对部分诗钞的文字脱、讹情况进行了统计分析。通过考察避讳的方法,确定吕留良主持编刻的诗钞有 37 种,确定为吴之振、吴尔尧所刊的诗钞有 11 种。此文颇见功力,为我们进一步研究奠定了扎实的基础。

3. 《宋诗钞》的诗学史意义

康熙十年(1671)秋,《宋诗钞》初集编刻完成,吴之振携之入京,分赠友人,当即产生了轰动效应和极大的影响。施闰章作《吴孟举见寄舟行日记有述》有"鼓枻入京师,万卷悉稛致"句⑤,描述了吴之振携多部《宋诗钞》进京的场面,诗中又提到当时已经声誉远扬的王士禛兄弟对其多有推扬。清初宋人诗集罕见,陈祚明即感叹:"我闻卷帙三叹息,目多未见惭固陋。"⑥ 而且认为对矫正当时的粗疏诗风意义犹大:"近时浮响日粗疏,矫枉宜将是书救。"⑦ 陈氏认为吴氏刊刻《宋诗钞》花费心血颇大:"丹黄十载心目劳,南北两宋撰集就。名家大篇各林立,镂版传人

---

① 俞国林:《天盖遗民——吕留良传》,浙江人民出版社,2003,第 157 页。
② 曹虹、蒋寅、张宏生主编《清代文学研究集刊》,人民文学出版社,2009,第 258 页。
③ 漆永祥:《"关得双扉坚似铁 不容俗物浪相干"——吴之振·〈宋诗钞〉·黄叶村庄·〈种菜诗〉及其他漫谈》,《东方艺术》2012 年第 10 期。
④ 申屠青松:《清初宋诗选本研究》,南京大学博士学位论文,2008。
⑤ (清)施闰章:《施愚山集·诗集》卷十一,黄山书社,1992,第 196 页。
⑥ (清)陈祚明:《稽留山人集》卷一九,浙江巡抚采进本。
⑦ (清)陈祚明:《稽留山人集》卷一九,浙江巡抚采进本。

百世寿。"① 为了诗集的付梓还卖地筹钱:"布衣羸马在风尘,卖田刻书四壁贫。"② 因此可以流芳百世:"独有声名长不朽,表彰先哲惠来人。"③ 宋荦《漫堂说诗》云:"明自嘉隆以后,称诗家皆讳言宋,至举以相訾謷;故宋人诗集,庋阁不行。近二十年来,乃专尚宋诗。至余友吴孟举《宋诗钞》出,几于家有其书矣。"④ 吴骞称:"自吴孟举、陈言扬等三数公,专以宋诗为尚。学者靡然从之,于是浙西风雅几为之一变。"⑤

当然,来自各方面的反响并不十分一致。沈荃在康熙十一年(1672)所作的《过日集序》中则批判了《宋诗钞》所宣传的宋诗风:"近世诗贵菁华,不无伤于浮滥,有识者恒欲反之以质,于是尊尚宋诗以救弊……此不过学宋人之糟粕,而非欲得宋人之精神也。"沈荃为宗唐论者,尤其反对《宋诗钞》提倡的江西诗派,与吴之振等人的取向不同。清中期的翁方纲指责《宋诗钞》"专于硬直一路,不取浓丽,专尚天然","过于偏枯""总取浩浩落落之气",甚至斥《宋诗钞》"是目空一切,不顾涵养之一莽夫所为,于风雅之旨殊远"。又批评"吴孟举之《宋诗钞》,舍其知人论世、阐幽表微之处,略不加省,而惟是早起晚坐、风花雪月、怀人对景之作,陈陈相因"。⑥ 翁方纲治宋诗颇有成绩,入室操戈,故对《宋诗钞》所选宋人之诗尤其是东坡诗的批评往往比较尖锐。不过,作为一位诗学理论家,他还是能比较客观地评价《宋诗钞》的编选宗旨和主要倾向:"吴《钞》大意,总取浩浩落落之气,不践唐迹,与宋人大局未尝不合。"⑦ 这个评价,应该说还是比较公正的。

《四库全书总目》称"之振于遗集散佚之馀,创意蒐罗,使学者得见两宋诗人之崖略,不可谓之无功"。⑧ 严迪昌云:"《宋诗钞》的意义是从

---

① (清)陈祚明:《稽留山人集》卷一九,浙江巡抚采进本。
② (清)陈祚明:《稽留山人集》卷一九,浙江巡抚采进本。
③ (清)陈祚明:《稽留山人集》卷一九,浙江巡抚采进本。
④ (清)宋荦:《漫堂说诗》,丁福保辑《清诗话》上册,上海古籍出版社,1978,第416页。
⑤ (清)吴骞:《愚谷文存续编》卷一,《拜经楼诗集续编》自序,清嘉庆十九年刻本。
⑥ (清)翁方纲:《石洲诗话》,人民文学出版社,1981,第114页。
⑦ (清)翁方纲:《石洲诗话》,人民文学出版社,1981,第114页。
⑧ 魏小虎:《四库全书总目汇订》10,上海古籍出版社,2012,第6450页。

文本上为'宋诗派'提供了支持,从而自明以来尊唐一统的格局被真正打破,宋风与唐音并存并举,对清诗的发展关系甚巨。"① 蒋寅认为:"于所选之诗,各种风格流派兼容并蓄。""主要是使人们开始重新认识和评价宋诗,为确立宋诗在中国诗史上的地位,从观念和文献两方面提供了必要条件和准备,并深刻影响了清诗发展的进程。"② 申屠青松《〈宋诗钞〉与清代诗学》一文即是从《宋诗钞》与清代宋诗文献的关系、《宋诗钞》的宋诗观两方面来论述《宋诗钞》对清代诗学的影响,与赵娜《〈宋诗钞〉与清初宋诗风的兴起》③ 主要论述《宋诗钞》对清初宋诗风兴起的促进作用,分别从不同的角度研究《宋诗钞》对清代诗坛的影响。

(四)《种菜诗》唱和

吴之振自京返乡以后,开始了长达四十余年的隐逸生涯。康熙十四年(1675)七月,吴之振作《种菜诗》二首,自和二首,诗成即邀天下名流唱和。光绪四年(1878)杨岘题曰:"种菜诗,见诗集卷三,不录和作。此册,国初诸老征题殆遍,如读耆旧传也。"逮其身后,仍然嗣响不绝,至民国初年,尚有清朝遗民劳乃宣、沈卫等为之赓和题跋,时间跨度长达二百余年之久,参与者先后有两朝遗民,洵称难得。以吴之振一人之力,产生了如此大规模的唱和,并至其身后两百余年仍有嗣响,殊为难得。杜桂萍曾于2010年发表《袁骏〈霜哺篇〉与清初文学生态》一文,详细考察了"名士牙行"对清初文化生活的巨大影响,论及"和种菜诗""和管节妇诗"之题征诗,皆有名士牙行的参与。这为我们进一步研究提供了一个很好的切入点。

除此以外,对种菜诗的研究只有两篇论文,即漆永祥《"关得双扉坚似铁 不容俗物浪相干"——吴之振·〈宋诗钞〉·黄叶村庄·〈种菜诗〉及其他漫谈》和杨典《明末遗民吴之振及"种菜诗"简史》有所涉

---

① 严迪昌:《清诗史》,人民文学出版社,2011,第543页。
② 曹虹、蒋寅、张宏生主编《清代文学研究集刊》,人民文学出版,2009,第258页。
③ 赵娜:《〈宋诗钞〉与清初宋诗风的兴起》,《内蒙古大学学报》2009年第3期。

及，然多为介绍性质，失之简略。吕留良和"种菜"诗中有"燕麦兔葵争一笑，此间那有故侯瓜"句，俞国林从细微处着眼，辨析"种菜"与"种瓜"之别："'故侯瓜'指召平，召平乃秦之遗民，'种菜'与'种瓜'实有本质之区别，前者为'隐士'之生活方式，后者为'遗民'之精神操守。"① 从遗民视角深入剖析明末清初士人心态，解读甚为透彻。

三　研究的不足与前瞻

尽管吴之振及其相关研究已经开始进入当代学人的视野，然目前的研究并没有真正地关注作为特殊个体的作家本人及其诗学活动在顺康时期江南地区的实际影响和作用。相关的单篇论作如漆永祥对吴之振的介绍比较集中、系统，但其他大多是将吴之振置于《宋诗钞》研究中给予简单的探讨。迄今为止，有关吴之振的研究还处于零散而不完整的状态，还有着巨大的挖掘和拓展空间，比如吴之振的家世家学与心路历程，诗歌的创作研究及其传盛当时的"种菜"诗唱和所映射出的文人心态，等等，都值得深入研究。具体而言，笔者认为至少可从以下几个方面进行深入拓展和重新审视。

（一）家世与家学

洲泉吴氏是江南的望族，族里自汉历唐冠盖不绝，而于宋尤盛，缙绅赫奕。家学渊源深厚，后代才俊辈出，在晚清民国以降的近代历史承接中均可见吴氏书香和耕读传家的遗风与义举。吴之振的族兄吴之屏为天启二年（1622）进士，官至福建巡抚都御史，明亡后以遗民终；吴之屏子吴尔埙，崇祯十六年（1643）进士，守扬州，清军破城，投井而死，事迹见《明史·史可法传》附传。吴之振生活在这样的家族背景之下，当然会更加敏感、更加深切地感知到家国兴亡；兼之他13岁时与遗民吕留良

---

① 俞国林：《吕留良全集》4，中华书局，2015，第861页。

交好,并从之学诗,感情至为深挚;康熙二年(1663)起,吴之振又因吕留良获交遗民黄宗羲、黄宗炎、高旦中等,并一直保持友谊,其思想不能不受明遗民之浸染。吴家家境富裕,收藏古籍秘本、字画颇富。吴之振编纂《宋诗钞》,征请文坛大家题诗唱和,请肖像大师禹之鼎为己画像、设计别业,可见吴之振在文坛的地位以及非凡的交往能力。但是如果没有家族积聚的这种人际关系,想必吴之振要完成这些设想也是举步维艰。目前学界不缺乏对吴之振的研究,只是缺少家族视域,我们的了解是个别的、散状的。当我们从家族背景出发做深入的具有内在关联的考察时,才能得到整体面貌的呈现。因此,将家族作为一个重要的参照系,对吴之振研究意义重大。

上海图书馆藏有《洲泉吴氏宗谱》六卷,记载了一千多年来生息繁衍在石门土地上的吴氏家族的历史,几乎涵盖了家族所有的文化遗存。《上海图书馆馆藏家谱提要》著录:"《洲泉吴氏宗谱》,五卷,首一卷,末一卷,吴学浚纂修。卷首谱序、像赞,卷一《世系》,卷二《行事考》,卷三《见闻记》,卷四《宅墓志》,卷五《艺文录》,卷末《豫笔》《公约》。是书《艺文》颇有可资学术者。"① 卷五《艺文录》所收诗文诔铭,皆为当世名人手笔,吕留良、施闰章、邓文原、姜宸英、宋荦、叶燮、谢启昆、程同文、沈炳垣以及吴氏族中吴之振、吴之屏、吴尔垍、吴震方、吴辂、吴涵、吴行简、吴夔庵诸人,皆有文章、题咏收入。《洲泉吴氏宗谱》将作为本课题研究吴之振家族的重要依据。

(二) 诗学研究

关于吴之振的诗学思想,学界的研究成果还比较单薄。学人几乎众口一词地强调宗宋,瓣香苏、黄,甚或言曰:舍唐言宋,想当然地把他与"宋诗派"对号入座。蒋寅在《〈宋诗钞〉编纂经过及其诗学史意义》中作了一点儿补充,认为吴之振晚年对提倡宋诗的流弊还是有所认识和反思

---

① 王鹤鸣:《上海图书馆馆藏家谱提要》,上海古籍出版社,2000,第225页。

的，所以曾有选唐诗之举，并流露出弥合唐宋之争的意思。因此，对于吴之振诗学诗风的讨论，应当利用好诗歌作品的内证，而不能仅以其所持之诗学观点为指南，这也是研究吴之振这一类诗人所当留心的法度。

《宋诗钞》的问世使吴之振名声大噪，俨然为一时之选。可与此极不相称的是，目前学界对其关注度却呈现了极大的反差，对吴之振诗歌创作的研究极为罕见。究其原因，很大程度上是其诗歌创作为《宋诗钞》成就所遮蔽。近人陈衍《陈石遗先生谈艺录》论其诗名寂寂的缘由曰："吴孟举诗诚佳。即以刻《宋诗钞》论，当举世鄙薄宋诗之时而有此特识，则其诗安得不高人一等。其湮没无闻者，以其友吕晚村之狱，人不敢称举之耳。"① 除了受吕留良之祸牵连外，吴之振《黄叶村庄诗集》在乾隆朝修《四库全书》时虽被征入馆，然馆臣将其列入存目，而其论诗诸文亦无人收集整理，学人无法窥其全豹，故很少有人专门研究也就在情理之中了。因而，吴之振诗歌研究具有明显不足：一是未涉及诗歌创作方面，失去重要的一翼；二是就诗说诗，没有与师友交游及个人气质等内、外部因素挂钩；三是格局略小，线条过粗，难以反映全面、复杂的情态。唯有从其诗歌创作实践入手，辨识其心路历程，再采之振诗心，方能确立他的诗史地位。

吴之振是清初大力提倡诗宗宋代的主将，他与吕留良、吴尔尧等编纂的《宋诗钞》在康熙诗坛产生了极大的反响。目前学界对《宋诗钞》关注较多，但多围绕选本本身，对吴之振在《宋诗钞》编刻与传播中的作用却认识不够。吴之振于康熙十年（1671）秋冬之际赴京，携《宋诗钞》几乎遍访京城的文章巨子。次年（1672）二月中旬左右南行，返回家乡浙江石门。新知旧友纷纷以诗赠别，其中以清朝新贵为主，兼有明代遗民，总计28人。这些人中，获进士一甲的有4人（两状元、一榜眼、一探花）、官至大学士的有4人，此两项各占总人数的七分之一；官至正三品以上的官员共13人，几占总数的一半。可以说，吴之振的北游之举，

---

① 黄曾樾：《陈石遗先生谈艺录》，中华书局，1931，第18页。

极大地扩大了《宋诗钞》的影响力。《宋诗钞》的流传也显著地推动了浙派的发展:"百余年来,浙中诗派,实本云间。至康熙中叶。小变其格。继吴孟举、查初白出,始竞为山谷、诚斋之习。檇李学者,靡然从之。"①吴之振在浙江有很大影响,从其学诗者甚众,谈九乾《怀人诗》即有"诗法出黄叶"之语,自注云:"吴孟举"。②不少诗人的声名得益于吴之振的奖掖,如浙派诗人金张,其《芥老编年诗钞》癸酉卷有诗题云《孟举初度未登堂一拜谢并谢积岁奖借之雅作此二首寄之前首有辘轳体》。陶季《过石门赠吴孟举》亦云:"石门城中立坛墠,京洛争传令名早。"③康熙宋诗风以浙地为盛,这与吴之振的公开提倡显然有很大关系。因而,通过对《宋诗钞》的深入研究,一方面可以重新准确地评价吴之振在康熙诗坛的地位和影响,另一方面也为清初诗学理论研究的拓展提供新的材料和视野。

(三) 黄叶村文学活动与江南文学生态

目前学界对吴之振归隐黄叶村庄、雅集唱和关注甚少。其实,黄叶村庄并非仅是吴之振自娱之居。翻检《黄叶村庄诗集》,随处可见《十三日筠士过黄叶村庄》《张扶南郡丞携酒黄叶村庄同劳书升司马家青坛侍御分韵》《益斋许过黄叶村庄仍次前韵奉速》之类的诗歌。吴之振"避喧非避世",与吕留良、叶燮、黄宗羲、黄宗炎、郑梁等互相唱和,诗坛后辈查慎行、魏坤也时时过访。石门县教谕陈祖法后来回忆道:"饮予吴氏园……是夕,清弦雅歌,备极韵事。复移饮,坐石上,谈论古今,至半夜方休。"④ 黄叶村文学聚会实际上是以文学为中心,兼及绘画、书法、歌舞、吟咏在内的综合性文艺活动。

"种菜"诗唱和是吴之振北游之后的又一壮举。文人结社唱和活动至

---

① (清) 张维屏:《国朝诗人征略》卷四十二,清道光十年刻本。
② (清) 戴潞:《吴兴诗话》卷三,《丛书集成续编》本,台湾新文丰出版公司,1989。
③ (清) 陶季:《舟车集》前集卷十三,清康熙刻本。
④ (清) 吴学浚:《洲泉吴氏宗谱》卷四,上海图书馆。

明末复社而臻于极致，入清渐衰，到顺治十七年（1660）诏禁文人结社，《清世宗实录》载："今之妄立社名、纠集盟誓者，所在多有。而江南之苏松、浙江之杭嘉湖为尤甚……其投刺往来亦不许用同社同盟字样，违者治罪。"① 高压之下，江南文化界社事渐歇，即大规模的唱和活动大受影响而渐次消歇。因此，在这样一种时代背景之下，"种菜"诗的大规模唱和活动尤显得难能可贵。尽管吴之振标举"种菜"主题发起首倡，但在后来的唱和诗中，因为参与者的政治态度各有不同，便产生了另一个主题，那就是"种瓜"。在中国文化传统中，"种菜"和"种瓜"这两个主题代表着两种明显不同的政治态度——山林隐逸和遗民之间的区别，简而言之，即是"隐""遗"之别。诗歌作为心灵史，不仅是吴之振人生轨迹的缩影，同时也是明清之际士大夫政治心理和文化心理的缩影。因而可从"种菜"诗唱和切入，窥探明末清初文人隐逸园林、诗词酬和的艺术文化生活心态，通过对唱和诗歌的解析，了解文坛风尚，聆听当时江南文人在乱世中求生存的人生叹喟。

作者简介

蒋金芳，女，牡丹江师范学院文学院教师，黑龙江大学中国古代文学专业博士研究生，研究方向为清代文学与文化。

---

① 王炜：《〈清实录〉科举史料汇编》，武汉大学出版社，2009，第304页。

编后记

　　时间过得真快！不知不觉《明清文学与文献》已走过了七个年头。在这七年里，明清文学研究取得了不少成绩。我们认为，由黑龙江省人文社科重点研究基地"黑龙江大学明清文学与文化研究中心"主办的《明清文学与文献》，既是这段学术历程的亲历者、见证者，同时也是积极参与者、受益者。

　　现在呈现在大家面前的是《明清文学与文献》第七辑，这一辑的作者队伍是多元化的，既包括像赵伯陶、朱则杰两位先生这样相对年长的学术名家，又包括李舜华等中青年学者，还包括几位刚刚走上学术道路不久的博士生。他们各自以不同的才情与学术个性，展示了自己对明清文学与文献相关问题的思考。

　　其中，赵伯陶先生立足于清代骈文中兴这一时代背景，对蒲松龄的骈文创作进行了极为系统的研究，并由此深入探讨了蒲氏骈文之于《聊斋志异》创作的重要意义，这对于我们认识《聊斋志异》的文体特征及作者创作心态，都富于启发性。精于文史考辨的朱则杰先生以深厚的学术功底钩玄探赜，主要从作家的生卒年入手，对范士楫等八人的有关问题予以订补，纠正、补充了《清人诗文集总目提要》中存在的若舛误与疏漏，这种扎扎实实的史料考订，对于清代诗文研究的意义是不言而喻的。本辑发表的中青年学者的大作，或以文献资料考辨见长；或以理论阐发取胜；有的则二者兼善，像李舜华教授的曲学研究即体现了考论结合的研究特色。而几位年轻博士生的论文，多是跟从导师从事明清文学与文献相关问题研究的练笔之作，但也显示出他们对相关问题的独到见解。

几年前，黑龙江大学中国古代文学学科整合既有学术资源，凝练研究方向，将明清文学与文献确立为重点研究领域，这也是《明清文学与文献》创刊的根本原因。正是在学术界许多朋友的大力支持和热情鼓励下，《明清文学与文献》才能不断进步，一直走到今天。在此，谨代表黑龙江大学中国古代文学学科的全体同仁，向学术界各位朋友表达诚挚的谢意和敬意！也希望各位朋友继续不吝赐稿，让我们一起将《明清文学与文献》越办越好！

杜桂萍　陈才训

2018 年 12 月 6 日

图书在版编目(CIP)数据

明清文学与文献.第七辑/杜桂萍,陈才训主编
.--北京：社会科学文献出版社,2018.12
ISBN 978-7-5097-2067-7

Ⅰ.①明… Ⅱ.①杜… ②陈… Ⅲ.①中国文学-古典文学研究-明清时代-文集 Ⅳ.①I206.2-53

中国版本图书馆 CIP 数据核字（2018）第 273477 号

明清文学与文献（第七辑）

主　　编／杜桂萍　陈才训

出 版 人／谢寿光
项目统筹／宋月华　李建廷
责任编辑／赵晶华

出　　版／社会科学文献出版社·人文分社（010）59367215
　　　　　地址：北京市北三环中路甲29号院华龙大厦　邮编：100029
　　　　　网址：www.ssap.com.cn
发　　行／市场营销中心（010）59367081　59367083
印　　装／三河市尚艺印装有限公司

规　　格／开　本：787mm×1092mm　1/16
　　　　　印　张：26.25　字　数：387千字
版　　次／2018年12月第1版　2018年12月第1次印刷
书　　号／ISBN 978-7-5097-2067-7
定　　价／89.00元

本书如有印装质量问题，请与读者服务中心（010-59367028）联系

版权所有 翻印必究